中文社会科学引文索引（CSSCI）来源集刊

樂府學

第二十四辑

赵敏俐 主编

国家一级学会乐府学会会刊

广州大学人文学院 主办

SSAP 社会科学文献出版社
SOCIAL SCIENCES ACADEMIC PRESS (CHINA)

编委会

目 录

纪念吴相洲教授专栏

相洲走好 …………………………………… 葛晓音 / 003

略说吴相洲教授的乐府学贡献 ………………………… 赵敏俐 / 008

我对吴相洲教授的学术回忆 ……………………………… 姚小鸥 / 016

回归历史语境：从文史学与传统乐学双重视角架构乐府学

——与相洲先生相识、相知感怀 ………………………… 项　阳 / 019

言念君子，温其如玉

——怀念敬爱的兄长吴相洲教授 ……………………… 张树国 / 027

回忆相洲：共植生命之树 ……………………………… 王翠萍 / 031

乐府诗学

芮挺章《国秀集》的诗学意义与定位

——重读吴相洲“歌诗”研究的启发 …………………… 廖美玉 / 039

“初唐四杰”的乐府诗观

——兼论初唐乐府入律之趋向 …………………………… 李忠洋 / 082

《五常内义抄》对白居易《新乐府》的受容探赜 ……… 翟会宁 / 103

礼乐探讨

曹魏雅乐建设及其价值 ………………………………… 李晓龙 / 119

究乐极宴背后的较量

——关于《正旦大会上寿食举乐歌诗》的思考 ……… 黄　紫 / 133

张彝《上采诗表》与北魏采诗之风

——兼论“梁鼓角横吹曲”的收集与南传 …………… 于　涌 / 156

论柳宗元《唐铙歌鼓吹曲十二篇》的复古意蕴 ………… 方丽萍 / 170

宋代乡饮酒礼乐章考论

——兼论《风雅十二诗谱》 …………………… 杨　逸　尹　航 / 184

文学研究

《琴操·怨旷思惟歌》的文学母题意义 ………………… 王　娜 / 203

道教视域下的曹魏乐府山水书写 ………………………… 孙　兰 / 212

歌者与听者：鲍照的歌唱意识及其乐府诗

艺术 ……………………………………………… 黄美华　蔡彦峰 / 228

论侧调内涵及其演变 ……………………………………… 刘奕璇 / 249

“三台”考论 ……………………………………………… 王琳夫 / 262

试论明遗民王弘撰的乐府诗创作及其诗歌史意义

——以新见西安碑林博物馆藏抄本《待菴稿》

为中心 ……………………………………………… 杨　瑞 / 277

文献考订

《宋书·乐志》与《古今乐录》现存吴声西曲解说

探析 ………………………………………………………… 谢秀卉 / 295

司空图《成均讽》所记六曲考辨 ………………… 邓小清　李德辉 / 324

汉唐乐府学典籍存佚简表

——以十四种目录学著作为中心 ……………………… 杨慧丽 / 334

新书评价

中国古代乐论体系的文献建构

——评王小盾审订、洛秦主编《中国历代乐论》 ……… 付林鹏 / 373

《乐府学》稿约 ……………………………………………………… / 386

Contents

Column in Memory of Professor Wu Xiangzhou

ProfessorWu Xiangzhou Farewell Ge Xiaoyin / 003

Relate Professor Wu Xiangzhou's Contribution to Yuefu Studies Zhao Minli / 008

My Academic Memories of Professor Wu Xiangzhou Yao Xiaoou / 016

Return to Historical Context: Structure Yuefu Studies from the Dual Perspectives of Literature and History and Traditional Music Studies
——To Commemorate Mr. Wu Xiangzhou Xiang Yang / 019

AGentleman as Warm as Jade
——Miss My Beloved Professor Wu Xiangzhou Zhang Shuguo / 027

Memories of Xiangzhou: To Plant the Tree of life together Wang Cuiping / 031

Yuefu Poetics

The Poetics Significance and Orientation of Rui Tingzhang's *Guo Xiu Ji*
——Inspiration of Rereading Wu Xiangzhou's "Song Poetry" Liao Meiyu / 039

The Yuefu Poetry View of the Four Great Poets of Early Tang Dynasty
——Also on the Trend of Yuefu Entering Rhythm in the Early Tang Dynasty Li Zhongyang / 082

The Acceptance of Bai Juyi's *Xinyuefu* in *Gojonaigisho* Zhai Huining / 103

Discussion on Ceremonial Music

The Construction and Value of Cao Wei's Gagaku Li Xiaolong / 119

The Feast of Joy: Research on Lyric Songs for Imperial Longevity and Banquet Performance at the New Year Grand Gathering Huang Zi / 133

Zhangyi's *Shangcaishibiao* and the Practice of Collecting Poems in the Northern Wei Dynasty Yu Yong / 156

On the Retro Implication of Liu Zongyuan's *Twelve Pieces of Songs of the Tang Dynasty* Fang Liping / 170

A Study on the Country Drinking Ceremony Songs in Song Dynasty ——Also about the *Feng Ya Twelve-Poem Music* Yang Yi Yin Hang / 184

Literary Studies

The Literary Motif Significance of "*Qingcao · Yuankuang thinking song*" Wang Na / 203

Landscape Writing of Yuefu Poetry in Wei Dynasty from the Perspective of Taoism Sun Lan / 212

Singer and Listener: Bao Zhao's Singing Consciousness and the Art of Yuefu Poetry Huang Meihua Cai Yanfeng / 228

The Three Connotations of Ce—Tuning and its Evolution Liu Yixuan / 249

A Textual Research on "San Tai" Wang Linfu / 262

A Discussion on the Creation of Yuefu Poetry by Wang Hong-zhuan, an Adherent of Ming Dynasty and its Historical Significance of Poetry ——Based on the Newly Discovered Manuscript of *Dai'an Poems* in the Forest of Steles Museum in Xi'an Yang Rui / 277

Literary Discourse

Research on the Explanation of "Wusheng Xiqu" in *Song Shu Yue Zhi* and *Gu Jin Yue Lu* Xie Xiuhui / 295

Textual Research To Six Music Bureau of SiKongtu's *Imperial Academy Irony* Deng Xiaoqing Li Dehui / 324

A Brief List of the Lost Classics of Yuefu School Between the Han and Tang dynasties——Centered on 14 Bibliographical Works Yang Huili / 334

New Book Review

Theoretical Construction on the System of Music Theories in Ancient China ——A Review on *The Music Theories in Ancient China* Edited by Luo Qin and Revised by Wang Xiaodun Fu Linpeng / 373

Manuscript Solicitation Notice / 386

纪念吴相洲教授专栏

相洲走好

葛晓音

（北京大学，北京，100871）

作者简介：葛晓音（1946~），北京大学中文系教授、博士生导师。

陈贻焮先生逝世已经二十周年了，谁能想到相洲竟然成为第一个随他而去的弟子，而且还不到六十岁！尽管我已经在告别会上见过相洲的遗容，但回想起来，仍然觉得一切太不真实。印象中他只是被裹挟在匆匆忙忙向前奔的人群中，不知去了什么地方，说不定哪一天又会打电话过来，要和我商量什么事情……

我认识相洲是在他读硕士生期间，大约是二年级的时候，到北大来访学，系里指定由我来指导他。但在这半年里见面次数不多，他有自己要忙的事情。从北大回去后，他也很少和我联系，只听说是在大连任教。几年以后突然来找我，说想考陈贻焮先生的博士研究生，请我为他先容。我和陈先生说了此事以后，先生说报考当然是欢迎的，但一切以考试成绩为准。结果他笔试成绩不很理想，陈先生比较犹豫。过了些日子，先生忽然又告诉我，决定录取他。主要原因是相洲在陈先生朗润园的公寓外的湖边长椅上，从早晨一直坐等到傍晚，希望能面见先生陈情，先生被感动了。由于陈先生从开始招博士生起，就一直由我协助指导学生，相洲入学后，我就成了他的副导师。

陈先生指导学生极其认真负责，博士生三年期限，前两年先生一般不让我做什么事，就连读书报告也很少要我看。相洲入学前，工作过几年，也发表了一些文章，只是比较杂，我担心他的这种路子不会被陈先生认可，如果习惯了再扳回来会比较费劲，便提醒他以后要注意。相洲很听话，很快就领悟了我的意思，前两年不再写这类文章，只是专心致志老老实实地跟着先生读书、写报告。他进步很快，到第三年做博士论文时，已经积累了不少创见。这一年先生去美国斯坦福大学讲学半年，把相洲和杜晓勤两位托付给我。本来是暂时托管，但先生在美国期间，潜伏已久的脑部肿瘤开始出现症状，回国后不久就无法继续工作，于是我承担了指导他们两位博士生第三年写作论文并组织论文答辩的全部任务。也是在这一年里，我对相洲有了进一步了解。他和杜晓勤写作博士论文的时间虽然只有一年，但因为前两年有了较多积累，第三年就比较顺利。举行毕业论文答辩时，他们两位都得到答辩委员会专家们的较高评价。

相洲的论文题目是《中唐诗文新变》，文章对盛中唐之交文风的转变及其外因提出了一些新的看法，印象较深的是论述唐肃宗对待文学和儒学的态度与玄宗不同，颇有理据，这一问题以前还没有人注意过。可见相洲的研究在陈先生指导下，已经上了正道。后来他的博士论文出版以后，这一见解还常常被论者引用。相洲毕业后自己联系到首都师范大学中文系工作，并获录用。此后一直在首师大，直到前几年调广州大学才离开。这期间，相洲的学术研究一直按着陈先生指导的方向稳步前进。虽然仍然较少和我联系，但是遇到一些他把握不准的学术问题，也会打电话和我商讨，记得有一次讨论永明体和音乐的关系，谈的时间是最长的。后来他还写了一篇相关的长篇论文，在学界产生了较大影响。虽然我对文中的观点表述提过一些不同意见，但仍然支持他这种深挖问题根源的精神和努力的方向。也是在这篇论文之后，他的研究开始转向歌诗，最终以乐府为主攻方向，找到了自己的路子。以后他的成果越来越多，不但发表了几十篇学术论文，出版了《永明体与音乐关系研究》《唐诗创作与歌诗传唱关系研究》《唐代歌诗与诗歌》《唐诗十三论》《中国诗歌通史·唐五代卷》等著作，《乐府学概论》还获得第三届全球华人国学奖，很快就成长为行内的知名学者。

我一直认为，相洲学术的进步，当然归功于陈先生的悉心教导，同时也归因于首师大中文系的学风熏染。特别是赵敏俐先生的研究对他毕业后学术发展的方向影响是最大的。多年来，首师大的诗歌中心在赵敏俐、左东岭和吴思敬诸位先生的带领下，团结北京乃至全国的同行学者，积极与海外学界展开交流，形成国内诗歌研究的一方重镇。他们以少数学者的有限人力，承担起远超于人们想象的巨大工作量，连年出版了多部很有分量的学术著作，其中标志性成果《中国诗歌通史》还获得教育部第七届高等学校科学研究优秀成果（人文社会科学）一等奖、第一届全球华人国学成果奖等大奖。相洲也参与其中，撰写了唐五代部分。他长期与优秀学者们一起共事，在学术路数、研究方法等方面自然会受益不浅。后来他发起成立乐府学会，创办《乐府学》杂志，并承接《乐府诗集》的整理研究工作，都是依托首师大诗歌研究中心的平台。正因为这个平台是以赵敏俐先生为首的几位先生长期以歌诗研究为重点，他才能将自己的研究领域进一步拓展到乐府。在此基础上写出的《乐府学概论》，也才能成为他在学术生涯中的一部代表作。尤其难得的是，与他长期共事的左东岭、赵敏俐两位先生不但学问做得好，而且为人正直、朴实、厚道，关系一直比较和谐，对他的工作也很支持，这样的学术环境是可遇而不可求的，所以当他告诉我要调到广州大学去工作时，我很吃惊，也为他惋惜，但我自然只能尊重他的选择。

相洲在工作中如何与人相处，我不太清楚，但他有两个突出的优点，给我印象很深。一是他对老师能敞开心扉，有苦恼，有需求，都会坦率地诉说。无论我是鼓励还是批评，他都能听得进去。他在首师大曾长期担任学校统战部部长和文学院党委书记。有一段时期，他对自己如何处理学术和行政的关系、今后如何发展感到彷徨，和我谈过几次。或许是因为我年纪比他长一辈，或许是因为我受林庚先生和陈贻焮先生影响太深，对他内心的矛盾不太理解，所以每次谈话总是敦促他专心做好学术，其他的事情一概不要想，行政职务也好，学术头衔也好，都要任其自然，不要为社会上那些浮名虚誉所迷惑。有时我的话说得很重，但他从来不会生气，下次又笑嘻嘻地给我打电话了。过了这个时期以后，他的心渐渐沉静下来，越来越专注于学术，不再谈那些事情了。其实他是很聪明的，常常能将阅读的史料和现实联系起来，说出一些颇有启发性的话来。有这种敏锐的感悟力，只要专心，必有所成，他后来的发展也证明了这一点。

二是相洲做事牢靠细致，头脑又灵活，能力也很强，对于公益性事务一直很热心。记忆犹新的是他承办过一次唐代文学学会的国际研讨会，早年因为经费、人力等种种问题非常麻烦，北京的大学很少愿意主动承担办会的任务。唐代文学学会成立以来，一般都在外地高校开会，首都师大可能是第一个主动提出在北京办会的单位。相洲在首师大中文系尤其是在左东岭院长的支持下，先是选定了在宽沟的会址，然后带着几个学生，接连多日忙里忙外，将会议办得非常出彩。那时宽沟刚对外开放，风景优美的园林加上古色古香的中式庭院，与唐代文学学术会议的气氛格外协调，使与会的老先生们以及海内外来宾盘桓其间，都惊喜不已。多年以后，还有学者提起此事，称赞这次会议办得最好。唐代文学学会有两本会刊《唐代文学研究》和《唐代文学研究年鉴》，原来由广西师大承办，坚持了多年。原副会长张明非师姐退休以后，相洲主动接过了这两本刊物，由首师大承办。众所周知，办刊物是费力不讨好、赔钱又搭人的活儿，虽是一年一期，也要花费大量精力和时间，但相洲从没抱怨过。

我在与相洲的日常相处中，也时时能感受到他待人待事的细心。比如每次开学术会议时，都要发很多书籍和资料，带到会场沉甸甸的。相洲总是替我提来提去，怕我太辛苦。中午吃会议自助餐，他看到有好吃的汤菜，总会给我端一碗来。有一次在徐州师大开会，晚上他约我聊天，我们围着操场转圈，不小心走到家属院里，几只大鹅气势汹汹地冲过来啄我们，相洲立刻挡在我前面，担心我受惊。他去广州以后，我很少再见到他。2018 年 11 月，因为参加第三届全球华人国学成果奖颁奖礼，我们在会上见了一面。大会结束后时间较晚，他第二天就要赶回广州，而且他家离我家很远，车程至少一个多小时，但还是坚持开车把我送到家里。

相洲平时虽然和我联系不多，但遇到一些大事，或在学术上、人事上有什么想法都会打电话给我，听听我的意见，所以我一接到他的电话，本能的反应就是又有什么事情了。但是他患癌的消息，却对我瞒得死死的，一点不透风。连陈师母和他的同门学弟杜晓勤都不知道。我到现在还是想不明白为什么他要这样做。参加了他的遗体告别仪式回来后，我们一些同门师友在北大中文系会议室里开了个追思会，会上听他以前的硕士生梁海燕教授说，两年前他就发现吃东西时有被噎的感觉，但没有在意；后来已经病重，更是拼命赶他的《乐府诗集》整理的大项目。疫情期间，他在北京养病大半年，也没有和我联系。看到他节庆时用微信发来的问候，我还以为他一直在广州。直到病重以后，进了 ICU 抢救，他的学生对相洲夫人王翠萍说应该告诉葛老师了，我这才知道，立刻转告杜晓勤。但那天下午是周五，我恰恰有课，便约好下课后和晓勤去医院看望他。谁知刚下课便接到翠萍的电话说相洲已经走了！当时觉得如五雷轰顶，没想到这么快，连最后一面都没见成！但是相洲临终前，广州大学传来了他的项目顺利通过结项的消息。翠萍说已经告知相洲，他当时处于昏迷状态，不知能否听见，但医生说他有反应，应该是听到了。但愿他是确实听到了，走时没有留下遗憾！

相洲走后，我看了他在广州大学的同事写他的一些纪念文章，原来他性情中更多的方面，其实是我所不知道的。海燕所说的他在患病期间坚持工作的这些事，我也不知道。痛惜之余，忽又想到，相洲的性格一直很独立，他去首师大谋职时，没有向我和陈先生打招呼。出版博士论文和其他著作时，也没有要我和陈先生为他写序。难道到生命的最后阶段，又是因为怕给我添麻烦，而不肯告知他患病的消息，宁肯自己扛过去吗？如果是这样，那我就更内疚了！如果他泉下有知，我真想打个电话问问他，知不知道他的不辞而别给师友们带来的悲痛是无法消弭的？

略说吴相洲教授的乐府学贡献

赵敏俐

（首都师范大学，北京，100037）

作者简介：赵敏俐（1954~），内蒙古赤峰人，首都师范大学中国诗歌研究中心教授，著有《汉代乐府制度与歌诗研究》等。

相洲教授的主要研究方向是乐府与唐诗，取得了丰富的学术成果，发起组织成立了“乐府学”这一国家一级学会，培养了一批优秀人才，引领了学术潮流。相洲教授英年早逝，是古代文学界的损失，更是乐府学的重大损失。在缅怀他的同时，我们更需要了解他在乐府学方面所做的贡献。

一

相洲教授在乐府学方面的贡献，首先是发表了一系列重要的学术成果。当然，他的学术成就不止于乐府学。他天资聪颖，勤奋好学，本科毕业于渤海大学，硕士就读于内蒙古大学，博士就读于北京大学，受到了良好的学术训练，打下了坚实的基础。他的博士学位论文《中唐诗文新变》（台湾商鼎文化出版社，1996）就体现了他锐意进取的创新精神，在唐代文学研究方面也取得丰硕的成果。他独立撰写的《中国诗歌通史·唐五代卷》（人民文学出版社，2012）皇皇68万言，建构了一个以盛唐为基准的断代诗歌史体系，自成一家。他做学问有思想有看法，我们一见如故。所以，1998年由我牵头申报国家社会科学基金项目“中国古代歌诗研究——从《诗经》到元曲的艺术生产史”的时候，向他谈了我的想法，拟把“歌诗”（可以歌唱的诗）当作独立的研究对象，马上就得到了他的积极响应，可谓一拍即合。他不仅很快完成了他所承担的这一课题的唐代部分，而且很快写出了一部独立的著作《唐代歌诗与诗歌——论歌诗传唱在唐诗创作中的地位和作用》（北京大学出版社，2000）。在这部著作中，他初步梳理了从初唐到晚唐诗人的歌诗创作过程，并从诗与乐的关系、歌诗创作对诗人诗风的影响等角度，对唐诗研究中许多问题，如近体诗的形成与音乐关系、盛唐诗的繁荣与歌诗传唱、元白的新乐府创作、晚唐才子词人的写作等方面，都提出了自己的看法，令人耳目一新。又出版了《唐诗十三论》（学苑出版社，2002）其中有多篇文章专题讨论了有关唐代乐府与歌诗的关系。接着，他又完成了《永明体与音乐关系研究》（北京大学出版社，2006）一书。永明体的出现，是中国诗歌走上格律化的初始，是文学史上的一个重要问题，多受关注。此前20世纪的学人多认为它是诗乐分离的产物，而且深受佛经转读的影响。相洲教授不赞同这一说法，在这部书中，他首先以翔实的材料和严密的逻辑分析，从选诗入乐、歌诗传唱、四声与五音之关系几个方面，力证永明体的产生与音乐有关。同时他还从古诗的诵读、佛经的转读以及佛经的翻译等方面来辨析永明体源于佛经之误。应该说，这是新时期以来关于永明体研究最重要的一部著作，其观点也受到了学术界的广泛关注并且产生了积极影响，引发了新的讨论。他的这一观点，正在被越来越多的学者接受并发展。

相洲教授关于歌诗的研究，其实已经属于他的整个乐府研究的有机组成部分。乐府与歌诗的关系密不可分，有时候只是侧重角度不同。用相洲教授的话说：“歌诗泛指一切付诸歌舞表演的诗歌，但只有朝廷音乐机构表演的歌诗才能称为乐府。能否成为乐府，看是否与朝廷音乐机构有关；能否成为歌诗，看是否付诸歌舞表演。”所以，由歌诗而进入乐府的研究，是顺理成章的事情。也正是在此情况之下，他从2003年开始，申报了北京市“十一五”规划项目和北京市教委重点项目“《乐府诗集》研究”，率领由11个人组成的团队，按《乐府诗集》的分类，完成了《郊庙燕射歌辞研究》（王福利）、《横吹鼓吹曲辞研究》（韩宁）、《相和歌辞研究》（王传飞）、《清商曲辞研究》（曾智安）、《舞曲歌辞研究》（梁海燕）、《琴曲歌辞研究》（周仕慧）、《杂曲歌辞与杂歌谣辞研究》（向回）、《近代曲辞研究》（袁绣柏）、《新乐府辞研究》（张煜）共9部专著，由北京大学出版社于2009年一次推出，这是迄今为止第一次对《乐府诗集》所做的系统分类研究，一面世就受到关注。在此基础上，相洲教授又带领他的团队申报了北京市“十一五”规划项目和北京市教委重点项目“乐府诗集构成要素研究”（2007~2009），完成了《乐府诗题名研究》（张煜）、《乐府诗本事研究》（向回）、《乐府诗音乐形态研究——以曲调考察为中心》（曾智安）、《乐府诗体式研究》（周仕慧）4部著作；申报了教育部人文社会科学重点研究基地重大招标项目“乐府诗断代研究”，包括《两汉乐府诗研究》（陈利辉）、《魏晋乐府诗研究》（王淑梅）、《齐梁乐府诗研究》（王志清）、《北朝乐府诗研究》（王淑梅）、《初唐乐府诗研究》（韩宁）。两套书同时由北京大学出版社于2013年一次推出。与此同时，相洲教授还出版了《乐府歌诗论集》（商务印书馆，2013）、《乐府学概论》（人民文学出版社，2015）、《中国诗歌研究史·唐代卷》（人民文学出版社，2020），与郭丽合编了《乐府续集》（2020），在《文学遗产》《文艺研究》《北京大学学报》《国学研究》等刊物上发表了十余篇深有见地的乐府与歌诗研究的学术论文。2013年，相洲教授又承担了国家社会科学基金重大项目“《乐府诗集》整理与补编”。以上仅是我所了解的情况，在近20年的时间里承担了这么多的项目，产出这么丰富的成果，是当之无愧的当代乐府学研究的领军人物，让人称羡，让人敬佩。由此也可以看出相洲教授的勤奋和他在学术上的开拓进取精神。

二

相洲教授在乐府学上的最重要贡献，是以其自觉的理论建设意识，提出了当代“乐府学”概念，并且建构了一个初步的乐府学理论体系。“乐府学”是一门古老的学问，在古代可以与《诗经》学、楚辞学、唐诗学等并列，它兼跨文学和音乐两个学科，有着非常丰富的内容。也许正是由于这个原因，在近代以来传统学科分化为现代学科的过程中，它没有如《诗经》学、楚辞学、词学、曲学等一样得到继续的传承和发展，而被肢解到文学和音乐学两个学科里，同时都被边缘化了。就文学研究来讲，20世纪以来也出版过多部与之有关的著作，如罗根泽的《乐府文学史》、萧涤非的《汉魏六朝乐府文学史》，王运熙的《乐府诗述论》，杨生枝的《乐府诗史》，朱谦之的《中国音乐文学史》，等等，但他们所关注的重点都在文学。就音乐学研究来讲，以杨荫浏的《中国古代音乐史稿》为代表，则从音乐学的角度对乐府有过比较深入的探讨。此外如任二北的《唐声诗》与《唐戏弄》两部重要著作，分别考察唐代声诗和戏弄的情况，也与乐府紧密相关。但是由于这两部著作既不属于纯粹的文学也不属于音乐学，所以在当代学科分类中成为边缘的学问，受到的关注远远不够。新时期以来，一批学者也在此做过不少开拓，如王小盾的《隋唐五代燕乐杂言歌辞研究》（1996），苗菁的《中国歌诗研究》（1999），刘明澜的《中国古代诗词音乐》（2003），修海林、孙克强、赵为民的《宋元音乐文学研究》（2004），宋光生的《中国古代乐府音谱考源》（2009），刘怀荣、宋亚莉的《魏晋南北朝乐府制度与歌诗研究》（2010），左汉林的《唐代乐府制度与歌诗研究》（2010）等著作，都从中国古代诗歌的角度而涉足乐府，进行过不少有益的探讨。从音乐学角度，如余甲方的《插图本中国古代音乐史》（2003），李健正的《长安古乐研究》、《大唐长安音乐风情》、《（新版）最新发掘唐宋歌曲》（2010），王小盾的《隋唐音乐及其周边》（2012）等，也多有关于乐府方面的论述。就本人而言，自1998年起先后承担了国家社会科学基金项目和教育部人文社会科学重点研究基地重大项目，出版了《中国古代歌诗研究——从〈诗经〉到元曲的艺术生产史》（2005）、《汉代乐府制度与歌诗研究》（2009）两部著作，主编过《中国诗歌与音乐关系研究》论文集（2005），发表过多篇论文，也提出了自己关于“歌诗”研究的理论和方法。但是，只有相洲教授以敏锐的眼光和自觉的意识，在《北京大学学报》2006年第3期上发表了《关于建构乐府学的思考》，首次提出了“乐府学”这一概念和建构现代乐府学初步设想。文章发表后，由《中国社会科学文摘》和人大报刊复印资料《中国古代近代文学研究》分别转载，深受关注。也就是在这一年，相洲教授开始主编《乐府学》集刊。我认为2006年可以算是现代乐府学科建设中具有标志性意义的一年，这是新时期以来在中国文学研究中的一个重要开创。

细心的读者可能会看出，相洲教授的乐府学研究，从此时起就已经进入一个自觉的理论建设阶段。由他主编的乐府学研究的系列著作，“《乐府诗集》分类研究”“乐府学构成要素研究”“乐府诗断代研究”，实际上都是在这一理论的指导下进行的。经过了数年的学术探索，2015年，相洲教授推出了他的《乐府学概论》一书。这是其多年的研究实践总结和理论思考。相洲教授将乐府学的主要内容概括为文献、音乐、文学三个层面；就具体作品而言，要从题名、本事、曲调、体式、风格五个要素进行把握。

相洲教授认为，这“三个层面”“五个要素”既是乐府学研究的基本内容，也是研究乐府学的基本方法。书中还详细阐述了乐府学的历史，同时系统地介绍了有关乐府学研究的基本典籍。理论的建构与史的描述相结合，形成一个完整的系统。内容丰富，要言不烦，实为当代“乐府学”的奠基之作。

相洲教授关于乐府学的理论建设意义是重大的。这是将传统学术转化为现代学术的一个典型范例。我们知道，在近代以来，随着传统社会向现代社会的艰难转变，学术的发展也有一个脱胎换骨的艰难过程。其中有些古代学术比较顺利地得到了继承和转换，有些则因为差异过大而发生了断裂。楚辞学、唐诗学等古老的学问在向现代化转型的过程中虽然也存在着阵痛，但是它们的转化毕竟相对简单，因为它们的学科属性基本没有大的变化。有的则比较艰难，如《诗经》学从古代的经学研究转换成现代的文学研究，是一个大的学科变换。乐府学相对而言更难。因为传统的乐府学在古代是一种专门的学问，对应着文学与音乐学这样两个基本的现代学科，这使它处于一种颇为尴尬的境地。在现代学术转化的初始阶段，学术界所关注的多是单纯而又典型的文学和音乐，在此基础上构建起一个比较规范的现代文学学科和音乐学学科，而很难顾及复杂的属于交叉学科特征的乐府学，自然会将其边缘化。只有当文学和音乐学都得到比较充分发展的时候，人们才会关注处于交叉和边缘的乐府学。也正是这个原因，乐府学由古代学科转向现代学科的过程相对较晚。新时期以来，学者们才日渐重视。就文学研究来讲，当人们只需要关注它的文学特质就可以将其纳入现代的文学框架的时候，如“五四”以来的《诗经》研究、乐府诗研究，人们完全不用考虑它的音乐特质，就可以将其纳入文学范畴，对它进行单纯的文学阐释。20 世纪的文学史类著作，基本都是以这种方式写成的。但是，随着研究的日渐深入，当我们认识到，如果不懂得古代社会的礼乐文化，不了解汉代社会的乐府制度发展演变，不了解古代的音乐，就不能很好地对这些乐府诗进行更贴近其艺术本质阐释的时候，我们就必须走进学科交叉，现代乐府学呼之欲出。相洲教授关于建立现代乐府学的想法适应这一学科发展大势，因而才会得到大家的响应和认可。如他所说的现代乐府学研究的“三个层面”和“五个要素”，就只有在乐府学的学科框架内才能得到充分的研究。由此可见，相洲教授的这一理论提出源自他的文学基础，他将乐府学定位为在文学学科基础上的一个三级学科，这有他合乎逻辑的发展过程。因为目前从事乐府学研究的队伍，大都来自文学研究领域，他们都是从文学研究而走向乐府的。但是我认为当代乐府学学科成立的意义重大，我们不能将其仅仅定位于文学学科之下的三级学科，而应该把乐府学定位为介乎文学和音乐学这两个学科之间的一级交叉学科，它的发展空间是无限广阔的。

三

相洲教授在乐府学上的另一个重要贡献，是牵头成立了乐府学会。

乐府学会作为国家一级学会，成立的过程可谓既顺利又艰难。所谓顺利，是在学会成立的过程中，得到了国内许多专家学者的支持，得到了首都师范大学、北京市教委、教育部和国家民政局相关部门的大力支持。所谓艰难，是乐府学会的成立有一个前后将近 7 年的漫长过程，历尽周折。说起乐府学会的成立，我们在这里还要感谢傅璇琮先生。2007 年，我们举办第一届乐府与歌诗国际学术研讨会，傅先生就提出了成立中国乐府学会的建议。2009 年，第二届乐府歌诗研讨会召开，傅璇琮先生再次提议成立乐府学会。会上推出了乐府学会筹备机构，发出了《筹建中国乐府学会的倡议》。大会委托首都师范大学文学院吴相洲教授负责申报工作，具体事务由张煜副教授操办。全国性社团的申报程序非常复杂，首先需要经过主管部门首都师范大学、北京市教委到教育部一级一级地审批，还经过了文化部的审议，国务院的批准，最终在民政部注册登记。除了复杂的各种手续批文之外，要得到各级主管部门的支持，还需要让他们了解乐府学会的宗旨和工作的内容，让他们知道在全国有一批赤诚的学者在做着传承优秀中华传统文化的大事。这期间张煜副教授和相洲教授付出了大量的心血和时间，是乐府学会得以成立的功臣。2013 年 4 月 15 日，乐府学会终于获得筹备批准成立，于同年召开了乐府学会成立大会，相洲教授当选为首任会长。2014 年 1 月 9 日，民政部正式下发了“关于乐府学会成立的批复”，乐府学会的申报工作才算最终结束。

乐府学会的成立，团结了全国从事乐府学研究的大批学者，建设了一个乐府学研究的共同体，这对乐府学研究的推动有极大的作用。学会成立以后，我们已经召开了四次年会，今年第五届年会已经准备就绪。第四次会议在广州召开，与会代表人数有九十多人，包括来自中国大陆、台湾、香港，以及日本、韩国、法国、新加坡等各地学者，提交论文75篇。内容丰富，涉及乐府学的各个方面，研究也越来越深入。学会成立之后，相洲教授将其主办的刊物《乐府学》转为学会会刊，每年两期，到2020年底，已经出版了22辑。它以其高度的专业特色和高水平的办刊质量，被收入中国社会科学引文索引（CSSCI）来源集刊，影响日益扩大。

乐府学是一门古老的学问，也是一门新兴的学问。所谓古老，是乐府作为国家的礼乐机构和相应的诗歌创作源远流长，我们甚至可以上溯至传说中的上古时代。但是由于历史的久远与时代的变迁而致使文献残缺，六朝时学人对于汉代的乐府制度及乐府歌诗的传承流变已经不太清楚，就开始了相关的研究。所谓新兴，是因为现代乐府学是建立在当代学科分类基础之上的。如相洲教授所说，当代乐府学包括文学研究、音乐学研究和文献学三个层面，这其实就是三个不同的学科。如果再进一步的话，乐府学和中国古代的礼乐文化建设有直接紧密的联系，我们还需要涉及文化研究和制度研究。所以我将乐府学定义为“以文学研究和音乐学研究为主体，同时将中国古代制度、文化、艺术等相关知识融而为一的专门之学”。这进一步增加了它的难度，要把这门学问做好，既要有多学科的知识，也要有多学科学者的通力合作，这实在是对我们当代人的一种挑战。当然，也正因为存在着挑战，所以才有巨大的诱惑力，面对着浩如烟海的古代历史文献资料，去探寻或重构未知的古代乐府活动情景，当代学人们投入了巨大的热情。这的确是一个返古开新的领域，充满朝气，让人着迷，它的发展前景无限。

我和相洲教授相识相知二十多年，我们既是工作上的同事，又是学术上的合作者，多年来建立了深厚的友谊。从1997年开始，我们同在一个学科和教研室，1998年，我们共同进入首都师范大学文学院班子，他主管教学，我主管科研。2001年，我们申报的教育部人文社会科学重点研究基地获得批准，我去主管诗歌研究中心，相洲教授兼职首都师范大学统战部部长，后来又多年兼职文学院党总支书记。我们还有一个共同的身份，都是中国诗歌研究中心的专职研究员。由于研究方向相同，这些年，我们两人指导的硕士、博士研究生的所有开题答辩等工作，几乎都是互相全程参与的。一些重要的乐府学活动和会议，我们也共同组织参与。相洲教授年富力强，有清晰的理论头脑，敏锐的学术眼光和开拓学术新领域的精神，勇于担当，有领导能力。他在乐府学研究方面不但自己取得了突出的成就，而且指导有方，培养了一批优秀的硕士生、博士生，现在已经成为乐府学会的中坚力量。2017 年他调到广州大学工作，我们仍然保持着紧密的学术联系。他的英年早逝，是我们乐府学界无可估量的重大损失。我们今天纪念他、寄托哀思的最好方式，就是总结相洲教授丰富的乐府学成果，研究他的乐府学理论，认识他在乐府学研究方面所做出的重大贡献，由此而做出更大的成绩，推动这个新兴学科的兴旺发达。

2021 年 9 月 1 日于京西会意斋

我对吴相洲教授的学术回忆

姚小鸥

（中国传媒大学人文学院、国学研究所，北京，100024）

作者简介：姚小鸥（1949~），河南镇平人，中国传媒大学教授、博士生导师，聊城大学文学院特聘教授，主要从事中国古代文学与历史的研究。

前天下午，突然传来吴相洲教授去世的消息。两天来，我思绪难平。谨以这篇追忆短文寄托我的哀思。

我和吴相洲教授并无学脉上的交集，和他的相知，完全出于学术上的机缘，这篇小文，也只述及与他的学术交往。

我和相洲教授是在哪一年开始熟悉的，现在已经记不得了，但肯定是在1996年到2000年之间。他于1995年从北京大学博士毕业到首都师范大学工作，这期间，他与我的师兄赵敏俐教授合作，以新的方法与视角研究中国古代诗歌，拓展了自己的学术路径，并由此开始了成就其一生功业的现代乐府学研究活动。

相洲教授送给过我几本书。最早的一本是北京大学出版社出版的《唐代歌诗与诗歌》，副标题是“论歌诗传唱在唐诗创作中的地位和作用”。送我的时候，扉页题了“小鸥兄惠存并指正：相洲奉于二千年夏”。这本书是2000年5月出版的。也就是说，在出版以后，他很快就送给了我。提到这本书，是因为它反映了相洲教授的重大学术转折。这本书是参与敏俐教授项目的成果，相洲教授不忘自己学术转型的机缘，在许多场合提到此事。这对于已在学术江湖上成名的英雄来说，是不多见的。

相洲教授对自己的学术成果与学术道路，是充满自信的，但又能虚怀若谷，肯定他人，广交朋友，求贤若渴。这对于学术活动的领导人来说，是很重要的。我最早感受到这一点，是在2002年首都师大举办的“中国诗歌与音乐关系学术研讨会”上。那次会议，除了传统的文史研究者外，还有不少主业为音乐艺术的学者参与。这次会议经我牵线，由首都师范大学中国诗歌研究中心与《文艺研究》杂志联合举办。2002年《文艺研究》刊出了这次学术会议的笔谈。笔谈文章的作者为：赵敏俐、朝戈金（社科院民文所）、崔宪（中国艺术研究院音乐所）、康保成（中山大学中文系教授，知名戏剧史家，我的发小）、洛地（浙江艺术研究所，知名戏剧家，音乐家）、许志刚（辽宁大学中文系，我和敏俐教授的师兄）、孙明君（清华大学中文系，相洲教授的同学和朋友）、姚小鸥、吴相洲。名单的开头和结尾，是会议的策划人与组织者，其余是文学与艺术领域的各路专家。笔谈的《编者按》说：

> “中国诗歌与音乐关系”学术研讨会由本刊编辑部与首都师范大学中国诗歌研究中心于2002年4月20日—22日在北京联合举办。来自全国高校及科研机构的40余名专家学者就中国诗歌音乐本质问题、历代诗歌发展与音乐之关系、乐舞诗的产生与社会活动、诗词曲的内在联系与社会生活等问题进行了讨论。在讨论中，来自诗歌理论界、音乐理论界的学者打破学科界限，各自从诗、乐角度对诗歌与音乐关系问题及中外诗歌与音乐关系问题进行了学术交流及个案介绍。大家共同认为，这种边缘与交叉学科的学术交流极为宝贵，值得重视。在文学艺术研究中，既包含学科的本质问题又与相关学科关系密切；在研究方法上，既保持学术传统，又有创新精神，从诗歌的角度研究音乐，从音乐的角度研究诗歌，会产生新的学术增长点。在前人研究的基础上，从艺术本质及相关性方面对各艺术门类进行理论思考与研究值得关注。本期特编发此组短文，以飨读者。[①]

上述笔谈的作者中，康保成兄及洛地先生是我请的，朝戈金研究员和许志刚教授是敏俐请的，崔宪研究员和孙明君教授肯定是相洲请的。从名单及《编者按》的内容来看，这次会议是由我和相洲教授协助敏俐教授操办的。对于相洲来说，他由这一学术机缘开拓了当代乐府学的学术领域。

① 赵敏俐：《关于加强中国诗歌与音乐关系研究的几点思考》，《文艺研究》2002年第4期。

相洲在乐府学会创办中的首功，是人所共见的，但他从不居功自傲。稠人广众之中，时时提起敏俐教授的引领。他还不止一次说，小鸥兄是乐府学历次学术会议（包括其前奏“诗歌与音乐关系”学术研讨会）的唯一全部参与者。他这样说，不包括他自己与赵敏俐教授，实际上，他们才是为当代乐府学的学术活动付出最多心血的人。

我与相洲教授的学术路径并不完全一样，但他能求同存异，以温厚之情对我宽容。与他人相处中的不快，他也往往藏在自己的心中。我想，也许这是影响到他的健康的原因之一。

相洲教授是一位有学术抱负的人，也是一位有很强组织能力的人。如今学术界游走于两端的人不少，但如相洲教授这样真正在两个方面同时具备相当能力的人并不多。他曾私下里和我谈到，组织上曾征求他的意见，是否愿意担任北京某高校的领导职务。他觉得调离首都师大，对自己的学术事业影响太大，因此放弃了这个在别人看来求之不得的良机。我这样说，是有感慨的。年轻时，我也有机会从政，但觉得与自己的志趣相差太大，毅然放弃了。相洲教授不同，他曾担任首都师范大学文学院总支书记和学校统战部部长多年，已经在这方面付出了巨大的心血。他内心的纠结，是人之常情。我想他的可贵，在于不为谋利而做官，他的理想是在现行体制下利用更多的资源来为学术事业做出更大的贡献。理想与现实之间的巨大差异，对于一个感情丰富的人来说，具有巨大的伤害，也许这是相洲教授英年早逝的又一个原因吧。

回归历史语境：从文史学与传统乐学双重视角架构乐府学

——与相洲先生相识、相知感怀

项　阳

（中国艺术研究院，北京，102218）

作者简介：项阳（1956~），河北师范大学特聘教授，中国艺术研究院音乐研究所研究员，博士生导师。

相洲先生驾鹤西游，与他相知者无不震惊和悲痛，他走得太早了。向他告别之时怅然萦怀：再难与先生畅叙，痛失领军，实为乐府学之殇矣！

与相洲先生相识，是他“跨界”参加2009年秋在西安音乐学院主办的“汉唐音乐学术研讨会”上。相洲先生走过来，对我会议上发表《礼乐·雅乐·鼓吹乐之辨析》一文中的观点展开交流。我将同时段撰写的《中国礼乐制度四阶段论纲》内容一并融入，从会场到畅游汉陵期间一路探讨，话题多多，渐由相识到相知。相洲先生讲，之所以参加这次学术研讨会，是因为他与多位文史学界同道创建了乐府学会，由于乐府与音乐文化不可分割，而汉唐又是乐府生成与发展的重要阶段，因此参会，从音乐学界寻道友。能够以乐府学将两界学者聚在一起，在各自表述的前提下换位思考立体研究，相信会碰撞出更多的学术火花。

其后相洲先生和赵敏俐先生多次邀约我参加在首都师范大学主办的乐府学研讨会，多位师友的真知灼见启迪心智、印象深刻。相洲先生赠予《乐府学》刊物，我研读后逐渐明晰在文学史各段都有学会专研的情状下独立出乐府学的意义所在，应是把握文学与音乐之内在关联性，从各自视角认知的前提下、换位思考整合为一体产生新识。毕竟这原本是一个东西，或称由一个东西裂变以成。虽说周之“六艺”有“诗”有“乐”，是两个不同门类，但在乐艺类下，周人之理念为歌舞乐三位一体（《乐记·乐本篇》），这歌为乐语、乐言、歌诗之有机构成，裂变出多种歌的类型，诸如“风”“雅”“颂”等，却是“诵诗三百，弦诗三百，歌诗三百，舞诗三百”（《墨子·公孟》）①，这是“音乐文学”定位，更是情感诉求的有效方式。在这种意义上，乐府者，从乐艺一脉传衍，既有聚合，亦有裂变。当然，诗可独立存在抒情言志者。

《诗经》、《楚辞》、汉乐府诗、唐诗、宋词、元曲等都是音乐文学的典型代表，当然成为“乐府学”之研究对象。恰恰是文学与音乐有如此密切关联，即便在其独立存在之时派生出与音乐渐行渐远的样态，在上述形态意义上却不应否认其为乐的有机构成，与歌相关。《乐府诗集》中的作品无疑都是入乐者。唐诗以成未必都会有“旗亭赌唱”、让宫中最美乐妓谱曲演唱诗作之机缘，但皇帝钦定“三品以上，听有女乐一部，五品以上，女乐不过三人”（《唐会要》卷三四）②，加之专业乐人还要有面向社会服务的职责，这就形成文人、乐人引领和社会多方人士互动的举国体制。从曲牌即词牌的视角认知③，成牌的要义在于长短句式的曲子词每一首初创皆为词曲一体，因脍炙人口被世人追捧，在保留既有旋律音调和词格的情状下填撰与原曲名全然无关内容以成新篇，却以既有旋律音调表现，所谓“旧瓶装新酒”“移步不换形”。这曲子之词但凡成牌必是其后的作品牌名与内容相异，当曲牌呈“繁声淫奏，殆不可数”④ 且词曲在创制中不断雅化之时，催生新的俗乐体裁类型，以同宫或异宫系统将曲牌连缀以歌舞形态演绎故事，一人多角的表现为说唱意义；一人一角演绎且衍生出行当者即为杂剧——戏曲。应明确，所有这些均为长短句形态的曲牌主导。如此这曲牌既可以只曲形态独立存在，亦可以曲牌为“分子”进入说唱和戏曲等新体裁类型之中，还有脱离曲词仅以器乐化形态而存在者。这些原本世俗为用的曲牌填撰上特定内容且用于特定仪式之中，便有礼乐意义，这是北曲的意义。曲牌被填撰上与佛教相关内容，附着原牌名冠以《除孽缘之曲》《六根净之曲》等，这是钦定《世尊、如来、菩萨、尊者名称歌曲》

---

① （清）孙诒让撰，孙启治点校《墨子》，中华书局，2001，第 455 页。

② （北宋）王溥撰《唐会要》，中华书局，1960，第 628 页。

③ 项阳：《词牌/曲牌与文人/乐人之关系》，《文艺研究》2012 年第 1 期。

④ （南宋）王灼：《碧鸡漫志》，《中国古典戏曲论著集成》（一），中国戏剧出版社，1959，第 106 页。

的存在。明代皇朝也依理赐予道观为用，所谓《大明御制玄教乐章》即如此。文人和僧道中人参与创制，当然要既合辙韵亦明教义。曲子、曲牌引领后世千余载，这就是曲子的发生学意义。[①] 学界可辨识哪些属于唐宋金元曲牌，哪些属于明清之创制；哪些可以用于礼乐，哪些只能用于俗乐。从形式上讲还是属于王灼所谓“古歌变为古乐府，古乐府变为今曲子，其本一也”[②] 的认知，为古歌一脉，是乐的整体表达。

以乐府学之视角认知确富有深意，毕竟乐府是以音乐机构初现，其后学界以与乐相关文学样态总称把握，重在多层面研究其所反映出的社会生活的深层内涵以及文学形式、类型和相关文体的结构意义，且以撰写对象为主导；音乐学界对传统音乐文化研究有脱离历史语境之嫌，虽然竭力关注作品自身，却由于曲谱晚出，难以整体把握。再有就是仅从非仪式为用的俗乐意义上认知，或称对仪式与非仪式、礼乐与俗乐类分无意识，除辨研乐本体之律调谱器外，更多注重乐的审美、娱乐功能，却忽略或淡化了乐的社会、实用和教育诸功能，如此难以认知中国传统音乐文化国家意义上礼乐和俗乐两条主导脉络一以贯之的存在。对于礼乐之核心为用的雅乐形态多聚焦两周，对后世雅乐认知不足，如此对有了曲谱之时的雅乐乐章内涵、词曲关系与展演风格多有“忽略”。对俗乐认知同样难以回归历史语境，既看不到教坊自确立之后从唐到清的一以贯之，亦难以把握自宫廷、京师、军镇和各级官府，特别是高级别官府的上下相通的网络意义。“散乐传学教坊十三部，唯以杂剧为正色”[③]，是说在宋代教坊作为俗乐机构属下即形成如此丰富的技艺类型，由杂剧引领。然而当下之学界研究，看不到俗乐之整体意义，将说唱、戏曲、舞蹈从俗乐中析出，各自为政独立研讨，与原本三位一体乐的认知距离太大。以当下存在先入为主地把握历史，中国传统乐文化研究的路“越走越窄”。面对传统，确应回归历史语境，从整体意义上认知这种具稍纵即逝时空特性的乐艺在不同历史阶段的发生、发展，在国家用乐引领意义上的创制、实施及演化脉络。若不能关注音乐形态形成的整体意义、背后意义，只从共时和当下认知，不把握历时性演化，有意无意忽略中国传统音乐文化自身特色，不能不说此实为憾事。

---

① 郭威：《曲子的发生学意义》，台湾学生书局，2013。

② 彭东焕、王映珏：《碧鸡漫志笺正》，巴蜀书社，2019，第12页。

③ （南宋）吴自牧：《梦粱录》，浙江人民出版社，1984，第16~20页。

乐府，首先是秦汉时期国家音乐机构，承载除太常雅乐外的国家仪式用乐和非仪式用乐，这种机制对两晋南北朝产生深刻影响。隋代太常整合后将乐府职能纳入，属下有雅部乐和俗部乐，这俗部乐为秦汉以降乐府之接续。盛唐之时玄宗认定太常为礼乐之司，不应典倡优杂技之乐，如此非仪式为用之俗乐有了独立而彰显的生存和发展空间，单列教坊机构负责创制、管理并实施，多种与之相关的新音声形态应运而生。这教坊绝非仅限于宫廷，地方官府和军镇之府县教坊、府州散乐、乐营等相关机构都应归属其下。更有意思的是，唐代归于太常的专有乐署之鼓吹署竟然在宋代归属教坊，继而这教坊又回归太常，由此看来，这国家用乐的确还是应归太常一体管理者，这恰恰就是整体礼乐观念下的国家用乐形态。原本国家用乐中这礼乐和俗乐两条主脉都不可或缺，地方官府同样如此，形成国家用乐的体系化网络。正是国家用乐体系导致全国各地、特别是高级别官府所在地有这样的机构和官属乐人群体存在，使得全国各地的文人有依乐创制灵感之源泉。文人的声律知识来自乐人：

> 有游心声律者，反从乐工受业；俳优得志，肆为奇谲，务以骇人听闻。常见缙绅子弟，顶圆冠，曳方履，周旋樽俎间。而怡声恭色，求媚贱工，惟恐为其所诮。甚者习其口吻，法其步趋，以自侈于侪辈。彼拂弦按拍，执役而侑酒者，方且公然嘲谑，目无其坐上人，不有作者出而正之，殆不知其流弊之所止也。①

这种词乐一体的创制，文人若不懂声律，难以创制出高水平作品，而创制出作品后交由专业乐人展演方能有效传播与推广，形成制度下的体系化传播与自然传播相结合，当以体系化传播为主导样态。作品能够遍及全国，最佳渠道就是通过遍布全国的地方教坊体系面向社会传播。② 还需有纵向传播途径，通过该系统上达宫中教坊经整合后反向传播至各地，这就是明代文献关于凡王府钦赐曲谱一千七百本的道理所在③，如此多的作品显然

---

① 陈庆浩、郑阿财、陈义主编《越南汉文小说丛刊》（第二辑第五册），台湾学生书局，1992，第31页。

② 项阳：《地方官府用乐机构和在籍官属乐人承载的意义》，《音乐艺术》2011年第1期。

③ 《张小山小令序》："洪武初年亲王之国，必以词曲一千七百本赐之。"傅增湘撰《藏园群书经眼录》，中华书局，2009，第1352页。

不可能都是宫中教坊的创制。国家制度下地方官府面向社会的用乐机构和演艺场所诸如乐营、青楼妓馆、勾栏瓦舍、茶楼酒肆，是将文人、社会各界人士和乐人融为一体使诸种具引领意义俗乐音声类型有效传承和传播的重要途径。

秦汉以降，乐府旗下礼乐的非雅乐类型和俗乐类型有了更多的发展空间，这是我们基于对《乐府诗集》所涉相关音乐文学形态以及其后诸种被认定为可纳入乐府之系列文学样态的考量。在关注作品自身的同时，还应以多种视角去认知其为用的深层内涵。几年前，相洲先生告诉我他同郭丽老师编撰了一套《乐府续集》[①]，是将宋、辽、金、元之诗结集，其类分延续《乐府诗集》的体例，并称还要沿此思路继续。这是一个大工程，也是他对乐府学研究的整体考量。前些日子，郭丽老师将书寄给我，看到这厚重的八册，令人肃然起敬。我在其中看到了涵盖雅乐的内容，诸如宋代以“安”定名的乐章。即便是依照《乐府诗集》的类分，也是礼乐和俗乐并在，或称仪式与非仪式用乐并存。相洲先生与我交流时我也讲到了涉及礼乐乐章之时可关注相关曲谱与之对应的意义，毕竟溯至唐代可见骚体的雅乐乐章，而明代雅乐中骚体乐章有相关曲谱对应，如此可以还原词曲一体意义；徐松辑佚的宋代《中兴礼书》中礼乐词曲一体者已有量的存在，《白石道人歌曲》也是词曲一体存世，雅乐明代《太常续考》有二十八个国家大祀和中祀之雅乐承祀对象的乐章都有曲谱对应，还有《泮宫礼乐疏》等亦将《文庙释奠礼乐》以及“乡饮酒”“乡射礼”的曲词一体列出。至于俗曲之曲谱更是有相当数量。如果能够将这些一并考量定能够更好地把握乐府意义。而不再是仅将曲谱以“诗余”论，以乐府整体意义显现。我们看到，原本一体，分镳之后在各自表述时难免会有误读。诸如康熙五十四年的《御定词谱》对每一首词牌以调称，几百个词牌便是几百个调，这显然属于不知乐的表述，毕竟无论燕乐就是二十八调，工尺七调者，所以说，这里只能以多少曲论，而不可以多少调称。相洲会长讲这正是音乐学界道友一起研究乐府学的意义，他甚至希望接下来编纂相关乐府学文献能够有音乐学界的硕士博士参与其间。我们的对话话题多多，包括他希望由学会主持文史学和音乐学的学者就大家共同感兴趣的课题以访谈形式对话等。音乐学对乐府学在原本一体各自表述意义上能够换位或再度

① 郭丽、吴相洲编撰《乐府续集》，上海古籍出版社，2020。

相互“跨界”、回归历史语境拓展研究空间，不囿于既有论域和思维定式，相互启迪以促学进步，这是我们从相识到相知的意义所在。与文史学界多位学术朋友的深层交往对我的学术思考有至关重要的影响。

所以能在传统音乐文化研究中有所收获，与我在厦门大学读研期间到中文、历史、人类学、哲学等系选修多种科目，来京后在中央音乐学院攻博时到北大和民大选修民俗学和经济史课程有关。历史、哲学、文化人类学、民俗学、社会学、礼学、文学等多领域学者和师友为我解惑答疑拓展学术空间，从而深化学术认知。与相洲先生学术交流与碰撞中我深受教益。相洲先生作为乐府学会的会长以宽阔的学术胸怀与我相知，讨论乐府学定位等相关话题，十分默契与投缘，我们多次通电话与微信并创造条件见面彻谈。我有幸参加多次他主持的学术会议，我们举办的会议他也拨冗出席。相洲先生南下后，2019 年初秋，当他得知我们音乐研究所纪念学术泰斗杨荫浏先生诞辰 120 周年，会期与乐府学会议重合，遂提前安排我到广州大学讲学，此间与我就他新著《乐府学概论》中多个论题互动，告知我要听取学界建议后修订，这让我深受感动。我的研究论域与乐府学多有契合，是从乐的整体视角认知，将乐语、乐言或称音乐文学作为重要的学术关注点，多视角阐发，以显现中国传统乐学的整体意义。

与相洲先生相识这十多年来我发表的相关文稿如下：《“六代乐舞”为〈乐经〉说》（《中国文化》第三十一期）、《周公制礼作乐与礼乐、俗乐类分》（《中国社会科学文摘》2013 年第 1 期转摘）、《〈诗经〉与两周礼乐的关系》、《中国人情感的仪式性诉求与礼乐表达》、《“兴于诗、立于礼、成于乐”辨析——兼议“民可使，由之；不可使，知之”》、《乐与国学》（《国学研究》2018 年第 40 辑）、《词牌、曲牌与文人、乐人之关系》（《文艺研究》2012 年第 1 期）、《从官养到民养、腔种间的博弈——乐籍制度解体后戏曲的区域、地方性选择》、《雍乾禁乐籍与女伶——中国戏曲发展的分水岭》、《一本乐籍佼佼者的传书：关于夏庭芝的〈青楼集〉》、《进入中土太常礼制仪式为用的西域乐舞》、《重新认知两晋南北朝对中国传统音乐文化的价值》、《在艺术与文化有机整合中推动中国音乐史学转型》、《理念回归——历史语境下的中国传统乐学与乐本体学》。为乐府学会会议撰写《从仪式和非仪式视角看国家用乐机构之承载》（《乐府学》第 17 辑），此前尚有《大曲原生态遗存论纲》《男唱女声：乐籍制度解体后的特殊现象——由榆林小曲引发的相关思考》《从〈朝天子〉管窥礼乐传统的一致性存在》《永乐钦赐寺庙歌曲的划时代意义》等多篇文稿发表。文史学界学友亦有撰文对我的相关论题呼应，如孙振田、范春义二位先生即有《从〈汉志〉看“乐经”为“六代乐舞”说之成立——兼论〈汉志〉之〈乐〉类的著录问题》（《音乐研究》）。

以《礼记·乐记》23个论域为整体乐学的研究理念，受文史学诸多研究的启发，我与部分博士研究生讨论选题：《秦淮乐籍研究》《曲子的发生学意义》《大曲的演化》《明清军礼与军中用乐研究》《佛教音声为用论》《由俗及礼、礼俗并用：唐宋教坊职能演化探研》《从明清俗曲看曲子的创承机制》等，硕士生相关论题有：《礼俗兼具的汉代乐府用乐》《传统乐学视角下的〈碧鸡漫志〉研究——兼论教坊体系的地方性存在》《北曲云中派钩沉》等。这些篇目或独立成书或集合以成，多收录于“礼俗之间：中国音乐文化史研究丛书”（国家出版基金资助，13册，上海音乐出版社，2019），相洲先生阅后多有评点鼓励，在下和一众弟子深受鼓舞。今年毕业的博士生论题是《对〈御定词谱〉〈御定曲谱〉中“又一体”的乐学解读》，我亦有《明清时期边地和民族区域的国家雅乐存在——国家用乐中原与边地相通性研究之一》《区域民间音调与“准曲牌”现象——兼议影片〈东方红〉中区域音调的应用》文稿撰成，原想春节过后与相洲先生交流，却不料噩耗传来，斯人已逝，悲乎哀哉!!!

以上多为乐学与文史学交集或称整体乐学之论，若我们不从乐艺之学或称对传统乐文化整体认知，仅对乐律、乐调研讨，学科没有交集也难有所谓“跨界”论域。恰恰是“治出于一”，这文学与乐学虽分镳前行，却有剪不断的“姻缘”。乐府初为国家用乐机构，其治下非雅乐类型和俗乐类型（仪式与非仪式）并在，乐语部分亦称“古歌”“乐府”“曲子”，以文字显现，成为独立研究对象。文史学界不局限于作品自身，还要把握形式与内容的关系，创造者与承载者的关系。从整体意义上讲，乐学和文史学面对有密切关联性的同一个研究对象从多视角认知，在有侧重前提下立体研究会有更大收获，多学科互动能够消解各自表述的局限，特别是要认真把握和探索传统学术话语体系，更有利于学术的发展。

乐府学规模初具是由相洲先生领军、聚集志同道合诸位道友共同努力的结果，音乐学界有多位同好参与其中，这是作为会长的吴相洲先生对乐府学定位的举措。从诗学、乐学视角促进乐府学研究进程，如此奠定乐府学研究之学脉。首都师范大学郭丽老师曾与我讲，相洲先生让她刻意关注音乐文学，可见相洲先生对乐府学的整体观照与学术定位，以乐府立学，是要走出与既往研究不同的道路，这需要探索实践与引领，在大家明确学术理念的前提下共同前行。走新路则要在既有方法论的基础上拓展创新，回归历史语境冲破已固化的研究理念也是一种创新。所以说，相洲先生立学与探索学术路径并行，这是他坚持学术“跨界”的意义，让不同学科的学者面对相同的研究对象在明确自我的前提下能够从多学科视角汲取，以求立体化，他的《乐府学概论》正是探索和践行这种学术理念。我与相洲先生随着学术交流的深入越来越感受到他宽阔的学术情怀、学术组织凝聚力。他对乐府学研究和学会工作殚精竭虑，我作为一名乐学研究者对他深感敬佩，并有幸与他成为学术益友深感荣幸。可惜天不假年，让他过早地驾鹤西游，留给我们的是深深的思念，我们将沿乐府学研究的新路径继续前行！

言念君子，温其如玉

——怀念敬爱的兄长吴相洲教授

张树国

（杭州师范大学人文学院，杭州，311121）

作者简介： 张树国，杭州师范大学人文学院浙西学术研究中心教授，著有《出土文献与上古历史文学研究——以楚史及屈赋为中心》等。

自学长吴相洲先生病逝，我的耳边一直回想着这句话："树国是我的好兄弟。"相洲先生不止一次说过，自 2002 年第一次中国诗歌与音乐关系研究会议开始的历次乐府会议，姚小鸥教授和我一次也没缺席过。今天是教师节，早晨起来翻翻微信，看到好几篇回忆相洲先生的文章和诗歌，也勾起了我太多的回忆。相洲先生在今年 4 月 2 日去世，一眨眼已经五个多月了。

前些日子赵敏俐先生吩咐我，趁着暑假空闲，写一篇怀念文章。相洲先生所赠书，我都放在青岛的家中，如《唐诗十三论》《中国诗歌通史·唐五代卷》《唐诗创作与歌诗传唱关系研究》《永明体与音乐关系研究》《乐府学概论》《乐府歌诗论集》以及他所主编的几套乐府研究系列论著，有曾智安、王淑梅、王志清、向回、左汉林等学者的大作。暑假首都师范大学郭丽教授惠寄她和相洲先生编著的《乐府续集（宋—元）》八大卷册，这套书具有重大意义。因为学界通行的北宋郭茂倩《乐府诗集》主要收录汉至唐时期的乐府诗。既然已经出色完成了宋元乐府的纂辑，我猜想明清乐府部分肯定在他们的宏大计划之内。相洲先生主编了《乐府学》第一至二十二辑，反映了乐府学研究的最新成果，是乐府学研究水平的集中体现。今年 6 月，我收到由广州大学陈世冲先生惠寄的精装本《乐府学》第二十三辑，系由相洲先生病中编成，令我充满怀念。

暑假在家读相洲先生《乐府学概论》，谈到他对乐府学研究宏观、中观、微观架构的设想，主张从乐府文献、乐府音乐机构及体制、乐府文学文本等方面进行系统整理与研究，具有作为乐府学研究的理论基础及方法论意义，同时能够感受到相洲先生的学者情怀。相洲先生多次强调乐府学是文学研究的“富矿”，为学者的进一步研究指明了方向。

相洲先生大学四年级时就考上研究生了，成了我们的偶像，用现在的话说——“男神”。20 世纪 80 年代初能考上研究生是非常不容易的。后来在北大师从著名学者、诗人陈贻焮（笔名一新）先生攻读唐代文学博士。我 2001 年 7 月博士毕业后去首都师范大学出版社从事编辑工作，时间不到一年，但在这有限时间里，相洲先生和我结下了深厚的友谊。当时我因为许多工作生活上的问题不好解决，于是就经常去请教。相洲先生每次都嘱咐我，在编辑之余不要耽误了学问。有时聊着学问，也穿插一些生活趣事。相洲先生会“少北（少林北派）”武术，我读硕士研究生阶段的同学、历史系的张明帅就是他的徒弟。我有一位师兄弟姓徐，生得壮实，据说也有几把“刷子”，平时吆五喝六，和相洲先生是博士同学。我听相洲先生说，徐的武艺“不行”，不是他的对手。有一次“拿大顶”，一抖腕，徐就一个趔趄。相洲先生能喝一些酒，象棋技艺高超，有一次我俩下棋到半夜，其中有一局他在局势大优情况下疏忽了，被我翻盘了。相洲先生一句“没想到这一步”，就收棋归盒了。棋语云“观棋不语真君子，落子无悔大丈夫”，相洲先生就是这样的“大丈夫”。

相洲先生和赵敏俐先生一起组织了多次乐府歌诗盛会，在北京宽沟、稻香湖、紫玉饭店这些风景如画的好地方，安排研究生们做好每一个细节，井井有条，宾至如归。在这良辰美景之中，探讨乐府音乐与歌诗、乐府制度、乐府体制以及文人乐府等课题。有一次大会开始时，相洲教授讲起邀请台北大学何寄澎教授的经过，电话打过去，何太太接电话：

“何先生不在家。”

“去哪儿啦？”

“耍剑呗。”

“和谁耍？”

“一群老太太。”

台下哄然大笑。可以说，这些年中每一次乐府会议都是在这样既紧张又宽松、既严肃又快乐的氛围中召开的，形成了一种美好的意境，这与会议主办者赵敏俐、吴相洲二公的人格魅力是分不开的，现在想来真有点繁华一梦的感受。

相洲先生在中古、唐代文学研究方面有精深的造诣，担任唐代文学研究会副会长、王维学会会长等职。我主要研究先秦两汉文学，一代有一代之文学，上古与中古、唐代文学之间虽然联系紧密，但学术界向来对文学史的划界很分明。是乐府文学研究打破了朝代的界限，从而使我有了更多请教的机会，可以说我从事乐府文学研究主要受了相洲先生的影响。我的博士论文《诗·乐·舞——中国上古祭歌形态研究》主要探讨仪式理论对上古时代诗歌艺术发展的影响，涉及原始农业祭仪式、巫术仪式、祖先崇拜等宗教仪式在诗歌领域尤其是《诗经》《楚辞》的表现与影响问题，后来以此为基础，申请并完成了国家社科基金青年项目“宗教伦理与中国上古祭歌形态研究”，完成以后在人民出版社 2007 年出版。不巧的是，结项时专家评审阶段，通讯评议正好落在相洲先生手里，他客观地指出了我文章中存在的问题，同时建议我既然做完了这一研究领域的上古部分，不妨顺流而下，继续研究中古仪式与诗歌的关系。《乐府诗集》的一大门类《郊庙歌辞》主要是应用在汉至唐国家祭祀礼仪上的颂歌，一般学者不容易感兴趣。在相洲先生的指点下，我于 2009 年又申报了“汉至唐国家祭祀形态与郊庙歌辞研究”这一国家社科基金项目，并以优秀成绩结项，在人民出版社 2013 年出版，获得浙江省人民政府的奖励。

相洲先生是一位非常有情怀的学者，对文学特性及其功用等有非常深入的思考。在《清华大学学报·哲社版》（2019 年第 6 期）发表《古代文学研究的理论困难与解脱之法》一篇长文，认为“艺术言说”是文学的本质属性，具体来说就是“言有序，言成文，有修饰，有条理，有艺术性，使人乐于接受”[①]，同时指明“文学是一种高雅的社会生活”[②]。这篇文章引用了古今中外诸多先哲的论断，如亚里士多德《诗学》“美妙的歌辞就是思想特有的光辉”，孔子时代《诗》是上流社会的必备话语，魏晋清谈

---

① 吴相洲：《古代文学研究的理论困难与解脱之法》，《清华大学学报》（哲社版）2019 年第 6 期，第 102 页。

② 吴相洲：《古代文学研究的理论困难与解脱之法》，《清华大学学报》（哲社版）2019 年第 6 期，第 104 页。

实际也是文学生活等。而在现代大学各个专业中，中文毕业生是少有的没有专长、没有技能的毕业生，中文教育要服务于人们的文学生活，培养高雅的文学旨趣。这篇文章可能是相洲先生的绝笔之作，有情趣，有意味，将自己多年的文学研究生活与研究经验的积累，为当下文学研究的理论困境提出了一个非常切近人情的解决方式。

回忆相洲：共植生命之树

王翠萍

作者简介：王翠萍，中级经济师。

呼和浩特，汉译的名字是青霭之城。蒙古人纵横天下，给城市取这样的名字，很有诗意吧？这座城，北倚大青山，南临黄河。松柏苍翠，花草芬芳，城如其名。

我出生在呼和浩特，父亲在内蒙古大学工作。对南来北往的莘莘学子来说，内蒙古大学是他们的校园，然而对于我，内蒙古大学不但是我的学校，也是我的家园。在内蒙古大学认识吴相洲，这里，就格外不同。

一

相洲考入内蒙古大学，师从王叔磐先生研究古典文学。当时正好我也在内蒙古大学读书。1984 年，中国的改革开放高歌猛进，彼时，大学往往不但有好学风，也有好舞风。内蒙古大学不同的系多办舞会，学生组织也办舞会。最大的舞场在大礼堂，平时就是学生食堂，逢开全校大会，都在这里进行。

我喜欢跳舞，相洲也在那边。一天，我颇熟络的历史系同学，介绍一位内蒙古大学的新人，他不娴舞技，由我教他，带他。这是一个帅气高大的青年，来自东北，我一眼看去，这人气质不俗，傲岸俊逸，就有好感。这就是开始。人与人之间，从相识到相爱，不一定要花太多时间，仿佛要翻过千山万水，经过千锤百炼，才能修成正果。如果在较短的时间走出这个过程，反而证明效率更高。我和相洲就是后面这种情况。

我们很快就单独见面。在约会中，我逐渐认识到相洲的勇敢、果断，是一个意气风发又剑及履及的人。男子汉！我们有时在校园，有时在校外，有时在电影院，有时在冰场，世界上最复杂的路径，都是恋人规划和走出来的。我记得相洲第一次和我约会就吐露了他的衷肠，他说：“我觉得我们不是刚刚认识，而是见到已久，你就是我要找的媳妇儿！”他就是这样大胆，真诚。相洲在内蒙古大学读了三年研究生，整个过程也是我们俩谈了三年恋爱。

这在我们彼此都刻骨铭心。有一天晚上下着大雪，呼和浩特寒冷，可是我们却依依不舍，这样我就钻到他的军大衣里面，围绕着内大的人工湖走啊走啊，走了无数圈，地上的雪已经积了很厚，我们走到四顾无人，清晰听到自己的脚步、自己的气息。有一天，相洲请我吃饭，那是我人生的第一次，有男生请我吃饭。我自然快乐无比。和相洲在一起，总是这样。他花了 5 块钱，记得那一餐还很丰盛。

相洲知识丰富，记忆力好，博闻强记。我们相处，说话的时候，就是他的主场，我话不多，相洲会提出来，认为我不爱说话，其实是我更愿意倾听。他懂得多，这也促使我发挥自己的优势。我这个人，爱好艺术，跳舞呀，唱歌呀，都比较追求，也不怯场。我给他唱歌，相洲夸赞我的歌唱得好，还用一个砖块大的收录机，录入了一些我唱的歌曲，以便随时播放。

毕业时，王叔磐先生在家设宴，给相洲饯行。当时还请了汉语系林方直先生、陈雨云先生。他们调侃相洲，说：你在内大收获不小，得到了学位、成为了党员、娶了个漂亮媳妇儿。那次聚会气氛特好，欢声笑语，不绝于耳……

那时候，我们可谓朝气蓬勃，对未来充满着希望，充满“如日之升，如月之恒”的憧憬。可这些年过去，谁料想王叔磐先生早已驾鹤，陈雨云先生也已作古。最突如其来，是相洲也离我而去！想起杜甫那首诗：

> 人生不相见，动如参与商。今夕复何夕，共此灯烛光。少壮能几时，鬓发各已苍。访旧半为鬼，惊呼热中肠。（《赠卫八处士》）

如今，真的是“访旧半为鬼”，更何况，“存者且偷生，死者长已矣”。

二

大连是名城。因为我的偏爱，相洲到这里工作。

1987年，相洲研究生毕业，进入大连大学，开启了他的大学老师生涯。

我们在大连领证结婚。可笑当时条件不好，一开始我们住在万岁街校区的学生宿舍里面，相洲住在第4层的男生宿舍，我住在第1层的女生宿舍。过了一段时间，经过努力，以至于反复抗争，才给了我们一间学生宿舍。

在这里，我们过得很欢愉。青年教师们，经常在我们的学生宿舍之家聚会畅饮，高谈阔论。天长日久，大家说我们这个斗室之居是青年俱乐部。

相洲勤奋认真。教学之余，还当班主任。他自幼习武，有脾气，也有原则。做人真诚友善，豪侠义气。跟学生们处得非常好，打成一片，学生们见到我，都管我叫嫂子，其乐融融。这期间发生了一件大事，回想起来还有些惊心动魄。那时候我在中国银行大连分行长兴分理处工作，一天下班回家，穿过自由市场，在买菜过程中和一个卖菜的发生了口角。这个卖菜的口不择言，横着竖着把我羞辱谩骂一通，这让我特别伤心。回到家，相洲看出苗头，经过了解，知道我受了窝囊气。他非常生气，就带着吴广新师弟和几个学生，找到那个市场，不由分说，将那个卖菜的人一顿暴打。市场这边，因为大家不明就里，还以为是抢钱，也有人出来帮助卖菜的人，双方大动肝火，成为一场混战。幸而未造成严重后果。

自然这件事情的风险极高，无论现场还是过后，都有形势失控的可能。我非常害怕，也非常后怕。但相洲凭他的勇武应对了一切。在大连大学，我们和孟宪刚教授及其夫人赵老师走得很近。他们知道这事后，给了我们一番不留情面的批评。那时候我们初出茅庐，也有草率贸然之时，不够成熟稳妥。我们经常到孟老师家，每次赵老师都做很多的菜。孟宪刚教授是我们的人生导师，给了我们很多帮助。在此表达我深深的敬意和感谢！

大连物价很高，而我们挣的钱不多。到菜市场，总是买最便宜的菜。为了改善生活，相洲决定写书编书，以为能挣些稿费贴补家用。可谁曾想根本挣不到钱。相洲辛辛苦苦爬了4年的格子，虽然后来都出版了，可在当时生活困难的日子却没有派上用场。

当初来大连完全是因为我喜欢，而对相洲确实是无多大用武之地。记得相洲在一次信中写道："为了满足你的虚荣心，让我吃了个大苦果。"相洲总说大连是文化沙漠，没有知音，于是发奋考博。经过 7 个月的努力，还真的就考上了北京大学中文系陈贻焮先生的博士。

相洲去北大读书的时候，我们的女儿刚刚出生 4 个月。我送相洲去火车站，当时有同事看到就说，还真有点悲壮呢……从此，我们又开始了三年的两地生活。

在这里我要感谢相洲的妈妈、我的婆婆靖玉兰女士。她是一位非常善良又很智慧的人，她勤勤恳恳任劳任怨。那时候产假只有 104 天，相洲在北京读书，我则要起早贪黑赶着去上班，照顾孩子的重任全都落在婆婆的身上。

相洲在北大读书的三年，虽然日子清苦但充满信心。他的博士论文后记就是我们这段生活的真实写照：

> 三年读书，离不开母亲和妻子的支持。当我九二年春从大连“进京赶考”时，女儿出生才不到 20 天，是年近七旬的母亲一手将她照料大的，而妻子则撑起了整个家中生活，且常常“捐资助学”，使我得以全力读书。对于幼小的女儿，我心里充满内疚。三年中每当读到杜甫“可怜小儿女，未解忆长安！”的诗句，心里都别有一番滋味。

三

1995 年，相洲博士毕业，选择到首都师范大学工作，我也于当年底调到中国银行北京市分行，结束了长达三年的两地生活。

北京为大国首都，资源、能量、智慧富集。相洲在北京，如一条巨鱼，获得了他的水系、风潮、汪洋大海。1995 年至 2017 年这 22 年是最关键、最重要的时期。尽管这一时期的喜怒哀乐、酸甜苦辣也难以尽述，但有一点可以肯定：北京这片土壤很适合相洲，经过长期打拼，不懈努力奋斗，苦干实干，相洲在学术上取得了重大成就。

这一时期，我们的日子也一天天好起来，生活不再拮据。孩子很优秀，读书勤奋，可持续成长，一路高歌猛进，在首师大附中读初高中，如今都博士毕业，在伊利诺伊大学香槟分校读博士后了。

2017 年，相洲赴广州大学任教。那些年，北京雾霾重，相洲的身体就有些压力，而广州的气候要好得多。健康的环境更有利于做学问、攻课题，同时广州大学的邀请情深意重。犹豫之下，他还是决定去广州。然而这重新开启了我们的两地生活。

好在两年后，有了别样转机。我在 2019 年 8 月退休，这样便跟相洲去了广州。这一时期，相洲的科研教学更加繁忙，但他还是留出时间，带我去看了沙面、南越王墓、黄埔军校，逛了南京路，上了莲花山，还去了多年想去都没有去成的特区——澳门，相洲给我拍了很多照片，留下了珍贵的影像。

可谁能想到这是我们最后的一次旅行呢……不久我就又去美国看望女儿了。转年 2020 年 1 月 3 日我从美国回到北京，相洲也于 1 月 10 日回到北京，我们又团聚在北京的家中。可就是在 2020 年的春天，肆虐全球的新冠疫情全面暴发，而相洲身体里的可怕病变也悄悄来临……

2020 年 1 月 22 日，武汉封城。北京是一个事关重大的地方，自然我们也非必要不出门。当时我还窃喜：能够安稳地在北京过一段日子，不必来往于京广奔波。他的学术研究不会因此中断，而我，则练字学画弹筝。

可贵的是，因为相洲上网课，我前所未有地有机会听了一个学期相洲给广州大学学生讲的课程。我本来就是中文系的学生，因此更加喜欢上了唐诗。相洲一直注重我的学习进步，耳提面命，现在，可是捞着一个难得的契机。他为我认真地画了重点篇目，悉心指导，不厌其烦。按照相洲的布置指导，我从初唐开始，一马放过来，竟是一首首背诵唐诗，无论长短我都坚持背下来，直到现在仍在继续。我想把相洲画出的篇目全都背下来，这也是对我们在大化中数十亿人中得以相见相爱，共同度过的美好生活、最后生活、逝去生活的纪念。

这时候，异样的情况出现了。相洲开始一天天消瘦，吃饭也开始不舒服。等到他上完网课，等到我们醒过神来，等到北京的医院稍稍解封，在我催促下，我们直奔中日友好医院，在焦急的等待中得到了晴天霹雳般的消息——肺癌晚期！

我们尽一切努力治疗。资源、能量、勇气、智慧全投进去了。可这世界，有的事叫作无能为力，回天无力。疾病至今仍是人类面前的大山，大量难题还没攻克。相洲的情况，有时会好一点，有时却大幅波动，令人心碎腿软。我眼睁睁看着他一天天虚弱下去，想尽办法，却看不到任何完全逆转的可能。

在医院的那些日子，我的脑海里经常浮现一部电影的场景，《天地英雄》。我希望此时此刻，真的有救苦救难、大雄大力的无边佛法，一念之下，能够尽显神通，祛除病魔，让相洲脱离劫难，涅槃重生！相洲表现了他一贯的顽强不屈，然而他自己也日益感到有一股力量，强大病魔的力量推他向另外的方向。他如此依依不舍，直到见到孩子从美国回来、直到知道自己心心念念的重大项目结项通过的通知到来，相洲的生命定格在2021年4月2日下午的4点02分……

四

2019年，我退休之际，相洲欣然命笔，作诗一首：

入职二十一，五五始赋闲。二办和沙办，呼市到大连。恩人曰永贵，其祖名老聃。劳服费心力，分行得安然。夫君游京国，举家得随迁。其初在汇兑，其后转风险。贵人有王顾，臻姐助周旋。终日勖勤勉，不构隙与嫌。是以心口直，竟无过与愆。更有护身术，为民不为官。风霜三十四，犹得好容颜。岂能无辛苦，奔波道路艰。风雨居处远，戴月历星躔。家计赖维持，姑安女爱怜。丈人志于学，爱女亦争先。今日得宽余，琴书两得兼。藏獒是爱犬，豹猫作闺媛。母鸡在笼里，蔬果罗堂前。萧洒送日月，体泰兼心宽。悠悠无牵挂，颐养乐天年。

己亥秋（公元2019年8月17日）吴相洲贺。（《荣休志贺》）

诗成后，相洲絮叨说，还要修改一下。接着他就全身心投入他的事业、梦想之中。现在，这首诗不可能修改了，然而它，已经成为我生命中永远的珍藏。

乐府诗学

芮挺章《国秀集》的诗学意义与定位

——重读吴相洲“歌诗”研究的启发*

廖美玉

摘　要：就唐人选唐诗而言，历来学者研究多重殷璠《河岳英灵集》而轻芮挺章《国秀集》。本文受吴相洲“歌诗”研究的启发，分别从科举选士、可被管弦、合乐新体诗等视角，探讨《国秀集》的编选缘起与旨趣，比对《国秀集》选诗与郭茂倩《乐府诗集》的收录，再从试诗、合乐新体诗讨论《国秀集》的选诗特性。同为盛唐诗歌选本，《国秀集》的主选新体与《河岳英灵集》的主选古体，分别映现出当代诗潮与诗学反思，定位明显不同。从“时人所重”重新检视唐人选唐诗，由朝廷官员主导、国子生执行选诗的《国秀集》，选盛唐诗以初唐诗人为先声，映现出歌诗与乐舞共同展演的职场社交活动，乃能兼具新体诗创作与职场指南双重属性，是一部以选士为导向的实用歌诗选本。

关键词：歌诗　新体诗　选士　《国秀集》　唐人选唐诗

作者简介：廖美玉，台湾成功大学、逢甲大学中文系退休教授，文学博士。研究方向为古典诗学，主要成果有《论争与推激：学杜的多元面向》《亲执耒耜：以农事为中心的汉唐祭祀乐歌》《乐府〈四时歌〉所形塑的“四季原型”及其意义》等。

前　言

我与吴相洲先生学术因缘15年，一起开过的学术会议约有20次。第

* 本文系“科技部”2018年度二年期专题研究计划“述与作之间——唐代‘诗缘政’说的创作体现及其诗学意涵”（MOST 107-2410-H-035-033-MY2）部分成果。

一次相逢在 2006 年 8 月，因傅璇琮先生推荐，我参加了相洲先生在宽沟举办的“中国唐代文学学会第十三届年会暨唐代文学国际学术研讨会”。2009 年 2 月至 6 月，相洲先生在逢甲大学客座讲学。同年 8 月在北京召开“第二届乐府与歌诗国际学术研讨会”，成立乐府学会，受相洲先生感召，我写了第一篇有关乐府学的论文。2010 年 5 月逢甲大学举办“第三届唐代文化、文学研究及教学国际学术研讨会”，我们又见面了。2011 年 8 月相洲先生在北京举办“第一届海峡两岸唐代文学学术研讨会”，2012 年 5 月我在逢甲大学主办“‘气候·环境与文明’第十届唐代文化国际学术研讨会”。相洲先生热诚待人，事事周到，对学术事务一力承担，又能耐烦，令人敬佩。因为我与相洲先生在唐诗与乐府诗的交集，我们几乎每年都会见上一次面。这样的因缘使我们成了可以谈学术、家人、生活日常与理想的真心朋友。

受相洲先生感召写了第一篇乐府学论文，重读汉唐诗歌中的乐府诗，开启了更多元而丰富的研究视角，从此每两年写一篇乐府学论文，便成了我的学术常态。而我对乐府学的进阶了解，主要就从相洲先生的著作与乐府学会议上获得。最早读到相洲先生著作，是《中唐诗文新变》[①]，获益最深的是有关乐府歌诗的专著《唐诗创作与歌诗传唱关系研究》[②] 和《永明体与音乐关系研究》[③]，对于因诗乐结合而产生的永明体与唐诗创作，有很深刻的辨析。更全面性的探讨有《乐府歌诗论集》[④] 和《乐府学概论》[⑤]，成为了解乐府诗的经典著作。在期刊论文方面，如《论初唐近体诗律的形成与诗歌入乐的关系》《论永明体的产生与音乐之关系》《略谈唐代旧题乐府的入乐问题》《论元白新乐府的创作与歌诗传唱的关系》《论唐代旧题乐府的入乐问题》《永明体的产生与佛经转读关系研究》《关于构建乐府学的思考》《永明体始于诗乐分离说再分析》《论元白对古乐府传统的颠覆》《论唐代诗人之歌》《王维乐府诗的文献留存和音乐形态》《“绮靡”新解》

① 吴相洲：《中唐诗文新变》，台北，商鼎文化出版社，1996。

② 吴相洲：《唐诗创作与歌诗传唱关系研究》，北京大学出版社，2004。本书即吴相洲著《唐代歌诗与诗歌——论歌诗传唱在唐诗创作中的地位和作用》（北京大学出版社，2000）的进阶版。

③ 吴相洲：《永明体与音乐关系研究》，北京大学出版社，2006。

④ 吴相洲：《乐府歌诗论集》，商务印书馆，2013。

⑤ 吴相洲：《乐府学概论》，人民文学出版社，2015。

《论郭茂倩新乐府涵义、范围及入乐问题》等[①]，合著有《中国古代歌诗研究——从〈诗经〉到元曲的艺术生产史》[②]，都可见相洲先生对歌诗与音乐关系的持续关注与深刻见解。相洲先生倡设乐府学会，诸多鸿著已成为乐府学研究的珍贵遗产，后学者的步武发扬，可以“弦歌不辍”一语概括。

在研究文本的选择上，有助于回到唐诗现场的《唐人选唐诗》，已有很好的辑校[③]，学者研究着重在当时诗观、文学思潮、诗歌风格体式与诗学意义。注意到《唐人选唐诗》与音乐关系的研究，有向回《〈御览诗〉选诗标准论略》，指出主要编选标准为“诗歌是否易于入乐歌唱作”，反映中唐部分士人的逸乐心态和崇尚浮靡艳丽的审美情趣。[④] 张之为《“可被管弦者都为一集”——〈国秀集〉的编选动机、策略与诗歌入乐问题探论》，依楼颖《序》的“无与乐成”，认定“其流传主要还是以文本而非音乐的方式进行的”，直指集中收录的芮挺章二首“皆为乐府题，辞涉艳情，格调不高”，并举入选的张说《五君咏》为例说明真正编选意图“在于自我彰显，以求闻达”，“近似于一种另类的行卷”，归结《国秀集》所谓“可被管弦”，乃在“展现出此集具有强烈的被传播意图”，“选择的原则乃是诗歌的内容与情调”[⑤]。蔡瑜《唐代〈国秀集〉诗律探微——以诗选、诗格交互印证》则认为，“不必执着于配乐的事实”，“更应从诗歌的声律形

---

① 吴相洲：《论初唐近体诗律的形成与诗歌入乐的关系》，《首都师范大学学报》2000年第2期；《论永明体的产生与音乐之关系》，《文艺研究》2002年第4期；《略谈唐代旧题乐府的入乐问题》，《社会科学战线》2002年第5期；《论元白新乐府的创作与歌诗传唱的关系》，《中国诗歌研究》第2辑，中华书局，2003；《永明体的产生与佛经转读关系研究》，《文艺研究》2005年第3期；《关于构建乐府学的思考》，《北京大学学报》2006年第3期；《永明体始于诗乐分离说再分析》，《文学遗产》2006年第5期；《论元白对古乐府传统的颠覆》，《文学评论》2010年第1期；《论唐代诗人之歌》，《文学遗产》2010年第4期；《王维乐府诗的文献留存和音乐形态》，《文学遗产》2011年第6期；《“绮靡”新解》，《文史》2011年第4期；《论郭茂倩新乐府涵义、范围及入乐问题》，《文学遗产》2017年第4期。

② 赵敏俐、吴相洲、刘怀荣、钟涛、方铭、沈松勤、陶允冀：《中国古代歌诗研究——从〈诗经〉到元曲的艺术生产史》，北京大学出版社，2005。

③ 傅璇琮编撰《唐人选唐诗新编》，陕西人民教育出版社，1996；傅璇琮、陈尚君、徐俊编《唐人选唐诗新编（增订本）》，中华书局，2014。新增徐俊辑校《瑶台新咏集》及陈尚君校点的《元和三舍人集》《窦氏联珠集》三种，排列顺序略有更动。增订本于《国秀集》只校对二错别字，故本文仍采1996年的《唐人选唐诗新编》本。

④ 向回：《〈御览诗〉选诗标准论略》，《乐府学》（第十辑）。

⑤ 张之为：《“可被管弦者都为一集”——〈国秀集〉的编选动机、策略与诗歌入乐问题探论》，《乐府学》第十五辑，社会科学文献出版社，2017。

式加以判别"，借由《汉诗格律分析》的数位辅助，全面分析《国秀集》选诗的声调类型，把选诗区分为律体、新体、古体，确认"是盛唐着重于声律的选本"[①]，侧重在诗律形式的讨论。此外，陈尚君考证《元和三舍人集》所载皆为歌词，认为此书即是《新唐书·艺文志》著录的《翰林歌词》[②]，是探讨唐人选唐诗与音乐关系的另一种选本。

芮挺章《国秀集》与殷璠《河岳英灵集》编选时间相近，所选以开元、天宝诗人为主，而后人评价直指《国秀集》不如《河岳英灵集》，近人研究更大幅聚焦在《河岳英灵集》，《国秀集》明显受到忽略。本文受相洲先生启发，从"歌诗"的视角重读芮挺章《国秀集》，探讨初盛唐试诗、新体诗与乐府的关系。

一　科举选士：芮挺章《国秀集》的编选缘起与旨趣

选本每因选编者的立意造论和时代风尚，影响到对诗人与诗歌的拣选。宋人推尊杜甫，而唐人选唐诗阙选杜诗，即是显例。明人主张"诗必盛唐"，以盛唐格调检视唐人选唐诗，形塑的诗人典范与经典诗作，自然有别。许学夷（1563~1633）《诗源辩体》即指出：

> 唐人选诗，与今人论诗相背而相失之。盖诗靡于六朝，唐人振之，李杜古诗、歌行，为百代之杰；盛唐五、七言律、绝，为万世之宗。今《搜玉》、《英灵》所采，皆六朝之余，而《箧中》又遗近体，此唐人选诗之失也。[③]

标举盛唐五七言律绝与李杜古诗、歌行，从而批评唐人选诗之失。事实上，唐人选诗亦自有其"今人论诗"的指标，不得径以后之"今人论诗"指摘古之"今人论诗"。回到唐诗现场，选本具有创作需求、诗歌传播与

① 蔡瑜：《唐代〈国秀集〉诗律探微——以诗选、诗格交互印证》，《成大中文学报》2021年第9期。

② 陈尚君：《唐代与翰林学士有关的两种诗歌总集考释》，陈尚君著《唐诗求是》，上海古籍出版社，2018，第706~709页。

③ （明）许学夷：《诗源辩体》，周维德集校《全明诗话》卷三六，齐鲁书社，2005，第6283页。

经典化等不同指标，从“时人所重”重新检视唐人选唐诗，当可获得更多元的诗学意涵。

（一）编选的关键人物：陈希烈与苏源明

芮挺章约在天宝三、四载（744~745）编成《国秀集》，楼颖撰《序》并编写目录，诗人姓名上各载官职或身份。依傅璇琮考证，《序》写于肃宗乾元、上元（758~760）间。依楼颖《序》，天宝三载（744）芮挺章与楼颖都还是国子生，准备应进士试，目录冠以“进士”，实为尚未登第的举子。[①] 由于选诗与作序、编目者不同，时间相隔约有16年，在相关人物的职称上，出现选诗当时职称与后来职称两种标示方式。芮挺章编选《国秀集》系奉“秘书监陈公、国子司业苏公”之嘱而编选，《序》称陈希烈（？~758）为“秘书监”，乃当时职称；《序》称苏源明（697？~764）为“国子司业”，乃后来职称。这两位关键人物的职称，都不是他们曾担任过的最高或最终官职。

陈希烈，依刘昫《旧唐书》所载，开元（713~741）中“累迁至秘书少监，代张九龄专判集贤院事。玄宗凡有撰述，必经希烈之手”。天宝元年（742）以秘书少监兼任崇玄馆大学士，天宝五载（746）为相，十二载（753）进为许国公。[②] 存诗3首，分别是：《赋得云生栋梁间》五言四韵，《奉和圣制三月三日》五言六韵，《省试白云起封中》（一作李正辞《赋得白云起封中》）五言六韵。[③] 大抵为试帖诗或应制即景赋诗，“云生栋梁间”出自郭璞《游仙诗》，“白云起封中”出自司马迁《史记·封禅书》。三诗都是新体，清词丽句，声调谐婉，可见太平气象。

苏源明，宋祁、欧阳修《新唐书》称其“工文辞，有名天宝间”，“雅善杜甫、郑虔，其最称者元结、梁肃”[④]。陈尚君《石刻所见唐代诗人资料零札》考证苏源明初名苏预：

> 洛阳近年发现的《大唐故福州刺史管府君（元惠）之碑》，署

---

① （唐）芮挺章：《国秀集》，傅璇琮编撰《唐人选唐诗新编》，陕西人民教育出版社，1996，第209~215页。

② （五代）刘昫：《旧唐书》卷九七，台北：鼎文书局，1985，第3059页。

③ （清）彭定求等编《全唐诗》卷一二一，台北：盘庚出版社，1979，第1214~1215页。

④ （宋）宋祁、欧阳修：《新唐书》卷二〇二，台北：鼎文书局，1985，第5771~5773页。

“右拾遗内供奉东周苏预纂……”，为天宝元年建……今按苏预即盛唐著名文学家苏源明，晚年因避代宗讳而改名……其天宝元年官右拾遗事，不见于史籍记载。①

苏源明于天宝元年（742）官右拾遗，后出为东平太守。苏源明《小洞庭洄源亭宴四郡太守诗·序》自称“天宝十二载七月辛丑，东平太守扶风苏源明”，详述五太守高宴小洞庭盛况：

彻馔更服，陈羞洁尊；自洄源，起广泊……所遇多感，祗牢为欢，婥态目成以留客，嫮容色授以劝酒；繁丝疏管，纷尔自会，雅舞清唱，倏然同引。既醉，源明以手版扣舷而歌，歌阕，鸟兽闻之，低昂而相鸣；鱼鳖闻之，沿洄而或跃。②

诗为楚辞体七言歌行，二句一转韵，句句用韵。又有《秋夜小洞庭离宴诗·序》首揭“源明从东平太守征国子司业”，则天宝十二载（753）秋已征调入京为尚书礼部国子监司业。《序》详记须昌外尉袁广载酒留宴事：

彻馔新尊，移方舟中，有宿鼓，有汶篑，济上嫣然能歌者五六人共载，止洄源东柳门。入小洞庭，迟夷彷徨，眇缅旷柈，流商杂征，与长言者啾焉合引，潜鱼惊或跃，宿鸟飞复下，真嬉游之择耳。源明歌云云，曲阕，袁子曰：君公行当挥翰右垣……③

诗为楚辞体七言绝句二首。二诗都属于地方官员宴聚之作，序中详细摹写彻馔之后的乘舟夜游，官员们更服新尊，有嫣然女伎劝酒，特别细写丝管、长言、清歌、雅舞等娱乐性的弦歌表演，苏源明即席作诗自歌，宾主尽欢。离宴更预祝苏源明入朝为国子司业的文辞表现。这样的描绘，指点了以歌诗与乐舞为主的职场社交联谊活动。苏源明存诗仅此 2 首，安史乱后，肃宗擢为考功郎中、知制诰，以秘书少监卒。杨承祖《苏源明行谊考》推论苏源明约于开元十六、十七年（728、729）或二十四、二十五年

① 陈尚君：《贞石诠唐》，复旦大学出版社，2016，第 296 页。

② （清）彭定求等编《全唐诗》卷二五五，第 2862~2863 页。

③ （清）彭定求等编《全唐诗》卷二五五，第 2863 页。

间（736、737）及第，天宝十二载（753）为国子监司业，同年元结（723~772）擢上第，举制科，乃苏源明所荐。指出：

> 苏源明以文行，有声天宝肃代间……在当日，实负士林之望，所与游且深相契者，如元德秀、元结、郑虔、李华等，学行文章，皆有盛名，而杜甫尤与相善，既多见于篇什，且赋之入《八哀》，使与名臣巨公，相揖并峙，其钦怀感念，昭然甚显。①

杜甫诗留下苏源明事迹，《八哀诗·故秘书少监武功苏公源明》称其少孤勤苦励志，终能“射君东堂策，宗匠集精选。制可题未干，乙科已大阐”，得意于科场。两人交谊，先有《戏简郑广文虔兼呈苏司业源明》称“赖有苏司业，时时与酒钱”，开元二十四年（736）杜甫游齐赵，《壮游》追忆当时有“苏侯据鞍喜（原注：监门胄曹苏预）”，又《九日五首》之三有“旧与苏司业，兼随郑广文。采花香泛泛，坐客醉纷纷”，既能周济，也能同游同醉。广德二年（764）郑虔、苏源明卒，杜甫《哭台州郑司户苏少监》有“故旧谁怜我，平生郑与苏”，又作《怀旧》，直言“地下苏司业，情亲独有君”，“自从失词伯，不复更论文（原注：公前名预，缘避御讳，改为源明）”②，拳拳系怀，不独情亲，更许为“词伯”，可见苏源明在当时文坛的地位。韩愈《送孟东野序》有云：“唐之有天下，陈子昂、苏源明、元结、李白、杜甫、李观，皆以其所能鸣。”③ 陈子昂、元结、李白、杜甫都是开启盛唐诗的指标性诗人，苏源明列名其中，在唐代文学发展史上应有一席地位。

（二）选士需求：初唐入选诗人的指标性

芮挺章《国秀集》常被指摘的问题，一是楼颖编《国秀集》目录的诗人的官职，有不采芮挺章选诗当时职称者，除了前面说明的国子司业苏源明，还有王维称“尚书右丞”，而王维任尚书右丞在上元元年（760）；刘希夷称“广文进士”，而天宝九载（750）方有广文馆之设置。二是选诗断

---

① 杨承祖：《苏源明行谊考》，《东海中文学报》1998年第12期。

② （清）彭定求等编《全唐诗》卷二二二，第2353页；卷二一六，第2262页；卷二二二，第2358页；卷二三一，第2536页；卷二三四，第2588页；卷二二七，第2458页。

③ （唐）韩愈撰，马其昶校注《韩昌黎文集校注》卷四，台北：河洛图书出版社，1975，第136~137页。

限，芮挺章《国秀集》所选诗人，始于李峤（644~713），终于祖咏（699~746），实际选诗早于《序》所称开元，总计卒于开元之前者有李峤（4首）、宋之问（6首）、杜审言（5首）、沈佺期（5首）、董思恭（1首）、刘希夷（3首），合计6位诗人（24首）。不论是楼颖所采的后来拥有较高职级官衔的诗人，或是芮挺章选入的初唐诗人，大抵都与朝廷选士有关。

朝廷选士攸关国家治理，初唐选士原由尚书省吏部员外郎掌贡举之职，杜佑《通典》记载吏部考功郎中一人："武德旧令，考功郎中监试贡举人，贞观以来，乃以员外郎专掌贡举省郎之殊美者。"[①] 职责重大且备受尊崇。礼部尚书职掌本在"总判祠部、礼部、膳部、主客事。"[②] 因开元二十三年（735）掌贡举的吏部考功员外郎李昂不足以服众而生争议："为进士李权所诋，朝议以考功位轻，不足以临多士"[③]，遂于开元二十四年（736）改由礼部主导，设侍郎一人："掌策试、贡举及斋郎、弘、崇、国子生等事"[④]，同时主管国家教育与科举考试，遂使"开元、天宝之中，升平既久，群士务进，天下髦彦，由其取舍，故势倾当时"[⑤]，礼部既总判祠、礼，又主选士，开启了开元、天宝的升平景象，而"群士务进"也促使选士取舍指标的提高，主管教育与考试的礼部相关官员，自然是责任重大，而"势倾当时"的影响力也就可想而知了。

依楼颖《序》，陈希烈的"秘书监"，依《通典》说明乃"掌经籍图书，监国史，领著作、太史二局。……虽非要剧，然好学君子，亦求为之"[⑥]。苏源明的"国子司业"，依《通典》说明乃"凡祭酒、司业，皆儒重之官，非其人不居"[⑦]。两者都隶属于尚书礼部，也都与士人的学术养

① （唐）杜佑撰，王文锦、王永兴、刘俊文、徐庭云、谢方点校《通典》卷二十三，中华书局，2003，第635页。

② （唐）杜佑撰，王文锦、王永兴、刘俊文、徐庭云、谢方点校《通典》卷二三，中华书局，1988，第639页。

③ （唐）杜佑撰，王文锦、王永兴、刘俊文、徐庭云、谢方点校《通典》卷二三，中华书局，1988，第639页。

④ （唐）杜佑撰，王文锦、王永兴、刘俊文、徐庭云、谢方点校《通典》卷二三，中华书局，1988，第639页。

⑤ （唐）杜佑撰，王文锦、王永兴、刘俊文、徐庭云、谢方点校《通典》卷二三，中华书局，1988，第639页。

⑥ （唐）杜佑撰，王文锦、王永兴、刘俊文、徐庭云、谢方点校《通典》卷二六，中华书局，1988，第733页。

⑦ （唐）杜佑撰，王文锦、王永兴、刘俊文、徐庭云、谢方点校《通典》卷二七，中华书局，1988，第765页。

成有关，而芮挺章与楼颖都还是属于礼部侍郎职掌的国子生。至于选入的初唐六位诗人，尤其李峤、宋之问、杜审言、沈佺期四人在初唐诗歌发展上都占有一席之地，在君王主导下，又能彼此联结，相互竞争也相互呼应，促成新体诗的蔚然成风。宋祁、欧阳修《新唐书·李适传》记载中宗景龙二年（708）始于修文馆置大学士四员、学士八员、直学士十二员，李峤为大学士，宋之问、杜审言、沈佺期为直学士，成为君王宴游的核心成员。

> 凡天子飨会游豫，唯宰相及学士得从。春幸梨园，并渭水袚除，则赐细柳圈辟疠；夏宴蒲萄园，赐朱樱；秋登慈恩浮图，献菊花酒称寿；冬幸新丰，历白鹿观，上骊山，赐浴汤池，给香粉兰泽，从行给翔麟马，品官黄衣各一。帝有所感即赋诗，学士皆属和。当时人所歆慕，然皆狎猥佻佞，忘君臣礼法，惟以文华取幸。[①]

天子宴游成为常态，四时各有符合节令的景点与活动。而君王的即席赋诗，群臣属和，“文华”成为出类拔萃的关键，加上宴会游观的吟咏题材，即席创作的竞才使能，自然成为时人欣羡与学习的典范。乃如张说《唐昭容上官氏文集序》所称：自则天久视到中宗景龙的十数年间“右职以精学为先，大臣以无文为耻。每豫游宫观，行幸河山，白云起而帝歌，翠华飞而臣赋，雅颂之盛，与三代同风”[②]。可见盛况。葛晓音《诗国高潮与盛唐文化》考察诗歌在社交活动中的用途指出：

> 在神龙元年进士试诗赋以前，促进诗歌繁荣的主要原因在于干谒、观光、交游、文会等社交活动。频繁的诗歌社交应酬，促成了声律对偶著作的流行，而它们的流行，反过来又使诗文作法知识得以普及，提高了朝野士人的诗歌水平。[③]

诗人的社交活动与新体诗声律对偶知识的普及，开启了开元、天宝的

① （宋）宋祁、欧阳修：《新唐书》卷二〇二，台北：鼎文书局，1985，第5748页。
② （清）董诰等编《全唐文》卷二二五，上海古籍出版社，1990，第1004页。
③ 葛晓音：《诗国高潮与盛唐文化》，北京大学出版社，1998，第250页。

诗歌发展，芮挺章以初唐六位诗人为先声，自有其选诗旨趣。以下逐一加以说明。

天官侍郎李峤，四首。李峤弱冠擢进士第，宋祁、欧阳修《新唐书·李峤传》称其“举制策甲科，迁长安。时畿尉名文章者，骆宾王、刘光业，峤最少，与等夷”。历仕高宗、武后、中宗、睿宗四朝，史论指“峤富才思，有所属缀，人多传讽……为文章宿老，一时学者取法焉”[①]。李峤文章具范本性质，在展现新体诗的社交功能上，李峤更是成功的典范，武平一（中宗、武周时人）于景龙二年（708）兼修文馆直学士，其《景龙文馆记》记载君王设宴，群臣献诗景况：

> 四年春，上宴于桃花园，群臣毕从。学士李峤等各献《桃花诗》，上令宫女歌之，辞既清婉，歌仍妙绝，献诗者舞蹈，称万岁。上敕太常简二十篇入乐府，号曰《桃花行》。[②]

李峤等所献《桃花诗》为新体七言绝句，有宫女歌诗，献诗者舞蹈，辞、歌、舞的结合，兼具艺术性与娱乐性，太常选入乐府者有二十篇。刘肃《大唐新语》记载武周长寿三年铸“大周万国述德天枢”以纪功，“朝士献诗者不可胜纪，唯峤诗冠绝当时”[③]。所作即新体诗八韵，可见李峤在当时的地位。是以张说《五君咏·李赵公峤》云：

> 李公实神敏，才华乃天授。睦亲何用心，处贵不忘旧。故事遵台阁，新诗冠宇宙。在人忠所奉，恶我诚将宥。南浦去莫归，嗟嗟蔑孙秀。[④]

李峤应制献诗的随时敏给，许以“新诗冠宇宙”，依前引献诗“冠绝当时”，新诗指即席创作的新体诗。李峤身处台阁，待人亲切，都是在职场上应对交际的重要特质，自然成为士子求仕的典范。葛晓音指出李峤五言

---

① （宋）宋祁、欧阳修：《新唐书》卷一二三，台北：鼎文书局，1985，第4367~4371页。

② （唐）武平一撰，陶敏辑校《景龙文馆记》卷三，（明）陶宗仪《说郛三种》，上海古籍出版社，1988，第2155页。

③ （唐）刘肃：《大唐新语》卷八，上海古籍出版社，2000，第289页。

④ （清）彭定求等编《全唐诗》卷八六，台北：盘庚出版社，1979，第934页。

律诗咏物《百咏》的出现，“与初唐以来流行的各种指导对偶声律的著作有关”，“判断它是适用于一般士人学诗的类书式的大型咏物组诗”[①]，属于新体诗创作入门读物。

膳部员外郎杜审言，五首。杜审言（约645~708）于高宗咸亨元年（670）进士及第，宋祁、欧阳修《新唐书·杜审言传》称其“少与李峤、崔融、苏味道为文章四友”，累官修文馆直学士、著作佐郎、膳部员外郎、国子监主簿、修文馆直学士，“卒，大学士李峤等奏请加赠，诏赠著作郎”[②]。杜审言虽恃才傲世，而诗名早著，陈子昂《送吉州杜司户审言序》称其“炳灵翰林，研几策府，有重名于天下，而独秀于朝端”，“含绝唱之音，人皆寡和”，肯定杜审言五言新体诗的造诣。周武圣历元年（698）坐事贬吉州司户参军，陈子昂《送吉州杜司户审言序》写送别场景，有云：

> 于是邀白日，藉青苹，追潇湘之游，寄洞庭之乐。吴歈楚舞，右琴左壶，将以缓燕客之心，慰越人之思。杜君乃挟琴起舞，抗首高歌……群公嘉之，赋诗以赠，凡四十五人，具题爵里。[③]

原是一场贬官的黯然别宴，以弦歌乐舞诗酒阐发乐舞的人情普遍性，尤以杜审言的“挟琴起舞，抗首高歌”，具体展演出弦歌乐舞的抒情性与感染力，而有四十五人参与创作，又可见诗歌、音乐与舞蹈在当时社交场合的魅力。宋之问因卧病不及送行，别作《送杜审言》五言四韵，有“河桥不相送，江树远含情”[④]语，及杜审言卒，宋之问《祭杜学士审言文》有“自予与君弱岁游艺，文翰共许，风露相浥”[⑤]，也可见当时以诗文会友的景况。

考功员外郎宋之问，六首。宋之问（约656~712）于上元二年（675）进士及第，除了与杜审言的诗友相交，刘悚（？~？）《隋唐嘉话》记载：

① 葛晓音：《创作范式的提倡和初盛唐诗的普及——从〈李峤百咏〉谈起》，《文化遗产》1995年第6期。

② （宋）宋祁、欧阳修：《新唐书》卷二〇一，台北：鼎文书局，1985，第5735~5736页。

③ （清）董诰等编《全唐文》卷二一四，上海古籍出版社，1990，第955页。

④ （清）彭定求等编《全唐诗》卷五二，台北：盘庚出版社，1979，第638页。

⑤ （清）董诰等编《全唐文》卷二四一，上海古籍出版社，1990，第1078页。

武后游龙门，命群官赋诗，先成者赏锦袍。左史东方虬既拜赐，坐未安，宋之问诗复成，文理兼美，左右莫不称善，乃就夺袍衣之。①

宋之问诗“文理兼美”，得意于官场社交场合。又见计有功《唐诗纪事》记载“中宗正月晦日幸昆明池赋诗，群臣应制百余篇，帐殿前结彩楼，命昭容选一首为新翻御制曲”，最后宋之问以“不愁明月尽，自有夜珠来”②胜过沈佺期。中宗景龙二年（708）宋之问为考功员外郎，又与杜审言、沈佺期同时首选修文馆学士。刘昫《旧唐书·宋之问传》称其“及典举，引拔后进，多知名者”③。宋之问在修文馆与知贡举的影响，主要在新体诗格律的完备。独孤及（725~777）《唐故左补阙安定皇甫公集序》云：

至沈詹事、宋考功，始裁成六律，彰施五色，使言之而中伦，歌之而成声，缘情绮靡之功，至是乃备。……沈、宋既殁，而崔司勋颢、王右丞维复崛起于开元、天宝之间。④

宋之问与沈佺期的讲究五言诗声律，具有可歌唱的质性，认为是陆机《文赋》所称“诗缘情而绮靡”的完成者，同时也开启盛唐崔颢、王维等人的新体诗创作。宋祁、欧阳修《新唐书·宋之问传》即指出：

自魏建安迄江左，诗律屡变，至沈约、庾信，以音韵相婉附，属对精密。及之问、沈佺期，又加靡丽，回忌声病，约句准篇，如锦绣成文。学者宗之，号为“沈、宋”。⑤

梳理魏晋以来的诗律发展，沈约、庾信讲究音韵属对所开启的新体诗，在宋之问、沈佺期手上完成了，成为具有音乐性节奏的精美诗歌体式。贾晋华《高宗武后时期三大修书学士群：律诗定格与类书泛滥》认为律诗定格与进士试诗的同步实现，缘起于长安二年（702）沈佺期知贡举，

① （唐）刘悚：《隋唐嘉话》卷下，（唐）《唐五代笔记小说大观》，上海古籍出版社，2000，第109页。

② （宋）计有功、王仲镛：《唐诗纪事校笺》卷三，巴蜀书社，1989，第50页。

③ （五代）刘昫：《旧唐书》卷一九〇，台北：鼎文书局，1985，第5025页。

④ （清）董诰等编《全唐文》卷三八八，上海古籍出版社，1990，第1743~1744页。

⑤ （宋）宋祁、欧阳修：《新唐书》卷二〇二，台北：鼎文书局，1985，第5751页。

景龙二年（708）宋之问知贡举，始以诗歌作为进士试杂文之一，“规定了省试诗的字句、用韵、对仗、粘缀等法则”，指出：

> 至中宗神龙（705~707）前后，沈佺期和宋之问先后知贡举时，总结了声病对属的理论和实践成果，正式将这一诗体约字准篇，制定格式，命名为律诗，以科场法令的形式固定下来，作为进士试诗的体式，并藉行政命令的力量迅速传布远近，为天下文士所共同遵循。①

宋之问与沈佺期在诗歌体式上的成就，借由主持科举考试之便，成为天下文士共同遵循的定式，认定了二人在新体诗律与科举试诗上的地位。

太子詹事沈佺期，五首。沈佺期（约656~715）于上元二年（675）进士及第，累官协律郎、考功员外郎、给事中、起居郎兼修文馆直学士、中书舍人、太子少詹事。在职场的社交活动上，孟棨《本事诗》记载中宗景龙中设内宴事：“群臣皆歌《回波乐》，撰词起舞，因是多求迁擢”②，沈佺期撰词得中宗赐以绯鱼可见“撰词起舞”几成君臣宴会的常态。沈佺期任职的协律郎，依杜佑《通典》乃“掌举麾节乐，调和律吕，监试乐人典课”③。包括音乐创作与表演，协调诗乐关系，尤着力于新体诗入乐的声律讲究。又于周武长安二年（702）以考功郎知贡举，依徐浩《唐尚书右丞相中书令张公神道碑》所云：

> （张九龄）弱冠乡试进士，考功郎沈佺期尤所激扬，一举高第。时有下等谤议上闻，中书令李公（按：李峤），当代词宗，诏令重试，再拔其萃。④

沈佺期拔擢张九龄的卓识，经词宗李峤的再度认证，自然形成文学宗尚，辛文房《唐才子传·沈佺期》许以“着定格律，遂成近体”⑤，确立了沈

---

① 贾晋华：《唐代集会总集与诗人群研究》，北京大学出版社，2001，第490~495页。

② （唐）孟棨：《诗本事》，丁福保辑《历代诗话续编》，台北：木铎出版社，1988，第21页。

③ （唐）杜佑撰，王文锦、王永兴、刘俊文、徐庭云、谢方点校《通典》卷二十五，中华书局，1988，第359页。

④ （清）董诰等编《全唐文》卷四四〇，上海古籍出版社，1990，第1988页。

⑤ （元）辛文房撰，周绍良笺证《唐才子传笺证》卷一，中华书局，2010，第67页。

佺期、宋之问二人在近体诗上的地位。

芮挺章《国秀集》选入的另外二位初唐诗人，一是广文进士刘希夷，三首。刘希夷（约651~680），上元二年（675）与宋之问舅甥同榜进士第。刘肃《大唐新语》称其："少有文华，好为宫体，词旨悲苦，不为时所重。……后孙翌撰《正声集》，以希夷为集中之最。由是稍为时人所称。"[1] 另一位是中书舍人董思恭，一首。董思恭（生卒年不详），高宗时为中书舍人，曾知考功举事。《国秀集》收录董思恭《奉试昭君》，诗为五言四韵，是《国秀集》收录奉试诗四首之一。

芮挺章《国秀集》选入初唐李峤、杜审言、宋之问、沈佺期四人诗作，以新体诗创作所串起的社交链接，共同成为初唐新体诗形成与发展的指标性诗人。宋祁、欧阳修《新唐书·文艺传上》论"唐有天下三百年，文章无虑三变"，特别指出："若侍从酬奉则李峤、宋之问、沈佺期、王维"[2]，在君王主导下，李峤等人各自以作诗、歌唱与舞蹈展演出个人的传奇，彼此赠答酬和，时人响应，蔚然成风。再加上李峤、宋之问、沈佺期先后知贡举的主导性，大抵可见初唐新体诗的声律形式。这一波先开元、天宝而起的新体诗创作风潮，可见芮挺章选诗的卓识与旨趣。

二　开元、天宝诗人的选诗策略

芮挺章《国秀集》另一个被指摘的问题是入选诗人多，且多非佳作。楼颖《序》称选诗"自开元以来，维天宝三载……见在者凡九十人，诗二百二十首"[3]，即开元元年（713）至天宝三载（744），今所见选诗，有85位诗人，218首诗。常被拿来比较的是殷璠的《河岳英灵集》。《叙》自述乃"退迹"后所选，选诗"起甲寅，终癸巳"，即开元二年（714）至天宝十二载（753），选入诗人24位，选诗234首，现存230首。《国秀集》书后有曾彦和（徽宗大观年间）题识，比较二选本后指出：

> 殷璠所撰《河岳英灵集》作于天宝十一载，岁月稍后。然挺章编

---

① （唐）刘肃：《大唐新语》卷八，中华书局，1984，第291页。

② （宋）宋祁、欧阳修：《新唐书》卷二〇一，台北：鼎文书局，1985，第5726页。

③ （唐）芮挺章：《国秀集》，傅璇琮编撰《唐人选唐诗新编》，陕西人民教育出版社，1996，第280页。

选，非播之比，览者自得之。[①]

芮挺章《国秀集》编选早于殷璠《河岳英灵集》约八九年，楼颖编目并序晚于殷璠《河岳英灵集》约六七年，二书所选都是开元、天宝诗人。曾彦和认定《国秀集》不如《河岳英灵集》。许学夷《诗源辩体》评《国秀集》指出：

《国秀集》……编其见在者九十人，共诗二百二十首。其所选十数名家而外，皆不知名，故其诗多不工。且选既主盛唐，而李、杜、岑参不录，高适亦止一篇，其所尚可知。[②]

明指芮挺章所选盛唐诗人多非名家，诗亦不工。傅璇琮也以为"开、天时诗人，如李颀、常建、孟浩然、张九龄等，所选也都非佳作"，加上"终唐之世，是否流传，也不甚清楚""流传不广"[③]，在唐代的影响力不高。近人研究，李珍华、傅璇琮《河岳英灵集研究》直言"无论楼颖序文，或集中所选，都不足与殷璠相比"，即使采入楼《序》，"则芮面对当时已日丽中天的盛唐诗坛，实在没有提出什么值得称道的见解"[④]。至如俞林波《从〈国秀集〉看盛唐普通诗人》，从"非名家"的角度切入，选取《全唐诗》中仍有存诗的崔涤、张敬忠等35位诗人91首诗，视为"普通诗人"，再以《全唐诗》存诗探索《国秀集》的选诗依据，得出"俗艳""语言艳丽，典故常见，情调庸俗，易为常人理解"等选诗倾向，呈现出普通诗人"自伤自苦""境界狭小，格调低沉""诗境是寂寥而又凄清"的诗歌特色。[⑤] 由于设定"普通诗人"，在评价上仍是呼应"非盛唐"主调的选诗倾向。

事实上，《国秀集》所选诗人溯及初唐，选诗人数比《河岳英灵集》多了61位，其中有25位诗人不见其他记载。不论天宝三载到十二载的唐

① （唐）芮挺章：《国秀集》，傅璇琮编撰《唐人选唐诗新编》，陕西人民教育出版社，1996，第290页。
② （明）许学夷：《诗源辩体》，周维德集校《全明诗话》，齐鲁书社，2005，第6282页。
③ （唐）芮挺章：《国秀集》，傅璇琮编撰《唐人选唐诗新编》，陕西人民教育出版社，1996，第211页。
④ 李珍华、傅璇琮：《河岳英灵集研究》，中华书局，1992，第17页。
⑤ 俞林波：《从〈国秀集〉看盛唐普通诗人》，《山东教育学院学报》2008年第5期。

诗盛况，在编选考虑上，芮、殷二人的选诗策略明显有别，不同于《河岳英灵集》藉精选形塑的盛唐诗论与诗风，《国秀集》显然另有其选诗指标。

三　从弦歌到被管弦：《国秀集》与《乐府诗集》的收录

学者考证“乐府”作为诗体名称，大约在齐梁之时，而讲究声律的时间也差不多是这个时期，“齐梁体”入唐也依然存在。特别是乐府与朝廷的关系，吴相洲《乐府学概论》指出：“乐府成为诗之一体以后，作为宫廷乐章涵义依然被保留下来，宋代以前凡称乐府者，一定与朝廷音乐机构有关”[①]，包括曾经、正在或希望被朝廷音乐机构表演的歌辞，激励着文人创作合乐歌诗的动力。

隋（581~618）结束南北朝的分裂，唐（618~907）代隋立，随着唐政权的稳定，功成作乐，以歌诗与乐舞颂美新朝代的开创性，具有礼仪性质的郊庙朝飨歌辞，自然大兴。[②] 除此之外，君王的好尚并参与创作，更促成了唐初乐府诗的兴盛与发展，罗根泽《乐府文学史》指出：

> 唐初以至中世（玄宗）之君，率皆知音善乐，又以天下平定，四海乂安，休养生息，文人辈出，殿廷之上，变为唱酬弦歌之所。在此种空气，此种环境之下，自然可以产生大批之文人乐府。[③]

朝廷作为士人学优入仕的主要工作场所，如何获得认同、融入职场环境，诗乐成了重要的指标。观察文人创作的入乐歌诗，让我们得以了解劳心阶层的生活日常。

（一）诗乐示现的职场人际关系

初唐君臣宴会常见的歌诗、音乐与舞蹈，除了展现个人才思敏捷，还有职场的人际关系。诗乐在个人修养、社交活动与国家礼仪的重要性，本是儒家的核心宗旨，司马迁《史记·孔子世家》云：

---

① 吴相洲：《乐府学概论》，人民文学出版社，2015，第5页。

② 廖美玉：《记忆圣君——汉唐乐府诗中的尧舜形象》，《乐府学》第二十一辑。

③ 罗根泽：《乐府文学史》，台北：文史哲出版社，1972，第188页。

古者诗三千余篇，及至孔子，去其重，取可施于礼义……三百五篇孔子皆弦歌之，以求合韶武雅颂之音。礼乐自此可得而述，以备王道，成六艺。[①]

孔子取《诗》三百篇以合韶、武乐之音而可弦歌，成为礼乐论述与王道、六艺说的根底。《庄子·秋水》记载孔子游匡遭宋人围困，依然“弦歌不辍”[②]，展现从容自得的个人修养。《礼记·乐记》以“乐”为“人情之所不能免”，“圣人作乐以应天，制礼以配地”，有“文以琴瑟”“从以箫管”的调和，使“五色成文而不乱，八风从律而不奸，百度得数而有常。小大相成，终始相生。倡和清浊，迭相为经”，故能“移风易俗，天下皆宁”，是以“君子乐得其道，小人乐得其欲。以道制欲，则乐而不乱；以欲忘道，则惑而不乐”。子夏对魏文侯问古乐与今乐，阐明不同乐器的效应，其中与君臣互动有关者为丝竹弦管，云：

丝声哀，哀以立廉，廉以立志。君子听琴瑟之声则思志义之臣。竹声滥，滥以立会，会以聚众。君子听竽笙箫管之声，则思畜聚之臣。[③]

丝指琴、瑟等弦乐，有助于立廉、立志与立义的道德修养，故孔子的《诗》三百“皆弦歌之”，即使临危也不辍。竹指竽、笙、箫等管乐，有助于立会聚众，班固《汉书·礼乐志》有云：“高祖乐楚声，故房中乐楚声也。孝惠二年，使乐府令夏侯宽备其箫管，更名曰安世乐。”[④] 原为楚声的《房中乐》，由乐府令配以箫管，成为君臣燕饮聚众的《安世乐》。可见弦、管各有其功效。至陈寿（233~297）《三国志·魏书·武帝纪》注引王沈《魏书》称：

（曹操）是以创造大业，文武并施，御军三十余年，手不舍书，昼则讲武策，夜则思经传，登高必赋，及造新诗，被之管弦，皆成乐章。[⑤]

---

① （汉）司马迁：《史记》卷四七，台北：鼎文书局，1985，第1936~1937页。

② （先秦）庄子撰，钱穆笺《庄子纂笺》，台北：三民书局，1974，第134页。

③ （汉）郑玄注，（唐）孔颖达疏《礼记正义》卷三七，台北：艺文印书馆，1982，第662页。

④ （汉）班固：《汉书》卷二二，台北：鼎文书局，1983，第1043页。

⑤ （晋）陈寿：《三国志》，台北：鼎文书局，1984，第53页。

曹操志怀天下的雄图壮志，合丝、竹而言，所造新诗“被之管弦”，兼具思忠义与畜聚之臣，成为乐章常态。如萧子显《南齐书·乐志》云：

《永平乐歌》者，竟陵王子良与诸文士造奏之。人为十曲。道人释宝月辞颇美，上常被之管弦，而不列于乐官也。[①]

文士乃至道人创作的诗歌，其文辞优美者，在乐官之外，由君王“被之管弦”，增加了文学性与艺术性。

初唐入乐新体诗歌的发展，与歌舞升平的朝廷气象有关。除了天下底定而颁行唐礼及郊庙新乐，刘昫《旧唐书》记载“贞观元年，宴群臣，始奏《破阵乐》之曲”[②]，王溥《唐会要》记载贞观六年太宗幸庆善宫，赋诗十韵，“于是起居郎吕才播于乐府，被之管弦，名曰《功成庆善乐》之曲”[③]，纪功庆成，作诗入乐，影响成风。而郭茂倩《乐府诗集》收录武则天《如意娘》：“看朱成碧思纷纷，憔悴支离为忆君。不信比来长下泪，开箱验取石榴裙。”[④] 诗为新体七言二韵，属抒情性歌曲。吴相洲《唐诗创作与歌诗传唱关系研究》论及初唐人探讨近体诗律与歌诗创作的环境，就指出“朝廷”的关键地位：

由于皇帝提倡，歌舞演唱成了社交、庆典、娱乐场合的重要内容，也是诗人借以传播诗名的重要途径，而诗名的大小与诗人的政治前途密切相关，于是文人以极大的热情投入了歌诗创作。[⑤]

由朝廷主导的入乐歌诗，因应不同场合而容受多元的内容。士人入仕，除了职场执行职务的能力，还有应制、酬唱等社交需求，乃至个人情感的抒发，歌诗创作成了士人入仕的重要涵养。

由此来看楼颖《国秀集·序》，开端就引陆机论文的“诗缘情而绮靡”，且以之与孔子《诗三百》的兼具乐舞性联系起来：

---

① （南朝齐）萧子显：《南齐书》卷一一，台北：鼎文书局，1983，第196页。

② （五代）刘昫：《旧唐书》卷二八，台北：鼎文书局，1985，第1045页。

③ （宋）王溥：《唐会要》卷三三，中华书局，1955，第614页。

④ （宋）郭茂倩：《乐府诗集》卷八〇，台北：里仁书局，1984，第1138页。

⑤ 吴相洲：《唐诗创作与歌诗传唱关系研究》，北京大学出版社，2004，第144页。

> 昔陆平原之论文，曰“诗缘情而绮靡”。是彩色相宣，烟霞交映，风流婉丽之谓也。仲尼定礼乐，正《雅》《颂》，采古诗三千余什，得三百五篇，皆舞而蹈之，弦而歌之，亦取其顺泽者也。[①]

李善注《文选》，以“绮靡”为“精妙之言”，陆机《文赋》又言：“其会意也尚巧，其遣言也贵妍。暨音声之迭代，若五色之相宣。”[②] 讲究言与意的妍巧，特别注意到音声与文采，此即楼颖“彩色相宣，烟霞交映，风流婉丽”所出。吴相洲《“绮靡”新解》即取《文赋》的“音声之迭代”，说明妍言“即声韵的交织更替，错落有致，就是指诗歌要讲究声律”，并检视汉魏以来用“绮靡”形容音乐与声之高低，明确指出“靡丽”、“浮靡”与“绮靡”的含义都是指“近体诗律”，强调“声律是诗歌通向音乐的桥梁，声律就是诗的音乐属性”，“咏歌是使感情得到充分抒发的最高阶段”，由此对陆机“诗缘情而绮靡”作出准确的历史定位：

> 陆机揭示了诗歌的本质特征是因声以言情，沈约等人发明了永明体，沈宋使近体诗律得以定型，诗歌通往音乐的桥梁最后建成，这就是“缘情绮靡之功”。

吴相洲特别指出入乐歌诗的娱乐性内容，导致讲究声律的新体诗遭受反对声浪，引述元结《箧中集序》《刘侍御月夜宴会诗序》批评近体歌诗的“拘限声病”“以流易为辞”，得“歌儿舞女，且相喜爱”，是不合雅正的“淫靡”之作，因而引发负面批评：

> 讲究声律的诗便于入乐歌唱，而入乐歌唱的常常是以娱乐为内容的歌诗，批评者在批评这样的诗歌时，往往连带形式一概加以反对。[③]

因入乐歌诗的娱乐性内容与伶人的喜好，而否定了讲究声律的形式之

---

① （唐）芮挺章：《国秀集》，傅璇琮编撰《唐人选唐诗新编》，陕西人民教育出版社，1996，第217页。

② （南朝梁）萧统撰，（唐）李善注《昭明文选》卷一七，台北：文化图书公司，1969，第225~226页。

③ 吴相洲：《“绮靡”新解》，《文史》2011年第4期。

美。楼颖已注意到这个现象，特别以孔子的定礼乐，使《诗》三百“皆舞而蹈之，弦而歌之”，在历来的弦歌之外又益以舞蹈，恰是初唐入选诗人所展演的君臣宴会实况，而归于“顺泽”之义，呼应“风流婉丽”的缘情绮靡，凸显顺于礼乐且富有文采的创作旨趣。可见要对《国秀集》有精确的评价与历史定位，入乐歌唱与娱乐性内容是很重要的考察基点。

（二）《国秀集》选诗旨在可被管弦

就唐人选唐诗而言，《国秀集》的独特性，在于选编缘起与实践的“共成性”：朝廷官员陈希烈、苏源明担任指导者，国子生芮挺章、楼颖分别负责实际选诗者与编目撰序者，三者的身份与分工合作，前后长达 16 年，恰可见《国秀集》兼具当代性与实用性的特质。楼颖《序》梳理了诗与乐的关系，进一步载录陈希烈、苏源明对芮挺章的指引，首先概括《诗》三百以后的诗歌发展，云：

> 风雅之后，数千载间，诗人才子，礼乐大坏。讽者溺于所誉，志者乖其所之，务以声折为宏壮，势奔为清逸。此蒿视者之目、聒听者之耳，可为长太息也。①

前已述明陈希烈、苏源明的职位与文坛地位，两人的诗学主张有赖此序而得以保存。首先从“礼乐”的角度，检视《诗》以后的诗歌发展，诗人的自觉与主体性增加，任气使才，逞能争胜，乃至为了凸显“宏壮”“清逸”的诗风，不惜在声调、气势上变本加厉，严重影响了读者的视听判断。由此提出唐朝所需要的诗乐典范：

> 运属皇家，否终复泰。优游阙里，唯闻子夏之言；惆怅河梁，独见少卿之作。②

诗乐典范有二：一是子夏，既是孔门“文学”代表，又为魏文侯师，尤以

---

① （唐）芮挺章：《国秀集》，傅璇琮编撰《唐人选唐诗新编》，陕西人民教育出版社，1996，第 217 页。

② （唐）芮挺章：《国秀集》，傅璇琮编撰《唐人选唐诗新编》，陕西人民教育出版社，1996，第 217 页。

精于《诗》而通于乐理，与孔子论诗，两度得到“始可与言诗”的肯定[①]；与魏文侯论古乐、今乐，分别德音、溺音，前已部分引述，可视为学、仕兼擅的代表。一是李少卿《与苏武》三首[②]，写人类最难以抒发的别情，缠绵怅惘，透显出难以言喻的深思哀感，最是感人。这两个诗乐典范，可使陈希烈、苏源明在诗学论述上占有一席地位。最后从唐诗现况提点“可被管弦”的关键指标：

> 及源流浸广，风云极致，虽发词遣句，未协风骚，而披林撷秀，揭厉良多。自开元以来，维天宝三载，谴谪芜秽，登纳菁英，可被管弦者都为一集。[③]

初唐继六朝之后，诗歌创作风气大开，源流既多，难免有未协《诗》《骚》之处。如何从当代众多作品中拣择出优秀作品，作为时人的创作指标，成为当急之务。明确设定选诗断限为开元至天宝三载，再三强调“撷秀”、“菁英”与“可被管弦”的去芜存菁与音乐性。任半塘《唐声诗》指出：

> 《国秀》所登……盖取则于孔丘删《诗》，采其什一耳。“芜秽”与“菁英”，乃辞之分判；“可被管弦”与否，乃声之分判；则又取法于三百五篇之曾舞蹈与弦歌也。三百五篇皆可声之诗，二百二十首何独非可声之诗欤？以盛唐人选“近代词人杂诗”，竟突出“可被管弦”之标准如此，足见对于声音之要求，盛唐诗坛已甚普遍；选家从严，声、辞并重，始登二百余首耳。类此鲜明之表示，其他唐选所无，而与《旧唐书》述孙玄成之业则相应合。[④]

以“可被管弦”为延续《诗》三百的诗乐舞合一的本质，更从“声

---

① （魏）何晏集解，（宋）邢昺疏《论语注疏》，台北：艺文印书馆，1982，卷一，第 8 页；卷三，第 28 页。

② （南朝梁）萧统主编，（唐）李善注《昭明文选》卷二九，台北：文化图书公司，1969，第 405 页。

③ （唐）芮挺章：《国秀集》，傅璇琮编撰《唐人选唐诗新编》，陕西人民教育出版社，1996，第 217 页。

④ 任半塘：《唐声诗》，上海古籍出版社，2006，第 36~37 页。

诗”的角度，肯定《国秀集》为其他唐诗选所无的独特性。所称孙玄成之业，刘昫《旧唐书·音乐志》云：

> 时太常旧相传有宫、商、角、徵、羽讌乐五调歌词各一卷，或云贞观中侍中杨恭仁妾赵方等所铨集，词多郑、卫，皆近代词人杂诗，至绦又令太乐令孙玄成更加整比为七卷。又自开元已来，歌者杂用胡夷里巷之曲，其孙玄成所集者，工人多不能通，相传谓为法曲。①

贞观年间赵方铨集近代词人杂诗而成《宴乐》五调歌词五卷，开元以来歌者又杂用胡夷里巷之曲，至开元二十五年（737）太常卿韦绦令太乐令孙玄成加以整比为七卷，却是“工人多不能通”。任半塘认为《国秀集》选诗可与孙玄成所集相应合，可见当时对合乐诗歌的需求。值得注意的是，芮挺章在陈希烈、苏源明两人所定的选诗断限中，特别选入初唐诗人，映现出天下无事，君臣共乐，节庆游宴，应制献诗，被之管弦，写诗成了职场上兼具联谊与娱乐的生活日常。这样的选诗策略，与指导者陈希烈、苏源明形成精彩的对话关系。

（三）《国秀集》选诗与《乐府诗集》、《全唐诗》之收录

芮挺章《国秀集》选诗有“可被管弦”的指标，统计《国秀集》入选诗人又见《乐府诗集》者，共计二十五位诗人，其中以沈佺期十八题最多，其次是王维十四题，崔颢、王昌龄十一题，高适九题，刘希夷八题，张说、徐彦伯、李颀五题，王翰四题，宋之问三题，李峤、杜审言二题，其余十二位诗人各只一题。有古题，有变曲，有新曲，有创作曲。前已论及《国秀集》入选初唐诗人，李峤、杜审言、宋之问、沈佺期四人都有君臣宴会的献诗舞蹈，或自歌，或宫女歌诗，诗、乐、舞结合，兼具艺术性与娱乐性，却未必收入郭茂倩《乐府诗集》。彭定求编《全唐诗》，在诗人本集之外，别立郊庙乐章与乐府歌诗，论者或以为自《乐府诗集》辑出。兹比对《国秀集》与《乐府诗集》、《全唐诗》收录，梳理如下。

前引初唐诗人，李峤等在君王宴会所献《桃花诗》，太常选入乐府者有《桃花行》二十篇。而郭茂倩《乐府诗集》未见，另收录李峤杂曲歌辞

① （五代）刘昫：《旧唐书》卷三〇，台北：鼎文书局，1985，第1089页。

《东飞伯劳歌》、新乐府辞《汾阴行》。《全唐诗》收录《杂曲歌辞·桃花行》，存李峤、李乂、徐彦伯、苏颋、赵彦昭凡五首。[①] 两者不一，可见来源未尽相同。

又，中宗赋诗，群臣应制达百余篇，宋之问所作五言排律，被上官昭容选为新翻御制曲。郭茂倩《乐府诗集》未收，彭定求《全唐诗》收录宋之问、沈佺期、苏颋、李乂的《奉和晦日幸昆明池应制》，归属本集。

又，中宗设内宴，群臣歌《回波乐》，撰词起舞，沈佺期撰词得赐绯鱼，郭茂倩《乐府诗集·近代曲辞二》有《回波乐》，未收沈词。《全唐诗》收录《回波乐》三首，也只有李景伯作入《杂曲歌辞》，沈佺期、裴谈则归入本集。以《乐府诗集》收录沈佺期乐府高达十八曲来看，沈佺期应是娴熟歌诗合乐的写作范式。

又，杜审言的“挟琴起舞，抗首高歌”，《国秀集》收录诗五首。《乐府诗集·杂曲歌辞二》收录杜审言《妾薄命》，《近代曲辞二》收录杜审言《大酺乐》二首，这二曲《全唐诗》收入作《杂曲歌辞》。

又，《国秀集》收录董思恭《奉试昭君》：“琵琶马上弹，行路曲中难。汉月正南远，燕山极北寒。髻鬟风拂乱，眉黛雪沾残。斟酌红颜趣，何劳握镜看。”[②] 郭茂倩《乐府诗集·相和歌辞四》收录题作《王昭君》，第五句作“髻鬟风拂散”，第七句作“斟酌红颜尽”[③]，文字略异。《全唐诗》收入作《相和歌辞》，第四句作“燕山直北寒”，第七句作“斟酌红颜改”，第八句作“徒劳握镜看”[④]。三书收录文字不尽相同。

至于《国秀集》选入盛唐诗人，有王维《扶南曲》：“怪来妆阁闭，朝下不相迎。总在春园里，花间语笑声。”[⑤] 五言二韵。《乐府诗集》收录王维《扶南曲五首》，五言三韵。《全唐诗》收录题作《扶南曲歌词五首》，另收录《班婕妤三首》，都在本集，而《班婕妤三首》其三即《国秀集》所选《扶南曲》，第三、四句作“总向春园里，花间笑语声”[⑥]，文

① （清）彭定求等编《全唐诗》卷二八，台北：盘庚出版社，1979，第414~415页。

② （唐）芮挺章：《国秀集》，傅璇琮编撰《唐人选唐诗新编》，陕西人民教育出版社，1996，第233页。

③ （宋）郭茂倩：《乐府诗集》卷二九，台北：里仁书局，1984，第429页。

④ （清）彭定求等编《全唐诗》卷六三，台北：盘庚出版社，1979，第742页。

⑤ （唐）芮挺章：《国秀集》，傅璇琮编撰《唐人选唐诗新编》，陕西人民教育出版社，1996，第256页。

⑥ （清）彭定求等编《全唐诗》卷一二八，台北：盘庚出版社，1979，第1299页。

字略有不同。

又，选入崔国辅《长乐少年行》："遗却珊瑚鞭，白马骄不行。章台折杨柳，春日路傍情。"[①]《乐府诗集》收录题作《长乐少年行》，第四句作"春草路旁情"[②]，文字略有不同。

又，选入李嶷《游侠》："玉剑膝旁横，金杯马上倾。朝游茂陵道，夜宿凤凰城。豪吏多猜忌，无劳问姓名。"[③]《乐府诗集》收录题作《少年行》三首，其三即此诗，第一句作"玉剑膝边横"，第四句作"暮宿凤凰城"[④]，文字略有不同。《全唐诗》收入《杂曲歌辞》，词同《乐府诗集》；本集作《少年行三首》[⑤]，第一句同《乐府诗集》，第四句同《国秀集》。

又，选入李颀《白花原》："白花原头望京师，黄河水流无已时。秋天旷野人行绝，马首西来知是谁。"[⑥]《乐府诗集》选入作王昌龄《出塞》："白花垣上望京师，黄河水流无尽时。穷秋旷野行人绝，马首东来知是谁。"[⑦] 每句文字都有出入。《全唐诗》作王昌龄《旅望》[⑧]，首句同《国秀集》，其余三句全与《乐府诗集》相同。

又，选入王昌龄《从军古意》："青海长云暗雪山，孤城遥望玉门关。黄沙百战穿金甲，不破楼兰终不还。"[⑨]《乐府诗集》选入题作《从军行》四首之四，第二句作"孤城遥望雁门关"[⑩]，《全唐诗》收录作《相和歌辞·从军行》其四，文字同《乐府诗集》；本集作《从军行七首》其四，文字同《国秀集》。[⑪]

① （清）彭定求等编《全唐诗》卷一二八，台北：盘庚出版社，1979，第1299页。
② （宋）郭茂倩：《乐府诗集》卷六六，台北：里仁书局，1984，第958~959页。
③ （唐）芮挺章：《国秀集》，傅璇琮编撰《唐人选唐诗新编》，陕西人民教育出版社，1996，第260页。
④ （宋）郭茂倩：《乐府诗集》卷六六，台北：里仁书局，1984，第955页。
⑤ （清）彭定求等编《全唐诗》，台北：盘庚出版社，1979，卷二四，第325页；卷一四五，第1466页。
⑥ （唐）芮挺章：《国秀集》，傅璇琮编撰《唐人选唐诗新编》，陕西人民教育出版社，1996，第272页。
⑦ （宋）郭茂倩：《乐府诗集》卷二一，台北：里仁书局，1984，第321页。
⑧ （清）彭定求等编《全唐诗》卷一四三，台北：盘庚出版社，1979，第1541页。
⑨ （唐）芮挺章：《国秀集》，傅璇琮编撰《唐人选唐诗新编》，陕西人民教育出版社，1996，第276页。
⑩ （宋）郭茂倩：《乐府诗集》卷三三，台北：里仁书局，1984，第488页。
⑪ （清）彭定求等编《全唐诗》卷一四三，台北：盘庚出版社，1979，第1443~1444页。

又，选入王昌龄《塞下曲》：“蝉鸣空桑林，八月萧关道。出塞复入塞，处处黄芦草。从来幽并客，皆向沙场老。莫学游侠儿，矜夸紫骝好。”① 《乐府诗集》选入题作《塞上曲》二首之其一即此诗，第一句作“蝉鸣桑树间”，第三句作“出塞入塞云”②。《全唐诗》收入本集，题作《塞下曲四首》其一，第一句同《国秀集》，第三句作“出塞入塞寒”，第六句作“皆共尘沙老”③。

又，选入王昌龄《望临洮》：“饮马度秋水，水寒风似刀。平沙日未没，黯黯见临洮。当日长城战，咸言意气高。黄尘足今古，白骨乱蓬蒿。”④《乐府诗集》选入题作《塞下曲二首》其一，第七句作“黄尘是今古”⑤。《全唐诗》收入本集，题作《塞下曲四首》其二，第七句同《乐府诗集》。⑥

又，选入王之涣《凉州词》二首，其一：“一片孤城万仞山，黄沙直上白云间。羌笛何须怨杨柳，春光不度玉门关。”⑦ 《乐府诗集》选入其一题作《出塞》，前二句互换作“黄沙直上白云间，一片孤城万仞山”⑧。《全唐诗》收录作《横吹曲辞·出塞》，第一句作“黄砂直上白云间”，第四句作“春风不度玉门关”；本集题同《国秀集》，词同《乐府诗集》。⑨

又，选入万楚《茱萸女》：“山阴柳家女，九日采茱萸。复得东邻伴，双为陌上姝。插枝着高髻，结子致长裾。作性常迟缓，非关托丈夫。平明折林樾，日入返城隅。贾客要罗袖，行人挑短书。蛾眉自有主，年少莫踟蹰。”⑩ 《乐府诗集》选入，亦作《茱萸女》，第五至九句作“插花

① （唐）芮挺章：《国秀集》，傅璇琮编撰《唐人选唐诗新编》，陕西人民教育出版社，1996，第 276 页。

② （宋）郭茂倩：《乐府诗集》卷九二，台北：里仁书局，1984，第 1289 页。

③ （清）彭定求等编《全唐诗》卷一四〇，台北：盘庚出版社，1979，第 1420 页。

④ （唐）芮挺章：《国秀集》，傅璇琮编撰《唐人选唐诗新编》，陕西人民教育出版社，1996，第 276 页。

⑤ （宋）郭茂倩：《乐府诗集》卷九二，台北：里仁书局，1984，第 1299 页。

⑥ （清）彭定求等编《全唐诗》卷一四〇，台北：盘庚出版社，1979，第 1420 页。

⑦ （唐）芮挺章：《国秀集》，傅璇琮编撰《唐人选唐诗新编》，陕西人民教育出版社，1996，第 286 页。

⑧ （宋）郭茂倩：《乐府诗集》卷二二，台北：里仁书局，1984，第 324 页。

⑨ （清）彭定求等编《全唐诗》，台北：盘庚出版社，1979，卷一八，第 186 页；卷二五三，第 2849 页。

⑩ （唐）芮挺章：《国秀集》，傅璇琮编撰《唐人选唐诗新编》，陕西人民教育出版社，1996，第 288 页。

向高髻，结子置长裾。作性恒迟缓，非关姹丈夫。平明折林树，日入反城隅。侠客邀罗袖”[①]。《全唐诗》收入《杂曲歌辞》，题同《乐府诗集》，第八句作“非关诧丈夫”；本集同题，第五、七句同《国秀集》，第八句同前，第九句作“侠客要罗袖”[②]，文字依违于《国秀集》与《乐府诗集》之间。

整体而言，芮挺章《国秀集》虽以“可被管弦”为收录指标，从实际选入诗人与作品来看，作者身份多元，有主持国家教育与科举考试者，有君臣宴会的诗坛名家，也有基层官员、预备参加科举考试的国子生。入选作品有乐府题而《乐府诗集》未收者，如《国秀集》选王翰《凉州词二首》，《乐府诗集》有《凉州词》，收录耿炜一首、张籍三首、薛逢一首，未收王翰作；《全唐诗》也只收入本集。又如《国秀集》选薛奇童《吴声子夜歌》，《乐府诗集》卷四二《相和歌辞十七・楚调曲中》收录薛奇童《怨诗二首》；《全唐诗》《相和歌辞》收录薛奇童《怨诗二首》，《吴声子夜歌》也只入本集。余如芮挺章自选《江南弄》《少年行》二首，都属乐府题。可见《国秀集》选诗更多是属于期待被收录者，同时也有提供学子见习范本的意思。再者，依当时记载，有君臣共乐的应制献诗而被之管弦者，有太常选入乐府者，有新翻御制曲者，有挟琴起舞而抗首高歌者，却未为《乐府诗集》所收录。再以《国秀集》与《乐府诗集》、《全唐诗》作比对，同一作品，归入乐府歌诗与归入诗人本集，或同《国秀集》，或同《乐府诗集》，诗题与文词也不尽相同。诸多分歧现象，无论是《国秀集》选诗或乐府诗的认定，容有更多讨论的空间。

四　试诗、新体诗与《国秀集》选诗

唐代科举选士，试诗对新体诗声律有关键性的影响，贾至上疏议杨绾条奏贡举，即批评当时“考文者以声病为是非，唯择浮艳”[③]，历来论者多以为格律、声病是考官阅卷的判定标准，如张伯伟《全唐五代诗格校考》即明指以诗赋为试的原因：

---

① （宋）郭茂倩：《乐府诗集》卷七三，台北：里仁书局，1984，第1040页。

② （清）彭定求等编《全唐诗》，台北：盘庚出版社，1979，卷二六，第361页；卷一四五，第1468页。

③ （五代）刘昫：《旧唐书》卷一九〇，台北：鼎文书局，1985，第5030页。

> 进士考试的诗称“试律诗”，通常为五言六韵，共十二句。因为是律诗，有着格律、声韵的标准，就便于主考官掌握一个统一的衡量尺度。①

认为“律诗”声律乃在便于主考官的衡量。吴相洲考察讲究诗律早于进士考试纳入诗赋，且初唐近体诗规矩形成的推动者沈佺期、宋之问，都曾做过考功员外郎并知贡举，可见“初唐人探索近体诗律是朝廷以诗赋取士的结果这一说法是不能成立的”②，主张应该从诗歌入乐的角度来寻找原因。加上后人习用的近体诗、律诗等，藉由《国秀集》选诗，可有更具体的讨论。

（一）试诗与新体诗声律的成熟

唐代科举试诗，始于高宗调露二年（680），王溥《唐会要》记载：“四月，刘思立除考功员外郎。先是进士但试策而已，思立以其庸浅，奏请帖经及试杂文，自后引以为例程。”③ 初唐试策的制式实用文书，有“庸浅”化之虞，矫正方法之一为加试杂文。具体措施见永隆二年（681）八月《条流明经进士诏》：“进士试杂文两首，识文律者，然后并令试策。……即为恒式。”④ 依此，强调文词与声律的“识文律”，成为进士试的门槛。考试引导阅读与学习，代宗广德元年（763）杨绾上疏条奏贡举之弊，云：

> 至高宗朝，刘思立为考功员外郎，又奏进士加杂文，明经填帖，从此积弊浸转成俗。幼能就学，皆诵当代之诗；长而博文，不越诸家之集。⑤

杨绾从考试积弊谈学子阅读面的当代化，唯若从文学发展的角度来看，“皆诵当代之诗”“不越诸家之集”的阅读倾向，恰好促成当代诗集的勃

---

① 张伯伟：《全唐五代诗格校考》，凤凰出版社，2005，第13页。

② 吴相洲：《唐诗创作与歌诗传唱关系研究》，北京大学出版社，2004，第168页。

③ （宋）王溥：《唐会要》卷七六，台湾商务印书馆，1983，第153页。

④ （宋）宋敏求编《唐大诏令集》卷一〇六，中华书局，2008，第502页。

⑤ （五代）刘昫：《旧唐书》卷一一九，台北：鼎文书局，1985，第3430页。

兴，而有主选新体的芮挺章《国秀集》出现，以及少选新体的殷璠《河岳英灵集》之反思。《国秀集》选诗终于祖咏，傅璇琮《唐代科举与文学》依《唐诗纪事》的祖咏试诗《终南山望余雪》，主张：

> 开元十二年（724）才开始有试诗的记载……应当说，进士科在八世纪初开始采用考试诗赋的方式，到天宝时以诗赋取士成为固定的格局，正是诗歌的发展繁荣对当时社会生活产生广泛影响的结果。[①]

把祖咏进士及第的那一年，标志为唐诗繁荣发展的关键年，促成“科试诗赋的讲究声韵对偶，刺激了文人对声律的研究”[②]，可见《国秀集》选诗终于祖咏的指标性。赵昌平《开元十五年前后》则依殷璠《河岳英灵集》叙论的“开元十五年后，声律风体始备”，以开元十五年（727）为断，探讨唐代诗人结构与社会文化风尚的转变。[③] 两部选集所凸显的开元十二年与开元十五年，恰有《国秀集》的主选新体与《河岳英灵集》的主选古体，分别映现出当代潮流与诗学反思，看似相反而实为相激相成，有待另为专文加以讨论。

随着唐代文献的出土，科举试诗的时间大幅提前，《大唐故亳州谯县令梁府君之墓志》有“制试杂文《朝野多欢娱诗》、《君臣同德赋》及第，编在史馆”[④]，陈尚君据此考证梁玙应制及第当在仪凤四年（679）或明年，“所载试诗赋题，为存世唐人试诗赋的最早记载，弥足珍视”[⑤]。陈铁民《梁玙墓志与唐进士科试杂文》把《朝野多欢娱诗》列于垂拱二年（686），列举高宗永淳元年（682）以后进士科试诗，说明：

> 自682至712年，诗赋在杂文试题中已占多数，到了开元时，诗赋在杂文试题中的比重又进一步增大，已明显地居于主导地位，这显然会把士人的注意力引向诗歌，造成他们普遍重诗、学诗、作诗的风气。[⑥]

① 傅璇琮：《唐代科举与文学》，陕西人民出版社，1986，第169~170页。

② 傅璇琮：《唐代科举与文学》，陕西人民出版社，1986，第417~418页。

③ 赵昌平：《开元十五年前后》（原载《中国文化》1990年第2期，收入氏着《赵昌平文存》），中华书局，2021，第289~315页。

④ 周绍良、赵超：《唐代墓志汇编》开元三六三，上海古籍出版社，1992，第1407页。

⑤ 陈尚君：《〈登科记考〉正补》，广西师范大学出版社，1993，第293~361页。

⑥ 陈铁民：《梁玙墓志与唐进士科试杂文》，《北京大学学报》2006年第6期，第33~38页。

从实际试诗得出“682~712 年”在杂文试题中已占多数，时间约当《国秀集》选入的初唐诗人，多出自进士科并活跃于宫廷的君臣宴会。而《国秀集》明确定位的选诗时段为开元元年（713）至天宝三载（744），恰是试诗赋居于主导地位，士人注意力聚焦在学诗与磨炼写诗技巧的阶段。

《国秀集》是目前所见最早选入试诗者，计有“奉试”诗四首，初唐诗人董思恭《奉试昭君》，诗为新体五言四韵，平起首句入韵，为郭茂倩《乐府诗集》所收录，已见前文。另外三首分述如下：

校书郎荆冬倩《奉试咏草》。荆冬倩（生卒年不详）约于开元年间进士及第，事迹仅见《国秀集》目录所载校书郎。诗云：

> 路辟天光远，春还月道临。草浓河畔色，槐结路边阴。未映君王史，先标胄子襟。经明如可拾，自有致云心。[①]

诗为新体五言四韵，仄起首句不入韵，平仄皆合格律，对仗工整。属咏物之作，前四句写景，后四句抒发待用之心，藉草言志。所谓“试文律”，大抵如是。《全唐诗》荆冬倩唯存此诗，题、文俱同，收录来源应是《国秀集》。

河内尉崔曙《奉试明堂火珠诗》。崔曙（？~739），开元二十六年（738）进士及第，《奉试明堂火珠诗》：

> 正位开重屋，凌空出火珠。夜来双月满，曙后一星孤。天净光难灭，云生望欲无。遥知太平代，国宝在名都。[②]

诗为新体五言四韵，仄起首句不入韵。咏明堂顶上金火珠，凌空赫然，或与月相辉映，或耸入云霄，三、四联以精巧对仗写景象变化，带出太平名都气象，文字清新，声调圆熟，允为状头。《全唐诗》收录此诗，题、文俱同。

孙欣《奉试冷井诗》。孙欣（生卒年不详），开元天宝年间进士及第，《国秀集》目录无职衔，生平不详。诗云：

---

① （唐）芮挺章：《国秀集》，傅璇琮编撰《唐人选唐诗新编》，陕西人民教育出版社，1996，第 271 页。

② （唐）芮挺章：《国秀集》，傅璇琮编撰《唐人选唐诗新编》，陕西人民教育出版社，1996，第 274 页。

> 仙闸井初凿，灵液沁成泉。色湛青苔里，寒凝紫绠边。铜瓶向影落，玉甃抱虚圆。永愿调神鼎，尧时泰万年。[①]

诗为新体五言四韵，平起首句不入韵。凿井而饮是人类群聚生活的开始，也是人类文明延续的指标。三、四联摹写井的恒在，日常汲取与经久不竭，结语带出水为调和鼎鼐、长养万民所不可或缺，可谓善颂善祷。《全唐诗》孙欣唯存此诗，题、文俱同，收录来源应是《国秀集》。

《国秀集》选入诗人中，有试诗留存者，依《全唐诗》收录，王维有开元五年（717）京兆府试的《清如玉壶冰》，新体五言六韵；王泠然有开元五年（717）登进士第的《古木卧平沙》，新体五言四韵；祖咏有开元十二年（724）省试诗的《终南山望余雪》，新体五言二韵；敬括有开元十三年（725）的《省试七月流火》，新体五言六韵；丘为有天宝元年（742）《省试夏日可畏》，新体五言六韵；梁锽《省试方士进恒春草》（作年不详），新体五言六韵。[②] 由此来看《国秀集》收录的3首盛唐奉试诗都是五言四韵，平仄与对仗都属讲究，可见声律技巧已趋精熟；命题都属咏物诗，咏草要在寻常物中见出志尚，明堂火珠有都城地标性质，冷井则属日常生活所依赖者，除了讲究文律，藉物言志生姿，而归于用世以致太平，极适合作为考生观摩的范本。

就学诗范本而言，“奉试”与“咏物”是两大重点。《国秀集》所选奉试诗4首，成为科举试诗范本，影响更及于日本，董思恭《奉试昭君》约于8世纪末传入日本，李宇玲《平安朝文章生试与唐进士科考——试论平安朝前期的省试诗》引述日本学者小岛宪之的研究指出：

> 平安朝初期编撰的三大敕撰汉诗集之—《经国集》录有文章生小野末嗣所做试帖诗，题为《奉试赋得王昭君》，该诗不仅在试题上，而且措辞用句乃至诗歌韵脚都彻底模仿了董思恭的《奉试昭君》。[③]

---

① （唐）芮挺章：《国秀集》，傅璇琮编撰《唐人选唐诗新编》，陕西人民教育出版社，1996，第285~286页。

② （清）彭定求等编《全唐诗》卷一二七，第1292页；卷一一五，第1173页；卷一三一，第1337页；卷二一五，第2250页；卷一二九，第1319页；卷二〇二，第2115页。

③ 李宇玲：《平安朝文章生试与唐进士科考——试论平安朝前期的省试诗》，《日语学习与研究》2009年2期。

平安朝（794~1185）淳和天皇敕撰《经国集》，于天长四年（827）完成，收录文章生小野末嗣《奉试赋得王昭君》，提供了《国秀集》选诗作为范本的具体佐证。藤原佐世（828~898）《日本国见在书目录》，著录《李峤百廿咏》一卷，江户时期（1603~1867）林述斋编《佚存丛书》有《李峤杂咏》，卷末附《李峤百咏跋》，云：

皇朝中叶，甚喜此诗，家传户诵，至使童蒙受句读者亦必熟背焉。以故诸家传本，不一而足。[①]

李峤的新体五言咏物诗 120 首，当时属于新体诗创作入门读物，在日本同样也是童蒙学诗必熟背的读物。讨论《国秀集》的诗学意义与定位，不能忽略这一个视角。

（二）释名：新体、今体与律诗

五言诗体的新变，始见萧子显《南齐书·陆厥传》，记载“厥少有风概，好属文，五言诗体甚新变”，缘自南朝齐武帝永明（483~493）年间，沈约等人“文皆用宫商，以平上去入为四声，以此制韵，不可增减”，形成“永明体”的新体诗。陆厥与约书论宫商律吕，沈约答书明白揭示“若以文章之音韵，同弦管之声曲，则美恶妍蚩，不得顿相乖反”[②]。认定文章音韵与弦管声曲必须是一致的。遍照金刚（空海，774~835）《文镜秘府论》编纂初盛唐诗文论，《四声论》特别指出“萧赜永明元年（483），即魏高祖孝文帝太和之六年（482）也”，与永明约略同时期的北魏文帝太和（477~499），同样是“志在辞彩”[③]，说明南、北朝的声律约在 482~483 年间同步发展。《四声论》收录沈约《答甄公论》特别就五言诗指出：

然则四声之用，何伤五声也？五声者，宫商角徵羽，上下相应，则乐声和矣。……作五言诗者，善用四声，则讽咏而流靡；能达八体，则陆离而华洁。明各有所施，不相妨废。[④]

① 〔日〕林衡：《佚存丛书》，台北：艺文印书馆，1966，第 15 页。
② （南朝）萧子显：《南齐书》卷五二，台北：鼎文书局，1983，第 897~900 页。
③ 〔日〕遍照金刚撰，卢盛江校考《文镜秘府论汇校汇考》，第 246~247 页。
④ 〔日〕遍照金刚撰，卢盛江校考《文镜秘府论汇校汇考》，第 303 页。

以文字的平上去入四声与音乐的宫商角徵羽五声可以并用，由此提出五言诗的讲究四声有利于歌唱。又引刘善经《四声指归》指出北朝的声律发展：

> 从此之后，才子比肩，声韵抑扬，文情婉丽，洛阳之下，吟讽成群。及徙宅邺中，辞人间出，风流弘雅，泉涌云奔，动合宫商，韵谐金石者，盖以千数，海内莫之比也。[①]

可见江左、洛阳同步讲究声韵与文情，不论是“讽咏而流靡”或“吟讽成群”，“文章之音韵，同弦管之声曲”或“动合宫商，韵谐金石”，都说明了歌唱化的新体诗歌，同时间在南、北朝蔚然成风。吴相洲《永明体与音乐关系研究》认为永明声律说不应该局限在“四声八病”，全面讨论沈约对诗歌音韵与音乐关系，认为沈约发明了一种新的作诗方法：

> 诗歌的声律受到音乐旋律的启发，诗韵通过合理组合能够合于音乐之游律；因为诗律与乐律之间存在某种对应的关系；讲究音韵的诗便于入乐歌唱。[②]

这是目前所见对永明声律说内涵最为深入的阐述，明确指出“诗歌讲究音韵的目的就是为了合乐”，沈约这种方便诗歌入乐的作诗方法，促成五言诗体的新变，合理的声律组合也使得合乐诗歌容易推广。歌唱化的新体诗歌，由永明、太和以迄隋而入唐，吴相洲深入剖析永明新体诗与音乐的关系，为初盛唐新体诗的发展与定位，提供了讨论的基点。

初、盛唐诗人有延用“新体”，如沈佺期《和元舍人万顷临池玩月戏为新体》[③]，诗为五言十韵。中晚唐有采用“今体”者，如张籍《酬秘书王丞见寄》的“今体诗中偏出格”，齐己《览延栖上人卷》的“今体雕镂妙，古风研考精”，《谢贯微上人寄示古风今体四轴》的“今体尽搜初剖判，古风淳凿未玄黄”[④]，以“今体”与“古风”对举。至于唐诗中广泛

---

① 〔日〕遍照金刚撰，卢盛江校考《文镜秘府论汇校汇考》，第 247 页。

② 吴相洲：《永明体与音乐关系研究》，北京大学出版社，2006，第 23 页。

③ （清）彭定求等编《全唐诗》卷九七，台北：盘庚出版社，1979，第 1047 页。

④ （清）彭定求等编《全唐诗》卷三八五，第 4332 页；卷八三九，第 9469 页；卷八四四，第 9540 页。

使用的“新诗”一词，多指新创作的诗，在初盛唐有时也有时指新体诗，如张说《奉和圣制赐诸州刺史应制以题坐右》的“圣主赋新诗，穆若听熏琴”，《五君咏·李赵公峤》的“新诗冠宇宙”，《送乔安邑备》的“京洛见新诗”，《别梁锽》的“但闻行路吟新诗”，《送刘四赴夏县》的“新诗数岁即文雄”[①]，等等，指可入乐的新体歌诗。比较特别的，是李颀《送康洽入京进乐府歌》的“新诗乐府唱堪愁，御妓应传鸡鹊楼”[②]，合新诗与乐府而言，指的是可传唱的乐府歌。附带一提，中唐徐凝（？~？，约元和年间在世）《乐府新诗》：“一声卢女十三弦，早嫁城西好少年。不羡越溪歌者苦，采莲归去绿窗眠。”[③] 诗为新体七言二韵，可弦歌。

至于一般以“律诗”为唐代近体诗的通称，也专指五、七言四韵近体诗。唯查“律诗”一词的出现，最早见于宪宗元和八年（813）元稹（779~832）《唐故工部员外郎杜君墓系铭并序》所云：

> 唐兴，学官大振，历世之文，能者互出，而又沈、宋之流，研练精切，稳顺声势，谓之为律诗。由是而后，文变之体极焉。[④]

直接把沈佺期、宋之问讲究声律的诗称为“律诗”，视为唐诗变体的开创者。宋祁、欧阳修《新唐书·杜甫传》承之，云：

> 唐兴，诗人承陈、隋风流，浮靡相矜。至宋之问、沈佺期等，研揣声音，浮切不差，而号“律诗”，竞相袭沿。逮开元间，稍裁以雅正。[⑤]

把沈、宋的“律诗”上溯自南朝陈、隋的浮靡之风，成为开元诗坛要裁正的对象。唐诗人中以“律诗”相称者，主要见于元、白。特别是元和十年（815），元稹《见人咏韩舍人新律诗因有戏赠》赞美韩愈（768~825）“新律诗”：“玉磬声声彻，金铃个个圆。高疏明月下，细腻早春前。花态繁于

---

① （清）彭定求等编《全唐诗》卷八六，第 924 页；卷八六，第 934 页；卷八八，第 971 页；卷一三三，第 1352 页；卷一三三，第 1353 页。

② （清）彭定求等编《全唐诗》卷一三三，台北：盘庚出版社，1979，第 1351 页。

③ （清）彭定求等编《全唐诗》卷四七四，台北：盘庚出版社，1979，第 5382 页。

④ （唐）元稹撰，冀勤点校《元稹集》卷五六，台北：汉京文化公司，1983，第 600~602 页。

⑤ （宋）宋祁、欧阳修：《新唐书》卷二〇一，台北：鼎文书局，1985，第 5738 页。

绮，闺情软似绵。轻新便妓唱，凝妙入僧禅”，有音乐之美，从声律精妍与内容绮丽说明韩诗的便于妓唱，又于“千词敌乐天”句下自注：“赞善白君，好作百韵律诗”[①]。同年，白居易《江上吟元八绝句》有“一夜吟君小律诗”“翻将唱作《步虚词》”[②]，则绝句也称“小律诗”，调与《步虚词》同。白居易《与元九书》一再提及“杂律诗”，以“五言、七言、长句、绝句，自一百韵至两韵者四百余首”为“杂律诗”，乃“人所爱者”[③]，可见这一年白居易对“律诗”还没有明确的指涉。元和十二年（817）白居易《江楼夜吟元九律诗成三十韵》，形容元稹律诗“清楚音谐律，精微思入玄……八风凄间发，五彩烂相宣。冰扣声声冷，珠排字字圆。文头交比绣，筋骨软于绵。澒涌同波浪，铮鏦过管弦”，而有“暗被歌姬乞”之情事，又于“老张知定伏，短李爱应颠”下自注：“张十八籍、李二十绅皆攻律诗”[④]。元和十四年（819）元稹《上令狐相公诗启》，有“律体卑下，格力不扬，苟无姿态，则陷流俗”的自觉，而以“居易雅能为诗，就中爱驱驾文字，穷极声韵，或为千言，或为五百言律诗，以相投寄”[⑤]，再度确认白居易的长篇律诗。长庆三年（823）白居易作《余思未尽加为六韵重寄微之》，于“诗到元和体变新”下自注：“众称元白为千字律诗，或号元和格。”[⑥] 同年，元稹作《酬乐天余思不尽加为六韵之作》，于“次韵千言曾报答”下自注：“乐天曾寄予千字律诗数首。予皆次用本韵酬和，后来遂以成风耳。”[⑦] 可见元、白特别标举的“新律诗”“百韵律诗”“律诗”“千字律诗”，以长篇律诗为主，又以“小律诗”称绝句，自成“元和格”，作者集中在元白赠答圈的韩愈、张籍、李绅等诗人，性质明显不同于初盛唐的新体诗创作。长庆四年（824）元稹编《白氏长庆集》，编目已明列“律诗”，有《序》云：“五字律诗百言而上长于赡，五

---

① （唐）元稹撰，杨军笺注《元稹集编年笺注》，三秦出版社，2002，第647页。

② （唐）白居易撰，朱金城笺注《白居易集笺校》，上海古籍出版社，1988，卷一五，第940页。

③ （唐）白居易撰，朱金城笺注《白居易集笺校》，上海古籍出版社，1988，卷四五，第2789～2796页。

④ （唐）白居易撰，朱金城笺注《白居易集笺校》，上海古籍出版社，1988，卷一六，第1058～1059页。

⑤ （唐）元稹撰，杨军笺注《元稹集编年笺注》卷六〇，第632～633页。

⑥ （唐）白居易撰，朱金城笺注《白居易集笺校》，上海古籍出版社，1988，卷二三，第1532页。

⑦ （唐）元稹撰，杨军笺注《元稹集编年笺注》，第889页。

字七字百言而下长于情”[①]，可见唐人诗采用“律诗”一词，专属于中唐诗人而有其指涉。

至于进士考试的诗称“试律诗”，最早见于徐松辑自《永乐大典》的《宋会要辑稿》，记载宋哲宗元祐四年（1089）礼部言：“经义兼诗赋进士听习一经，第一场试本经义二道，《论语》或《孟子》义一道，第二场赋及律诗一首”，元祐七年（1092）都省建言，其中引试生员第一场有“习诗、赋者，试律诗、律赋各一首”[②]。清代科举考试也多称“试律诗”。唯以初盛唐而言，当时尚未出现“律诗”之称。至于“近体诗”，首见于《宋会要辑稿》，记载宋孝宗淳熙五年（1178）有“御制《秋日幸秘阁观图书宴群臣》近体诗一首”，又记载内出御制云：“比以秋日临幸秘书省，因成近体诗一首，赐丞相史浩以下。”[③] 诗为仄起首句入韵七言四韵。

因此，本文回归初盛唐诗坛，不取中唐以后出现的“今体诗”“律诗”“试律诗”“近体诗”等用语，行文主要采用“新体诗”“试诗”“奉试诗”等当时语。

（三）《国秀集》选时人新体诗的多元考虑

从沈约的新体诗到初唐的新体诗，都着重在声律与音乐的关系。李节（概）《音谱决疑》指出：“平上去入，出行闾里，沈约取以和声之律吕相合。窃谓宫商徵羽角，即四声也。”[④] 沈约的声律说，乃把民间通行的平上去入，与音乐的宫商徵羽角相结合。元兢（？～？）于高宗总章（668～670）中为协律郎，撰《诗髓脑》，首论《调声》，开端即引沈约《宋书·谢灵运传论》言文意的“宫徵相变，低昂舛节”等旨意，阐发调声之义：

---

① （唐）元稹撰，冀勤点校《元稹集》卷五一，第554～555页。

② （清）徐松辑《宋会要辑稿》，《选举三》之五〇《科举条制》；《职官二八》之三一《国子监·广文馆》。

③ （清）徐松辑《宋会要辑稿》，《崇儒六》之二《御制》；《职官一八》之四一《秘书省》。

④ 〔日〕遍照金刚撰，卢盛江校考《文镜秘府论汇校汇考》，天卷《四声论》。见该著第337页。吴相洲《永明体与音乐关系研究》统计南朝民歌226首，除了平头的比例略高，高达七八成的歌词已能避免上尾、蜂腰、鹤膝三病，印证了“平上去入，出行闾里”。见该著第56～80页。

> 声有五声，角徵宫商羽也。分于文字四声，平上去入也。宫商为平声，徵为上声，羽为去声，角为入声。……固知调声之义，其为用大矣。①

把五言诗的四声，等同于音乐的五声，使讲究调声的新体诗，具有入乐的特质。连带的八病、轻重与清浊等诗律规范，据吴相洲考察，也都是为了入乐更细密规范。② 在永明声律基础上发展的初唐新体诗，自然与歌诗演唱有密切关系，吴相洲在《唐诗创作与歌诗传唱关系研究》中明确指出：

> 初唐人探讨诗律的中心在朝廷，歌诗创作的中心也在朝廷，研讨声律的人同时又是歌诗创作的主要作者。③

由此来看朝廷官员主导、国子生执行的《国秀集》选诗，相较于长期退隐乡里的殷璠《河岳英灵集》选诗，最明显的差异，在于新体或古体的选取。如杨士弘《唐音·序》所言："及观诸家选本，载盛唐诗者，独《河岳英灵集》，然详于五言，略于七言，至于律绝，仅存一二。"④ 选诗以五言古体为主，律绝极少。相对的，《国秀集》选诗指标为"可被管弦者"，多选声律体式与合乐关系密切的新体诗，故多为音韵谐婉、属对工整之作。除此之外，就当代人选当代诗而言，《国秀集》显然还有更多挑战。楼颖《国秀集·序》说明芮挺章的选诗作业：

> 芮侯即探书禹穴，求珠赤水。取太冲之清词，无嫌近溷；得兴公之佳句，宁止掷金。道苟可得，不弃于厮养；事非适理，何贵于膏粱。⑤

---

① （唐）元兢：《诗髓脑》（收录于张伯伟：《全唐五代诗格汇考》），凤凰出版社，2002，第114页。

② 吴相洲：《永明体与音乐关系研究》，北京大学出版社，2006，第31~47页。

③ 吴相洲：《唐诗创作与歌诗传唱关系研究》，北京大学出版社，2004，第144页。

④ 陈伯海主编《唐诗论评类编》，山东教育出版社，1992，第1438页。

⑤ （唐）芮挺章：《国秀集》，傅璇琮编纂《唐人选唐诗新编》，陕西人民教育出版社，1996，第217页。

归纳可得三大挑战：一在未传世作品的探寻与求索，以芮挺章的国子生身份，其难度可知。二在作品的拣选，唯取“清词”与“佳句”，如《晋书·左思传》记载左思欲赋三都，“遂构思十年，门庭藩溷，皆着笔纸，遇得一句，即便疏之”[①]。又如《晋书·孙绰传》记载孙绰作《天台山赋》，示范荣期且自许“卿试掷地，当作金石声也”，范荣期虽以“恐此金石非中宫商”，然“每至佳句”辄叹赏为“应是我辈语”[②]。不论构思迟速，不贵远贱近，只讲究作品的文辞清新优美、声律谐婉有感染力。三在作者的身份，只从作品表达的道与事理作判断，而不在乎身份的贵贱。就选时人诗作而言，芮挺章的考虑颇具客观性，而犹恐有遗珠之憾：“其有岩壑孤贞，市朝大隐，神珠匿耀，剖巨蚌而宁周；宝剑韬精，望斗牛而未获。目之缣素，有愧遗才。”可以解释芮挺章在天宝三载编成后，迟未发布，楼颖虽有意续补，终究无成，迟至肃宗乾元、上元间才编目、撰序，推许为“一家之言”[③]，可见其郑重。编目除孙欣、王之涣、王羡门、薛维翰四人未加官职，其余官职如右丞相张说、左丞相张九龄、尚书右丞王维、执戟梁锽，处士孟浩然等，职位尊卑差异大。就当代人选当代诗而言，芮挺章《国秀集》在三大挑战中守住了应有的尺度。

《国秀集》入选最多者为卢僎 13 首，其次是崔颢、王维、孟浩然 7 首，宋之问、徐安贞、孙逖、崔国辅 6 首，杜审言、沈佺期、张说、张谔、徐九皋、阎宽、楼颖、崔曙、王昌龄 5 首，李乔、李颀 4 首，刘希夷、张九龄、薛奇章、贺朝、徐晶、王之涣 3 首，其余诗人只选一、二首。其中有 25 位诗人仅见《国秀集》收录，《全唐诗》收录及小传均出自《国秀集》选诗与目录。观察芮挺章选诗所着重的清词、佳句、道与事理，所选初唐诗人与歌诗，大抵为侍宴、应制、饯送、酬赠、宴聚、登览、游望之作，多为清词、佳句，可供职场社交与摹写景物的范本。选盛唐诗人作品，除清词、佳句之外，在内容上有更多的关涉道与事理，以下分别就诗人之显达与寒素举例说明。

《国秀集》选入盛唐诗人之显达者，可以开元四大名相中的张说（667~730）与张九龄（678~740）为代表。君臣会宴的赋诗，如开元十三

---

① 《晋书》卷九二，台北：鼎文书局，1983 年，第 2376 页。

② 《晋书》卷五六，台北：鼎文书局，1983 年，第 1544 页。

③ （唐）芮挺章：《国秀集》，傅璇琮编纂《唐人选唐诗新编》，陕西人民教育出版社，1996，第 217 页。

年（725）因奏对封禅仪注而有“上制诗序，群臣赋诗”，又因新进樱桃，“酒酣，内出彩笺，令燕公赋宫韵，群臣赋诗”等[①]，与宴的有张说、贺知章等，延续了初唐诗的职场社交功能。玄宗又以张说、张九龄等为翰林待诏，“掌四方表疏批答、应和文章”，又选文学之士，号“翰林供奉”，开元二十六年（738）改为学士，别置学士院[②]，参政草诏，备极恩遇。胡震亨《唐音癸签》即指出张说与张九龄在初盛唐新体诗发展上的地位：

> 二张五言律，大概相似于沈、宋、陈、杜，景物藻绘中，稍加以情致，剂以清空。学者间参，则无冗杂之嫌，有隽永之味。[③]

《国秀集》选入的沈、宋、杜诗，以五言四韵摹写景物，文律精美，是初唐新体诗的指标。二张在写景中加入个人情致，而有清空之美与隽永之味，是新体诗从职场社交迈向个人情志的关键点。

右丞相张说五首。张说历仕武周、中宗、睿宗、玄宗四朝，景云至开元年间曾三度为相，发明典章，与苏颋并称“燕许大手笔”，两《唐书》称其“前后三秉大政，掌文学之任凡三十年。为文俊丽，用思精密，朝廷大手笔，皆特承中旨撰述，天下词人，咸讽诵之”。又“喜推藉后进，于君臣、朋友大义甚笃”[④]，堪称朝廷大臣典范，更是开元政局与诗风的领导者。《国秀集》选入《魏齐公元忠》《苏许公瓌（瑰）》《李赵公峤》《郭代公元振》《赵耿公彦昭》五首，分咏本朝五位大臣。咏魏元忠（？～707）诗云：

> 齐公生人表，迥天闻鹤唳。清论早揣摩，玄心晚超诣。入相廊庙静，出军沙漠霁。见深吕禄忧，举后陈平计。甘心除君恶，足以报先帝。[⑤]

---

① （宋）孙逢吉：《职官分纪》卷一五，中华书局，1988，第 380 页。

② （宋）宋祁、欧阳修：《新唐书》卷四六，台北：鼎文书局，1985，第 1186 页。

③ （明）胡震亨：《唐音癸签》卷九，台北：木铎出版社，1982，第 89 页。

④ （五代）刘昫：《旧唐书》卷九七，台北：鼎文书局，1985，第 3057 页；（宋）宋祁、欧阳修：《新唐书》卷一二五，台北：鼎文书局，1985，第 4410 页。

⑤ （唐）芮挺章：《国秀集》卷上，傅璇琮编纂《唐人选唐诗新编》，陕西人民教育出版社，1996，第 229 页。

魏元忠历仕高宗、武周、中宗三朝，诗的前四句写魏元忠性情志尚，有云间鹤唳之姿，雅擅清论，能悟事理，具备高阶朝官的素养。次四句写事功，魏元忠两度为相，屡遭诬陷，却仍在政治与军事上发挥积极作用。结语确认魏元忠的良相地位，史载高宗许为“真宰相”[①]，睿宗更高度肯定“代洽人望，时称国良。历事三朝，俱展诚效。晚年迁谪，颇非其罪”[②]。树立了朝廷大臣的典范。再如咏苏瓌（瑰）（639~710），前二句总写人品，接着四句“百事资朝问，三章广世程。处高心不有，临节自为名”写职场表现，结尾四句感旧怀人。咏李峤诗的“故事遵台阁，新诗冠宇宙。在人忠所奉，恶我诚将宥”，已见前文。咏郭元振（656~713）前四句写鹏翼悬飞而遇云雷，仅以“兴丧一言决，安危万心注”二句写事功，而玄宗《赏定策功臣制》称其“伟材生代，宏量镇时。经纶文章，今之王佐。出入将相，古之人杰”[③]，可谓赏誉有加，结尾四句感慨勋大命舛。咏赵彦昭（？~?）同样采四句、二句、四句的结构，写事功只“协赞休明启，恩华日月照”二句[④]，前后感慨才杰人秀而沦落的悲哀。《全唐诗》收录其作《五君咏五首》，有《序》云：“达志、美类、刺异、感义、哀事，颜氏之心也，拟焉。”[⑤] 自言拟颜延之《五君咏》而作，颜延之《五君咏》乃排除竹林七贤中贵显的山涛、王戎，以嵇康、阮籍、阮咸、刘伶、向秀的才高而不见用于世，或狂放傲世，或甘于淡薄，极见个人才性。张说在《序》中标举的五事，能实践志尚、拔擢人才、不畏恶势力、笃行忠义，有形塑朝廷大臣的典范意涵，而“哀事”则有感于诬谤对朝内大臣的伤害。郑处诲《明皇杂录》记载张说贬岳州时，“苏颋方当大用，而张说与瓌（瑰）相善。张因为《五君咏》，致书，封其诗以遗颋。……颋因览诗，呜咽流涕，悲不自胜。”张说因苏颋进言而得迁荆州长史。[⑥] 就诗歌的职场社交功能而言，张说《五君咏》把初唐君臣会宴的逞才竞能，提升到朝廷大臣的典范形塑，以及朝廷政争对大臣的诬陷伤害，乃至个人遭遇的辩

① （宋）宋祁、欧阳修：《新唐书》卷一二二，台北：鼎文书局，1985，第4349页。

② （五代）刘昫：《旧唐书》卷九二，台北：鼎文书局，1985，第2955页。

③ （清）董诰等编《全唐文》卷二〇，上海古籍出版社，1990，第98页。

④ （唐）芮挺章：《国秀集》卷上，傅璇琮编纂《唐人选唐诗新编》，陕西人民教育出版社，1996，第229~230页。

⑤ （清）彭定求等编《全唐诗》卷八六，台北：盘庚出版社，1979，第934~935页。

⑥ （唐）郑处诲：《明皇杂录》卷下（《唐五代笔记小说大观》本），上海古籍出版社，2000，第963页。

解，很大程度发挥了诗歌的职场功能。

左丞相张九龄三首。张九龄于武周长安二年（702）沈佺期榜进士及第，因下第者谤议而诏令李峤重试确认。深受张说赏识与拔擢，与张说先后为相，拔萃选人及应举者，时人誉为“一代辞宗”。《国秀集》选入的三首诗，都是遭贬南迁的寄怀明志之作，如《奉酬宋大使鼎一首》的“政有留棠旧，风因继组清。轩车问疾苦，烝庶荷仁明。衰废时所薄，祇应僚旧情”，以勤于民瘼回应同僚旧情。余如《奉和王司马折梅寄京中兄弟》的“独攀南国树，遥寄北风时”，《春燕寄怀》的“无心与物竞，鹰隼莫相猜”①，一写兄弟情深，一写磊落襟怀。三诗分别展开与僚旧、兄弟乃至政敌的对话，身处衰废而不废人际关系，具体映现张说《五君咏》的遭诬待罪心境，也是另一种职场应对的范式。

《国秀集》选入盛唐诗人之寒素者，以王泠然（692～724）为例，他出身寒微，积极求仕，在《与御史高昌字书》中自述：“先天年中，仆虽幼小，未闲声律，辄参举选，公既明试，量拟点额，仆之枉落，岂肯缄口？是则公之激仆，仆岂不知？公之辱仆，仆终不忘其故。……匍匐而归，一年在长安，一年在洛下，一年坐家园，去年冬十月得送，今年春三月及第。”② 寒素考生不熟悉科举考试的重点，特别是“未闲声律”，在落榜中摸索学习，乃在开元五年（717）及进士第，九年（721）又登拔萃科，授将仕郎，官东宫校书郎，移右威卫兵曹参军。《国秀集》选入校书郎王泠然一首，即《淮南寄舍弟》：

> 昔予从不调，经岁旅淮源。念尔长相失，何时返故园。寄书迷处所，分袂隔凉温。远道俱为客，他乡共在原。归情春伴雁，愁泣夜随猿。愧见高堂上，朝朝独倚门。③

寒素在科试、求仕的艰辛过程中，还要面对家人的长时间分离与殷切期盼。诗中带着经岁不调的焦虑感，反复述说兄弟长期分散在他乡，付出手

① （唐）芮挺章：《国秀集》卷上，傅璇琮编纂《唐人选唐诗新编》，陕西人民教育出版社，1996，第235～236页。

② （清）董诰等编《全唐文》卷二九四，上海古籍出版社，1990，第1319页。

③ （唐）芮挺章：《国秀集》卷中，傅璇琮编纂《唐人选唐诗新编》，陕西人民教育出版社，1996，第261页。

足亲情分隔的代价，却都还在辛苦卑微中奋力求进取。结尾以日复一日唯见高堂倚门的情景，诉说出身寒素诗人极为沉重的心理压力。王泠然有上张说《论谏书》，先引张说因《五君咏》的“凄凉丞相府，余庆在玄成”而得移官，后引自己赠诗张说子协律的“官微思倚玉，文浅怯投珠”[①]，《全唐诗》存诗四首及此残句，反映出寒素诗人的共同心声。

进士万楚三首。万楚（？~？）生平事迹唯见李颀《东京寄万楚》，云：“濩落久无用，隐身甘采薇。仍闻薄宦者，还事田家衣。颍水日夜流，故人相见稀。”[②] 对于万楚沦落失意而退耕颍水之滨，有“在昔同门友，如今出处非”之叹惜。《国秀集》选入《题江潮庄壁》：

> 田家喜秋熟，岁晏林叶稀。禾黍积场圃，楂梨垂户扉。野闲犬时吠，日暮牛自归。时复落花酒，茅斋堪解衣。[③]

摹写田家秋熟的丰美景象：场圃上有主食的禾黍，庭园中有佐食的楂梨，放眼收刈后的旷野，枝头上的果实，斜阳下的犬吠牛归，交织成一片诗意盎然的田园风光。劳绩后的诗人，安居茅斋，解衣饮酒，胸怀磊落，丝毫不见退耕的失意寂寥，是一首极好的田园诗。《全唐诗》存诗八首，题材多元，沈德潜《唐诗别裁集》选入《骢马》而许为“几可追步老杜咏马诗”[④]；锺惺、谭元春《唐诗归》评《题情人药栏》称其“思深而奇，情苦而媚”；黄生《唐诗摘抄》评《河人逢落花》有云：“托花寄讯，诗家趣语。……此君极一艳诗好手，其诗惜不多见。”[⑤] 无论田园、边塞或艳诗，各只存一、二首，都是当行好诗，是一个被忽略的诗人。

在选诗识见上，历来多指《河岳英灵集》远高于《国秀集》，比对《国秀集》同时选入《河岳英灵集》者，有 9 位诗人、14 首诗，包括崔颢、王维 3 首，王昌龄 2 首，崔国辅、李嶷、孟浩然、高适、王湾、祖咏各 1 首，部分诗题不同，如《国秀集》选王湾《次北固山作》，《河岳英灵

---

① （清）董诰等编《全唐文》卷二九四，上海古籍出版社，1990，第 1318~1319 页。

② （清）彭定求等编《全唐诗》卷一三二，台北：盘庚出版社，1979，第 1339 页。

③ （唐）芮挺章：《国秀集》卷下，傅璇琮编纂《唐人选唐诗新编》，陕西人民教育出版社，1996，第 287~288 页。

④ （清）沈德潜：《唐诗别裁集》卷一三，（《中国历代诗歌别裁集》），山东文艺出版社，1995，第 360 页。

⑤ 陈伯海：《唐诗论评类编》，上海古籍出版社，2015，第 462 页。

集》题作《江南意》；选祖咏《蓟门别业》，《河岳英灵集》题作《游大氏别业》等，文字也略有出入，应是有不同收录来源。如《国秀集》选崔颢《题黄鹤楼》：

> 昔人已乘白云去，兹地空余黄鹤楼。黄鹤一去不复返，白云千载空悠悠。晴川历历汉阳树，春草青青鹦鹉洲。日暮乡关何处是，烟波江上使人愁。①

文字与今人传诵者有若干出入，《河岳英灵集》题作《黄鹤楼》，收录的第二句“兹地”作“此地”，第六句“青青”作“萋萋”，为今人传诵所采。严羽《沧浪诗话·诗评》直指：“唐人七言律诗，当以崔颢《黄鹤楼》为第一。”② 依诗题非《国秀集》版本，仍可见芮挺章选诗识见。另一首脍炙人口的《登鹳雀楼》，首见《国秀集》，作朱斌《登楼》：“白日依山尽，黄河入海流。欲穷千里目，更上一重楼。”③ 而李昉等奉敕编《文苑英华》，误植为王之涣作，误传至今。《全唐诗》存朱斌诗一首，端赖《国秀集》选诗之功。

结语

科举考试的选才机制，在经学与策问之外，特别增加试诗，除了才识、言辞与敏捷，入乐新体诗的盛行，提供了几方面的信息：一在声病格律的创作技巧，一在君臣宴会的应对能力，一在精英社交的人际关系，一在日常生活的情感抒发，总括而言，可称之为职场素养。

芮挺章《国秀集》选入初唐李峤、杜审言、宋之问、沈佺期四人诗作，以新体诗创作所串起的社交链接，共同成为初唐新体诗形成与发展的指标性诗人。值得注意的有两点：一是君臣宴会的诗、乐、舞结合，有宫女歌诗，献诗者舞蹈，兼具艺术性与娱乐性，而未必收入郭茂倩《乐府诗

---

① （唐）芮挺章：《国秀集》卷中，傅璇琮编纂《唐人选唐诗新编》，陕西人民教育出版社，1996，第251~252页。

② （宋）严羽著，郭绍虞校释《沧浪诗话校释》，台北：东升出版公司，1980，第181页。

③ （唐）芮挺章：《国秀集》卷下，傅璇琮编纂《唐人选唐诗新编》，陕西人民教育出版社，1996，第278页。

集》，可见郭茂倩并未留意到这一区块。二是新体诗律的完成与流行，在君王主导下，诗人各自以作诗、歌唱与舞蹈展演出个人的传奇，这一波先开元、天宝而起的新体诗创作风潮，恰可见芮挺章选诗的卓识与旨趣。

就当代人选当代诗而言，《国秀集》是一部以实用为导向的选本，兼具新体诗创作与职场指南双重性质。身为国子生的芮挺章，正为科举考试做准备，又得陈、苏的指导，对试诗规范、朝廷用人、大臣典范与职场社交等，有一定程度的了解。科举考试最大的意义，在于提供寒门入仕的机会，而寒门对于考试、朝廷与官员的疏离，《国秀集》主选入乐新体诗，不仅提供试诗学习范本，藉选诗呈现大臣典范，社交应对的临场吟咏；而且有面对职场挫折的自我情绪抒发，因科考求仕长期离家的亲情压力，乃至退归的生存方式与心情调适，都提供了很实用的诗歌创作与阅读范本。

从现有研究成果来看，大抵研究诗学者看重《河岳英灵集》，研究歌诗者注意到《国秀集》，可见诗学与乐府学研究仍是各自精彩。本文受相洲先生歌诗研究的启发，兼采诗学与乐府学的双重视野，重新探讨芮挺章《国秀集》的诗学意义与定位，也更确定诗学与乐府学的相辅相成、不可偏废。谨借此文向相洲先生致敬。

"初唐四杰"的乐府诗观

——兼论初唐乐府入律之趋向*

李忠洋

（贵州师范大学文学院，贵阳，550001）

摘　要："初唐四杰"有关乐府的理论主张散见于其所撰诗文集序和书启文中。"四杰"的乐府诗观集中体现在批驳、革新、复古三方面：一是批驳魏晋以降形成的拟旧题乐府之习；二是"开凿古人""发挥新题"与乐府诗之新变；三是正乐复古以强调乐府诗的教化功用。在复古革新的过程中，他们顺应了诗歌律化的潮流，乐府随之与近体诗合流，从合乐到徒诗。

关键词："初唐四杰"　乐府诗观　正乐复古　新变　乐府入律

作者简介：李忠洋，陕西商洛人，贵州师范大学文学院博士研究生。主要研究方向为唐代文学、乐府学。

初唐乐府诗创作相当繁荣，尤以拟作汉魏古题乐府诗最为突出，《乐府诗集》《文苑英华》《全唐诗》以及文人集子都有专门收录。"初唐四杰"是唐代乐府诗发展过程中的关键性人物，他们所作52首乐府诗①，是

---

* 本文为教育部人文社会科学青年基金项目"历代唐集序跋整理与研究"（项目编号：19XJC751011）阶段性成果。

① 关于"四杰"乐府诗的数量，学界已有统计，但结果不一。王辉斌统计有45首（王辉斌《论"初唐四杰"的乐府诗》，《聊城大学学报》2018年第1期）；孙尚勇统计卢、骆、王有26首，缺杨炯乐府诗（孙尚勇《唐乐府论》，《杜甫研究学刊》2018年第1期）；程曙光统计有70首（程曙光《"初唐四杰"乐府诗研究》，河北师范大学硕士学位论文，2018）等。本文据文渊阁《四库全书》本《王子安集》《盈川集》《卢昇之集》《骆丞集》，以及（清）蒋清翊《王子安集注》、何林天《重新校定王子安集》，徐明霞点校《杨炯集》、祝尚书《杨炯集笺注》，（清）陈熙晋《骆临海集笺注》、王群栗标点《骆宾王集》，徐明霞点校《卢照邻集》、祝尚书《卢照邻集笺注》、李云逸《卢照邻集校注》统计，王、杨、卢、骆分别有诗7、9、28、8首，共计乐府诗52首。

初唐乐府诗创作最多的文人群体。他们之于乐府的看法以及乐府诗创作观，对初唐乐府诗的创作格局产生了重要影响，在唐代乐府诗史上具有承上启下的作用。关于唐人乐府诗观，学界已有比较系统的讨论与研究。[①]本文即在此基础上，尝试以“初唐四杰”的乐府诗观为中心，通过梳理他们的乐府诗，并结合他们在乐府诗格律化进程中起到的作用，进而重新审视初唐文人的乐府诗。

一　批驳魏晋以降拟旧题乐府之习

所谓拟乐府，就是在诗乐分流之后，以纯粹的书面创作形式去模拟生长于音乐母体中，具有歌辞、舞词等功能的原始乐府诗，保持原始乐府诗的某些基本特点。[②] 拟旧题乐府在乐府诗史上具有重要意义。讨论其意义，首当梳理拟乐府诗的渊源与流变。许学夷《诗源辩体》曰：“乐府之诗，当以汉人为首。”[③] 汉乐府作为乐府诗的源头，在作者构成、内容题材、诗歌体式、曲调种类等方面都具有典范性，因而作为一种诗歌范本为后世模拟。从现存文献看，文人有意识地拟作乐府诗，一直到东汉才出现。明帝时东平王刘苍作《武德舞歌诗》，以及和帝时佚名所作《雁门太守行》。王僧虔《技录》云：“《雁门太守行》歌古洛阳令一篇。”[④] 按：《宋书·乐志三》载此篇先题《洛阳行》，后题《雁门太守行》，可知二者一为题名，一为曲调名，本为揄扬东汉和帝时洛阳令王涣之德行。然《雁门太守行》古辞已亡佚，此篇实拟其曲调冠以《洛阳行》之名。《武德舞歌诗》收录于《乐府诗集》舞曲歌辞类，其题序作“世祖登庙歌”，即东汉郊庙祭祀乐歌。按：《汉

① 这类研究成果较多，专著如罗根泽《乐府文学史》，东方出版社，2012；吴相洲《乐府学概论》，人民文学出版社，2015；谈莉《唐乐府诗声律与乐府新变》，安徽大学出版社，2018 等。论文如葛晓音《盛唐清乐的衰落和古乐府的兴盛》，《社会科学战线》1994 年第 4 期；钱志熙《乐府古辞的经典价值——魏晋至唐代文人乐府诗的发展》，《文学评论》1998 年第 2 期；钱志熙《唐人乐府学述要》，《中国社会科学》2013 年第 8 期；王辉斌《论唐代诗人的乐府观》，《吉林师范大学学报》2013 年第 2 期；吴振华《唐代乐府诗简述》，《乐府学》第十二辑，社会科学文献出版社，2015；陈瑞娟《唐人乐府诗观研究》，《中国典籍与文化》2016 年第 1 期；孙尚勇《唐乐府论》，《杜甫研究学刊》2018 年第 1 期等。

② 钱志熙：《齐梁拟乐府诗赋题法初探——兼论乐府诗写作方法之流变》，《北京大学学报》1995 年第 4 期，第 60 页。

③ （明）许学夷著，杜维沫点校《诗源辩体》卷三，人民文学出版社，1987，第 54 页。

④ （宋）郭茂倩：《乐府诗集》卷三九，中华书局，1979，第 573 页。

书·礼乐志》，高祖四年（前 203）作《武德舞》，其庙也有奏《武德》之舞。故东平王所作《武德歌舞诗》，当是拟汉高祖《武德舞》之曲调而制词。这两首诗为现存文献所载拟乐府之最古者，开拟旧题乐府诗之先河。

汉末文人开始仿改乐府古辞，依其声而为诗，出现了拟五言乐府诗，最具典型的当属《古诗十九首》，虽以“古诗”称之，实际是对乐府古辞的模拟和改写。朱彝尊《书〈玉台新咏〉后》曰：“就《文选》本第十五首《生年不满百》而论，‘生年不满百，常怀千载忧。昼短苦夜长，何不秉烛游’则《西门行》古辞也。……裁剪长短句作五言，移易其前后，杂糅置《十九首》中。”[①] 显然，《古诗十九首》之《生年不满百》是对乐府古辞《西门行》的仿改。建安黄初，以曹氏父子为中心，形成了拟乐府诗创作的繁荣局面。需要注意的是，曹操以拟旧题写实事，如《薤露行》《蒿里行》本为丧歌，曹操拟作以述汉末社会动乱民不聊生之情形。而曹植所拟则是真正意义上尚文辞、重意义、脱曲调的拟乐府诗，可谓建安黄初拟乐府诗作的集大成者。据《乐府诗集》载，曹植“拟《薤露行》为《天地》”，“拟《苦寒行》为《吁嗟》”，“拟《豫章》为‘穷达’”，“拟《秋胡行》，不取秋胡事，只歌魏德”[②]。这类拟乐府诗皆为曹植的内心独白，或歌唱理想与抱负或诉不得志，感慨命运之艰，如拟《薤露行》为《天地》，犹言天地永恒无穷极，阴阳寒暑更迭，人生短暂渴望建功立业。故罗根泽曰：

> “以旧曲，翻新调”，虽不始于曹氏父子，而实成于曹氏父子。曹氏父子兄弟所作乐府，率皆一用汉谱，完成效仿的乐府。自六代以至隋唐，所有乐府，几全属此类。故叙魏代乐府，曹氏实为主位。[③]

傅玄、陆机等人又进一步发展了曹氏父子确立的拟乐府之习，主要特征就是因袭模拟、按题敷衍，亦步亦趋地仿效旧题乐府诗作，其标志就是自建安黄初以降出现了不付管弦歌唱的乐府诗，开始了乐府诗与它的音乐母体逐渐脱离关系的历史。[④] 这类乐府诗一般都有固定的名称，大多依旧曲补

① （清）朱彝尊：《曝书亭集》，世界书局，1937，第 613 页。

② 分别见于（宋）郭茂倩《乐府诗集》卷二七、三三、三四、三六，中华书局，1979，第 397 页、499 页、502 页、527 页。

③ 罗根泽：《乐府文学史》，东方出版社，2012，第 67 页。

④ 钱志熙：《齐梁拟乐府诗赋题法初探——兼论乐府诗写作方法之流变》，《北京大学学报》1995 年第 4 期。

新词。有的甚至不遵曲调，虽沿用古题旧名，但只取其形式，而忽略本事，只侧重语词的组合，犹“优孟衣冠”。如傅玄《艳歌行》基本每一句都是蹈袭汉乐府民歌《陌上桑》，其篇幅和内容是《陌上桑》的节略。其他如《饮马长城窟行》基本上踵接汉乐府古辞《饮马长城窟行》，亦步亦趋。《西长安行》是模仿汉饶歌《有所思》之作，“但在内容和形式上有所变化，《有所思》表现了女主人公对负心汉的决绝之情，这首则写对负心者的哀怨”[①]。陆机《短歌行》《苦寒行》也完全是模仿曹操所作同题乐府诗，只是语词略有改动而已。魏晋拟乐府是汉代以后文人乐府诗创作的第一个高峰期，其内容分为仪式歌辞和娱乐歌辞两类，作者多为文人学士，形式主要为五言，恢复了四言，并开始创作七言。[②] 永嘉之后，随着政治中心的南移，进入了南朝新声乐府诗时期。南朝仿古乐府之作，大别有二：其一，虽为效仿，而能推陈出新；其二，句模字拟，完全因袭。斯模拟文学之下下者，而六代文人则争先恐后以效之。[③] 如陆机、荀昶、梁武帝、梁简文帝、沈约、张正见等十一人所拟《长安有狭斜行》，其诗均不涉古辞之本事，旨在铺叙题目，开篇皆言某地有歧路、曲陌、径涂、勾曲，或言有通逵等，然后问君家居何处以及家中之境况，只在字句上略作变化，极尽欢娱享乐之境，拟作呈明显的模式化倾向。尤其是齐梁时期，沈约、谢朓等人赋汉饶歌十八曲中的一批乐府诗，开文人拟乐府诗赋咏题义的一派，使乐府诗创作从拟篇走向赋题，紧紧抓住旧曲的题面意义。[④] 他们赋题拟作，并缘以永明声律，讲究对仗协律，齐梁以降多有仿效，实为唐代律诗之先驱。

蔡启《蔡宽夫诗话》曰：“唐自景云以前，诗人犹习齐梁之气，不除故态，率以纤巧为工。”[⑤] 这说明初唐乐府诗也沿袭齐梁余风，依题赋诗，拟写前代旧题乐府。初唐文人所拟乐府诗，基本不外乎“汉魏以下，陈隋以上乐府古题”这一范围，在题目、题材、体式、结构等方面全方位地师法古人。故而失去了曲调这一母体的依靠，以至于忽视古辞之本事与本义，只借其名，而不问其源，一味地赋题拟作，自然就会形成缘于同一主题类型的乐府诗。郑樵《通志·乐略》云：

---

① 焦泰平：《汉魏六朝诗三百首注评》，太白文艺出版社，1997，第 134 页。

② 参看郭丽《乐府诗史述略》，《乐府学》第十三辑，社会科学文献出版社，2016，第 207 页。

③ 罗根泽：《乐府文学史》，东方出版社，2012，第 120~121 页。

④ 钱志熙：《乐府古辞的经典价值——魏晋至唐代文人乐府诗的发展》，《文学评论》1998 年第 2 期，第 70 页。

⑤ 郭绍虞辑《宋诗话辑佚》卷下，中华书局，1980，第 384 页。

> 今乐府之行于世者，章句虽存，声乐无用。崔豹之徒，以义说名；吴兢之徒，以事解目。盖声失则义起。①

郑氏感慨乐府诗失去声乐之依附，只能从“辞”和“义”两方面去把握，那么初唐文人因袭齐梁赋题拟作古乐府之习也诚非偶然。初唐所拟之乐府诗主要集中于横吹、鼓吹、清商、相和等几个曲调，几十个有限的题目。如《巫山高》《芳树》《有所思》《折杨柳》《紫骝马》《刘生》《骢马》《饮马长城窟行》《临高台》《陇头水》《从军行》《长相思》《关山月》《王昭君》《妾薄命》等题，虞世南、“四杰”、宋之问、沈佺期、乔知之等初唐诗人均有拟作。其中《巫山高》在初唐有郑世翼、沈佺期、卢照邻、张循之等人拟作，其形式皆为五言八句，主题和立意都围绕巫山神女朝云暮雨之传说展开，先铺写巫山之高奇，中间再穿插高唐神女之事，最后上升到思归怀人。郑世翼“巫山凌太清”，沈佺期“巫山峰十二”，卢照邻“巫山望不极”，张循之“巫山高不极”等描写巫山之高奇，其题旨皆“若齐王融‘想象巫山高’、梁范云‘巫山高不极’，杂以阳台神女之事，无复远望思归之意也”②。这显然是沿袭了齐梁乐府诗赋题拟作之习，诗歌大多千篇一律，模式化痕迹比较明显，不能体现出作者个人的思想情感。

还有些乐府诗的拟作化程度更深，往往在其形式上有一些固定的格式和用语，典型如陈叔达《自君之出矣》，陈诗在题名和技法上均取唐前同题乐府。其诗曰：“自君之出矣，明镜罢红妆。思君如夜烛，煎泪几千行。”③ 吴兢《乐府古题要解》认为，《自君之出矣》起于汉徐干《室思诗》第三章，诗曰：“自君之出矣，明镜暗不治。思君如流水，无有穷已时。”④ 陈叔达之前，有宋孝武帝、齐虞羲、梁范云、陈后主等人拟作，诗歌题名与体式皆取自徐诗，均为五言四句，以“自君之出矣”为开头，第三句为“思君如××”，二、四两句的内容略有变化。又如张柬之、李峤拟《东飞伯劳歌》，其体式也是完全模仿唐前同题乐府古辞。张、李二人与梁简文帝、刘孝威、陈后主等所拟均为七言五韵，且每句换韵，第三句以

① （宋）郑樵：《通志》卷四九，浙江古籍出版社，2000，第625页。

② （唐）吴兢：《乐府古题要解》，丁福保辑《历代诗话续编》，中华书局，1983，第37页。

③ （清）彭定求等编《全唐诗》卷三〇，中华书局，1983，第431页。

④ （唐）吴兢：《乐府古题要解》，丁福保辑《历代诗话续编》，中华书局，1983，第61页。

"谁家×××××"为固定用语描写女子妆容之美，引起男子的恋慕。梁简文帝"谁家妖丽邻中止"，刘孝威"谁家妖冶折花枝"，张柬之"谁家绝世绮帐前"，李峤"谁家窈窕住园楼"，即如此。张诗的韵脚为风、送、前、钿、幕、箔、妆、香、改、待等韵，且都是隔句押韵。再如《从军行》一题，在初唐有虞世南、骆宾王、刘希夷、乔知之等人拟作，其诗亦皆沿袭齐梁赋题拟作之法，主题皆为军旅苦辛之辞，其中虞世南诗的语句基本上是模仿北魏明余庆的同题乐府。[①] 其他如上官仪、卢照邻、骆宾王、沈佺期、郭元振等人拟《王昭君》，王勃、沈佺期、乔知之等人拟《铜雀台》等，基本上也都是沿袭齐梁拟乐府诗的套式，徒叙古题的题面之意。以上胪列只是初唐拟乐府诗的缩影而已，可见初唐乐府诗的创作基本都是因袭齐梁赋题拟作之法，使乐府诗成了单纯的"代字诀"。

如此一来，初唐这类赋题拟作的乐府诗自然会产生"依题敷衍""命题既同""共体千篇"等弊病。故所拟之乐府诗往往失其命题之本意，甚至与之相左。如《折杨柳》在初唐模仿者，有卢照邻、沈佺期、乔知之、崔湜、韦承庆、张九龄等人，大多模仿梁元帝、梁简文帝、刘邈、徐陵等人的同题乐府诗，其诗是纯粹的赋题拟篇，只为推演铺陈"折杨柳"字面之义，多为伤春惜别、怀念征人之辞。《折杨柳》原为汉代武乐，为兵革苦辛之辞，后人拟作不涉及古辞之本事与本义，多断题取义，与本事相乖，其诗多绨句绘章，绮丽婉媚。故自初唐始，就已出现了对拟乐府诗弊端的批驳之声，其代表性人物当为"初唐四杰"。"四杰"的拟乐府诗虽在一定程度上也承齐梁赋题之习，但他们还是注意到了只拟不变的弊端，自觉充当起批驳的先觉者。王勃《上吏部裴侍郎启》，杨炯《王勃集序》与骆宾王《和道士闺情诗启》等文严厉批判了初唐诗坛弥漫的齐梁余风，主张扫荡文场、抑彼淫哇、开辟翰苑。卢照邻《乐府杂诗序》更是指出：

《落梅》《芳树》，共体千篇；《陇水》《巫山》，殊名一意。亦犹负日于珍狐之下，沈萤于烛龙之前。辛勤逐影，更似悲狂；罕见凿

---

① 据《乐府诗集》卷三二、三三所载明、虞《从军行》，节录二诗部分内容。如明余庆《从军行》："三边烽乱惊，十万且横行。风卷常山阵，笳喧细柳营。剑花寒不落，弓月晓逾明。会取淮南地，持作朔方城。"虞世南《从军行》其一："涂山烽候惊，弭节度龙城。冀马楼兰将，燕犀上谷兵。剑寒花不落，弓晓月逾明。"

> 空，曾未先觉。潘、陆、颜、谢，蹈迷津而不归；任、沈、江、刘，来乱辙而弥远。[①]

卢氏否定了自魏晋至齐梁这一时期形成的依题拟作古乐府之习，欲以此批驳声来警醒时人。“四杰”所批判初唐诗坛中的齐梁余风，包括乐府诗创作中沿袭齐梁赋题拟作之法，以及缘情绮靡、刚健不闻的诗风，拉开了初唐文人“发挥新题，开凿古人”的乐府变革序幕。初、盛唐之际的吴兢亦循“四杰”之迹，针对拟古乐府“篇咏实繁。或不睹于本章，便断题取义……不可胜载。递相祖习，积用为常”之弊病，作《乐府古题要解》以改造拟乐府诗创作，对乐府古题之本事和本义做还原研究，亦即从赋题咏物重新回到汉魏乐府的叙事中去。[②]

二 “开凿古人”“发挥新题”与乐府诗新变

初唐诗歌袭江左余韵，乐府诗也不例外，习齐梁赋题之法，多雕琢文辞，修饰章句，题材囿于宫廷台阁，诗风绮靡婉媚。从诗歌史的角度看，乐府诗的创作观念和手法会随文学观念的变迁而变化，尤其在体式、题目、内容、题材等方面表现得更为明显。武德、贞观时期，诗坛被虞世南、陈子良、陈叔达、郑世翼等陈隋遗老主宰，他们是六朝文风的坚定拥护者，亦代表着乐府诗创作的主流趋势，即因袭齐梁赋题之法拟作乐府。以“初唐四杰”为主的一些诗人开始意识到了文学风气与观念对乐府诗造成的不良影响，他们寄希望在题材、内容、形式等方面对乐府诗进行革新。骆宾王《和道士闺情诗启》曰：“若乃子建之牢笼群彦，士衡之籍甚当时，并文苑之羽仪，诗人之龟镜。”[③] 他对曹植盛赞有加，视其为诗人学习的榜样，言外之意就是肯定梗概多气的建安诗歌，这也是他革新的主要方向。卢照邻《乐府杂诗序》更是发出了“其有发挥新题，孤飞百代之前；开凿古人，独步九流之上。自我作古”[④] 的呐喊，表现出强烈的乐府诗歌革新

① 祝尚书笺注《卢照邻集笺注》，上海古籍出版社，1994，第 342 页。

② 参看吴夏平《史学转向与唐代“文之将史”现象》，《文学评论》2019 年第 3 期，第 133 页。

③ （唐）骆宾王著，（清）陈熙晋笺注《骆临海集笺注》卷七，中华书局，1961，第 222 页。

④ 祝尚书笺注《卢照邻集笺注》，上海古籍出版社，1994，第 342 页。

愿望。王勃《上吏部裴侍郎启》曰：“自微言既绝，期文不振。……谈人主者，以宫室苑囿为雄；叙名流者，以沈酗骄奢为达。……天下之文，靡不坏矣。”[①] 他也批评初唐文坛所弥漫的六朝余风，认为自初唐以来文风不振非一朝一夕。他又在《山亭思友人序》中提出了“至若开辟翰苑，扫荡文场，得宫商之正律，受山川之杰气”[②] 的文学改革主张，旨在涤除当时诗坛中的齐梁余风。杨炯也对龙朔初诗坛因袭六朝之余风作了深刻批判，其《王勃集序》曰：“尝以龙朔初载，文场变体，争构纤微，竞为雕刻。糅之金玉龙凤，乱之朱紫青黄。影带以徇其功，假对以称其美。骨气都尽，刚健不闻。”[③] 他反对乐府诗体制复一，诗风绮靡婉媚，文辞浮艳，章句雕琢，赞同王勃“壮而不虚，刚而能润。雕而不碎，按而弥坚”[④] 的诗风。“四杰”的乐府革新理论直接源于他们的文学改革主张。

“四杰”的乐府诗虽大多是拟旧题而作，但他们的乐府诗在体式、风格、内容、题材诸方面，都与武德、贞观朝以及同期诗人形成了鲜明对比，无不向时人与后人透露出新变的信息，在唐代乐府诗史上产生了重要影响。“四杰”之于初唐乐府的新变就是如何摆脱和超越齐梁赋题法的约束，自制新题或新体。至于发挥新题、新体的乐府诗论，卢照邻《乐府杂诗序》“发挥新题，孤飞百代之前；开凿古人，独步九流之上。自我作古，粤在兹乎”[⑤] 之语已有提纲挈领的概括，具体表现在对乐府题名和体式的改制。另外“三杰”虽没有明确提出针对拟乐府诗的改制理论，但从他们对当时诗歌的评论和理解的态度可知，其关于乐府革新的理论主张也与卢照邻大抵相同，在他们的乐府诗中表现得尤为明显。对题名的改制就是要“发挥新题”，具体做法就是拟歌曲，摆脱旧题，自制新题，虽标榜新题，却不入乐，只是模拟乐歌的徒诗体，与当时流行的新声乐府则完全不同[⑥]，其题名多以歌、行、歌行、引、曲、谣、辞、篇、咏、吟、叹、唱、弄、思、怨等为标识[⑦]，开元白新乐府之先声。卢照邻《长安古意》《怀仙引》《明月引》，骆宾王《畴昔篇》《帝京篇》，王勃《采莲曲》等都属这一类。而对体式的改制则

① （唐）王勃著，（清）蒋清翊注《王子安集注》卷四，上海古籍出版社，1995，第130页。
② （唐）王勃著，（清）蒋清翊注《王子安集注》卷九，上海古籍出版社，1995，第274页。
③ （唐）王勃著，（清）蒋清翊注《王子安集注》卷首，上海古籍出版社，1995，第69页。
④ （唐）王勃著，（清）蒋清翊注《王子安集注》卷首，上海古籍出版社，1995，第70页。
⑤ 祝尚书笺注《卢照邻集笺注》，上海古籍出版社，1994，第342页。
⑥ 钱志熙：《唐人乐府学述要》，《中国社会科学》2013年第8期。
⑦ （明）胡震亨：《唐音癸签》卷一，上海古籍出版社，1981，第2页。

是“发挥新体”，在拟写古题乐府的基础上，再缘以声律，用注重平仄、对仗等特点的近体诗来写作乐府诗，乐府诗出现了五律、七律、五绝、七绝等体式，形式更加丰富多元。这一点将在下文论乐府的格律化时再作讨论。

“四杰”的边塞乐府诗更能体现他们对于拟乐府诗的改制，他们的边塞乐府诗虽泛拟古题，却在拟中有变，尤其是在叙述视角、题材、风格、内容方面的新变引人注目。卢照邻、骆宾王结合自己的边塞经历，以第一人称的视角切入[①]，并介入个人的主观感受，打破了传统边塞乐府诗类型化、场面化的创作模式。王勃、杨炯还是以传统的第三人称为视角，援引前人征戍题材的边塞诗为创作素材，但能结合社会现实，缘事而发，使乐府本事、本辞的表现内容更加多元化。“四杰”的边塞乐府诗已逐渐摆脱了齐梁绨绘章句之习，显露出清新俊逸、刚健激昂的风貌，大多还能反映社会风貌和时代精神，可谓当时乐府诗中的一股清流。唐初边塞乐府仅有虞世南《出塞》《从军行》《结客少年场行》《饮马长城窟行》四题，但这些诗并非诗人的亲历边塞之作。至于诗中所写“楼兰”“萧关”“燕山”“雁门”“天山”等地，“沙漠”“冰塞”“雪山”等景，皆非诗人亲眼所见，那么诗歌的整体意象就显得比较空灵，而诗中的一些场面描写“一般不是作者个人主体体验的场所，而是如同舞台上的场面，经客体化而呈现出来的”[②]。难得的是，虞世南“《出塞》《从军》《结客》等篇，声气稍雄，与王褒、薛道衡诸作上下”[③]，对“四杰”的边塞乐府诗创作产生了重要影响。四杰在原有题名基础上，又新增加了《梅花落》《刘生》《陇头水》《关山月》《雨雪曲》《紫骝马》《折杨柳》《上之回》《战城南》《结客少年场行》《昭君怨》《秋夜长》《采莲曲》《有所思》《骢马》等题，拓宽了拟边塞乐府诗题名的范围。“四杰”的这类诗作，以雄放的境界开启了初、盛唐的边塞诗派，其诗有意用雄奇阔大的字眼，而战争的题材、边塞的风物更能增加这种雄奇感[④]，就是明人许学夷所谓的“初

① 关于拟古乐府诗（观察）视点的人称化，参见〔日〕松浦友久著，孙昌武、郑天刚译《中国诗歌原理》，辽宁教育出版社，1990，第274～275页。王立增博士论文（扬州大学，2004）《唐代乐府诗研究》“表现手法的转变：由客观转向主观”一节有专门论述。

② 〔日〕松浦友久著《中国诗歌原理》，孙昌武、郑天刚译，辽宁教育出版社，1990，第275页。

③ （明）许学夷著，杜维沫点校《诗源辩体》卷一二，人民文学出版社，1987，第138页。

④ 参见木斋《论初盛唐边塞诗的演进和类型》，《新疆师范大学学报》2005年第1期，第93页。

唐本相”①。

王勃未有出塞经历，但也偶作闺妇思征夫之诗，如《秋夜长》《采莲曲》，从侧面涉笔边塞，以乐府诗反映社会现实，也反映出他对边事的看法，拓展了传统边塞乐府诗的题材内容。据《上刘右相书》：“伏见辽阳未靖，大军频进，有识寒心，群黎破胆……辟土数千里，无益神封；勒兵十八万，空疲帝卒。惊烽走传，骇秦洛之甿；飞刍挽粟，竭淮海之费。”② 王勃明确指出拓边战争劳民伤财，会给社会带来一系列问题。《采莲曲》“叶屿花潭极望平，江讴越吹相思苦。塞外征夫犹未还，江南采莲今已暮”之语，犹言离别久远，诉相思之苦。诗尾以“共问寒江千里外，征客关山路几重”③ 直接发问，言外之意是说，造成思妇与征夫分离这类普遍的社会问题，与当时的拓边、戍边战争直接相关。杨炯也未曾亲历边塞，他的边塞乐府诗仍以虚拟的边塞为题材，但不落窠臼。他的诗满怀豪情地歌颂边塞战争，以高昂的基调表现出戍边将士慷慨报国的雄心壮志。《从军行》：“烽火照西京，心中自不平。牙璋辞凤阙，铁骑绕龙城。雪暗凋旗画，风多杂鼓声。宁为百夫长，胜作一书生。”④ 诗歌热情饱满，洋溢着对边塞的向往，立功边塞的壮志，尤其是尾联，直接喊出了作者乃至当时整个中下层文人投笔从戎，渴望立功边塞的心声。全诗格调浑厚朴茂、激越雄浑，也是时人精神面貌的体现，大有开盛唐边塞诗派先河之势。

骆宾王有过从军入塞的亲身经历⑤，其间所作边塞乐府诗篇有《从军行》《昭君怨》《从军行中行路难》《军中行路难同辛常伯作》等，皆以第一人称为叙述视角切入，都是自己亲身的军旅生活体验之作。《军中行路

① （明）许学夷：《诗源辩体》卷一二《初唐》：“绮靡者，六朝本相；雄伟者，初唐本相也。”见（明）许学夷著，杜维沫点校《诗源辩体》卷一二，人民文学出版社，1987，第140页。

② （唐）王勃著，（清）蒋清翊注《王子安集注》卷五，上海古籍出版社，1995，152~154页。

③ （唐）王勃著，（清）蒋清翊注《王子安集注》卷三，上海古籍出版社，1995，73~74页。

④ 祝尚书笺注《杨炯集笺注》，中华书局，2016，第175页。

⑤ 据傅璇琮先生考证，骆宾王于咸亨元年（670）辞东台详正学士，出玉门关，远赴轮台（天山南麓一带）等边地，随军进入西域，咸亨三年（672）又从军赴姚州平叛。详参傅璇琮《唐五代文学编年史》，辽海出版社，1998，第205~220页。又据骆详发考证，骆宾王离京从军入塞的路线是越三水（今陕西旬邑），驱五原（今陕西定边），过交河（唐安西都护府所在地，今新疆吐鲁番）、经天山，到达的应是龟兹前线。参见杨柳、骆祥发《骆宾王评传》，北京出版社，1987，第385页。

难同辛常伯作》："阴山苦雾埋高垒，交河孤月照连营。连营去去无穷极，拥旆遥遥过绝国。阵云朝结晦天山，寒沙夕涨迷疏勒……但使封侯龙额贵，讵随中妇凤楼寒。"① 诗中所描写边塞的自然景观，突出戍边生活之艰辛，但士兵始终保持着昂扬的斗志，有着以身许国、平定边疆的豪情壮志，把个人之志与边地之景融合在一起，情景相生。《从军行》："平生一顾念，意气溢三军。……不求生入塞，唯当死报君。"② 其诗也抒个人以身报国之志，格调雄浑激昂。卢照邻也曾亲历边地，他所作 11 首边塞拟乐府诗，为"四杰"之最。卢照邻在显庆四年（659）前后，为邓王李元裕府典签，奉邓王命西使出塞到达河西一带，于西使途中作《陇头水》《上之回》《昭君怨》《紫骝马》《关山月》《雨雪曲》《刘生》7 首边塞乐府诗。③卢照邻《上之回》，不同于梁简文帝、萧悫、张正见、陈子良等齐梁文人拟作，雕琢辞藻以赞帝王出行之盛事，描写出行途中山川美景。卢诗没有描绘具体的战争场面，但着力描写军容之盛，盛赞军队班师凯旋的经过，士气高昂，雄健轻快之感油然而生，很大程度上开拓了边塞乐府诗的题材内容与风格。《结客少年场行》以虚拟的边塞作为题材，征引乐府旧题少年游侠轻生重义，慷慨以立功名之事。与此同时，他结合自己西使出塞的经历，并介入个人的情感，于诗中写少年游侠慷慨赴边、建功立业的豪情壮志，以雄奇的字眼、阔大的场面、爽朗刚建的诗风，一扫初唐诗坛绮靡之风。许学夷评《结客少年场行》"将军下天上，虏骑入云中。龙旌昏朔雾，鸟阵卷寒风"句，"语皆雄伟。唐人之气象风格，至此而见矣"④。

三　正乐复古以强调乐府诗的教化功用

刘勰《文心雕龙·乐府》系统阐述了诗、乐之关系。其文曰：

---

① （唐）骆宾王著，（清）陈熙晋笺注《骆临海集笺注》卷四，中华书局，1961，第 122~125 页。

② （唐）骆宾王著，（清）陈熙晋笺注《骆临海集笺注》卷四，中华书局，1961，第 113 页。

③ 据彭庆生考证，卢照邻西使出塞的时间在显庆四年（659）前后，途经陇关、萧关、皋兰等地，抵达祁连山、河西一带。卢照邻奉使河西途中所作诗，有《陇头水》《上之回》《昭君怨》等 7 首。参见彭庆生《初唐诗歌系年考》，北京大学出版社，2012，第 97~98 页。

④ （明）许学夷著，杜维沫点校《诗源辩体》卷一二，人民文学出版社，1987，第 139 页。

乐府者，声依永，律和声也。……必歌九德，故能情感七始，化动八风。……故知诗为乐心，声为乐体，乐体在声，瞽师务调其器；乐心在诗，君子宜正其文。[①]

刘氏强调“诗为乐心”，乐府能透入人的内心深处，还能影响八方风俗，作乐府之人应端正文辞。故欲正乐复古，提倡雅乐正声，必先始于乐府。唐代文人继承并发扬了前人正乐传统，通过拟写乐府诗以正乐，将制乐撰词、规正音乐和革新歌词作为自身责任，初唐时期主要是力求恢复汉魏乐府[②]，强调乐府诗的教化功能，这是由诗言志的本质所决定的，决定了乐府诗要起到“补察时政”“泄导人情”的作用。初唐诗坛的主流趋势是复古革新，这一时期创作大量的拟汉魏古题乐府诗，即为明证。初唐诗歌复古革新之势与帝王、宫廷文士倡导雅乐正声密不可分。唐初出于政治目的制礼作乐以歌功颂德或粉饰太平，故重视中和雅正之乐。唐太宗《颁示礼乐诏》曰：“乐由内作，礼自外成，可以安上治民，可以移风易俗，揖让而天下治者，其惟礼乐乎……新声之乱于雅者，并随违而矫正。”[③] 又据《唐会要·雅乐》《旧唐书·祖孝孙传》，武德九年（626），唐高祖命太常少卿祖孝孙和秘书监窦琎考证雅乐，直到贞观二年（628）完成修定。贞观二年初，祖孝孙认为陈、梁旧乐杂用吴、楚之音，周、齐旧乐多涉及胡戎之伎，于是斟酌南北，考以古音，“按《礼记》：‘大乐与天地同和。’制十二和之乐”[④]，遂成《大唐雅乐》。显庆二年（657），吕才奉高宗之命整理前代失传的雅曲，他在前代旧乐的基础上，又取许敬宗等人奉和的十六首《雪诗》为《白雪》曲歌词，奏正曲，定声调，遂编于乐府。不难发现，高祖、太宗、高宗三朝，帝王和文人学士无不重视雅乐古体。

“四杰”是太宗朝末至高宗朝创作汉魏古题乐府最多的诗人，他们提倡雅乐古体的乐府创作主张，以及正乐复古的乐府诗观，恢复汉魏乐府精神，与当时倡导雅乐正声，诗歌复古革新的趋势是相互呼应的。卢照邻在《乐府杂诗序》中表明了自己对于乐府的看法，强调“王泽竭而颂声寝，

---

① （南朝梁）刘勰著，范文澜注《文心雕龙注》，人民文学出版社，1958，第 101～102 页。

② 参见王立增《唐代乐府的正乐功能》，《兰州学刊》2018 年第 9 期。

③ （清）董诰等编《全唐文》卷六，中华书局，1983，第 70 页。

④ （宋）王溥：《唐会要》卷三二，上海古籍出版社，2006，第 689 页。

伯功衰而诗道缺"[①]，即乐府应具有咏言、纪德、颂王泽等功能，其作用是"俾夫舞雩周道，知小雅之欢娱。击壤尧年，识太平之歌咏云尔"[②]，进一步强调乐府诗在裨补政教风方面的重要作用。《驸马都尉乔君集序》有感于"礼乐之道，已颠坠于斯文；雅颂之风，犹绵连于季叶"，因而强调诗文应"重闻三代之风，无坠六经之业。郁其兴咏，大雅于是为群"[③]。《南阳公集序》指出六朝诗文"文律烦苛，知音者稀，词林交丧。雅、颂不作"，诗歌的雅正形态应该"含今古之制，扣宫徵之声"[④]。卢照邻从礼乐之道、斯文之功两方面强调诗歌的社会教化功用，恢复它的雅正形态，乐府诗亦如此。杨炯《王勃集序》云："文中子之居龙门也。……甄正乐府，取其雅奥，为三百篇以续诗。……君思崇祖德，光宣奥义。"[⑤] 可见，王勃之于乐府诗的雅正追求有家学渊源，要追溯到其祖父王通所创的河汾之学。杨炯家华阴，早年又没有游学南方的经历，则其思想与王勃一样，同属北方儒学体系[⑥]，立足于儒家的经世致用思想，注重文学的政治教化功能。骆宾王在《上吏部裴侍郎帝京篇启》中提到"徒以《易》象六爻，幽赞通乎政本；诗人五际，比兴存乎国风"[⑦]，意在强调诗歌与王政得失、国风盛衰密切相关，乐府诗也莫不如此。《和道士闺情诗启》曰："听新声鄙师涓之作，闻古乐笑文侯之睡。……宏兹雅奏，抑彼淫哇。澄五际之源，救四始之弊。固可以用之邦国，厚此人伦。"[⑧] 骆宾王指出古乐雅奏能抑制诗歌中的淫邪之声，乐府诗应当具有澄源、救弊、厚人伦等政教功能。"四杰"的乐府诗在艺术传统和创作手法上虽未真正达到开凿古人的境地，但他们秉持刘勰"诗为乐心"的乐府观，从乐府诗歌和乐府音乐两方面着力改造乐府诗，继承汉魏乐府精神，恢复乐府的雅正之风，旨在强调乐府诗的教化功用。

初唐文人所追求的雅乐正声主要是郊庙乐和清乐（一曰清商乐）。郊

① 祝尚书笺注《卢照邻集笺注》，上海古籍出版社，1994，第341页。
② 祝尚书笺注《卢照邻集笺注》，上海古籍出版社，1994，第343~344页。
③ 祝尚书笺注《卢照邻集笺注》，上海古籍出版社，1994，第312页。
④ 祝尚书笺注《卢照邻集笺注》，上海古籍出版社，1994，第323页。
⑤ 祝尚书笺注《杨炯集笺注》，中华书局，2016，第286~287页。
⑥ 杜晓勤：《初唐四杰与儒、道思想》，《文学评论》1995年第5期，第141页。
⑦（唐）骆宾王著，（清）陈熙晋笺注《骆临海集笺注》卷一，中华书局，1961，第3页。
⑧（唐）骆宾王著，（清）陈熙晋笺注《骆临海集笺注》卷七，中华书局，1961，第223~224页。

庙乐用以祭祀天地和祖庙，作为国乐中的雅乐是毋庸置疑的。据孙尚勇统计，唐初有魏征、褚亮等文人作郊庙乐府共计73首，这表明唐初宫廷文士对于雅正之乐的追求，当时文人乐府主要是从郊庙类作品的创制开始的，也表明有唐之初对礼仪歌诗的高度重视。[①] 《乐府诗集·清商曲辞》曰：“清商乐，一曰清乐。清乐者，九代之遗声。其始即相和三调是也，并汉魏已来旧曲。其辞皆古调及魏三祖所作。”[②] 据《通典》卷一四八《乐六》载，清乐“从容雅缓，犹有古士君子之遗风，他乐则莫与为比”[③]，隋文帝甚至称其为“华夏正声”。王灼《碧鸡漫志》曰：“隋氏取汉以来乐器歌章古调并入清乐，余波至李唐始绝。”[④] 唐承隋制，初唐乐府在一定程度上仍沿用隋代旧章，清乐自然也被纳入雅乐的范畴，其主要部分则是汉魏以来的旧题乐府。葛晓音指出：“汉魏古题中有一部分经齐梁文人改造，与清商乐府的内容情调完全一致，如《巫山高》《芳树》《有所思》等。这部分汉魏古题在初唐实际上是被当作齐梁体来模仿的。”[⑤] 初唐文人正乐复古的直接途径就是模拟这些汉魏乐府古题诗，回归汉魏乐府的创作精神，在乐府音乐中正乐复古，在乐府诗中复古革新。

以“四杰”为代表的一批初唐诗人高举正乐、复古、革新的旗帜，大量创作汉魏古题乐府诗的同时，还形成了相关的创作理论。鉴于此，有必要以“四杰”为节点，对他们之前及同期主要诗人所作乐府诗做一番统计[⑥]，其诗以《乐府诗集》《文苑英华》《全唐诗》以及文集所收为主。分别是：虞世南相和7首，杂曲1首；李百药杂曲2首，近代2首；谢偃近代3首，新乐府1首；王勃鼓吹1首，相和2首，清商2首，杂曲2首；杨炯鼓吹2首，横吹6首，相和1首；卢照邻鼓吹6首，横吹6首，相和1首，琴曲3首，杂曲2首，郊庙9首，新乐府1首；骆宾王鼓吹1首，相和3首，杂曲2首，新乐府2首；刘希夷横吹1首，相和11首，新乐府3首；沈佺期鼓吹3首，横吹9首，相和3首，清商1首，琴曲1首，杂曲2

---

① 孙尚勇：《唐乐府论》，《杜甫研究学刊》2018年第1期。

② （宋）郭茂倩：《乐府诗集》卷四四，中华书局，1979，第638页。

③ （唐）杜佑撰，王文锦等点校《通典》卷一四九，中华书局，1988，第3817页。

④ （宋）王灼著，岳珍校证《碧鸡漫志校证》卷一，巴蜀书社，2000，第3页。

⑤ 葛晓音：《盛唐清乐的衰落和古乐府诗的兴盛》，《社会科学战线》1994年第4期。

⑥ 参见张开《初唐乐府诗研究》、孙尚勇《唐乐府论》有相关统计。张开《初唐乐府诗研究》第四章，首都师范大学博士学位论文，2007；孙尚勇《唐乐府论》，《杜甫研究学刊》2018年第1期。

首，近代1首，杂歌1首；宋之问相和2首，琴曲1首；乔知之鼓吹1首，横吹1首，相和3首，杂曲1首；郭元振相和3首，清商6首；等等。以上文人的创作大体反映了初唐乐府诗的基本情况。初唐文人乐府诗的创作主要集中在相和、横吹、鼓吹、杂曲、清商等几类古乐府旧曲，创作数量最多的是相和歌辞，横吹曲辞次之，再次是鼓吹曲辞，接下来是杂曲歌辞和清商曲辞。这几类曲辞大都是汉魏以来的乐府古题，在初唐乐府诗中所占比重最大，这是正乐复古，恢复汉魏古题乐府的最直接体现。“四杰”等诗人顺应复古趋势，积极倡导以汉魏古题乐府作为初唐乐府诗的正体。其中卢照邻所作古题乐府诗为初唐诗人之最，他明确了对于乐府诗和乐府音乐的古雅追求，另外“三杰”也与之大致相同。他们的乐府诗呈现出以下几个突出特点：其一，虽比较注重政治，但极少歌功颂德之作，多是写个人的远大理想抱负，如杨炯《出塞》和骆宾王《从军行》；其二，比较讲究气质，并非理过于辞，而多有着真实感受，气多慷慨，如卢照邻《行路难》；其三，讲求雅正，虽然词采雅赡，但已革除了浮艳婉媚之气，如王勃《采莲曲》；其四，在艺术上也多用力于求骈、谐律，但并不单调呆板，且多富有创造性，在形式上有所推进，如卢照邻《芳树》。[①]

卢照邻作为初唐创作汉魏乐府古题诗的第一人，其诗能结合社会现实以古题写实事，往往即事成篇，能反映出时代精神，回归到了汉魏乐府的创作精神。如《战城南》《梅花落》《紫骝马》《结客少年场行》等，有的表现将士浴血奋战，以及他们对战争胜利的期待，“雕弓夜宛转，铁骑晓骖驔。应须驻白日，为待战方酣”（《战城南》），表现了唐初一系列对外战争的现实状况。有的表现个人建功立业的壮志和忠君报国的思想，如“横行殉知己，负羽远从戎”（《结客少年场行》）。有的表现战争的残酷，对戍边行役辛苦的同情，如“塞门风稍急，长城水正寒。不辞横绝漠，流血几时干”（《紫骝马》）。有的反映将士埋骨边塞无人知，立功归来无人晓的现实情况，寄予边塞将士无限的同情，如“归来谢天子，何知马上翁”（《结客少年场行》），“节旄零落尽，天子不知名”（《雨雪曲》）。如罗根泽所言：

即以乐府而论，照邻所作，确为以平淡无奇之字，写天地自然之

① 杨生枝：《乐府诗史》，青海人民出版社，1985，第446~448页。

文，不堆砌典故，不勉强对仗。古人谓苏轼文，如雪花滚地，读之令人开心明目。吾于照邻乐府亦云。[①]

杨炯《从军行》《出塞》《骢马》《战城南》，骆宾王《从军行》等乐府诗，虽寓意汉魏古题，却也能即事名篇，都充满了投笔从戎的豪情壮志，能反映出一个时代某个阶层的共同心声。杨炯“宁为百夫长，胜作一书生”（《从军行》），“匈奴今未灭，画地取封侯”（《紫骝马》），骆宾王“弓弦抱汉月，马足践胡尘。不求生入塞，唯当死报君”（《从军行》）等，更是直接反映初唐广大中下层文士渴望建功立业的理想抱负，诗风多刚健质朴，气骨兴寄兼具。王勃的《采莲曲》《秋夜长》虽承袭乐府旧题，却与前代拟写男女之情不尽相同，文辞于绮丽之中透露出苍凉之美。这两首诗皆讲求雅正，都继承了汉魏乐府讽喻实事的精神，诗歌的现实主义笔法直触当时社会。在作者生活的高宗朝，朝廷发动了对西突厥、百济、高丽等一系列的拓边战争，战争取得胜利的同时，却给当时社会和人民带来了许多问题，比如诗中提到“共问寒江千里外，征客关山路几重”“君在天一方，寒衣徒自香”千万家庭夫妻别离等现实问题。其诗寄予了诗人对征夫与思妇分离的无限同情，以及对当时朝廷发动一系列拓边战争的不满，以起到补察实政的作用，开中唐新乐府“为君、为臣、为民、为物、为事而作”[②] 之先河。

四　脱曲入律与乐府的式微

王士禛《带经堂诗话》曰：

唐人乐府何以别于汉魏？汉魏乐府，高古浑奥，不可拟议。唐人乐府不一，初唐人拟《梅花落》《关山月》等古题，大概五律耳。[③]

王氏此语道出初唐乐府诗走上格律化道路与文人拟作汉魏古题乐府有关。

① 罗根泽：《乐府文学史》，东方出版社，2012，第166~167页。

② 顾学颉校点《白居易集》卷三，中华书局，1999，第52页。

③ （清）王士禛著，张宗柟纂集，夏闳校点《带经堂诗话》卷二九，人民文学出版社，1963，第839页。

从文体演进角度看，乐府诗的律化使其在形式上出现了新变，固然是值得肯定的，但这也在无形之中隔离了乐府诗与曲调之关系，使乐府诗失去了音乐的依附。胡适先生指出："唐初的文人也偶然试作乐府歌辞。但他们往往用律诗体做乐府，正像后世妄人用骈文来做小说，怎么会做的出色呢！"[①] 罗根泽据此认为："唐代乐府逐渐脱去旧曲羁绊，逐渐近于诗体化，逐渐开放，逐渐自然。故益能'用活的语言用新的意境创作乐府新词'，在乐府文学中大放异彩。而以逐渐不顾曲谱，逐渐失去与音乐关系，故中唐以后，乐府遂亡，而只有诗矣。"[②] 具体而言，初唐乐府诗在体制和创作方法上的近体化、格律化，使乐府逐渐有脱曲入律之趋势，诗与乐由合流开始走向分途，不为入乐演唱的乐府诗也日益增多，乐府开始更多地受格律形式、对仗规则等约束，那么它传承古老乐歌的固有属性也随之消失殆尽，无异于徒诗。表面上看律入乐府，是其式微的表现。在初唐永明声律已逐渐深入人心，"回忌声病，约句准篇"[③]"研练精切，稳顺声势"[④] 的近体律诗逐渐被确立为诗歌的主体形式，乐府或许只有顺应诗歌的时代性，才能以另一种形式被延续保存。因此，这里提到的乐府式微，并不是说乐府这种诗歌体裁的消亡，而是它被打上格律的烙印为近体律诗所同化或替代。

乐府最初是入乐歌唱的，并不注重平仄、对仗等规则，唐以前的乐府诗均属于这一类。肇始于南朝的永明声律诗体，在初唐之际是其被确立的重要时期，"五律在当时无疑是唐诗主要的形式，在那时人心目中，五律才是诗的正宗。五言八句的五律，到王、杨才正式成为定型"[⑤]。钱志熙指出："近体诗的格律是在五律、七律、五绝、七绝各种诗体中同时演进的。在律化方面，进展成就最突出的是五言八句。所以，论唐人近体，自应以五律为中心。"[⑥] 格律诗在当时已成为诗歌的主要体式，乐府入律遂与之相应，"四杰"所作古题乐府诗亦如此。王勃《铜雀妓》（二首），杨炯《从军行》《刘生》《骢马》《出塞》《有所思》《梅花落》《折杨柳》《紫骝马》《战城南》，卢照邻《陇头水》《刘生》《巫山高》《芳树》《昭君怨》《关山月》《上之回》《紫骝马》《战城南》，骆宾王《王昭君》《望月中树有所

① 胡适：《白话文学史》，百花文艺出版社，2001，第 163 页。

② 罗根泽：《乐府文学史》，东方出版社，2012，第 160 页。

③ 《新唐书》卷二〇二，中华书局，1975，第 5751 页。

④ 冀勤点校《元稹集》，中华书局，1982，第 601 页。

⑤ 闻一多：《唐诗杂论》，中华书局，2009，第 27~28 页。

⑥ 钱志熙：《唐诗近体源流》，北京大学出版社，2015，第 40 页。

思》《从军行》等五言乐府诗，有的近于近体诗，有的已是近体诗。这些诗歌的部分语句虽然存在失黏或失对现象，但总体看来诗句的平仄相配已初步和谐，声律与对仗技巧运用得也比较成熟，可以视之为五言律诗。王勃、杨炯长于五律，对五律的定型起到了关键作用，卢照邻、骆宾王虽长于七言歌行，但他们在乐府创作与近体合流以及入律定型的过程中，同样起到了至关重要的作用。故王世贞《艺苑卮言》曰：

> 王、杨、卢、骆号称"四杰"，词皆华靡，固沿陈、隋之遗，翩翩意象，老境超然胜之，五言遂为律家正始。内子安稍近乐府，杨、卢尚宗汉、魏，宾王长歌虽极浮靡，亦有微瑕，而缀锦贯珠，滔滔洪远，故是千秋绝艺。[①]

李商隐《漫成五章》亦曰："沈宋裁辞矜变律，王杨落笔得良朋。"[②] "四杰"之于乐府诗在律化的进程中发挥的作用可见一斑，沈、宋循迹而行，协调平仄黏对，使五言律诗更加精密，以至完全定型。

冯班《钝吟杂录·正俗》曰："唐人律诗，亦是乐府。"[③] 在"四杰"生活的初唐之际，乐府诗创作迅速与近体诗合流，尤其是初唐诗人反复拟作的汉魏古题乐府诗，多为鼓吹和横吹曲辞中的题目。葛晓音指出："在初唐律化的汉魏乐府古题有《上之回》《巫山高》《有所思》《入塞》《折杨柳》《关山月》《洛阳道》《长安道》《梅花落》《江南》《王昭君》《铜雀妓》《婕妤怨》《采莲曲》《妾薄命》等。还有些乐府题，在六朝原为古体，而到初唐变为律诗的，如《出塞》《从军行》《长门怨》等。"[④] 这些题目在齐、梁、陈、隋诗人赋题拟写的过程中，运用了当时流行的永明声律学，如沈约、谢朓、王融、梁简文帝、刘绘、陈后主等人拟写的《上之回》《巫山高》《临高台》《芳树》《铜雀妓》《紫骝马》《有所思》《洛阳道》《梅花落》《陇头水》等题。这些乐府古题在齐梁文人反复拟写的过程中积累了声律方面的创作经验，其体式已形成了一些固定程式，

---

① （明）王世贞著，罗仲鼎校注《艺苑卮言校注》卷四，齐鲁书社，1992，第159页。

② 刘学锴、余恕诚：《李商隐诗歌集解》，中华书局，2004，第1003页。

③ （清）冯班：《钝吟杂录》，（清）王夫之等《清诗话》，上海古籍出版社，1963，第42页。

④ 参见葛晓音《盛唐清乐的衰落和古乐府的兴盛》，《社会科学战线》1994年第4期，第217页。

随着初唐声韵格律之学的进一步发展，乐府诗的创作形式自然会被近体律诗所取代，经“四杰”等人拟写推广，乐府诗的形式随之焕然一新。

近体律诗是要按照一定的格律来写成的诗，平仄和对仗是其格律最主要的两个特点。[①] 分析诗歌的声律特点，必要究其平仄、对仗规则。五律的平仄格式一般分为仄起式和平起式两大类，又按首句是否入韵分为四小类，有 a：仄仄平平仄；A：仄仄仄平平；b：平平平仄仄；B：平平仄仄平四种形式。根据黏对规则，五律的基本平仄格式可分为：aB，bA，aB，bA（首句不入韵）；AB，bA，aB，bA（首句入韵）；bA，aB，bA，aB（首句不入韵）；BA，aB，bA，aB（首句入韵）四类。对仗一般指把结构、词性、词类、音节、意义等属同类词语放在对应的位置所构成的句式，使之相互映衬。王力先生认为：

> 对仗是律诗的必要条件。就一般情形而论，律诗的对仗是用于颔联和颈联；换句话说，就是第三句和第四句对仗，第五句和第六句对仗。从对仗的范畴看，可分为工对和宽对两类。工对指在相同位置同一种类相为对仗；否则可以叫做宽对。[②]

还有一些变例，少的可以只有一联对仗，甚至可以本句自对，多的可以四联都用对仗。“四杰”等初唐文人拟写的古题乐府诗在格律、对仗方面逐渐趋于完备，虽然在某一两联偶有失黏、失对或出韵等现象，但大多数还是基本符合近体诗的规则，基本上反映出了初唐乐府格律化的进程。以下略举几例来说明。

如卢照邻的《芳树》《陇头水》。先看《芳树》：

> 芳树本多奇，年华复在斯。结翠成新幄，开红满旧枝。风归花历乱，日度影参差。容色朝朝落，思君君不知。

该诗的平仄结构为 AB，bA，aB，bA。第一句“芳”字本仄声，实平声。

① 王力先生认为：“律诗的格律最主要的有两点：（一）尽量使句中的平仄相间，并使上句的平仄和下句的平仄相对（即相反）；（二）尽量多用对仗，除首两句和末两句外，总以对仗为原则。”参看王力《汉语诗律学》，上海教育出版社，1958，第 18 页。

② 王力：《汉语诗律学》，上海教育出版社，1958，第 143、153 页。

第六句“日”字本仄声，实平声。第七句“容”字本仄声，实平声，第八句第三字“君”本仄声，实平声。第四联出现孤仄现象，属失黏。颔联和颈联属对偶，出现失对。此诗比较接近于近体诗，可看作近体律诗的过渡体。再看沈佺期的《芳树》（一作宋之问）：“何地早芳菲，宛在长门殿。夭桃色若绶，秾李光如练。啼鸟弄花疏，游蜂饮香遍。叹息春风起，飘零君不见。”[①] 相较于卢诗，此诗格律和对仗显得格外工整。全诗平仄协调，结构为 AB，bA，aB，bA，通押一韵，颔联和颈联对仗工整。该诗是一首标准的五言律诗。罗根泽曰：“沈氏《芳树》一首，以‘疏’对‘遍’，论虚实平仄，固极调龢。”[②] 再看《陇头水》：

> 陇阪高无极，征人一望乡。关河别去水，沙塞断归肠。马系千年树，旌悬九月霜。从来共呜咽，皆是为勤王。

诗的平仄结构为 aB，bA，aB，bA，除第二联“沙”、第四联“皆”二字本该仄声，实为平声，基本合律。整首诗对仗工整，颔联和颈联属宽对。总体看来，此诗确属五言律诗。

又如王勃《铜雀妓》（其一）：

> 金凤邻铜雀，漳河望邺城。君王无处所，台榭若平生。舞筵纷何就，歌梁俨未倾。西陵松槚冷，谁见绮罗情。

全诗的平仄格式为 aB，bA，aB，bA，押平声韵，且通押一韵，无出韵现象。第一联为工对，本句自对，“金凤”对“铜雀”，鸟兽虫鱼对；“漳河”对“邺城”，地名对。第三联为宽对，“舞筵”对“歌梁”，“纷”对“俨”，“何就”对“未倾”。从整首诗的格律来看，无失黏失对，属于标准的五言律诗。再看沈佺期《铜雀妓》：“昔年分鼎地，今日望陵台。一旦雄图尽，千秋遗令开。绮罗君不见，歌舞妾空来。恩共漳河水，东流无重回。”[③] 全诗平仄协调完全合律，属对精密，极为工整，是典型的五言律

---

① 陶敏、易淑琼校注《沈佺期宋之问集校注》，中华书局，2001，第 205 页。

② 罗根泽：《乐府文学史》，东方出版社，2012，第 169 页。

③ 陶敏、易淑琼校注《沈佺期宋之问集校注》，中华书局，2001，第 213 页。“校注”本作“《铜雀台》”，按：《乐府诗集》卷三一《相和歌辞》，《铜雀台》一作《铜雀妓》。

诗。同类的例子还有很多。杨炯的《刘生》《骢马》《出塞》《有所思》《紫骝马》《战城南》，骆宾王的《战城南》等基本上也都是合乎格律，对仗工整，只是偶有失黏或孤仄等现象。宋之问的《江南曲》等古题乐府诗，也完全合律，且对仗工整。这些乐府诗的格律和对仗情况大致相似，兹不再举例分析。翁方纲《石洲诗话》曰："《刘生》、《骢马》、《芳树》、《上之问》等题，后人即以平仄黏联之体为之，岂应别作律诗乎？在初唐人，则平仄又未尽黏联者，尤可不必分也。"① 翁氏此语道出"四杰"等初唐文人所拟古题乐府诗总体上是朝着入律的方向发展，有的完全合律，有的部分合律，这也是乐府诗在格律化过程中的必然现象，沈、宋二人沿此道路将乐府诗的创作都纳入到律诗的创作范畴，也标志着近体律诗的正式确立和定型。以至于后来文人创作乐府诗时，只求体顺而律，至于入乐与否，入何种曲调则显得无关紧要，乐府开始出现了式微的趋势，再到后来，只有徒诗，而无乐府。

综上所述，初唐乐府追求雅正之声，但诗风多沿六朝余绪，故文人多拟写古题乐府诗来正乐，诗歌复古革新之势也由此始兴，诗歌的主流是创作汉魏古题乐府诗。初唐文人在此过程中多沿袭六朝文人赋题拟作乐府之习，其诗缘情绮靡，骨气都尽，刚健不闻，甚至出现了共体千篇、殊名一意、重复唱和等弊端。"四杰"率先对此发出了批驳之声，从乐府诗歌和乐府音乐两方面提倡正乐复古以抑淫哇之声，强调乐府在裨补教化方面的作用，实际上就是恢复汉魏乐府的创作精神和艺术传统，一扫初唐诗坛绮靡婉媚之风。他们明确了"发挥新题、新体，开凿古人，自我作古"的乐府革新主张，"四杰"的乐府诗无不透露出这些新变信息。"四杰"在对乐府改制的过程中顺应了诗歌格律化的潮流，乐府诗的创作方法与形式也焕然一新，随之而来的是乐府被律诗同化，失去了曲调的依附，自然而然走上了式微的道路。

---

①（清）翁方纲：《石洲诗话》卷一，郭绍虞编选，富春荪校点《清诗话续编》（三），上海古籍出版社，1983，第 1365 页。

《五常内义抄》对白居易《新乐府》的受容探赜*

翟会宁

（中国人民大学，北京，100872）

摘　要： 日本中世说话文学的代表作《五常内义抄》引用、化用白居易《新乐府》十余处。按照表现手法的不同可将引文分为三类：一是直接摘录佳句；二是对全诗作梗概；三是化用部分内容，取意引之。《五常内义抄》在参考了日本学僧释信救撰《新乐府略意》的基础上，化用《道州民》，添加了道州“土贡”被做成灯台鬼的情节。该书亦载录了胡旋女由狐幻化而成之事。此种异于原典《胡旋女》的改编使得《五常内义抄》上下文之间衔接流畅，体现了编者深厚的汉文学造诣，同时也反映出唐代特殊的狐文化对日本中世说话文学产生的深远影响。

关键词： 日本说话文学　《五常内义抄》　白居易《新乐府》　受容

作者简介： 翟会宁，中国人民大学外国语学院博士研究生，研究方向为日本古典文学、中日比较文学，主要成果有《日本说话文学故事集〈十训抄〉所载孝子故事考》等。

前　言

《五常内义抄》成书于文永二年（1265），编者不详，是日本镰仓时代

* 本文为2021年中国人民大学科学研究基金重大项目“唐宋佛教文学典籍在东亚的传播研究”（项目编号：21XNL014）与教育部国家留学基金管理委员会“2019年国家建设高水平大学公派研究生项目”（项目编号：CSC No. 201906360245）的阶段性成果。

的说话集。[①] 该书以佛教“五戒”（不杀生、不偷盗、不淫邪、不饮酒、不妄语）配于儒家“五常”（仁、义、礼、智、信），并分别用“慈”“和”“顺”“贤”“贞”的概念逐条加以补充说明，每条目之下载录多则说话予以详细论证，以此来阐释“五常”之具体内涵。黑田彰评价此书为“注释内外典籍之文章，其属性介于《童子教》与《十训抄》之间，是一本教训说话集”[②]。太田次男认为，“将《五常内义抄》看作是站在佛教立场上的教训抄最为稳妥”[③]。该书佛教色彩浓重，同时亦大量援引了儒家经典、史书、诗文集等中国文献。日本现存七个传本，大多为江户初期的写本，太田次男在《五常内义抄》（上、下）中不仅翻刻了这些传本，还按照卷数将其分以下三类：一是两卷本系统（含内阁文库藏本、松平家披云阁藏本、故山田孝雄氏藏本、神原文库藏下卷本）；二是一卷本系统（含吉田幸一氏藏本、宫内厅书陵部藏本）；三是抄略本系统［含神原文库藏宽文五年（1665）本］。[④] 其中，内阁文库藏本保存现状较好，内容最为完整，因此本文使用此本，同时参照其他写本进行考察。

众所周知，《白氏文集》（白居易文集）自平安朝传入日本后，备受推崇，《长恨歌》与卷三、卷四的讽喻诗组《新乐府》等名篇对后世日本文学创作影响颇深。平安至室町时代，日本存有金泽文库旧藏本、神田氏藏本等多种《白氏文集》古写本以及小野道风（894~966）等多位书法家的书迹断简。日本汉诗、和歌、物语、日记等诸多文学体裁中均可窥见白诗的影子。太田次男考察了御物本《新乐府》（小野道风书，伏见天皇临摹）的原文，推断道：“除了古写本与宋刻本之外，另有《新乐府》单行本流传于世。”[⑤] 文艳蓉分析了《御堂关白记》与《紫式部日记》中的相关记事，也指出：《新乐府》同《长恨歌》一样，“是白居易单本流传最深广的作品”[⑥]。日本古典文学中的《新乐府》受容问题历来备受学界关注，尤其《源氏物语》

---

① 日本文学中的“说话”，泛指逸闻轶事、神话、传说、民间故事等，是口头传承或书承之短篇故事的总称。“说话文学”起于平安时代，兴于中世镰仓室町时期。指将多则说话按照一定标准进行收录、编撰而成的短篇叙事文学作品即为说话集，其代表作有《日本灵异记》《今昔物语集》《江谈抄》《十训抄》《发心集》《五常内义抄》等。

② 转引自〔日〕野上润一《〈五常内义抄〉的享受与〈圣德太子御宪法玄惠注抄〉（上）——以〈五常内义抄〉与宪法学的交叉为中心》，《词林》2011 年总第 50 期。

③ 〔日〕太田次男：《五常内义抄》（下），东京：古典文库，1979，第 317 页。

④ 〔日〕太田次男：《五常内义抄》（下），东京：古典文库，1979，第 317~318 页。

⑤ 〔日〕太田次男：《关于御物本白氏新乐府本文》，《日本中国学会报》1976 年总第 28 期。

⑥ 文艳蓉：《新乐府在日本的流传与受容》，《乐府学》2018 年第 1 期。

与平安时代的诗歌集往往是藤原克己[①]、文艳蓉[②]等中日学者的重点研究对象，而中世说话文学的相关研究相对较少。太田次男[③]虽列举出了《五常内义抄》所引《新乐府》之处，但并未对其引文内容加以详细考察。本文意图填补日本中世的教训说话集对于《新乐府》受容研究的部分空白，根据表现手法的不同，将《五常内义抄》原文分为三类分别进行考察，探析书中对《新乐府》的受容之状并一窥《新乐府》对于日本中世说话文学的影响。

一 引章摘句

《五常内义抄》“仁，慈也，不杀生戒”的第二条以怜民为主题，从中国文献《白氏文集》《汉书》《贞观政要》《穆天子传》与日本说话集《古事谈》[④] 中引经据典，强调君王须有爱民恤物的美德。“仁，慈也，不杀生戒”第二载：

> 《文集》云：“唐玄宗即位后，知民费，骊宫高而不远，从未御幸。君之御幸为一身，不御幸为万人。”……白乐天云：“不必引曲爪、锯食人肉。责费贫民，是为食人。”[⑤]

此处引用了两首新乐府诗：《骊宫高》“吾君在位已五载，何不一幸乎其中”“君之来兮为一身，君之不来兮为万人”[⑥]；《杜陵叟》“何必钩爪锯牙食人肉”[⑦]。骊宫乃骊山华清宫[⑧]，杜陵即汉宣帝刘询之陵墓。[⑨] 这两首白

---

① 〔日〕藤原克己：《日本文学史中的白居易与源氏物语》，《白居易研究年报》2000 年总第 1 期。

② 文艳蓉：《新乐府在日本的流传与受容》，《乐府学》2018 年第十八辑。

③ 〔日〕太田次男：《以旧钞本为中心的白氏文集本文之研究》（下卷），东京：勉诚社，1997，第 162~163 页。

④ 源显兼：《古事谈》为镰仓时代前期的说话集，六卷，成书于 1212~1215 年。

⑤ 〔日〕太田次男：《五常内义抄》（上），东京：古典文库，1977，第 15~16 页。笔者将日文译为中文，下同。

⑥ 谢思炜校注《白居易诗集校注》卷四，中华书局，2006，第 357 页。

⑦ 谢思炜校注《白居易诗集校注》卷四，中华书局，2006，第 387 页。

⑧ 《新唐书》载：“有宫在骊山下，贞观十八年置，咸亨二年开始名温泉宫。天宝元年更骊山曰会昌山……六载，更温泉曰华清宫。”《新唐书》卷三七，中华书局，1975，第 962 页。

⑨ 《水经注》卷十九载：“元帝初元元年，葬宣帝杜陵，北去长安五十里。陵之西北有杜县故城，秦武公十一年县之，汉宣帝元康元年，以杜东原上为初陵，更名杜县为杜陵。”（北魏）郦道元著，陈桥驿校证《水经注校证》，中华书局，2007，第 457 页。

诗的副标题分别为“美天子重惜人之财力也”“伤农夫之困也”[①]，前者以君王体恤百姓筹备劳苦不肯幸骊宫之事为美谈，赞扬了不为己身而“为万人”的明君之举；后者将横征暴敛的地方官喻为“虐人害物”“食人肉”的豺狼，对农民的困苦生活表达了深切同情。《五常内义抄》引用《新乐府》，劝诫君王体恤劳苦大众，这与白诗的原旨是一致的，《五常内义抄》可谓是在充分理解了《新乐府》讽喻内涵的基础之上进行抄录的。

相似的引用还可见于该书“礼，顺也，不邪淫戒”第四与“智，贤也，不妄语戒”第二、第七、第十七。“礼，顺也，不邪淫戒”的第四条援引《和汉朗咏集》[②]与《白氏文集》记述了侍奉君主需要注意的礼仪规矩。如，需于君主的左侧通行；在君主面前合袖时，不可将右袖置于下面等。该条载：“《文集》：‘天可量，地可量，只有人心不可量。’故主从之间应处处留心、谨慎。”[③]除个别用词不同外，该处几乎完全抄录了《白氏文集》卷四《天可度》的首两句“天可度，地可量，唯有人心不可防”[④]。《天可度》“恶诈人也”，白居易用李义府“笑中有刀潜杀人”的典故[⑤]来表达人心难测、世事险恶的人生体会。《五常内义抄》巧妙借用相关诗句，告诫人心难以度量，君臣之间更应恪守礼仪、谨慎小心。

引用《新乐府》的例子还可见于“智，贤也，不妄语戒”第二、第七、第十七条：

> 第二，人不可过于爱物。若过分爱物，将至世道大乱、蒙受损失……故国乱人损，假色尚如此，何况真色怎会不惑人？白乐天写道：“人非木石皆有情，不如不遇倾城色。”[⑥]
>
> 第七，聚众之所不可语他人之事……人心难知，故《文集》云：“太行之路能摧车，若比人心此平道。巫峡之水能覆舟，若比人心是安流。”[⑦]

---

① 各新乐府诗副标题均引自谢思炜校注《白居易诗集校注》卷三讽喻三《并序》，下同。谢思炜校注《白居易诗集校注》，中华书局，2006，第269页。

② 藤原公任《和汉朗咏集》成书于1012年，二卷，是平安时代中期诗歌集的代表作，收录了白居易、菅原道真、纪贯之等人约800首汉诗、和歌，对后世日本文学影响深远。

③ 〔日〕太田次男：《五常内义抄》（上），东京：古典文库，1977，第51页。

④ 谢思炜校注《白居易诗集校注》卷四，中华书局，2006，第436页。

⑤ 《新唐书》载：“义府貌柔恭，与人言，嬉怡微笑，而阴贼褊忌著于心，凡忤意者皆中伤之，时号义府‘笑中刀’。”《新唐书》卷二二三，中华书局，1975，第6340页。

⑥ 〔日〕太田次男：《五常内义抄》（上），东京：古典文库，1977，第66~67页。

⑦ 〔日〕太田次男：《五常内义抄》（上），东京：古典文库，1977，第71页。

> 第十七，不可过分追求豪奢之物……《文集》云："俭长奢失在目前，安用高墙大家事。"[①]

第二条引用了《古塚狐》"假色迷人犹若是，真色迷人应过此"[②]，以及《李夫人》的末两句"人非木石皆有情，不如不遇倾城色"[③]，警示人不可放纵自己的欲望。第七条也几乎完全抄录了《太行路》首两句"太行之路能摧车，若比人心是坦途。巫峡之水能覆舟，若比人心是安流"[④]，强调人心难测。第十七条引《杏为梁》末两句"俭存奢失今在目，安用高墙围大屋"，并将"屋"字改为"家"字[⑤]，劝诫奢侈浪费。此二处引用与白诗原旨亦大抵相同，不复赘言。

二　提挈梗概

《五常内义抄》"礼，顺也，不邪淫戒"第九以报恩为主题，引用了《帝范》审官篇中唐太宗语录"不以一恶忘其善，勿以小瑕掩其功"[⑥] 以及白居易《道州民》：

> 第九，受人大恩，不可因恩人犯下的轻微罪过而背弃对方。故《帝范》云："不以一恶忘其善，勿以少瑕掩其功"。《文集》云："道州的贱民会被做成灯台鬼，当做贡品每年进献给朝廷。双亲与儿女生别离，悲事无限。名为扬成（城）之人成为太守之后，进言朝廷，哀叹此事。朝廷宣布旨令，废止了灯台鬼的进贡。道州之民，无论老少，皆无限欢欣。自此，父母兄弟彼此保全，得以成人，感激扬成之恩，未及言语泪先流。因怕后世子孙会忘记扬成的恩情，为铭记其恩，家中每生子，则用扬字取名，不断报答扬成之恩。"重恩之事应如此。[⑦]

---

① 〔日〕太田次男：《五常内义抄》（上），东京：古典文库，1977，第 79 页。
② 谢思炜校注《白居易诗集校注》卷四，中华书局，2006，第 432 页。
③ 谢思炜校注《白居易诗集校注》卷四，中华书局，2006，第 405 页。
④ 谢思炜校注《白居易诗集校注》卷三，中华书局，2006，第 315 页。
⑤ 谢思炜校注《白居易诗集校注》卷四，中华书局，2006，第 416 页。
⑥ 吴云等校注《唐太宗全集校注》，天津古籍出版社，2004，第 604 页。
⑦ 〔日〕太田次男：《五常内义抄》（上），东京：古典文库，1977，第 54 页。

道州（今湖南道县）民身材短小，每年被地方官当作“土贡”献给朝廷。扬（阳）城（736~805）任道州刺史后，十分同情当地百姓的遭遇，向朝廷谏言，废止了年年进贡“矮奴”的陋习。扬城之“扬”字，吉田幸一氏藏本、神原文库藏本为“杨”，其他传本皆为“扬”。朱利民考察了《道州民》诸本、新旧唐书与《大唐新语》中相关记载，指出：唐代典籍中“杨”与“阳”字通用。[①] 且“杨”与“扬”字形相近，故《五常内义抄》的不同传本将二者混淆抄录的可能性极大。

阳城在新旧唐书中皆可见传，白居易于《道州民》中十分赞赏其德政：

> 道州民，多侏儒，长者不过三尺余。市作矮奴年进送，号为道州任土贡。任土贡，宁若斯？不闻使人生别离，老翁哭孙母哭儿。一自阳城来守郡，不进矮奴频诏问。城云臣按六典书，任土贡有不贡无。道州水土所生者，只有矮民无矮奴。吾君感悟玺书下，岁贡矮奴宜悉罢。道州民，老者幼者何欣欣。父兄子弟始相保，从此得作良人身。道州民，民到于今受其赐，欲说使君先下泪。仍恐儿孙忘使君，生男多以阳为字。[②]

显而易见，《五常内义抄》概述了《道州民》的主要内容，详细记述了阳城为民请命的原委。二者的叙事结构与故事情节均大致相同，但表达的主旨却不一样。白居易以“美臣遇明主也”为副标题，旨在称赞阳城敢于直谏以及明君从善如流；《五常内义抄》篇末指出“重恩之事应如此”，借用道州民感念阳城恩德之事，强调不忘他人恩惠的必要性。此外，叙述细节上亦有差异。《五常内义抄》载“道州的贱民会被做成灯台鬼”。《道州民》以及其他中国文献中并无此类描述。灯台鬼的相关记载，最早可见于《新乐府》注释书《新乐府略意》与佛教说话集《宝物集》[③]，后来在《平家物语》《源平盛衰记》等文学作品中也出现了灯台鬼的传说。[④] 其中，只

① 朱利民：《唐代侏儒考》，《唐都学刊》2001年第1期。

② 谢思炜校注《白居易诗集校注》卷三，中华书局，2006，第333页。

③ 平康赖撰《宝物集》，成书于1177~1181年，为镰仓时代初期的佛教说话集，收录了印度、中国、日本的佛教故事。

④ 据《平家物语》与《源平盛书记》记载：日本古时有位叫轻大臣的遣唐使，出使中国后被毒哑、身上被刺字，充当人形烛台，当地人称之为灯台鬼。后来，大臣的儿子弼宰相入唐寻父，认出了被做成灯台鬼的父亲，父子相认，一起返回了日本。

有《新乐府略意》载录的灯台鬼记事与“道州民”相关。

《新乐府略意》成书于1172年，是日本学僧释信救[①]于兴福寺为白居易《新乐府》所作的注释书，书中解释了诗题、主旨等内容，详细说明可参考文艳蓉[②]之考论。另，詹尼弗·格斯特（Jennifer Guest）认为：此书“面向的读者群是对宫廷文化感兴趣却缺乏汉学素养的武士、僧人，该书对每篇新乐府诗的主题以及内容进行注释，其注释的重点不在于斟酌语义、典故，而在于探究人物传记、地理信息和历史背景……书中对于《史记》《唐书》的再解读和对于《年代历》《唐历》《唐蒙求》等较为罕见的历史类书籍的摘录，令人印象深刻”[③]。太田次男翻刻了日本醍醐寺与真福寺藏本《新乐府略意》，其中，《新乐府略意》卷上对“道州民”词条解释为：“道州民者，道州之人其身短，长不过三尺，每年作灯台鬼，进天子朝廷。”[④] 显而易见，此处与《五常内义抄》中的记载一致，可以推断二者之间存在书承关系。由此可见，《五常内义抄》引用《道州民》的同时，还参考了白诗的注释书《新乐府略意》，增添了道州民被做成灯台鬼的叙述。

因《新乐府略意》之前的中日文献均未见载录道州民成灯台鬼之事，因而释信救是依据什么将道州民与灯台鬼相关联的，就不得而知了。詹尼弗·格斯特[⑤]认为释信救《新乐府略意》在解说中国文献史料时，有不少个人发挥的成分。故上述灯台鬼之事亦有可能是释信救杜撰出来的，其后，《五常内义抄》因袭了释信救的说法。这也从侧面说明了以《新乐府略意》为代表的中世注释书在《新乐府》的日本接受史上扮演了重要的角色。

三　取意化用

《五常内义抄》“智，贤也，不妄语戒”的第二条主要载录周穆王与唐

---

① 释信救，又名信阿、觉明，日本12世纪末的学僧，年少时曾在劝学院学习，后在兴福寺等寺院活动，著有《新乐府略意》《和汉朗咏集私注》《三教指归注》。

② 文艳蓉：《新乐府在日本的流传与受容》，《乐府学》2018年第十八辑。

③ 〔日〕詹尼弗·格斯特（Jennifer Guest）：《〈新乐府略意〉与〈唐蒙求〉——〈新乐府〉的说话层面》，《亚洲游学》2013年总第162号。

④ 〔日〕太田次男：《关于释信救与其著作——附·新乐府略意二种的翻印——》，《斯道文库论集》1967年总第5期。

⑤ 〔日〕詹尼弗·格斯特（Jennifer Guest）：《〈新乐府略意〉与〈唐蒙求〉——〈新乐府〉的说话层面》，《亚洲游学》2013年总第162号，第208页。

玄宗的轶事，规劝人不可沉溺于心爱之物、玩物丧志：

> 第二，人不可过于爱物。若过分爱物，将至天下大乱、蒙受损失。《文集》云："唐有名为周穆王的皇帝，十分喜爱马。为了迷惑穆王之心，二十八星宿中的房宿下凡，变为了八匹马，腾空潜地，四海八极无所不至。穆王爱之，由此天下大乱。唐玄宗皇帝爱杨贵妃，导致安禄山祸乱天下。唐有胡旋女，由狐变成，舞蹈歌唱，众人无不被其迷惑心智。故国乱人损，假色尚如此，何况真色怎会不惑人。白乐天写道："人非木石皆有情，不如不遇倾城色。"[①]

文末"故国乱人损……不如不遇倾城色"抄录自白居易《古冢狐》与《李夫人》，在上述章节"一寻章摘句"中已有探讨，此处不再重复。以下重点分析文中"穆王八骏"与"胡旋女"之事。

西周时期的周穆王（前1026~前922年），又称"穆天子"。《穆天子传》前四卷记载了其驾八匹骏马牵引的车驾巡游天下并会见西王母之事。李商隐在《瑶池》中感慨道："瑶池阿母绮窗开，黄竹歌声动地哀。八骏日行三万里，穆王何事不重来？"[②] 可见周穆王驾八骏是唐人耳熟能详之事。另，胡旋女指的是善于跳胡旋舞的西域女性。《旧唐书》云："舞二人，绯袄，锦领袖，绿绫浑裆裤，赤皮靴，白裤帑。舞急转如风，俗谓之胡旋。"[③]《新唐书》亦载录了唐人喜观胡旋舞的社会风尚："又有胡旋舞，本出康居，以旋转便捷为巧，时又尚之。"[④] 朝贡制度下，西域诸国向唐宫廷进献胡旋女的历史在新旧《唐书》等早有记载。蒙曼引用《新唐书》《册府元龟》指出：唐代作为宗主国曾不断接受粟特等国进献的胡旋女，其中尤以玄宗时为盛，而安史之乱以后胡旋女才进入诗人的视线。[⑤] 为阐释不可过分爱物的主题，本条目以《新乐府》为论据，接连引用了《八骏图》《胡旋女》等。那么，《五常内义抄》具体是如何援引这两首白诗的呢？下面逐一进行解析。

① 〔日〕太田次男：《五常内义抄》（上），东京：古典文库，1977，第66~67页。

② 刘学锴、余恕诚：《李商隐诗歌集解》，中华书局，2004，第623页。

③ 《旧唐书》卷二九，中华书局，1975，第1071页。

④ 《新唐书》卷三五，中华书局，1975，第921页。

⑤ 蒙曼：《延客与惑君——兼谈唐诗中胡姬的形象塑造》，《新疆师范大学学报》2006年第1期。

《八骏图》[①] 副标题为“戒奇物，惩佚游也”，以穆王爱八骏而致周亡为题材，托古讽今，规劝宪宗莫要玩物丧志。诗中用大量篇幅渲染了八骏的神采以及穆王会西王母之事。《五常内义抄》却将这些内容用“腾空潜地，四海八极无所不至”一笔带过，主要化用了诗句“穆王得之不为戒，八骏驹来周室坏”“至今此物世称珍，不知房星之精下为怪”。换而言之，《五常内义抄》并未直接摘录白诗原文，而是取其大意，叙述穆王八骏的梗概，强调君王不可沉溺于心爱之物，这与所引原典《八骏图》的主题相近。

《胡旋女》[②]“戒近习也”描写了胡旋舞的特征，批判玄宗沉溺于胡旋舞、宠信善跳胡旋舞的杨贵妃和安禄山而导致安史之乱，末句点明主题，用“胡旋女，莫空舞，数唱此歌悟明主”委婉启示宪宗要以史为诫。元稹有同名诗作《和李校书新题乐府十二首·胡旋女》[③]，与白诗旨意相近，篇末直抒胸臆：“翠华南幸万里桥，玄宗始悟坤维转。寄言旋目与旋心，有国有家当共谴”，毫不留情地斥责、告诫了玄宗和宪宗。元白二人皆痛斥善舞胡旋者迷惑君心，元诗甚至用“妖胡奄到长生殿”来表达自己的轻蔑、愤恨之情。

《五常内义抄》的编者由穆王八骏之典自然联想到玄宗宠信杨贵妃和安禄山而招致社稷衰微的历史。正如白居易《胡旋女》“中有太真外禄山，二人最道能胡旋”所述，新旧《唐书》等文献亦可见杨贵妃和安禄山二人

① 《八骏图》载：“穆王八骏天马驹，后人爱之写为图：背如龙兮颈如象，骨竦筋高脂肉壮。日行万里速如飞，穆王独乘何所之？四荒八极踏欲遍，三十二蹄无歇时。属车轴折趁不及，黄屋草生弃若遗。瑶池西赴王母宴，七庙经年不亲荐。璧台南与盛姬游，明堂不复朝诸侯。《白云》《黄竹》歌声动，一人荒乐万人愁。周从后稷至文武，积德累功世勤苦。岂知才及四代孙，心轻王业如灰土！由来尤物不在大，能荡君心则为害。文帝却之不肯乘，千里马去汉道兴。穆王得之不为戒，八骏驹来周室坏。至今此物世称珍，不知房星之精下为怪。八骏图，君莫爱。”见谢思炜校注《白居易诗集校注》卷四，中华书局，2006，第 372 页。

② 《胡旋女》载：“胡旋女，胡旋女，心应弦，手应鼓。弦鼓一声双袖举，回雪飘飖转蓬舞。左旋右转不知疲，千匝万周无已时。人间物类无可比，奔车轮缓旋风迟。曲终再拜谢天子，天子为之微启齿。胡旋女，出康居，徒劳东来万里余。中原自有胡旋者，斗妙争能尔不如。天宝季年时欲变，臣妾人人学圆转。中有太真外禄山，二人最道能胡旋。梨花园中册作妃，金鸡障下养为儿。禄山胡旋迷君眼，兵过黄河疑未反。贵妃胡旋惑君心，死弃马嵬念更深。从兹地轴天维转，五十年来制不禁。胡旋女，莫空舞，数唱此歌悟明主。”见谢思炜校注《白居易诗集校注》卷三，中华书局，2006，第 305~306 页。

③ 冀勤点校《新编元稹集》卷二四，中华书局，2010，第 330 页。

擅长胡旋舞的记载。此外，《五常内义抄》云："唐有胡旋女，由狐变成，舞蹈歌唱，众人无不被其迷惑心智"，此处并未直接抄录《胡旋女》，而是对诗中胡旋女惑君的相关内容加以归纳和改编。该句中胡旋女由狐幻化而成的叙述，十分耐人寻味。白诗中并无载录，笔者亦考察了相关中国文献，均未发现任何有明确指出胡旋女与狐之关系的记载。笔者管见，此处的改编可能为编者所创。然而，《五常内义抄》中为何会主张胡旋女"由狐变成"呢？为解答这一疑问，下面结合文末所引《古冢狐》展开详细论证。

四　胡旋女与狐

胡旋女记事之后，《五常内义抄》云"假色尚如此，何况真色怎会不惑人"。如上所示，此句摘自《古冢狐》。[①] 谢思炜为《古冢狐》作注，引《元白诗笺证稿》云："此篇之作以妖狐幻化美女迷惑行人为言，乃示戒于民间一般男子者。"[②]《古冢狐》副标题为"戒艳色也"，称幻化为美妇的狐妖为"假色"、褒姒妲己等"狐媚"为"真色"，指出"能丧人家覆人国"的"真色"远比"假色"的危害大。后藤昭雄分析了《古冢狐》《和古社》《黑潭龙》等白诗，认为诗中"狐"之意象扮演了重要角色，白居易借狐媚之说以达到讽喻的目的。[③] 胡旋女与古冢狐的故事构成大致相同，均为狐幻化成美女后以色惑人，即所谓的"假色"惑人之说。

不难推断，《古冢狐》中描述的妖狐形象某种程度上对《五常内义抄》中胡旋女的人物塑造产生了影响。编者或是受到古冢狐化为美女的故事的启发，自然联想到胡旋女与狐的关系，旨在表达教训主题，告诫君王不要被胡旋女这样的"假色"所惑。胡旋女由狐变成的故事亦成为后句的论据，为"假色尚如此，何况真色怎会不惑人"之论断埋下了铺垫，同时也

① 《古冢狐》云："古冢狐，妖且老，化为妇人颜色好。头变云鬟面变妆，大尾曳作长红裳。徐徐行傍荒村路，日欲暮时人静处。或歌或舞或悲啼，翠眉不举花颜低。忽然一笑千万态，见者十人八九迷。假色迷人犹若是，真色迷人应过此。彼真此假俱迷人，人心恶假贵重真。狐假女妖害犹浅，一朝一夕迷人眼。女为狐媚害即深，日长月增溺人心。何况褒妲之色善蛊惑，能丧人家覆人国。君看为害浅深间，岂将假色同真色。"谢思炜校注《白居易诗集校注》卷四，中华书局，2006，第 432 页。

② 谢思炜校注《白居易诗集校注》卷四，中华书局，2006，第 433 页。

③ 〔日〕后藤昭雄：《白居易诗中的狐》，《朱》2011 年总第 54 期，第 143~148 页。

使得上下文之间过渡自然，文章脉络清晰。对《胡旋女》的改编与摘自《古冢狐》的金句良言互为补充、相得益彰。编者的巧妙构思与别树一帜的白诗引用风格不得不令人叹服。

唐代关于狐的精怪故事和狐神信仰十分兴盛。据张崇琛[①]统计，仅《太平广记》辑录的唐人撰狐精故事就多达十九余则。张鷟（660～740）《朝野佥载》云："唐初以来，百姓多事狐神，房中祭祀以乞恩，饮食与人同之，事者非一主。时有谚曰：无狐媚，不成村。"[②] 陈寅恪曾论道："狐能为怪之说，由来久矣，而幻为美女以惑人之物语恐是中唐以来始盛传者。"[③] 另，江口孝夫通过考察六朝志怪、唐传奇等中国古代典籍中的狐女形象指出：迄于唐，狐幻化为美人的意象已十分明显，且日本自平安时代起便受到汉籍中狐形象的影响，大江匡房（1041～1111）《狐媚记》《源氏物语》等皆有相关记载。[④]

概而言之，唐代文人创作了大量狐精故事，随着汉籍的东渐与异国文化交流活动，中国的狐文化极大影响了日本文学作品中的狐形象塑造。迄于镰仓时代，狐化为美女的志怪故事很大程度上已在日本广为流传。因此，《五常内义抄》编者通过白诗等途径获取此类知识的可能性极大，这种文学素养的积淀也为编者塑造胡旋女的狐女形象提供了前提条件。

此外，唐代随着大量胡人涌入中华，狐与胡的关系逐渐密切，这种文化现象引起了学界多人讨论。最初陈寅恪[⑤]从研究"狐臭"与"胡臭"二词的渊源着手，考证了二者之间的联系。黄永年[⑥]在此基础上进一步推论：南北朝至隋朝，随着胡人大举入迁中原，"狐臭"逐渐取代"胡臭"，且彼时社会上存在着"以狐诟胡"的文化现象。王青[⑦]考察了中古时期狐怪小说与西域胡人文化的对应关系。张崇琛从《聊斋志异》所载狐狸精的籍贯入手，探讨了中西交通背景，并通过分析唐诗、唐传奇中的胡姬形象，阐

---

① 张崇琛：《中西交通视野下的〈聊斋〉狐狸精形象——从〈聊斋〉中狐狸精的"籍贯"说起》，《蒲松龄研究》2008 年第 3 期。

② （唐）张鷟撰，赵守俨点校《朝野佥载》，中华书局，1979，第 167 页。

③ 陈寅恪：《元白诗笺证稿》，三联书店，2001，第 295 页。

④ 〔日〕江口孝夫：《狐・九尾狐的受容与展开》，《国语展望》1979 年总第 53 期。

⑤ 陈寅恪：《狐臭与胡臭》，陈寅恪《寒柳堂集》，上海古籍出版社，1980，140～142 页。

⑥ 黄永年：《读陈寅恪〈狐臭与胡臭〉兼论狐与胡之关系》，《东南日报》（文史第 81 期），1948 年 3 月 10 日。

⑦ 王青：《早期狐怪故事：文化偏见下的胡人形象》，《西域研究》2003 年第 4 期。

明了唐代将胡人与狐狸精联系起来的文化现象，他指出："自唐以后，狐与胡合二为一了。"[①] 刘永连[②]从《旧唐书》的一段史料出发，通过分析哥舒翰与安禄山对野狐之喻的态度不同，揭示了狐文化的地理分布差异。任志强梳理了《太平广记》中的狐精故事，列举了狐与胡相通的多种证据，他认为："在唐人眼中，狐与胡是相通的，二者在体貌、服饰、发型、习俗、姓氏、文字、信仰、职业等诸多方面，存在彼此相通之处……狐精故事正反映了胡人来华后的生活遭际。"[③]

换言之，唐代民间风俗与文学作品均呈现出狐与胡相对应的关系，且这种文化的产生显然与胡人东迁中原、民族融合有着直接关系。《五常内义抄》将胡旋女与狐相关联，不仅显示其编者有着极高的汉文学素养，而且从侧面也反映出唐代"以胡诟狐"的文化现象传入日本，对中世文学产生了极大影响。

结　语

通过以上梳理可见《五常内义抄》对于白居易《新乐府》的受容程度之深。值得注意的是，该书对于白诗的引用与化用全部源自讽喻诗组《新乐府》，并未引用闲适、感伤等抒情类白诗。一方面，这与《五常内义抄》是教训书有关；另一方面，也从侧面反映了日本文学自平安时代至中世镰仓时代对于白诗的受容倾向已发生改变：由喜好抒情佳句变为了更加关注反映社会现实的讽喻诗作。如上所述，笔者根据《五常内义抄》对于《新乐府》引用方式的不同，将引文分为以下三类进行考察：一是直接摘录诗中佳句；二是概括全诗梗概；三是化用部分内容，取其大意。第一类引文多出自《新乐府》首、末两句，摘录自《骊宫高》《天可度》《李夫人》《杏为梁》的佳句皆为此类，且引文内容与出典基本一致。《新乐府》序载："首句标其目，卒章显其志"[④]，可见诗篇首、末处揭示了白诗的创作意图与主旨。第一类引文从形式内容和主题思想上均因袭了白诗，缺乏独

① 张崇琛：《中西交通视野下的〈聊斋〉狐狸精形象——从〈聊斋〉中狐狸精的"籍贯"说起》，《蒲松龄研究》2008 年第 3 期。

② 刘永连：《"狐"与"胡"关系再探》，《陕西师范大学学报》2010 年第 4 期。

③ 任志强：《狐与胡：唐代狐精故事中的文化他者》，《民族文学研究》2013 年第 6 期，第 126~135 页。

④ 谢思炜校注《白居易诗集校注》卷三，中华书局，2006，第 267 页。

创性。第二类引文概括并化用了《道州民》中阳城为民请命的事迹，在情节叙述上添加了道州民被做成灯台鬼的细节内容，与白诗原旨不同，意在强调报恩。灯台鬼相关记事是在参照《新乐府略意》的基础上完成的。因此，在研究《新乐府》的域外传播与受容上，《新乐府略意》的重要性不言而喻。第三类引文化用了《八骏图》《胡旋女》的部分内容，主旨虽与白诗相同，但同时加以改编，讲述胡旋女由狐化成。此处的改编与《古冢狐》的摘句使得文章前后连贯、行文流畅，更有助于教训主题思想的表达。《五常内义抄》在《新乐府》受容上的诸多可圈可点之处，无不印证了其编者在汉文学上造诣颇深。除此之外，唐代关于狐的精怪故事盛极一时，在彼时社会背景的影响下，狐与胡产生了关联。胡旋女故事的改编实则为唐代狐文化东渐的产物，透过《五常内义抄》还可以看到这种特殊的狐文化对中世说话文学所造成的深刻影响。

礼乐探讨

曹魏雅乐建设及其价值*

李晓龙

（四川文理学院巴文化研究院，达州，635000）

摘　要：曹魏政权的雅乐建设主要集中于曹操、曹丕和曹叡时期。曹操重视雅乐，率杜夔和王粲等人积极恢复汉乐、创制新乐，此是曹魏雅乐建设的初创与奠基时期；曹丕在位时间较短，加之他喜新声俗乐，故此期间雅乐虽有增补，但发展缓慢；曹叡时期，雅乐进一步丰富和完善。在汉晋雅乐史上，曹魏雅乐起着承前启后的重要作用。

关键词：雅乐　曹操　曹丕　曹叡

作者简介：李晓龙，四川文理学院副研究员，文学博士。研究方向为魏晋南北朝音乐文学及巴文化，主要成果有《〈神弦歌〉在〈乐府诗集〉中的属类考辨》《〈巴渝舞〉宫廷流变考述》等。

东汉末年，朝政混乱，社会失序，礼乐亡缺。在多方割据势力角逐中，曹操逐渐雄踞一方。他挟天子以令诸侯，招揽人才，南征北战，力图统一，并采取系列措施恢复经济生产，为魏政权登上历史舞台奠定了重要基础。他还制定措施，修复礼乐，为魏礼乐建设拉开了序幕。曹操于建安二十五年去世，其子曹丕继位称帝，建立魏国。其后，魏政权又经历了魏明帝曹叡、卲陵厉公曹芳、高贵乡公曹髦和元帝曹奂。有魏一代，其雅乐建设主要集中于曹操、曹丕和曹叡时期。本文即拟对曹操、曹丕和曹叡时期的雅乐建设作一梳理，以期明晰曹魏政权的雅乐建设情况及其在汉晋雅乐史上的地位和影响。

---

* 本文为四川文理学院2019年度博士专项科研基金项目“魏晋南北朝宫廷仪式音乐文学专题研究”（2019BS006R）阶段性成果。

一　曹操时期：初创与奠基

曹操精通音乐，他作的多首诗歌均可配乐演唱。《三国志·魏书·武帝纪》裴松之注引《曹瞒传》云："太祖为人佻易无威重，好音乐，倡优在侧，常以日达夕。"裴松之注引《魏书》云："是以创造大业，文武并施，御军三十余年，手不舍书，昼则讲武策，夜则思经传，登高必赋，及造新诗，被之管弦，皆成乐章。"[①] 曹操不仅爱好俗乐，亦十分关心和重视雅乐建设，并为曹魏政权的雅乐创制奠定了重要基础。从史籍的记载来看，曹操时期的雅乐建设主要有以下三项。

（一）杜夔制乐

杜夔，字公良，河南人，是一位出色的琴家。根据《琴史》和《琴议》记载，杜夔擅长演奏《广陵散》，后传于其子杜猛，杜猛又传于嵇康。杜夔在汉以知音而任雅乐郎，中平五年，因病离职，流落至荆州以避世乱。后曹操攻破荆州，获杜夔，令其任军谋祭酒一职。曹操知杜夔善音律，便命其与太乐令一起，创制雅乐。杜夔在曹操执政时期的雅乐创制功用，主要表现在三个方面。

首先，根据汉乐，率众乐师制定雅乐。《三国志·魏书·方技传》云：

> 夔善钟律，聪思过人，丝竹八音，靡所不能，惟歌舞非所长。时散郎邓静、尹齐善咏雅乐，歌师尹胡能歌宗庙郊祀之曲，舞师冯肃、服养晓知先代诸舞，夔总统研精，远考诸经，近采故事，教习讲肄，备作乐器。[②]

其结果是"绍复先代古乐，皆自夔始也"[③]。事实上，杜夔在荆州之时，已受刘表之命，和孟曜一起制作雅乐。刘表命杜夔制乐，名义上是恢复汉朝礼乐，实际却是刘表想为自己配备天子礼仪。在汉末动荡之际，荆州是难得的安定之地，故很多中原文人儒士纷纷前往荆州，依附于刘表。

---

① 《三国志》卷一，中华书局，1959，第 54 页。
② 《三国志》卷二九，中华书局，1959，第 806 页。
③ 《三国志》卷二九，中华书局，1959，第 806 页。

刘表虽无统一天下之力，但暗有占据荆州以称天子之意，他曾不顾部属反对而郊祀天地。《三国志》裴注引《先贤行状》云：“表郊祀天地，嵩正谏不从，渐见违忤。”① 杜夔制乐完成，刘表命乐人于庭院中进行表演，杜夔以此举不合礼乐法度而谏阻。且不论刘表命杜夔制乐的目的，但此制乐事件表明：第一，杜夔深谙礼乐创制，所以他不仅能在荆州时被刘表委以制乐重任，而且在归于曹操后，亦担当起制乐之职。第二，汉末虽遭逢战乱，但礼乐之法有幸保存一二，并未完全丧失。这为魏世雅乐的恢复和创制提供了可能和范本。即一旦经济条件和政策具备，礼乐建设可很快步入正轨。第三，同杜夔在魏制乐相比，荆州制乐是一次重要的排演和序曲。杜夔于荆州制乐也好，归于曹操后制乐也罢，其乐之范围当不出汉乐。

其次，传承了汉代的雅乐。据史籍记载，杜夔传有《鹿鸣》《驺虞》《伐檀》和《文王》等旧雅乐四曲，这四曲施用于魏正旦大会，群臣行礼时演奏。《晋书·乐志》云：“每正旦大会，太尉奉璧。群后行礼，东厢雅乐常作者是也。”② 郑樵《通志》卷四十九《乐一·乐府总序》云：“当汉之初，去三代未远，虽经主学者不识诗，而太乐氏以声歌肄业，往往仲尼‘三百篇’瞽史之徒例能歌也。奈义理之说既胜，则声歌之学日微。东汉之末，礼乐萧条，虽东观、石渠议论纷纭，无补于事。曹孟德平刘表，得汉雅乐郎杜夔。夔老矣，久不肄习，所得于‘三百篇’者，惟《鹿鸣》《驺虞》《伐檀》《文王》四篇而已，余声不传。”③《文王》出自《诗经·大雅》，《鹿鸣》出自《诗经·小雅》，《驺虞》出自《诗经·国风·召南》，《伐檀》出自《诗经·国风·魏风》。按“乐府总序”之意，《诗经》中本有多首诗歌用于汉雅乐，但东汉末，礼乐萧条，只留存此四曲。《晋书·乐志》云：“杜夔传旧雅乐四曲，一曰《鹿鸣》，二曰《驺虞》，三曰《伐檀》，四曰《文王》，皆古声辞。”④ 所谓“古声辞”即古之音声和曲辞之意。可以说，杜夔制乐在一定程度上是对汉乐的恢复。

最后，培养了一批音乐人才。杜夔为魏制定雅乐的同时，还传道授业，令雅乐建设后继有人，为魏初的雅乐建设提供了人才支撑。《三国志·魏书·方技传》云：“弟子河南邵登、张泰、桑馥，各至太乐丞，下

① 《三国志》卷六，中华书局，1959，第215页。
② 《晋书》卷二二，中华书局，1974，第684页。
③ （宋）郑樵撰《通志》卷四九，中华书局，1987，第625页。
④ 《晋书》卷二二，中华书局，1974，第684页。

邳陈颃司律中郎将。自左延年等虽妙于音，咸善郑声，其好古存正莫及夔。”① 此足以证杜夔于魏雅乐史地位之高、贡献之大。杜夔能于《三国志·魏书》“方技传”有一席之地，亦是因其高超的音乐才能，《三国志·魏书·方技传》云：“评曰：华佗之医诊，杜夔之声乐，朱建平之相术，周宣之相梦，管辂之术筮，诚皆玄妙之殊巧，非常之绝技矣。昔史迁著扁鹊、仓公、日者之传，所以广异闻而表奇事也。故存录云尔。”②

（二）王粲创作新乐辞

相较于沿用汉乐和或多或少变更汉仪，新创乐辞可以说是曹操执政时期雅乐建设的一项具有特色和进步意义的活动。此举摆脱了汉乐的束缚，开启魏乐真正意义上的建设。

建安十年，曹操为魏公，立先祖宗庙并制庙乐，令王粲作辞，其辞始名曰《显庙颂》，后人更其名为《太庙颂歌》。《太庙颂歌》共三章，其辞如下：

> 思皇烈祖，时迈其德。肇启洪源，贻燕我则。我休厥成，聿先厥道。丕显丕钦，允时祖考。
>
> 绥庶邦，和四宇。九功备，彝乐序。建崇牙，设璧羽。六佾奏，八音举。昭大孝，衎妣祖。念武功，收纯祜。
>
> 于穆清庙，翼翼休徵。祁祁髦士，厥德允升。怀想成位，咸犇在宫。无思不若，允观厥崇。③

第一章和第三章都是整齐的四言八句，第二章是三言十二句。这三章的意思具有连贯性，第一章意为怀念先祖，第二章述曹操的功德。其中“六佾奏，八音举”正是曹操彼时身份的表征。诸侯用乐与天子有别，以示尊卑有序，不可逾越。《白虎通·礼乐篇》云：“天子八佾，诸侯四佾，所以别尊卑。……故《春秋公羊传》曰：‘天子八佾，诸公六佾，诸侯四佾。’《诗传》曰：‘大夫士琴瑟御。’佾者，列也。以八人为行列，八八六十四人也。诸公六六为行，诸侯四四为行。诸公谓三公二王后。大夫士北面之

① 《三国志》卷二九，中华书局，1959，第807页。

② 《三国志》卷二九，中华书局，1959，第829~830页。

③ 逯钦立辑校《先秦汉魏晋南北朝诗》，中华书局，1983，第525页。

臣，非专事子民者也，故但琴瑟而已。”① 建安十年，曹操虽已挟天子以令诸侯，掌控汉实权，但他并非帝王，且当时全国局势紧张，他不能妄自为己加以天子礼仪。

据《宋书·乐志》记载，王粲还作有登哥及《安世乐》《巴渝舞》等乐辞。《宋书·乐志》云：“唯魏国初建，使王粲改作登哥及《安世》《巴渝》诗而已。”② 登歌者，《乐府诗集·郊庙歌辞》云：“祭祀燕飨堂上所奏之歌也。”③《安世》者，汉有宗庙之乐名《安世乐》。王粲改其辞，所作《安世诗》“专以思咏神灵及说神灵鉴享之意”④。魏文帝时，改《安世乐》为《正始之乐》。魏明帝太和初年制乐，侍中缪袭奏改《安世乐》为《享神歌》。《巴渝》者，即《巴渝舞》。《晋书·乐志》云：“汉高祖自蜀汉将定三秦，阆中范因率賨人以从帝，为前锋。及定秦中，封因为阆中侯，复賨人七姓。其俗喜舞，高祖乐其猛锐，数观其舞，后使乐人习之。阆中有渝水，因其所居，故名曰《巴渝舞》。”⑤ 汉《巴渝舞》用于宴飨，有四篇乐辞，分别为《矛渝本歌曲》《安弩渝本歌曲》《安台本歌曲》《行辞本歌曲》。至汉末，这四篇乐辞已不能被人晓其句读。王粲受曹操之命另作四篇新辞，即《矛渝新福歌曲》《弩渝新福歌曲》《安台新福歌曲》《行辞新福歌曲》，总名为《魏俞儿舞歌》。其中，“《行辞》以述魏德”⑥。魏文帝黄初年间，改《巴渝舞》曰《昭武舞》，作为曹操的庙乐使用。⑦

（三）曹操改创礼制

在雅乐建设过程中，曹操会亲自更改部分汉代礼仪。建安二十一年，曹操于邺进行春祀。汉代春祀时，需解履而祀，曹操则不解履而入庙阶；临祭就洗，往者以手拟水而不盥，曹操认为盥以洁为敬，拟而不盥是为不敬，故祭祀过程中，他亲受水而盥；又往者降神礼讫，便下阶就幕而立，

---

① （清）陈立撰，吴则虞点校《白虎通疏证》卷三，中华书局，1994，第104~106页。

② 《宋书》卷一九，中华书局，1974，第534页。

③ （宋）郭茂倩编《乐府诗集》卷三，中华书局，1979，第33页。

④ 《宋书》卷一九，中华书局，1974，第536页。

⑤ 《晋书》卷二二，中华书局，1974，第693页。

⑥ 《晋书》卷二二，中华书局，1974，第694页。

⑦ 《晋书·乐志上》和《宋书·乐志一》关于记载魏改《巴渝舞》为《昭武舞》的时间不同。《晋书·乐志上》云：“黄初三年，又改《巴渝舞》曰《昭武舞》。”见《晋书》卷二二，中华书局，1974，第694页。《宋书·乐志一》云：“文帝黄初二年，改汉《巴渝舞》曰《昭武舞》。”见《宋书》卷一九，中华书局，1974，第534页。

以待乐终。曹操认为乐未终便下阶，此举不能以悦列祖，当待乐终送神之后方可起身而退；又祭祀所用祭肉，曹操认为应由亲执祭事者纳于袖，终抱而归，中途不应交于侍者。

曹操执政时期，正旦大会之礼还加入百华灯。《晋书·礼志》云："汉仪有正会礼，正旦，夜漏未尽七刻，钟鸣受贺，公侯以下执贽夹庭，二千石以上升殿称万岁，然后作乐宴飨。魏武帝都邺，正会文昌殿，用汉仪，又设百华灯。"①

杜夔和王粲能于雅乐建设中发挥重要作用及魏初雅乐建设取得进展，得益于曹操对礼乐的重视。若将曹氏政权雅乐建设分为三个阶段，第二个阶段和第三个阶段分别为魏文帝曹丕、魏明帝曹叡时期，则第一个阶段是曹操执政时期，是魏雅乐建设初创，也是重要的奠基时期。曹操发挥了组织和引导作用，是雅乐建设措施的制定者，杜夔和王粲等人是具体的实施者。在曹操的关心和重视下，他们先后完成了雅乐的建设任务。曹操对音乐的谙熟，在一定程度上保证了雅乐的正确建设方向。杜夔曾命汉铸钟工柴玉铸造铜钟，但柴玉所铸铜钟声韵清浊不合标准。杜夔命其重新铸造，柴玉不从，而状告于曹操。曹操知柴错而杜正，命杜夔继续统领制乐。《三国志·魏书·方技传》云：

> 汉铸钟工柴玉巧有意思，形器之中，多所造作，亦为时贵人见知。夔令玉铸铜钟，其声均清浊多不如法，数毁改作。玉甚厌之，谓夔清浊任意，颇拒捍夔。夔、玉更相白于太祖，太祖取所铸钟，杂错更试，然后知夔为精而玉之妄也，于是罪玉及诸子，皆为养马士。②

二　曹丕时期：增补及缓慢发展

魏文帝曹丕亦精通音乐，并作有多首乐府歌辞。但雅乐和俗乐相较，曹丕更偏爱俗乐，加之其在位时间只有七年，故雅乐发展并不迅速。曹丕即位之初，司空王朗上书，针对魏之礼乐建设提出应修整宗庙等祭祀礼仪

① 《晋书》卷二一，中华书局，1974，第649页。

② 《三国志》卷二九，中华书局，1959，第806页。

场所，《三国志·魏书·钟繇华歆王朗传》裴松之注引《魏名臣奏》云："谨按图牒所改奏，在天地及五帝、六宗、宗庙、社稷，既已因前代之兆域矣。夫天地则扫地而祭，其余则皆坛而埒之矣。明堂所以祀上帝，灵台所以观天文，辟雍所以修礼乐，太学所以集儒林，高禖所以祈休祥，又所以察时务，扬教化。稽古先民，开诞庆祚，旧时皆在国之阳，并高栋夏屋，足以肆飨射，望云物。七郊虽尊祀尚质，犹皆有门宇便坐，足以避风雨。可须军罢年丰，以渐修治。"①

（一）更改杜夔所制雅乐

杜夔虽在曹操执政时期，是雅乐建设的功臣，他在魏初也担任太乐令和协律都尉之职，但曹丕更看重杜夔的琴乐技艺。当杜夔不愿受命当众吹笙鼓琴时，他便已处于可有可无之境，故不久便被革职。柴玉、左延年等人因善新声，深受曹丕宠爱。他们对曹魏音乐的影响，不仅推动俗乐发展，也或多或少地改变了杜夔创制的雅乐，《晋书·乐志》云："及魏武平荆州，获汉雅乐郎河南杜夔，……夔悉总领之。远详经籍，近采故事，考会古乐，始设轩悬钟磬。而黄初中柴玉、左延年之徒，复以新声被宠，改其声韵。"② 这种"改其声韵"当和曹丕的授命有关。

（二）创制庙乐

黄初年间，改汉《巴渝舞》为《昭武舞》，用于曹操庙乐；黄初四年五月，有司上奏请求修造太皇帝曹嵩庙和武皇帝曹操庙。同年八月，议定宗庙用乐，《三国志·魏书·文帝纪》裴松之注引《魏书》云："有司奏改汉氏宗庙《安世乐》曰《正世乐》，《嘉至乐》曰《迎灵乐》，《武德乐》曰《武颂乐》，《昭容乐》曰《昭业乐》，《云翘舞》曰《凤翔舞》，《育命舞》曰《灵应舞》，《武德舞》曰《武颂舞》，《文始舞》曰《大韶舞》，《五行舞》曰《大武舞》。"③ 魏宗庙乐辞多沿用汉代乐辞，仅改汉乐曲名称。上述黄初四年所制宗庙之乐便是袭用汉辞，《宋书·乐志》云："其众哥诗，多即前代之旧。"④《乐府诗集》和正史乐志中无魏《正世乐》、《迎

---

① 《三国志》卷一三，中华书局，1959，第 410 页。

② 《晋书》卷二二，中华书局，1974，第 679 页。

③ 《三国志》卷二，中华书局，1959，第 83 页。

④ 《宋书》卷一九，中华书局，1974，第 534 页。

灵乐》和《武颂乐》等乐辞的记录，这种情况当和魏雅乐辞“多即前代之旧”有关。《乐府诗集·郊庙歌辞》云：“魏歌辞不见，疑亦用汉辞也。”[①]

三 曹叡时期：丰富与完善

魏明帝曹叡对音乐和政治的关系的看法是：兴衰在政，与音乐无关。他既重视娱乐音乐，其在位期间，宫中乐伎曾达千人，也大力推动雅乐建设。

（一）加强庙乐建设

1. 修建宗庙

曹叡之母即曹丕之妻甄后因被赐死，不能列于宗庙。曹叡即位后，有司奏请追谥甄后为文昭皇后。太和元年二月，立文昭皇后庙于邺。景初元年十二月，有司又奏请于京师洛阳建文昭皇后庙，同时废除邺城之庙。太和三年六月，追尊曹腾为高皇帝，曹腾之妻吴氏为高皇后，并在邺建宗庙以祀。后又以曹丕的祖父曹嵩、曾祖父曹腾及曹腾的父亲为一庙，曹丕的父亲曹操为一庙。《晋书·礼志》云：“庙所祠，则文帝之高祖处士、曾祖高皇、祖大皇帝共一庙，考太祖武皇帝特一庙，百世不毁，然则所祠止于亲庙四室也。”[②] 同年十一月，曹魏政权在京都洛阳所建宗庙完成，命行太傅太常韩暨、行太常宗正曹恪持节前往邺城迎高皇帝曹腾以下神主，迁至洛阳，设一庙四室而祭。景初元年六月，群公有司上奏制定七庙之制，以武帝曹操“肇建洪基，拨乱夷险，为魏太祖”；以文帝曹丕“继天革命，应期受禅，为魏高祖”；以明帝曹叡“集成大命，清定华夏，兴制礼乐，宜为魏烈祖”[③]。在曹操庙北面设二祧庙，其中左边祧庙为魏文帝庙，号曰高祖昭祧，右边祧庙为魏明帝庙，号曰烈祖穆祧。曹操、曹丕、曹叡之庙，万世不毁，其余四庙，则“亲尽迭迁，一如周后稷、文武庙祧之礼”[④]。

2. 制定庙乐

太和初年，曹叡要求制定宗庙乐舞，《宋书·乐志》载其诏令：“礼乐之作，所以类物表庸而不忘其本者也。凡音乐以舞为主，自黄帝《云门》

---

① （宋）郭茂倩编《乐府诗集》卷一，中华书局，1979，第1页。
② 《晋书》卷一九，中华书局，1974，第601页。
③ 《晋书》卷一九，中华书局，1974，第601页。
④ 《晋书》卷一九，中华书局，1974，第602页。

以下，至于周《大武》，皆太庙舞名也。然则其所司之官，皆曰太乐，所以总领诸物，不可以一物名。武皇帝庙乐未称，其议定庙乐及舞，舞者所执，缀兆之制，声哥之诗，务令详备。乐官自如故为太乐。"[①] 汉代称掌管宗庙之乐的乐官为"太乐"，东汉改名为"太予乐官"，至魏又重新改为"太乐"。群臣积极响应，制定了《武始之乐》、《咸熙之舞》和《章斌之舞》。太祖武皇帝曹操之庙乐，名为《武始之乐》，取"武，神武也；武，又迹也。言神武之始，又王迹所起也"之意。[②] 高祖文皇帝曹丕之庙乐，名为《咸熙之舞》，取"咸，皆也；熙，兴也。言应受命之运，天下由之皆兴也"之意。[③] 大臣为奉承曹叡，违背礼制，为曹叡制定庙号为"烈祖"，庙乐取名为《章斌之舞》，取"于文，文武为斌，兼秉文武，圣德所以章明也"之意[④]，并称"自汉高祖、文帝各逮其时，而为《武德》《四时》之舞，上考前代制作之宜，以当今成业之美，播扬弘烈，莫盛于《章斌》焉"[⑤]。曹叡初始并不同意群臣为自己制作庙乐，但在群臣的再三请求下，他同意了。曹叡还在世时就被尊为魏烈祖，并配以宗庙之乐，这是严重违背礼乐之制的行为。东晋孙盛对此就予以批评，认为有失正统，他说：

> 夫谥以表行，庙以存容，皆于既没然后著焉，所以原始要终，以示百世也。未有当年而逆制祖宗，未终而豫自尊显。昔华乐以厚敛致讥，周人以豫凶违礼，魏之群司，于是乎失正。[⑥]

《武始》《咸熙》《章斌》三舞又有总名——《大钧之乐》，取"钧，平也。言大魏三世同功，以至隆平也。于名为美，于义为当"之意。[⑦]《武始》《咸熙》《章斌》三舞不仅用于宗庙，还用于祭祀天地和临朝大享，且场所不同，舞服也有所区别，《宋书·乐志》对此有记载：用于天地、宗庙祭祀之时，则"《武始舞》者，平冕，黑介帻，玄衣裳，白领袖，绛领袖中衣，绛合幅裤，绛袜，黑韦鞮。《咸熙舞》者，冠委貌，其余服如

① 《宋书》卷一九，中华书局，1974，第 535 页。
② 《宋书》卷一九，中华书局，1974，第 535 页。
③ 《宋书》卷一九，中华书局，1974，第 535 页。
④ 《宋书》卷一九，中华书局，1974，第 535 页。
⑤ 《宋书》卷一九，中华书局，1974，第 535 页。
⑥ 《三国志》卷三，中华书局，1959，第 109 页。
⑦ 《宋书》卷一九，中华书局，1974，第 536 页。

前。《章斌舞》者，与《武始》《咸熙》舞者同服”①。用于朝廷，则“《武始舞》者，武冠，赤介帻，生绛袍单衣，绛领袖，皂领袖中衣，虎文画合幅裤，白布袜，黑韦鞮。《咸熙舞》者，进贤冠，黑介帻，生黄袍单衣，白合幅裤，其余服如前”②。按《宋书·乐志》记载，《武始舞》和《咸熙舞》的冠制并不相同，但却说《章斌舞》与《武始》《咸熙》舞服相同，则不知《章斌》舞之冠是与《武始》同，还是与《咸熙》同。关于《武始》《咸熙》《章斌》三舞的制定时间，《晋书·乐志》不同于《宋书·乐志》“太和初年”的记载，《晋书·乐志》云：“至景初元年，尚书奏，考览三代礼乐遗曲，据功象德，奏作《武始》《咸熙》《章斌》三舞，皆执羽籥。”③ 此外，这场制乐活动还同意了侍中缪袭提出为文昭皇后的宗庙立四悬之乐的建议。《宋书·乐志》云：“袭又奏曰：‘文昭皇后庙，置四县之乐，当铭显其均奏次第，依太祖庙之名，号曰昭庙之具乐。’尚书奏曰：‘礼，妇人继夫之爵，同牢配食者，乐不异文。昭皇后今虽别庙，至于宫县乐器音均，宜如袭议。’奏可。”④

在这场制乐活动中，散骑常侍王肃建议高皇帝曹腾、太皇帝曹嵩、太祖曹操、高祖曹丕和文昭皇后的宗庙都兼用先代之乐和《武始》《太钧》之舞，此议亦得到同意。《宋书·乐志》云：“高皇帝、太皇帝、太祖、高祖、文昭庙，皆宜兼用先代及《武始》《大钧》之舞。”⑤ 王肃另私造十二篇宗庙诗颂，但未被采用，故不曾配乐演奏，其歌辞亦未能留存。

（二）正旦大会行礼乐、食举、上寿等礼乐建设

曹植作有《元会》诗，该诗描绘了魏正旦大会的庞大场景和音乐表演盛况：

> 尊卑列叙，典而有章。衣裳鲜洁，黼黻玄黄。清酤盈爵，中坐腾光。珍膳杂沓，充溢圆方。笙磬既设，筝瑟俱张。悲歌厉响，咀嚼清商。俯视文轩，仰瞻华梁。⑥

① 《宋书》卷一九，中华书局，1974，第536页。
② 《宋书》卷一九，中华书局，1974，第536页。
③ 《晋书》卷二二，中华书局，1974，第694页。
④ 《宋书》卷一九，中华书局，1974，第537页。
⑤ 《宋书》卷一九，中华书局，1974，第538页。
⑥ 赵幼文校注《曹植集校注》卷三，中华书局，2016，第731页。

据赵幼文先生考证，《元会》诗是曹植参加曹叡时期太和六年正月元日的朝宴而写。[①] 此诗虽未言正旦大会具体用何音乐节目，但礼乐之隆重是毋庸置疑的。

魏正旦大会行礼乐所用是杜夔所传的旧雅乐《鹿鸣》、《驺虞》、《伐檀》和《文王》四曲。行礼乐在曹叡时期先后经历了两次修改。第一次是在太和年间，左延年改变《驺虞》、《伐檀》和《文王》三曲的声节，独不改《鹿鸣》，《晋书·乐志》云："及太和中，左延年改夔《驺虞》《伐檀》《文王》三曲，更自作声节，其名虽存，而声实异。唯因夔《鹿鸣》，全不改易。每正旦大会，太尉奉璧，群后行礼，东厢雅乐常作者是也。"[②] 后来，魏对《驺虞》、《伐檀》和《文王》三曲再次改易，按《晋书·乐志》所记，此次改易有以下几点：第一，保留古《鹿鸣》声辞，将古《伐檀》从行礼乐中去掉；第二，作《巍巍篇》辞，以咏文帝曹丕，用左延年所改《驺虞》之声节；作《洋洋篇》辞，以咏明帝曹叡，用左延年所改《文王》之声节；第三，作《于赫篇》辞，以咏武帝曹操，声节与古《鹿鸣》之声节相同。

魏食举乐和上寿乐主要沿用汉曲。汉太乐食举有十三曲，分别为：一、《鹿鸣》；二、《重来》；三、《初造》；四、《侠安》；五、《归来》；六、《远期》；七、《有所思》；八、《明星》；九、《清凉》；十、《涉大海》；十一、《大置酒》；十二、《承元气》；十三、《海淡淡》。魏以《远期》、《承元气》和《海淡淡》三曲多不通利，而省去不用。对其余十曲，采用其名称，而改写歌辞。

汉上寿乐用《四会曲》。魏明帝青龙二年，以汉太乐食举中的第十一曲《大置酒》代替《四会曲》，后又改《大置酒》名为《羽觞行》。《乐府诗集》引《古今乐录》曰："汉故事，上寿用《四会曲》。魏明帝青龙二年，以长笛食举第十一古《大置酒》曲代《四会》，又易古诗名曰《羽觞行》，用为上寿曲，施用最在前。《鹿鸣》以下十二曲名食举乐，而《四会之曲》遂废。"[③]

魏上寿、食举乐等乐辞的句式特点可从《晋书·乐志》得知一二。据《晋书·乐志》记载，晋泰始五年，太仆傅玄、中书监荀勖和黄门侍郎张

① 详参赵幼文校注《曹植集校注》卷三，中华书局，2016，第734页。
② 《晋书》卷二二，中华书局，1974，第684页。
③ （宋）郭茂倩编《乐府诗集》卷一三，中华书局，1979，第184页。

华受命各造正旦行礼及王公上寿酒、食举乐歌诗。他们在制作乐辞时注意到魏辞或二言，或三言，或四言，或五言，此种句式特点与古诗不同。司律中郎将陈颀认为魏辞“被之金石，未必皆当”①，荀勖亦持此意见，故荀勖造晋歌，只有《正旦大会王公上寿酒歌》一篇为三言和五言杂陈，其余乐辞皆为四言。张华则认为魏辞虽文句长短不齐，但亦应是有所因循，是可以制声度曲。

（三）关于郊祭之乐

散骑常侍王肃在魏明帝太和初年的那场制乐活动中建议郊祀之时，配备宫悬之乐、八佾之舞。《宋书·乐志》云：“散骑常侍王肃议曰：‘……今祀圆丘方泽，宜以天子制，设宫县之乐，八佾之舞。’卫臻、缪袭、左延年等咸同肃议。奏可。”② 所用乐舞即《武始》《咸熙》《章斌》三舞。虽然在太和初年就已确定郊祭之乐，但郊祭之礼则始于景初元年，且持续时间也不长。《晋书·礼志》云：“景初元年十月乙卯，始营洛阳南委粟山为圜丘。诏曰：‘……曹氏世系，出自有虞氏。今祀圜丘以始祖帝舜配，号圜丘曰皇皇帝天。方丘所祭曰皇皇后地，以舜妃伊氏配。天郊所祭曰皇天之神，以太祖武皇帝配。地郊所祭曰皇地之祇，以武宣皇后配。宗祀皇考高祖文皇帝于明堂，以配上帝。’十二月壬子冬至，始祀皇皇帝天于圜丘，以始祖有虞帝舜配。自正始以后，终魏世不复郊祀。”③

四　曹魏雅乐建设的价值

曹魏政权的雅乐建设主要集中于曹操、曹丕和曹叡时期。曹操重视雅乐，率杜夔和王粲等人积极恢复汉乐，创制新乐，此是曹魏雅乐建设的初创与奠基时期；曹丕在位时间较短，加之他喜新声俗乐，故此期雅乐虽有增补，但发展缓慢；曹叡时期，雅乐进一步丰富和完善。曹叡之后，魏政权又历经邵陵厉公曹芳、高贵乡公曹髦和元帝曹奂，但在这三主时期，雅乐建设乏善可陈，史籍也鲜有记载。

曹魏的雅乐建设具有极大的价值和意义，不仅满足了自身政权的需

---

① 《晋书》卷二二，中华书局，1974，第685页。
② 《宋书》卷一九，中华书局，1974，第537页。
③ 《晋书》卷一九，中华书局，1974，第583页。

求，更重要的是在经历了汉末社会大动荡、汉代雅乐遭受重大损失的情况之下，能够恢复、保存部分汉乐并有所发展，并且为下一政权——晋的雅乐建设树立典范。比如本文中所述杜夔制乐、王粲创作《魏俞儿舞歌》、改《巴渝舞》为《昭武舞》，并用于庙乐，以及曹魏对汉代郊庙乐和正旦大会礼仪的沿用与修改等，这些都是曹魏雅乐对汉乐沿用与借鉴的具体体现。《宋书·乐志》云："魏氏增损汉乐，以为一代之礼。"① 而曹魏雅乐对西晋雅乐的影响也表现在多个方面：其一，西晋初期郊庙礼乐沿用曹魏雅乐，只改动乐辞，而不改变乐舞。《晋书·乐志》云："及武帝受命之初，百度草创。泰始二年，诏郊祀明堂礼乐权用魏仪，遵周室肇称殷礼之义，但改乐章而已，使傅玄为之词云。"② 《宋书·乐志》云："晋武帝泰始二年，改制郊庙哥，其乐舞亦仍旧也。"③ 其二，关于正旦大会礼乐，西晋对曹魏亦有参考和袭用。《南齐书·礼志》云："晋武帝初，更定朝会仪，夜漏未尽十刻，庭燎起火，群臣集。傅玄《朝会赋》云'华灯若乎火树，炽百枝之煌煌'。此则因魏仪与庭燎并设也。"④ 《晋书·乐志》云："及晋初，食举亦用《鹿鸣》。至泰始五年，尚书奏，使太仆傅玄、中书监荀勖、黄门侍郎张华各造正旦行礼及王公上寿酒、食举乐歌诗。荀勖云：'魏氏行礼、食举，再取周诗《鹿鸣》以为乐章。又《鹿鸣》以宴嘉宾，无取于朝，考之旧闻，未知所应。'勖乃除《鹿鸣》旧歌，更作行礼诗四篇。"⑤《乐府诗集》引《宋书·乐志》述荀勖所作正旦大会行礼歌四篇乐辞和王公上寿酒歌一篇乐辞，云："晋荀勖造正旦大会行礼歌四篇：一曰《于皇》，当《于赫》；二曰《明明》，当《巍巍》；三曰《邦国》，当《洋洋》；四曰《祖宗》，当《鹿鸣》。王公上寿酒歌一篇，曰《践元辰》，当《羽觞行》。"⑥ 其中，《于赫》、《巍巍》、《洋洋》和《羽觞行》皆是魏正旦大会乐辞，《鹿鸣》是汉魏正旦大会皆用。由此可知晋正旦大会礼乐是在魏正旦大会礼乐基础之上进行了修改。其三，关于乐辞的句式特点。晋泰始五年，太仆傅玄、中书监荀勖、黄门侍郎张华和中书侍郎成公绥受命创作正旦大会乐辞。荀勖和张华就乐辞的句式问题产生了分歧，《晋书·

① 《宋书》卷一九，中华书局，1974，第 540 页。
② 《晋书》卷二二，中华书局，1974，第 679 页。
③ 《宋书》卷一九，中华书局，1974，第 538 页。
④ 《南齐书》卷九，中华书局，1972，第 148~149 页。
⑤ 《晋书》卷二二，中华书局，1974，第 684~685 页。
⑥ （宋）郭茂倩编《乐府诗集》卷一三，中华书局，1979，第 184 页。

乐志》云："又以魏氏歌诗或二言，或三言，或四言，或五言，与古诗不类，以问司律中郎将陈颀。颀曰：'被之金石，未必皆当。'故勖造晋歌，皆为四言，唯王公上寿酒一篇为三言五言焉。张华以为'魏上寿、食举诗及汉氏所施用，其文句长短不齐，未皆合古。盖以依咏弦节，本有因循，而识乐知音，足以制声度曲，法用率非凡近之所能改。二代三京，袭而不变，虽诗章辞异，兴废随时，至其韵逗留曲折，皆系于旧，有由然也。是以一皆因就，不敢有所改易。'此则华、勖所明异旨也。"① 魏乐辞的句式丰富多样，面对这种情况，荀勖认为魏乐辞的句式是错误的，即"与古诗不类"，难以入乐。所以荀勖创作的十七首乐辞中，只有一首乐辞为三言和五言杂陈，其余乐辞皆是整齐的四言句式。而张华认为虽然魏乐辞的句式复杂多样，但识乐知音者，是可以将其制声度曲的。所以张华创作的十六首乐辞中，有五首乐辞是四言句式，两首乐辞是三言句式，其余的乐辞或三言和五言杂陈，或三言和四言杂陈，或四言和五言杂陈，或二言、三言和四言杂陈，或三言、四言和五言杂陈。此外，傅玄创作的三首乐辞皆是四言句式。而成公绥创作的十六首乐辞中，有三首乐辞是三言句式，四首乐辞是四言句式，其余的乐辞或三言和五言杂陈，或三言和四言杂陈，或四言和五言杂陈，或二言、三言和四言杂陈，或三言、四言和五言杂陈。此是魏乐辞的句式特点对晋乐辞的影响。

如上所述，毫无疑问，在汉晋雅乐史上，曹魏雅乐具有极高的地位并发挥了重要作用。

① 《晋书》卷二二，中华书局，1974，第685页。

究乐极宴背后的较量

——关于《正旦大会上寿食举乐歌诗》的思考

黄　紫

（北京大学中文系，北京，100091）

摘　要：西晋武帝泰始五年《正旦大会上寿食举乐歌诗》歌辞制作过程当中，荀勖与张华关于歌辞当四言还是杂言的争论是记录在西晋以后历代正史乐书当中的一桩公案，由此引出了西晋雅乐歌诗歌辞制作的规范问题。荀勖、张华的不同态度不仅是学术争鸣层面的问题。泰始五年制礼作乐的客观条件，荀、张二人立论之逻辑与大会之现实，荀氏家族的制礼作乐传统，朝堂之上的势素之争等，当更多维度被纳入考察范围，《正旦大会上寿食举乐歌诗》歌辞制作事件就可以跳出乐府学的边界，为西晋文学研究及历代礼乐制作研究提供一些参考。

关键词：《上寿食举乐歌诗》　荀勖　张华

作者简介：黄紫，北京大学中国语言文学系博士生，主要研究方向为魏晋南北朝文学。曾在《辽宁大学学报》《温州大学学报》等刊物上发表论文数篇。

西晋泰始年间经历了三次大规模的雅乐制作，歌诗创作情况在《宋书·乐志》《晋书·乐志》当中有着相当细致的记录。以泰始五年的那一次制作规模为最大，有记录的歌诗作者也最多。据《晋书·乐志》载，晋武帝泰始五年（269），尚书奏使太仆傅玄，中书监荀勖，黄门侍郎张华各造正旦行礼，及王公上寿酒食举乐歌诗。而二人在作用于歌颂本朝帝王及先王嘉言懿行并表达对国运祝福的行礼食举乐歌的时候，指导思想出现了较大的分歧。王福利《郊庙燕射歌辞研究》[①] 对这次歌诗制作的背景有所

① 王福利：《郊庙燕射歌辞研究》，北京大学出版社，2009，第 227 页。

介绍，也对歌诗文本进行了一定分析，王媛在《张华研究》当中也对张华与荀勖的意见分歧进行了概括式的论断。[①] 具体到张华与荀勖论争这一事件背后的问题，譬如西晋泰始年间制礼作乐的物质基础，参与歌诗写作的人员身份，仪式歌诗制作应当遵从的规范等还没有得到充分的说明。张华与荀勖的争论涉及歌诗制作从观念层面到实践层面的诸多问题，也揭示出了西晋泰始年间制礼作乐的实际情况，有必要作进一步的查考。

依《晋书·乐志》所载，荀勖的意见主要有以下两点：其一，魏氏的行礼食举歌诗取周诗旧篇《鹿鸣》（魏明帝之前《鹿鸣》的声节曲调一直被保留应用在四会曲中[②]）而《鹿鸣》之旨已经不适合晋室当时元会需求。其二，魏歌诗杂言区别于《诗经》四言，不雅，且依照司律中郎将的说法，杂言入乐也未必得当，当重新制作本朝雅歌以入雅乐。

张华的意见则是自汉魏以来的杂言歌诗虽然在字数上和四言的《诗经》有所不同，但正是根据音乐的音声节奏来进行匹配，而古之雅乐雅声自有其创制与制造规律，并非近代之人可以擅改，应当在辞章上有所发挥在韵律节奏等音乐性规范上一律依照旧制。[③]

二人在对东厢雅乐范式的理解上存在着根本性的差异——荀勖重文辞，张华重音乐。王福利在《行体乐府四题》中借鉴了王灼《碧鸡漫志》当中的说法，并结合魏晋之际的具体情况，点明了“选词以配乐”与“由乐以定词”并驾齐驱、同步存在的现象。张华的说法近乎“由乐以定词”，而荀勖的说法则更倾向于“选词以配乐”。[④] 二人各执一词，以强调自己进行雅乐歌辞创作的正统性，然而，这一事件仅仅是关于东厢雅乐歌诗当中

① 王媛：《张华研究》，北京师范大学出版社，2015，第175页。

② 魏氏雅乐变化情况在《晋书·乐志》中有记载：“杜夔传旧雅乐四曲，一曰《鹿鸣》，二曰《驺虞》，三曰《伐檀》，四曰《文王》，皆古声辞。及太和中，左延年改夔《驺虞》《伐檀》《文王》三曲，更自作声节。其名虽同而声实异，为因夔《鹿鸣》，全不改易。正旦大会，太尉奉璧，群后行礼，东厢雅乐郎作者是也。后又改三篇之行礼诗，第一曰《于赫篇》，咏武帝，声节与《鹿鸣》同。第二曰《巍巍篇》，咏文帝，用延年所改《驺虞》声。第三曰《洋洋篇》，咏明帝，用延年所改《文王》声。第四曰复用《鹿鸣》。鹿鸣之声重用，而除古《伐檀》。”（宋）郭茂倩《乐府诗集》卷一三，中华书局，1979，第184页。见（唐）房玄龄等《晋书》卷二二，中华书局，1974，第684页。《古今乐录》曰：“‘汉故事上寿用《四会曲》。’魏明帝青龙二年，以长笛食举第十一古《大置酒曲》代《四会》。又易古诗名曰《羽殇行》，用为上寿曲。施用最在前，《鹿鸣》以下十二曲，名食举乐。而四会之曲遂废。”

③ 本事见《晋书》卷二二，中华书局，1974，第685页。

④ 王福利：《行体乐府四题》，《江海学刊》2014年第4期，第173页。

上寿食举乐歌诗制作规范的探讨吗？

一　标举雅乐正统——制作理念与实际可行性

我们先不考虑其他因素，仅在制礼作乐内部尝试着分别依照张华和荀勖的说辞来整理材料从而比较二人思路的合理性。东厢雅乐歌诗的生成发展既是文学问题，又是乐律学问题。其内部包含许多因素，除了歌辞之外，还有曲调、乐队规模形制、乐器调律定声等方面，这些要素在不同的朝代不同的时期会呈现出不同的面貌。讨论张华和荀勖二人的声辞之辩，就必须把这些方面梳理清晰。

许继起在《乐府四厢制度及其乐歌考》一文中梳理了四厢乐歌及包含在其中的上寿食举乐歌的产生与发展脉络。《周礼·大司乐》中就有食举乐的原型，宋代陈旸从乐悬制度建设的角度认为汉魏已设四厢金石礼乐，并追溯其乐悬之制。宋王质认为四厢乐始称名于晋宋，是由汉魏时期的食举乐演化而来，并从职官制度的角度追溯了四厢制度产生及得名的缘由。陈释智匠《古今乐录》云："汉魏故事，上寿用四会曲。汉代各食举、上寿、行礼诸曲，均于帝王庙寝及宫室东厢殿前作之，盖称东厢雅乐，是宫悬制度的核心。"[①] 同时，东厢雅乐与祭祀、燕飨等重要国家行为密不可分。汉章帝时期，皇帝甚至亲自参与到雅乐歌辞的创作当中。《后汉书》注引蔡邕《礼乐志》："孝章皇帝亲著歌诗四章，列在食举，又制《云台十二门诗》，各以其月祀而奏之。熹平四年正月中，出《云台十二门新诗》，下大予乐官习诵被声，与旧诗并行者，皆当撰录以成《乐志》。"[②] 《册府元龟·掌礼部》录："（元和）三年，帝自作诗四篇，一曰《思齐皇姚》，二曰《六骐驎》，三曰《竭肃雍》，四曰《陟叱根》。合前六曲，以为宗庙食举。《重来》、《上陵》二曲，合八曲，为上陵食举，减宗庙食举《承元气》一曲，加《惟天之命》、《天之历数》二曲合七曲，为殿中御食饭举，又汉大乐食举十三曲，一曰《鹿鸣》，二曰《重来》，三曰《初造》，四曰《来安》，五曰《归来》，六曰《远期》，七曰《有所思》，八曰《明星》，九曰《清凉》，十曰《涉大海》，十一曰《大置》，十二曰《承元气》，十

---

① 许继起：《乐府四厢制度及其乐歌考》，《文学遗产》，2015，第 86~97 页。

② （南朝宋）范晔撰，（唐）李贤等注《后汉书》志第五，中华书局，1965，第 3132 页。

三曰《海淡淡》。"[①]《通志·乐略》《上陵》条："汉章帝元和三年，帝自作诗四篇，一曰《思齐姚皇》，二曰《六麒麟》，三曰《竭肃雝》，四曰《陟屺》，与《鹿鸣》《承元气》二曲为宗庙食举，又以《重来》、《上陵》二曲合八曲，为上陵食举。据此所言，则上陵自是八曲之一，名或作于章帝之前，亦不可知，盖因《上陵》而为之也。"[②]

可以发现，根据不同场合的仪式需要，配以不同数量和主题的食举乐是汉章帝朝仪式用乐的基本形态。而《鹿鸣》则如同一个基础元素，出现在各个规格的仪式用乐当中。所言八曲之中《鹿鸣》《承元气》《重来》亦见于《宋书·乐志》所录汉太乐食举十三曲。虽无法断言八曲与十三曲之间的关系，亦不可全然相信《乐府诗集》当中所录《上陵》便是章帝原作[③]，但可以发现，此《上陵》是非常明显的杂言歌辞。

曹魏时期明确提到在正旦大会燕飨礼仪时设东厢雅乐，多杂取汉仪。《晋书·乐志上》载："杜夔传旧雅乐四曲，一曰《鹿鸣》，二曰《驺虞》，三曰《伐檀》，四曰《文王》，皆古声辞。及太和中，左延年改夔《驺虞》《伐檀》《文王》三曲，更自作声节，其名虽存，而声实异。唯因夔《鹿鸣》，全不改易。"[④] 可以看出，从左延年就已经开始对四厢乐歌进行改造。除《鹿鸣》以外，《驺虞》《伐檀》《文王》曲调都由左延年领衔自作。[⑤] 托名于旧雅乐四曲的四厢乐歌，仅有歌辞留存。在此之后的改

---

① （宋）王钦若等：《册府元龟》卷五六五，中华书局，1960，第 6788～6789 页。体现在《册府元龟》当中的乐章构成可归纳为：章帝自作（4 篇）+《鹿鸣》《承元气》=宗庙食举（6 篇）+《重来》《上陵》=上陵食举（8 篇）；章帝自作（4 篇）+《鹿鸣》+《重来》《上陵》+《惟天之命》《天之历数》=殿中御食饭举（7 篇）。与汉大乐食举（13 篇）中篇目重合的有《鹿鸣》《重来》《承元气》。

② （宋）郑樵：《通志》卷四九，浙江古籍出版社，2000，第 626 页。

③ 《乐府诗集》所录《上陵》："上陵何美美，下津风以寒。问客从何来，言从水中央。桂树为君船，青丝为君笮。木兰为君棹，黄金错其间。沧海之雀赤，翅鸿白雁随。山林乍开乍合。曾不知，日月明，醴泉之水，光泽何蔚蔚。芝为车，龙为马，览遨游，四海外。甘露初二年，芝生铜池中，仙人下来饮，延寿千万岁。"见（宋）郭茂倩《乐府诗集》，中华书局，1979，第 229 页。

④ （唐）房玄龄等：《晋书》卷二二，中华书局，1974，第 652 页。

⑤ 《通志》卷四九载："古者，歌《鹿鸣》必歌《四牡》《皇皇者华》，三诗同节，故曰工歌《鹿鸣》之三而用《南陔》《白华》《华黍》三笙以赞之。然后首尾相承，节奏有属。今得一诗而如此用可乎？应知古诗之声为可贵也。"（宋）郑樵撰，王树民点校《通志二十略》，中华书局，1995，第 884 页。暂不论歌辞内容，这一套组曲的完整形态也是以《鹿鸣》这一乐章的声节为基础的，堂上歌一篇，堂下吹一篇，因为《鹿鸣》《四牡》《皇皇者华》声节相同，视《鹿鸣》声节 A，则组曲构架为"A+《南陔》， （转下页注）

作也是在左延年新声基础之上开展的。[①] 魏明帝之后的正旦大会行礼诗的奏乐是“《鹿鸣》声+左延年《驺虞》声+左延年《文王》声+《鹿鸣》声”的构架。而食举乐所采之声自汉至晋也存在较大变化。《乐府诗集》引《古今乐录》曰：“汉故事，上寿用四会曲，魏明帝青龙二年以长笛食举第十一古《大置酒》曲代四会曲，又易古诗名曰《羽觞行》，用为上寿曲，施用最在前，《鹿鸣》以下十二曲名食举乐而四会之曲遂废。”据《古今乐录》的说法，汉仪上寿酒阶段奏的是四会曲，魏明帝青龙二年用长笛食举中第十一篇《大置酒》[②] 的配乐取代了四会曲作为上寿酒阶段的奏乐，食举阶段，原来从属于汉长笛食举的十二篇（除去《大置酒》）作为食举乐进行表演。《宋书·乐志》载：“魏时以《远期》《承元气》《海淡淡》三曲多不通利，省之。”[③] 魏时对汉太乐的改作还删去《远期》《承元气》《海淡淡》三曲。[④]

（接上页注⑤）A+《白华》，A+《华黍》”。故而有了首尾相承，节奏有属的视听感受。左延年的改作虽然引入了新的声节，但并没有抛弃《鹿鸣》声节，整个组曲的结构调整为四个乐章首章尾章呼应“A+《驺虞》+《文王》+A”，虽然与更早的组曲模式相比缺乏了循环往复的听觉感受，但还是在一定程度上保留了其精神。

① “每正旦大会，太尉奉璧，群后行礼，东厢雅乐常作者是也。后又改三篇之行礼诗。第一曰《於赫篇》，咏武帝，声与古《鹿鸣》同。第二曰《巍巍篇》，咏文帝，用延年所改《驺虞》声。第三曰《洋洋篇》，咏明帝，用延年所改《文王》声。第四曰复用《鹿鸣》。《鹿鸣》之声重用，而除古《伐檀》。”（唐）房玄龄等：《晋书》卷二二，中华书局，1974，第684页。

② 《宋书·乐志》及《乐府诗集》载太乐食举第十一篇均为《大置酒》，见（南朝梁）沈约《宋书》卷一九，中华书局，1974，第539页；（宋）郭茂倩《乐府诗集》卷一三，中华书局，1979，第138页。《通典》亦录为第十一篇，后又提及与《玉海》等文献作“第十二”当为转录之误。至于长笛食举是太乐食举的别称或是子目，存疑代考。（唐）杜佑撰王文锦等点校《通典》卷一四七，中华书局，1988，第3759页。

③ （南朝梁）沈约：《宋书》卷一九，中华书局，1974，第587页。

④ 参看后文汉、魏、晋食举乐歌诗题目表，可见魏食举乐歌诗只有十一篇，《大置酒》入上寿，《远期》《承元气》《海淡淡》被删，故而魏继承汉食举乐的旧曲当为九曲，十一篇歌诗中当有两篇所配之曲或为新制，或为重复其他篇目之曲（参见左延年改作之后的《行礼诗》，《鹿鸣》曲首尾呼应，故而曲目复现并非无端臆测）。受到张哲俊《〈乐府诗集〉的分组标记及其意义》（《江海学刊》2017年第1期）主要观点的启发，作者重新审视了《乐府诗集》对于西晋诸人作《上寿食举乐歌诗》的编目方式，可以发现，西晋诸人作《上寿食举乐歌诗》收录在燕射歌辞之下，仅有荀勖所作食举乐歌诗采用的是“《题目》一章x句”的编目方式，其余几人均不录章数句数。对比张论文中对横吹歌辞“右一曲”“右x曲”所显示出的辞曲对应关系，燕射歌辞中上寿食举乐歌诗的配曲情况显然更为迷离晦涩，这背后又涉及荀勖制作雅乐另一个方面的观点。此问题虽然与本文有着内在联系，但限于篇幅，只能另起一篇再做分析。

整理完曲调声节的历时情况，再看乐队编制与乐律敲定的问题——这也是制礼作乐是否完备的关键问题。张华所称“依咏弦节”与荀勖所称“披之金石”分明在强调两种乐队编制结构。

首先，需要对汉魏之际金石乐之实际情况进行必要的强调。《艺文类聚》卷四一引挚虞《决疑要注》：“汉末丧乱，绝无金石之乐。魏武帝至汉中，得杜夔识旧法，始复设轩悬钟磬，至于今用之。”[①] 由于战乱造成乐器乐人丧失，魏建国之后一段时间不具备以宫悬（四面）之级别演奏金石乐之客观条件而只能满足轩悬（三面）。[②] 这种情况在《宋书·乐志》贺循论乐的言论当中亦得到了佐证，甚至到泰始年间，雅乐之实际还处于“犹有未备”的阶段[③]，在荀勖着手制礼作乐活动之前，荀氏家族就有荀顗在参与这项国之大事。荀顗终其一生没能完成的工作，荀勖也没有完成。惠帝即位后荀勖之子荀藩被任命继续金石修定，然而丧乱骤起，又遭搁置。故而泰始五年的这次正旦大会是在金石未备，至少是没有达到荀勖所推崇的理想状态下开展的。成公绥《正旦大会行礼歌》所谓“图书焕炳，金石有征”当是适用于该场合的溢美之词。[④]《宋书·乐志》《晋书·乐志》等对食举乐歌诗的著录都称《食举东西厢歌》，歌诗的题目也间接透露了与这一部分歌诗相配的并非宫悬。

其次，泰始九年方才开始的定律活动则是《上寿食举乐歌诗》所作时代礼乐“犹有未备”更为直接的证据。泰始九年（273）荀勖为中书监，张华为中书令（武帝太始六年为中书令），二人成为中书省的两个首长，荀勖被安排主要调度声律，而张华被安排主要写作乐章歌词。以当时的调

---

① （宋）欧阳询：《艺文类聚》卷四一，中华书局，1965，第738页。

② 《周礼·春官》小胥之职：“正悬乐之位，王宫悬，诸侯轩悬，卿大夫判悬，士特悬。”见（清）阮元《周礼注疏》卷二三，中华书局，2009，第1716页。

③ （南朝梁）沈约：《宋书》卷二〇，中华书局，1974，第588页。

④ 至江左，初立宗庙，尚书下太常祭祀所用乐名，太常贺循答云：“魏氏增损汉乐，以为一代之礼，未审。大晋乐名所以为异，遭离丧乱，旧典不存，然此诸乐，皆和之以钟律，文之以五声，咏之于哥词，陈之于舞列，宫县在下，琴瑟在堂，八音迭奏，雅乐并作。登哥下管，各有常咏，周人之旧也。自汉氏以来，依放此礼，自造新诗而已。旧京荒废，今既散亡，音韵曲折，又无识者，则于今难以意言，于时以无雅乐器及伶人，省太乐并鼓吹令，是后颇得登哥食举之乐，犹有未备。明帝太宁末又诏阮孚等增益之。成帝咸和中乃复置太乐官，鸠集遗逸而尚未有金石也。初荀勖既以新律造二舞，又更修正钟磬，事未竟而勖薨。惠帝元康三年诏其子黄门侍郎藩修定金石以施郊庙。”见（南朝梁）沈约《宋书》卷二〇，中华书局，1974，第540页。

律机制论，在三分损益法的调律机制下，无法精准回复到黄钟宫，所谓真正的标准音也不可能达到客观的标准。仅将古法七品中提及的七种律法，《晋书·乐志》载汲郡盗发六国时魏襄王冢得古周时玉律（荀勖《穆天子传序》中提及其定古尺参考了魏襄王冢中素丝编竹简的记载）与荀勖“古尺”新律，杜夔“今尺”进行比照，得出以下结论：

姑洗玉律≥古尺新律=魏襄王冢玉律=小吕玉律=金错望臬=铜斛=古钱=建武铜尺≥西京铜望臬

古尺>今尺（一尺四分七厘）[1]

实际上，依照《周礼》的规定更多是一种对于“雅正”的强调甚至超过了真正对音乐性音准的要求。荀勖在这件事上大肆发挥，甚至又提出了十二枚新笛律，在当时是引起了很大争议的，荀勖本人在调律定声方面的素质也受到了质疑，见于《晋书·乐志》、《世说新语·术解》[2]、《文选五君咏》注引《晋诸公赞》。有此一说便足以见得当时人对荀勖在调律定声这件事上的认识。至于张华是否有协律之能，徐景安《乐书》引《乐纂》云：“昔晋人有铜藻盘，无故自鸣。问之于张茂先，茂先扣之，谓人曰：‘此器与洛阳宫钟声相谐，宫中撞钟，故鸣也。若以鑢之音殊，其鸣可止，后果如其言。’”[3] 张华博物之令闻实所共知，这则材料更是证明了他在实践层面对于音高的敏感和对协律知识的熟稔，故而对此当有背景式的认识。

再尝试从所有泰始五年作《上寿食举乐歌诗》作品中寻找对于奏乐场面的描写或记录，可以发现傅玄《食举乐东西厢歌》：“惟敬朝飨，爰

---

① 《晋书·律历志》《宋书·律历志》中载荀勖笛律制定始末及与列和等乐官的争论及诸尺之短长亦见于（清）凌廷堪撰，纪健生点校《晋泰始笛律匡谬》，黄山书社，2009，第165页。

② 《世说新语·术解》载：“荀勖善解音声，时论谓之‘暗解’，遂调律吕，正雅乐。每至正会，殿庭作乐，自调宫商，莫不协韵。阮咸妙赏，时谓‘神解’。每公会作乐，而心谓之不调。既无一言直勖，意忌之，遂出阮为始平太守。后有一田父耕于野，得周时玉尺，便是天下正尺，荀试以校己所治钟鼓、金石、丝竹，皆觉短一黍，于是伏阮咸神识。”见（南朝宋）刘义庆著，（南朝梁）刘孝标注，余嘉锡笺疏《世说新语笺疏》，上海古籍出版社，2015，第775页。

③ （宋）王应麟著，（清）翁元圻辑注，孙通海点校《困学纪闻》卷五，中华书局，2016，第767页。

奏食举。尽礼供御，嘉乐有序。树羽设业，笙镛以闲。琴瑟齐列，亦有篪埙。喤喤鼓钟，锵锵磬管。八音克谐，载夷载简。”① 荀勖《食举乐东西厢歌》中亦有：“既宴既喜，翕是万邦。礼仪卒度，物有其容。晰晰庭燎，喤喤鼓钟。笙磬咏德，万舞象功。八音克谐，俗易化从。”② 张华《食举乐东西厢歌》：“庆元吉，宴三朝。播金石，咏泠箫。奏《九夏》，舞《云》《韶》。迈德音，流英声。”③ 提到了在钟、磬、镛、鼓之外，同时演奏的还有笙、箫、琴瑟、篪埙、管等丝竹乐器。一方面是先于大会而奉命创制的作品，我们只能假设这几位作者知晓大会乐队编制的规格；另一方面，我们没有办法排除一种可能性——奉命作歌辞的几位作者都在有意识或无意识地追慕周代乐舞的规模与境界，从而歌颂当朝文明的辉煌及政治的正统性，故而此证据还不足以敲定食举乐乐队编制中有丝竹乐器的存在。

晋氏受命，武帝更定元会仪，《咸宁注》是也。傅玄《元会赋》曰：“考夏后之遗训，综殷周之典艺，采秦汉之旧仪，定元正之嘉会，此则兼采众代可知矣。”《咸宁注》对元会之仪有着非常详细的记载，咸宁虽在泰始之后，其对于元会仪式流程的详细记录具有一定参考价值，也是可以与《后汉书·礼仪志》元会仪式对读的材料。

> 《咸宁注》：“……漏尽侍中奏外办，皇帝出，钟鼓作，百官皆拜伏。太常导皇帝升御坐，钟鼓止，百官起。大鸿胪跪，奏请朝贺……胡客以次入，皆再拜，讫坐。御入后三刻又出，钟鼓作，谒者仆射跪奏请群臣上谒者，引王公二千石上殿，千石六百石停本位。谒者引王诣樽酌寿酒，跪，授侍中，侍中跪，置御坐前，王还，王自酌，置位前，谒者跪，奏藩王臣某等奉觞再拜，上千万岁寿。四厢乐作，百官再拜，已饮，又再拜，谒者引王等还本位。陛下者，传就席，群臣皆跪诺，侍中、中书令、尚书令各于殿上上寿酒，登歌乐升，太官又行御酒，御酒升阶，太官令跪授侍郎，侍郎跪进御坐前，乃行百官酒，太乐令跪奏，奏登歌三终乃降。太官令跪请具御饭到阶，群臣皆起。太官令持羹，跪授，司徒持饭，跪授，大司农尚食，持

① （南朝梁）沈约《宋书》卷二〇，中华书局，1974，第582页。

② 同上书，第586页。

③ 同上书，第589页。

案并授持节，持节跪进御坐前，群臣就席。太乐令跪奏，奏食举乐，……食毕太乐令跪奏请进乐，乐以次作，鼓吹令又前跪奏请以次进众伎，乃召诸郡计吏前受敕戒于阶下，宴乐毕，谒者一人，跪奏请罢，退，钟鼓作。群臣北面再拜，出。然则夜漏未尽七刻，谓之晨贺，画漏上三刻，更出百官奉寿酒，谓之昼会，别置女乐三十人于黄帐外，奏房中之歌。[①]

从《咸宁注》中析出对于元会奏乐的记录："钟鼓作…钟鼓止…钟鼓作…四厢乐作…登歌乐升…奏登歌三终乃降…奏食举乐…乐以次作…以次进众伎…宴乐毕…钟鼓作…奏房中之歌。"整个元会活动持续了相当长的时间，其中作乐也是分多次进行。根据《咸宁注》的记载，可以明确地看出钟鼓之作止是为某种信号，一方面昭示着活动流程的行止，另一方面也伴随着某些仪式阶段的进行。而另外还有四厢乐、登歌、食举乐、房中之歌四部分，相对于"钟鼓作"是各自独立的阶段。四厢乐匹配的文本是行礼歌诗，歌颂本朝皇帝的丰功伟业，本朝政治、文化全方位的兴盛，本朝政治的正统性，本朝先公先王的贤明盛德。登歌[②]承袭曹魏旧例匹配的文本是宗庙乐章之辞，乐队编制是有丝竹参与的，食举乐匹配的文本是《上寿食举乐歌诗》，钟鼓、歌、乐之间称呼的区别再加上班固《两都赋》中记载的食举"汉仪"也让我们有理由相信食举乐，其编制当不局限于"金石+鼓"。张华歌辞所依据的"依咏弦节"即含有丝竹乐的乐队构成是符合魏晋以来四厢雅乐乐队编制规格的。再对比正旦汉仪：

每月朔岁首正月为大朝受贺，其仪，夜漏未尽七刻钟鸣受贺，及贽，公侯璧中二千石，二千石羔，千石六百石雁，四百石以下雉。百

① （唐）房玄龄等：《晋书》卷二一，中华书局，1974，第650~651页。

② 《隋书·音乐志》记载了登歌由汉以来的发展变化："汉代独登歌者不以丝竹乱人声，近代以来，有登歌五人，别升于上，丝竹一部，进处阶前，此盖《尚书》：戛击鸣球，搏拊琴瑟，以咏祖考来格'之义也。梁武《乐论》以为'登歌者，颂祖宗功业'，检《礼记》乃非元日所奏，若三朝大庆，百辟具陈，升工籍殿，以咏祖考。君臣相对，便须涕洟，以此说非通，还以嘉庆用之后。周登歌备钟磬琴瑟，阶上设笙管，今遂因之，合于《仪礼》'荷瑟升歌，及笙人，立于阶下，间歌合乐'，是燕饮之事矣。登歌法十有四人，钟东磬西，工各一人，琴瑟筝筑各一人，并歌者三人，执节七人，并坐阶上，笙竽箫笛，埙篪各一人，并立阶下，悉进贤冠、绛公服，斟酌古今参而用之。祀神宴、会通行之。"见（唐）魏征等《隋书》，中华书局，1973，第357页。

> 官贺正月，二千石以上上殿称万岁，举觞御座前。司空奉羹，大司农奉饭，奏食举之乐。百官受赐宴飨，大作乐。①

可以看出，《咸宁注》所载的元会仪式流程，与汉仪相类，若追溯汉仪，《后汉书·礼仪志》对食举乐乐队编制的情况并没有进行详尽记录，班固《两都赋》中恰有关于汉食举乐奏乐情况的描写："而乃食举雍彻，太师奏乐，陈金石，布丝竹，鼓铿锵，管弦晔煜。抗五声，极六律，歌九功，舞八佾，《韶》《武》备，太古毕。四夷闲奏，德广所及，伶侏兜离，罔不具集。万乐备，百礼暨，皇欢浃，群臣醉。降烟煴，调元气，然后撞钟告罢，百僚遂退。"② 这与《后汉书·礼仪志》所载汉仪流程一致，也提供了食举乐乐队编制的细节——除了金石与鼓之外，还有丝竹的参与。《两都赋》对食举乐乐队编制的描写或可以与上文所列西晋诸臣作《上寿食举乐歌》中乐队编制描写互证。③

再说回乐队编制，荀勖询问司律中郎陈颀，得到的也是"被之金石，未必皆当"的结论，荀勖歌辞用四言的立论根据在强调金石乐上，在该场合使用金石乐，自然是可以找到文献支撑的，不论是《大司乐》"侑食"之乐或《仪礼·燕礼》所设之"乐人县"，抑或是《周官》："王大食则令奏钟鼓"④，都是后世研究者们为食举乐追本溯源所采用的文献依据，但这并不能证明金石乐对歌辞形态的决定性作用。具体到张、荀的争论，问题聚焦在声辞配合关系上，这一核心问题延展到音乐层面，就是人声、丝竹

① （南朝宋）范晔：《后汉书》卷九五，中华书局，1965，第3131页。《后汉书》注引蔡质《汉仪》曰："正月旦天子幸德阳殿，临轩，公卿将大夫百官各陪位朝贺，蛮貊胡羌朝贡毕，见属郡计吏，皆陛觐庭燎，宗室诸刘杂亲会万人以上，立西面位，公纳荐，太官赐食酒，西入东出，既定，上寿群。计吏中庭北面立，太官上食，赐群臣酒食，西入东出。"注引蔡邕《礼乐志》曰："汉乐四品，一曰《大予乐》典郊庙、上陵殿诸食举之乐。郊乐，《易》所谓'先王以作乐崇德，殷荐上帝'。周官若乐六变，则天神皆降，可得而礼也。宗庙乐，《虞书》所谓：'琴瑟以咏，祖考来假。'《诗》云：'肃雍和鸣，先祖是听。'食举乐，《王制》谓：'天子食举以乐。'《周官》：'王大食则令奏钟鼓。'……孝章皇帝亲著歌诗四章，列在食举，又制《云台十二门诗》，各以其月祀而奏之。熹平四年正月中，出《云台十二门新诗》，下大予乐官习诵被声，与旧诗并行者，皆当撰录以成《乐志》。"

② （南朝宋）范晔：《后汉书》卷四〇下，中华书局，1965，第1364页。

③ 上文所引汉上陵食举、殿中御饭食举的组成部分《上陵》，亦见于《通志》汉短箫铙歌（亦曰鼓吹曲）条下，或为同题之作，待考。

④ 《仪礼·燕礼》："膳宰具官馔于寝东。乐人县。"见（汉）郑玄注，（唐）贾公彦疏《仪礼注疏》卷一四，上海古籍出版社，2008，第390~391页。

乐与金石乐之间的关系。魏初作四会，有琴筑，但无诗。雅乐郎郭琼云："明帝青龙二年，以长笛食举第十二，古《大置酒曲》代《四会》，又易古诗名曰《羽觞行》，用为上寿曲，施用最在前。鹿鸣以下十二曲，名食举乐而四会之曲遂废。"① 可见《鹿鸣》以下十二曲的上寿食举乐规模范式是魏明帝朝才确立起来的，与之相配的歌辞亦当是魏明朝的制作。这也说明了如果西晋在上寿食举乐规模范式上承袭了魏，在不改异乐曲的情况下，也就承袭了魏食举乐的声节。马端临《文献通考·乐考》已有卓论："极而论之，堂上之乐以咏为主，则声依永也；堂下之乐以间为主，则律和声也。两者并用，然后上下合奏而不失中和之纪矣。"张华所谓"依咏弦节"正是马氏所谓"声依永"之堂上之乐，荀勖所倡"被之金石"正是马氏所谓"律和声"之堂下之乐。"声依永，律和声"讲的也正是丝竹之宫商配合人声，金石之律吕配合丝竹之宫商这样一个编配逻辑。这是符合乐器的声学特性的：丝竹乐音量小，泛音弱，延音短，节奏灵活能够很好地匹配人声，金石乐音量大，泛音强，延音长，不适合演奏快节奏的音乐，但是可以提供庄重肃穆的音响效果。可以说张华的思路是贴合堂上堂下音乐配合之内在规律的，而荀勖询问陈颀，以金石乐反推人声所歌歌辞面貌，显然是隔靴搔痒，不得要领。

王媛在《张华研究》中洞悉了制礼作乐这一国家行为的本质："中央王朝提倡制礼作乐的目的是为大一统王国提供理论依据，而非恢复古代礼乐制度的真实面貌。"② 上文的考述也是尽力从礼乐制作的内部讨论"恢复古代礼乐真实面貌"这个可行性的薄弱——左延年变声，律准未调，乐队编制存在异议——中央王朝强调的礼乐无非是一个标出正统性的盛世符号，而在这个背景下强调自己所倡歌辞形式更古、更正统无疑是搭建空中楼阁。王媛进一步解释这个现象说："汉代以来古雅乐的衰落使经典的四言体歌诗失去神圣地位，而新雅乐的流行则促使杂言体歌诗随之兴起。张华主张'兴废随时'，采用杂言句式，这是遵循汉魏雅乐歌辞的创作传统；而荀勖主张返归'古诗'，采用四言句式，则是遵循他标举的汉前雅乐歌辞的创作传统。荀张之争从表面上看来是对先秦古雅乐与汉魏雅乐接受的不同，实质反映了不同学养的儒士对待礼制和

① （唐）杜佑撰，王文锦点校《通典》，卷一四七，浙江古籍出版社，1988，第769页。

② 王媛：《张华研究》，北京师范大学出版社，2015，第175页。

文学的不同态度。”[①] 周乐沦阙，退而采汉、魏乐，如若在歌辞层面推崇“四言雅正”，也只能说是将歌辞进行主观的雅化，与三代仪式歌辞并无关涉。[②]

需要补充的是，在这次雅乐歌词创作的实践当中，荀勖还有一个非常重要的提议，即改换传自先秦、自曹魏以来一直用于元会仪式的《鹿鸣》古乐，前文已经隅举汉章帝朝食举乐情况，《鹿鸣》的基础元素地位可见一斑，即使到了魏太和左延年改声节，也不敢擅动《鹿鸣》。荀勖这一举动的划时代意义在李敦庆博士论文《魏晋南北朝礼仪用乐研究》第四章“魏晋南北朝的嘉礼、宾礼用乐”中有所论述——论文举出西晋大臣奉命创制的元会歌辞与《小雅》中的歌辞进行比较，得出了如下结论：诗歌在内容上已经完全无法体现小雅燕飨诗中融洽的君臣关系，宴会中和乐的场面为整齐有序的朝会大仪所取代。最重要的是，帝王成为诗歌主要的描写对象，极力突出仪式中皇帝地位的极端重要，在内容上主要表现为：对国家建立历史的追述以及对开国者的赞颂；对皇帝地位的极力维护与宣扬；对仪式中参加者尊卑有等、上下有序的仪式秩序的描写，体现出天下莫不来附的气概。先秦乐歌指向宾而非主人，或者这些歌辞在内容上与飨宴仪式的举行并无明确的联系。魏晋南北朝时期的元会歌辞改变了先秦时期燕射歌辞中以娱乐嘉宾为主的创作模式，歌颂功德成为这一时期元会用乐歌辞的主题。不同于《诗经·小雅》中《鹿鸣》等燕飨歌辞，而更接近于“大雅”及“三颂”中“史诗”的篇章。“尊君抑臣，列置郡县”，是秦汉以来中央与地方关系的明显改变，将建立在宗法之上的天下共主周天子与分封诸侯的关系，改造成为脱离血缘关系而存在的中央与地方的关系。而元会之礼作为一种确认君臣关系的重要仪式，在仪式中大臣通过一系列的仪式行为来表明其对帝王的无条件服从。在元会仪式中形成的是一种尊君抑臣的紧张氛围，军权的主导地位使先秦时期燕飨中的那种“欢欣和悦”的君臣关系再也无法重现。[③]

---

① 王媛：《张华研究》，北京师范大学出版社，2015，第 175 页。

② 仅是《诗经·周颂》就是杂言篇目多过四言篇目，甚至句数为奇数的篇目多过句数为偶数的篇目。

③ 李敦庆：《魏晋南北朝礼仪用乐研究》，南京师范大学博士学位论文，2013，第 173 页。

通过对比汉、魏、晋食举乐歌诗的题目及这些题目的来源或可更直观地领会荀勖雅化食举乐歌的意图（参见表1）。

表1 汉、魏、晋食举乐歌诗题目比较

	汉太乐食举		魏[④]		晋荀勖作《食举乐东西厢歌》	
	题目	来源	题目	来源	题目	来源
1	《鹿鸣》		《鹿鸣》		《煌煌》	《小雅·皇皇者华》或《大雅·大明》
2	《重来》		《於穆》	《周颂·清庙》或《惟天之命》	《宾之初筵》	《小雅·宾之初筵》
3	《初造》		《昭昭》	或为《鲁颂·泮水》	《三后》	《大雅·灵台》
4	《侠安》		《华华》		《赫矣》	汉代常用颂美之辞
5	《归来》		《朝宴》		《烈文》	《周颂·烈文》
6	《远期》[①]		《盛德》	或为《大序》[②]或为《昭德》[③]待考	《猗欤》	《商颂·那》
7	《有所思》		《绥万邦》	《周颂·桓》	《隆化》	汉魏常用形容德政教化
8	《明星》	或为《齐风·鸡鸣》	《朝朝》		《振鹭》	《周颂·振鹭》或《鲁颂·有駜》
9	《清凉》	或为《楚辞·招魂》	《顺天》	多见于《汉书》，是为政治行为的前提和指归	《翼翼》	《商颂·殷武》
10	《涉大海》	或为汉代流行的浮大海求仙[⑤]	《既宴》		《陟天庭》	或为《楚辞·哀时命》
11	《大置酒》[⑥]		《参两仪》		《时邕》	或为《雝》

续表

	汉太乐食举		魏		晋荀勖作《食举乐东西厢歌》	
	题目	来源	题目	来源	题目	来源
12	《承元气》				《嘉会》⑦	
13	《海淡淡》					

说明：①《宋书·乐志》载："汉世有黄门鼓吹，享宴食举十三曲，与魏世鼓吹长箫同。长箫、短箫，《伎录》并云，丝竹合作，执节者哥。又《建初录》云：'《务成》《黄爵》《玄云》《远期》皆骑吹曲，非鼓吹曲。'此则列于殿庭者，为鼓吹。今之从行鼓吹为骑吹，二曲异也。又孙权观魏武军作鼓吹而还，此又应是今之鼓吹。"见（南朝梁）沈约《宋书》卷一九，中华书局，1974年，第558页。所录汉魏食举十三曲乐队编制情况也佐证了上文的论证。至于为何《建初录》载《远期》为骑吹曲，却名列汉太乐食举十三曲当中，存疑待考。②《诗大序》："颂者，美盛德之形容，以其成功告于神明者也。"见（清）阮元校刻《毛诗正义》卷一，清嘉庆刊本，第568页。（清）方玉润《诗经原始》卷十六引孔氏曰："此特释《周颂》耳，鲁、商之《颂》则异于是。"中华书局，1986，第574页。③《汉书》："宣帝复采《昭德》之舞为《盛德》舞以尊世宗庙也。"见（汉）班固《汉书》，中华书局，1962，第243页。④《册府元龟·掌礼部》载："汉时有短箫铙歌之乐，其曲有《朱鹭》《思悲翁》《艾如》《张上之回》《雍离》《战城南》《巫山高》《上陵》《将进酒》《君马黄》《芳树》《有所思》《雉子班》《圣人出》《上邪》《临高台》《如期》《石留》《务成》《玄云》《黄爵行》《钓竿》等曲，列于鼓吹，多叙战阵之事。及魏受命，改其十二曲，使缪袭为词，述以功德代汉……改《有所思》为《应帝期》，言文帝以圣德受命，应运期也。"见（宋）王钦若等编纂，周勋初等校订《册府元龟》卷五六五，凤凰出版社，2006，第6489页。按《有所思》为汉短箫铙歌当中的曲目，至魏经历了乐曲改作与歌辞新制，从叙战事转向了歌颂帝王功德，也开启了魏晋歌辞雅化改作的浪潮。但是值得注意的是，汉太乐食举乐当中的《有所思》是否保留着短箫铙歌的乐队编制与歌辞主旨存疑，经过改造的《有所思》在魏是由缪袭作词的《应帝期》，其主旨虽与食举乐歌诗所倡近似，却并未出现在史书记录的魏食举乐歌诗当中，此处存疑待考。⑤《汉书》卷二二有《大海荡荡》一章一六句。卷六、卷二十五下均有"浮大海"求仙之语。卷九十九上有"东夷王渡大海奉国珍"。见（汉）班固《汉书》卷二二，中华书局，1962，第1048、207页、1247页。⑥《汉书》卷六、七、九十九上，有建章宫、未央宫大置酒的记载。见（汉）班固《汉书》卷二二，中华书局，1962，第207、228、4089页。⑦《易传》卷一："君子体仁足以长人，嘉会足以合礼。"见（清）阮元校刻《毛诗正义》卷一，清嘉庆刊本，第25页。

相对于傅玄所作食举东西厢歌《天命》十三章、张华所作食举东西厢乐诗十一章、成公绥十一章的无独立题名，荀勖所作的食举乐歌诗从篇目数量到题目拟定都更严谨地对标了前代食举乐歌诗，在题目上更是多取《诗经》之《雅》、《颂》（当然相对于汉世而言，食举乐歌诗题目多出自《诗经》也是魏室之改造），结合李敦庆的推论，回顾西晋的建国史，长期分裂之后重获统一的王朝需要向四海昭告它的无上身份。这种迫切的政治需要被荀勖捕捉，宣告并且加以生发，形成了乐具极力倡金石，歌辞题目多取自《雅》《颂》，歌辞内容对标《大雅》《颂》的独特现象，歌辞创作对标方向的改易在一定程度上影响着整个雅乐歌辞创作的走向，也同时彰显了自身在国家政治文化大事件中的特殊位置。①

二　谁才是骄傲的作乐者——门第、家学与身份认同

制礼作乐是贯穿荀勖一生的大事，更是从魏末延续到晋惠帝朝与荀氏一族息息相关的大事。荀勖在几次制礼作乐大事件当中表现出强势的态度，展现出一个锱铢必较、睚眦必报的形象。除了历代史家诟病的人品问题，难道就没有其他影响因素了吗？显然不是这样。雅乐制作与传播从来不是一时一人可以完成的任务，王小盾、孙晓辉提出“（宫廷音乐的传播）主要倚仗两类人，扮演传统实践者角色的表演者；以及负责理论建设和制度管理的音乐学者”。同时强调了春秋战国以后，以乐教为内容之一的公共教育式微并开始向以家庭单位的私人教育转型。② 故而在讨论士人在制礼作乐活动中的参与情况更不能忽视家族与地域方面的影响因素。

一方面，颍川荀氏家族制礼作乐的传统给了荀勖内在的指向和压力。荀氏是颍川大族，远者不论，魏元帝咸熙元年（264）七月，晋王奏司空荀顗定礼仪，荀顗是荀彧第六子，这可见司马氏在前朝朝中势力达到顶峰的时候，就推荐荀氏制定礼仪，二氏关系之密切可见一斑。魏晋嬗代之后，司马氏接手了部分曹魏的旧臣，荀顗就是当中的代表。如同当初奏请荀顗制定礼仪，司马氏依旧依仗荀顗为自己的政权礼乐制度服务。“及蜀平，兴复五等，命顗定礼仪。顗上请羊祜、任恺、庾峻、应贞、孔颢共删改旧文撰定晋礼”③。荀顗奏请羊祜、任凯等共同撰定晋礼。可见，在晋武帝践祚之前，荀顗与羊祜、任凯不处于对立关系，而且有共同制礼的趋势。

---

① 但是，荀勖改换《鹿鸣》的提议在泰始五年元会活动中是否付诸实施，尚未定论。《宋书·乐志》记录的荀勖作四厢乐歌，行礼歌《祖宗》一章后有小字“当《鹿鸣》”，食举东西厢歌《煌煌》一章后有小字“当鹿鸣”，《乐府诗集》和《古诗纪》也延续了这种记录方式。这就提供了一种可能性——乐章表演顺序方面进行了某种调整，而声节方面，《鹿鸣》并没有被完全抛弃。但是据《通志·乐略第一》《乐府总序》的说法，“至晋室，《鹿鸣》一篇又无传矣。自《鹿鸣》一篇绝，后世不复闻《诗》矣。”若依此说，具备诗经音声表演形态的遗珠《鹿鸣》就很可能断送在荀勖的奏议当中了，此问题颇为重大，还需进一步考证。

② Wang Xiaodun and Sun Xiaohui, Yue bu of the Tang Dynasty: Musical Transmission from the Han to the Early Tang Dynasty, Yearbook for Traditional Music, Vol. 36 (2004), pp. 50-64.

③ （唐）房玄龄等：《晋书》卷三九，中华书局，1974，第1152页。

同时参与制定礼仪、律令的还有郑冲和贾充。[1] 但是依据《晋书·武帝纪》的记载，泰始元年“礼乐制度皆如魏旧”[2]，《荀颉传》记载“时以《正德》《大豫》雅颂未合，命颉定乐事，未终，以泰始十年薨，帝为举哀”[3]。同时佐证了制礼作乐的活动到了泰始年间依旧处于未完成的活跃状态，而作为跨越魏晋两朝的重要人物，荀颉临终之前还在为制礼作乐忙碌。而梳理时间线，可以得知，包括泰始五年与张华起了争执的《上寿食举乐歌诗》事件、泰始九年与列和争论笛律，作《正德》《大豫》舞歌事件都是发生在荀颉还在负责制礼作乐的任期之内。再梳理荀氏家族的谱系，荀颉是荀绲-荀彧一支，而荀勖是荀爽-荀棐-荀肸一支，低了荀颉一辈，同时与贾充共定音律的还有荀闳从孙荀煇[4]（辉），是荀绲-荀谌这一支，辈分比荀勖还要低。荀爽在汉献帝永汉年（189）十二月就被拜为司空，位列三公，《通典》引荀爽《礼传》，亦可知荀爽治《礼》亦有所得。荀爽这一脉治《礼》之学极有可能对荀勖的知识结构有着深远影响，同时也影响了荀勖的心态。[5] 不得不说在司马氏以儒治国的背景之下，制礼作乐，尤其是正旦大会这种极具符号性的节骨眼上[6]，荀勖忌刻的心态显示出了某种必然性。

然而，魏晋之际的权力结构变动是异常微妙的。仇鹿鸣在《魏晋之际的政治权力与家族网络》当中特别强调了咸宁元年（275）八月配飨于庙的功臣名单这一文献的重要性：

以故太傅郑冲、太尉荀颉、司徒石苞、司空裴秀、骠骑将军王沈、

---

① 见（唐）房玄龄等《晋书》卷三三，第992页；《晋书》卷三四，第1014页，中华书局，1974。

② （唐）房玄龄等：《晋书》卷三，中华书局，1974，第65页。

③ （唐）房玄龄等：《晋书》卷三九，中华书局，1974，第1151页。

④ （晋）陈寿《三国志》裴松之注引《荀氏家传》，卷一〇，中华书局，1982，第316页。

⑤ 魏之初建就有王粲定朝仪，改订登歌，作舞歌的先例，见于《宋书·乐志》、《三国会要》。高平王氏，曾祖、祖父在东汉位列三公，经学传家，兼乐艺文。以类似的家世家学条件，参与制礼作乐活动对于荀勖来说当是顺理成章的。

⑥ （南朝梁）沈约《宋书》卷一四，第343~344页；〔日〕渡边信一郎《元会的建构——中国古代帝国的朝政与礼仪》，收入〔日〕沟口雄三、小岛毅编《中国的思维世界》，第376~383页。二者都提及《咸宁仪注》记载此会的参与者是在京六百石以上官员、各诸侯王、各州郡奉使上计的计吏、各藩属国、少数民族首领的使者，上寿和飨宴都具有确认朝廷君臣秩序、展现中央对于地方权威、构筑四夷来朝的政治图景等诸方面的重要意义。

安平献王王孚等及太保何曾、司空贾充、太尉陈骞、中书监荀勖、平南将军羊祜、齐王攸等皆列于铭飨。[①]

名单列出的十二人构成了西晋立国之后官僚机构的核心，在魏晋嬗代之际起到了决定作用。仇鹿鸣更敏感地指出了真正构成司马炎时代决策核心的恰恰不是在“八公”之列的司马孚、郑冲、何曾、荀颉、石苞、陈骞。而是贾充、裴秀、荀勖、王沈、羊祜五人。[②] 裴秀、王沈早逝，就在张、荀之争后的泰始五年二月，“以尚书左仆射羊祜都督荆州诸军事”[③]。羊祜离开洛阳，出镇荆州，贾充、荀勖二人地位愈加显赫，使得荀颉都要“阿意苟合”[④] 于二人之间，想必荀勖逐步取代荀颉成了荀氏家族在中央势力的中流砥柱，泰始—咸宁年间荀氏家族内部的势力消长，在一定意义上或可视为泰始年间制礼作乐实践的余续。

另外，相对于取代荀颉在朝中地位这种家族内部矛盾，荀勖还面临着另外一重矛盾——与在中央任职的寒素势力之间的矛盾。从泰始五年《上寿食举乐歌诗》四位作者傅玄、荀勖、张华、成公绥所作文本上看，较为直观的感受就是，傅玄、荀勖以四言为主，傅玄之作悉数四言，荀勖之作只有《上寿酒歌》一篇杂言；张华、成公绥以杂言为主，张华所作四厢乐歌十六篇，十三篇杂言，成公绥《晋东西厢食举乐歌诗》的分章问题，张梅在《成公绥〈正旦大会行礼歌〉辨证二题》[⑤] 给出了基本的判断，纠正了《宋书》《乐府诗集》当中分章的纰漏。经过同时造作晋四厢乐歌诗的张华、傅玄、荀勖等人相关文献比较可知，成公绥所造十五章“雅乐正旦大会行礼诗”当亦是由“食举东西厢乐歌”和“正旦大会行礼歌”两部分组成，前十一首为“食举东西厢乐歌”，后四章为“正旦大会行礼歌”[⑥]。成公绥之作重新拆分后的篇目，十一篇均为杂言[⑦]，而基于对成公绥作的重新划分，我们也就更明确地得出傅玄、荀勖所创歌诗形制更为相

① （唐）房玄龄等：《晋书》卷三，中华书局，1974，第 65 页。

② 详细论述见仇鹿鸣《魏晋之际的政治权力与家族网络》第三章第三节“司马氏集团的权力结构与矛盾衍生”，上海古籍出版社，2012，第 184~187 页。

③ （唐）房玄龄等：《晋书》卷三，中华书局，1974，第 65 页。

④ （唐）房玄龄等：《晋书》卷三九，中华书局，1974，第 1151 页。

⑤ 张梅：《成公绥〈正旦大会行礼歌〉辨证二题》，《古籍整理研究学刊》2014 年第 2 期。

⑥ 王福利：《晋四厢乐制及成公绥所创四厢乐歌诗辨析》，《乐府学》第 18 辑，第 71 页。

⑦ 依照《乐府诗集》的分章，张华《食举乐诗》当中十章、十一章每句均为三言者。

近，张华、成公绥所创歌诗形制更为相近的趋势，这已是学界所达成的共识。虽然正旦大会所奏乐曲已不可考，但傅玄、荀勖创作的歌辞与张华、成公绥创作的歌辞能够匹配度声节显然不同（“2+2”的四言句子与“1+2”的三言句子在声节上有着明显差异），这已经超乎了“不同学养的儒士对待礼制和文学的不同态度”范畴，已经涉及了乐章改作。[①] 这四人的身份和关系与他们创作形制之间似乎也存在着微妙的联系。

我们再考察这四位已知作《正旦大会食举乐歌诗》四人的身份。《宋书·乐志》载：“晋武泰始五年，尚书奏使太仆傅玄、中书监荀勖、黄门侍郎张华各造正旦行礼及王公上寿酒食举乐哥诗，诏又使中书郎成公绥亦作。”[②] 一方面，傅玄、荀勖、张华、成公绥都是不乏文采有集在录，他们的文采当不是尚书奏使造歌诗的唯一参考指标。再看此时四人职官，泰始五年，傅玄身为职掌车马的太仆，荀勖身为中书监掌管机务，张华身为黄门侍郎职掌文翰，成公绥身为中书郎负责草拟诏议一类工作，四人当时的职官也并没有某种特定的内在联系。但是通过梳理我们可以发现，这四人都是有着乐律知识背景的。荀勖不必赘述，其余三人不是解钟律就是太常博士起家。

《晋书》本传载：“傅玄，字休奕，北地泥阳人也。祖燮，汉汉阳太守，父干，魏扶风太守。玄少孤贫，博学善属文，解钟律。”[③] 且有《节赋》《筝赋》《琵琶赋》等乐器赋传世。傅玄在泰始二年就已经参与郊祀、明堂礼乐的改造活动当中，“解钟律”的知识背景，对乐器的熟知与喜爱再加上过人的文采，改乐章的经历，其受诏作歌诗就相当合理了。张华出身贫寒，但由于其过人的学识和才华为时人称道，阮籍赞其为“王佐之

---

① 萧涤非《汉魏六朝乐府文学史》称韦昭作《吴鼓吹》大部分袭用魏缪袭《魏鼓吹》字数及句式，乃是“乐府填词之始祖”，人民文学出版社，2011，第155页。张梅也将张华、成公绥《食举乐诗》视为魏晋时“乐府填词”的创作模式。傅玄、荀勖作四言需要改易既有乐章，在西晋之初并非没有先例。见其《成公绥〈正旦大会行礼歌〉辨证二题》，《古籍整理研究学刊》2014年第2期。又《乐府诗集》载：“武帝始命杜夔创定雅乐，时有邓静、尹商善训雅歌歌诗，尹胡能习宗庙郊祀之曲，舞师冯肃、服养晓知先代诸舞。夔总领之，魏复先代古乐，自夔始也。晋武受命，百度草创，泰始二年诏郊庙、明堂礼乐权用魏用。遵周室肇称殷礼之义，但使傅玄改其乐章而已。”见（宋）郭茂倩《乐府诗集》卷一，中华书局，1979，第2页。傅玄在泰始二年就已经参与改易郊庙、明堂礼乐的工作。

② 沈约：《宋书》卷一九，中华书局，1974，第538页。

③（唐）房玄龄等：《晋书》卷四六，中华书局，1974，第869页。

才”，《晋书》本传载：“郡守鲜于嗣荐华为太常博士，卢钦言之于文帝转河南尹丞，未拜，除佐著作郎，顷之，迁长史兼中书郎，……晋受禅，拜黄门侍郎，封关内侯。华强记默识，四海之内若指诸掌。武帝尝问汉宫室制度及建章千门万户，华应对如流，听者忘倦。画地成图，左右属目。帝甚异之，时人比之子产。”可见张华是太常博士起家，有着音乐机构任职的背景且有强大的记忆力，对于汉朝制度的熟知程度令人惊叹。张华与成公绥之间的关系可以说是相当密切的，成公绥是凭借自身才能被张华赏识并举荐的。文选六臣注引臧荣绪《晋书》曰：“成公绥字子安，东郡白马人也。少有俊才而口吃，张华一见甚善之，时人以其贫贱不重其文，仕为中台郎。”① “绥雅好音律，尝当暑承风而啸，泠然成曲，因为《啸赋》。张华雅重绥，每见其文，叹伏以为绝伦。荐之太常，征为博士，历秘书郎转丞，迁中书郎。每与华受诏并为诗赋。”② 成公绥雅好音律，有着音乐创作的才能，又富有文采，被张华赏识，起家为太常博士，有着音乐机构任职的背景。③ 傅玄属北地泥阳傅氏，是武官转向学问的家族，这一点在傅玄任太仆这一经历上也得以印证，张华、成公绥更是寒素出身，三人与荀勖在门第上是不可同日而语的。而傅玄对荀氏的崇敬溢于言表，甚至到了谄媚的程度，傅玄曾著论盛誉何曾、荀觊：“以文王之道事其亲者，其颍昌何侯乎，其荀侯乎！古称曾、闵，今日荀、何”，“高山仰止，景行行止，令德不遵二夫子之景行者，非乐中正之道也”④。

正如前文曾经引述过的：“（宫廷音乐的传播）主要倚仗两类人，扮演传统实践者角色的表演者；以及负责理论建设和制度管理的音乐学者。”乐在外部施行方面需要配合不同场合的礼仪，内部也有自身的构成规

① （南朝梁）萧统撰，（唐）李善、吕延济等注《六臣注文选》，台北：广文书局，1964，第 342 页。

② （唐）房玄龄等：《晋书》卷九二，中华书局，1974，第 2373 页。

③ 《晋书》载：“太常，有博士、协律校尉员，又统太学诸博士、祭酒及太史、太庙、太乐、鼓吹等令。”见（唐）房玄龄等《晋书》卷二四，中华书局，1974，第 735 页。

④ （唐）房玄龄等：《晋书》卷三三，中华书局，1974，第 997 页。但仅凭傅玄的出身和对荀氏的态度就得出傅玄在雅乐制作当中对荀氏的观点亦步亦趋显然是不负责任的。《宋书·乐志》载：“魏晋之世，有孙氏善弘旧曲，宋识善击节倡和，陈左善清哥，列和善吹笛，郝索善弹筝，朱生善琵琶，尤发新声。傅玄著书曰：‘若钦所闻而忽所见，不亦惑乎？设此六人生于上世，越古今而无俪，但夔、牙契哉！’案此说则自兹以后，皆孙朱等之遗则也。”见（南朝梁）沈约《宋书》卷一九，中华书局，1974，第 559 页。显然傅玄对于旧曲新声并没有高下之判断或正统性的额外强调，对于能操新声的乐人们也是给了比肩夔、伯牙的高评价。傅玄对于雅乐制作的态度和理解还需要进一步进行材料的钩稽考索。

范——“律+声节+辞+舞”四部分，往往由不同的人负责，回看汉朝旧例，可以发现，由于个人雅好音乐，故而保留相关典籍，延客治学的淮南王刘安、河间献王刘德；由于建国之后修正律历，整理图集需要而敲定相关制度，兼采各方文献的张苍、刘向刘歆父子都属于学者范畴。而“但能纪其铿锵鼓舞，而不能言其义”①的制氏、“未达音律之源”② 的李延年家族则属于实践者，表演者范畴。之后“汉末大乱，众乐沦缺，魏武平荆州，获杜夔，善八音，尝为汉雅乐郎，尤悉乐事。于是以为军谋祭酒，使创定雅乐。时又有邓静、尹商善训雅乐，哥师尹胡，能哥宗庙郊祀之曲。舞师冯肃、服养，晓知先代诸舞，夔悉总领之，远考经籍，近采故事，魏复先代古乐自夔始也”③。杜夔近于学者身份，而邓、尹、冯、服等人更近于实践者、表演者身份。而这样组合起来完成宫廷音乐的制作与存留也还需要政治局势较为稳定、统治者相对支持的情况下方能实施。沈约《答梁武帝诏》当中认为乐书事大而用缓，自非逢钦明之主，制作之君，不见详议。汉朝以来，如果不是遇到明君，乐又不是人臣急事，论述的人就少，甚至有“衰微之学，兴废在人”的感叹。魏明帝景初三年，刘劭《乐论》完成，追慕经典，呈上流播，移风易俗，却因为皇帝崩，未能实施，又是一例明证。再加上乐本身的教习相对于其他经典具有独特性，也确实不是学者单从书面上可以申说清楚的。而汉末以来，乐器散亡，律学式微，在调律定声方面更是存在着相当大的难度。律的部分“工人造具形，律者定其声，然后器象有制，音均和协”④，这门学问不仅要对前代的五行候气之法，定音工具等了如指掌，还要与一时代之度量衡，器具相参照，辗转相校，方能免于疏漏。⑤《晋书·律历志》载：“灵帝熹平六年，东观召典律者太子舍人张光等问准意，光等不知，归阅旧藏，乃得其器……音不可书以晓人，知之者欲教而无从，心达者体知而无师，故史官能辨清浊者遂绝。”⑥

乐律之学要求包罗万象的知识结构、对于音律的天然敏感、手上的演奏技巧，近距离接触乐器与音乐制作的机会，这无疑给这门学问设立了较

① （汉）班固：《汉书》卷二二，中华书局，1962，第1043页。

② （唐）魏征：《隋书》卷一六，中华书局，1975，第395页。

③ （南朝梁）沈约：《宋书》卷一九，中华书局，1974，第533页。

④ 丘琼荪校释《历代乐志律历志校释》第二分册，人民音乐出版社，1999，第18页。

⑤ 按：出于这个层面的考虑，乐、律能不能称为颍川荀氏的家学，当持谨慎态度。

⑥ （唐）房玄龄等：《晋书》卷一六，中华书局，1975，第474页。

高的门槛。审视荀勖在制作元会歌诗事件当中的态度，若直接得出“几代参与雅乐制作的势族子弟在面对寒素门第的对手时天然的优越感和紧迫感”这一结论似乎有些鲁莽，但是再引入同样是家学中有音乐这一部分的陈留阮氏作为参照，这一结论似乎更具有合理性。荀勖在前文讨论泰始年间调律未备一条提及了《世说新语·术解》所录另外一则荀勖与他人关于乐律争论的公案：“荀勖善解音声，时论谓之‘暗解’，遂调律吕，正雅乐。每至正会，殿庭作乐，自调宫商，莫不协韵。阮咸妙赏，时谓‘神解’。每公会作乐，而心谓之不调。既无一言直勖，意忌之，遂出阮为始平太守。后有一田父耕于野，得周时玉尺，便是天下正尺，荀试以校己所治钟鼓、金石、丝竹，皆觉短一黍，于是伏阮咸神识。”[①]《世说新语》注引《晋后略》：“钟律之器自周之末废，而汉成哀之间诸儒修而治之，至后汉末复隳矣。魏氏使协律知音者杜夔造之，不能考之典礼，徒依于时丝管之声。时之尺寸而制之，甚乖，失礼度，于是世祖命中书监荀勖依典制定钟律，既铸律管，募求古器，得周时玉律数枚，比之不差。又诸郡舍仓库或有汉时故钟，以律命之，皆不叩而应，声音韵合，又皆俱成。晋诸公赞曰：‘律成。’散骑侍郎阮咸谓勖所造声高，高则悲。夫亡国之音哀以思，其民困。今声不合雅，惧非德政中和之音，必是古今尺有长短所致。然今钟磬是魏时杜夔所造，不与勖律相应，音声舒雅而久，不知夔所造，时人为之不足改易。勖性自矜乃因事左迁咸为始平太守而病卒，后得地中古铜尺校度勖今尺短四分，方明咸果解音，然无能正者。”《魏书》《志第八》《志第十四》也有类似的记载：“汉孝武置协律之官，元帝时就房明六十律事为密矣。王莽世微，天下通钟律之士，刘歆总而条奏之，最为该博，故班固取以为志，后汉待诏严嵩颇为知律，至其子宣不传，遂罢。魏世杜夔亦以通乐制律，晋中书监荀勖持夔律校练八音，以谓后汉至魏尺长古尺四分有余，又得古玉律，勖以新律命之，谓其应和，遂改晋调。而散骑侍郎阮咸讥其声高。”

阮咸在定声律的问题上有发表意见的资格，相对于颍川荀氏而言，陈留阮氏家族在音乐方面可谓代有才人，可考有魏一朝阮瑀视为第一代，师从蔡邕，颇有音乐才能。《三国志·魏志·王粲传》注引《文士传》曰：“太祖雅闻瑀名，辟之，不应，连见逼促，乃逃入山中。太祖使人焚山，

① （南朝梁）刘孝标注，余嘉锡笺疏《世说新语笺疏》，上海古籍出版社，2015，第775页。

得瑀，送至，召入。太祖时征长安，大宴宾客，怒瑀不与语，使就技人列。瑀善解音，能鼓琴，遂抚玄而歌。为曲既捷，音声殊妙，当时冠坐，太祖大悦。”裴松之对出山之事虽有异义，但对阮瑀的音乐才能是没有否定的。《晋书斛注》条记载在“为曲既捷”前多“因造歌曲”四字。佐证了阮瑀的音乐才能不仅局限于演奏琴，抚琴作歌，还包括即兴作曲。[①] 虽然无法考证当时阮瑀即兴作曲所唱歌辞是既有篇目的旧辞还是即兴作出的新辞，但基本可以确定，阮瑀是属于具有较为完备音乐创作能力的人。第二代阮籍善啸，于苏门山与孙登以啸交流，善鼓琴并以此会友，嵇康挟琴携酒便青眼相加，另著有《乐论》。阮籍兄子阮咸视为第三代：“妙解音律，善弹琵琶。虽处世不交人事，惟共亲知弦歌酣宴而已。”[②] 第四代阮咸长子阮瞻“善弹琴，人闻其能，多往求听，不问贵贱长幼，皆为弹之。内兄潘岳，每令鼓琴，终日达夜，无忤色，识者叹其恬淡不可荣辱也”[③]。及阮瞻之弟阮孚于晋明帝朝，继续参与了雅乐制作当中：“（晋）明帝太宁末又诏阮孚等增益之（食举乐）。”[④] 可以看出阮氏家族成员虽然有习乐的天赋和传统，但是却更倾向于私人场域的自娱交流和寄情，其家族人员的音乐活动与政治之间的关系较为疏离，阮氏子弟也常抱避祸之心，他们前三代较为空白的作乐参与一方面是自身意趣与政治选择，另一方面结合阮咸之左迁，荀勖在雅乐制作过程当中诸多方面的表现，荀勖对于作乐之事的垄断之意昭然。

余　论

雅乐本身附着了多层次政治、文化意义，一方面繁琐复杂的制造过程，对参与人员各方面能力的要求，都在考验着一国的经济实力和文化实力，也在不断侵蚀着某种理想状态下的“乐”的存续；另一方面，正是因为“乐”所承载的丰富意义使之成为历朝历代“钦明之主”标榜其统治正

① 《乐府诗集》据《隋书》载《无愁果有愁曲》条，记录了北齐后主“自度曲”，依弦而歌，别采新声为《无愁曲》。见（宋）郭茂倩《乐府诗集》卷七五，中华书局，1979，第 1065 页。此类条目不胜枚举，更是证明了上至帝王，下至伎人，只要是有着足够的音乐创作才能，都有可能在既有的乐歌题名下创作新辞新曲。

② 房玄龄等：《晋书》，卷一九，中华书局，1974，第 1363 页。

③ （宋）祝穆等编《古今事文类聚》续集卷二二，钦定四库全书本，第 81 页。

④ （南朝梁）沈约：《宋书》卷二〇，中华书局，1974，第 540 页。

统与光辉的重要符号，永远不会枯竭。而能够在这个符号之下留下姓名的，也当分享这种层积式的荣耀。再回看荀勖与这符号交缠的一生，“十二笛律”、奏除《鹿鸣》、作四言歌诗，食举乐篇名的进一步雅化……直至泰始八年（272），加官光禄大夫，既掌乐事，又修律吕，使郭琼、宋识造《正德》《大豫》之舞，并行于世。① 再加上“汲冢竹书”的整理，秘阁图书的整理与目录修订，对于雅俗歌辞的收集整理及目录的修订②，荀勖本身的素质，和他的职官之经历是得天独厚、难以复制的条件，乐、律之学问、制度与实施总揽于手，可以说是某种意义上几乎没有前例的垄断。在泰始五年“犹有未备”的作乐条件下，依旧以“古”“雅”为务，指导自身的歌词创作，以《鹿鸣》“无取于朝”当删去迎合当时之形势，正是对上文所论“乐”之两面执行层面的回应——那个理想的“乐”不可复得，在官方话语层面却不可放弃对它追寻，而本朝实实在在要演出的雅乐若能在自己家族手中诞生、完备，那将是个体政治生命与荀氏家族不可磨灭的荣耀。晋室对于荀氏礼乐方面的依赖可以说是一时无二。荀颉—荀勖—荀藩，由魏至晋，由分裂到统一再到分裂，荀氏三代人的名字连缀在“乐”这个符号后面，仿佛是“三代之制，家有代业，国有代官”③ 某种意义上的回响。

---

① （唐）房玄龄等:《晋书》卷三九，中华书局，1974，第1153页。

② 相关著录有《隋书·经籍志》“集部”著录:《魏宴乐歌辞》七卷，《晋歌章》十卷，《晋歌诗》十八卷，《晋燕乐歌辞》十卷。见（唐）魏征等《隋书》，中华书局，1973，第1085页。又《旧唐书·经籍志》“丁部集录”著录《太乐杂歌词》三卷，见（后晋）刘昫等《旧唐书》，中华书局，1975，第2080页。又《新唐书·艺文志》“甲部经录”乐类著录《太乐杂歌辞》三卷，又《太乐歌辞》二卷，《乐府歌诗》十卷，见（宋）欧阳修等《新唐书》，中华书局，1975，第1435页。另有《古今乐录》引《荀氏录》，可见的部分主要记录了“平、清、瑟”三调曲目等内容，见（唐）魏征等《隋书》卷三五，中华书局，1973，第1085页。

③ （唐）杜佑:《通典》卷一七，浙江古籍出版社，1988，第418页。

张彝《上采诗表》与北魏采诗之风[*]

——兼论“梁鼓角横吹曲”的收集与南传

于　涌

（洛阳师范学院文学院，洛阳，471934）

摘　要： 依托于北魏巡省制度的采诗行为，是北朝民歌收集整理的重要方式之一，张彝《上采诗表》能够反映出当时采诗的基本情况。采诗在北魏并非一种制度，而是在巡省当中产生的一种自发行为。其所采之诗虽然没有得到完善的保存，但得以传播，“梁鼓角横吹曲”中的部分歌诗应与张彝采诗关系密切，而“梁鼓角横吹曲”流传至南朝，或是依托羊侃等南降北魏将领及宗室成员的音乐活动。

关键词： 张彝　《上采诗表》　北魏巡省制度　“梁鼓角横吹曲”

作者简介： 于涌，洛阳师范学院副教授，“河南文化传播与社会发展研究中心”研究员，文学博士。研究方向为汉魏六朝文化与文学，主要成果有《北朝文学南传研究》。

在北朝乐府诗的研究中，北魏宣武帝时期张彝所献的《上采诗表》尚未受到重视。葛晓音先生首先发现此问题的重要价值[①]，此后相继得到少数学者的关注[②]，但均未能深入展开讨论。若放在北魏巡省制度的视野下

* 本文系教育部人文社科青年项目“北朝民族融合与文学互动”（17YJCZH233）阶段性成果。

① 葛晓音《八代诗史》：“关于孝文帝采诗，从未见治文学史者提及，其实《魏书·张彝传》明载此事，颇可注意。……可以想见魏孝文帝时采诗的规模是相当可观的。……当时乐府中既有‘不准古旧’的‘随时歌谣’，其来源必定是观采风谣所得。”见葛晓音《八代诗史》，中华书局，2007，第226页。

② 相关研究参见吴先宁《北朝文化特质与文学进程》，东方出版社，1997；王淑梅《北朝乐府诗研究》，社会科学文献出版社，2013。

对张彝《上采诗表》进行考察，可以看出北魏对于乐府诗收集、整理的渠道和途径。而结合张彝《上采诗表》与《梁书》所载北方降人的基本情况，或可为解释“梁鼓角横吹曲”何以南传等悬而未决的问题提供一种思考的方向。

一 张彝的双重身份与其《上采诗表》

张彝，字庆宾，清河东武城人。其曾祖张幸曾为南燕慕容超东牟太守，在太武帝拓跋焘时“率户归国”[①]，并赐爵平陆侯，拜平远将军、青州刺史。此后其祖袭爵，父早卒，至张彝仍袭爵平陆侯。名门显贵的出身，养成了张彝“性公强，有风气”[②] 的个性，其性格豪放，“出入殿庭，步眄高上，无所顾忌”[③]，即使受到文明太后的批评也不为所动。其性格中倔强不屈的一面表现十分明显，这似乎也预示了张彝的政治悲剧。

在张彝的履历中，有两个身份颇值得注意。一是他曾经以主客郎的身份负责接待南朝聘使。在孝文帝太和初年范阳卢渊作主客令时，张彝与李安民曾并为散令作陪。太和十六年（492）又“迁主客令，例降侯为伯，转太中大夫，仍行主客曹事”[④]。在任主客郎期间，张彝与南朝文人接触频繁，《北史·任城王传》载：“齐庾荜来朝，见澄音韵遒雅，风仪秀逸，谓主客郎张彝曰：‘往魏任城以武著称，今魏任城乃以文见美也。’”[⑤] 主客郎的经历，以及与南朝文人的密切往来，使得张彝对南朝文学有了深入接触和交流的机会，也使他在南北新旧之间颇多称誉，《魏书》称其“南北新旧莫不多之”[⑥]。北魏能够出任主客郎的人，大多数要求“辞藻富逸”[⑦]，或“综习经典”[⑧]，这说明张彝在文学上具备一定的才能，此种能力是他关注民间歌谣，并有意识进行采诗行为的前提和基础。

张彝的另一个重要身份是巡使。因其善于督察，故“每东西驰使有所

① 《魏书》，中华书局，1974，第 1427 页。
② 《魏书》，中华书局，1974，第 1427 页。
③ 《魏书》，中华书局，1974，第 1428 页。
④ 《魏书》，中华书局，1974，第 1428 页。
⑤ 《北史》，中华书局，1974，第 655 页。
⑥ 《魏书》，中华书局，1974，第 1431 页。
⑦ 《魏书》，中华书局，1974，第 2325 页。
⑧ 《魏书》，中华书局，1974，第 1213 页。

巡检，彝恒充其选，清慎严猛，所至人皆畏伏”[①]，因此在迁都洛阳之后，张彝被授予太常少卿，迁散骑常侍，兼侍中，“持节巡察陕东、河南十二州”[②]。在出任巡使期间，张彝有机会接触到民间歌诗，并对其进行收集整理。尤其是张彝在巡省后所献的《上采诗表》更值得关注，因为在张彝之前，关于北魏采诗的情况记载非常有限，张彝的《上采诗表》为研究北魏采诗相关问题提供了弥足珍贵的线索，其表文如下：

> ……高祖迁鼎成周，永兹八百，偃武修文，宪章斯改，实所谓加五帝、登三王，民无德而名焉。犹且虑独见之不明，欲广访于得失，乃命四使，观察风谣。臣时忝常伯，充一使之列，遂得仗节挥金，宣恩东夏，周历于齐鲁之间，遍驰于梁宋之域，询采诗颂，研捡狱情，实庶片言之不遗，美刺之俱显。而才轻任重，多不遂心。所采之诗，并始申目，而值銮舆南讨，问罪宛邓，臣复忝行军，枢机是务。及辇驾之返，膳御未和，续以大讳奄臻，四海崩慕，遂尔推迁，不及闻彻。未几，改牧秦蕃，违离阙下，继以谴疾相缠，宁丁八岁。常恐所采之诗永沦丘壑，是臣夙夜所怀，以为深忧者也。陛下垂日月之明，行云雨之施，察臣往罪之滥，矜臣贫病之切，既蒙崇以禄养，复得拜扫丘坟，明目友朋，无所负愧。且臣一二年来，所患不剧，寻省本书，粗有仿佛。凡有七卷，今写上呈，伏愿昭览，敕付有司，使魏代所采之诗，不堙于丘井，臣之愿也。[③]

从表文中可以看出，张彝采诗开始时间当在孝文帝迁都之后，具体时间在太和二十一年（497）正月，此点依据《魏书》的记载可以明确。《魏书·孝文帝纪》载：“二十有一年春正月……己亥，遣兼侍中张彝、崔光，兼散骑常侍刘藻，巡方省察，问民疾苦，黜陟守宰，宣扬风化。”[④] 其采诗结束时间在太和二十一年（497）八月“庚辰，车驾南讨”[⑤]，孝文帝亲自率领部队进攻南齐萧鸾，也就是张彝表中所说的“銮舆南讨，问罪宛邓”。

① 《魏书》，中华书局，1974，第1428页。

② 《魏书》，中华书局，1974，第1428页。

③ 《魏书》，中华书局，1974，第1430~1431页。

④ 《魏书》，中华书局，1974，第180页。

⑤ 《魏书》，中华书局，1974，第182页。

所以，张彝整个采诗的过程不过七八个月，由于时间的仓促，以及自认为“才轻任重，多不遂心”等原因，张彝对所采风谣仅仅列了个目录。孝文帝驾崩后，张彝出任秦州刺史，使得所采之诗“遂尔推迁，不及闻彻”，一直到宣武帝延昌初年（512）才将所采之诗献出，从其采诗到其献诗，其间经历十几年。

张彝何以迁延十几年才献出所采之诗，其主要原因是张彝晚年身患风疾，基本已停废在家，但“志气弥亮”的张彝依然希望能够得到朝廷的重视，因此先后著成“起元庖羲，终于晋末，凡十六代，百二十八帝，历三千二百七年，杂事五百八十九，合成五卷”的《历帝图》[①]，以及上表进献所采之诗，希望以此得到宣武帝的认可。

张彝所采之诗“凡有七卷”，按照他的建议，希望宣武帝能够“敕付有司，使魏代所采之诗，不堙于丘井”。其中“有司”一词值得注意，“有司”是否指“乐府”颇令人怀疑，若为“乐府”，当径言之，然而北魏乐府多奏雅乐，对于民间歌谣未见著录。[②] 由此可知，当时并没有固定接受献诗之所，故称“有司”而不称“乐府”。然则，张彝所献七卷歌诗最终去向何处？《魏书》中并没有交代，《隋书·经籍志》亦不见记录，其他史料中也难寻踪迹。北魏末年，太乐令崔九龙曾建议太常卿祖莹将今古杂曲五百多曲存之乐府，其所收录乐曲“或雅或郑，至于谣俗、四夷杂歌，但记其声折而已，不能知其本意。又名多谬舛，莫识所由，随其淫正而取之。乐署今见传习，其中复有所遗，至于古雅，尤多亡矣”[③]。因崔九龙所收录的谣俗、杂歌“但记其声折而已”，其中当不包括张彝所献七卷的民间谣俗歌诗。

在作为巡使之后，张彝曾出任秦州刺史，在秦州时期，张彝“出入直卫，方伯威仪，赫然可观。羌夏畏伏，惮其威整”[④]，号为良牧。他在任秦州刺史时，是否有采诗之举？这一问题在《上采诗表》中虽然没有明确说

① 《魏书》，中华书局，1974，第1430页。

② 《魏书·乐志》载：“（太和）七年秋，中书监高允奏乐府歌词，陈国家王业符瑞及祖宗德美，又随时歌谣，不准古旧，辨雅、郑也。十一年春，文明太后令曰：‘先王作乐，所以和风改俗，非雅曲正声不宜庭奏。可集新旧乐章，参探音律，除去新声不典之曲，裨增钟县铿锵之韵。’”又《魏书·高祖纪》载：“太和十一年春正月丁亥朔，诏定乐章，非雅者除之。”是北魏乐府以雅乐为主，非雅乐者以及新声不典之曲皆不录入。

③ 《魏书》，中华书局，1974，第2843页。

④ 《魏书》，中华书局，1974，第1428页。

明，但张彝在任秦州刺史期间，能够“务尚典式，考访故事”①，不仅包括对典章制度的考察，也包括对秦地风俗民情的探查访求。张彝在秦州作刺史时期，或许有采集民间歌诗的行为，至少具备接触西北地区民歌的条件。且从任秦州刺史据其上表已有八年时间，其间足以对所收集诗歌进行补充完善。对于其是否曾在秦州有采诗行为，关系到后文所论“梁鼓角横吹曲”的传播问题，所以在此需要将其说明。

通过以上可知，在张彝的经历中，主客郎和巡使的双重身份，对于乐府诗的收集、整理和流传有天然的优势。身为主客郎能够获得接触南朝文人的机会，且对于张彝自身文学素养的提升帮助也较大，这使其有能力关注并收集民间诗歌，并且有可能将其传入南朝。而巡使的身份，又使其有机会和条件接触到北朝各地的民间歌谣，巡使与采诗具体有何关系，则需以北魏巡省制度为视角进行考察。

二　北魏巡省制度下的采诗行为

采诗之风，是历代学者在对《诗经》收集整理情况的考察过程中提出的。关于《诗经》的编订，一般有“采诗”说与“献诗”说，按《汉书·艺文志》：“古有采诗之官，王者所以观风俗，知得失，自考正也。”②《诗经》中那些反映底层人民“饥者歌其食，劳者歌其事”的现实之作，就是经过采诗之官收集而来，其目的是为了“观风俗，知得失，自考正”。关于采诗之官究竟为何人，历来说法不一，但大多认为是行人之官。《汉书·食货志》曰：“孟春之月，群居者将散，行人振木铎徇于路，以采诗，献之大师，比其音律，以闻于天子。”③ 行人将所采之诗献于太师，配上音乐，闻于天子，天子由此得以观民风、知民情。行人在《周礼·秋官》中系统非常完备，大小属官约有 524 人之多，周代的行人虽然没有明确记载有采诗的职能，但通过其系统的知识结构和行政执掌来看，行人具备采诗的条件。对行人严格的选拔和培训，使其精通礼乐文化和外交辞令，在巡

① 《魏书》，中华书局，1974，第 1428 页。
② 《汉书》，中华书局，1962，第 1703 页。
③ 《汉书》，中华书局，1962，第 1123 页。

行四方的同时也具备采诗的能力。[①]

北魏的大使巡省制度，虽然与先秦行人制度相距遥远，但在职能上有一定的相通之处。北魏巡省制度最早可追溯至监察之官，在北魏早期，官制上多“法古纯质”[②]，不依周汉旧名，其中对于监察官即有所提及。《魏书·官氏志》曰：“以伺察者为候官，谓之白鹭，取其延颈远望。”[③] 候官所负伺察之职，即是后来巡使的重要职能之一，“延颈远望”的白鹭形象，体现了巡使奔走四方、观察侦测的特点。这说明在代国时期的拓跋族，就开始依照本民族的风俗实行巡视监察制度。

拓跋魏建立之初官员多无俸禄，致使官吏贪污腐败现象十分严重，因此从文成帝时期开始，便加强了巡省力度，并逐渐形成了一套完备的巡省制度。巡省制度对于遏制官员腐败起到了一定作用。与此同时，巡省官员还负有其他职责。文成帝时期的诏书详细地规定了巡省官员所应当负有的职责。据《魏书·文成帝纪》载，太安元年（455）夏六月癸酉文成帝诏曰：

> 夫为治者，因宜以设官，举贤以任职，故上下和平，民无怨谤。若官非其人，奸邪在位，则政教陵迟，至于凋薄。思明黜陟，以隆治道。今遣尚书穆伏真等三十人，巡行州郡，观察风俗。入其境，农不垦殖，田亩多荒，则徭役不时，废于力也；耆老饭蔬食，少壮无衣褐，则聚敛烦数，匮于财也；闾里空虚，民多流散，则绥导无方，疏于恩也；盗贼公行，劫夺不息，则威禁不设，失于刑也；众谤并兴，大小嗟怨，善人隐伏，佞邪当途，则为法混淆，昏于政也。诸如此比，黜而戮之。善于政者，褒而赏之。其有阿枉不能自申，听诣使告状，使者检治。若信清能，众所称美，诬告以求直，反其罪。使者受财，断察不平，听诣公车上诉。其不孝父母，不顺尊长，为吏奸暴，及为盗贼，各具以名上。其容隐者，以所匿之罪罪之。[④]

① 详见付林鹏《行人制度与先秦“采诗说”新论》，《中国诗歌研究》（第十辑），中华书局，2013。

② 《魏书》，中华书局，1974，第2973页。

③ 《魏书》，中华书局，1974，第2973~2974页。

④ 《魏书》，中华书局，1974，第114~115页。

根据此诏书及《魏书》中相关材料，可概括出北魏巡省的职责和目的主要包括：（1）监察地方官吏执政能力，奖善惩恶；（2）收集地方行政信息；（3）采集民间政治反馈；（4）代理皇帝“问民疾苦”，实行安抚。[①] 巡省的官员一方面负责监察地方官吏的行政能力和效果；另一方面负责“观民风俗”，从侧面收集民间的政治反馈，以考察官吏政绩。在此过程中，民间歌谣往往以政治反馈的形式进入监察官的视野。有的巡使自觉地继承了先秦“遒人徇路，采取百姓讴谣，以知政教得失”[②] 的职能，注意收集当地民风民情。张彝采诗表中所称孝文帝“犹且虑独见之不明，欲广访于得失，乃命四使，观察风谣”，即是出于此目的。因此张彝在出巡时，就多注意主动采集当地的风谣，《魏书·崔挺传》载：“及散常侍张彝兼侍中巡行风俗，见挺政化之美，谓挺曰：‘彝受使省方，采察谣讼，入境观政，实愧清使之名。’”[③] 他对崔挺政绩的肯定，正是通过在民间“采察谣讼”侧面获得的。

需要一提的是，在太和二十一年（497）与张彝一同出使的人中，还有以文学见长的崔光。据《魏书·崔光传》载，崔光“为陕西大使，巡方省察，所经述叙古事，因而赋诗三十八篇”[④]。崔光的文学才能受到孝文帝重视，《魏书·任城王云传》曰：“车驾还洛，引见王公侍臣于清徽堂。……命黄门侍郎崔光、郭祚，通直郎邢峦、崔休等赋诗言志。”[⑤] 又《魏书·彭城王勰传》载：“后宴侍臣于清徽堂。日晏，移于流化池芳林之下。……遂令黄门侍郎崔光读暮春群臣应诏诗。”[⑥] 与张彝采诗取自民间有所不同，崔光“赋诗三十八篇”属于文人创作。张彝采诗的内容主要是民间歌谣，崔光作诗则是以观采民风为基础的文人诗赋，内容则是以“述叙古事”为主，两者当有所区别。

---

① 关于北魏监察官员之职责、目的、特点和作用，可参看杨钰侠《北魏大使出巡评议》，《安徽史学》1999年第4期；王大良《北魏官吏收入与监察机制》，首都师范大学博士学位论文，2000；黄河《北魏监察制度研究》，吉林大学博士学位论文，2010。

② 《汉书》，中华书局，1962，第1045页。

③ 《魏书》，中华书局，1974，第1264页。

④ 《魏书》，中华书局，1974，第1487页。

⑤ 《魏书》，中华书局，1974，第467~468页。

⑥ 《魏书》，中华书局，1974，第572页。

在孝文帝之前的巡省使者中，是否有采诗的行为，史书中并没有明确记载。[①] 也有学者认为张彝《上采诗表》的呈献，证明了北魏孝文、宣武两朝有采诗制度。[②] 然而称其有“采诗行为”则可，言其为“采诗制度”则尚需斟酌。因为北魏虽然在巡省的过程中，官员有采诗的行为，但这种行为并未以制度的形式加以确立和保障。若为制度，应当有固定官员负责诗歌的收集、整理及呈献，并应该有一定的历时性延续。如《汉书·礼乐志》载汉武帝时“乃立乐府，采诗夜诵，有赵、代、秦、楚之讴”[③]。可称之为“采诗制度”，因为武帝所采之诗有专门的机构即乐府，进行收集整理，也有一定的娱乐性目的，且延续至哀帝近百年时间不中断。又如《孔丛子·巡守篇》称古者天子“命史采民诗谣，以观其风”[④]。刘歆《与扬雄书从取方言》：“诏问三代周秦轩车使者、遒人使者，以岁八月巡路，求代语童谣歌戏，欲得其最目。”[⑤] 扬雄《答书》：“尝闻先代辅轩之使，奏籍之书，皆藏于周秦之室。”[⑥] 辅轩之使受天子之命，其目的专为采诗，且所采之诗有固定的机构和人员进行收藏和整理，如此始可称之为制度。

但考察北魏巡使记载中，并未见有专门以采诗为目的的出使行为，也没有对所采之诗的去处进行交代。且除张彝一人外，不见其他人有采诗、献诗的行为，可知张彝的采诗行为乃是出于自发，而非制度上的规定。张彝《上采诗表》中提到：“常恐所采之诗，永沦丘壑，……伏愿昭鉴，敕付有司，使魏代所采之诗，不堙于丘井。”由此可知，张彝采诗与崔光写作诗赋的性质相同，属于个人行为，采诗只是在巡省制度下的副产品，而非主要目的。从张彝的表文中可以看出，孝文帝此次遣使，是出于“虑独见之不明，欲广访于得失”的政治需求，其“观察风谣”是希望通过对民间歌谣的收集来

---

① 葛晓音《八代诗史》：“从魏明元帝到魏文成帝，……是否采诗，史无明言。但从魏孝文帝遣使观风并兼采诗的情况来看，也不可断定孝文以前必无采诗之事。”（葛晓音：《八代诗史》，中华书局，2007，第 226 页。）

② 葛晓音认为：“魏孝文帝的文化政策中，对北朝诗歌影响最大的是他所实行的采诗制度。”（葛晓音：《八代诗史》，中华书局，2007，第 226 页。）王淑梅也认为：“《采诗表》可以说明，孝文、宣武时有采诗制度。”（王淑梅：《北朝乐府诗研究》，社会科学文献出版社，2013，第 144 页。）

③ 《汉书》，中华书局，1962，第 1045 页。

④ 付亚庶：《孔丛子校释》，中华书局，2011，第 152 页。

⑤ （清）严可均：《全汉文》，商务印书馆，1999，第 415 页。

⑥ （清）严可均：《全汉文》，商务印书馆，1999，第 534 页。

获得政治反馈，以起到考察地方官员政绩的目的，这与“采诗”入乐府尚有区别。

从《魏书》记载来看，张彝的《上采诗表》并没有得到宣武帝的积极回应，以至其所献之诗最后去向不明。这充分说明北魏朝廷并未将张彝采诗、献诗一事，当作重要事件来处理。再联系当时张彝正受到高肇排挤，已经在家“停废数年”，加上“因得偏风，手脚不便”①，晚年的张彝大有众叛亲离的趋势，在朝廷中也日渐被边缘化。② 其所能作为之事，也仅限于编撰《历帝图》，以及整理所采之诗而已。尤其是张彝父子“求铨别选格，排抑武人，不使预在清品”③ 的行为，激怒武人，使其最终在政治暴乱中惨淡收场。张彝的政治悲剧更是加速了他所献之诗的沦丧。

三　张彝采诗与“梁鼓角横吹曲”的收集和南传

北朝民歌主要保留在“梁鼓角横吹曲”当中，学界对于“横吹曲”诸问题的研究已取得丰硕成果，达到一定的高度。④ 但在“梁鼓角横吹曲”的收集整理研究方面，尤其是如何传入南朝的问题，仍没有达成共识。如果结合张彝的《上采诗表》，以及南北朝时期南北交往的背景，或许能对“梁鼓角横吹曲”的收集、整理以及南传的情况有一些新的认识。

王运熙先生认为“北方乐曲在南朝宋齐时代既已经流行，则《乐府诗集》所著录的梁鼓角横吹曲，实际当是刘宋以至萧梁时代乐府前后累积起来的北方乐曲，并非仅是萧梁一代收采而成”⑤。这种看法是较为客观和稳妥的。《宋书·乐志》称“又有西、伧、羌、胡诸杂舞”⑥，说明此时北方乐舞已经开始流行于南方，但是因为一些“哥词多淫哇不典正”⑦，使得沈约没有收录歌辞。《南齐书·乐志》中也是仅记录了郊庙、朝会歌辞以及

---

① 《魏书》，中华书局，1974，第1429页。

② 《魏书·张彝传》中称张彝晚年“大起第宅，微号华侈，颇侮其疏宗旧戚，不甚存纪，时有怨憾焉。荣宦之间，未能止足，屡表在秦州预有开援汉中之勋，希加赏报，积年不已，朝廷患之。”

③ 《魏书》，中华书局，1974，第1432页。

④ 重要者有孙尚勇《横吹曲考论》，《中国音乐学》2003年第1期；曾智安《梁鼓角横吹曲杂考》，《乐府学》（第三辑），学苑出版社，2008。

⑤ 王运熙：《乐府诗述论》，上海古籍出版社，2014，第456页。

⑥ 《宋书》，中华书局，1974，第552页。

⑦ 《宋书》，中华书局，1974，第552页。

杂舞曲及散乐，也没有说明北方乐歌的流行情况，更没有歌辞的记录。在《宋书·乐志》和《南齐书·乐志》中，都没有说明北方歌曲的具体流行情况，以及歌曲文本的整理情况。

然则北歌究竟何以收集，又是何时传入南朝的呢？这似乎与张彝采诗不无关系。[①] 张彝曾为秦州刺史，秦州治上封城，领郡三，县十三，其中包括陇西大部分地区。据此，"梁鼓角横吹曲"中的西北民风民俗的内容，便有可能进入张彝的视野。《洛阳伽蓝记》中曾引秦民语："快马健儿，不如老妪吹篪"[②]，可知此曲是当时流传较广的歌谣，这一秦州歌谣与"梁鼓角横吹曲"中的《折杨柳歌辞》"健儿须快马，快马须健儿"一篇[③]，在歌词内容上颇相近。诸如此类流传颇广的歌谣，很容易进入张彝采诗的视野。再以"梁鼓角横吹曲"中有《陇头歌辞》三曲为例：

> 陇头流水，流离山下。念吾一身，飘然旷野。
> 朝发欣城，暮宿陇头。寒不能语，舌卷入喉。
> 陇头流水，鸣声幽咽。遥望秦川，心肝断绝。[④]

据汉代辛氏《三秦记》载："陇坻其坂九回，不知高几里。欲上者七日乃越。高处可容百余家，下处数十万户。上有清水四注。俗歌曰：'陇头流水，鸣声幽咽。遥望秦川，心肝断绝。去长安千里，望秦川如带。'又，关中人上陇者，还望故乡，悲思而歌，则有绝死者。"[⑤] 辛氏《三秦记》所记的"俗歌"，在内容上与《陇头歌辞》第三曲几乎一致，说明《陇头歌辞》是后来收集整理者从文献中补录的，而前两曲未知出处。前两曲何时

① 最先提出此看法的是吴先宁，其在《北朝文化特质与文学进程》中称："这组作品为什么会以这样集中的形式保存在梁乐府官署中，此问题历来无人涉及。……很可能就是张彝所集的这些诗，通过聘魏的使者带到江南。为南方那些喜欢民歌的宫廷文人所乐见，而为乐府官署所演唱，从而为释智匠所发现而著录。"而"梁鼓角横吹曲"所录之诗中史事，下限在宣武帝时期，因此可以推测张彝与梁鼓角横吹曲之收集整理有密切关系。其推测不无道理，惜其未有展开。（吴先宁：《北朝文化特质与文学进程》，东方出版社，1997，第69页。）

② 杨勇：《洛阳伽蓝记校笺》，中华书局，2006，第179页。

③ （宋）郭茂倩：《乐府诗集》，中华书局，1979，第370页。

④ （宋）郭茂倩：《乐府诗集》，中华书局，1979，第371页。

⑤ 刘庆柱：《三秦记辑注；关中记辑注》，三秦出版社，2006，第83页。

收入“梁鼓角横吹曲”却不得而知①，这是否与张彝在秦州时期的采诗行为有关，就十分值得怀疑。

《折杨柳歌辞》和《陇头歌辞》都属于通俗歌谣，民间有所传唱，而何以会进入“梁鼓角横吹曲”？仅仅依靠口头流传似乎不太可能，最大的可能是经过了文人的收集整理。无论从时间上，还是地域上，张彝都有条件和能力对此类民间歌曲进行收集、整理。据此可以肯定的是，“梁鼓角横吹曲”中有一部分应属张彝所采之诗。更为稳妥一些的说法是，张彝所采之诗中当包含了“梁鼓角横吹曲”中的部分内容，至少两者有重合之处。

那么这类乐歌何以能够传入南朝，当与南北人员的流动关系密切。孙楷第先生认为北歌南传必在南向北用兵之时②，但刘宋时期据此已经久远，如果刘宋时期就已经采集了北朝民歌，缘何沈约在《宋书·乐志》中不见记载？可知刘宋时期流传的只是零散歌谣，尚没有形成“梁鼓角横吹曲”的基本样貌。《宋书·乐志》记录了十六国北朝音乐人士南下的内容：“晋氏之乱也，乐人悉没戎虏，及胡亡，邺下乐人，颇有来者。……太元中，破苻坚，又获乐工扬蜀等，闲练旧乐，于是四箱金石始备焉。”③在刘宋对北用兵时，获得的仅是乐人及乐工，补充的是雅乐，并没有记录民歌南下的情况。如上文所言，《宋书·乐志》中未收录北方乐歌，也说明此时并未形成“梁鼓角横吹曲”的基本形态，也就不可能单纯通过刘宋时期与北朝的战争将民歌带入南朝。

实际上，有一部分北朝乐府诗歌是通过齐梁时期大量北人南下传入南

---

① 刘跃进先生即认为此曲为汉代旧曲（刘跃进：《〈陇头歌〉为汉人所作说》，《文学遗产》2003年第3期）。然此曲何以进入“梁鼓角横吹曲”中，是否为张彝在秦州“考访故事”时所补充，仍可存疑考察。

② 孙楷第《梁鼓角横吹曲用北歌解》提道：“余谓北歌入南，必在南北用兵南师胜之时。晋太原中破苻坚，此一时也。义熙中刘裕灭南燕、后秦，此又一时也。梁武帝时魏诸元来降，此又一时也。史称永嘉之乱，旧京乐没于刘石，后入关右。及晋破苻坚，获其乐工，于是四厢金石乐始备，清商乐自晋朝播迁，其音亦分散。苻坚灭凉得之。传于前后二秦。及刘裕平关中，因而入南。雅乐清商之为中国乐者，既因南朝胜复入中国；则北歌‘横吹曲’之出于魏晋乐及虏中者，亦必因南朝胜入于南，无可疑也。余谓苻秦、姚秦、燕慕容氏诸曲入中国，必在东晋末。梁时所得，盖唯后魏曲。今《乐府诗集》卷二十五所录诸曲，不尽梁时所得，而题梁‘鼓角横吹曲’者，盖据《古今乐录》书之。此书作于陈时，陈承梁，用梁乐。故应如是题也。”见孙楷第《沧州集》，中华书局，2009，第332页。

③ 《宋书》，中华书局，1974，第540页。

朝的，北人南下路径很多，既包括聘使、僧侣、商人往来[①]，还包括部分北人南降。尤其是在北魏后期与梁朝的交往中，这些北人南降者对北朝乐府诗的南传起着至关重要的作用。北魏末年朝中政治动荡，六镇起义以及尔朱荣河阴之变，造成一部分北方宗室的南奔，如元翼、元昌、元显和、元树、元略、元法僧等。在北魏与梁朝的边界诸多军事冲突中，也有大量州镇将领南投者，如元罗、元愿达、元延明、元斌之等。[②] 南降的北人多受到梁武帝的重视，梁朝不仅为他们提供生活保障，赐予官爵，且常以鼓吹女乐赏赐降将。如《梁书·元法僧传》："时方事招携，抚悦降附，赐法僧甲第女乐及金帛，前后不可胜数。"[③] 又梁大通三年（529），赐元景仲"女乐一部"[④]。中大通四年（532），赐元树"加鼓吹一部"[⑤]。普通中，赐元愿达"甲第女乐"[⑥]，等等。梁武帝对这些北人赐以女乐，说明南下的宗室和降将大多精通乐理，北魏末年鲜卑贵族汉化倾向明显，从碑铭墓志中也可以看出，很多宗室成员精通音乐。虽然这些北人南降梁朝，但心理上仍以北人自居。如南降的羊侃曾言于梁武帝："北人虽谓臣为吴，南人已呼臣为虏，今与法僧同行，还是群类相逐。"[⑦] 这些食南朝俸禄的北人，身份尴尬，既不融于南人，又不再是北人，但在心理上和风俗上更认同北人，其在南朝所演奏的乐歌既有南朝本土的，当然也包含大量北朝乐歌。

尤其值得注意的是，《梁书·羊侃传》为我们提供了一些线索，结合"梁鼓角横吹曲"中乐府诗歌的内容，或许可以折射出北歌南传的具体形式。据《梁书·羊侃传》，羊侃是东汉南阳太守羊续后人，祖父羊规为宋武帝将领，后陷北方，羊侃遂在北魏为官，官至征东大将军、泰山太守。羊侃父亲一直都有南归之志，常劝其南下，于是在孝明帝武泰元年（528）羊侃举兵南叛，但受到其从兄兖州刺史羊敦的阻挠。北魏方面还派遣了高

① 吴先宁看到了张彝作为聘使主客的特殊身份，认为北歌南下主要以聘使往来为主："很有可能就是张彝所集的这些诗，经过聘魏的使者带到江南，为南方那些喜欢民歌的宫廷文人所乐见，而为乐府官署所演唱，从而为释智匠所发现而著录。"（吴先宁：《北朝文化特质与文学进程》，东方出版社，1997，第 69 页。）

② 详见王永平《南奔萧梁之元魏皇族人物及其活动与影响》，载氏著《迁洛元魏皇族与士族社会文化史论》，中国社会科学出版社，2017，第 172~180 页。

③ 《梁书》，中华书局，1973，第 553 页。

④ 《梁书》，中华书局，1973，第 554 页。

⑤ 《梁书》，中华书局，1973，第 555 页。

⑥ 《梁书》，中华书局，1973，第 555 页。

⑦ 《梁书》，中华书局，1973，第 558 页。

欢、尔朱阳等人对其围剿，《梁书·羊侃传》载：

及高欢、尔朱阳都等相继而至，围侃十余重，伤杀甚众。栅中矢尽，南军不进，乃夜溃围而出，且战且行，一日一夜乃出魏境。至渣口，众尚万余人，马二千匹，将入南，士卒并竟夜悲歌。侃乃谢曰："卿等怀土，理不能见随，幸适去留，于此别异。"因各拜辞而去。[①]

在其南下过程中，羊侃受到重重围困，死伤甚重，在离别北方时，士兵们"竟夜悲歌"，其所歌当为北歌。"梁鼓角横吹曲"中有一篇《隔谷歌》："兄在城中弟在外，弓无弦，箭无括。食粮乏尽若为活？救我来！救我来！"[②] 羊侃受到其从兄羊敦的拒绝，两人因政治立场不同而反目，似乎正是此情此景的再现。历来将这首歌解释为对战争的控诉，鲜有从历史角度考察其本事者。羊侃南下是否为《隔谷歌》的本事，其将士"竟夜悲歌"者是否就是此曲？因为文献的缺乏，我们姑且存疑。但这首诗的意境和情调，与羊侃及将士的经历十分贴切。再如"梁鼓角横吹曲"中的另一篇《地驱歌乐辞》：

青青黄黄，雀石颓唐。槌杀野牛，押杀野羊。驱羊入谷，自羊在前。老女不嫁，蹋地唤天。

侧侧力力，念君无极。枕郎左臂，随郎转侧。摩捋郎须，看郎颜色。郎不念女，不可与力。[③]

历来将此歌视为北朝婚嫁民俗的体现，二曲解释为北朝男女爱情之作。其中所言之"羊"是否具体代指"羊侃"，"押杀野羊"和"驱羊入谷"是否与羊侃南下过程依稀相关？也颇值得注意。[④] 如果其中所言之"羊"果然与羊侃有关，那么"侧侧力力，念君无极。枕郎左臂，随郎转侧。摩捋

① 《梁书》，中华书局，1973，第558页。

② （宋）郭茂倩：《乐府诗集》，中华书局，1979，第368页。

③ （宋）郭茂倩：《乐府诗集》，中华书局，1979，第366~367页。

④ 民间谣谚中多以某字或谐音指代某人，如《魏书·临渭氐苻健传》载："又谣曰：'百里望空城，郁郁何青青。瞎人不知法，仰不见天星。'于是悉壤诸空城以让之。'法'，是苻法也。"若无注解，很难知道其"瞎人不知法"具体指代何人。将此类谣谚放入"梁鼓角横吹曲"中，实亦难辨其本来面目。因此尚不能否定"梁鼓角横吹曲"中也有此类隐喻谣谚的收入。

郎须，看郎颜色。郎不念女，不可与力”几句，是否可以看出羊侃在南朝希望得到认可，但却不受重用的尴尬处境。而这种以男女之情隐喻君臣之义的做法，正是南方文学自屈原以来所形成的传统。陈释智匠的《古今乐录》称此曲“‘侧侧力力’以下八句，是今歌有此曲”[①]。说明此曲是后来传入南朝，至少是在宋齐以后传入的。

对于羊侃南下是否就是《隔谷歌》和《地驱歌乐辞》的本事，虽不敢确言，然羊侃将北方音乐带入南朝，并进行了南北乐曲上的融合，则是有据可考的。羊侃到了南朝后，曾“自造《采莲》、《棹歌》两曲，甚有新致”[②]。梁朝上层也曾“敕赉歌人王娥儿，东宫亦赉歌者屈偶之，并妙尽奇曲，一时无对”[③]。这说明羊侃本人具备自造新曲的能力，其曲目从名称上看，是以南朝原有民间音乐为基调的，但其“妙尽奇曲，一时无对”，又说明羊侃当是加以改造，结合了北方一些曲调进行融合创新，形成了全新的音乐风格。此外，羊侃身边还有许多才艺奇人：“有弹筝人陆太喜，著鹿角爪长七寸。舞人张净琬，腰围一尺六寸，时人咸推能掌中舞。又有孙荆玉，能反腰帖地，衔得席上玉簪。”[④] 这些“奇曲”和“奇人”在南朝人看来，既新奇又钦羡。羊侃在音乐方面的造诣和交流，使北朝乐歌开始受到梁朝上层的关注，也使北朝乐歌成为梁朝普遍接受的内容。以羊侃为代表的北朝流亡士人，在南朝营造了浓厚的北方音乐氛围，形成了“梁鼓角横吹曲”盛行南朝的土壤。

概而言之，“梁鼓角横吹曲”中的北朝乐府诗当有几个来源系统：其一，是民间广泛流传者，如《洛阳伽蓝记》和《三秦记》之类典籍中所记载的歌谣。其二，是张彝采诗时所收集整理的，虽然其所采之诗不知去向，其是否得以流传至南朝亦不得考。但张彝作为聘使主客郎的身份，以及他与南朝人的密切往来，为北歌的南传提供了可能。其三，是以羊侃为代表的北朝降人带入南朝者。随着南北朝交往的密切，聘使、僧侣、商人、降人等皆成为文献传播的载体，使北歌南传研究呈现多渠道的考察路径。本文所提出的问题尚需进一步考索，但不失为“梁鼓角横吹曲”的研究提供一种新的思考方向。

---

① （宋）郭茂倩：《乐府诗集》，中华书局，1979，第 366 页。

② 《梁书》，中华书局，1973，第 561 页。

③ 《梁书》，中华书局，1973，第 561 页。

④ 《梁书》，中华书局，1973，第 561 页。

论柳宗元《唐铙歌鼓吹曲十二篇》的复古意蕴

方丽萍

（玉林师范学院文学与传媒学院，玉林，537000）

摘　要：《唐铙歌》是柳宗元的“自救之文”，它歌颂了高祖和太宗的辉煌武功，也婉曲表达了他的治国理念与政治理想。一是礼制的复古，主张将被后妃、公主、藩镇僭用的《铙歌鼓吹曲》回归原初功能，恢复雅乐传统，用于歌颂帝王神奇武功和军队凯旋；二是回归古代的仁德政治，要求君王着重考虑百姓的幸福、安乐生活；三是回归古雅省净、言畅意美的古诗传统。《唐铙歌鼓吹曲十二篇》是中唐复古思潮的重要组成部分。

关键词：乐府　《铙歌鼓吹曲》　柳宗元　复古思潮

作者简介：方丽萍，玉林师范学院教授，文学博士。研究方向为中国古代文学与文化，主要成果有《贞元京城文学群落研究》《中国古代文学批评史论》等。

贞元、元和年间出现了乐府诗创作的热潮，身处其间的柳宗元也创作有二十余首乐府诗[①]，其中的十二首是《唐铙歌鼓吹曲》（以下简称《唐铙歌》）。柳宗元乐府诗一直不被学界看重，罗根泽先生认为它们质量一般，只字不提这组诗。[②] 近年来有几位学者对这组诗的创作目的、审美风

① （宋）郭茂倩：《乐府诗集》收录柳宗元乐府诗18首：《唐铙歌鼓吹曲十二篇》《东门行》《行路难》（三首）《白纻歌》《杨白花》。《乐府诗集》未收录但依然属于乐府的有《平淮夷雅二篇》《贞符》《视民诗》《笼鹰词》《放鹧鸪词》，共24首。

② 罗根泽：《乐府文学史》，东方出版社，2012，第215页。

格等进行了分析。[1] 吴相洲认为此诗表达的是柳宗元“积极为朝廷做事，希望得到朝廷的宽恕。他想到朝廷鼓吹曲没有歌辞，便撰写了《唐铙歌鼓吹曲》十二篇，歌颂高祖和太宗的辉煌武功”[2]。吴振华认为它与《平淮夷雅》一样都“具有很强的现实意义”，“不仅具有补苴罅漏的意义、重建礼乐秩序的价值，还有脱自己于政治泥淖的干谒意图”[3]。这些研究对我们理解组诗和柳宗元都大有帮助，且引出一些新的问题。

一　表面矛盾背后的统一

（一）唐音乐思想的主流——“以礼乐为虚器”

“声音之道，与政通矣”。儒家认为音乐是社会政治的反映，音乐也会影响人的心灵。唐代士人反对皇帝欣赏“淫”乐，要求帝王远离亡国之音、郑卫之声，但唐朝的皇帝并不认为当如此。《旧唐书·张文收传》就记载过这样一件事：贞观十一年，太常寺协律郎张文收上表请厘正太乐。太宗不同意，理由是“乐本缘人，人和则乐和。至如隋炀帝末年，天下丧乱，纵令改张音律，知其终不和谐。若使四海无事，百姓安乐，音律自然调和，不藉更改”。《旧唐书·音乐志》还记载了两年后朝堂上君臣的一段对话：太常少卿祖孝孙奏所定新乐，太宗问群臣：假如礼乐可以节制、规范人心，那么“治政善恶，岂此之由?”杜淹答是，并举《玉树后庭花》和《伴侣曲》为证，“行路闻之，莫不悲叹，所谓亡国之音”。太宗当场反驳曰：“欢者闻之则悦，哀者听之则悲。悲悦在于人心，非由乐也。将亡之政，其人必苦。然苦心所感，故闻之则悲耳。”认为音乐无法影响人的情感，更不能决定国家兴亡，仅仅能唤起人内心本有的情绪，“何有乐声哀怨能使悦者悲乎？今《玉树》《伴侣》之曲，其声具存，朕当为公奏之，

---

① 著作有赵敏俐主编，吴相洲著的《中国诗歌通史·唐五代卷》，人民文学出版社，2012年；论文有杜晓勤的《试论柳宗元的音乐审美观》，《陕西师范大学学报》1990年第1期；吴同和的《歌高祖之神功，颂太宗之盛德——柳宗元〈唐铙歌鼓吹曲十二篇〉评析》，《湖南科技学院学报》2008年9月；吴振华的《论柳宗元唐雅的现实意义及其艺术特点》，《文学遗产》2014年第3期；李宜蓬的《柳宗元铙歌的文学及文学史价值》，《山西师大学报》2018年5月等。

② 赵敏俐主编，吴相洲著《中国诗歌通史·唐五代卷》，人民文学出版社，2012，第468页。

③ 吴振华：《论柳宗元唐雅的现实意义及其艺术特点》，《文学遗产》2014年第3期。

知公必不悲耳”。魏征出来附和，“乐在人和，不由音调”，结束了这次讨论。

如此思想主导下，儒家主张的音乐的政治、教化功能被唐朝君臣弱化、淡化，审美功能突出，音乐成为纯粹的审美对象。韩愈的《听颖师弹琴》、白居易的《琵琶行》等均从个体的审美实践证明这一点。柳宗元从理论上进行过总结。《非国语》中有三篇与音乐有关：《律》指出音乐是一系列长短高低的音的组合，是“气”遭遇具体物质后的自然表现[①]，《新声》则论争国家的兴亡与音乐无关，《无射》则证明音乐的神秘化是人们“取于钟之备”的错误导致：

> 圣人既理定，知风俗和恒而由吾教，于是乎作乐以象之。后之学者述焉，则移风易俗之象可见，非乐能移风易俗也。曰：乐之不能化人也，则圣人何作焉？曰：乐之来，由人情出者也，其始非圣人作也。圣人以为人情之所不能免，因而象政令之美，使之存乎其中，是圣人饰乎乐也。所以明乎物无非道，而政之不可忘耳。孟子曰：“今之乐犹古之乐也。”“与人同乐，则王矣。”吾独以孟子为知乐。[②]

柳宗元既不主张以音乐教化，也不认为音乐能反映或决定国家治乱，音乐仅仅是圣人选择出来教化民众的“象”。后代学者错误地将“象”与音乐本身混淆，导致了对人们音乐的误解。此段文字直接批判的是“声音之道，与政通矣”的传统，是对儒家“乐教”的否定。对此，苏轼一针见血地指出“柳子之学，大率以礼乐为虚器”[③]。

如此思想背景下，本为“观风”的乐府诗应该衰落了，但为什么中唐却出现了乐府创作高潮？柳宗元为什么又创作乐府呢？

（二）“不可自薄自匿，以坠斯时”

唐时献诗、上书的风气较盛，李白、杜甫、王维、孟浩然、岑参、高适等都曾有过进献。文人学者进献的一般是诗文或赋，或《文选注》《通

---

① 尹占华、韩文奇校注《柳宗元集校注》，中华书局，2013，第 3167 页。下文出自本书者不再重复标注版本信息，仅注书名及页码。他书同。

② 《柳宗元集校注》，第 3165 页。

③ 孔凡礼点校《苏轼文集》，中华书局，1986，第 1703 页。

典》一类学术著作，但也有少数进献乐舞、歌辞的。如玄宗开元七年张说就曾进献过“太庙乐章十六首”[①]。德宗朝乐舞活动比较频繁，进献乐舞者较多[②]，德宗本人似乎也比较喜欢这类进献，马燧所献的《定难曲》甚至还当庭演奏过。德宗本人还参与创制了贞元十四年麟德殿宴的《中和舞》诗，并令太子抄予百官。德宗去世时的奠献之舞词《文明》由尚书左丞平章事郑余庆撰，顺宗去世时所用《大顺》舞词是中书侍郎平章事郑絪撰。[③]这些朝堂重大礼仪规制显示出唐代文学与音乐、礼制的紧密关系，也证明音乐对于文学传播的巨大优势。这些盛大的活动柳宗元很可能曾在场，未免会有所触发。

王运熙先生曾指出唐时“一边是装模作样的礼仪，一边是赏心悦目的娱乐”[④]。唐代朝廷理性与趣味之间的矛盾比较突出，宴乐场合是追求趣味，不拘今古，不论中外，俗乐、胡乐、新制曲被广泛喜爱。如玄宗称西域羯鼓为“八音领袖”，新设与太乐府性质不同的梨园，彻底摆脱了礼制束缚，实现了音乐演奏与欣赏的完全的自由。唐朝皇帝比较热心于新制曲，场面宏大：高宗造《上元乐》，“舞者百八十人”；武后造《圣寿乐》，舞者一百四十人；玄宗“制新曲四十余，又新制乐谱”[⑤]。和着音乐节拍跳舞的马和大象被训练出来了，数百名宫女演奏着太常闻所未闻的《破阵乐》《太平乐》《上元乐》等。音乐成了帝王享受以及自我吹捧的工具，“《庆善乐》，太宗所造也。太宗生于武功之庆善宫，既贵，宴宫中，赋诗，被以管弦。舞者六十四人。衣紫大袖裾襦，漆髻皮履。舞蹈安徐，以象文德洽而天下安乐也”[⑥]。据《旧唐书·李白传》载，他的被召其实也是因为玄宗的音乐爱好，“玄宗度曲，欲造乐府新词，亟召白”。这些都直接导致了中唐乐府诗的流行。

柳宗元被贬后，曾积极自救。元和初他献《剑门铭》给当时的剑南东川节度使严砺，还曾给李愬、李夷简等写过信。身处蛮邦，他需要表现自

---

① （后晋）刘昫等撰《旧唐书》卷三一，中华书局，1975，第1103页。

② 如贞元三年河东节度使马燧献《定难曲》、十二年昭义军节度使王虔休献《继天诞圣乐》、十六年南诏异牟寻作《奉圣乐舞》、十八年骠国王来献本国乐等。

③ 《旧唐书》卷三一，第1139、1140页。

④ 王运熙：《乐府诗述论》，上海古籍出版社，2014，第168页。

⑤ 《旧唐书》卷二八，第1052页。

⑥ 《旧唐书》卷二九，第1060页。

己的才能以引起注意，“时时作文，以咏太平”[①]。但直接的吹捧太难看，柳宗元选择了创作《铙歌鼓吹曲》。因为第一，此曲既能满足“宣风歌德”和表现“任职用事”的政治才能，同时又与唐朝廷的审美趣好一致。更重要的是，乐府诗创作能令柳宗元保持他的尊贵与体面：避开乞怜，直接展示他非比常伦的见识和思索，“宗元身虽陷败，而其论著往往不为世屈，意者殆不可自薄自匿，以坠斯时”[②]。现实的困顿不能挫败他对“不朽”的期待，“今身虽败弃，庶几其文犹或传于世，又焉知非因阁下之功烈，所以为不朽之一端也，敢默默而已乎？”[③] 以诗文进献，期待以此换取认可，挣脱贬谪泥淖，亦是人之常情。

问题是柳宗元自己也不认为音乐有政治意义，能担负起教化功能。以创作的乐府诗干谒，显然有悖常理、有违本心，因此，《唐铙歌》就可能不仅仅是“歌颂高祖和太宗的辉煌武功”和“脱自己于政治泥淖的干谒意图”。

（三）《铙歌鼓吹曲》的下移

“鼓吹本军旅之音，马上奏之”[④]。铙歌鼓吹曲始于汉，经过缪袭、傅玄、谢朓等的改造，到南北朝时，其“建德扬威，风敌劝士”[⑤]、歌颂开国皇帝征战事迹的性质基本确定。古人对它的适用范围及形制也有明确要求：“铙鼓，十二曲供大驾，六曲供皇太子，三曲供王公等。其乐器有鼓，并歌箫、笳。”[⑥]“曹魏、东晋、西晋对鼓吹曲辞的这种建构，……使得鼓吹曲辞的性质形成了一个新的内涵，即它是表现本朝开国功业的乐曲，与军事色彩相关联的政治意味非常突出。”[⑦] 唐沿隋制：

> 命将征伐，有大功，献俘馘者，其日备神策兵卫于东门外，如常仪，其凯歌用铙吹二部，乐工等次第陈列如卤簿之式，鼓吹令丞前导分行于兵马俘馘之前，将入都门，鼓吹振作迭奏《破阵乐》《应圣期》

① 《柳宗元集校注》，第 2008 页。
② 《柳宗元集校注》，第 2284 页。
③ 《柳宗元集校注》，第 2296 页。
④ 《旧唐书》卷二九，第 1071 页。
⑤ （宋）郭茂倩：《乐府诗集》，中华书局，1979，第 223 页。
⑥ （唐）魏征等撰《隋书》卷一五，中华书局，1973，第 383 页。
⑦ 曾智安：《乐府诗音乐形态研究》，北京大学出版社，2013，第 32 页。

《贺朝欢》《君臣同庆乐》四曲。行至大社及太庙门，又遍奏四曲。[①]

历代献捷必有凯歌，太宗平东都，破宋金刚，执贺鲁，克高丽，皆备军容，凯歌入京都。[②]

（武德四年）六月，凯旋。太宗亲披黄金甲，陈铁马一万骑，甲士三万人，前后部鼓吹，俘二伪主及隋氏器物辇辂献于太庙。[③]

“凯歌”是铙歌鼓吹的另一种表述，因用于凯旋还朝时演奏而得名。高宗仪凤三年太常少卿韦万石奏称：“《破阵乐舞》者，是皇祚发迹所由，宣扬宗祖盛烈，传之于后，永永无穷。……今《破阵乐》久废，群下无所称述，将何以发孝思之情？”而当这断绝了近三十年的乐舞被重新演奏时，“上（高宗）欷歔感咽，涕泗交流，臣下悲泪，莫能仰视”。高宗言：“时追思往日，王业艰难勤苦若此，朕今嗣守洪业，可忘武功？”[④] 可见唐朝君臣对《破阵乐》中所包含的思想感情是有着共识的。

从上可以推定：理论上《铙歌鼓吹曲》是用于正式场合，本身包含有鲜明的与军事色彩相关联的政治意味。但现实中是如何操作的呢？在唐代，与俗乐、胡乐、新乐在朝廷日渐普及相伴随的是，本属于庙堂的雅乐开始下移：

（平阳昭公主）武德六年薨，葬加前后部羽葆、鼓吹、大路、麾幢、虎贲、甲卒、班剑。太常议：“妇人葬，古无鼓吹。”帝不从，曰：“鼓吹，军乐也。往者主身执金鼓，参佐命，于古有邪？宜用之。”[⑤]

景龙二年，武则天提议“自妃主及五品以上母妻……请自今迁葬之日特给

① （宋）王溥撰《唐会要》卷三三，上海古籍出版社，2006，第 709 页。
② （宋）欧阳修、宋祁撰《新唐书》卷二三，中华书局，1975，第 510 页。
③ 《旧唐书》卷二，第 28 页。
④ 《旧唐书》卷二八，第 1050 页。
⑤ 《新唐书》卷八三，第 3643 页。

鼓吹。宫官亦准此”。侍御史唐绍表示反对[①]，无奈中宗“不纳”。后来一岁即夭折的安定思公主、魏征、武士獲妻、于休烈妻的葬礼（或迁葬仪式）都用了军乐鼓吹。这也就意味着历史上用于极严肃场合，有特定要求的军乐变成了装点公主、显宦及其妻室门面的工具。之后从李德裕作于大和八年的《鼓吹赋并序》可知铙歌鼓吹曲更是“普及”了：“鼓吹本轩皇因出师而作，前代将相有功则假之，今藩阃皆备此乐。”[②]

雅乐下移，俗乐大行其道，“众耳喜郑卫”的局面在唐朝比较普遍，中唐士人期待“销郑卫之声，复正始之音”[③]。柳宗元经历过音乐盛事，对当时严肃音乐及其所代表的礼制的被破坏有看法，便选择与音乐密切相关的《铙歌鼓吹曲》进献，以此表达恢复纯正的先王雅乐，祛除泛滥淫靡的俗乐的想法。尽管柳宗元不赞同在音乐中附加政治、教化功能，但这并不意味着他不可以借这个“壳”（形式）表达自己的观点和态度。这也是不至因言获咎，又能表现自己政治才能和政治态度的两全其美之策。

二 “有益国事”

“汉以后开创武功，莫盛于唐，而柳宗元所造《唐鼓吹》十二曲，颇足以扬厉其盛”[④]。在《唐铙歌·自序》中，柳宗元表示他这组诗的创作，具有为“戎乐”配辞，弥补唐没有铙歌鼓吹曲辞的缺憾，且能“有益国事”。十二首诗分别记录了自高祖晋阳起兵始，包括平定东蛮、吐谷浑等的十二场重要的战争，称赞武功无疑。但柳宗元所说的“有益国事”怎么

① “窃闻鼓吹之作，本为军容，昔黄帝涿鹿有功，以为警卫。故鼓曲有《灵夔吼》、《雕鹗争》、《石坠崖》、《壮士怒》之类。自昔功臣备礼，适得用之。丈夫有四方之功，所以恩加宠锡。假如郊祀天地，诚是重仪，惟有宫悬，本无案架。故知军乐所备，尚不洽于神祇；钲鼓之音，岂得接于闺闱？准式，公主王妃已下葬礼，惟有团扇、方扇、彩帷、锦障之色。加至鼓吹，历代未闻。……事非伦次，难为定制，参详义理，不可常行。请停前敕，各依常典。”见《旧唐书·音乐志》一卷二八，第1050~1051页。

② “鼓吹本轩皇因出师而作，前代将相有功则假之，今藩阃皆备此乐。余往岁剖符金陵，有童子六七人皆于此艺特妙，每曲宴奏之。”李德裕《会昌一品集》卷一《鼓吹赋并序》，商务印书馆，1935，第173页。据傅璇琮先生《李德裕年谱》知李德裕再至江南在大和八年。

③ 顾学颉点校《白居易集》，中华书局，1979，第1364页。

④ （清）王世禛：《姜编修凯歌后续》，转引自吴文治编《柳宗元研究资料汇编》下册，中华书局，1964，第318页。

实现呢？先看组诗第一首《晋阳武》：

> 晋阳武，奋义威。炀之渝，德焉归。诋毕屠，绥者谁？皇烈烈，专天机。号以仁，扬其旗。日之升，九土晞。斥田圻，流洪辉。有其二，翼余隋。斮枭鷙，连熊螭。枯以肉，勍者羸。后土荡，玄穹弥。合之育，斫然施。惟德辅，庆无期。①

高祖兴仁义之师，以德抚民，救民水火，劫掠百姓的虎豹豺狼被一一惩处，混乱的世界恢复了秩序，大地重新有了光明与温暖，百姓从此过上了幸福生活。第二首《兽之穷》写的是高祖收服李密事，称李唐王朝是受天之佑，李密"自亡其徒，匪予戮"②。柳宗元的这十二首诗都侧重于强调战争的正义性，写君王的仁德，十二首诗无一例外地以战争胜利后百姓获得幸福生活结束。它基本不描写战争场面，简化过程。如第五首《奔鲸沛》写武德二年李世民发兵讨伐占据江淮的杜伏威与辅公祏，杜伏威遣使表示归顺，被加封为太子太保。辅公祏为淮南道行台，封舒国公。武德六年杜伏威入朝，被软禁。辅公祏八月僭位自立宋国，发兵攻打海州、劫掠寿阳。武德七年春，诏命赵郡王孝恭及李靖、黄君汉、李世绩等出兵讨伐辅公祏，杜伏威在长安暴卒。七年三月，辅公祏败走，被抓献给唐军。李孝恭下令杀之，传首京师，战争结束。

> 奔鲸沛，荡海垠。吐霓翳日，腥浮云。帝怒下顾，哀垫昏。授以神柄，推元臣。手援天矛，截修鳞。披攘蒙霿，开海门。地平水静，浮天根。羲和显耀，乘清氛。赫炎溥畅，融大钧。③

诗中只字不提已经在长安被软禁的杜伏威，不写他可疑的死亡，不写杜伏威与辅公祏的复杂关系，只表现辅公祏的被唐王朝厚待以及他的叛乱，写战争过后的"地平水静"。

再如《吐谷浑》。贞观九年吐谷浑犯凉州，老将李靖主动请缨，率兵深入青海腹地。"吐谷浑烧去野草以馁我师，诸将或言不可赴敌"。李靖不

---

① 《柳宗元集校注》，第 41~42 页。

② 《柳宗元集校注》，第 44 页。

③ 《柳宗元集校注》，第 54 页。

为所动，“深入敌境，遂逾积石山，大破其国。吐（谷）浑之众杀其可汗来降”。柳宗元简化战争的过程，回避唐军遭遇的困难，只写吐谷浑对唐边境的侵扰，然后热情洋溢地表现唐军严明的军纪、强大的战斗力以及战争胜利后的“万国思无邪”①。

总之，《铙歌鼓吹曲》歌颂军功，但重点不在歌颂君王武功而在歌颂君王的仁德，抒写的是战争胜利后给国家、百姓的幸福安宁，与柳宗元一直主张的“利安元元”② 的思想完全一致，同时也表现“唐家正德受命于生人之意”③。因此，歌颂军功只是这组诗的表象。

这一点还可以从柳宗元组诗的创作背景得到证明。这组诗作于元和初，这个时期恰恰是唐王朝军事政策的变化期。德宗持续近二十年的姑息政策导致宪宗即位之初即遭遇剑南西川行军司马刘辟在节度使韦皋卒后派使“求节钺”，欲割据剑南三川。宪宗不再姑息，拒绝了刘辟，导致刘辟发兵围攻东川李康，企图武力割据。宪宗兴兵讨伐，经过鹿头、神泉、石谷等战役，至九月攻克成都，生擒刘辟，西川告捷。紧接着夏绥留后杨惠琳和镇海节度使李琦叛乱，宪宗又先后派兵平定。元和二年李吉甫出任宰相，一年内变更了三十六个镇的主帅，帅不出朝廷的局面有所改变，唐朝一变在强藩前的软弱态度。贬谪中的柳宗元可能注意到这些情况，专门写了《剑门铭》（并序）献给当时参与讨伐的剑南东川节度使严砺，称其“以仁厚蓄生人，以勇义平国难”④，与《唐铙歌》主题完全一致。

因此，我们可以说，《唐铙歌》的创作，是因元和初藩镇的陆续叛乱及宪宗等对待藩镇的强硬态度而发，是军事题材，但更是借军事来说政治。柳宗元歌颂军功，期待帝国重振立国之初的威武雄风，通过歌颂高祖、太宗的武功来赞颂宪宗的勇武、果决。但柳宗元同时也提出要“以为大戒”，提醒国家在军事行动方面要谨慎，君王更需要布仁德，行仁政，以百姓的利益为重。至此我们也就能明白为什么歌颂军功之诗却几乎不写具体的战争过程，较少涉及唐军的所向披靡的战斗力。“……《唐雅》《贞符》《铙歌》等篇，不推天引神，而尊崇民视，欲抗唐德于三代之表……”⑤ 章士钊的这段话揭

① 《柳宗元集校注》，第 67 页。

② 《柳宗元集校注》，第 1955 页。

③ 《柳宗元集校注》，第 76 页。

④ 《柳宗元集校注》，第 2296 页。

⑤ 章士钊著，郭华清校注《柳文指要校注》，世界图书出版社，2016，第 395 页。

示出了柳宗元写作《唐铙歌》的主旨——尊重百姓的意愿，使唐代回复上古三代的仁德。这可能也正是柳宗元所期待的“大戒”——戒除对武功的盲目乐观与渴望，以更加虔敬的心态以仁德和仁政来管理国家，这样才是“宜敬而不害”——不会对百姓、社会造成太大的损害。这也恰好合乎柳宗元“利安元元”“辅时及物”[①] 的理想。因此，可以说，《唐铙歌》是自救文，是赞颂军功，也是柳宗元治国理念与政治理想的深隐表达。

三　“简古雅奥”

朱熹称“文之最难晓者，无如柳子厚”[②]，李涂说《唐铙歌》“险怪”[③]。后代喜爱柳文者也常被其困扰：

> 柳文简古，不易校。其用字奥僻，或难晓。（张敦颐《韩柳音释序》）
>
> 予常嗜子厚之文，苦其难读。（严有翼《柳文序》）
>
> 余读韩柳文，常思古人奇字龃龉吾目，且梶吾喙也，开卷必与篇韵俱检阅，反切终日，不能通一纸。（陆之渊《柳文音义序》）

下面我们就具体看一下《唐铙歌》为何被人们说“难晓”“险怪”（见表1）：

表1　《唐铙歌》之疑难词句释

	篇名	诗体	疑难词句及出处、解释
1.	晋阳武	二十六句，句三字	渝，沦丧。 圻，边际。 斮，斩。 枭鸑，恶鸟。《汉书·郊祀志》：古天子春祠，黄帝用一枭、破镜。枭，鸟名，食母。破镜，兽名，食父。黄帝欲绝其类使百吏祠皆用之。破镜如貙而虎眼。汉五月五日作枭羹以赐百官。鸑不祥鸟也，白身赤口。

① 《柳宗元集校注》，第2070页。

② （宋）黎靖德：《朱子语类》卷一三九，中华书局，1986，第3314页。

③ （宋）李涂著，刘明辉校点《文章精义》，人民文学出版社，1960，第62页。

续表

	篇名	诗体	疑难词句及出处、解释
2.	兽之穷	二十二句，十八句句三字，四句句四字	狙犷，犬啮人者也。扬雄《剧秦美新》：肉角之兽，狙犷而不臻。 甲之橐，弓弭矢箙：橐所以藏弓之器，《诗》"载橐弓矢"。箙，矢房，所以藏矢。《周礼》"中秋献矢箙"。 栗栗：畏惧貌。《尚书·汤诰》：栗栗危惧，若将陨于深渊。
3.	战武牢	十八句，十六句句三字，二句句四字	彀，鸟子生须哺者。 麛，鹿子。 瞢，不明也。 斫，斩也。
4.	泾水黄	二十四句，十五句句三字，九句句四字	太白、天狼：星名。《天官书》：秦之疆候在太白，占于狼弧，盖太白当秦疆而泾陇即秦地故云。又天狼，妖星，以喻贪残，《楚辞》"举长矢兮射天狼"。 纮，八纮也。曹植《与杨德祖书》云"设天网以该之，顿八纮以掩之。"（《文选》选） 列缺：电名。杨雄：《羽猎赋》"霹雳列缺"。
5.	奔鲸沛	十八句，十句句三字，八句句四字	哀垫昏：《尚书·益稷》"下民昏垫" 在下之民精神昏惑，虽垫陷沉溺不自知。 霿，雾。
6.	苞枿	二十八句，十六句句四字，二句句五字	黵：官韵、唐韵、集韵、《玉篇》并无黵字，疑作暩，传写者误书日为黑。暩音队，茂也 冃：重复。 谋猷：计谋。《尚书》越小大谋猷，罔不率从。 龚：恭、肃。
7.	河右平	十八句，十一句句四字，五句句五字，二句句三字	澶漫：纵逸。《庄子·马蹄》："澶漫为乐，摘僻为礼。" 泽：恩德。《尚书》泽润生命。
8.	铁山碎	二十二句，十一句句三字，九句句四字，二句句五字	余吾：匈奴地名。《汉书·武帝纪》马生余吾水中。应劭注云在朔方北也。 官臣：《左传·襄公十八年》："其官臣偃"，守官之臣。
9.	靖本邦	十四句，句四字	勩：劳 烨：光烈。《史记·始皇本纪》义诛信行，威烨旁达，莫不信行。 谟：谋划。《尚书·伊训》圣谟洋洋，嘉言孔彰。

续表

	篇名	诗体	疑难词句及出处、解释
10.	吐谷浑	二十六句，句五字	烈烈旆其旗：《诗经·商颂·长发》“武王载旆，有虔秉钺，如火烈烈。” 熊虎杂龙蛇：《周礼》“交龙为旗，熊虎为旗，鸟隼为旟，龟蛇为旐。” 衔枚默无哗：《汉书》章邯夜衔枚，击项梁。颜师古注：衔枚者止言语欢嚣，欲令敌人不知其来也。《周官》有衔枚氏，枚状如箸，横衔之。 除恶务本根：《左传·隐六年》善为国家者，见恶如农夫之务去草焉，芟夷蕴崇之，绝其本根，勿使能植。 要遮：杨雄《羽猎赋》：“淫淫与与，前后要遮。”
11.	高昌	二十二句，句五字	龙旗：《周礼》“交龙为旗”。 贲育：孟贲夏育，皆卫人有勇力者。《史记·袁盎传》虽贲育之勇不及陛下。
12.	东蛮	二十二句，句五字	飞翰：《诗》：如飞如翰。 睢盱：《庄子》：“老子曰：而睢睢盱盱，而谁与居。”傲慢意。刘安《淮南子》“万民睢睢盱盱然，莫不竦身而载听视。”恭敬视听。杨雄《剧秦美新》：天地未分，睢睢盱盱。柳注：注视不明貌。浑厚淳朴。柳宗元此处用的应是《庄子》意。 咿嗌：质朴貌，言不明。（章士钊） 九译：《汉书》：越裳氏重译献白雉。张衡《东京赋》重舌之人九译佥稽首而来王九译者谓译语度九重之国乃至于此也。

大量使用经、史、子、集中的文句或词汇，增加了语言的密度与表现力，也增加了诗意的古奥难解。古字、难字、生僻字、僻典等的大量使用，是柳宗元才学的刻意外显，也是他有意追求古雅的结果。造成《唐铙歌》古奥难懂还有诗体的因素。十二篇曲辞分为齐言、杂言两大类。齐言5首（三言1首、四言1首、五言3首），杂言7首（三、四字杂言4首，四、五字杂言1首，三、四、五字杂言2首）。十二篇曲辞最长为五言，最短三言，杂言在三至五字之间。三、四言诗源自《诗经》，五言诗源自相和歌①，杂言承袭的是《汉鼓吹铙歌十八曲》。诗句的字数错落而整齐，

① “《汉鼓吹铙歌十八曲》是中国的杂言诗成为一种独立诗体的开始，其历史价值不可低估。这种杂言体的形式为相和歌所吸收，但是在相和歌里，整齐的五言诗则占有相当大的比例，如《江南》《鸡鸣》《相逢行》《长歌行》《君子行》《陌上桑》等等，都是整齐的五言。”见赵敏俐《论歌唱与中国早期诗体发展之关系》，《北京大学学报》2016年第1期。

简短铿锵，造成了全诗坚定、有力的格调，但完全失去了自唐诗圆转流丽清新的特征。《唐铙歌》还以天象、鸟兽、草木等为喻。鸟兽类如以枭鸷、熊螭、豺兕、狙等喻叛敌，用熊螭、鹏比喻皇朝军队。有几首还根据被讨伐者的姓名或所处地域确定喻象，如李密——兽（兽之穷）、薛举——鸟（泾水黄）、辅公祏——鲸（奔鲸沛）、萧铣——树木（苞枿），然后围绕此喻象展开，险劲有锋。但这些比喻并没有将原本晦涩的事物比喻得显豁，反倒更加不好懂。学者们称柳宗元这一组诗"难晓""险怪"是有道理的。

胡应麟称《唐铙歌》"若仿汉调，音节颇近"，说它与韩愈的《琴操》一样是"锐意复古，亦甚勤矣"①。清代的胡薇元在《梦痕馆诗话》中也说"《唐铙歌十二篇》，大力复古"。复古是柳宗元创作《唐铙歌》的主动选择。

柳宗元将文章分为两类，"作于圣，故曰经；述于才，故曰文"。文又分为二，出处不同，"辞令褒贬，本乎著述者也；导扬讽谕，本乎比兴者也"。风格各异，一类"其要在于高壮广厚，词正而理备，谓宜藏于简册也"。一类"出于虞夏之咏歌，殷周之风雅，其要在于丽则清越，言畅而意美，谓宜流于谣诵也"。他认为这两类文往往"乖离不合"，或以内容胜，或以形式胜，"秉笔之士恒偏胜独得，而罕有兼者焉"②。以内容胜者典正厚重，服务于国家政治，可以长久流传；以形式胜者多用比兴，通俗流丽，声韵和谐，适合传唱。因为二者风格、功能的各不相同，所以一般作者很难兼顾。《铙歌鼓吹曲》则要求内容、形式兼顾：内容上是辞令褒贬，"高壮广厚，词正而理备"，又是演唱的曲辞，因此还必须"丽则清越""言畅意美"。柳宗元深知兼善并美之难，但迎难而上，在"词正理备"的基础上，大量使用了比兴的手法，将对阵双方形象予以呈现，另外还使用了如"枯以肉""腥膻""翘萌芽，傲霜雹"等一类能直接诉诸感官的词句，非常利于人们对诗歌内容的理解。应该说，除掉那些疑难字生僻字，《唐铙歌》并不很难懂，可以说是实现了"高壮广厚，词正而理备"和"丽则清越，言畅意美"的统一。

综上，《唐铙歌》是自救之作，也是柳宗元借《铙歌鼓吹曲》之

---

① （明）胡应麟：《诗薮》内编卷一，中华书局，1958，第12页。

② 《柳宗元集校注》，第1462页。

“壳”表达其政治、文学理想的一次尝试，其核心是复古，具体而言是：第一，音乐、礼制的复古。回归古礼，恢复先王的雅乐传统；第二，回归古代仁德的政治，要求君王以百姓的幸福、安乐为目标；第三，回归古诗古雅省净、言畅意美的审美传统。因此，在讨论以经学、散文为中心的中唐复古运动时，我们应将柳宗元的诗歌复古也纳入研究视野。而柳宗元的这一次复古尝试，我们也能从北宋“太学体”中看到。欧阳修大笔抹去的“天地轧，万物茁，圣人发”，显然有《唐铙歌》的影子。

宋代乡饮酒礼乐章考论*

——兼论《风雅十二诗谱》

杨　逸　尹　航
（安徽大学历史学院，合肥，230039）
（北京舞蹈学院，北京，100081）

摘　要：宋代是乡饮酒礼乐章变迁的重要时期。宋初《淳化乡饮乐章》因循唐制，以《诗经》旧题另撰新辞，篇目、遍数均与《开元乡饮乐章》一致；北宋末乡饮酒乐章虽存“乡饮酒”之名，其实模仿辟雍赐宴乐章，与《仪礼》《开元礼》不同。宋代地方上形成了一套由“四司”“六局”督办、官妓祇直歌舞的鹿鸣宴制度，宴乐由致语口号引导、举酒歌舞相配合，间有击鼓传花、诵唱诗篇等节目，与其他地方宴会有混同趋势。南宋乡饮酒礼复古之风盛行。《风雅十二诗谱》以开元古谱的身份重现，引发断代争论。从传谱人的相关情况及唐宋乡饮酒礼乐章历史变迁来看，它不是唐、北宋的作品，却比较接近南宋两浙地区复古的乡饮酒礼用乐的实际，是地方搜举乡饮酒礼乐章的结果。

关键词：宋代　乡饮酒礼　鹿鸣宴　乐章　《风雅十二诗谱》

作者简介：杨逸，安徽大学历史学院副教授，历史学博士，研究方向为宋代礼乐，主要成果有《宋代四礼研究》；尹航，北京舞蹈学院讲师，北京市哲学社会科学民族舞蹈文化研究基地特聘研究员，研究方向为宋代舞蹈史。

近年来，随着音乐人类学在中国的大发展，仪式音乐受到前所未有的关注。袁静芳编写的《中国传统音乐概论》，下篇“宗教、祭祀音乐”包

* 本文系北京市社会科学基金青年项目“宋代舞蹈表演空间考论”（项目编号：18YTC036）阶段性成果。

括佛教音乐、道教音乐、祭祀音乐三大类，主要属于仪式音乐，占据中国传统音乐体系的半壁江山。在对各地、各种仪式音乐考察、记录与研究后，音乐学者发现许多仪式音乐“活体”都可以追溯至宋代。正如严复（1854~1921）所说：

> 若研究人心政俗之变，则赵宋一代历史，最宜究心，中国所以成为今日现象者，为善为恶，姑不具论，而为宋人之所造就，什八九可断言也。[①]

宋代的仪式音乐研究目前取得了一些成果，学界以《中兴礼书》中保存的雅乐乐谱为核心资料，以吉、凶、军、宾、嘉“五礼”的礼学分类为基本框架，从音乐学、历史学、文学、人类学等视角开展研究，并试图将古乐研究纳入现代音乐创作实践。[②] 不过若从仪式音乐的视角来看，这些朝廷雅乐绝大部分“藏于秘府”，在地域传播中缺乏延展性，在时间绵延中缺乏连续性，无论当时、后世影响都十分有限。真正对后世、域外影响深远的宋代仪式音乐不是“五礼”，而是“四礼”（冠、婚、丧、祭）[③]；不在庙堂之上，而在州县之中。本文所关注的宋代乡饮酒礼音乐[④]是一种作于庙堂、行于州县的乐章乐曲，由于依附于“诗乐”、牵连于科举，这种音乐形态在科举时代不绝如缕，影响绵延至今。梳理、分析这些音乐作品不仅可以展现宋代仪式音乐的历史变迁、多元风貌，还有助于解决《风雅十二诗谱》相关悬难问题，对探索宋代音乐史的“新史学”路径亦不无助益。[⑤]

---

① 严复：《严复集》，中华书局，1986，第 668 页。严复所论涉及“人心”“政治”“风俗”三方面，仪式音乐兼有礼俗、音乐性质，属于“风俗”之类。

② 如汪洋《宋代五礼仪式音乐研究》，河南大学硕士学位论文，2005；林萃青《宋代音乐史论文集 理论与描述》，上海音乐学院出版社，2012；徐利华《宋代雅乐乐歌研究》，人民出版社，2017；李云倩《宋代嘉礼用乐研究》，河南大学硕士学位论文，2019。

③ 关于“四礼”名义，参见杨逸《宋代四礼研究》，浙江大学出版社，2021。

④ 唐宋时期乡饮酒礼存在两种不同取向，既包括以“正齿位”为目的的乡饮酒礼，也包括“宾贤能”为目的的鹿鸣宴，后者依附于科举制度，在宋代成为主流。见王美华《唐宋时期乡饮酒礼演变探析》，《中国史研究》2011 年第 2 期。本文所谓“乡饮酒礼”包括两者而言，所用“乡饮酒礼”“鹿鸣宴（燕）”以所引文献为准。

⑤ 洛秦：《“新史学”与宋代音乐研究的倡导与实践》，《中国音乐学》2013 年第 4 期。

一 朝廷修撰的乐章、乐曲

唐代是乡饮酒礼纳入国家礼制体系的重要时期。[①] 开元二十年（732），《大唐开元礼》颁行，乡饮酒礼被分作“乡饮酒”“正齿位”两种，用乐相同：

> 工歌《鹿鸣》，卒歌，笙入立于堂下北面，奏《南陔》讫。乃间，歌《南有嘉鱼》，笙《崇丘》。（间，代也，谓歌则一吹也。）乃合乐，《周南·关雎》《召南·鹊巢》。（合谓歌与乐众声俱作也。乐无工人则缺，无得作淫声不雅之曲。）[②]

乡饮酒礼所用音乐，《仪礼·乡饮酒礼》有明确记载。首先堂上登歌三首，《鹿鸣》《四牡》《皇皇者华》；其次堂下奏笙歌三首，《南陔》《白华》《华黍》；再次间歌，堂上、堂下交替演奏，歌《鱼丽》则笙《由庚》，歌《南有嘉鱼》则笙《崇丘》，歌《南山有台》则笙《由仪》；最后合乐，堂上、堂下同歌《周南·关雎》《葛覃》《卷耳》；《召南·鹊巢》《采蘩》《采蘋》。[③] 旅酬之后，还有不限遍数、或间或合的“无算乐”，最后“宾出，奏《陔》”[④]，音乐演奏随礼的结束而终止。若以“正乐”为计，《仪礼》中乡饮酒礼共用乐曲十八篇。与《仪礼》相比，《开元礼》登歌仅歌《鹿鸣》，笙歌仅歌《南陔》，间歌仅歌一组，合乐仅歌二首，合计六首，乐曲数仅相当《仪礼》的三分之一，看似简省了许多，实则在遍数上大体相同。

《唐会要》曰：

> 乡饮乐章十七。《鹿鸣》三奏，《南陔》一奏，《嘉鱼》四奏，《崇丘》一奏，《关雎》五奏，《鹊巢》三奏。[⑤]

---

① 游自勇：《汉唐时期“乡饮酒”礼制化考论》，《汉学研究》2004 年第 2 期。

② （唐）萧嵩：《大唐开元礼》卷一二七，民族出版社，2000 年影印本，第 604 页。

③ （汉）郑玄注，（唐）贾公彦疏，王辉整理《仪礼注疏》卷九，上海古籍出版社，2008，第 222~224 页。

④ （汉）郑玄注，（唐）贾公彦疏，王辉整理《仪礼注疏》卷九，上海古籍出版社，2008，第 246 页。

⑤ （宋）王溥：《唐会要》卷三三，中文出版社，1978，第 607 页。

这些乐章虽然散佚，其名实却并非不可考。胡震亨（1569~1645）《唐音癸签》注“大射乐章”“乡饮酒乐章”条曰：

> 二礼曲，唐用古诗名别制，非即用古诗。①

胡氏之说比较可信。《唐会要》所言乐章分为两类，一类是《诗经》中尚存的诗篇，如《鹿鸣》《嘉鱼》《关雎》《鹊巢》。这些诗篇章数与唐时奏数并不完全一致，如《诗经》中《关雎》三章，唐时却用五奏。若以一奏一章论，则五奏当有五章，与《诗经》不合，很可能是新作。另一类是《诗经》中“有篇无诗”者，如《南陔》《崇丘》。按郑注，《南陔》《白华》《华黍》《由庚》《崇丘》《由仪》“六笙诗”在汉代时均已散佚。《开元礼》中的《南陔》《崇丘》两篇确非古诗，当是另有其辞。据《通典》卷七十三所录开元十八年（730）裴耀卿（681~743）上书：

> 臣在州之日，率当州所管，一一与父老百姓劝遵行礼。奏乐歌至《白华》《华黍》《南陔》《由庚》等章，言孝子养亲及群物遂性之义，或有泣者，则人心有感，不可尽诬。②

这是裴耀卿以刺史身份（主人）在宣州行礼时的见闻。在仪式过程中，当地百姓被《白华》《华黍》《南陔》《由庚》等乐曲感动哭泣。据引文，这种感动不是来自音乐本身，而是因为歌辞中蕴涵的孝亲之理、遂性之义。当时笙歌不是有曲无辞的“纯器乐”，而是辞、曲兼备的新撰乐章。

至北宋，唐代“用古诗名别制”乐章的做法依然存在。淳化三年（992），太宗下诏拟制乡饮酒礼乐章。《玉海·音乐》“淳化乡饮乐章”条曰：

> 淳化三年正月七日，诏有司讲求乡饮酒故事，将议举行。命学士承旨苏易简等，依古乐章作《鹿鸣》《南陔》《嘉鱼》《崇丘》《关雎》《鹊巢》之诗。后不果行。所撰乐章凡三十四章，《鹿鸣》六，《南

---

① （明）胡震亨：《唐音癸签》卷一二，古典文学出版社，1957，第105页。

② （唐）杜佑撰，王文锦等点校《通典》卷七三，中华书局，1988，第1991页。

陔》二，《嘉鱼》八，《崇丘》二，《关雎》十，《鹊巢》六。[①]

文中所谓“乡饮酒故事”，所指并非《仪礼》，而是《开元礼》；所谓“依古乐章”，也并非使用《诗经》，而是按照唐代乡饮乐章创作的一般规则，取古乐章之名，制撰新辞。故《宋史·乐志》所保存的《淳化乡饮酒三十三章》[②]中的《鹿鸣》《南陔》《嘉鱼》《崇丘》《关雎》《鹊巢》皆非《诗经》本文，而是以《诗经》篇名命题的新作。虽然总体乐章数量较《开元礼》的十七章扩充了一倍，但其篇目完全一致，可见宋初乐章恢复唐乐的旨趣。清人作《续通典》指“取六经之词以为篇目”是“宋制”，并批判淳化乡饮酒礼乐章名“似涉傅会”[③]，显然是误解。

表1　乡饮酒礼乐章篇、章比较

	登歌	笙歌	间歌	合乐	章数
《仪礼》	《鹿鸣》《四牡》《皇皇者华》	《南陔》《白华》《华黍》	歌《鱼丽》，笙《由庚》；歌《南有嘉鱼》，笙《崇丘》；歌《南山有台》则，笙《由仪》	《关雎》《葛覃》《卷耳》《鹊巢》《采蘩》《采蘋》	18
《开元礼》	《鹿鸣》	《南陔》	《嘉鱼》《崇丘》	《关雎》《鹊巢》	17
《淳化乡饮酒乐章》	《鹿鸣》	《南陔》	《嘉鱼》《崇丘》	《关雎》《鹊巢》	33
《风雅十二诗谱》	《鹿鸣》《四牡》《皇皇者华》		《鱼丽》《南有嘉鱼》《南山有台》	《关雎》《葛覃》《卷耳》《鹊巢》《采蘩》《采蘋》	12

淳化所制的乡饮酒礼及其乐章并未得到施行。北宋时期虽然不乏州县长官推行乡饮酒礼的记载，朝廷却始终没有制订完整可行的方案。直到徽宗朝，乡饮酒礼乐才重新纳入礼官讨论的范围。据《宋史·礼志》记载：

① （宋）王应麟：《玉海》卷一〇六，江苏古籍出版社、上海书店，1987，第1951页。

② 《宋史·乐志》小题作“三十三章”，但考其后所列乐章数与《玉海》同，则“三十三章”误，当为“三十四章”。

③ （清）嵇璜、曹仁虎等：《续通志》卷一二九，《景印文渊阁四库全书》第394册，台湾商务印书馆，1986，第148~149页。

> 唐贞观所颁礼，惟明州独存，淳化中会例行之。政和礼局定饮酒祭降之节，与举酒作乐、器用之属，并参用辟雍宴贡士仪，其有古乐处，令用古乐。①

引文前半句进一步揭示了唐代礼乐与淳化乡饮酒礼乐的关系，后半句则表达了政和与淳化的不同。政和所议之乡饮酒礼并未以《开元礼》为标准，而是在饮酒、祭降、举酒、作乐、器用等方面参用辟雍宴贡士之礼。其礼具载于《政和五礼新仪》卷二百零三，题作《辟雍赐闻喜宴仪》，仪式及用乐情况大体是：押宴官、贡士入门，《正安》之乐作；押宴官望阙再拜，中使宣敕，在位者再拜；搢笏舞蹈，又再拜；押宴官谢坐，再拜，在位者皆再拜；与宴官升阶就座，酒初行，《宾与贤能》之乐作；酒再行，《于乐辟雍》之乐作；酒三行，《乐育人材》之乐作；酒四行，《乐且有仪》之乐作；酒五行，《正安》之乐作。每次乐作举酒，饮讫食毕则乐止；赐花，戴花；望阙谢花再拜；就座，酒四行，乐四奏，退；次日入谢。②《宋史·乐志》中所载《大观闻喜宴六首》就是配和这种仪式过程的乐章。③ 按《宋史·礼志》之说，政和乡饮酒礼及其乐章当与此相似。考《宋史·乐志》所载《政和鹿鸣宴五首》，初酌酒《正安》，再酌《乐育人材》，三酌《贤贤好德》，四酌《烝我髦士》，五酌《利用宾王》。④ 两者不但酒五行的仪式完全相同，乐章题目也互有异同，可以证实前引《宋史·礼志》之说。

政和所行乡饮酒礼，仪式过程与《仪礼》《开元礼》差别很大，用乐也与唐乐不同。表面上看，徽宗听从有司鹿鸣宴中“许用雅乐”的请求，下诏“春秋释奠、赐宴辟雍、贡士鹿鸣、闻喜宴悉用大晟乐”⑤，并在《政和五礼新仪》中规定了“大晟设特架于庭”⑥ 的礼乐规格，使乡饮酒礼成为演出雅乐的舞台。实际上，这种构想不但与《仪礼》《开元礼》的乐器布置不合，与宋人对此礼的想象也有很大差别。（见图 1）王美华曾撰文指出，

① （元）脱脱：《宋史》卷一一四，中华书局，1977，第 2721 页。

② （宋）郑居中：《政和五礼新仪》卷二〇三，《景印文渊阁四库全书》第 647 册，台湾商务印书馆，1986，第 857、858 页。

③ （元）脱脱：《宋史》卷一三九，中华书局，1977，第 3298 页。

④ （元）脱脱：《宋史》卷一三九，中华书局，1977，第 3299 页。

⑤ （元）马端临：《文献通考》卷一三〇，中华书局，1986，第 1159 页。

⑥ （宋）郑居中：《政和五礼新仪》卷二〇三，台湾商务印书馆，1986，第 857 页。

政和乡饮酒礼的做法实质是“在贡举的鹿鸣宴的基础上掺杂一些‘养老、乡射’古意而已，其本质还是鹿鸣宴”①。其礼如此，其乐确也如此。

图1　南宋马和之《鹿鸣之什图卷》（局部）②

到南宋，乡饮酒礼的仪式备受关注，而其乐章、乐曲却少有问津。从文献记载看，绍兴十三年（1143）林保所奏《乡饮酒矩范仪制》不但没有提出修撰乐章的问题，在《宋会要辑稿》所载仪式中也完全没有关于仪式音乐的记载。③ 而与之休戚相关的明州乡饮酒礼虽然具备丰富的方志资料，却对绍兴、乾道、嘉定时期数次行礼用乐问题语焉不详，直到记宝庆三年（1227）乡饮酒礼时才有记载说：“昔者，升歌、合乐之仪未皇搜举。”④可见，南宋朝廷虽颁乡饮酒礼于州县，却并未规范乡饮酒礼用乐问题。宋代州县鹿鸣宴仪式音乐的选择权、裁断权一直由地方掌握。

二　州县鹿鸣宴的仪式音乐

乡饮酒礼在《仪礼经传通解》中属“乡礼”，以地方州县为行礼地点，以州县长官为主要主持、发动人，以地方上的“乡贤”为尊长、宾

① 王美华：《唐宋时期乡饮酒礼演变探析》，《中国史研究》2011年第2期。

② 中国古代书画鉴定组编《中国绘画全集》第三卷，文物出版社，1997，第173页。

③（清）徐松辑《宋会要辑稿》礼四十六“绍兴十三年四月六日条”，中华书局，1957，第1468页。

④（宋）胡榘修，方万里、罗濬纂（宝庆）《四明志》卷二，《宋元方志丛刊》第五册，中华书局，1990，第5018页。

介，具有鲜明的地方色彩。它的仪式虽然在经、传中记载明确，并为朝廷所关注、讨论，实际践行则有赖于地方。从这个意义上说，朝廷颁定的诏令、礼典、仪式未尝不是观察地方乡饮酒礼施行情况的一面镜子，反映出朝廷规制与地方惯例的差异。《大唐开元礼》在规范乡饮酒礼仪式用乐时说：

乐无工人则缺，无得作淫声不雅之曲。①

《宋史·乐志》载政和二年（1112）事：

政和二年，赐贡士闻喜宴于辟雍，仍用雅乐，罢琼林苑宴。兵部侍郎刘焕言："州郡岁贡士，例有宴设，名曰'鹿鸣'，乞于斯时许用雅乐，易去倡优淫哇之声。"②

"淫声不雅之曲""倡优淫哇之声"是唐宋朝廷对州县鹿鸣宴乐的概括性评价。这种音乐的详情可从大观三年（1109）徽宗诏书中窥得一斑："今学校所用，不过春秋释奠，如赐宴辟雍，乃用郑、卫之音，杂以俳优之戏，非所以示多士。其自今用雅乐。"③"郑、卫之音"与"雅乐"相对，当是俗乐。"俳优之戏"，即"伎之最下且贱者"，"世目为杂剧者是已"④。按《梦粱录》，杂剧"大抵全以故事，务在滑稽"⑤。以此杂于鹿鸣宴、闻喜宴等场合，显然与《仪礼》《开元礼》所记很不相同。

徽宗整饬州县鹿鸣宴乐的诏书似乎没有取得实质效果，州县所行另有所本。绍兴二十六年（1156），周必大（1126~1204）代外舅作《广德军鹿鸣燕乐语》，其中有曰：

重茵看于翻红，叠鼓屡催于举白。若有古训，不醉无归。但某等

---

① （唐）萧嵩：《大唐开元礼》卷一二七，民族出版社，2000年影印本，第604页。

② （元）脱脱：《宋史》卷一二九，中华书局，1977，第3012页。

③ （元）脱脱：《宋史》卷一二九，中华书局，1977，第3002、3003页。

④ （宋）洪迈撰，何卓点校《夷坚志》支志乙卷第四《优伶箴戏》，中华书局，2006，第822页。

⑤ （宋）吴自枚：《梦粱录》卷二〇，《丛书集成初编》第3211册，中华书局，1985，第190页。

谬列伶人，叨持乐色。虽贱工之无取，幸盛礼之亲逢。①

这场盛会中不但有伶人乐舞，还以“击鼓传花”行酒令，场面活泼而热烈。不过在同情道学的周必大眼中，高度的娱乐化有乖鹿鸣宴之礼义。他小心地将伶人乐舞（“乐色”）与殷勤之礼（“盛礼”）剥离开，做出了“乐无足取，礼幸与会”的批判性结论。这种高度娱乐化的鹿鸣宴与当时其他地方公务宴会没有本质区别。按《梦粱录》记载，

凡官府春宴，或乡会，或遇鹿鸣宴，文武官试中设同年宴，及圣节满散祝寿公筵。如遇宴席，官府各将人力，差拨四司六局人员督责。②

或官府公筵及三学斋会，缙绅同年会、乡会，皆官差诸库角妓祇直。③

可见，鹿鸣宴与同年宴、乡宴、官府公宴等相同，帐设、茶酒、烹饪、台盘、果子、蜜煎、菜蔬、油烛、香药、排办、妓乐歌舞都有一套惯行方案，州县长官临事不必劳心，只需吩咐“四司六局人员督责”即可。

有妓乐歌舞，便有致语口号。考《全宋文》中所录鹿鸣宴致语口号共有十一篇，其中作于北宋的只有一篇，其余皆为南宋作品，其时间跨度从高宗朝至理宗朝，表现出连续性特征。从地域分布情况看，江、浙、两广、四川等地均有，与各地科举的基本情况相符合。这些致语口号有些出自州县长官，如熊克、晁公遡、方岳；有些出自府学教授，如陈造、程珌、李曾伯；有些出自闲居、安置在当地的有名望的士人，如胡寅、洪适（见表2）。这些文章往往以夸饰地方仁政、人才众多、祝福考生为主要内容。以之导引妓乐歌舞，实际是为歌舞杂剧等娱乐活动设置了一个“宾贤能”的主题。此后，不论娱乐活动以何种情势展开，总不出这个主题。

① （宋）周必大：《省斋别稿》卷九，《丛书集成三编》第46册，台北：新文丰出版公司，1986，第595页。

② （宋）吴自牧：《梦粱录》卷一九，《丛书集成初编》第3211册，台北：新文丰出版公司，1986，第182页。

③ （宋）吴自枚《梦粱录》卷二〇，《丛书集成初编》第3211册，台北：新文丰出版公司，1986，第191页。

表 2 宋代鹿鸣宴致语口号

致语篇名	时间	地点	作者	身份
鹿鸣宴	北宋哲宗时（1086~1100）	不详	方泽	不详
新州鹿鸣宴致语口号	约绍兴二十年（1150）	新州	胡寅	安置
鹿鸣宴致语	约绍兴二十一年（1151）	诸暨	熊克	知县
鹿鸣宴致语	绍兴十七年至二十五年（1147~1155）	广州	洪适	闲居
广德军鹿鸣燕乐语	绍兴二十六年（1156）	广德军	周必大	代作
鹿鸣宴乐语	乾道（1165~1173）初	眉州	晁公遡	知州
鹿鸣宴致语	淳熙中（1174~1189）	苏州	陈造	教授
建康鹿鸣宴致语	嘉泰元年（1201）	建康	程珌	教授
桂林鹿鸣宴致语	淳祐九年（1249）	桂林	李曾伯	教授
南康鹿鸣燕乐语	淳祐中（1241~1252）	南康军	方岳	知军
建府戊午鹿鸣宴致语	宝祐六年（1258）	建阳府	叶梦鼎	不详

妓乐是否用以演唱鹿鸣宴诗？从宋代宴会常例来看，妓乐能够按照宴会主题演出应景的曲目，那么在鹿鸣宴上诵、唱“鹿鸣诗”不无可能。有名的例子来自《全闽诗话》：

> 翁迈字和冲，崇安人。年十二为郡举首，邑侯欧阳疏试而奇之。郡守元东以其稚龄，不甚加礼。……及宴鹿鸣乃遣小妓索诗。[①]

这个故事十分生动，诸葛忆兵、周兴禄等都曾引用以说明当时鹿鸣宴间“有如此娇艳的歌妓穿梭其间”[②]，气氛“隆重而不一定严肃”[③]。所论诚然。另可注意的是，歌妓在故事中扮演了“索诗”“觅诗”的角色，翁迈挥就的诗篇很可能是由歌妓念、唱出来。从现存文献来看，宋代鹿鸣宴题诗中的“鹿鸣”意象比比皆是，时人普遍认为这些宴上题诗就是“《鹿鸣》唱和之传”[④]。

---

① （清）郑方坤编辑，陈节、刘大治点校《全闽诗话》卷五，福建人民出版社，2006，第260页。

② 诸葛忆兵：《论宋代科举考场外的诗歌创作活动》，《北京大学学报》2009年第5期。

③ 周兴禄：《宋代科举诗词研究》，齐鲁书社，2011，第167页。

④ （宋）吕陶：《净德集》卷一三，中华书局，1985，第132页。

当然，从儒家士大夫“以礼论俗”的立场看，无论诗歌内容如何，但凡倡优所歌皆是“淫哇之声”“郑卫之音”。故王安石（1021~1086）在宴会上一见“妓列庭下”便“作色不肯就坐”①；程颐（1033~1107）赴士大夫家会饮，“见妓即拂衣而去”②。这种充满声色的鹿鸣宴音乐很难被道学观念包容，随即成为道学家批判、整饬的对象。

三　开元古谱的重现与传播

地方上形成的一套由“四司”“六局”及官妓等专门人员督办、祗直的鹿鸣宴制度只是宋代州县乡饮酒礼的常例。此外，一些地方尚存乡饮酒礼的特例，其中有传自古时的乡饮仪式，如明州保存了唐贞观年间的乡饮酒礼，后来辗转制成绍兴乡饮酒礼仪制；也有由儒家士大夫根据古礼撰制的仪式，如朱熹在庆元年间（1195~1200）撰作的乡饮酒礼仪式。这些仪式从《礼记》《仪礼》中来，不再参照俗礼。这种复古倾向体现在音乐方面，便是要求罢黜妓乐、讲求古乐。著名的《风雅十二诗谱》正是在这种风气下“重现”的。关于《诗谱》的创作年代，许多音乐史学者都曾发表己见，或信之为唐乐，或断以为宋乐，至今不能定论。③ 探索该谱的传谱人、传播过程，对理解南宋乡饮礼乐文化十分重要。

（一）赵彦肃其人其事

赵彦肃是《诗谱》传人，考证其人其事是探索《诗谱》相关问题的前提。但音乐史学者对其人或不甚措意，或怀有误解，影响了对《诗谱》创作问题的判断。《通志堂经解》本《复斋易说》卷首录有《复斋赵先生行实》，是目前关于赵彦肃最为翔实的资料。该文《宋元学案》卷五十八有节选，题作《杨慈湖状行实》，知其为心学家杨简（1141~1226）所作。

---

① （宋）赵令畤：《侯鲭录》卷三，中华书局，1985，第27页。

② （明）刘宗周：《人谱类记》（增订六卷）增订五，光绪元年（1875）湖北崇文书局刻本。

③ 如夏野《唐代风雅十二诗谱的节奏问题》，《音乐研究》1987年第4期；杨荫浏《中国古代音乐史稿》，人民音乐出版社，1981；金文达《中国古代音乐史》，人民音乐出版社，1994；王德埙《中国乐曲考古学理论与实践》，贵州人民出版社，1998；刘明澜《中国古代诗词音乐》，中国科学文化出版社，1998；刘再生《中国古代音乐史简述》，人民音乐出版社，2006；刘义、孔庆茂《论〈风雅十二诗谱〉并非古乐谱》，《南京艺术学院学报》（音乐与表演）2019年第3期。

1. 字里、生卒年

《行实》称赵彦肃字子钦，朱熹文集中有多封《答赵子钦》书信，可证其实。但《朱子语类》中又说“《十二诗谱》，乃赵子敬所传”[①]，考《佛祖统纪》卷十八：“赵彦肃，字子敬，严陵人。”[②] 则赵彦肃又字子敬。《行实》称其归葬建德，则其为严州建德县人，即《佛祖统纪》所谓严陵。其卒在庆元二年（1196），时年四十九，则其生于绍兴十八年（1148）。

2. 任官、行迹

按《行实》，赵彦肃为乾道二年（1166）进士，初任宁国军掌书记。父丧，外艰归后调秀州推官，与郡守赵彦逾（1130~1207）不合，调任华亭县丞。考赵彦逾知秀州在淳熙五年（1178），赵彦肃秀州、华亭之任约在此时。后任保宁军掌书记，说服李彦颖（1118~1199）行仁政，“刊周、程、张诸君子书”[③]。考李彦颖于淳熙五年（1178）至淳熙八年（1181）在任，赵彦肃保宁军之任当在其间。绍熙元年（1190）孝宗皇帝力行三年之丧，赵彦肃“自始闻丧，溢粥疏食”[④]，李彦颖、朱熹、周必大向孝宗力荐之，以宁海军节度推官起之，庆元二年（1196）卒于官。可知，赵彦肃行迹主要集中在皖南、两浙地区，这些地区乡饮酒礼的复古实践比较活跃。

3. 学术、交游

关于赵彦肃的学问，《宋元学案》将其列入《象山学案》，视其为陆九渊之私淑弟子。不过从《行实》来看，赵彦肃读书多、学问广，与心学弟子不同。《行实》曰：“闲居，善诱学者，随叩辄鸣。自卦画、象数、仪象、律历、封建、方田、仪礼、司马法，及释书、道藏，下至医、卜、道引之类，各因所质而诲之。学者欣跃自喜。”[⑤] 其所著《广杂学辨》虽佚，其题以“广”“杂”为名，足见其内容广博。从淳熙十三年（1186）至庆元元年（1195），朱熹写给赵彦肃的书信共有八笺，其中多论《易》《礼》

---

① （宋）黎靖德编，王星贤点校《朱子语类》卷九二，中华书局，1986，第2347、2348页。

② （宋）志磐撰，释道法校注《佛祖统纪》卷一七，上海古籍出版社，2012，第383页。

③ （宋）赵彦肃：《复斋易说》卷首《复斋赵先生行实》，台北：广文书局有限公司，1974，第3~12页。

④ （宋）赵彦肃：《复斋易说》卷首《复斋赵先生行实》，台北：广文书局有限公司，1974，第6页。

⑤ （宋）赵彦肃：《复斋易说》卷首《复斋赵先生行实》，台北：广文书局有限公司，1974，第9、10页。

《乐》，内容丰富。赵彦肃所交之人，如李彦颖、周必大、朱熹、吕祖俭（1146~1200）、杨简等，都属于道学一派士人，多有力行古礼的名声。

由此看来，赵彦肃具备一定的音乐才能，对古乐、古礼有独到见解，他的“传谱”行为很可能包含与乐工的交游活动，以及记谱、抄谱等音乐文献整理活动，是一种收集礼乐素材的自觉行为。

（二）古谱的重现与质疑

绍熙二年（1191）[①]，赵彦肃将所辑《风雅十二诗谱》寄给朱熹，朱熹回信说：

> 但他论有未能无疑者。如诗乐起调毕曲之法，乃自古所传如此，音调方有归宿，不可紊乱。……且彼以俗尚而杂古礼，吾以臆见而改古乐，安知后之视今不犹今之视昔耶？[②]

这封信论及诗乐、《司马氏书仪》、堂室制度。从回信内容看，赵彦肃通过考证古礼的堂室制度批判《司马氏书仪》，以《诗谱》质疑古乐起调毕曲之法。对此，朱熹的意见游离于古、今之间，既没有因非古而贬去《书仪》，也没有因臆见而非古乐，态度十分模糊。这种态度与朱熹喜好辩论的风格不同，可以理解为对赵彦肃的尊敬，但更可能是因为朱熹对这份忽然出现的古乐谱缺乏成熟意见。考《朱子语类》，朱熹曾对弟子论及此事：

> 赵子敬送至《小雅》乐歌，以黄钟清为宫，此便非古……《礼书》中删去乃是。[③]

> 《乐律》中所载《十二诗谱》，乃赵子敬所传，云是唐开元间乡饮酒所歌也。但却以黄钟清为宫，此便不可……先生一日又说：“古人亦有时用黄钟清为宫，前说未是。”[④]

---

① 顾宏义：《朱熹师友门人往还书札汇编》，上海古籍出版社，2017，第3513页。

② （宋）朱熹撰，刘永翔、朱幼文校点《晦庵先生朱文公文集》卷五六，朱杰人主编《朱子全书》第23册，上海古籍出版社、安徽教育出版社，2002，第2644页。

③ （宋）黎靖德编，王星贤点校《朱子语类》卷九二，中华书局，1986，第2347页。

④ （宋）黎靖德编，王星贤点校《朱子语类》卷九二，中华书局，1986，第2347~2348页。

朱熹所质疑的主要问题涉及调式，兼及赵彦肃所说的起调毕曲问题。考今传《风雅十二诗谱》的起调毕曲十分自由，以朱熹批判的“黄钟清宫”为例，有以黄清起调毕曲者，如《鹿鸣》的第一章，《皇皇者华》的第一章、第五章；有以黄钟起调毕曲者，如《四牡》的第二章、《鱼丽》的第二章；有以黄钟起调、黄清毕曲者，如《鹿鸣》第二章、第三章；有以黄清起调、黄钟毕曲者，如《四牡》第四章；甚至《鱼丽》的第四、五章使用“黄清—南吕”“蕤宾—林钟”起调毕曲。[①] 这种现象引发了赵彦肃的疑问，也促使朱熹对乐律作进一步思考。由主张删去《诗谱》到存之“以粗见其仿佛”[②]，朱熹表现出肯定《诗谱》的倾向。《诗谱》赖此而传世，对元、明、清礼乐影响深远。

（三）《诗谱》之真相

在《仪礼经传通解》中，朱熹留下了一段按语：

> 《大戴礼》颇有缺误，其篇目都数皆不可考。至汉末年止存三篇，而加《文王》，又不知其何自来也。其后改作新辞，旧曲遂废。至唐开元，乡饮酒礼其所奏乐乃有此十二篇之目，而其声今亦莫得闻矣。此谱乃赵彦肃所传，云即开元遗声也。古声亡灭已久，不知当时工师何所考而为此也。[③]

朱熹的话带出了一桩学术公案，是唐是宋，至今不能定论。其实，朱熹的问题意识并不在唐宋之间，他所思考的是《诗谱》是否是古乐的遗声。因此，他轻松放过了“《诗谱》是否是开元遗声”的命题，得出唐开元“乡饮酒礼其所奏乐乃有此十二篇之目”的错误结论。考《诗谱》共有十二篇，其中三首属于登歌，即《鹿鸣》《四牡》《皇皇者华》；三首属于间歌，即《鱼丽》《南有嘉鱼》《南山有台》；六首属于合乐，即《关雎》《葛覃》《卷耳》《鹊巢》《采蘩》《采蘋》。与《开元礼》《唐会要》所载

---

① 郑俊晖在校勘谱字的基础上绘成表格，见氏著《朱熹音乐著述及思想研究》，人民教育出版社，2010，第 83~85 页。

② （宋）朱熹：《仪礼经传通解》篇第目录，朱杰人主编《朱子全书》第二册，上海古籍出版社、安徽教育出版社，2002，第 37 页。

③ （宋）朱熹：《仪礼经传通解》卷一四，朱杰人主编《朱子全书》第三册，上海古籍出版社、安徽教育出版社，2002，第 526 页。

开元乡饮酒乐章相比，其总数多出一倍，且没有一篇“笙诗”（见表1）。从内容上看，《诗谱》十二首全用《诗经》本文，但唐制乡饮酒礼乐章“用古诗名别制”，内容与《诗经》不同。由此看来，《诗谱》不是唐开元的乡饮酒音乐，甚至也不大可能是北宋的乡饮酒音乐。诚如杨荫浏所说，《诗谱》是“不折不扣的假古董”①。

作为乡饮酒乐章，《诗谱》很可能是北宋末到南宋时期流传的仪式音乐。首先，《诗谱》与道学家《诗经》学理论相合。读表1可知，《诗谱》与《仪礼·乡饮酒礼》所记用乐篇目很相似，所缺者仅有“六笙诗”而已。关于“六笙诗”，《毛传》称其“有其义而亡其辞”②，郑笺以“亡佚”解释“亡”，称其诗“遭战国及秦之世而亡之”③，孔疏意见与此相同，遂为汉唐经学通解。至宋代，“六笙诗”本无文辞的理论开始流行。北宋刘敞（1019~1068）首倡此说，其后朱熹、辅广、洪迈等深信不疑。朱熹《诗集传》曰：“此笙诗也，有声无辞。《南陔》以下，今无以考其名篇之义，然曰笙，曰乐，曰奏，而不言歌，则有声而无辞明矣。”④ 朱熹之论由《诗》《礼》经文入手，有理有据。《诗谱》他篇完备，独缺笙诗，正与宋代以“无”释“亡”的经学理论相合。

其次，《诗谱》与南宋时期复古的乡饮酒礼音乐有相似之处。政和时议礼局定乡饮酒礼，便曾规定“有古乐处令用古乐”⑤。宝庆三年（1227），明州行乡饮酒礼。（宝庆）《四明志》记载：

> 昔者，升歌、合乐之仪未皇搜举，于是依《鹿鸣》等诗之声节以合止，献筹交错，古意顿还。⑥

这场参礼人数多达一千五百人的宏大典礼是由郡守胡榘（1163~1244）发

---

① 杨荫浏：《中国古代音乐史稿》，人民音乐出版社，1981，第384页。

② （汉）毛亨传，（汉）郑玄笺，（唐）孔颖达疏，龚抗云等整理《毛诗正义》卷九，北京大学出版社，1999，第609页。

③ （汉）毛亨传，（汉）郑玄笺，（唐）孔颖达疏，龚抗云等整理《毛诗正义》卷九，北京大学出版社，1999，第609页。

④ （宋）朱熹：《诗集传》卷九，上海古籍出版社，1980，第109页。

⑤ （元）脱脱：《宋史》卷一一四，中华书局，1977，第2721页。

⑥ （宋）胡榘修，方万里、罗濬纂（宝庆）《四明志》卷二，《宋元方志丛刊》第五册，中华书局，1990，第5018页。

动，何炳（生卒年不详）“日会耆俊参订同异润色”而成的。仪式中包含了前所未有的“升歌、合乐之仪”，却没有笙奏、间歌的内容。由此推测，所谓“合乐”也不包含笙奏，只是将堂上、堂下乐声合奏，以拟古意。这种做法正与《诗谱》缺失笙诗的情况相同。引文指出，仪式过程以《鹿鸣》等诗篇的声音、节奏作为礼仪举止的标识。按南宋雅乐，钟一击、竽一吹、歌一字，仪式过程正是在这种节奏下进行的。[①]《诗谱》一字一音，符合时人对仪式音乐的要求。当然，这场典礼未必使用了《风雅十二诗谱》，何炳等人“搜举”的音乐可能出自他处。尽管如此，我们仍然可以窥见《诗谱》与复古乡饮酒礼乐存在明显的契合之处。

总之，《风雅十二诗谱》既不是唐、北宋朝廷所制乡饮酒礼乐谱，也不是宋代鹿鸣宴所用的世俗妓乐，而是南宋乡饮酒复古风气影响下出现的流传于两浙地区的乡饮酒礼仪式音乐。它的出现说明南宋乡饮酒礼有从“复古之礼”向“复古之礼乐”全面发展的趋势。

结　论

中国传统音乐与礼仪有着千丝万缕的关系。就“礼”而论，“礼”需要“乐”来格致神灵、调整节奏、烘托气氛，故“礼”是“乐”的“礼”；就“乐”而论，“乐”需要“礼”来赋予意义、提供内容、营造声势，故“乐”是“礼”的“乐”。这种“相须以为用”的关系在仪式音乐中尤为明显，宋代乡饮酒礼音乐也不例外。本文梳理宋代乡饮酒礼音乐的历史变迁、不同面相，澄清了几个曾有误解的问题。

第一，“旧瓶装新酒”是唐至宋初乡饮酒乐章撰制的规则。清人认为，用《诗经》题名而新撰辞章是“宋制”，并批判淳化乡饮酒乐章“附会”《诗经》，无可取之处。此论就“《诗经》音乐”而发，存在重大误解。从《唐会要》《开元礼》来看，“用古诗名别制”乐章是唐代通例，宋初不过因循旧制，并无创新。直到徽宗朝才有完全新撰的乐章出现，不过政和乐章虽有乡饮酒之名，却是模仿辟雍赐宴乐章而来。虽用雅乐宫架，却与《仪礼》《开元礼》全不相似。

---

① 姜夔《大乐议》：“至于歌诗，则一句而钟四击，一字而竽一吹。”《宋史》卷一三一，中华书局，1977，第3051页。

第二，宋代州县普遍流行没有《鹿鸣》诗乐的“鹿鸣宴”。在唐宋鹿鸣宴诗中，“鹿鸣”始终是一个重要的文学意象，甚至“鹿鸣宴”之名也由此而来。但考察宋代州县鹿鸣宴可发现，宋代地方上已经形成一套由“四司”“六局”督办、官妓祗直歌舞的成熟制度，宴会音乐由致语口号引导、举酒歌舞相配合，间有击鼓传花、诵唱诗篇等节目，与同年宴、乡宴、官府公宴等地方宴会并无本质不同。“淫声不雅之曲”“倡优淫哇之声”是唐宋朝廷对州县鹿鸣宴乐的概括性评价。

第三，《风雅十二诗谱》是两浙流行的复古乡饮酒礼音乐。《风雅十二诗谱》在《仪礼经传通解》中编入《学礼·诗乐》，在《宋史·乐志》中也收入《诗乐》一节，后世研究步其后尘，多从“《诗经》音乐”的角度展开，《诗谱》“唐开元间乡饮酒所歌”[①] 的“礼”的性质遂被忽略。从赵彦肃的任官、行迹、学术、交游情况看，《诗谱》很可能流传于两浙地区，与道学家的思想理论关系密切。绍熙二年（1191）赵彦肃与朱熹试图为古谱断代，而终无定论。从唐宋乡饮酒乐章情况看，《诗谱》不是唐、北宋的作品，却比较接近南宋复古的乡饮酒礼用乐的实际。

① （宋）黎靖德编，王星贤点校《朱子语类》卷九二，中华书局，1986，第2347页。

文学研究

《琴操·怨旷思惟歌》的文学母题意义*

王　娜

（北京体育大学人文学院，北京 100875）

摘　要：《琴操·怨旷思惟歌》是昭君由历史人物到文学形象的转折点，自此之后，昭君形象正式进入文学领域。《怨旷思惟歌》成为“昭君怨”文学母题的发端和昭君故事“自杀”结局的滥觞，末句作为“青冢”意象的源渊，直接影响到后世以“青冢”作为昭君归宿的故事结尾，并使“青冢”成为一个具有象征意义的文化符号。

关键词：《怨旷思惟歌》　昭君故事　文学母题　“昭君怨”

作者简介：王娜，北京体育大学副教授，文学博士。研究方向为先秦两汉文学，主要成果有《汉儒与古琴“乐之统”地位的形成》等。

昭君形象首见于《汉书》，从汉到清乃至于现代文学，被反复吟咏传唱。“昭君出塞”作为具有里程碑意义的重大历史事件，在历史记载、民间传说和文人创作等各个领域踵事增华，形成了文学史上蔚为大观的“昭君故事”创作潮流。昭君形象经《汉书》《后汉书》史传记载以及晋《西京杂记》、唐《王昭君变文》、元杂剧《汉宫秋》、明传奇《和戎记》、清代小说《双凤奇缘》、现当代话剧《王昭君》等文学作品的演绎，成为中国历史、文化史和文学史上一个具有深刻意义的典型人物形象。在这一典型形象的形成与发展过程中，以往研究多注意到了葛洪《西京杂记》“画工丑图”的重要增饰意义，对昭君从历史人物到文学形象的转折关注还不够，有的甚至归为《后汉书》开创之功。殊不知，《琴操·怨旷思惟歌》乃是这一重要转折的发轫之作。自此之后，昭君形象正式进入文学领域，

* 本文系国家社科基金“汉晋琴学文献生成研究”阶段性成果，项目编号为19BZW057。

《后汉书》对昭君形象的塑造亦是《琴操》直接影响的结果。

一 昭君由历史人物到文学形象的转折点

《汉书》最早对“昭君出塞”一事进行记载，见于《元帝纪》和《匈奴传》：

> 竟宁元年春正月，匈奴虖韩邪单于来朝。诏曰：“……其改元为竟宁，赐单于待诏掖庭王樯为阏氏。”（《汉书·元帝纪》）
>
> 竟宁元年，单于复入朝。……单于自言愿壻汉氏以自亲。元帝以后宫良家子王墙字昭君赐单于。单于欢喜，上书愿保塞上谷以西至敦煌，传之无穷，请罢边备塞吏卒，以休天子人民。（《汉书·匈奴传》）[①]

在《元帝纪》中，汉元帝出于汉匈两国关系的需要，将“待诏掖庭”王樯（昭君）赐予匈奴单于。《匈奴传》明确了王墙字昭君，身份为“后宫良家子”，“樯”变为“墙”，但两处记述均不带任何文学色彩，体现出《汉书》实录的特点，昭君遂首次以历史人物形象出现于正史。汉女远嫁和亲并非始于元帝时期，自汉高帝时刘敬首倡和亲政策，即有很多女子以皇室身份被嫁往乌孙、匈奴等少数民族，如刘细君、解忧公主等远嫁乌孙国，汉朝先后派遣9位女子和亲，其中以“昭君出塞”最为有名，对后世影响最大。昭君不仅成为历史上促进民族融合的和平使者，更成为史学巨擘、诗坛大家千百年来不断塑造、吟咏的文学典型，从而蜚声史简，流芳文坛。

《汉书》中昭君以“待诏掖庭”和“后宫良家子”身份嫁与匈奴，虽不带任何感情色彩，但为后世留下了极大想象空间。自此之后，昭君形象进入民间传说之中，至东汉末期被渲染得形神兼备，遂被蔡邕收入《琴操》河间杂歌二十一章，成为《琴操》中篇幅最长、情节最为生动的琴曲故事。《琴操·怨旷思惟歌》分本事与琴曲歌辞两部分，在五百余字的记叙中，交代了昭君“齐国王襄女”的出身，“颜色皎洁，闻于国中”的倾国容貌，“端正闲丽”的品行，“（襄）以其有异于人，求之皆不与。献于

---

① （汉）班固：《汉书》，中华书局，1962，第297页、3803页。

孝元帝”的入宫原因，并详细叙述了昭君自请出塞的过程。首次以“心有怨旷”作为故事的起因，不同于《诗经·卫风·伯兮》“自伯之东，首如飞蓬。岂无膏沐，谁适为容”所表达的思念之情，而是大胆突破传统诗学“怨而不怒”的情感基调。“伪不饰其形容”强化昭君的怨愤之情，从而使这一形象带有鲜明的个性特征，成为中国历史和文学史上率先同命运抗争的女性代表。《怨旷思惟歌》将《汉书》“以昭君赐单于”变为昭君“诚愿得行”，为其设计了由怨而怒、由怒而争的行为链。

昭君起先的“伪不饰其形容”与单于使者朝贺时“更修饰，善妆盛服，形容光晖而出”形成鲜明对比，“帝大惊，悔之不得复止”和“单于大悦，以为汉与我厚”的行为和心理描写强化了人物塑造的艺术效果。虚构的“吞药自杀”故事结局，又带有小说的典型特征，从而使昭君从历史人物一跃而成为具有传奇色彩的文学形象，具备了强烈的抒情性。从这个意义上说，《怨旷思惟歌》的出现，使昭君故事完成了从历史到文学的跨越，成为昭君形象首次进入文学领域的标志，具有重要的文学母题意义。

《后汉书》继承了《怨旷思惟歌》的情节设计。有学者认为，“至于《南匈奴传》里的这段材料，当然范晔必有所本；但照我看，已经是吸收了民间传说的结果，像文学描写而不像历史实录，带有浓厚的想象虚构成分了”[①]。《后汉书》作为正史，将《汉书》中的被动接受赐婚变为“积悲怨”的主动求行。与《怨旷思惟歌》一样，刻画了昭君“丰容靓饰，光明汉宫，顾景裴回，竦动左右”的绝色容貌，设置了元帝“大惊，意欲留之，而难于失信，遂与匈奴”[②]的强烈戏剧冲突，将正史中的昭君故事文学化、艺术化。昭君在从正史到民间传说再到正史的过程中，完成了由历史人物到文学形象的转变。《后汉书》的记载增强了昭君故事的可信度，表现在它一方面吸收了《怨旷思惟歌》的情节描写；另一方面出于正史的需要，为昭君安排了不同于《怨旷思惟歌》“吞药自杀”的结局，遵从史实让昭君生二子，在虖韩邪单于死后，奉成帝从胡俗之令，嫁前阏氏之子，“复为后单于阏氏”。昭君故事在《琴操》和《后汉书》中起因、发展高度相似，却衍生出两种截然不同的结局，反映出历史世界和文学世界叙事方式的不同。历史世界中的昭君需要尊重史实“从胡俗”，到了文学

① 吴小如：《古典小说漫稿》，上海古籍出版社，1982，第179页。

② （南朝宋）范晔：《后汉书》卷八十九，中华书局，1965，第2941页。

世界中，则掺入了创作主体的伦理道德意识和华夷之别的文化优越感，父死妻母的胡俗在汉人的视野中，尤其是民间传说体系中是悖情逆理的，因而《怨旷思惟歌》以小说化的笔法为其安排了“吞药自杀”的结局，也反映出在东汉末年的特定历史背景下，汉人空前增强的民族意识。自此之后，昭君故事沿着《怨旷思惟歌》所奠定的“美而见弃”的悲怨情感基调，在不同作家笔下，反映出不同的时代特征和文人心路历程。

可见，在昭君由《汉书》中纯粹的和亲政治工具发展为后世文学中个性鲜明的人物形象过程中，《琴操·怨旷思惟歌》成为昭君形象从历史人物到文学形象的重要转折点。

二 “昭君怨”文学母题的发端

自昭君由历史人物转变为文学形象之后，昭君故事被历朝历代文人反复吟咏，“有悲其远嫁者，有为其下嫁蛮夷、屈身受辱深抱不平者，有同情其貌美而不为元帝所遇者，有愤恨小人为患者，都以‘昭君怨’为基调，形成了昭君题材的文学母题。这个‘怨’字，继续启发着后代文人的无穷遐想，开启了文学创作的广阔空间，形成了蔚为壮观的昭君题材的文学创作史”①。究其根源，有学者认为是石崇的《王明君辞》最早定下的哀怨基调②，事实上，《怨旷思惟歌》（又名《昭君怨》）才是这一文学母题的真正发端。

在《怨旷思惟歌》中，先后出现了三处积怨积恨的心理描写：

> 积五六年，昭君心有怨旷，伪不饰其形容。元帝每历后宫，疏略不过其处。后单于遣使者朝贺，元帝陈设倡乐，乃令后宫妆出。昭君怨恚日久，不得侍列……昭君恨帝始不见遇，心思不乐，心念乡土，乃作《怨旷思惟歌》。

“昭君心有怨旷”“昭君怨恚日久”“昭君恨帝始不见遇”，既有入宫之后不被临幸的疏略之怨，又有远嫁之后思念故土之怨，更深层次的则是对

① 胡小成：《古代昭君题材的历史流变》，《求是学刊》2006年第2期。

② 王宝琴：《昭君形象的类型及其文化内涵》，《西北师大学报》2007年第4期。

“志念幽沉，不得颉颃”的被抑之怨。女子入宫不得宠幸本为人生一大悲剧，在以农耕为主的中国古代社会，安土重迁的传统又使背井离乡成为人生的更大不幸。在个体意识日趋觉醒的东汉末年，古诗十九首反复抒发的羁旅之思尚且让人伤感悲叹，昭君远嫁异域终老至死的命运则无异于肝肠寸断。因此，昭君之怨较之《诗经》中的思妇之怨更为深沉浓重。“怨”本为诗歌创作的传统主题，“风”诗和“雅”诗中的怨诗数量都非常可观，孔子诗论中也有“可以怨”的主张，但先秦时期的“怨”多与“刺”结合在一起，是忧患意识的诗化表达。即便是思妇怨旷之诗，也是安守故土的思念或伤世之情。而昭君之怨，还包含美而见弃、别乡远嫁、思归不得、移风易俗之怨。

以和亲远嫁为主题，并非《怨旷思惟歌》首创，早在细君公主远嫁乌孙时即已出现，但细君公主题为《悲愁歌》（《黄鹄歌》）的诗描述的是“庐为室兮旃为墙，以肉为食兮酪为浆”的悲苦生活，抒发的是“居常土思兮心内伤”[①] 的悲愁伤感之情，是无助女子哀而未怨的情感表达。到了《怨旷思惟歌》中，变为“离宫绝旷，身体摧藏。志念幽沉，不得颉颃”的怨愤，与细君公主至乌孙不久便抑郁而终不同，昭君为适应胡地生活而“改往变常”的付出更让人同情慨叹。昭君的怀色不遇而怨，契合了中国古代士人怀才不遇而怨的心理，其所奠定的“怨”的基调，使历代文人在不同时空中，将共同的“士不遇”感受附着在昭君这一历史人物身上，借“昭君怨”之酒杯，来浇灭自己胸中之“块垒”。尽管不同时代的作品对昭君情感的描述不尽相同，如从《后汉书》到唐代《王昭君变文》再到元代《汉宫秋》，昭君的情感由对父母、家乡的思念过渡到对故土、故国的眷恋，再过渡到对汉宫与元帝的爱恋，但其“怨”的主题始终存在。历史上的昭君究竟“怨”否无法得知，但历代文学作品都围绕“怨”的主题，逐渐将之塑造为符合人性真实与艺术真实的客观存在，使“昭君怨”在众多昭君形象中成为“最主要的、而且也是最有文学价值的”[②]。

《怨旷思惟歌》“怨”的基调奠定之后，不同程度地影响了后世的昭君故事。范晔《南匈奴列传》对昭君出塞的记载，直接取材于《琴操》传说，不同于《汉书》客观简单的记录，增加“入宫数岁，不得见御，积悲

① 逯钦立：《先秦汉魏晋南北朝诗》，中华书局，1983，第112页。

② 刘淮南：《历史记载、文学想象与“文化之怨”——〈王昭君变文〉的价值》，《民族文学研究》2014年第2期。

怨，乃请掖庭令求行”的情节，使昭君的“悲怨”具备了史学和文学双重性质，强化了“昭君怨”的真实性。到了晋代石崇《王明君辞》（并序）中，开宗明义地交代诗歌的写作目的是将“哀怨之声”叙之于纸，哀怨到了“哀郁伤五内，泣泪沾朱缨”的程度，“默默以苟生”“远嫁难为情”[①]的痛苦，使昭君之怨更加扣人心弦。画工毛延寿形象的出现，是封建时代文人立足忠君护君的时代需要，将昭君对元帝之怨进行消解的文学手段。从对元帝之怨到对画工之怨的转变，使昭君故事找到了恰当的泄怨点，更加符合人们的接受心理，从而使其更具艺术魅力。《西京杂记》《世说新语》《王昭君变文》《汉宫秋》《和戎记》《双凤奇缘》等不同时代的作品皆沿袭“昭君怨”这一文学母题，并贯注时代气息，融合历史事件与现实感受，使昭君故事变得更加立体生动丰富多彩。

三　昭君故事“自杀”结局的滥觞

昭君故事由文学母题定型为成熟的文学经典，虽在不同时代情节不尽相同，但总体而言大致沿着“复为后单于阏氏”和“自杀”两种结局发展。前者依据史实演绎，后者则掺入了时代风气和文人心态的文学化虚构。《怨旷思惟歌》首次为昭君安排了“吞药自杀”的结局，成为昭君故事“自杀”结局的滥觞。

如前所述《汉书》的记载应当是昭君故事的本来面目，《后汉书》虽在情节设计上深受《琴操》影响，但仍遵从史实，让昭君从胡俗生二子，为后单于阏氏。然而，对于具有强烈民族意识和故土情怀的汉人来说，无论从心理上还是情感上都难以接受这一点。从东汉末年蔡琰被掳入胡，生子后在面临留胡和归汉的抉择时，毅然承受骨肉分离之痛而归汉可以印证。自董仲舒确立“三纲”时起，为妇女所设立的“夫纲”成为无形中的道德约束，刘向《列女传》妇德贞操的宣扬，树立起整个时代道德风尚的标杆，重气节品格亦成为对女子的要求。蔡琰被掳入胡生子，又归汉嫁董祀“流离成鄙贱”的遭遇，尽管为汉大夫所同情，但确是蔡琰一生难以言尽的悲愤。昭君同蔡琰一样，都是婚后再嫁匈奴，与汉代皇室公主的下嫁有着本质区别。以皇帝之妃和亲本来在汉大夫眼中就是汉廷不够强大的一

① 逯钦立：《先秦汉魏晋南北朝诗》，中华书局，1983，第643页。

大耻辱，再为匈奴两代单于生儿育女，更让汉人从心理上难以接受。因此，《怨旷思惟歌》以文学化笔法为昭君选择了一条不同于史实的道路，让其在面临儿子从胡俗娶母的抉择时“吞药自杀”：

> 昭君有子曰世违，单于死，子世违继立。凡为胡者，父死妻母。昭君问世违曰：“汝为汉也，为胡也?”世违曰：“欲为胡耳。”昭君乃吞药自杀。单于举葬之。（《怨旷思惟歌》）

当然，《琴操》作为民间传说的汇辑，所虚构的故事并不完全符合胡俗[①]，但昭君刚烈自杀，对汉人来说无疑是一种强大的情感慰藉，因此被广泛继承下来。对此，有学者评论“以王昭君不从胡俗饮药自杀，如此改写可以了解到《琴操》一书，作为琴曲的传承之作，内含的精神是要符合于中国文人的传统，而在对于女性的要求上，如同其他托名女作的琴曲要求的守礼、守节……《琴操》作为一部琴曲的题解之书，所面对的接受者是一批知识分子，虽史实记载与《汉书》内容不一却仍被接受，甚至被广为流传，所代表的是《琴操》内含的象征精神被士人接受并且认同”[②]。《琴操》之后，不同时代的文人对其进行重审重构，以吻合时代情绪，如唐人无法接受昭君为匈奴王生子的事实，《王昭君变文》选择回避入胡后的矛盾，让昭君在入胡之前郁郁而终。元代因为异族统治，昭君故事不仅要面对风俗差异，还要面对民族矛盾和忠贞气节等问题，因此马致远在《汉宫秋》中让昭君死在与单于成亲之前。这些结局，都是《怨旷思惟歌》直接影响的结果。

蔡邕之所以为昭君安排“自杀”的结局，一方面源于琴曲题解对“主动性死亡”叙事的观照[③]，对死亡的观照成为琴曲题解中独具特色的一类，此外还有《贞女引》《箜篌引》《崔子渡河操》《聂政刺韩王曲》等，反映出汉人眼中古琴所代表的婉而不屈的品格；另一方面，与个体生命面对严酷现实时的渺小无助有很大关系。汉末风雨飘摇，士人如履薄冰，命运难卜，昭君美而见弃的形象代表了他们怀才不遇甚至祸福无常的无奈感，远

---

① 《后汉书·西羌传》：“其俗……父没则妻后母。”

② 刘怡青：《〈琴操·怨旷思惟歌〉与〈王昭君变文〉比较》，《第三届古琴国际学术研讨会论文集》，齐鲁书社，2012，第325页。

③ 王娜：《〈琴清英〉的文学价值》，《中国文学研究》2016年第4期。

嫁异域他乡的遭遇又象征了他们天涯沦落的无助感，从而传达出中国古代士大夫群体的悲剧意识，这种悲剧意识发展到一定程度，便集中为不可调和的生死矛盾，因而，以死亡为结局便成为一种必然。但自古以来中国人对悲情的承受能力不强，正如王国维总结中国的悲剧："始于悲者终于欢，始于离者终于合，始于困者终于亨"[①]，因而，《怨旷思惟歌》为昭君故事设置的"自杀"结局非常难得，具有重要的文学母题意义。

需要指出的是，尽管"自杀"结局为文学虚构，但并不妨碍《怨旷思惟歌》的现实意义。歌辞部分的"翩翩之燕，远集西羌"句借咏史影射现实。逯钦立根据"昭君本入匈奴，而歌辞则谓远集西羌，地理不合，后汉外患在羌"的史实认为此句乃作者"率笔及之"[②]。但以蔡邕的博学洽闻不至于犯此错误，联系东汉中后期外患不在匈奴而在西羌的史实，可知蔡邕是借文学笔法来表达忧患意识。照应前文的"有鸟爰止，集于苞桑"，"集于苞桑"不同于《诗经》中"集于灌木"的普通飞鸟之集，而是带有深刻寓意。《周易·否》言"其亡其亡，系于苞桑"，孔颖达疏："苞，本也。凡物系于桑之苞本，则牢固也。若能其亡其亡，以自戒慎，则有系于苞桑之固，无倾危也。"[③] 可知，"苞桑"代表帝王朝廷大厦，《怨旷思惟歌》借此表达西羌之患对汉朝所造成的影响。蔡邕采用借古鉴今的手法，将昭君出塞的史实与西羌之患的现实交织起来，赋予了昭君故事强烈的时代气息，看似命运出现转机，实则开启的是更大的人生悲剧，体现出汉大夫在皇权重压之下抑郁终生的"不遇"之悲。蔡邕为昭君安排了自杀的结局，开启了不同于正史的文学想象结尾模式，而现实中他因叹董卓而被"死狱中"的结局，则使这种命运悲剧变得亦真亦幻，从而使昭君故事经过不同遭遇、不同心态的文人多层次、多角度的演绎，更具艺术张力。

余　论

平津馆本《琴操·怨旷思惟歌》末尾有"胡中多白草，而此冢独青"一句，或可成为"青冢"意象的渊源。直接影响到唐代《王昭君变文》以"青冢"作为昭君归宿的结尾。唐诗中出现了大量"青冢"意象，明清时

① 王国维：《红楼梦评论》，上海古籍出版社，2011，第13页。

② 逯钦立：《先秦汉魏晋南北朝诗》，中华书局，1983，第316页。

③ （清）阮元校刻《十三经注疏·周易正义》，中华书局，2009，第29页。

期的昭君戏很多以“青冢”为题，清代胡凤丹编《青冢志》等，使“青冢”成为一种具有独特象征意义的文化符号。究竟是“塞草独青，故曰青冢”①，还是“墓无草木，远而望之，冥蒙作黛色，古云‘青冢’”②，已变得不再重要，重要的是“青冢”作为一个文化符号，定格了昭君“独留青冢向黄昏”的孤独凄美形象，承载着自古以来人们对昭君的关注之情。

① （清）光绪重修《定兴县志》，癸巳重校定本（影印本），卷十四，第3页。

② （清）宋荦撰，蒋文仙校点《筠廊偶笔》卷上，上海古籍出版社，2012，第19页。

道教视域下的曹魏乐府山水书写*

孙　兰

（中国海洋大学文学与新闻传播学院，青岛，266100）

摘　要：曹魏乐府山水书写多与道教关联，也是孕育诗歌自然审美的温床。曹操乐府有大量仙界山水的神秘书写，契合了歌诗的舞台呈现，着眼于动态变化及物象指向，不像汉赋山水实物的静态铺排，而是与道教仙境山水的虚幻神秘相得益彰。曹植乐府山水书写于道教外表下隐含对现实的批判，其儒家宗庙祭祀、道家玄学观照与道教融合。因为"事谢丝管"，曹植乐府由杂言趋向齐言而无须受制于古曲的体式，为求藻饰其描写仙界山水更为细致工整，在某种程度上亦见诗人对早期乐府歌诗质朴道教教义的背离。曹丕乐府山水书写则关注现实自然审美，完成了对《观沧海》碣石意象之山水求仙隐寓的超越。曹魏乐府山水书写的道教情结与时代思潮、歌诗表演和娱乐消费等有关，而徒诗山水书写少道教观照则显示了时人明晰的自然观、人生观与诗学观。

关键词：曹魏　乐府　山水　道教

作者简介：孙兰（1971~），女，中国海洋大学文学与新闻传播学院副教授，主要从事魏晋南北朝文学研究。

诗歌书写山水，学界一般会论及晋宋之际山水诗的兴起。但作为山水诗鼻祖的《观沧海》，却出现在曹魏时期，而且是一首乐府诗，这不能不引起关注。乐府历来被认为是叙事创作的典范，与山水摹写的体物缘情有着较大的差别。而且早期乐府作为歌诗的一种，与《诗经》被整理后的兴观群怨与赋诗言志之政治、社会功能也不尽相同，它更多被赋予了歌舞表

*　山东省社科规划项目阶段性成果（项目批准号：20CZWJ09）。

演的性质，被认为是上层统治阶级的消费艺术，但这并不影响乐府对于山水的书写。曹魏乐府的山水书写充满了某些适于歌诗表演的成分，异于现实山水之书写。而其中流露的道教思想，更是体现了当时的社会思潮，也透露了文人的自然观、人生观与诗学观。

一

中国古代诗歌早期的山水书写除了儒道思想的比德观照，还有一大部分则依附于游仙诗的虚拟山水，体现了人们对于山水与道教的别样关联。而这一类山水书写，正是孕育诗歌自然审美的温床。曹魏时期的乐府游仙诗就代表了此类诗歌创作。曹操《气出唱》[①] 存诗三首，皆有仙界山水书写：

> 驾六龙乘风而行。行四海外，路下之八邦。历登高山临溪谷，乘云而行。行四海外，东到泰山。仙人玉女，下来翱游。骖驾六龙，饮玉浆，河水尽，不东流。解愁腹，饮玉浆。奉持行，东到蓬莱山……愿得神之人，乘驾云车，骖驾白鹿，上到天之门，来赐神之药。跪受之，敬神齐。当如此，道自来。（其一）
>
> 华阴山，自以为大。高百丈，浮云为之盖。仙人欲来，出随风，列之雨。吹我洞箫鼓瑟琴，何訚訚。酒与歌戏，今日相乐诚为乐。玉女起，起舞移数时。鼓吹一何嘈嘈。从西北来时，仙道多驾烟，乘云驾龙，郁何蓩蓩。遨游八极，乃到昆仑之山，西王母侧。（其二）
>
> 游君山，甚为真。磪嵬砟硌，尔自为神。乃到王母台，金阶玉为堂，芝草生殿旁。（其三）

诗歌尽管对泰山、蓬莱、华阴山等山水用笔不多，但以仙界山水为背景的仙人系列活动丰富多彩，展现了游仙山水广阔的想象空间。诗人将传统神话中的仙山意象铺排摹写，让人感受到泰山、蓬莱、东海等仙人玉女、六龙白鹿、玉浆神药意象的诡谲丰富，凸显华阴山“高百丈，浮云为之盖”、君山“磪嵬砟硌”的奇幻神秘，从而渲染以昆仑为首的仙山胜境之金玉为

① （宋）郭茂倩：《乐府诗集》卷二十六，中华书局，1979，第 383 页。

堂、芝草生殿、洞箫鼓瑟、歌戏相乐的祥和安乐人生美景，人物、坐骑、歌戏、舞蹈、草木等内容十分丰富，为我们营造了一方完全不同于人世间的异域山水空间。

除了《气出唱》三首，曹操还有《陌上桑》：

> 驾虹霓，乘赤云，登彼九疑历玉门，济天汉，至昆仑，见西王母谒东君。交赤松，及羡门，受要秘道爱精神。食芝英，饮醴泉，柱杖桂枝佩秋兰。绝人事，游浑元，若疾风游欻飘翩。景未移，行数千，寿如南山不忘愆。①

诗歌摹写九疑山、昆仑、王母、赤松等仙界意象，从仙人的游天汉驾虹霓到食芝英饮醴泉等，动作描写丰富，山水环境描写相对较少。但值得注意的是，这首诗完全不同于古辞《陌上桑》的采桑本事，沿袭了《楚辞钞》之《陌上桑》三七言句式游仙，突破了其对于《山鬼》诗辞的直接套用，而以多处的山水空间腾挪，展示了仙境之游的阔大高远。而且“受要秘道爱精神”的道教主题与楚辞单纯精神上的游仙不同，俨然是希望得道成仙的长生追求。曹操还有《秋胡行二首》也有仙界山水书写的道教情结，其一云：

> 晨上散关山，此道当何难。晨上散关山，此道当何难。牛顿不起，车堕谷间。坐盘石之上，弹五弦之琴，作为清角韵。意中迷烦，歌以言志。晨上散关山。（一解）
>
> 我居昆仑山，所谓者真人。我居昆仑山，所谓者真人。道深有可得，名山历观。遨游八极，枕石漱流饮泉。沉吟不决，遂上升天，歌以言志。我居昆仑山。（三解）

其二云：

> 愿登泰华山，神人共远游。愿登泰华山，神人共远游。经历昆仑山，到蓬莱，飘飖八极，与神人俱。思得神药，万岁为期。歌以言

① （宋）郭茂倩：《乐府诗集》卷二十八，中华书局，1979，第412页。

志。愿登泰华山。(一解)[1]

这两首《秋胡行》，同样改变古辞秋胡戏妻主题，以游仙之辞配乐古曲。其中的山水书写有泰华山、散关山、蓬莱等仙境，诗人“名山历观”，同时“飘飖八极，与神人俱”，可见其道教情结。但诗作有“弹五弦之琴，作为清角韵”的高雅之举，仙界山水的神秘书写和儒家传统的琴瑟清韵融合到一起，将传统道教的追求长生加以文人雅化，丰富了仙界山水的内涵。而且曹操此组游仙诗涉及人世山水：“牛顿不起，车堕谷间。坐盘石之上，弹五弦之琴，作为清角韵”，“枕石嗽流饮泉”，这些似乎都向我们展示了早期隐逸之士的山水清音，表现了道教仙界山水与道家自然山水的某种融合。

另外值得一提的是，曹操乐府诗的山水书写体现了诗乐一体的舞台表演。《气出唱》《陌上桑》《秋胡行》叙事性减弱，契合了乐府歌舞的动态呈现，着眼于动作的变化及其指向的物象，也不像汉赋山水实物的静态铺排，而是与道教仙境山水之景的虚幻神秘相得益彰。比如《秋胡行》语句的重叠，重点不在于仙界山水的摹写，而在于“晨上散关山”“我居昆仑山”“愿登泰华山”的道教主题之强调，达到一唱三叹的吟咏效果，与其杂言的韵逗曲折合乎音乐演唱一致，这正是歌诗的书写特质。而且上述乐府虽是古曲，但古辞不存，而曹操诗作为我们展现了对于古辞内容与体式的诸多想象，与后世古曲本事的拟写多有不同，是对乐府诗体的极大丰富。

二

除了传统的古曲题游仙，曹魏时期有一些无法溯源的曲题或乐府新题，其书写山水也与道教关联。这类乐府诗更像是徒诗，但因“篇”“行”“咏”等题，往往被人们看成是乐府诗。吴兢的《乐府古题要解》就将其归为杂曲歌辞，云“以上乐府杂题。案自《相逢狭路间行》已下，皆不知所起。自《君子有所思行》已下，又无本词。仲尼称不知则阙之，以俟知

---

① （宋）郭茂倩：《乐府诗集》卷三十六，中华书局，1979，第526~528页。

者。今但据后人所拟，采其意而注之。”① 郭茂倩沿袭吴氏说法，列为杂曲歌辞，云：“干戈之后，丧乱之余，亡失既多，声辞不具，故有名存义亡，不见所起，而有古辞可考者，则若《伤歌行》《生别离》《长相思》《枣下何纂纂》之类是也。复有不见古辞，而后人继有拟述，可以概见其义者，则若《出自蓟北门》……之类是也。”② 在汉魏乐府诗乐分离的时代，有些诗作已经分不清是歌诗还是徒诗。当然，从“篇”“行”等诗题来看，与当时文人徒诗之应制、赠和、酬答等诗题区别明显，显示了时人以乐府视之的文体意识。曹植诗歌是其中的代表。

曹植乐府书写多自拟新题，以仙界山水为契机，抒发自己对社会现实的不满，不同于曹操游仙诗的纯粹游仙指向。如《升天行二首》题解，《乐府诗集》引《乐府解题》曰：“《升天行》，曹植云：‘日月何时留。’鲍照云：‘家世宅关辅。’曹植又有《上仙箓》与《神游》《五游》《龙欲升天》等篇，皆伤人世不永，俗情险艰，当求神仙，翱翔六合之外，与《飞龙》《仙人》《远游篇》《前缓声歌》同意。”③ 其诗辞云：

> 乘蹻追术士，远之蓬莱山。灵液飞素波，兰桂上参天。玄豹游其下，翔鹍戏其颠。乘风忽登举，仿佛见众仙。（其一）
>
> 扶桑之所出，乃在朝阳溪。中心陵苍昊，布叶盖天涯。日出登东干，既夕没西枝。愿得纡阳辔，回日使东驰。（其二）

这里曹植对于游仙山水的书写依旧以传统的蓬莱、扶桑等意象为中心，描述了“灵液飞素波，兰桂上参天。玄豹游其下，翔鹍戏其颠”的仙界景象。《乐府解题》认为其“伤人世不永，俗情险艰，当求神仙，翱翔六合之外”，这是曹植对于乐府山水书写的新出发点，与曹操尽写仙界山水的享乐不完全相同。

《乐府诗集》收录曹植《飞龙篇》，郭茂倩题解认为，《楚辞·离骚》曰：“为余驾飞龙兮，杂瑶象以为车。”曹植《飞龙篇》亦言求仙者乘飞龙

---

① 丁福保辑：《历代诗话续编》（上），中华书局，2006，第 54 页。

② （宋）郭茂倩：《乐府诗集》卷六十一，中华书局，1979，第 885 页。

③ （宋）郭茂倩：《乐府诗集》卷六十三，中华书局，1979，第 919～920 页。《乐府诗集》卷六十五有《前缓声歌》古辞与陆机、孔甯子、谢惠连同题诗作，古辞与谢诗非游仙而陆、孔诗游仙，另谢灵运、沈约有游仙诗《缓歌行》。

而升天，因而也被视为与楚辞升天之意相通。[1] 诗歌以“晨游泰山，云雾窈窕”为背景，写自己遇仙童而随骑白鹿见真人得仙药的过程。其《远游篇》也有屈原情结：

> 远游临四海，俯仰观洪波。大鱼若曲陵，承浪相经过。灵鳌戴方丈，神岳俨嵯峨。仙人翔其隅，玉女戏其阿。琼蕊可疗饥，仰漱吸朝霞。昆仑本吾宅，中州非我家。将归谒东父，一举超流沙。鼓翼舞时风，长啸激清歌。金石固易弊，日月同光华。齐年与天地，万乘安足多。

《乐府诗集》解题云：“《楚辞·远游》章句曰：‘悲时俗之迫厄兮，愿轻举而远游。质非薄而无因兮，焉托乘而上浮。’王逸云：‘《远游》者，屈原之所作也。屈原履方直之行，不容于世，困于谗佞，无所告诉，乃思与仙人俱游戏，周历天地，无所不至焉。’”[2] 可见此篇乃曹植拟《远游》而为，尽管没有屈原对于现实的直接批判，但“昆仑本吾宅，中州非我家”，对人世的否定暗寓着对现实的失望。开篇即有“远游临四海，俯仰观洪波”，写自己远游对人世的背离，大鱼、承浪、灵鳌、神岳等山水意象烘托仙界的阔大与神秘，仙人、玉女、琼蕊、朝霞、长啸、清歌等渲染仙界的歌舞升平，昆仑、东父等意象更是凸显道教圣地。这种山水仙境与人世对比的现实指向，透露了曹植的隐晦情怀。[3]

曹植《升天行》和《远游篇》等诗对于山水的书写建立在传统游仙主题的基础之上，但客观上为我们带来了文人歌诗山水书写的新内涵，即山水神游乃避世现实之所在。这固然和屈原的精神脉络相同，但访仙求药的道教思想在此时的山水神游之中已经凝定为一种宗教思想，而不仅仅是屈原时代的精神之游。这一点，对后世文人现实山水之隐的道教思想有着重要影响。而且，曹植诗歌显示了文人创作对歌诗传统的突破，无论遣词造

---

① （宋）郭茂倩：《乐府诗集》卷六十四，中华书局，1979，第 926 页。

② （宋）郭茂倩：《乐府诗集》卷六十四，中华书局，1979，第 922~923 页。

③ 赵敏俐先生认为“游仙与其说是诗人追求长生的一种愿望，毋宁说是诗人寻求心灵解脱的一种理想”。参阅赵敏俐《山崇拜与道教文化及游仙诗》，《东方丛刊》1994 年第 1 期。孙昌武先生认为骚人辞赋里的“它界”幻想主要是象征和讽喻，是作者情志寄托，而大赋里神仙世界的描写主要表达统治者的希冀与愿望。就曹植与曹操的游仙诗对比来看，也有此意。参阅孙昌武《道教文学十讲》，中华书局，2014，第 17 页。

句还是立意，都值得关注。其关于昆仑、泰山、蓬莱等仙界的铺排描写，因为措辞的讲究，让我们感知前人对于早期山水的解读更为全面和立体。“九州不足步，愿得凌云翔”（《五游咏》）、“俯观五岳间，人生如寄居”（《仙人篇》）、“昆仑本吾宅，中州非我家”，暗寓自己对于尘世的疏离，较曹操的游仙书写有了更为深远的内涵，寄予了游仙山水不一样的情怀。仙界山水成为诗人逃离现实、避世苦难的一方天地，而不仅仅是歌舞娱乐的一种精神享受和追求。而《当墙欲高行》言“龙欲升天须浮云，人之仕进待中人。众口可以铄金，谗言三至，慈母不亲。愦愦俗间，不辨伪真。愿欲披心自说陈，君门以九重，道远河无津”[①]，此中书写更为直白，对于现实的批判直接、大胆，几乎湮没了游仙享乐的描写。曹植的杂曲歌辞《当欲游南山行》则更是将“仁者各寿考，四坐咸万年”赋予了“嘉善而矜愚，大圣亦同然”的世间“博爱长者”，且以东海与五岳之山水汇聚来类比仁爱者的纳贤：“东海广且深，由卑下百川。五岳虽高大，不逆垢与尘。”[②] 由这种济世的情怀，可以想见其游仙诗山水书写之寓意。另外，曹植还有《驱车篇》也写游仙山水：

> 驱车掸驽马，东到奉高城。神哉彼太山，五岳专其名。隆高贯云霓，嵯峨出太清。周流二六候，间置十二亭。上有涌醴泉，玉石扬华英。东北望吴野，西眺观日精。魂神所系属，逝者感斯征。王者以归天，效厥元功成。历代无不遵，礼祀有品程。探策或长短，唯德享利贞。封者七十帝，轩皇元独灵。餐霞漱沆瀣，毛羽被身形。发举蹈虚廓，径廷升窈冥。同寿东父年，旷代永长生。[③]

这里对泰山的描写很明显转向了更多现实的书写。“驱车掸驽马，东到奉高城”用典汉武帝封禅泰山之事；“神哉彼太山，五岳专其名。隆高贯云霓，嵯峨出太清”是泰山之自然景象的写实。中间大段渲染“王者以归天”“礼祀有品程”的祭祀场面，末尾“餐霞漱沆瀣，毛羽被身形。发举蹈虚廓，径廷升窈冥。同寿东父年，旷代永长生”以游仙作结。这里对于泰山的描写就由以往的游仙场所变成了祭祀的现实世界，表现了诗人从虚

① （宋）郭茂倩：《乐府诗集》卷六十一，中华书局，1979，第888页。
② （宋）郭茂倩：《乐府诗集》卷六十一，中华书局，1979，第888页。
③ （宋）郭茂倩：《乐府诗集》卷六十四，中华书局，1979，第928~929页。

拟回到现实的自然感受，尽管有结尾的长生期盼，但前提是王者礼祀的儒家济世情怀。此中对于仙界与现实山水书写的转换，体现了诗人泾渭分明的自然观与人生观，某种程度上也是宗庙祭祀山水观照与游仙山水的融合，显示了道教与儒家思想的融合。而其《苦思行》则是另一种乐府山水书写：

> 绿萝缘玉树，光曜粲相晖。下有两真人，举翅翻高飞。我心何踊跃，思欲攀云追。郁郁西岳巅，石室青葱与天连。中有耆年一隐士，须发皆皓然。策杖从吾游，教我要忘言。[①]

尽管没有“伤人世不永，俗情险艰”的现实批判，而“策杖从吾游，教我要忘言”两句已经有了玄言的影子。而且“中有耆年一隐士，须发皆皓然”写现实山水的隐士情怀，也暗寓了仙界山水才是唯一归宿，显示了曹魏到西晋时期玄学对道教自然观的影响，与《桂之树行》游仙中“淡泊无为自然”[②] 思想的融入是一致的。

总之，曹植的《五游》《远游篇》《飞龙篇》《仙人篇》《升天行》《驱车篇》等游仙诗，均有不同程度的仙界山水摹写，可见乐府山水书写的道教情结。而且，其中不但有一般游仙山水的道教书写，还有儒家宗庙祭祀、道家玄学观照山水与道教融合，体现了乐府山水书写道教情结的多方面内涵。这些诗题，都没有古辞留存，应该是曹植自造诗题或者后人结集时命题。诗作带给我们与传统歌诗不一样的山水书写感受，丰富了道教思想的内涵。而且曹植的不同还在于五言诗的文人化，少有曹操“因声作歌”的参差句式，而这也正是诗乐分离背景下的必然。《文心雕龙》言曹植乐府诗“事谢丝管”，可见其杂言趋向齐言无须受制于乐府古曲的体式，为求藻饰其描写仙界山水更为细致工整，从某种程度上亦见诗人对早期乐府歌诗质朴道教教义的背离。当然，曹植也有《平陵东》之类纯粹的游仙享乐书写，有着歌诗三七言句式的节奏，应该是唱和曹操游仙诗的创作，但这不是曹植游仙诗创作的主流。

---

① （宋）郭茂倩：《乐府诗集》卷六十三，中华书局，1979，第919页。

② （宋）郭茂倩：《乐府诗集》卷六十一，中华书局，1979，第886页。

三

道教赋予了山水如此神秘的内涵，山水又借助乐府的书写给予了道教内容以歌诗的华丽展现。正是这样一种关系，使得一些文人敏锐地把握到了乐府书写山水的特殊方式，开始将仙界山水的书写，转移到现实自然山水。这个过程，伴随着道教思想的逐渐疏离。曹丕便是其中的一位代表。如前所言，曹操的《陌上桑》沿袭《楚辞钞》诗作，以仙界山水书写诠释了自己对于道教游仙的追求。曹植的《陌上桑》虽然为残篇，但《太平御览》引其诗曰“望云际，有真人，安得轻举继清尘？执电鞭，骋飞驎”[①]，句式、内容可见与其父一致。而曹丕的《陌上桑》则显示了不一样的书写：

> 弃故乡，离室宅，远从军旅万里客。披荆棘，求阡陌，侧足独窘步，路局笮。虎豹嗥动，鸡惊，禽失群，鸣相索。登南山，奈何蹈盘石，树木丛生郁差错。寝蒿草，荫松柏，涕泣雨面沾枕席。伴旅单，稍稍日零落，惆怅窃自怜，相痛惜。[②]

这里虽然大概遵循着和《楚辞钞》、曹操、曹植同题诗一致的《陌上桑》三七言句式，但曹丕以写实的笔触直言行军羁旅之途的艰险，其中的自然描写充满了纪行诗的现实山水书写。虎豹嗥动，鸡惊禽失，山路盘石，树木丛生，蒿草松柏，显示了和游仙诗《陌上桑》完全不同的山水解读。其《秋胡行》三首也是如此，前言曹操同题之作以游仙对山水，而曹丕其三诗云：

> 泛泛渌池，中有浮萍。寄身流波，随风靡倾。芙蓉含芳，菡萏垂荣。朝采其实，夕佩其英。采之遗谁？所思在庭。双鱼比目，鸳鸯交

① 逯钦立辑校《先秦汉魏晋南北朝诗》（上），中华书局，1983，第442页。

② （宋）郭茂倩：《乐府诗集》卷二十八，中华书局，1979，第412页。曹丕此诗句式参差不齐，周苇风《汉乐府〈艳歌罗敷行〉文体考论》认为该诗有衍字、脱字或衬字，《广西师范大学学报》，2019年第5期。

颈。有美一人，婉如清扬。知音识曲，善为乐方。[①]

“浮萍”“芙蓉”“菡萏”等意象，是传统的香草美人意象的固化，这种现实山水意象与曹操《秋胡行》仙界山水景物有异。当然，曹丕的《秋胡行》书写也显示了与道教的一些关联，但非常隐晦。如有“百兽率舞，凤皇来仪”“明德通灵，降福自天”（其一）的想象与祈愿，也有“从尔何所之？乃在大海隅。灵若道言，贻尔明珠”（其二）的虚拟与假设，这种亦幻亦真的道教描写，让人们感受到诗人于现实和仙界的娴熟转换。但这三首诗总体是对现实情感的抒发而非仙界的书写。而嵇康的《秋胡行》七首则直接显示山水书写的仙界与人世对比：

绝智弃学，游心于玄默。绝智弃学，游心于玄默。过而复悔，当不自得。垂钓一壑，所乐一国。被发行歌，和者四塞。歌以言之，游心于玄默。(其五)

徘徊钟山，息驾于层城。徘徊钟山，息驾于层城。上荫华盖，下采若英。受道王母，遂升紫庭。逍遥天衢，千载长生。歌以言之，徘徊于层城。(其七)[②]

这里写垂钓一壑、所乐一国、徘徊钟山、息驾层城，明显是对曹操游仙与曹丕写实之同题《秋胡行》的融合，可见乐府书写山水从道教游仙到玄学“游心于玄默”的转移。而且，嵇康其他五首诗中，一首游仙四首批判现实，这七首《秋胡行》的改写，暗寓着乐府山水书写反映道教思想的新走向。

正是乐府山水书写的转移和深化，使得仙界与现实山水发生了特殊的关联，显示了诗人自然观的变化。当然，曹操的《步出夏门行》值得一提。学界对于山水诗溯源一般会提到此诗。诗人以开阔的视野、博大的胸襟描写了东海的盛大景象：“水何澹澹，山岛竦峙。树木丛生，百草丰茂。秋风萧瑟，洪波涌起”，而且将日月、星汉置于沧海之中，显示大海的壮美及其连接天宇的辽阔。但论者在谈及《观沧海》山水书写的同时，很少

① （宋）郭茂倩：《乐府诗集》卷三十六，中华书局，1979，第528页。
② （宋）郭茂倩：《乐府诗集》卷三十六，中华书局，1979，第529页。

会想到它只是《碣石》篇四解之中的第一解①，而且人们似乎已经忘记了《步出夏门行》古辞却是一首游仙诗：

> 邪径过空庐，好人常独居。卒得神仙道，上与天相扶。过谒王父母，乃在太山隅。离天四五里，道逢赤松俱。揽辔为我御，将吾上天游。天上何所有，历历种白榆。桂树夹道生，青龙对伏趺。②

游仙作为一种对人生终极意义的考量，是道教思想的重要内容。因此曹操的《步出夏门行》尽管有《观沧海》的山水豪迈书写，也有“经过至我碣石，心惆怅我东海”（艳曲）的忧虑，也有“神龟虽寿，犹有竟时。腾蛇乘雾，终为土灰”的人生慨叹。因此，在山水吟咏中，诗人对于人生对于宇宙的思考，也真实地反映了时人的心声：于自然反观人生，终会有沧海一粟的无奈，“养怡之福，可得永年”难免可以看作是对《步出夏门行》游仙古辞的回应。而且，尽管学界对曹操之“碣石”的具体位置有争论，但“碣石”已经固化为一种文化指向，其作为求仙意象的符号必定为曹操所熟知。《史记·秦始皇本纪》记载：“三十二年，始皇之碣石，使燕人卢生求羡门高誓，刻碣石门，坏城郭，决通堤防。”③《汉书·武帝纪》云武帝“行自泰山，复东巡海上，至碣石”④。因此，曹操《碣石》篇难免让人联想《步出夏门行》古曲游仙的主题。我们今天理解这首山水诗或者暗含着某种道教情结，尽管曹操慨叹“神龟虽寿，犹有竟时”。“碣石”作为一种求仙意象为后人接受，多有帝王亲临“碣石”。很多时候地点已经完全不同，也未见多少诗作留存，但唐太宗的《春日望海》再次让人重新想

① 沈约：《宋书·乐志》列大曲，曹操《步出夏门行》“碣石”篇四解每解单列诗题：《观沧海》《冬十月》《河朔寒》《神龟虽寿》，其他各曲分解均无单独诗题，这种情况也许和后世单独歌唱一解而方便称引有关。《晋拂舞歌》之《碣石篇》郭茂倩题解云：“《南齐书·乐志》曰：‘《碣石》，魏武帝辞。晋以为《碣石舞》。其歌四章：一曰《观沧海》，二曰《冬十月》，三曰《土不同》，四曰《龟虽寿》。’”（宋）郭茂倩：《乐府诗集》卷五十四，中华书局，1979，第790页。《齐拂舞歌》之《碣石辞》题解云：“《南齐书·乐志》曰：‘晋《碣石舞歌》四章，齐乐所奏，是前一章。’”齐乐仅奏一解，云《碣石辞》。（宋）郭茂倩：《乐府诗集》卷五十五，中华书局，1979，第794页。

② （宋）郭茂倩：《乐府诗集》卷三十七，中华书局，1979，第545页。

③ （汉）司马迁撰，（宋）裴骃集解，（唐）司马贞索引，（唐）张守节正义《史记》卷六，中华书局，2014，第322页。

④ （汉）班固撰，（唐）颜师古注《汉书》卷六，中华书局，1962，第192页。

起曹操的《碣石》篇。贞观十九年唐太宗李世民亲征高丽，九月班师，十月入临渝关，并“次汉武台，刻石记功”，赋《春日望海》：“仙气凝三岭，和风扇八荒；拂潮云布色，穿浪日舒光”，“之罘思汉帝，碣石想秦皇”[①]，此诗可以看作是几百年之后对《碣石》篇的呼应。而且，对于海洋意象的书写，经常暗含着传说中的神仙寓意。但正是乐府山水书写的道教情结，引发了时人关注现实山水的审美，这不能不说是一种必然。

曹丕的《十五》也值得一提：

> 登山而远望，溪谷多所有。楩楠千余尺，众草之盛茂。华叶耀人目，五色难可纪。雉雊山鸡鸣，虎啸谷风起。号罴当我道，狂顾动牙齿。[②]

这首相和歌辞《十五》，摆脱了一般行旅诗的叙事模式，完全让位于山水自然的细致描写：楩楠众草、华叶五色、雉雊山鸡、虎啸谷风、号罴当道、狂顾动牙，一句写一景，山间花草树木和鸡鸣虎啸尽收眼底。尽管描写不够生动，结尾也是戛然而止，但以乐府歌诗吟咏现实山水的创作，比《观沧海》与道教思想的剥离更为明显。

当然，从仙界山水到人间自然山水的书写，体现了诗人自然观的转变，也是人生观的变化，这种审美正是“人的觉醒”的一种表现。因此，魏晋诗人大量改写乐府，将仙界山水拉回到了人世自然，尽管二者之间有牵绊，但这是对乐府的发展，也是对山水书写新的解读。

四

曹魏时期有如此多的游仙诗书写山水，体现了其与道教的密切关联。从《楚辞》《庄子》《穆天子传》《淮南子》等神仙崇拜，到汉乐府的《日出入》《天马》等诗歌神游，尤其是秦始皇、汉武帝等对于神仙方术的热衷，都带动了世人的求仙热潮。

道教在东汉兴起，虽然其在魏晋时期因为政治原因受到打压，但就曹

---

① （清）彭定求等编《全唐诗》卷一，上海古籍出版社，1986，第22页。

② （宋）郭茂倩：《乐府诗集》卷二十七，中华书局，1979，第395页。

氏父子写游仙诗来看，追求长生是一种普遍的情感。而山水和道教的密切关联，让曹氏父子以帝王之尊引领了时人及后人对于山水书写的多种解读。《山海经·大荒西经》记载："西海之南，流沙之滨，赤水之后，黑水之前，有大山，名曰昆仑之丘。有神，人面虎身，有文有尾，皆白，处之。其下有弱水之渊环之，其外有炎火之山，投物辄然。有人戴胜，虎齿，有豹尾，穴处，名曰西王母。"① 早期神话对于山水的解读充满了敬畏与神秘，而到了《海内十洲记》，则山水已经变成了令人向往的道教神仙圣地。《海内十洲记·聚窟洲》云："扶桑在碧海之中，地方万里，上有太帝宫，太真东王父所治处"②，《海内十洲记·昆仑》记载："金台、玉楼，相鲜如流，精之阙光，碧玉之堂，琼华之室，紫翠丹房，锦云烛日，朱霞九光，西王母之所治也，真官仙灵之所宗"③。西王母已经从《山海经》的厉神变成了一个统领仙界的圣人。道教与山水的密切关系，自然引发了曹魏乐府对于二者的书写。

当然，曹魏时期乐府山水书写的道教情结之呈现，也和歌诗的特殊艺术表现形态有关。歌诗因其歌舞的艺术表达，使得歌辞呈现出特殊的表演效果。就其山水书写来看，这种虚拟的仙界内容契合了歌唱的空灵和虚无缥缈的舞台表演效果。如果说乐府诗是舞台表演的艺术呈现，那么仙界山水的虚拟空间给人以无限的想象，诗歌意象的丰富多彩给人以视觉的满足感，轻歌曼舞的琴瑟之音更是可以直接从歌辞转化为舞台展示，其句式的长短变换或重叠更符合一唱三叹的回环往复。因此，乐府、山水、道教，是内容与形式完美融合的升平景象之表现，是上层统治阶级极为喜爱的歌诗表达和艺术展示，也是政治教化与人生梦想的融合。

曹魏乐府表现了诗人对于山水的解读，对于道教的解读，对于人生的解读，也是对于乐府诗体的一种解读。其山水书写为我们勾画了一幅仙界人生图景，昆仑蓬莱、泰山东海，王乔赤松、王母东父，白鹿飞龙、云车烟驾，琼浆玉液、歌戏起舞，秋兰桂枝、芝草仙药，五弦清角、洞箫瑟琴等等，极大丰富了诗歌意象群体。它继承了中国传统神话巫术、神仙崇拜

---

① 袁珂：《山海经校注》，上海古籍出版社，1980，第407页。

② （汉）东方朔撰，王根林校点《博物志（外七种）》《海内十洲记》，上海古籍出版社，2012，第109页。

③ （汉）东方朔撰，王根林校点《博物志（外七种）》《海内十洲记》，上海古籍出版社，2012，第110页。

乃至道教追求长生不老的思想，形成了对于山水的别样解读，丰富了儒道两家对于现实山水自然的看法，也补充了先秦两汉以来儒家比德、道家玄远的山水诗学观。而且，本时期乐府书写山水呈现出仙界摹写到人世纠缠的变化，表现了诗乐分离前后山水自然观的变化。从曹操的游仙山水享乐人生，到曹植仙界山水与现实的对立，再到曹丕改写古曲游仙而书写现实自然山水，乃至曹操《步出夏门行》、曹丕《十五》的经验山水，昭示着仙界自然到人世自然审美的转移。尽管曹植自造新题乐府写了大量游仙诗，但其山水书写的道教情结也呈现出对传统的继承与疏离。以道教思想观照仙界虚拟山水，到自然审美观照现实经验山水，正是“人的觉醒”的表现，是人生观的一种转移。但在乐府书写山水之道教情结的影响下，诗人比况现实、批判现实、回归经验山水的人生观是隐晦呈现的，这为两晋山水书写的进一步发展提供了借鉴。

而且，饶有趣味的是，曹魏徒诗山水诗创作却很少有道教的成分。曹丕诗云：

> 乘辇夜行游，逍遥步西园。双渠相溉灌，嘉木绕通川。卑枝拂羽盖，脩条摩苍天。惊风扶轮毂，飞鸟翔我前。丹霞夹明月，华星出云间。上天垂光彩，五色一何鲜。寿命非松乔，谁能得神仙。遨游快心意，保己终百年。(《芙蓉池作诗》)①
>
> 兄弟共行游，驱车出西城。野田广开辟，川渠互相经。黍稷何郁郁，流波激悲声。菱芡覆绿水，芙蓉发丹荣。柳垂重荫绿，向我池边生。乘渚望长洲，群鸟欢哗鸣。萍藻泛滥浮，澹澹随风倾。忘忧共容与，畅此千秋情。(《于玄武陂作诗》)②

这是较早的徒诗写山水之作。在汉魏游仙山水大量书写的同时，现实自然审美也在悄然进行。不只前言之《十五》《陌上桑》《秋胡行》等曹丕乐府诗，徒诗自然审美可以看作是对山水书写观照道教的一种反拨。二诗以芙蓉池、玄武陂山水景物为摹写对象，写川渠相经、嘉木环绕、芙蓉丹荣、柳垂绿荫、清风澹澹、群鸟飞翔，一派生机盎然的山水景象。其中

① 逯钦立辑校《先秦汉魏晋南北朝诗》(上)，中华书局，1983，第400页。
② 逯钦立辑校《先秦汉魏晋南北朝诗》(上)，中华书局，1983，第400页。

“寿命非松乔，谁能得神仙”的否定，引发了“忘忧共容与，畅此千秋情”的现实追求。曹植有《公讌诗》“清夜游西园，飞盖相追随。明月澄清影，列宿正参差。秋兰被长坂，朱华冒绿池。潜鱼跃清波，好鸟鸣高枝”[①] 的山水美景描写，也有《赠白马王彪》“虚无求列仙，松子久吾欺”[②] 的清醒认知。[③] 因此，就这一点来看，曹魏诗人的道教思想主要体现在乐府山水的书写之中，徒诗对山水的审美则着眼于现实自然的万物生机。这种对于乐府和徒诗的分工，让我们再一次感受到时人对于歌诗娱乐性质的把握，将道教观照下的山水置于乐府这一特殊的诗体，其中对仙山海岛充满了无尽的想象和夸张，这正是排解人世苦楚的绝佳境地。也正是游仙山水的美好，让诗人在现实自然山水中感觉到了触手可及、实实在在的杨柳春风、鸟语花香，这两种不同的山水书写，给了诗人现实与虚拟的两种精神体验。正是游仙山水的完美，让诗人于人世山水中感悟到了“忘忧共容与，畅此千秋情”“飘飖放志意，千秋长若斯”的现实升华，这恐怕也是游仙山水书写给予人们的一个重要启示吧。而且，随着人们对自然审美的逐渐认知，游仙山水与现实山水的书写越来越泾渭分明。像东晋郭璞、庾阐、湛方生等游仙诗创作大家，竟然有“林无静树，川无停流”（《幽思篇》）、“清泉吐翠流，渌醽漂素濑”（《三月三日诗》）、“白沙净川路，青松蔚岩首”（《帆入南湖诗》）等如此美妙的现实山水诗感悟，可见他们明晰的自然观与诗学观。这为南朝山水诗的成熟发展奠定了坚实的基础，也意味着乐府诗山水书写观照道教思想与徒诗的不同。

而且，曹魏乐府山水书写的道教内容，也契合了上层统治阶级对于乐府消费的独享这一社会现实。仙界山水的歌颂建立在清商署与铜雀台之类的时代氛围中，对于长生的追求也成为统治阶层歌咏、娱乐的专利，是对虚幻山水仙境的一种话语统治。而魏晋民间道教的传播，少见汉乐府《长歌行》游仙之类的吟唱，人们逐渐从乐府、徒诗吟咏转化到民间步虚等仪式上的接受。因此，从某种意义上来说，曹魏乐府游仙诗山水书写的华丽

---

① 逯钦立辑校《先秦汉魏晋南北朝诗》（上），中华书局，1983，第449~450页。

② 逯钦立辑校《先秦汉魏晋南北朝诗》（上），中华书局，1983，第454页。

③ 古诗十九首时代，诗人已经表达了对于神仙的不可信：“人生非金石，岂能长寿考”（《回车驾言迈》）、“人生忽如寄，寿无金石固。万岁更相送，贤圣莫能度。服食求神仙，多为药所误。不如饮美酒，被服纨与素”（《驱车上东门》）、“仙人王子乔，难可与等期”（《生年不满百》）等。逯钦立辑校《先秦汉魏晋南北朝诗》（上），中华书局，1983，第332、332、333页。

铺排与道教教义追求的省净文风是不一致的，而这也正是一般文人与道教徒的思想作用于文学之区别所在。① 当然，除了乐府，曹魏时期的徒诗游仙也有值得关注的地方。像嵇康的《游仙诗》和阮籍的《咏怀诗》，都有仙界山水的书写，二者引领了西晋游仙诗从乐府向徒诗蜕变过程中绮靡之辞的变化，也有玄言之境的观照。嵇康的《游仙诗》虽未列入《乐府诗集》，但明显与曹植“篇”题乐府相类，而阮籍《咏怀诗》的“言在耳目之内，情寄八荒之表”也有古乐府痕迹，但因二者一直被看作徒诗，故未一并论及。

---

① “中古道教一旦把仙学理论和修仙操作之法介入文学思想之后，仙学与文学思想就形成了或相生、或相通的连带关系，造就了真正意义上的道教文学思想”。关于道教文学思想，可参阅段祖青、蒋振华《中古道教文学思想特质概论》，《井冈山大学学报》2012 年第 4 期。

歌者与听者：鲍照的歌唱意识及其乐府诗艺术*

黄美华　蔡彦峰

（福建师范大学文学院，福州，350000）

摘　要： 鲍照的乐府中大量出现的与“歌”有关的词语，如高歌、长歌、扬歌等，很多可视为是对其实际的创作情况的描述，体现了鲍照乐府诗创作中浓厚的歌唱意识。这种以作歌的方式写作乐府诗，是对《诗经》以来歌以抒情传统的继承。鲍照乐府诗慷慨激昂的情感、发唱惊挺的风格，与他的歌者意识是密切相关的。另外，鲍照不仅作歌以抒怀，而且还有显著的听者意识，这种听者虽然不一定是现实中在场的听众，但这些隐含或虚拟的听者，使鲍照的歌唱在自我抒发之外，还具有表演的属性。鲍照乐府诗一改汉魏乐府第三人称视角，多以第一、二人称的视角写作，以及各种人称之间复杂多样的转换，正是为了营造说唱和故事化场景而采用的艺术手法，是鲍照对汉乐府说唱和故事表演性质的自觉体认和继承。歌者和听者共存的意识，使鲍照乐府诗在某种程度上，能将古诗的歌以抒情和乐府的说唱表演结合起来，形成不同于魏晋南北朝文人拟乐府的风格和艺术特点。

关键词： 鲍照　歌者　听者　歌唱意识　乐府诗　艺术

作者简介： 黄美华，福建师范大学文学院博士研究生，研究方向为魏晋南北朝文学；蔡彦峰，福建师范大学文学院，教授，博士生导师，研究方向为魏晋南北朝文学，出版有《元嘉体诗学研究》《玄学与魏晋南北朝诗学研究》《中古早期士僧交往与文学》。

* 本文为国家社科基金项目“魏晋南北朝阅读的转型与文学新变研究”（项目编号：17BZW084）中期成果。

鲍照是魏晋南北朝时期，最具歌唱意识的诗人，这不仅体现在其诗歌中很大一部分是乐府诗，更重要的是其诗歌中，出现了大量与音乐和歌唱有关的一类表述，如高歌、长歌、悲歌、扬歌、留歌、啸歌、含歌等。乐府所写的是客观题材，其中所写的情事不能完全等同于作者本身发生的情事，但是鲍照乐府诗的用语带有写实的性质，不能简单认为是乐府习用的套语，其中不少更是直接用以描述其创作行为，如“酌酒以自宽，举杯断绝歌路难”“愿君裁悲且减思，听我抵节行路吟”等，说明鲍照诗歌创作中具有强烈的歌唱意识。另外，值得注意的是，鲍照诗歌中经常说到的“主人且勿喧，贱子歌一言”“为君歌一曲，当作朗月篇”“四坐且莫喧，听我堂上歌”“抽琴为尔歌，弦断不成章”，不仅是自述其以歌唱的形式作诗，这些诗句本身体现了诗人为听众而歌的意识，这些诗歌中都存在着一个“听者”，虽然现实中这个“听者”并不一定在场，但却存在于诗人的意识之中。这接近于西方读者反应批评中的“隐含的读者”“虚拟的读者”。这种歌者和听者共存的歌唱意识，是鲍照形成其独特的创作方式和篇体等诗歌风格的重要原因。

一　歌者：鲍照乐府诗创作中的歌唱意识

鲍照诗歌中出现歌及与音乐、舞蹈、乐器等有关的词语数量极多，某种程度上体现了在诗乐分离的徒诗时代，鲍照的诗歌创作仍在保持着浓厚的歌唱和音乐意识。其中的情形较为复杂，但大体可以分为三种类型：一是诗人自己歌唱；二是他人歌唱；三是对歌唱和音乐场景的描写。现结合鲍照的诗句进行具体的分析。

其一，诗人自己歌唱，如：

> 主人且勿喧，贱子歌一言。（《代东武吟》）
> 长歌欲自慰，弥起长恨端。（《代东门行》）
> 奏采菱，歌鹿鸣。（《代春日行》）
> 且共倾春酒，长歌登山丘。（《代阳春登荆山行》）
> 为君歌一曲，当作朗月篇。（《代朗月行》）
> 四坐且莫喧，听我堂上歌。（《代堂上歌行》）
> 筝笛更弹吹，高唱相追和。万曲不关心，一曲动情多。（《代堂上

歌行》)

含悲望两都，楚歌登四墉。(《代陈思王白马篇》)

抽琴为尔歌，弦断不成章。(《学刘公干五首》其五)

流连入京引，踯躅望乡歌。(《还都至三山望石头城》)

君今且安歌，无念老方至。(《冬日》)

啸歌清漏毕，徘徊朝景终。(《望孤石》)

思君奇涉洧，抚己谣渡江。(《与荀中书别》)

愿君裁悲且减思，听我抵节行路吟。(《拟行路难十八首》其一)

酌酒以自宽，举杯断绝歌路难。(《拟行路难十八首》其四)

胡为惆怅不能已，难竟此曲令君忤。(《拟行路难十八首》其十一)

停歌不能和，终曲久辛酸。(《和王护军秋夕》)

临歌不知调，发兴谁与欢。(《园中秋散》)

以上这些例子中像《代东武吟》、《代东门行》、《代朗月行》、《代堂上歌行》、《学刘公干五首》其五、《还都至三山望石头城》、《拟行路难十八首》其一等所说的“歌”就是歌唱本诗，其他的像《代阳春登荆山行》《望孤石》《和王护军秋夕》《园中秋散》等也都是诗人自己歌唱。尤其值得注意的是《拟行路难十八首》其一云“举杯断绝歌路难”、其四云“听我抵节行路吟”，所谓的“歌路难”“行路吟”，指的是整组诗，《宋书·乐志》谓八音第四种曰革，革之下有一种乐器叫“节”，并引傅玄《节赋》云：“黄钟唱歌，九韶兴舞。口非节不咏，手非节不拊。”[①] 鲍照所说的“抵节行路吟”，就是依节的拍子歌咏，这是《拟行路难十八首》整组诗的歌唱方式，并非只有其中几首可歌。从这一点来讲，鲍照的歌唱意识不仅体现在含有“歌”这一字面的作品中，其范围显然更广。这种自我歌唱既是鲍照作诗的方法，作为自己作品的第一位读者，“歌”也可以说是鲍照的阅读方式，其《园葵赋》说：“篇章闲作，以歌以咏”，说的就是鲍照平时以歌唱为写作和阅读的方式。包括一些赋也表现了鲍照的歌唱意识，如“抽琴命操，为芜城之歌。歌曰：边风急兮城上寒，井径灭兮丘陇残。千龄兮万代，共尽兮何言！”(《芜城赋》)“结幽兰以望楚，弄参差以歌越。”(《观漏赋》)“聊弭志以高歌，顺烟雨而沉逸。”(《观漏赋》)

---

① (南朝梁)沈约：《宋书》，中华书局，1974，第555页。

这可以让我们进一步了解鲍照文学创作中浓厚的歌唱意识。

其二，描写他人歌唱，如：

> 结游童之湘吹，起榜妾之江歌。（《芙蓉赋》）
>
> 合神丹，戏紫房，紫房彩女弄明珰，鸾歌凤舞断君肠。（《代淮南王》）
>
> 体君歌，逐君音，不贵声，贵意深。（《代夜坐吟》）
>
> 歌唱青齐女，弹筝燕赵人。（《代少年时至衰老行》）
>
> 含商咀徵歌露晞，珠履飒沓纨袖飞。（《代白纻舞歌词四首》其一）
>
> 舆童唱秉椒，棹女歌采莲。（《拟青青陵上柏》）
>
> 访言山海路，千里歌别鹤。（《绍古辞七首》其三）
>
> 绵叹对回涂，扬歌弄场藿。（《咏采桑》）
>
> 悲歌辞旧爱，衔泪觅新知。（《咏双燕二首》其一）
>
> 弭榜搴蕙荑，停唱纫薰若。（《采菱歌七首》其二）
>
> 美人掩轻扇，含思歌春风。（《中兴歌十首》其四）

这些诗歌中歌唱的主体是诗歌中描写的榜妾、彩女、青琴女、棹女、美人等，但我们可以看出这其实是诗人借他人之喉以歌己之心声。鲍照开创了“代”体乐府，“代”的内涵较为复杂，但从诗人主体来讲，也包含有借他人以代己之意，可以说是一种比较隐微的自我表达，钟惺、谭元春《古诗归》卷一二评鲍照《代放歌行》云：“乐府拟不如代，拟必求似，代则犹能自出，作者择之。”① 也就是说“代”比“拟”更具有个人表现的色彩，所以像“紫房彩女弄明珰，鸾歌凤舞断君肠”“体君歌，逐君音，不贵声，贵意深”“含商咀徵歌露晞，珠履飒沓纨袖飞”等，这类作品虽然写的是女主人公歌唱，而实际上仍接近于诗人自歌，也体现了鲍照浓厚的歌唱意识。

其三，对歌唱、音乐场面等的描写，如：

> 陈钟陪夕讌，笙歌待明发。（《代陆平原君子有所思行》）
>
> 古称绿水今白纻，催弦急管为君舞。（《代白纻曲二首》其一）

---

① 钟惺、谭元春：《古诗归》，湖北人民出版社，1985，第226页。

卷幌结帷罗玉筵，齐讴秦吹卢女弦。（《代白纻曲二首》其二）

调弦俱起舞，为我唱梁尘。（《学古》）

凤歌出林阙，龙驾渡蓬山。（《白云》）

徒忆江南声，空录齐后瑟。方绝萦弦思，岂见绕梁日。（《登云阳九里埭诗》）

举爵自惆怅，歌管为谁清。（《送别王宣城》）

箫弄澄湘北，菱歌清汉南。（《采菱歌七首》其一）

临流断商弦，瞰川辈棹讴。（《登黄鹤矶》）

蜀琴抽白雪，郢曲发阳春。（《玩月城西门廨中》）

丝管感暮情，哀音绕梁作。（《夜听妓二首》其一）

兰膏消耗夜转多，乱筵杂坐更弦歌。（《夜听妓二首》其二）

魏粲缝秋裳，赵艳习春歌。（《可爱》）

含歌揽涕恒抱愁，人生几时得为乐。（《拟行路难十八首》其三）

染翰饷君琴，新声忆解子。（《春羁》）

辞端竟未究，忽唱分途始。（《代门有车马客行》）

箫鼓流汉思，旌甲被胡霜。（《代出自蓟北门行》）

凤台无还驾，箫管有遗声。（《代升天行》）

这一类的情况比较复杂，但其中不少是表现诗人自身的歌唱的，如《代白纻曲二首》其一“朱唇动，素袖举。洛阳少童邯郸女。古称绿水今白纻，催弦急管为君舞”。这说的是洛阳少童和邯郸女的歌舞场面，但是实际上是自叙诗人作歌和歌唱的状态。《拟行路难十八首》其三：“含歌揽涕恒抱愁，人生几时得为乐。”描写女主人公金兰“含歌”时揽涕、抱愁的形态，实则是诗人的寄托，本质上以他人代己歌唱。“箫弄澄湘北，菱歌清汉南”（《采菱歌七首》其一）、“兰膏消耗夜转多，乱筵杂坐更弦歌”（《夜听妓二首》其二）等，以采莲女、歌妓之口歌唱本诗，实际上也是诗人自我的歌唱，这是诗人以歌为作诗的方式，与第一类性质相近。

从上文的分析来看，鲍照诗文中的“歌”绝大部分都是现实中的歌唱，并不是一般的描述，即使是乐府诗中主人公的歌唱，也基本上是鲍照借以表现自己的歌唱。这种以歌者自居虽然是从《诗经》《楚辞》到汉魏诗人的一种传统，但是刘宋以来这种情形已越来越少，与鲍照并称“元嘉三大家”的颜延之、谢灵运就很少有这种以歌为诗的情况。颜延之、谢灵运虽然也有拟乐府的写作，但主要学“事谢丝竹”一类的案头阅读之作，如谢灵运的乐府诗几乎都是学陆机的，是一种文人化非常明显之作。鲍照除了学习汉魏乐府，还着眼于更具活力的民间传唱歌谣，其代表作《拟行路难十八首》就是学习流行于北方的民间歌谣的曲调。从这一点来讲，鲍照浓厚的歌唱意识，除了诗人的身份、才情、喜好等个人因素之外，与他更加注重继承《诗经》、《楚辞》、汉乐府以来的歌唱传统有关。

二　听者：人称转换与鲍照乐府诗的表演属性

乐府诗是综合性的表演艺术，音乐和说唱是其突出特点，但是魏晋以来，随着曹植、陆机等文人的学习和模拟，乐府诗逐渐走向注重文字技巧和思想主题而忽略音乐性质①，从音乐文学转变成为案头阅读之作，本质上已与文人徒诗相近。在文人拟乐府诗这个发展趋势下，鲍照的旧题乐府尤其是“代”体乐府，则继承了汉魏乐府的说唱特点，如“主人且勿喧，贱子歌一言”（《代东武吟》）、“四坐且莫喧，听我堂上歌”（《代堂上歌行》），这虽然是从《古诗》“四坐且勿喧，愿听歌一言”、陆机《挽歌》“闱中且勿喧，听我《薤露》诗”等发展而来，但在鲍照这里并不是简单的一种模仿，而是反映了鲍照乐府诗的演唱方式。尤其值得注意的是，在诗歌的演唱中还体现出鲍照显著的听者意识，这也正是说唱文学的重要特点，而与强调自我抒发的文人徒诗重要的区别之处，对鲍照乐府诗的写作方法和风格特点的形成都具有显著的影响。

我们将鲍照诗歌中明显体现听者意识的诗句列举出来以便进一步分析。

主人且勿喧，贱子歌一言。（《代东武吟》）
四坐且莫喧，听我堂上歌。（《代堂上歌行》）
为君歌一曲，当作朗月篇。《代朗月行》）
抽琴为尔歌，弦断不成章。（《学刘公干五首》其五）
愿君裁悲且减思，听我抵节行路吟。（《拟行路难十八首》其四）

① 钱志熙：《中国诗歌通史·魏晋南北朝卷》，人民文学出版社，2012，第380页。

胡为惆怅不能已，难竟此曲令君忤。（《拟行路难十八首》其十一）
且共倾春酒，长歌登山丘。（《代阳春登荆山行》）
停歌不能和，终曲久辛酸。（《和王护军秋夕》）

这类是诗人歌唱本诗，诗中的“主人”“四坐”“君”“尔”等是听者。《代阳春登荆山行》中“长歌”的听者则是与诗人共倾春酒之人。《和王护军秋夕》的听者是赠诗的对象王护军。《代堂上歌》开头云：“四坐且莫喧，听我堂上歌”，结语则云：“欲知情厚薄，更听此声过”，进一步强调了听者的意义，很能体现鲍照的歌唱与听者的意识。

又如：

君今且安歌，无念老方至。（《冬日》）
体君歌，逐君音，不贵声，贵意深。（《代夜坐吟》）
调弦俱起舞，为我唱梁尘。（《学古》）
古称渌水今白纻，催弦急管为君舞。（《代白纻曲二首》其一）
染翰饷君琴，新声忆解子。（《春羁》）
辞端竟未究，忽唱分途始。（《代门有车马客行》）

这类诗歌中，都是他人歌唱而诗人以听者的身份出现。这两类诗歌的共同特点是诗歌的歌唱中都有明确的听者，而且诗人以第一人称出现于诗歌中。葛晓音先生认为乐府诗在创作中长期积累形成了与古诗有别的创作传统，并引述日本学者松浦友久的研究，认为乐府诗最重要的特点是采取第三人称的视角。① 但又指出，曹魏以来有些文人乐府诗已直抒作者本人胸臆，而不用代言体的视角。鲍照《拟行路难十八首》其四、五、六、十八等首，即是直接以第一人称抒发激愤，在乐府诗抒情视角的转变中起到重要的作用。翻检鲍照乐府诗可以发现还有一部分是以第三人称视角写作的，如《代出自蓟北门行》《代苦热行》《代别鹤操》《代淮南王》《代空城雀》《代贫贱苦愁行》《代棹歌行》《代陆平原君子有所思行》。但更多作品是采用第一人称、第二人称，如其乐府诗中经常出现“我”，除了上

① 葛晓音：《鲍照“代”乐府体探析——兼论汉魏乐府创作传统的特征》，《上海大学学报》2009年第2期。

文举过的“四座且莫喧，听我堂上歌”（《代堂上歌行》）、“愿君裁悲且减思，听我抵节行路吟”（《拟行路难十八首》其四）等，还有“今我独何为，埳壈怀百忧”（《代结客少年场行》）、“赍我长恨意，归为狐兔尘”（《代蒿里行》）、“我行讵几时，华实骤舒结”（《代悲哉行》）、“功名竹帛非我事，存亡贵贱付皇天”、“自古圣贤尽贫贱，何况我辈孤且直”、“今日见我颜色衰，意中索寞与先异”、“我初辞家从军侨，荣志溢气干云霄”、“日月流迈不相饶，令我愁思怨恨多”（《拟行路难十八首》其五、六、九、十三、十七）等。还有一些乐府诗中虽然没有出现“我”，但也是采用第一人称书写的，初步统计鲍照以第一人称写作的乐府诗在 25 首以上。另外，还有很大一部分是用第二人称的，如“古来共如此，非君独抚膺”（《代白头吟》）、“今君有何疾，临路独迟回”（《代放歌行》）、“何当与汝曹，啄腐共吞腥”（《代升天行》）、“刎绣颈，碎锦臆，绝命君前无怨色。握君手，执杯酒，意气相倾死何有”（《代雉朝飞》）、“紫房彩女弄明珰。鸾歌凤舞断君肠”（《代淮南王》）、“憔悴容仪君不知，辛苦风霜亦何为?”（《代鸣雁行》）、“古来共歇薄，君意岂独浓?”（《代陈思王京洛篇》）、“凝华结藻久延立，非君之故岂安集?”（《代白纻舞歌辞四首》其三）等，以及《拟行路难十八首》其十、十一、十四、十五、十六、十七等以“君不见”开头，这些直接称“君”“尔”“汝”等第二人称的，还有一些则是从语气上可以看出是指向第二人称的。

从所举这些例子可以看出，鲍照乐府诗书写视角发生了很大的变化，即从汉魏乐府的第三人称转向第一、二人称，人称视角上的这一变化，使鲍照更突出了听者或读者的意识。鲍照在以第一人称书写、歌唱时，就具有明晰的为谁歌的意识，也就是将“我”的故事演唱给听众；用第二人称的视角时，则以隐含的第一人称的“我”作为听者。所以采用第一、二人称视角时，鲍照乐府诗往往在不同人称间转换，如《代朗月行》：

> 朗月出东山，照我绮窗前。窗中多佳人，被服妖且妍。靓妆坐帷里，当户弄清弦。鬓夺卫女迅，体绝飞燕先。为君歌一曲，当作朗月篇。酒至颜自解，声和心亦宣。千金何足重？所存意气间。

诗歌以“我”的视角展开，但从第三句“窗中多佳人”以下六句，其实又采用了汉魏乐府常见的第三人称视角，“为君歌一曲，当作朗月篇”，其主语是诗歌开头的“我”，“歌”的对象是第二人称的“君”，诗歌又转向了第一、二人称。这种不同人称之间的自由转换，使鲍照的诗歌具有突出的现场感。又如《代白头吟》：

直如朱丝绳，清如玉壶冰。何惭宿昔意，猜恨坐相仍。人情贱恩旧，世议逐衰兴。毫发一为瑕，丘山不可胜。食苗实硕鼠，点白信苍蝇。凫鹄远成美，薪刍前见陵。申黜褒女进，班去赵姬升。周王日沦惑，汉帝益嗟称。心赏犹难恃，貌恭岂易凭。古来共如此，非君独抚膺。

诗歌的内容是典型的汉魏乐府第三人称视角，结语才出现指向第二人称的“君”。但是在我们看来，这两句不仅仅是情理的总结和对诗意的提升，其更重要的意义是凸显了听者在场的意识，这个“君”就是听者。其他如《代少年时至衰老行》“寄语后生子，作乐当及春”，《代堂上歌行》“欲知情厚薄，更听此声过”等皆显示听者在场意识。还有像《代结客少年场行》：

骢马金络头，锦带佩吴钩。失意杯酒间，白刃起相雠。追兵一旦至，负剑远行游。去乡三十载，复得还旧丘。升高临四关，表里望皇州。九涂平若水，双阙似云浮。扶宫罗将相，夹道列王侯。日中市朝满，车马若川流。击钟陈鼎食，方驾自相求。今我独何为，埳壈怀百忧。

诗歌叙述少年任侠到晚年后悔，采用的是乐府典型的第三人称视角，结语才转为第一人称的“我”，这首诗中诗人既是叙述者又在结语中跳出故事之外成为一个听者，从诗意来看，“我”显然就是诗中“骢马金络头，锦带佩吴钩”的少年。这让我们明白了鲍照“代”体乐府中，虽然有些是以第三人称叙述的，但其实是诗人以他人的身份来叙说，也可以说是诗人扮演了不同的人物角色，比如《代结客少年场行》中诗人就是这个结客杀人的少年，所以鲍照“代”体乐府中的第三人称，本质上仍然是指向第一人称的，这是对汉魏乐府一个很重要的转变。

汉乐府是一种说唱文学，面对的是真实的听众，鲍照虽然在精神上自觉继承汉魏乐府，但现实中他大部分的乐府诗已失去了汉乐府那种现场说唱的可能，也可以说是没有现实的听者，因此，鲍照从两个方面做了弥补，一是以“我”为听者，“我”既是叙述、说唱者又是听者，鲍照乐府诗中第一、三人称转换的主要就是这种情况。二是以虚拟的“君”“尔”“四坐”“主人”等为听者，鲍照乐府诗中第二人称的出现大部分就属于这一类。这样，鲍照就将真实听者转变为隐含的听者。隐含的或虚拟的听者[①]，虽然与真实的听者性质不同，但并不是无意义的，他使鲍照自觉地保持一种表演的意识和听者的意识，这是他的乐府诗更接近于汉魏乐府，而与魏晋以来的文人拟乐府区别明显之处。鲍照这类诗歌很多，其他如《代东门行》、《代苦热行》、《代放歌行》、《代升天行》、《代淮南王》、《代雉朝飞》、《代北风其凉行》、《代鸣雁行》、《代夜坐吟》、《代陈思王京洛篇》、《代白纻曲二首》（其一）、《代白纻舞歌词四首》（其三）、《代边居行》、《代门有车马客行》、《代悲哉行》、《代邽街行》、《代陈思王白马篇》、《拟行路难十八首》（其十三）等，或一、二人称，或一、三人称，或二、三人称，甚至一、二、三人称转换，造成一种演唱者和听者共同在场的表演场面。代言体乐府人称视角的转换，使鲍照在自我抒发和保持乐府表演性上取得一种平衡，是鲍照乐府诗对汉魏乐府的继承和发展。林庚先生说鲍照“是一个都市的流浪者，具有最现实的寒士阶层的不平”[②]。这种身份、情感和心态，使鲍照乐府诗也有显著的自我抒发的特点，鲍照乐府诗中创造的很多人物形象，虽然不能直接等同于诗人本身，但都明显带有他自身的体验。另外，“都市流浪者”的身份和经历，使鲍照对世俗社会中的说唱文学最为了解，这是鲍照乐府诗能够很好地将自我抒发与表演属性结合起来的原因，继承了汉乐府“感于哀乐，缘事而发”的特点。

听者意识还使鲍照一些乐府诗具有显著的音乐表演属性，故事场景和听众是音乐表演的突出特点，如《拟行路难十八首》其十三：

春禽喈喈旦暮鸣，最伤君子忧思情。我初辞家从军侨，荣志溢气干

---

① 西方读者反应批评理论把读者分为：真实的读者、虚拟的读者、隐含的读者等几种类型，隐含的读者、虚拟的读者，是文本预设的读者，作者为他们创作了文本。参见戴联斌《从书籍史到阅读史》，新星出版社，2017，第32页。

② 林庚：《中国文学简史》，北京大学出版社，1995，第167页。

> 云霄。流浪渐冉经三龄，忽有白发素髭生。今暮临水拔已尽，明日对镜复已盈。但恐羁死为鬼客，客思寄灭生空精。每怀旧乡野，念我旧人多悲声。忽见过客问何我，“宁知我家在南城?”答云：“我曾居君乡，知君游宦在此城。我行离邑已万里，今方羁役去远征。来时闻君妇，闺中孀居独宿有贞名。亦云悲朝泣闲房，又闻暮思泪沾裳。形容憔悴非昔悦，蓬鬓衰颜不复妆。见此令人有余悲，当愿君怀不暂忘。”

从前文分析看，《拟行路十八首》皆是诗人以歌唱出之的，这首以“我”和“过客”的问答展开，其写法或受曹植《门有万里客行》、陆机《门有车马客行》影响，《乐府解题》说：“曹植等《门有车马客行》皆言问讯其客，或得故旧乡里，或驾自京师，备叙市朝迁谢，亲友凋丧之意也。”[①]但鲍照此诗更加注重通过唱答加强故事现场表演的特点。钟惺、谭元春《古诗归》：“此一诗之妙，散之可作苏、李、《十九首》，约之只如《子夜》《读曲歌》。”[②] 这正是从表现相思之情及歌唱的特点来讲，谓之如“《子夜》《读曲歌》”。又如《代春日行》：

> 献岁发，吾将行。春山茂，春日明。园中鸟，多嘉声。梅始发，柳始青。泛舟舻，齐棹惊。奏《采菱》，歌《鹿鸣》。风微起，波微生。弦亦发，酒亦倾。入莲池，折桂枝。芳袖动，芬叶披。两相思，两不知。

清代张玉谷《古诗赏析》评此诗云：“前十六，半写春日陆游之乐，半写春日水游之乐，皆就男边说。‘入莲池’四句，则就女边说，亦兼水陆，却即夏秋写景。”[③] 按张氏所说，则本诗也是第一和第三人称的转换，从男边说，“吾”是演唱者；“入莲池”以下就女边说，则“吾”转为听者。这种男女对唱，带有明显的音乐表演特点，《诗经》中颇多这种类型，闻一多《风诗类钞》即将《诗经》的许多篇章划分为男词、女词。程俊英、蒋见元《诗经注析》对诗经的歌唱形式做了比较细致的总结，有问答式、对唱式、合唱式、副歌式等类型。

---

① （宋）郭茂倩：《乐府诗集》，中华书局，1979，第 585 页。
② （明）钟惺、谭元春：《古诗归》，湖北人民出版社，1985，第 228 页。
③ （清）张玉谷：《古诗赏析》，上海古籍出版社，2000，第 388 页。

翻检汉乐府，我们可以看到以第三人称视角叙述为基本特点的乐府诗，人称转换往往出现在一些对话和故事场景中，如《战城南》《十五从军征》《妇病行》《羽林郎》等。鲍照乐府诗大多数都存在着两种甚至两种以上人称并存的现象，正是鲍照对乐府说唱表演属性这一特点的发展。除了上文所举的，又如《代北风凉行》：

北风凉，雨雪雱，京洛女儿多妍妆。遥艳帷中自悲伤，沉吟不语若有忘。问君何行何当归？苦使妾坐自伤悲。虑年至，虑颜衰，情易复，恨难追。

诗歌从开头到“沉吟不语若有忘”采用第三人称的视角叙述，“问君”以下则转换为第一、二人称，“君”虽然不在场，但却是诗歌隐含的读者。“苦使妾坐自伤悲”以下既是自我抒发，又是要唱给对方听的内容，结语连续用三言句，是一种歌词体的特点，可见诗人的歌唱意识。第三人称叙述的内容，交代了诗歌的背景，由第三人称转为第一、二人称，则将诗歌由叙述带入到故事场景中，使诗歌具有了音乐表演的场景特点。鲍照这类诗歌比较多，构成其乐府诗突出的特点。

甚至一些学古、拟古之作，鲍照也采用这种人称转换的写作方式，如《学古》：

北风十二月，雪下如乱巾。实是愁苦节，惆怅忆情亲。会得两少妾，同是洛阳人。嬛绵好眉目，闲丽美腰身。凝肤皎若雪，明净色如神。骄爱生盼瞩，声媚起朱唇。衿服杂缇缋，首饰乱琼珍。调弦俱起舞，为我唱梁尘。人生贵得意，怀愿待君申。幸值严冬暮，幽夜方未晨。齐衾久两设，角枕已双陈。愿君早休息，留歌待三春。

这首先从第三人称抒写岁寒惆怅之情，至“会得两少妾”忽起波澜，转入对两位少女之美的描绘，“调弦俱起舞，为我唱梁尘”以下实现了人称的转换，以第一、二人称描写了“我”与“两少妾”歌唱的场景，“人生贵得意”至结语是“两少妾”歌唱的内容，“我”则是听者，这一部分的内容和风格都比较绮艳，开齐梁艳情诗之风。但整首诗最突出的是故事场景的表现，接近于汉乐府。葛晓音先生认为鲍照乐府诗歌抒情视角由于第三人称转变为第一、二人称，“使乐府的功能进一步古诗化”①。其实像《学古》这种古诗是比较明显向乐府学习的结果，在文人拟乐府逐渐成为案头阅读之作的趋势下，鲍照比较自觉地继承了乐府的音乐表演属性，甚至影响到了他的五言古诗的写作。所以，就鲍照而言，在乐府“古诗化”的同时，还存在着古诗“乐府化”的一面，这两方面的结合使鲍照的乐府和古诗出现混融的特点，也可以说是为诗歌在故事场景化和自我抒发之间寻找到了一种平衡。

鲍照乐府诗在魏晋文人拟乐府成为案头阅读之作的背景下独树一帜，与他对汉乐府表演属性的自觉体认、继承和发展密切相关，汉乐府是一个综合的说唱、表演艺术体系，它主要来自民间，在经过乐工的加工后又反馈给社会②，因此汉乐府还具有明显的听众、观众的意识，这是与强调自我抒发的古诗的一个重要的区别。鲍照乐府诗的听者意识、叙述视角的转换与表演性质，都体现了他对乐府传统的继承和发展。因此，与魏晋以来文人拟乐府近似徒诗不同的是，鲍照的乐府诗仍在某种程度上保存了说唱文学的特点，也深刻体现了其乐府诗的艺术特点。

三　歌唱与鲍照乐府诗的抒情特点

作者是作品的第一个阅读者，诗歌的产生方式规范着阅读行为，当诗人以歌唱的方式创作，其实也正是以歌唱的方式在阅读自己的作品，所以歌的意识，涉及的既是创作的方式，也是阅读的方式，这两者共同影响了作者对语言、结构等的选择。分析诗人的歌唱意识对诗歌艺术的影响，也应该从作为创作主体对文本的创造，和作为听者和阅读者的阅读对文本的作用，才能得到比较好的把握。钱志熙先生认为《诗经》《楚辞》与汉魏诗人以歌者自居的表白体现了“诗歌作者自我抒情意识的自觉和强烈的抒情愿望的表现”③。这正是从创作主体角度而言的。从阅读者的角度来看，则期待作品在语言、体式等方面富有歌的特点。

① 葛晓音：《鲍照“代”乐府体探析——兼论汉魏乐府创作传统的特征》，《上海大学学报》2009年第2期。

② 钱志熙：《汉魏乐府研究》，学苑出版社，2011，第25~26页。

③ 钱志熙：《“百年歌自苦”——论杜甫诗歌创作中“歌”的意识》，《中国文化研究》2004年春之卷。

鲍照诗歌的艺术特点，钟嵘、萧子显等人即做过比较好的概括。钟嵘《诗品》谓其“贵尚巧似，不避危仄，颇伤清雅之调。故言险俗者，多以附照”[①]。萧子显《南齐书·文学传论》总结梁朝时期三种诗风及其渊源，论述第三种云：“次则发唱惊挺，操调险急，雕藻淫艳，倾炫心魂。亦犹五色之有红紫，八音之有郑、卫。斯鲍照之遗烈也。”[②] 萧子显所概括的其实就是鲍照诗歌的风格。从钟嵘和萧子显的批评来看，他们都注意到鲍照诗歌“险”的特点，《说文解字》解释“险”字谓“阻难也”。《玉篇》云：“高也，危也。”故钟嵘谓之“危仄”“险俗”，萧子显谓之“惊挺”“险急”“倾炫”，这些词都是用以形容情感的强度。在儒家崇尚发乎情止乎礼义、温柔敦厚的雅文学观念下，鲍照强烈的抒情，显然是偏离正统的，钟嵘批评他“颇伤清雅之调”，萧子显则云“犹五色之有红紫，八音之有郑、卫”，指的都是这个意思。

鲍照诗歌强烈的情感，源自他在现实中遭受压抑的郁勃之气，以及他坦率直露的个性。鲍照出身寒微又才华突出，不愿“取湮当代”[③]，这造成他与现实存在尖锐的矛盾，这种激烈的情怀，以歌的方式抒发当然是最好的选择。钱志熙先生指出：“歌在美学上突出的特征，是强烈的抒情性。”[④] 钟嵘所谓的“凡斯种种，感荡心灵，非陈诗何以展其义？非长歌何以骋其怀？”[⑤] 也正是这个意思。古人当情感激烈时常以歌抒发，《诗经·魏风·园有桃》说：“心之忧矣，我歌且谣。”正揭示了这种歌以抒怀的古老传统。汉乐府《悲歌》：“悲歌可以当泣”，陶渊明《怨诗楚调示庞主簿示邓治中》：“慷慨独悲歌”，就是这个传统的继承。鲍照对这个传统体认得很深，从我们上文所举例子看，其诗歌中“歌”的出现非常频繁，不管是自我歌唱，还是描写他人的歌唱，都体现了一种慷慨抒情的意识，正是他对《诗经》《楚辞》直至汉魏歌唱传统的继承。

从主体的角度来看，鲍照激烈的情感及抒发的意愿，使他积极地继承这个古老的歌唱传统。《拟行路难十八首》就是鲍照以歌唱表现其激烈慷慨之情的代表作，如第一首：

---

① （南朝梁）钟嵘著，曹旭注《诗品集注》，上海古籍出版社，2011，第 381 页。

② （南朝梁）萧子显：《南齐书》，中华书局，1972，第 908 页。

③ （南朝梁）钟嵘著，曹旭注《诗品集注》，上海古籍出版社，2011，第 381 页。

④ 钱志熙：《“百年歌自苦”——论杜甫诗歌创作中“歌”的意识》，《中国文化研究》2004 年春之卷。

⑤ （南朝梁）钟嵘著，曹旭注《诗品集注》，上海古籍出版社，2011，第 56 页。

奉君金卮之美酒，玳瑁玉匣之雕琴。七彩芙蓉之羽帐，九华葡萄之锦衾。红颜零落岁将暮，寒光宛转时欲沉。愿君裁悲且减思，听我抵节行路吟。不见柏梁铜雀上，宁闻古时清吹音。

这组诗曲调的主旨是“备言世路艰难及离别悲伤之意”。这一首的写法即极奇警，先以赋法铺陈排比了美酒、雕琴、羽帐、锦衾等豪华富丽的事物，蓄足气势之后，再忽然转入对时光短暂、生命易逝的悲慨中，由这种强烈的落差激发出浓厚的悲伤之情。从“愿君裁悲且减思，听我抵节行路吟”的自我表述来看，鲍照是以歌唱的方式来抒情的，“抵节行路吟”即伴着节这种乐器的节拍吟唱，其性质与王敦以铁如意为节歌咏《短歌行》相似。诗人虽然说要用歌唱让听者裁悲减思，但是歌唱其实反倒激发和加深了悲伤之感，结语本意是要以自古皆有对听者的“君”和作者自我进行安抚，但是从古至今人类都无法摆脱生命流逝的痛苦，将当下的感慨融入历史的苍茫之中，反而进一步表现了深沉而难以排遣的情感。成书《多岁堂古诗存》谓此首“语意倜傥，音韵铿锵，措辞不必新奇，皆足令人起舞”①。这是歌唱所带来的强烈的抒情效果及感染力。

鲍照《拟行路难十八首》非同时所作，但是曲调相同，表现的主题和思想情感也比较统一，因此仍具有比较明显的组诗性质。第一首起到序曲自述其“抵节行路吟”的歌唱方法，其实也是整组诗所用的方法，又如第四首“举杯断绝歌路难”，也是自述这组诗以歌唱的方式出之的，进一步印证这一说法。歌唱激发了热烈的情感，带来了激烈的抒情体验，如其二“含歌揽涕恒抱愁，人生几时得为乐？”歌唱使诗人悲愁落泪；其十一“胡为惆怅不能已，难竟此曲令君忤”，谓悲哀得难以歌唱下去，而这种情感其实正是由歌唱进一步激发出来的。后代诗论家都比较注意从歌唱和情感的关系这一角度揭示这组诗的特点，钟惺、谭元春评第二首“自唱自愁”②；沈德潜谓第九首“悲凉跌宕，曼声促节”③；陈沆谓“《行路》之曲，其代雍门之琴耶？”④ 总体上看，这组诗都有慷慨淋漓、发泄无遗的抒情特点。

---

① 成书：《多岁堂古诗存》，见丁福林《鲍照集校注》，第 662 页。

② （明）钟惺、谭元春：《古诗归》，湖北人民出版社，1985，第 226 页。

③ （清）沈德潜：《古诗源》，岳麓书社，1998，第 168 页。

④ （清）陈沆：《诗比兴笺》，上海古籍出版社，1981，第 79 页。

以歌唱抒发是鲍照诗歌突出的抒情方式，又如《代东门行》：

伤禽恶弦惊，倦客恶离声。离声断客情，宾御皆涕零。涕零心断绝，将去复还诀。一息不相知，何况异乡别。遥遥征驾远，杳杳白日晚。居人掩闺卧，行子夜中饭。野风吹草木，行子心肠断。食梅常苦酸，衣葛常苦寒。丝竹徒满坐，忧人不解颜。长歌欲自慰，弥起长恨端。

王僧虔《技录》云："《东门行》，歌古东门一篇，今不歌。"① 但从诗中所述"离声""丝竹""长歌"来看，显然诗人是配合着音乐以歌唱为此诗的，吴淇认为："'离声'者，即离亲友时所奏之丝竹。"② 诗歌后面说到的"丝竹徒满座"，就是离别时音乐演奏的场景，这种离别的音乐使在场的人皆涕泪纵横。诗人配合音乐长歌，想自我宽慰，反引起更强烈的离愁别恨。这是由歌唱而引发的激越情怀。刘履谓此诗"情意悲切，音调抑扬"③。陆时雍云："苦情密调，吐露无余。"④ 方东树说："回折顿挫，一唱三叹。"⑤ 他们都注意到此诗歌唱与抒情的关系。又如"停歌不能和，终曲久辛酸"（《和王护军秋夕》），"悲歌辞旧爱，衔泪觅新知"（《咏双燕》），也都是说歌唱带来更浓烈的情感。"长歌欲自慰，弥起长恨端"（《代东门行》），"君今且安歌，无念老方至"（《冬日》），"愿君裁悲且减思，听我抵节行路吟"（《拟行路难十八首》其一），"酌酒以自宽，举杯断绝歌路难"（《拟行路难十八首》其四），鲍照经常表现这种欲以歌唱自我宽慰而反激起更浓烈的情感，其实恰恰说明鲍照对歌唱的激烈抒情功能深有体验。萧子显谓源于鲍照一派的诗风"发唱惊挺，操调险急，雕藻淫艳，倾炫心魂"，就专指鲍照而言，"发唱""操调"显然是指实的，即鲍照歌唱和曲调，"雕藻淫艳，倾炫心魂"则指向鲍照通过歌唱表现出来的情感强度。

当然，在曲调和歌唱方式上，鲍照受汉魏乐府、北方民歌、南方吴声

---

① （宋）郭茂倩：《乐府诗集》卷三七，第 550 页。

② （清）吴淇：《六朝选诗定论》卷一三。

③ （元）刘履：《选诗补注》卷七，文渊阁四库全书，第 294 页。

④ （明）陆时雍：《古诗镜》卷一四，文渊阁四库全书，第 236 页。

⑤ （清）方东树：《昭昧詹言》卷六，人民文学出版社，1961，第 179 页。

西曲等不同的影响，其抒情强度不同，诗风也截然有别。他拟汉魏乐府，常以高歌、长歌、悲歌的方式歌唱，形成激越的抒情。学吴声、西曲一类，则效其轻歌曼舞之态，婉转抒发，形成清新流利之风。鲍照学汉魏乐府与学习吴声西曲之作，在抒情强度上虽有所区别，但都体现出一种自觉的抒情意识，这对东晋以来玄言诗造成的“诗骚之体尽矣”，及刘宋以来诗歌中“情性渐隐”的背景下，在自觉继承汉魏抒情传统同时，又影响了齐梁诗人的创作，有重要的诗史意义。

四　歌唱意识与鲍照乐府诗的艺术

歌唱意识对鲍照乐府诗的影响，还体现在鲍照追求诗歌富有的声情之美的阅读效果。鲍照自述以歌唱为作诗之法，从作为作品的第一个阅读者的角度来讲，其实也是在以歌唱阅读自己的作品，歌也就是他的阅读方式。不同的阅读方式带来不同的阅读期待，对具有歌唱意识并以歌唱为阅读之法的读者来讲，追求作品有歌唱的效果和美感，是他们对文本的期待，这是阅读对文本生成的影响。传统抒情言志强调主体而忽视读者对文本生成的作用，从前文分析来看，鲍照写作上一个显著的变化是具有听者意识，如“主人且勿喧，贱子歌一言”“为君歌一曲，当作朗月篇”等，虽然这种用法在鲍照之前的古诗中已出现过，而且这里作为听者的“主人”“君”，很可能只是虚构的对象，但是“听者”在鲍照诗歌中大量出现，显然体现鲍照明确的听者意识。听者意识或者说阅读者意识，使鲍照更加自觉地从读者的角度追求作品的阅读效果。《北史·魏孝武帝纪》记载：“帝内宴，令诸妇人咏诗，或咏鲍照乐府曰：‘朱门九重门九闺，愿逐明月入君怀。’”[①] 这就是鲍照乐府诗突出的阅读效果而被广为传诵，这种阅读效果即来自鲍照诗歌的富有音乐性的艺术特点。表现在以下几个方面。

第一，诗歌节奏的灵活运用。鲍照乐府诗的音乐性，显然最主要体现为可歌唱的这个特点，其具体的歌唱情形虽不可得知，但从其诗歌的节奏等方面还可以感受其音乐上的特点。古人极为注意鲍照乐府诗音调响亮的特点，如“气最劲，语最峭，调最响”[②]、“抗音吐怀，每成亮节”[③]，音节

---

① （唐）李延寿：《北史》卷五，中华书局，2000，第113页。

② （清）于光华：《重订文选集评》卷七，引孙月峰评《东武吟》语。

③ （清）沈德潜：《古诗源》，中华书局，1963，第249页。

响亮与鲍照强烈的抒情有关系，这点我们在前文已做过分析。如《拟行路难十八首》其一，开头从“奉君金卮之美酒”，连用四个句式相同的排比句，敷陈物象，又一气灌注而下，成书《多岁堂古诗存》说：“音韵铿锵，皆足令人起舞。”即着眼于这种诗歌富于音调的感染力。《拟行路难十八首》这组诗中，鲍照还开创了以“君不见”起调的句式，可以想象这种调子带有激情高呼的特点，尤其是连用几个“君不见”句式，其不可抑制之情通过急促的音节得以表现出来，如第五首“君不见河边草，冬时枯死春满道。君不见城上日，今暝没尽去，明朝复更出。今我何时当得然？一去永灭入黄泉。”第十五首“君不见柏梁台，今日丘墟生草莱。君不见阿房宫，寒云泽雉栖其中。歌妓舞女今谁在？高坟垒垒满山隅。”这两首的句式相同，都是连用两个“君不见”，再接以反问句，气势很盛。又如第十一首“君不见枯箨走阶庭，何时复青着故茎。君不见亡灵蒙享祀，何时倾杯竭壶罂。”连用“君不见”和反问语气的“何时”，令人感受不可抑制之情。其他如第十六首、第十七首，也都在以“君不见”起调后接以反问句。这种情感和音调，真有“非长歌何以骋怀”之感。《乐府解题》说：“《行路难》，备言世路艰难及离别悲伤之意，多以‘君不见’为首。”[①]以“君不见”起调已成了《行路难》的演唱特点，《行路难》古辞不存，《乐府诗集》中即以鲍照辞为最早，甚至可以推测，“君不见”起调乃是鲍照开创的，这种说唱的情调使诗歌富有音乐的特点。颜维琦还注意到“鲍诗以‘君不见’为前缀的句子没有加两字构成五言或者加四字构成七言的例子，……‘君不见’句句末必定是三字节奏，而不会出现二字节奏，这也许是出于自然的选择，但从中亦可见出鲍照对诗歌节奏感、音乐性的敏感和自觉体悟”[②]。颇可见鲍照在诗歌语言、节奏上的安排有音乐方面的自觉考虑。

第二，三言五言七言等句式的灵活运用，以此形成了抑扬顿挫的节奏。如《代雉朝飞》：

> 雉朝飞，振羽翼，专场挟雌恃强力。媒已惊，翳又逼，蒿间潜彀卢矢直。刎绣颈，碎锦臆，绝命君前无怨色。握君手，执杯酒，意气

---

① （宋）郭茂倩：《乐府诗集》卷七〇，第997页。

② 颜维琦：《鲍照乐府诗音乐性初探——以〈拟行路难〉十八首为例》，《乐府学》第1辑。

相倾死何有。

崔豹《古今注》："《雉朝飞》者，犊牧子所作也。年五十无妻，出薪于野，见雉雌雄而飞，意动心悲，乃作《朝雉飞》之操，将以自伤焉。"可知此曲本为情感激昂之作。鲍照此诗以比兴之体写慷慨之情，陆时雍谓之"慷慨绝色"即从声辞两端而言，慷慨论其声情，绝色则论其言辞。而极具特点的是此诗三三七的句法，全诗分为四组三三七句，长短相间中又见整齐，既加强抒情效果、富有节奏感，又有声调上回环的音乐性，这正是从声辞两方面的考虑。五七句法的如《拟行路难十八首》其四：

泻水置平地，各自东西南北流。人生亦有命，安能行叹复坐愁？酌酒以自宽，举杯断绝歌路难。心非木石岂无感？吞声踯躅不敢言。

鲍照在《拟行路难十八首》中常用反问句，以反问语气增加情感波澜。如这一首，两个反问句带有自问自答的性质，情绪随着问答而跌宕起伏。这种激荡不平之气，以五七言相杂的句法抒发，连用三组五七句式，以长短交错的节奏配合情感和声调的起伏变化。结语又改为两句七言，诗人的情感在"心非木石岂无感"的反问中达到高潮，又在"吞声踯躅不敢言"的欲说还休中含韵不尽，声调转为长声曼歌。其他如《代淮南王》、《代夜坐吟》、《代北风其凉行》、《代白纻曲二首》（其一）、《拟行路难十八首》（其二、五、六、七、八、十四、十六）等，可见鲍照对三七言、五七言等句式作过积极的探索。尤其是三七言句式，由于三言和七言长短相差很大，声调上缓急之别显著，所以这种句式最容易造成跌宕起伏的声调之美，如"朱唇动，素袖举，洛阳少童邯郸女。古称渌水今白纻，催弦急管为君舞。"［《代白纻曲二首》（其一）］这里说的"催弦急管为君舞"就是指本诗而言，三七言句式正是配合这种急促铿锵的音乐而形成的。可见鲍照的杂言体主要还是基于诗句与音乐的关系及诗歌的阅读效果等方面而创作完成的。

第三，歌词式的语言。鲍照乐府诗的歌唱和音乐表演属性，还使其语言有比较明显的歌词体的特点。如《代淮南王》：

淮南王，好长生，服食炼气读仙经。琉璃作盌牙作盘，金鼎玉匕合神丹。合神丹，戏紫房，紫房彩女弄明珰，鸾歌凤舞断君肠。朱城九门门九闺，愿逐明月入君怀。入君怀，结君佩，怨君恨君恃君爱。
筑城思坚剑思利，同盛同衰莫相弃。

《乐府诗集》卷五题为《淮南王二首》，大概就是从“朱门”以下别为一首。“朱门”以前，敷写淮南王服食修仙之事，辞语藻丽，后半部分则转入抒情，其运思、体制、意脉等与《拟行路难十八首》其一颇相近。尤可注意的是诗中歌词体语言的使用，首先是顶针格，如“金鼎玉匕合神丹。合神丹，戏紫房，紫房彩女弄明珰”“愿逐明月入君怀。入君怀，结君佩，怨君恨君恃君爱”，这两段都用顶针格连贯而下，这是民歌惯用的手法，形成婉转流利朗朗上口的阅读效果。另外就是诗句中字词的重复，如“琉璃作盌牙作盘”“朱城九门门九闺”“怨君恨君恃君爱”“筑城思坚剑思利，同盛同衰莫相弃”，这是歌唱的一种特点，有助于形成流转的节奏和音乐美感。

鲍照诗歌常出现上下两句在同一位置使用相同字词的现象，如：

弃席思君幄，疲马恋君轩。（《代东武吟》）
食梅常苦酸，衣葛常苦寒。（《代东门行》）
鹿鸣在深草，蝉鸣隐高枝。（《代别鹤操》）
高飞畏鸱鸢，下飞畏网罗。（《代空城雀》）
万曲不关心，一曲动情多。（《代堂上歌行》）
今年阳初花满林，明年冬末雪未盈。（《拟行路难》其十二）
朱灯灭，朱颜寻。体君歌，逐君音，不贵声，贵意深。（《代夜坐吟》）
虑年至，虑颜衰，情易逝，恨难追。（《代北风其凉行》）
春山茂，春日明。（《代春日行》）
梅始发，柳始青。（《代春日行》）
风微起，波微生。弦亦发，酒亦倾。（《代春日行》）
两相思，两不知。（《代春日行》）

这是从《诗经》《楚辞》以来常用的方法，《楚辞》上下两句常在相同的位置使用“兮”字，如《九歌》，显然是一种节奏上的考虑，其效果是能收到回环往复、一唱三叹的音乐旋律之美。我们所列举的鲍照这些上下句使用同字的诗歌，很多是可以歌唱的，如《代东武吟》《代堂上歌》，亦可见这些诗句本身就是歌词，它们阅读起来的确也具有歌唱的效果和美感。从颜延之以来，都注意到鲍照诗歌“委巷中歌谣”的性质，这是鲍照乐府诗歌唱、音乐上的属性，其艺术上各种特点的形成也是源自于此的。

结　语

汉乐府是源自民间的社会性文艺系统，鲍照“都市流浪者”的身份、经历和情感，使他最能体认汉乐府这个艺术系统的精神和艺术特点，也就是“感于哀乐”的情感表达和“歌其事”的音乐表演属性。南朝以来的文学批评家，如萧子显、钟嵘等人，对鲍照乐府诗的批评，主要集中在其慷慨激昂的抒情及由此形成的炫博风格上，但同时也注意到鲍照乐府诗“发唱惊挺”“操调险急”等歌唱、音乐性质。鲍照一方面继承了《诗经》《楚辞》以来的“歌以抒情”的歌唱传统，以歌的方式表现他的坎壈之情；另一方面，又自觉体认汉乐府的音乐表演属性，注意表现乐府诗为听众而歌的表演特点和故事化的场景。因此，鲍照乐府诗体现了歌者与听者共存的一种歌唱意识，这既与鲍照的身份、经历、情感有关，又是他自觉体认、继承古诗和汉乐府传统的结果。歌者和听者共存的意识，不仅体现在鲍照乐府诗中具体用语上，还体现在诗中复杂多变的人称变换上，由此使鲍照乐府诗在自我抒发与音乐、故事表演属性上相互结合，成为鲍照乐府诗艺术突出的特点，也是鲍照继承汉乐府又有创新性发展的重要原因。

论侧调内涵及其演变*

刘奕璇

（河北师范大学文学院，石家庄，050024）

摘　要： 侧调非“瑟调”，侧调在不同历史时期，所指不同。齐梁时期侧调用于佛经转读中，在唐宋时期属于琴调，明清时期侧调以“非正”“妖浮”的含义进入“批评”话语体系。作为音乐实际演奏中的侧调，既不是汉魏清商三调，也不属于汉魏相和五调，而是与琴之变宫、变徵二调息息相关，称为“侧弄”，且不入雅乐，其演奏曲目中留有清商旧曲。

关键词： 侧调　三调　相和五调　琴调

作者简介： 刘奕璇，1985年生，河北文安人，河北师范大学文学院博士研究生，研究方向为魏晋南北朝隋唐五代文学、乐府学。

今人研究将“侧调”定为调式、调高或者音阶等①，对于侧调具体所指存在很大争议。自宋郭茂倩《乐府诗集》相和歌辞解题中指出“侧调者，生于楚调，与前三调总谓之相和调”②，此后将“侧调”归属于相和五调中的一调，几乎成定论。丁纪元撰文专门论述相和侧调，指出《魏书·乐志》记载的“五调各以一声为主”分别为瑟对宫、清对商、平对徵、楚对羽、侧对角，相和五调对五声。③ 徐荣坤亦指出楚调、侧调是相和三调加上楚、侧，变成五调④。然而这些说法并未关注相和三调与五调之间的

* 本文为河北省在读研究生创新能力培养资助项目“《文选》六臣注引乐府史料研究”（项目编号 CXZZBS2021050），河北省社科基金重点项目“燕赵文化与汉魏乐府研究”（项目编号：HB21ZW001）阶段性成果。

① 详见韦具旺《侧调研究综述》，《当代音乐》2016年10月号。

② （宋）郭茂倩：《乐府诗集》，中华书局，1979，第376页。

③ 丁纪元：《相和五调中的楚、侧二调考辨》，《黄钟》1997年第3期。

④ 徐荣坤：《释相和三调及相和五调》，《天津音乐学院学报》2005年第1期。

转换是怎样完成的。王运熙在《清乐考略》中说：“《乐府诗集》卷二六相和歌辞解题云‘侧调者生于楚调。’但《乐府诗集》相和歌辞类实际并无侧调曲歌辞一项。仅卷六二杂曲歌辞《伤歌行》解题云‘《伤歌行》，侧调曲也。’但列入杂曲而非相和，未知何故。”[①] 《乐府诗集》题解的撰写参考了前代乐志、乐录、乐书等记载，“相和侧调”之下，并非像平清瑟楚四调一样有专门的曲目、曲辞收录，只有一曲《伤歌行》被置于杂曲中。孙尚勇认为“侧调虽出于楚调，但它只有《伤歌行》一曲，不足以组成部伍，不能够亦未曾像相和、三调那样分部表演”[②]。总而言之，目前对于侧调何时出现只存疑未论证，对侧调与相和三调、五调的关系亦未有深入探讨。实则侧调作为中国古代音乐术语，在不同时期的文献中，是一个动态的概念。本文将从文献的角度出发，考证不同时代对于“侧调”内涵的不同理解。

一

“侧调”一词最早见于梁释慧皎《高僧传·经师》：“时有道朗、法忍、智欣、慧光，并无余解，薄能转读。道朗捉调小缓，法忍好存击切，智欣善能侧调，慧光喜飞声。”[③] 此处指的是在南朝梁佛家转读中有人善侧调，用于佛教法会。这里的侧调、飞声与佛经的转读、传唱方式有关。唐代《有唐新罗国故知异山双谿寺教谥真鉴禅师碑铭》记载：“守真忤俗。皆此类也。雅善梵呗。金玉其音。侧调飞声。爽快哀婉。能使诸天欢喜。”[④] 唐代佛经演唱中亦有侧调。今所见敦煌变文中有标注唱词声腔的用字如“平侧”“侧吟”“经平”等。[⑤] 可见侧调从梁代至隋唐在佛经转读中一直使用，属于佛经转读的一种方式。

其后，在唐代李善和五臣为《文选》作注释时，提到过“侧调”3次。

---

① 王运熙：《乐府诗述论》（增补本），上海古籍出版社，2006，第204页。

② 孙尚勇：《被遗忘的乐府研究轨范》，《文艺研究》2017年第4期。

③ 释慧皎：《高僧传》卷一三，中华书局，1992，第502页。

④ （清）董诰等编《全唐文》卷四四，中华书局，1983，第10866页。

⑤ 项楚：《敦煌变文选注》，中华书局，2006，第813页。

谢灵运《会吟行》“六引缓清唱，三调伫繁音”句下，李善注三调，“第一平调，第二清调，第三瑟调，第四楚调，第五侧调。然今三调，盖清、平、侧也。”良曰：“凡曲有三调，惟所奏之缓伫谓稍息。”①

古辞《君子行》下吕向注“瑟有三调，平调、清调、侧调。此曲处于平调。”②

古辞《伤歌行》下吕向注“侧调”。③

以上三则材料中的侧调，与上文提到的佛经转读中使用的“侧调”内涵不同，李善和吕向的注语显示了三个方面的内容。其一是李善注“第一平调”等语出自沈约《宋书》，但查今本沈约《宋书》有平、清、瑟、楚四调，并无“第五侧调”。其二是“然今三调，盖清、平、侧也”，此句为李善注语，“今”指李善所处的唐高宗时期，李善认为唐高宗时期的三调，大约指的是清、平、侧三调，并采用推测的语气，并非确论。其三是吕向注释认为古辞《君子行》在平调，古辞《伤歌行》在侧调，并且指出瑟有清、平、侧三调。这里存在的问题有二：一是李善和吕向注语中的“侧调”作为对《文选》文本的注释，其合理性如何？二是将李善和吕向的注语所言“侧调”作为文献回归到唐代历史语境中，作何理解？

首先解释第一个问题，作为《文选》文本的注释，二注都是不准确的。谢灵运《会吟行》“六引缓清唱，三调伫繁音”，此句中的“六引”，指相和类乐曲中的相和引，六引当为《箜篌引》《宫引》《商引》《角引》《徵引》《羽引》，至南朝刘宋时期，只余下四引，即张永《元嘉正声伎录》所载“一曰箜篌，二曰商引，三曰徵引，四曰羽引”④。至南朝梁又改造为“五引”，去掉《箜篌引》，将《宫引》《商引》《角引》《徵引》《羽引》五引重新改造后应用于元会仪中演奏。⑤ 此处可知，将宫商角徵羽五

① （梁）萧统编，（唐）李善注《宋尤袤刻本文选》卷二八，第 196 页。

② （梁）萧统编，（唐）五臣注《文选》卷一四，陈八郎宅刊本，第 735 页。

③ （梁）萧统编，（唐）五臣注《文选》卷一四，陈八郎宅刊本，第 735 页。

④ （宋）郭茂倩：《乐府诗集》，中华书局，1979，第 377 页。

⑤ 曾智安：《从“相和六引”到“相和五引”——梁代对元会仪的改革与“相和引”之变》，《乐府学》第六辑，2010。

音冠名为“引”，一直在相和引中演奏。“三调”在魏晋南朝时期特指“平、清、瑟”三调。唐杜佑《通典》云“平调、清调、瑟调，皆周房中之遗声也。汉代谓之三调。”① 汉代的平清瑟三调，至曹魏时期被曹操、曹丕、曹叡祖孙三人重新配词演唱，《晋书·乐志》和《宋书·乐志》均载“因弦管金石，造哥以被之，魏世三调哥词之类是也”②。至西晋时期被荀勖撰旧辞整理成“清商三调”，至今能确知的西晋荀勖整理过的汉魏三调旧曲共有 18 个曲调 37 首曲辞。其中平调 6 曲 12 首，清调 6 曲 9 首，瑟调 5 曲 15 首，楚调 1 曲 1 首。

刘宋时期，王僧虔论三调有言：“今之清商，实由铜雀，魏氏三祖，风流可怀，京、洛相高，江左弥重。”③“江左弥重”说明在东晋时期汉魏三调歌更加受欢迎。谢灵运作为晋宋之交的上层贵族，其诗中“三调”与前“六引”相对，指的是在魏晋时期特为流行的“平、清、瑟”三调歌，既包含三种演奏调式，更偏重指向“三调”所包含的具体演奏曲目。又《晋书·桓伊传》记载桓伊善吹笛，王徽之请桓伊为之吹笛，于是桓伊“便下车，踞胡床，为作三调，弄毕，便上车去，客主不交一言”④。此“三调”亦指演奏“平清瑟”三调中的某些乐曲，且乐器用笛。又南朝刘宋时戴颙善鼓琴，“颙合《何尝》、《白鹄》二声，以为一调，号为《清旷》”⑤。《古今乐录》转引王僧虔《技录》云：“《艳歌何尝行》，歌文帝《何尝》《古白鹄》二篇。”⑥《乐府诗集》中标明此曲为“晋乐所奏”，并属于“瑟调”。此处“《何尝》《白鹄》二声”即指瑟调《艳歌何尝行》中古辞《白鹄》篇、魏文帝《何尝》篇。由此可见南朝时期的“三调”基本指“平清瑟”三调，其演奏乐器可用笛、琴。

至隋朝建立，何妥考订钟律，提到“四舞三调”，“书奏，别敕太常，取妥节度，于是作清、平、瑟三调声，又作八佾鞞、铎、巾、拂四舞。先是太常所传宗庙雅乐，历数十年，唯作大吕，废黄钟。妥又以深乖古意，乃奏请用黄钟。诏下公卿议，从之”⑦。《隋书·音乐志》又载何妥言“近

① （唐）杜佑：《通典·杂歌曲》卷一四五，中华书局，1988，第 3700 页。
② 《宋书》卷一九，中华书局，1974，第 550 页。
③ 《宋书》卷一九，中华书局，1974，第 553 页。
④ 《晋书》卷八一，中华书局，1974，第 2118 页。
⑤ 《宋书》卷一九，中华书局，1974，第 2277 页。
⑥ （宋）郭茂倩编《乐府诗集》，中华书局，1979，第 576 页。
⑦ 《北史》卷八二，中华书局，1974，第 2758 页。

代书记所载，缦乐鼓琴吹笛之人，多云‘三调’。三调之声，其来久矣。请存三调而已”①。可见，至隋立国制乐，仍有汉晋旧曲“平清瑟”三调，并为其曲制新词，且以鼓琴吹笛为主。唐杜佑《通典》其《清乐》中记载武周时期，存旧曲六十三曲，而至杜佑编写《通典》之时记载：“今其辞存者……有声无辞：上林、凤雏、平调、清调、瑟调、平折、命啸，通前为四十四曲存焉。”② 杜佑在唐德宗贞元十七年（801）编成《通典》，而这时宫廷演奏中留存汉魏平、清、瑟调曲，每调一曲，共计三曲，且有声无词。至此，在两晋时期特为流行的平清瑟三调曲，在唐朝中后期，宫廷演奏唯余每调一曲，且只有曲调而无歌辞。所以，谢灵运《会吟行》中的三调一定指的是“平清瑟”三调曲，我们能见到的最早记录三调曲演奏的就是西晋荀勖《荀氏录》中对三调曲的记载，并且三调曲由魏晋时期在宫廷作为正声演奏的盛况，至唐中期以后在宫廷演奏中渐趋消亡，在这漫长的历史时期中，侧调并未进入相和三调中，也没有演化成相和五调。

二

现将李善和吕向的注语“侧调”作为文献回归到唐代历史语境中，李善注言“然今三调，盖清、平、侧也”，吕向注言“瑟有三调，平调、清调、侧调”，这里的“侧调”“三调”作何理解，也即侧调是怎样与三调发生联系的？从上文考证可知，侧调是不属于汉魏相和三调的，荀勖整理的汉魏旧曲中有平清瑟楚四调，其中并未包含侧调。李善注引沈约《宋书·乐志》的内容，并未见于今本《宋书》。这里特别要注意的是，李善注中的“然今三调”一语，“今”指的是李善作注的时间，即唐高宗时期。

唐杜佑《通典·乐典》中有一段记载，“自周、隋以来，管弦杂曲将数百曲，多用西凉乐，鼓舞曲多用龟兹乐，其曲度皆时俗所知也。唯弹琴家犹传楚、汉旧声及清调、瑟调，蔡邕五弄、楚调四弄调，谓之‘九弄’，雅声独存。非朝廷郊庙所用，故不载”③。此则材料又见于《旧唐书·音乐

① 《隋书》卷一四，中华书局，1973，第 347 页。

② （唐）杜佑撰，王文锦等点校《通典》卷一四六，中华书局，1988，第 3717 页。

③ （唐）杜佑撰，王文锦等点校《通典》卷一四六，中华书局，1988，第 3717 页。

志》，与之一字不差。[①] 这则材料指出虽然在唐朝宫廷演奏中三调曲各余一曲，已经有声无词，但是在琴曲中，保留了较多的楚汉旧声和汉魏三调曲，只是因为在郊祀宴飨中不再使用，所以并未载录其曲辞。吕向注也指出瑟有平清侧三调，此言“瑟”指的不是瑟调，而是演奏用的乐器“瑟”。李善和吕向都为唐代人，均非朝廷重臣，不能出入于宫廷，尤其是未能参与到国家级别的祭祀宴飨中。所以，他们应该是以宫外流行的琴曲为依据，指出当时琴曲中有清、平、侧三调。

唐王建在《宫词》中首次提到了侧调，“琵琶先抹六幺头，小管丁宁侧调愁”[②]，“求守管弦声款逐，侧商调里唱伊州”[③]。诗中提到了侧调和侧商调。宋沈括《梦溪笔谈》乐律篇指出“古乐有三调声，谓清调、平调、侧调也，王建诗云‘侧商调里唱伊州’是也”[④]。郭茂倩《乐府诗集》亦记载：

> 谢希逸《琴论》曰：“平调《明君》三十六拍，胡笳《明君》三十六拍，清调《明君》十三拍，间弦《明君》九拍，蜀调《明君》十二拍，吴调《明君》十四拍，杜琼《明君》二十一拍，凡有七曲。[⑤]

《明君》一曲属于相和中的吟叹曲，吟叹曲不用三调表演。《琴论》中明确指出了《明君》一曲可用琴之平调、清调、蜀调、吴调等七种不同方式演奏。可知琴曲中有平、清等调，但是此调显然与汉魏时期的三调歌所指不同。

《宋史》引《五弦琴图说》曰：“琴为古乐，所用者皆宫、商、角、徵、羽正音，故以五弦散声配之。其二变之声，惟用古清商，谓之侧弄，不入雅乐。”[⑥] 此处二变指的是“变宫”“变徵”二调。此则材料明确指出了，在琴曲当中，不入雅乐的侧弄，演奏古清商之曲。古清商之曲，即包

① 《旧唐书》卷二九，中华书局，1975，第 1063~1068 页。
② （唐）王建撰，尹占华校注《王建诗集校注》，巴蜀书社，2006，第 481 页。
③ （唐）王建撰，尹占华校注《王建诗集校注》，巴蜀书社，2006，第 500 页。
④ （宋）沈括撰，金良年点校《梦溪笔谈》卷五，中华书局，2015，第 45 页。
⑤ （宋）郭茂倩编《乐府诗集》，中华书局，1979，第 426 页。
⑥ 《宋史》卷一四二，中华书局，1985，第 3342 页。

含相和三调演奏的曲目。换言之，在琴曲中用“变宫”“变徵”二调演奏汉魏流行的相和曲，统称为“侧弄”。宋蔡宽夫亦言：“近时乐家多为新声，其音谱转移，类以新奇相胜，故古曲多不存。顷见一教坊老工，言惟大曲不敢增损，往往犹是唐本。而弦索家守之尤严。故言凉州者谓之濩索，取其音节繁雄，言六幺者谓之转关，取其声调闲婉。”[①] 指出因弦索家对古乐法、乐曲、音谱等方面传承严格，故古曲、古调多在琴瑟曲中留存。宋王灼《碧鸡漫志》引用姜夔琴曲《侧商调序》云：

> 琴七弦散声，具宫、商、角、徵、羽者为正弄。慢角、清商、宫调、慢宫、黄钟调是也。加变宫、变徵为散声者，曰侧弄、侧楚、侧蜀、侧商是也。侧商之调久亡，唐人诗云侧商调里唱伊州。予以此语寻之，伊州大食调黄钟律法之商，乃以慢角转弦，取变宫、变徵、散声，此调甚流美也。盖慢角乃黄钟之正，侧商乃黄钟之侧，它言侧者同此。然非三代之声，乃汉燕乐尔。[②]

故唐宋琴曲中有正弄，指的是宫、商、角、徵、羽五音。有侧弄，指的是变宫、变徵二音。侧弄又称为散声、侧楚、侧蜀、侧商等，亦被称之为侧调。在侧弄二调里，保留了汉燕乐和包括三调曲在内的清商曲。清人凌延堪在《燕乐考源》中指出“侧调即《宋书》之瑟调”[③]，此说当误。无论是李善注“今有三调”，还是吕向所言“瑟有三调”，都是指在唐代琴曲里，确实有清、平、侧三调，只不过唐时“三调”，与汉魏晋南北朝的“三调”内涵不同。

至宋代，三调主要指“清平侧”三调，并有将唐时流行的琴曲清平侧三调，与汉魏晋流行的清平瑟三调混淆的情况。如沈括《梦溪笔谈》乐律篇指出“今乐部中有三调乐，品皆短小，其声噍杀，唯道调、小石法曲用之，虽谓之‘三调乐’，皆不复辨清、平、侧声，但比他乐特为烦数耳”[④]。这里提到宋代仍有三调，指的是清平侧三调，用于道调和小石法曲中，且三调声与其他乐曲的区别已经不是特别明显。

---

① 郭绍虞辑《宋诗话辑佚》，中华书局，1980，第 389 页。

② 唐圭璋编《词话丛编》，中华书局，2005，第 100～101 页。

③ 凌延堪等著《燕乐三书》，黑龙江人民出版社，1986，第 26 页。

④ （宋）沈括撰，金良年点校《梦溪笔谈》卷五，中华书局，2015，第 45 页。

宋王灼《碧鸡漫志》在记述李龟年手持檀板歌唱，梨园弟子抚丝竹为李延年伴奏，李白为唐玄宗重制清平调歌辞一事的时候指出，“盖古乐取声律高下合为三，曰清调、平调、侧调，此之谓三调。明皇止令就择上两调，偶不乐侧调故也”①。这里的侧调，仍是指唐代的琴曲，且以丝竹为主要伴奏乐器，并且王灼推测三调的命名可能是取自声律的高低。宋陈模也提到“乐府自有音调，所谓清调、侧调、平调是也。李太白始信意说去，不问音调”②。此处的“乐府”二字非指汉魏乐府，而是指“唐乐曲”。以李白作《清平调》歌辞为例，这里的侧调，仍是指琴中曲调。

郭茂倩《乐府诗集》题解中开始出现混淆清商三调与琴之三调的现象。郭茂倩《乐府诗集》相和歌辞题解引《唐书·乐志》“平调、清调、瑟调，皆周房中曲之遗声，汉世谓之三调。又有楚调、侧调。楚调者，汉房中乐也。高帝乐楚声，故房中乐皆楚声也。侧调者，生于楚调，与前三调总谓之相和调”③。明王邦直《律吕正声》亦用郭语。④ 实则，《唐书·乐志》至“汉世谓之三调”句即止，“高帝乐楚声，故房中乐皆楚声也”此句见于班固《汉书·礼乐志》。“又有楚调、侧调”，“侧调者，生于楚调，与前三调总谓之相和调”为郭氏语。

《乐府诗集》的题解参考了《文选》注，因李善在注释中明确指出“第四楚调，第五侧调”，故“又有楚调、侧调”盖出于对李善注的总结。侧调生于楚调说法，最早只见于郭茂倩《乐府诗集》一书。《乐府诗集》又言“后魏孝文宣武，用师淮汉，收其所获南音，谓之清商乐。相和诸曲，亦皆在焉。所谓清商正声，相和五调伎也”⑤。此句从“后魏……谓之清商乐”一句，出自《旧唐书·音乐志》。⑥ “相和诸曲，亦皆在焉。所谓清商正声，相和五调伎也”此一句，为郭氏语，不见于它书。这里的相和五调伎，加上前文的“总谓之相和调”成为今人探讨“相和五调”⑦ 的最早文献来源。

① 唐圭璋编《词话丛编》，中华书局，2005，第 113 页。

② （宋）陈模撰，郑必俊校注《怀古录校注》，中华书局，1993，第 39 页。

③ （宋）郭茂倩编《乐府诗集》，中华书局，1979，第 376 页。

④ （明）王邦直撰，王守伦等校注《律吕正声校注》，中华书局，2012，第 407 页。

⑤ （宋）郭茂倩编《乐府诗集》，中华书局，1979，第 376 页。

⑥ 《旧唐书》卷二九，中华书局，1975，第 1062 页。

⑦ 见丁纪元《相和五调中的楚、侧二调考辨》，《黄钟》1997 年第 3 期。徐荣坤《释相和三调及相和五调》，《天津音乐学院学报》2005 年第 1 期。

通过第一部分对汉魏南北朝时期有关三调文献的梳理可知，汉魏南北朝时期的三调中，并未出现侧调。侧调至早在南朝齐梁年间出现在佛经转读中，至唐代指琴曲中的变宫、变徵二调，或用变宫、变徵二调演奏的曲目，其中包含一些汉魏清商曲。汉魏南北朝时期是没有“相和五调”这一说法的。联系《乐府诗集》题解上下文语境，郭茂倩指出北魏清商乐包含相和诸曲，清商正声是相和五调伎。关键在于郭茂倩所言“相和五调伎”作何理解。

宋程大昌《演繁露》卷十四有《古今乐录》引文，其言曰：

> 其序《清商正声篇》曰但歌四曲，皆起汉世，无弦节奏技，最前一人唱三人和，魏武好之……其后又有楚调《但曲七》如《广陵散》之类，谓从琴筝而得者。[①]

可确知南朝陈释智匠《古今乐录》一书中有“清商正声”一类曲辞，其内容包含但歌至楚调曲等。晏殊《类要》卷二十九“杂曲名”条《蜀道难行》引《古今乐录》曰：“清商正声技曲中有《蜀道难行》，不传其辞也。”[②] 晏殊是北宋人，其称“清商正声技曲”中的《蜀道难行》正是瑟调中的乐曲。郭茂倩编《乐府诗集》时相和歌辞部分主要依照《古今乐录》编排，包含相和引、相和曲、吟叹曲、四弦曲、平、清、瑟、楚四调曲等8类曲辞，这部分曲辞正是出自《古今乐录》“清商正声”部分的记载。南朝宋宫廷乐部中有“正声伎”，作为宫廷演奏和给赐使用。如《宋书·戴颙传》记载“以其好音，长给正声伎一部。颙合《何尝》《白鹄》二声，以为一调，号为清旷”[③]。《何尝》《白鹄》即瑟调《艳歌何尝行》乐曲中的演奏篇目，南朝宋时在正声伎中。《南齐书·武帝纪》记载“虏侵边，戊辰，遣江州刺史陈显达镇雍州樊城。上虑朝野忧惶，乃力疾召乐府奏正声伎”[④]。在南朝齐宫廷中，有正声伎，奏正声伎，能安定忧惶。南朝齐萧惠基好正声，“自宋大明以来，声伎所尚，多郑卫淫俗，雅乐正声，

① （宋）程大昌：《演繁露》卷一四，《影印文渊阁四库全书》，台湾商务印书馆，第852册，第184页。

② （宋）晏殊：《晏元献公类要》卷二九，《四库全书存目丛书》子部第167册，齐鲁书社，1995，第220页。

③ 《宋书》卷九三，中华书局，1974，第2277页。

④ 《南齐书》卷三，中华书局，1972，第61页。

鲜有好者。惠基解音律，尤好魏三祖曲及相和歌，每奏，辄赏悦不能已”[①]。南朝正声伎中演奏的曲子正是《清商正声篇》中记载的乐曲，包含相和引、三调等曲。所以郭茂倩所言“相和五调伎”，非指相和五调，其实指的是相和曲、五调等伎曲。

魏晋南朝除了有正声伎，还有“正声调”，指的是宫商角徵羽五声。西晋荀勖用笛律定律时有正声调法，其言律吕相生关系如下：

> 正声调法，黄钟为宫。宫生徵，黄钟生林钟也。徵生商，林钟生太蔟也。商生羽，太蔟生南吕也。羽生角，南吕生姑洗也。角生变宫，姑洗生应钟也。变宫生变徵，应钟生蕤宾也。[②]

《魏书·乐志》提到琴之五调调音之法，此五调，指的是“宫商角徵羽”五调，其言“黄钟为声气之元，其管最长，故以黄钟为宫，太蔟为商，林钟为徵，则宫徵相顺”[③]。其理论来源于西汉通行的以五音配五律，其实践上则依托荀勖的管律，不论是西晋还是北魏时期，乐律中所言五调，均指的是与律吕相配的五声，即黄钟为宫、太蔟为商、姑洗为角、林钟为徵、南吕为羽的律吕五音相对的音律关系。此种律吕与五音相对的调法属于正声系统，此外亦有下徵、清角等不同调法。

正声调实际演奏曲类中还有“五调伎”，指的是相和五引中的《宫引》《商引》《角引》《徵引》《羽引》五调曲。《隋书·音乐志》中有牛弘乐议“今以五引为五声，迎气所用者是也”[④]。“故隋代雅乐，唯奏黄钟一宫，郊庙飨用一调，迎气用五调”[⑤]。隋代迎气乐提到了“五引”“五声”“五调”三种说法，实则均指同一乐曲——《五调曲》。此乐曲源自梁武帝改造的《相和五引》，作为举行元会仪的开场曲，为《宫引》《商引》《角引》《徵引》《羽引》五调曲，沈约、萧子云为其制词，清商正声包含了相和诸调曲和成曲较晚的《相和五引》五调乐曲。北周时期庾信亦有《五声调曲》。《旧唐书·音乐志》记载唐贞观年间“太常旧相传有宫、商、角、徵、羽

---

① 《南齐书》卷三，中华书局，1972，第811页。
② 《晋书》卷一六，中华书局，1974，第483~484页。
③ 《魏书》卷一〇九，中华书局，1974，第2834页。
④ 《隋书》卷一五，中华书局，1973，第354页。
⑤ 《隋书》卷一五，中华书局，1973，第354页。

谳乐五调歌词各一卷”，并认为“其五调法曲，词多不经，不复载之”[①]。在唐代，五调曲也是非常流行的。所以，《乐府诗集》中郭茂倩所言“五调伎”，应该是指相和歌辞中用正声调法演奏的宫商角徵羽五调曲，而非指“平清瑟楚侧”五调。也即侧调不属于五调伎曲。

综上所述，汉魏有五音与五律的相生体系，以黄钟为宫为其正声调的演奏方式，魏晋南朝时期用正声调演奏相和引、三调、楚调等乐曲，相和五调的具体演奏乐曲是“宫商角徵羽”五引，而不是平清瑟等调。唐代侧调主要由唐代琴曲中的侧弄而来，侧调属于琴之曲调，不属于汉魏相和三调之一，亦非相和五调之一。由于《文选》李善和吕向注释的不准确，郭茂倩《乐府诗集》集合材料对于相和调总结的偏差，后世学者对五调伎理解的不深入，导致了侧调进入清商三调中。侧调实际指的是琴曲中“变宫”“变徵”二调，其为散声，与琴之“正弄”相对。侧调演奏时其音节繁雄，音调流美，因为弦类乐器师承严格，所以清商古曲、汉魏燕乐得以在琴曲中流传。唐宋时期侧弄中犹存汉魏相和三调旧曲，且已经不入雅乐。

三

至明清时期，侧调所指包括三个方面的内容。首先是戏曲秦腔中出现“侧调”。如徐珂《清稗类钞·戏剧类》所记：

> 秦腔戏，渭河以北尤著名者，曰大荔。大荔腔又名同州腔。同州腔有平侧二调，工侧调者，往往不能高，其弊也，将流为小唱；唱平调者，又不能下，其弊也，将流为弹词。[②]

清人洪亮吉《七招》评秦腔“啄木声碎，官蛙阁阁，声则平调侧调，艺则东郭、西郭”[③]。陕西秦腔戏中有侧调，秦腔中侧调调不高，像啄木一样声音细碎。

其次是琴曲中仍有侧调演奏。如清人王鸣盛在诗歌中对侧调的描写，

---

① 《旧唐书》卷三〇，中华书局，1975，第1089页。

② 徐珂编撰《清稗类钞》，中华书局，2010，第2019~5020页。

③ （清）洪亮吉撰，刘德权点校《洪亮吉集》，中华书局，2001，第283页。

"小糟滴酒飞三雅，侧调传声抹六幺"①，"三更绛蜡尽成堆，弦拨仍教侧调催。听水听风浑不辨，祇疑天上紫云回"②。清吴文溥《南野堂笔记》云"古香诗，有《别情如已凉》云'已凉初试夹罗新，小管吹听侧调吟。'神似山谷"③。清陆楙散曲《南商调山坡羊》云"潜吟，谱就冰弦侧调琴"④。这些诗词曲中对"侧调"的记载，仍是指琴曲中的侧调。

最后，也是最重要的一个转变，"侧调"进入明清时期的"批评"话语体系，成为专门的、含义稳定的"评语"。如明方以智《通雅》卷二十九《乐曲》类有"侧调，侧出诸调也"。他指出"较今俗乐侧调，低二字为正调，即雅矣。管色均弦，人声依律，唐之绝句，皆入乐府"⑤。侧调与俗乐为伍，侧出诸调，非正调。清唐晏《陆子新语校注序》有言"王莽不臣，而杨雄颂美功德，谄言无实，法言、太玄，亦儒林之侧调也"⑥。认为杨雄《法言》《太玄》为儒林侧调，是儒学中的不正之音。孙诒让评论明虞原璩"惟诗文直抒胸臆，不甚擅场。然人品既高，神思自远，此集所存，虽不能方轨高、杨，以视明季山人，曼声侧调，以诗文为交通声气之具者，不啻天壤矣"⑦。认为虞原璩诗文"曼声侧调"。清代李慈铭《越缦堂读书记》评杨万里《闲居初夏午睡起》二绝"是寻常闲适语，不出江湖侧调"。⑧ 侧调，因作为乐曲演奏曲调未入雅声，于是先被用来指乐曲的不正，并与俗乐为伍，继而又被应用到诗文评论中，侧调多指其创作闲散，非正统。

尤其在《四库全书总目提要》中，侧调作为评语共出现6次。如论乐"顾自汉氏以来、兼陈雅俗、艳歌侧调、并隶云韶"⑨。评明代刘侗其文"侗本楚人、多染竟陵之习。其文皆幺弦侧调、惟以纤诡相矜"⑩。评明代徐渭诗文"以才俊名一时、然惟书画有逸气。诗文已幺弦侧调、不入正声"⑪。

① （清）王鸣盛著，陈文和主编《西沚居士集》，中华书局，2010，第226页。
② （清）王鸣盛著，陈文和主编《西沚居士集》，中华书局，2010，第344页。
③ 傅璇琮编《黄庭坚和江西诗派资料汇编》，中华书局，1978年，第309页。
④ 谢伯阳、凌景埏编《全清散曲》，齐鲁书社，2006，第481页。
⑤ 邓子勉编《明词话全编》，凤凰出版社，2012，第4596页。
⑥ （汉）陆贾撰，王利器校注《新语校注》，中华书局，2012，第223页。
⑦ （清）孙诒让著，潘猛补点校《温州经籍志》，中华书局，2011，第1250页。
⑧ （清）李慈铭撰，由云龙辑《越缦堂读书记》，中华书局，2006，第653页。
⑨ （清）永瑢等撰《四库全书总目》卷三八，中华书局，1965，第320页。
⑩ （清）永瑢等撰《四库全书总目》卷七七，中华书局，1965，第673页。
⑪ （清）永瑢等撰《四库全书总目》卷一二八，中华书局，1965，第1100页。

这些评语均包含批评。更对明万历以后的公安派、竟陵派诗文提出了严厉的批评，如“盖万历以后、公安竟陵交煽伪体、幺弦侧调、无复正声”①。“然自万历以后、繁音侧调、愈变愈远于古、论者等诸自郐无讥。”②“万历以后、公安倡纤诡之音、竟陵标幽冷之趣、幺弦侧调、嘈囋争鸣。佻巧荡乎人心、哀思关乎国运、而明社亦于是乎屋矣。”③“幺弦侧调”近乎成为清代对公安派、竟陵派诗文的代称。总之，侧调能用来批评诗文、辞曲、著作风格等。批评中的“侧调”与佛经唱读无关，与琴曲调类无关，仅从侧调之“侧”入手，其义与正声相对，具有“不正”“妖浮”的含义。

综上，本文从文献梳理的角度，论述侧调内涵的演变，侧调一词基本经历了由曲调到文学批评用语的转变。齐梁时期的佛经传唱用侧调，唐宋时期的琴曲有侧调，主要为“变宫”“变徵”二调演奏的乐曲。在明清时期秦腔中有侧调唱法，侧调因其自身不入雅乐，与正声相对的含义，由曲调转变为诗文中的批评用语。侧调的含义，不同的历史语境中，具有不同的含义，在研究中要注意区分，不可一概而论。

① （清）永瑢等撰《四库全书总目》卷一八〇，中华书局，1965，第1624页。
② （清）永瑢等撰《四库全书总目》卷一八九，中华书局，1965，第1719页。
③ （清）永瑢等撰《四库全书总目》卷一九〇，中华书局，1965，第1730页。

“三台”考论*

王琳夫
（华东师范大学，上海，200241）

摘　要：“三台”既是曲名，也是曲类，其直接源头是唐武后所作的《三台盐》，与蔡邕、邺中三台、唐太宗无关，也不是胡曲。“三台”在曲类演化中具有明显的阶段性特征，是唐人口中的六言“艳曲”，宋人口中的“古文舞”，元时的“歌声变件”。经过宋人推尊、改制，禅诗中的“舞三台”成了一种特殊的文化符号。

关键词：《三台》　送酒　词调　唐乐

作者简介：王琳夫，华东师范大学博士研究生。从事音乐文学研究，主要成果有《〈钦定词谱〉编纂始末》等。

“三台”是曲名，也是曲类，在唐、宋、元三代表现出了鲜明的阶段特征。席臻贯①、庄永平②曾对比敦煌舞谱的节奏形态考释《三台》“慢二急三”的曲类特点，认为“慢二急三”是一种时快时慢的节奏；词学研究者依据万俟咏《三台·清明应制》字数，多认为《三台》是慢曲或者“慢曲中有急拍”；还有观点认为《三台》是疏勒曲或胡曲的。这些认识或滞后于史料的发见，或对具体文献理解有误，有必要重新考量。本文主要关注“三台”的起源、“三台”曲类的演化、“三台”的体式特点以及“舞三台”一词的文化属性四方面问题。

* 本文为国家社科基金项目“辽金元北方民族审美格局及其生成机制研究”（18BZW017）、华东师范大学“优秀博士生学术创新能力提升计划”项目“清代词调学研究”（YBNLTS2020-026）阶段性成果。

① 席臻贯：《唐乐舞“慢二急三”（慢四急七）之谜钩玄——敦煌舞谱交叉研考之五》，《黄钟》1989年第4期。

② 庄永平：《论〈三台〉词调结构——兼论慢二急三节拍形式》，《交响》1994年第1期。

一 "三台"知见史料

"三台"是极少数乐谱、舞谱、歌辞皆有存世史料的唐宋曲调，有很高的样本价值。

（一）"三台"存谱、存辞、存目史料：

1. 《五弦谱》：《三台》（存谱）[①]

2. 《南宫琵琶谱》：平调《三台盐》（存谱）[②]

3. 《新撰乐谱第横笛四》：黄钟调《皇帝三台》（存谱）[③]

4. 《三五要录》：平调《三台盐》（存谱，破二帖、急三帖，同曲三种）、大食调《庶人三台》（存谱，同曲三种）

5. 《仁智要录》：平调《三台盐》（存谱，破二帖、急三帖）、大食调《庶人三台》（存谱，同曲两种）

6. 《类筝治要》：平调《三台盐》（存谱，破二帖，同曲两种）、大食调《庶人三台》（存谱，同曲两种）、黄钟调《皇帝三台》（存目）

7. 《掌中要录》：平调《三台》（舞谱，破二帖、急三帖）

8. 《羯鼓录》"诸宫曲"：太簇角《三台》[④]

9. 《教坊记》"曲名"：《怨陵三台》《三台》《突厥三台》[⑤]

10. 《唐会要》"诸乐"：平调《三台盐》[⑥]

11. 《乐书》："因旧曲造新声者五十八"载《三台》不同宫调共十三曲[⑦]

---

① 《五弦谱》，刘崇德：《现存日本唐乐古谱十种》，黄山书社，2013，第9页。以下《三五要录》《仁智要录》《类筝治要》《掌中要录》同此。

② 〔日本〕贞保亲王：《南宫琵琶谱》，日本宫内厅书陵部藏。

③ 〔日本〕博雅源：《新撰乐谱第横笛四》，日本宫内厅书陵部藏。

④ 守山阁本作"西河狮子三台舞"，四库全书本作"西河狮子三台舞石州"，故人们多认为该曲是《西河狮子三台舞》。此处实应是《西河狮子》《三台》《舞石州》三曲。《乐府诗集》卷七十九《石州》条载："《石州》，商调曲也，又有《舞石州》"，《教坊记》中有《西河狮子》的曲名，《三台》作为曲名出现时也没有称作《三台舞》的。另外，"狮子舞"本身已经是一种舞蹈，与"三台舞"不能兼容。

⑤ （唐）崔令钦：《教坊记》，《中国戏曲论著集成》第1集，中国戏剧出版社，1959，第14页。

⑥ （宋）王溥：《唐会要》卷三三，清光绪十年江苏书局刻本，第9册，第22页。

⑦ 《宋史》"因旧曲造新声者五十八"条实载五十七曲，与《乐书》表述方式不同，但所载《三台》也为不同宫调十三曲。

12. 吐鲁番阿斯塔纳三六三号墓文书：《十二月三台词新》六言体①

13.《乐府诗集》“杂曲歌辞”：羽调《三台》、《急三台》，王建《宫中三台》六言体两首、《江南三台》六言体四首，韦应物《三台》六言体两首、《上皇三台》五言体、《突厥三台》七言体②

14.《阳春集》：冯延巳《三台令》调笑体三首③

15.《大声集》：万俟咏《三台》三段一百七十一字体④

16.《碧鸡漫志》“夜半乐”：黄钟宫《三台夜半乐》⑤

17.《鄮峰真隐漫录》：柘枝舞吹《三台》、花舞吹《三台》唱《折花三台》（两段五十四字体四首）⑥

18.《阳春白雪》：杨韶父《伊州三台令》六六五七体⑦

19.《梅屋集》：许棐《三台春曲》六言体⑧

20.《鸣鹤馀音》：牛真人《宣静三台》两段一百五十七字体、王重阳《宜靖三台》两段一百六十二字体⑨

21.《双溪醉隐集》：耶律铸《前突厥三台》《后突厥三台》七言歌辞⑩

22.《高丽史》：抛球乐队舞“《折花令》三台词”两段五十二字体、莲花台队舞“乐官奏《三台令》”⑪

23.《古本董解元西厢记》：《梁州三台》六十二字体（莺莺色事）、

---

① 《吐鲁番出土文书》，文物出版社，1986，第7册，第548页。

② 王建六首亦见于《王司马集》，《才调集》作《宫中三台词》《江南三台词》，《尊前集》《宫中三台》调下注“亦名翠华引”。《韦苏州集》《尊前集》载韦应物《三台》六言体二首，五言体、七言体未见。

③ （五代南唐）冯延巳：《阳春集》，王鹏运辑《四印斋所刻词》，上海古籍出版社，1989，第343页。

④ （宋）万俟咏：《大声集》，赵万里：《校辑宋金元人词》，国家图书馆出版社，2013，第180页。

⑤ （宋）王灼著，岳珍校正：《碧鸡漫志校正》，人民文学出版社，2015，第85页。

⑥ （宋）史浩：《鄮峰真隐漫录》卷四六，《文渊阁四库全书》，台湾商务印书馆，1986，第1141册，第881页。

⑦ （宋）赵闻礼：《阳春白雪》卷六，《宛委别藏》，江苏古籍出版社，1988，第118册，第247页。《花草粹编》同体赵师侠歌辞作《伊州三台》。

⑧ （宋）许棐：《梅屋集》卷四，汲古阁景宋本，第3页。

⑨ （元）彭致中：《鸣鹤馀音》，《道藏辑要》，巴蜀书社，1995，觜集八，第12、51页。

⑩ （元）耶律铸：《双溪醉隐集》，《文渊阁四库全书》，台湾商务印书馆，1986，第1199册，第392页。

⑪ 〔朝鲜〕郑麟趾：《高丽史》志卷第二五“乐二”，首尔大学奎章阁本，第9页。

《三台》五十九字体（愁倚单枕）[①]

24.《南村辍耕录》"杂剧曲名"：《金殿乐三台》[②]

25.《中原音韵》：双调《万花方三台》、越调《耍三台》《三台印》（即《鬼三台》）[③]

26.《曲律》[④]："九宫词谱"载大石调近词《插花三台》、商调引子《三台令》、商调过曲《三台令》、商调慢词《熙州三台》。"十三调南曲音节谱"载商调慢词《伊州三台》、正宫调近词《长寿仙三台》、大石调近词《插花三台》

（二）异名、误收案例

1."三当"不是《三台》。有学者认为敦煌舞谱中的"三当"是《三台》，如《唐宋词体名词考诠》："敦煌卷子内有'三当'舞谱，应是'三台'之讹。"[⑤] 敦煌舞谱有《三台》的说法最早见于任半塘《唐声诗》[⑥]，是错误的。S.5643/8 右上角确有"三当"二字，但是这两个字是接上页的，全句是"急七两头急三当"，"急三当"一语在 S.5643/5 中已有出现，全句"慢拍段送急三当"，意思是慢拍段的谱字"送"一拍在急拍中可当三拍。

2.韦应物《上皇三台》《突厥三台》的作者有李后主、盛小丛之说。沈雄《古今词话》："不寐倦长更，披衣出户行。月寒秋竹冷，风切叶窗声。传是李后主三台词。"[⑦]"不寐倦长更"在《乐府诗集》中为韦应物《上皇三台》，《南唐二主词》并无该作。《云溪友议》卷上载歌妓盛小丛唱"雁门山上雁初飞"，但盛小丛只是该诗歌者，并非作者。

3.《大日本史》引《续教训钞》《体源钞》："《三台盐》一名《天寿乐》。"[⑧]

---

① （金）董解元：《古本董解元西厢记》卷五、卷七，《续修四库全书》，上海古籍出版社，2002，第 1738 册，第 63、74 页。

② （元）陶宗仪：《南村辍耕录》，中华书局，1959，第 332 页。

③ 《白兔记》中有《三台令》《插花三台令》，《水浒记》中有《熙州三台》，《鬼三台》《耍三台》等是常见曲牌，不再详引。

④ （明）王骥德：《曲律》卷一，明天启五年毛以燧刊本，第 8 页。

⑤ 李飞跃：《唐宋词体名词考诠》，文化艺术出版社，2015，第 253 页。

⑥ 任半塘：《唐声诗》，上海古籍出版社，1982，第 306 页。

⑦ （清）沈雄：《古今词话》词辨卷上，清康熙刻本，第 3 页。

⑧ 〔日本〕德川光圀：《大日本史》卷之三四八，日本东京图书馆藏本，第 5 页。

4.《词谱》云《三台》也称《翠华引》《开元乐》："沈括词名《开元乐》，因结有'翠华满陌东风'句，名《翠华引》。"[①]《翠华引》一说见于《尊前集》王建《宫中三台》下注。《开元乐》一词则为《侯鲭录》载沈括六言诗，并未提及《三台》，王建词岂能因沈括词改名。以《三台》为名的曲子、歌辞有数十种之多，虽然《三台》有六言体，但不仅有六言体，用六言诗作歌辞的曲子还有很多，唐五代歌辞没有固定的命名范式，异名应系具体作品的个案。

二 "三台"的起源

考察三台曲的发源有两个难点。其一是因为历史上"三台"一词有"三台星""三台山""三公""高台"等诸多含义，以含义宽泛的名词为曲名会衍生出很多误会。其二是以"三台"为名的曲子也不止一首，这些曲子的来源也未必一致。

有关《三台》明清以来最流行的说法出自《乐府诗集》：

> 《后汉书》曰："蔡邕为侍御史，又转持书侍御史，迁尚书。三日之间，周历三台。"冯鉴《续事始》曰："乐府以邕晓音律，制《三台》曲以悦邕，希其厚遗。"刘禹锡《嘉话录》曰："三台送酒，盖因北齐高洋毁铜雀台，筑三个台。宫人拍手呼上台送酒，因名其曲为《三台》。"李氏《资暇》曰："《三台》，三十拍促曲名。昔邺中有三台，石季龙常为宴游之所。乐工造此曲以促饮。"[②]

历史上的"三台"有很多含义，源头大致有二，其一是天文学上的"三台星"，"六星两两而起"分"上阶""中阶""下阶"或"上台""中台""下台"[③]。由天文学上的"三台"引申出"天有三台，地有五岳""北斗主杀伐，三台为三公"等说法，进而代指三种重要职官。具体是哪三种言人人殊，除了"三公"还有"汉尚书为中台，御史为宪台，谒者为外台，

---

① （清）王奕清等：《词谱》卷一，康熙五十四年内府刻本，第 13 页。

② （宋）郭茂倩：《乐府诗集》，中华书局，1979，第 1057 页。

③ （宋）鲍云龙：《天原发微》卷三上，《文渊阁四库全书》，台湾商务印书馆，1986，第 806 册，第 27 页。

是谓三台”[①] 等说法，这是《乐府诗集》所引蔡邕故事的来源。其二是“四方而高曰台”[②]，《乐府诗集》所引“三台送酒”的“三台”即北齐文宣帝重修的“金凤”“圣应”“崇光”三台，也即石季龙游宴的邺中三台。

这些说法大多缺乏实例未必可信。唯“北齐高洋筑三个台”一事经《类说》等宋人著作多番转引，言之凿凿。然而“齐王修广三台淫湎暴虐”[③] 一直是各种史书中的反面典型，“三台宫”在武成帝时就已改为“大兴圣寺”，先唐典籍也未见有《三台》曲子的记载。

周齐可能已有与《三台》类似的六言送酒曲，但现可考的最早以“三台”为曲名的史料大多集中在武后时期，最早的《三台》曲是武后所作《三台盐》。《三五要录》《仁智要录》《类筝治要》收录的《三台盐》曲下记皆云该曲是武后所作：“是则天皇后乃作也，今世不传件序。”“中曲、新乐，则天皇后作”。“新乐、有舞，则天皇后作也，中弦操”。《教训抄》[④]《体源抄》[⑤] 载：“《醉乡日月》曰：高宗后则天皇后所造也。”《醉乡日月》为唐人皇甫松所撰笔记，记载当较为可信。此书今无全本，所载曲名本事散见于各种日本乐书。《旧唐书》载武后曾制《长寿乐》《天授乐》《鸟歌万岁乐》等曲，未提及《三台盐》。但《体源抄》《大日本史·礼乐志》等日本乐书称《三台盐》亦名《天寿乐》，恰应《旧唐书》：“《天授乐》，武太后天授年所造也。”[⑥] 所以《三台盐》即为唐武后所制。

武后制《三台盐》，其中“三台”的意思是“帝及后妃储君”。《体源抄》载：“大唐ノ乐也，三月内宴日，帝王、妃女、储君乃三台。”[⑦] 这种说法亦见于国内史料，《英轺日记》载：“又听一阕，宫内官告余曰：此《三台盐》也，唐武后所作，帝及皇后储君居三台，开春宴时奏此曲，故名《三台盐》。”[⑧]

另外，以“三台”为曲名的史料也多出现在武后时期。《类说》载：

① （唐）徐坚：《初学记》，中华书局，2004，第 258 页。
② （晋）郭璞：《尔雅》卷五，浙江古籍出版社，2011，第 31 页。
③ （宋）司马光：《稽古录》卷一四，四部丛刊景明翻宋本，第 218 页。
④ 〔日本〕狛近真：《教训抄》卷第三，日本国文研和古书藏本。
⑤ 〔日本〕丰原统秋：《体源抄》上，日本宫内厅书陵部藏本。
⑥ 《旧唐书》，中华书局，1975，第 1059 页。
⑦ 〔日本〕丰原统秋：《体源抄》上，日本宫内厅书陵部藏本。
⑧ （清）载振：《英轺日记》卷一二，清光绪二十九年上海文明书局铅印本，第 12 页。

“则天时刺史邓弘庆进送酒《三台》。”[①] 许敬宗上武后谏言：“近代有《三台》《倾杯乐》等，艳曲之例，始用六言。”[②]《醉乡日月》及日传唐谱的记载早于《乐府诗集》所载蔡邕、邺中三台等宋代文人臆说，《英轺日记》是亲历者的口述，各种线索能够相互印证，可以判断《三台盐》是武后所作，或至少是武后时期所作，“三台”一词的意思是“帝及皇后储君居三台”。

日本史料还有认为《三台盐》是唐太宗所作的，如《大日本史》：“《文献通考》并云唐太宗所作也……《醉乡日月》曰唐则天作之，未知熟是。”[③]《文献通考》载太宗制曲一事转抄自陈旸《乐书》，“因旧曲造新声者五十八”中有十三曲《三台》。这里的太宗显然是宋太宗，唐太宗的说法是误读。

还有学者认为《三台盐》是疏勒曲，这一点有必要单独说明。这种观点的依据也是《文献通考》：

> 疏勒：其乐有竖箜篌、琵琶、五弦、横笛、箫、觱篥、答腊腰鼓、羯鼓、提鼓、鸡娄鼓十种为一部，工十二人，歌曲有《兀利死让乐》，舞曲有《远服》，解曲有盐曲。盖起自后魏平冯氏通西域时，隋唐以备燕乐部乐，工人皂丝布白头巾、袍锦褾、白丝布裤，舞二人白袄、锦袖、赤皮靴、赤皮带，曲调有《昔昔盐》《三台盐》之类。[④]

从这则材料来看《三台盐》确是记于“疏勒”之下。《文献通考》这则材料转抄自《乐书》，《乐书》卷一百五十八中同有“疏勒”条，但是“盖起自……曲调有《昔昔盐》《三台盐》之类”这后一句话是用小字标注的注释。[⑤] 这段注释中“工人皂丝布头巾……赤皮带”一段应据《通典》[⑥]，“曲调有《昔昔盐》《三台盐》之类”则是陈旸的阐发。

《乐书》记载的原文转录自《隋书》，《隋书》“疏勒”条：“疏勒，歌曲有《亢利死让乐》，舞曲有《远服》，解曲有盐曲。乐器有竖箜篌、琵

① （宋）曾慥：《类说》卷五四，明天启六年刻本，第 16 页。
② （清）董诰等编：《全唐文》，中华书局，1983，第 1549 页。
③ 〔日本〕德川光圀：《大日本史》卷之三四八，日本东京图书馆藏本，第 5 页。
④ （元）马端临：《文献通考》卷一四八，明冯天驭刻本，第 4 页
⑤ （宋）陈旸：《三山陈先生乐书》卷一五八，宋刻元修本，第 7 页。
⑥ （唐）杜佑：《通典》，中华书局，1988，第 3722 页。

琶、五弦、笛、箫、筚篥、答腊鼓、腰鼓、羯鼓、鸡娄鼓等十种，为一部，工十二人。"[①] 并无《乐书》《文献通考》的后半句话。也就是说，陈旸《乐书》加的这段小字是对"盐曲"的解释说明，《文献通考》在转抄的时候把解释说明的小字改成了正常字体，也就引发了误会。"盐曲"是一种曲类[②]，"盐曲"这种曲类源于疏勒，不等于《三台盐》源于疏勒，曲类的源流和曲子的源流不是一回事，陈旸只是在解释"盐曲"的时候列举了《昔昔盐》《三台盐》而已。《三台盐》是武后新作的盐曲，不是来自疏勒。

类似的观点还有认为"三台"是胡曲的，比如刘崇德先生《燕乐新说》："《三台》一曲当本为胡部乐曲……'三台'者，乃译名也。"[③] 但此文中刘崇德先生没有给出证据。从具体曲子的角度来说，《三台盐》不是疏勒乐，同样也不是其他任何途径传来的域外乐。

《唐会要》"诸乐"一节记载了"天宝十三载七月十日太乐署供奉曲名及改诸乐名"[④]，这是一次影响深远、规模空前的曲名更替活动，这次改名运动主要就是将音译过来不甚风雅的胡曲改上一个好听的名字。比如"《龟兹佛曲》改为《金华洞真》"，"《舍佛儿胡歌》改为《钦明引》"，"《耶婆色鸡》改为《司晨宝鸡》"，"《捺利梵》改为《布阳春》"，"《苏莫遮》改为《万宇清》"，"《婆罗门》改为《霓裳羽衣》"，等等，可以说今日可考的胡曲尽数改了名字，无一例外。《三台盐》恰恰也在这次太乐署供奉的曲子之中，列于"林钟羽时号平调"目下与日本乐谱宫调记载相同，但并没有被改名，这足以证明"三台"不是胡曲音译。

武后时期早于卜天寿抄《十二月三台词新》的唐景龙四年（710），也早于《五弦谱》记谱的公元 773 年，更早于《羯鼓录》之类，蔡邕、邺中三台等文人臆说不足为据，唐太宗、疏勒曲、胡曲的说法对文献理解有误，不应再以讹传讹。虽然周齐时已有类似的六言送酒曲，但有文献记载的最早的《三台》曲即武后所作《三台盐》，可以视作《三台》曲的直接源头。

---

① 《隋书》，中华书局，1973，第 349 页。

② 关于什么是"盐曲"观点有很多，有认为"盐"是曲的别名的，如"盐，曲之别名"（《尧山堂外记》卷二十一）；"盐亦曲之别名"（杨慎《升庵诗话》卷六）；还有认为"盐"是《皇帝炎》的"炎"（《梦溪笔谈》卷五）或"盐曲"即"艳曲"；等等。

③ 刘崇德：《燕乐新说》，黄山书社，2003，第 123 页。

④ （宋）王溥：《唐会要》卷三三，清光绪十年江苏书局刻本，第 22 页。

三 “三台”的曲类演化

现存以“三台”为名的曲子有十余种之多，史料中侧面提及难以确考的有近三十种，足以称得上是一种曲类。这种曲类常用作歌舞劝酒，是唐人眼中的“艳曲”，宋人眼中的“古文舞”，元人口中的“歌声变件”，不同时期的“三台”有着不同的曲类特征，不能一概而论。

许敬宗上武后谏言中将《倾杯乐》与《三台》并称作“艳曲”，《高丽史》中对《三台》歌舞劝酒的情形有详细的描写。《高丽史》对舞对歌唱的描写有固定的话术，都是曲名加上唱辞首句，如“唱《水龙吟令》洞天景色词：洞天景色常春……”“唱《小抛毬乐令》两行花窍词：两行花窍占风流……”只有一处例外：

> 唱《折花令》三台词：翠幕华筵，相将正是多欢宴。举舞袖、回旋遍，罗绮簇宫商，共歌清美。琼浆泛泛满金尊，莫惜沉醉，永日长游衍。愿乐嘉宾，嘉宾式燕。①

这里用“三台”而不用歌词首句，说明曲辞内容可以被“三台”这个词完整概括，不会引发歧义。而这段歌词劝酒的意思非常直白，也就是说“三台”即是宴上歌舞劝酒的代名词。各地有各地的风俗，劝酒歌是最“接地气”的曲类，故每个地方的劝酒《三台》都不一样，有伊州、梁州、熙州、宫中、江南、突厥的《三台》，皇帝、庶人用不同的《三台》，甚至还有《鬼三台》。

在宋代，《三台》的地位发生了变化，虽然仍是佐宴之乐，但不仅仅是劝酒艳曲。《云麓漫钞》载：“今之响铁即编钟，今之舞蛮牌即古武舞，舞三台与调笑即古文舞，盖古舞皆有行缀。自胡舞入中国，大曲《柘枝》之类是也，古舞亡矣，今反以三台为简淡。”② 许敬宗鄙夷的《三台》艳曲，在宋时与《柘枝》等胡舞相比，反而成了简淡、雅致的象征，竟能与《大夏》之类的“古文舞”相提并论。这种说法不是《云麓漫钞》的一家

① 〔朝鲜〕郑麟趾：《高丽史》志卷二五“乐二”，首尔大学奎章阁本，第 9 页。

② （宋）赵彦卫撰，傅根清点校《云麓漫钞》，中华书局，1996，第 225 页。

之言，观《武林旧事》《东京梦华录》《梦粱录》所载大宴描写，百官饮酒皆奏《三台》、舞《三台》：“宰臣酒慢曲子，百官酒《三台》舞。”程大昌《演繁露》载：“丙戌所见燕乐上自至尊，下至宰执，每酌曲皆异奏，而惟侑饮百官者不问初终纯奏《三台》一曲。其所谓《三台》者，众乐未作，乐部首一人举板连拍三声，然后管色以次振作，即《三台》曲度也。”①《三台》成了宫廷大宴侑饮百官的唯一曲目，其重要性不言而喻，“举板连拍三声”也具有强烈的仪式属性，称之为宋代的“古文舞”并不为过。另外，虽然《三台》是唯一曲目，但这并不是说只有一支曲子。《乐书》载宋代“因旧曲造新声”，创制不同宫调的《三台》多达十三种，恐怕也正是因为这种仪式需求才会创制出如此多种不同宫调的同名曲。

这样多的不同地域、不同宫调的《三台》曲，形成了独特的曲类特征，是《三台》作为“歌声变件”的基础。《唱论》载：“歌声变件，有：慢，滚，序，引，三台，破子，遍子，攧落，实催，全篇。”② 词调、曲牌中常有某某慢、某某引、某某序的曲名，也有称作某某“三台”的，比如《南村辍耕录》“杂剧曲名”下有《金殿乐三台》，《中原音韵》载有《万花方三台》，《曲律》载有《长寿仙三台》。和《江南三台》之类不同，《金殿乐》《万花方》《长寿仙》本已是曲名，仍加了“三台”二字，说明这里的“三台”不再是曲名，而是“歌声变件”，意思是具有“三台”特征的《金殿乐》《万花方》《长寿仙》。《高丽史》中有“《金殿乐》慢踏歌唱”的记载，其中“慢踏歌唱”是用小字标注的，这三曲如果用《高丽史》的记注方式，应该是“《金殿乐》三台”“《万花方》三台”“《长寿仙》三台”。

总的来说，“三台”这种曲类是劝酒的侑宴之乐，是唐人眼中的“艳曲”，曲目多样，形式多变；是宋人眼中的“古文舞”，经过大量改制，成了宫廷大宴上的必备曲类；是元人口中的“歌声变件”，类型化特征更加鲜明。

四 “三台”的体式特点

“三台”的曲类特征在唐、宋、元三个时期演进痕迹甚明，而《三台》

① （宋）程大昌：《演繁露》卷一一，明万历刻本，第10页。

② （元）燕南芝庵：《唱论》，《中国戏曲论著集成》，中国戏剧出版社，1959，第1集，第160页。

的体式同样也呈现出明显的阶段性特征。唐代的“著辞阶段”与宋元的“调牌阶段”有明显的区别。唐人还未形成“曲调—题名”这样规范化的曲辞命名方式，歌辞的题名有时候是曲名，有时候是内容，有时候是某种特征，有时候是某种用途，抑或兼有其中几种。所以考察体式也就不能像词曲调牌那样一一对应地寻找规律。

吐鲁番唐墓出土的残辞叫《十二月三台词新》，许棐诗集《梅屋集》中有《三台春曲》，冯延巳的《三台令》是调笑体，同体歌辞又称《调笑令》，加上地点限定又称《宫中调笑》，从体式特征来说“路迷”“迷路”“别离”“离别”又称《转应曲》。这些曲辞有可能使用了《三台》的曲调，也有可能只是借用《三台》送酒曲的名义。同样，还可能有其他的使用了《三台》曲的歌辞，由于题名中没有表现，我们不得而知。如许敬宗奏启中所说，唐人的《三台》送酒曲确以六言为主，但这和送酒曲的特性有关，不是《三台》的专属。如《倾杯》这样的送酒曲，同样也用六言，奏启中提到的《恩光曲词》亦是六言四章八韵，张说的《舞马词》也是六言。唐代《三台》也不仅仅用六言，有六六五七这样六言的变体，也有五言、七言，还有调笑体。总的来说，唐代乐曲的声辞关系是比较松散的，与词曲调牌不一样，六言的特征太过宽泛，据此为《三台》归纳体式、找寻异名是不太合适的。

宋代的《三台》则不同，歌辞有固定的体式且与《三台盐》这种具体的曲子有直接关系。各种日传唐谱的《三台盐》并不完全一样，但结构基本一致，《三五要录》《三台盐》曲名下记：

> 序四段，拍子各八，合拍子卅二，件序舞既断。新撰《龙吟抄》云：“序四帖，每帖拍子八，以二帖为一贴，即十六拍子，是则天皇后乃作也，今世不传件序。犬上是成为舞师秘是舞不传，仍永不用之，破拍子十六可弹三反，今世弹二反，急拍子十六可弹三反，破、急合拍子九十六，急终帖加拍子。”《南宫谱》云：“急段三遍打三度拍子，舞出时吹调子，入时弹急。”新乐、中曲。①

① 〔日本〕藤原师长：《三五要录》卷七，转引自刘崇德《现存日本唐乐古谱十种》，黄山书社，2013，第208页。

《三台盐》有序、破、急三个部分，序四段，已经亡佚，破两遍，急三遍。破、急都是十六拍，这里的拍是指句拍，在谱中用“百”标示。万俟咏《三台·清明应制》三段，用的很可能就是《三台盐》的“急”，《鸣鹤馀音》的《宣静三台》（《宜靖三台》）分上下两段，可能与《三台盐》的“破”有关。《三台·清明应制》中大多数句子都可以三字点断，与“急”的每拍（百）之间的谱字数目大多吻合，第五拍换头（唤头）的特点也能找到痕迹。以往常有研究者通过《三台·清明应制》字数较多的特点认为该曲是“慢”。《三台·清明应制》从类型上说是“三台”类曲子，与“慢曲”本就不是一类，从节奏上说用的是《三台盐》的急段，更与“慢”无关。

关于“三台”的曲类特点，还有“慢二急三”之说，出自《词源》：“俗传序子四片，其拍颇碎，故缠令多用之。绳以慢曲八均之拍不可。又非慢二急三拍与三台相类也。”① 庄永平、席臻贯根据敦煌舞谱认为“慢二急三”是小节内的节奏变化，前一小节两拍，后一小节三拍之类。敦煌舞谱的“慢二急三”“慢四急七”和张炎口中的“慢二急三”没有关系。刘崇德曾译《庶人三台》：“很难找到席臻贯先生所描述的节奏。”② 并认为“慢二急三”即“破二急三”的段落结构。叶栋曾译《五弦谱》《三台》和《仁智要录》《庶人三台》③，况且《掌中要录》中《三台》还有舞谱传世，都很难看出有时快时慢的节奏型。张炎说的“拍”一直都是“六字一拍”的句拍，《词源》前后文谈到的都是段落问题。从节奏上说，“慢”与“急”是一对互斥的概念，是相对而言的，《续教训抄》载：“入破之时，缓吹缓舞之，急声时急吹急舞之。”④ 所以把与“急”相对的“破”称为“慢”是合理的。故笔者认同刘崇德先生的观点，即张炎所说的《三台》“慢二急三”很有可能是指《三台》“破二帖、急三帖”的段落结构。

除了“慢二急三”，宋时的《三台》曲还有十余种，可以考见的还有李济翁《资暇集》“三十拍促曲”等，是一种独立的曲类。总的来说，《三台》类型的曲辞在唐代的“著辞阶段”以六言为主，声辞关系比较松散。在宋元“调牌阶段”，《三台·清明应制》《宣静三台》《折花三台》

---

① （宋）张炎：《词源》卷下，《宛委别藏》，江苏古籍出版社，1988，第118册，第38页。

② 刘崇德：《燕乐新说》，黄山书社，2003，第123页。

③ 叶栋：《唐乐古谱译读》，上海音乐出版社，2001，第201页。

④ 〔日本〕狛朝葛：《续教训抄》，《日本古典全集》，日本古典全集刊行会，1939，第31页。

等每一种《三台》曲词的体式都完全不同，与曲调的关系更加紧密，更能体现《三台》作为一种曲类的类型化特征。要强调的是，各种曲类的得名逻辑并不相同，含义存在一定的交叉，用作酒令的《三台》则称为《三台令》，利用《三台》"慢"段制曲，从另一个角度来说也可以称作"慢曲"，这并不影响"令"、"慢"以及"三台"作为曲类的独立性。

五 "舞三台"的文化属性

宋人对《三台》的推崇、改制，衍生出了一种非常有趣的现象。禅诗中大量出现"舞三台"一词，"舞三台"俨然成了一种特殊的文化符号，这是宋以后《三台》曲类演化的另一种形态。

这些禅诗有如下三种类型。

第一，三台舞可以作为歌舞的代称，在各种歌舞形式中具有"宗主"般的地位。如林野奇禅师："自从舞遍三台后，拍拍元来总是歌。"[①] 释师观："是圣是凡俱不立，何妨随处舞三台。"[②] 或用三台舞作为歌舞的代表，来表现情境的夸张性，如释慧远："悬崖捉拍舞三台，死虎惊忙眼豁开。"释了演："倒握毒蛇横古路，背骑猛虎舞三台。"甚至还有"蟭螟眼里舞三台""灯影里舞三台""披枷带锁舞三台""披霜带雪舞三台"，等等。

第二，鸟兽虫鱼万事万物都可以"舞三台"。如释梵琮："昨夜东君行正令，无言桃李舞三台。"释普度："裂破虚空无罅缝，龟毛拂子舞三台。"释道印："万象森罗齐合掌，须弥岌嵲舞三台。"此类禅诗数目颇巨，许多描写颇为奇特："老鼠舞三台，猫儿吹觱篥""灯笼倒退舞三台""铁锯舞三台""木人执笏舞三台"，等等。

第三，借用"舞三台"需要默契、需要协作的特点来表现禅理。李石："机锋相拄不争多，父舞三台子唱歌，若问一时同啐啄，菩提般若六波罗。"圆悟佛果禅师："妙舞应须夸遍拍，三台须是大家催。"[③] 以及动物

① （宋）通奇说，（宋）行觉等编：《林野奇禅师语录》卷四，《嘉兴大藏经》，新文丰出版公司，1987，第26册，第637页。

② 傅璇琮等编：《全宋诗》，北京大学出版社，1998，第30374页、第21747页、第20053页、第33823页、第20062页、第33823页、第38507页、第20062页、第22320页。

③ （宋）圆悟克勤撰，（宋）虎丘绍隆等编《圆悟佛果禅师语录》卷二，《禅宗全书》，北京图书馆出版社，2004，第41册，第204页。

配合“舞三台”的描写，如释了朴：“且令蝴蝶舞三台，啄木和成十八拍。”① 释道川：“猢狲将板拍，野老舞三台。”

这三种类型禅诗的出现其实与“三台”的曲类特征息息相关。唐代的三台曲并不是都有舞蹈。据日传唐乐谱记载，《三台盐》（《类筝要录》）下记“有舞”，而《庶人三台》（《类筝要录》）、《皇帝三台》（《博雅笛谱》）下记“无舞”。“舞三台”成为固定搭配是从宋代开始的，各种史料大宴记载中频繁出现“三台舞”，以及出现了“古文舞”的说法。和其他曲目的歌舞表演不同，“舞三台”是有专人负责的项目：“琵琶，豪士英，并兼舞三台。”② 可以说宋末的“舞三台”已经是一种独立出来的特殊演艺形式了，这是“舞三台”能够成为一种文化符号的先决条件。也正是宋人对《三台》舞的推尊，使其在禅诗中可以超越、替代其他歌舞形式，获得了“宗主”般的地位。

同样，作为劝酒曲，无论是“皇帝”还是“庶人”，无论“宫中”还是“江南”，《三台》有着极广的应用空间。这种普及性在禅诗中进一步放大，表现为众生万物都可以“舞三台”。宋时的“三台舞”又有很强的仪式性，通常是群舞且必有器乐、拍板相伴，需要表演者的密切配合，表演者和与宴者之间又因为“劝酒”形成了互动性。这种仪式性带来的默契、互动性带来的感应恰与禅宗的理念相合，所以常被借用来表达禅理。

另外，上文已有提及，“三台”一词含义极广，上应天文，下达三公，本来无关的事物因为名字相同而产生联系是一种玄妙的误会，这恐怕也是“舞三台”受禅诗青睐的原因之一。

结　论

第一，《三台》与蔡邕、邺中三台、唐太宗无关，不是疏勒曲，也不是胡曲，现可考的《三台》类曲子的直接源头是唐武后所作的《三台盐》，“三台”指“帝王后妃储君居三台”。

第二，《三台》常用作劝酒侑筵，是唐人口中的“艳曲”，宋人眼中的“古文舞”，元代的“歌声变件”，演化脉络清晰。

---

① 傅璇琮等编《全宋诗》，北京大学出版社，1998，第 19424 页、第 18447 页。

② （宋）孟元老等：《东京梦华录（外四种）》，古典文献出版社，1956，第 403 页。

第三，唐代“著辞阶段”的《三台》曲辞以六言为主，与曲调的关系比较疏离。宋代词调《三台》不属于慢曲，是一种独立的曲类，有“破二急三”“三十拍促曲”等多种形式，曲辞体式多样，声辞关系紧密。

第四，《三台》不仅仅是曲名、曲类，经过宋人的推尊、改制，禅诗中的“舞三台”成了一种特殊的文化符号，是《三台》曲名演化的另一种形态。

另外，各种曲类的得名逻辑并不相同，一个词调同时属于两种或是多种概念交叉的体类是很正常的。一支曲子可以兼有“三台”“令”“慢”等多种曲类的部分特征，这并不影响这些曲类的独立性。

试论明遗民王弘撰的乐府诗创作及其诗歌史意义*

——以新见西安碑林博物馆藏抄本《待菴稿》为中心

杨　瑞

（河南理工大学文法学院，焦作，454000）

摘　要： 王弘撰为明末清初关中地区著名的遗民诗人。其诗集此前一直未见，新发现的西安碑林博物馆藏清抄本《待菴稿》，弥补了其诗集阙如的遗憾。《待菴稿》未曾刻版，仅以抄传，他处亦未见，故其价值略同于稿本。内中所收均为古体诗，共八十二题八十七首，其中乐府诗有十八首。他的乐府诗创作，一是沿用汉魏乐府旧题，一是袭用六朝乐府新题，还有一种是自创新题。诗歌题材广泛，风格多样，大至战争，小至个人情感，均可入诗。他对清初乐府诗的题材有所拓宽，在体制形式上也多所变化，颇具创新。通过这些诗歌，展现了易代之际明遗民的生存状态和心路历程，也为清初乐府诗歌发展史提供了资料佐证，因而具有一定的价值和意义。

关键词： 王弘撰　《待菴稿》　乐府诗　诗歌史意义　西安碑林博物馆

作者简介： 杨瑞，河南理工大学讲师，文学博士。研究方向为明清文学、文献学，主要成果有《论王弘撰书法作品的文献及审美价值》《王弘撰〈砥斋集〉成书过程及版本源流考——兼及新见西安碑林博物馆藏抄本〈待庵稿〉》等。

---

* 本文为国家社会科学基金青年项目“宋刊《详注昌黎先生文》整理与研究”（19CZW021）、2018 年度教育部人文社会科学研究一般项目“清代陕西金石学研究”（18XJC77005）、陕西省“十三五”古籍整理重大项目“《陕西古代文献集成》（二编）”子课题“《待菴稿》整理”（SG17001·集 097）阶段性成果。

引 言

王弘撰（1622~1702），字文修，一字无异，号山史、山翁、待菴、砥斋、鹿马山人、天山老人，陕西华阴人。明末诸生，明南京兵部侍郎王之良第五子。明亡，隐居不仕。卒后门人私谥“贞文”。他是明末清初关中地区著名的遗民学者，博闻强识，尤以诗文和气节著称于世，被顾炎武誉为“关中声气之领袖”，足见其在明清之际关中文坛上的重要地位。他一生著述宏富，仅《（乾隆）华阴县志》著录的就有二十一种。[①] 其中，王弘撰的诗文成就主要体现在《砥斋集》和三种日札（《北行日札》《西归日札》《待菴日札》）中。

《砥斋集》十二卷，有文无诗，而三种日札“间存诗篇”，因此，研究者们在分析王弘撰的诗歌内容和艺术成就时，便多以三种日札中的诗作为例，如张兵在其博士学位论文《清初遗民诗群研究》的基础上析出《清初关中遗民诗群的构成与王弘撰、李柏的诗歌创作》一文[②]，文章对士人阶层代表王弘撰其人其诗进行了分析论述；冉耀斌的博士学位论文《清代三秦诗人群体研究》[③]，第二章第二节对本土诗人王弘撰的生平行迹和诗歌内容及艺术风格有简单介绍。综合来看，他们所选王弘撰诗作均不出三种日札的范围。

除了三种日札“间存诗篇”外，王弘撰是否还有其他诗作存世，这对研究他的诗学思想和诗歌艺术成就至关重要。通过查阅各种书目，我们发现，王弘撰的诗集并未亡佚，诗集名《待菴稿》，今藏西安碑林博物馆。[④]

---

① （清）陆维垣修，李天秀纂《（乾隆）华阴县志》卷十五，民国十七年铅印本。此书著录王弘撰的著作有：《周易图说述》四卷、《周易筮述》八卷、《正学隅见述》一卷、《十七帖述》一卷、《淳化阁帖述》、《古诗述》、《山志》初集六卷、《山志》二集六卷、《待菴文稿》十六卷、《砥斋集》十二卷、《卧云草堂集》、《古今体诗》、《南游诗草》、《诗借》一卷、《待菴日札》、《北行日札》一卷、《南游日札》、《西归日札》一卷、《文可》、《王氏宗祠志》一卷、《王氏族谱》一卷。

② 张兵：《清初关中遗民诗群的构成与王弘撰、李柏的诗歌创作》，《兰州大学学报》2000年第3期。

③ 冉耀斌：《清代三秦诗人群体研究》，南京师范大学博士学位论文，2012，第111~115页。

④ 赵力光主编《陕西古籍总目》（西安碑林博物馆分册），三秦出版社，2013，第346页。

一 《待菴稿》概述

《待菴稿》半页八行，行二十字，无栏格。封面题“王山史《待庵诗稿》”，下附双行小字“在山堂存，己巳十月”。卷首题“《待菴稿》，华山王弘撰著”，次标“诗古体”，次为诗歌正文。《待菴稿》封面和正文首页钤有“陕西省博物馆藏书印”。正文中每首诗均有朱笔圈点，或用圆圈“○”或逗点“、”标明句读；对于佳句，皆以“○”或者“、”标示在文字的右边。每首诗的起句眉端处用墨笔标有“。○”“、○”“○”“、”“、○○”等符号，墨笔符号的下方用朱笔标有“○、”“△、”“○、”“○”“△”“○○、”“、”等符号。在一首诗内，这些符号表示分章；在不同的诗歌之间，则用它们来表示一首诗的开端。《待菴稿》始终没有刻版，仅以抄传，流布不广，除少数师友文中有所提及外，亦无专文评述。因此，以《待菴稿》中的乐府诗为研究对象，来分析王弘撰的诗歌创作内容，进而挖掘其乐府诗创作的诗歌史意义，将有助于全面了解王弘撰的诗学成就，并为清初乐府诗歌发展史提供材料支撑，具有一定的价值和意义。

二 《待菴稿》中乐府诗研究

据笔者统计，《待菴稿》共收诗八十二题八十七首，均为古体诗，其中乐府诗有十八首，占了该诗集五分之一的比重。从王弘撰的乐府诗中，可以见出其创作特色和审美倾向。下面就其乐府诗进行详细分析。

（一）诗歌内容

王弘撰创作的十八首乐府诗，除《日出行》《城上乌》属于汉魏乐府旧题，《白日歌》《懊侬曲》为六朝乐府新题外（还有一首诗题脱落，但据内容看，应该也是沿用汉魏乐府旧题），其余均为“即事名篇，无复依傍”的新题乐府。就其诗歌内容而言，可分为如下八类。

1. 展现广阔的社会生活场景

王弘撰的乐府诗中有展现蚕女采桑、蚕吐丝作茧这一劳动生活场景的诗作，如《日出行》：

皇天定四时，春色动帘幕。融融候朝日，蚕女事蚕作。南陌弄微步，玉筐青丝络。低叶摘欲满，高枝亦沃若。衣香飚野阴，心怯手腕弱。归去数三眠，鸡鸣蔟曲薄。

《日出行》即《日出东南隅行》，诗人沿用乐府旧题，但只袭用了采桑女这一人物形象，诗意已与汉乐府不同。诗人通过细腻的笔触，捕捉到了生活中最富于表现力的场景：在春日阳光和暖的早晨，蚕女就开始劳作了，她们提着筐篮，到田间的道路旁采摘桑叶。不多时，就摘满了筐篮。归来后，给蚕喂食桑叶，数着蚕蜕皮的次数。待天亮时，蚕蔟上已经覆盖了一层薄薄的茧。蚕女采桑——喂蚕——蚕吐丝作茧，这一系列动态的过程，带有浓郁的生活气息。

此外，还有描写百姓日常生活情状的诗作。如：

瘦儿瘦儿，谁令女无衣？黄日惨惨长苦饥。夜闻家中论，将书与地下父母，父母宁知之？

行不得哥哥。峰高径侧，水深浪多，如此落日何？

姑恶，姑恶，小姑悦兮姑不恶。人生哀乐亦已多，小姑不悦当奈何？

此组诗歌诗题已佚。从诗歌内容来看，描写了孤儿、游子、新妇三种不同的生活状态。诗歌首章描写瘦儿衣不蔽体，食不果腹，这些是谁造成的？瘦儿的父母已经去世，显然，照看瘦儿的兄嫂导致了瘦儿的悲惨遭遇。瘦儿内心悲苦，想要跟地下的父母诉说，可是父母怎么会知道啊！诗歌通过描写瘦儿的悲苦命运，揭示出社会人情的冷漠、麻木，表现出诗人对瘦儿深深的同情，与汉乐府民歌《孤儿行》有异曲同工之妙。二章写山峰高峻，道路狭窄，水深浪多，在如此险恶的自然条件下，游子还要赶路，表现出游子行役的辛苦。三章以新妇的口吻，表达了对婚后生活的担忧：若讨得小姑的喜欢，婆婆自然也不会太苛刻；若不得小姑的喜欢，可怎么办呢？此组诗通过孤儿、游子、新妇不同的遭际，展现出普通百姓的生活画面，极具感染力。

2. 揭露吏治黑暗，讽刺朝廷贪虐

此类主题以《兰姬怨》和《城上乌》为代表。

河东有弱女，小字曰兰姬。情性娇且慧，见人强自持。一朝府吏来，勾摄就官司。便促向前去，空床影独垂。回身拜罗幕，宁复有还时。去去赴关山，关山月参差。忽忆一心人，誓言不相离。患难宊不顾，白头焉可知。仰视苍天色，照临靡所私。君王诛贪暴，贱妾得附之。国法苟以章，微躯安足辞。（《兰姬怨》）

兰姬本是一位弱女子，性情娇慧，却被官府无故拘捕。在被发配的路途中，她忽然想起心上人，曾经海誓山盟，永不分离，如今大难之际，心上人也弃兰姬于不顾，还哪能指望二人白头偕老呢？苍天无私，照临世间万物，希望有朝一日，君王也能洞幽烛微，惩治贪暴，改革吏治，使国法得以彰明，那么牺牲兰姬我这微贱的身躯，哪里又值得推辞呢？诗人通过兰姬的悲惨遭遇，控诉了吏治的黑暗。官吏视百姓生命如草芥，肆意践踏，处于社会底层的民众没有丝毫反抗的能力，诗中流露出诗人的悲愤和怨恨之情。

城上乌，尾毕逋。彼为吏，此为徒。纷纷者，委中涂。涂漫漫，深如澜。丞相拥炉工夜欢，黄金为屋玉为床，鸿鹄冥冥去帝乡。帝乡日已暮，我欲从之鬼神妒。（《城上乌》）

《城上乌》见于《乐府诗集》卷八十八“谣辞”中的“后汉桓帝初《城上乌》童谣”条。《后汉书·五行一·谣》载：“桓帝之初，京都童谣曰：‘城上乌，尾毕逋。公为吏，子为徒。一徒死，百乘车。车班班，入河间。河间姹女工数钱，以钱为室金为堂。石上慊慊舂黄粱。梁下有悬鼓，我欲击之丞卿怒。’案此皆谓为政贪也。城上乌，尾毕逋者，处高利独食，不与下共，谓人主多聚敛也。”[①] 桓帝初年，长安有童谣《城上乌》，讽刺朝廷贪虐，民怨沸腾。后遂用以为国家腐败之典。“丞相拥炉工夜欢，黄金为屋玉为床”一语，讽刺了统治阶级奢侈豪华的生活，他们大肆聚敛，给人民的生活造成了深重的灾难，表现出诗人的愤慨和不满。

3. 描写动乱的社会现实，揭示战争给人民带来的灾难，悲慨时事

这类主题以《哀冢头》和《江上将军歌》为代表。

---

① 《后汉书》，志第一三，中华书局，1965，第3281~3282页。

> 昭阳协洽九月秋，王师出关浩不留。淋雨连天迷昼夜，河倾海注未暂休。铁骑冲泥蹄欲裂，戎车历崄轴为折。弓胶解折矢脱羽，旌旄无色鼓气竭。征兵征饷岂逍遥，无奈民穷怨渐高。朝廷诏益西塞卒，监军促战饮蒲萄。解甲何人先下马，健儿半委郏鄏野。天下安危顷刻分，一木讵堪支大厦。我行遘此伤胸臆，国殇孰是前驱者。野树荒荒白日速，秦人来听秦鬼哭。夜久声出狐狸穴，啾啾不得归骨肉。哥舒难洒潼关耻，杜甫会见唐室复。聊将篇什答烦冤，天风吹汝徒趑趄。（《哀冢头》）

“昭阳协洽”为崇祯十六年癸未（1643），此年九月，明臣孙传庭与李自成在汝州（河南郏县）对战，明军溃败，四万余人战死。十月初，李自成攻克潼关，围攻孙传庭，孙传庭向渭南撤退，十月初三日，孙传庭战死。《明史》称“传庭死而明亡矣”①。诗人行至潼关，想起此地发生过的残酷战争，和数以万计士兵的亡灵，哀恸不能自已，故作此诗以祭奠逝者的亡魂。诗人在诗中提及杜甫，而此诗的构思和立意，也深受杜诗的影响。如“野树荒荒白日速，秦人来听秦鬼哭。夜久声出狐狸穴，啾啾不得归骨肉”，即是化用杜甫《兵车行》中的“君不见，青海头，古来白骨无人收。新鬼烦冤旧鬼哭，天阴雨湿声啾啾”。

> 谁家甲第连云起，将军韎韐临江沚。流苏日暖楝花风，纵横爵斝歌声启。繁弦急管莫相催，客心仿佛十年事。渭城猎罢醉新丰，睚眦杀人怒不已。相怨相慕争为群，但持寸心炤秋水。自逢豺虎驰中原，四野哀鸿刁斗里。可怜郡国犹风尘，战伐功多等敝屣。长啸乾坤春复秋，空将涕泣对神州。白首非无按剑客，倾盖真同万户侯。将军义气今如此，黄河那更西北流。君能知我我知君，鹦鹉前头未敢云。吞声踯躅浮查去，东海波声闻不闻。（《江上将军歌》）

这首诗亦为感叹时事而作。暮春时节，将军与众宾客雅集，歌舞酒筵间，回想起十多年前的往事：当年意气风发，豪爽任侠。然而，自李自成变乱后，连年的战争，使百姓流离失所，民不聊生。最终，明王朝倾覆，清军

① 《明史》卷二六二，中华书局，1974，第6792页。

入关，神州沦陷。将军有志难酬，只能空自垂泪。诗人自与将军订交后，二人惺惺相惜，心照不宣。“鹦鹉前头未敢云”化用唐代朱庆馀的《宫词》“含情欲说宫中事，鹦鹉前头不敢言”句，满怀的幽愤，极想互诉，却恐鹦鹉饶舌，谁也不敢吐露心声。“吞声踯躅浮查去”，写出诗人在清廷的严密监控下，噤若寒蝉，无奈之下，只好泛舟而去。悲深怨重，显露无遗。末句“东海波声闻不闻”绝不是凭空语，它隐含着很强的政治寄托。清初，郑成功等义军在东海沿海一带坚持抗清斗争。作为明遗民，王弘撰一生都渴望故国山河收复，临终前还写下《绝笔诗》二首，其一云：“负笈江南积岁年，归来故里有残编。自从先帝宾天后，万事伤心泣杜鹃。”[①] 王弘撰生前曾多次到昌平的鹿马山哭祭崇祯帝，并自称鹿马山人，可证他一生都未曾忘怀自己明朝子民的身份。如今，东海一带的抗清斗争还在持续着，这使诗人对收复故国还心存期望。整首诗以明快的笔调入手，后半逐渐转向沉郁苍凉，表现出明遗民的故国之思和复明理想。

4. 书写自我生活遭际和内心感受

淮之水洄洄，长风巨浪陵苍烟。夜深垂钓声，不是羡鱼情。

淮之水盈盈，桂树花发野草清。明月炤空潭，相思北斗南。（《淮水辞》）

孟浩然用“坐观垂钓者，徒有羡鱼情”，表达渴望得到援引重用的心情。而“夜深垂钓声，不是羡鱼情”反其意用之，海上长风巨浪，水势叠起，在如此恶劣的自然环境中，深夜还有垂钓的人，他们并非想得到引荐，而是为生活所迫，不得不如此。诗歌首章揭示出百姓生活的疾苦，表达了诗人的同情和无奈。

诗歌二章“北斗南”典出《新唐书·狄仁杰传》“狄公之贤，北斗以南，一人而已”[②]。后用此典称誉人品行高卓，为人所景仰。此章寄托了诗人对友人的相思之情。

霪雨一何遽，阴霾与之助。三年筑一屋，一夜风拔去。菸邑翻上

① （清）康乃心：《王贞文先生遗事》，清光绪二十二年华阴王敬义堂刻本。

② 《新唐书》卷一一五，中华书局，1975，第4207页。

堦，椒兰渺无处。偃潴规飘摇，爽垲亦渐洳。树杪泉百道，云中人自语。含情听鸡鸣，脉脉何时曙。（《苦雨叹》）

梅雨为何突然就下了，阴晦的天气随之而来。花费三年时间才筑好的房屋，一夜之间就被大风刮倒。枯叶随雨水翻到台阶上，椒兰却渺远无处找寻。陂池用来存蓄流水，高爽干燥处也已变得泥泞不堪。雨势太大，从树梢流下来的雨水，远远望去，就像百道飞泉在流淌。诗人心中愁绪郁结，难以成眠，静静地听着鸡鸣声，何时才能天亮呢？此诗写出雨水成灾，使得诗人甚为忧愁。

孤桐三尺制何年，落花流水亦斑然。岂是蓬莱移形素，恍惚仙源芳草前。太冥玄谿出不易，传朴秘鸣别有天。精神寂寞弦指外，知之者谁古成连。君侯致身本萧爽，揭来福地披鹤氅。乃知是物辨经纶，灵气不肯负奇赏。况复持此太华巅，空柯苍翠众山响。离筵一发清商曲，了了松雪意何广。（《叶天木明府琴歌》）

按：叶天木明府指叶舟，字天木，江南江宁（今南京）人。顺治四年丁亥（1647）进士，同年任华阴知县。居官廉明，优贤礼士。据诗意，王弘撰作此诗时，叶舟时任华阴知县。诗歌描写知县叶舟身披道袍，和王弘撰一道在太华山巅抚琴。琴声传达出操琴者内心深处的孤寂，可是谁是知音者呢？在筵席的终了，琴声突然变得凄清悲凉，这琴声中蕴含着无尽的悲哀和感伤。

《礼记·乐记》云："凡音者，生人心者也。情动于中，故形于声。声成文，谓之音。"① 琴声传达出操琴者内心深处的感情。叶舟身为知县，本清净闲适，却为何来太华山巅穿着道袍清修呢？应是思虑有所郁结。他生于明末，经历了明清易鼎的历史剧变，虽然出仕清廷，但明朝覆亡的悲剧难免对其心灵造成一定的创伤。加以在清廷，政治抱负难以施展，无人赏识，种种思绪纠缠在一起，所以才会借琴声抒发内心的复杂情绪。

5. 唱和、赠怀之作，或表现友朋过从之乐，或怀念友人

这些诗作除了表现友朋间真挚的情谊外，大多落脚于对时局的担忧。

① （汉）郑玄注，（唐）孔颖达正义，吕友仁整理《礼记正义》，上海古籍出版社，2008，第 1456 页。

春云昼覆春草长，手把残书眠石床。骊山故人来相访，典衣聊为倾壶觞。壶觞倾罢雨浽溦，披蓑荷笠临渔矶。大鱼小鱼奋鬐立，奔萍拍藻那能飞。物情倏忽何太异，为欢不足徒歔欷。鱼乎从此慎出入，吾亦荷义夜空归。君不见，绵州江上还停杯，干戈兵革杜老哀。（《与任鹤伯打鱼歌》）

按：任鹤伯即任中凤。据清《（康熙）临潼县志》卷五“人物志”记载，任中凤为任一元仲子，“任一元，中麟、中凤之父也。为邑诸生，性仁慈，好施予。崇祯庚辰、辛巳间蠲粟，多所全活，人比之陈尧佐、叶梦得云。子中麟，字孔书；中凤，字鹤伯，以右卫籍寄学长安，兄弟俱成进士，有才名。中麟，黄县令；中凤，鄢陵令。凤累迁至云南按察使，麟至山东督学。逆闯变后，年皆强仕，杜门谢公卿，角巾野服，游林下且四十年，矫矫风节，不欺其志，遵父教也”[①]。同书卷四“选举表”著录：“（崇祯辛未科）任中凤，贾村里人，辛未进士。”又，《（乾隆）临潼县志》卷六“乡科”记载，任中凤为崇祯三年庚午科举人。[②] 综考可知，任中凤字鹤伯，陕西临潼人。崇祯三年（1630）举人，崇祯四年（1631）进士，授河南鄢陵知县，累迁至云南按察使。李自成变乱后，隐居不出，幽栖林下。

任中凤生卒年未详，然据“逆闯变后，年皆强仕，杜门谢公卿，角巾野服，游林下且四十年”，知其享年约八十岁（“强仕”为四十岁的代称）。崇祯十七年（1644）三月十九日，李自成率军攻克北京，推翻明王朝。据此推知，任中凤约生于明万历三十二年（1604）前后。

又，《（康熙）临潼县志》卷首赵于京序有“三载来，凡所披览有关于潼者，辄标记如白帖，日积既多。康熙辛巳夏五月，农忙，例放官闲，遂手草星埜、建置、山川、古迹一页。刘考功鲁如见而欣赏，张子潜谷、申子若山、张秀才弘璧采访参酌。康子太乙又适自樗杜间来，留与共订，亦犹郑之辞命焉耳矣”[③]，辛巳为康熙四十年（1701），知此书于是年完成，则任中凤卒年在康熙四十年之前，准确地说，卒于康熙二十三年（1684）前后。

王弘撰诗中写任中凤过访，二人把酒言欢，好不惬意。随后，天空下

① （清）赵于京纂修《（康熙）临潼县志》，清康熙四十年刻本。
② （清）史传远纂修《（乾隆）临潼县志》，清乾隆四十一年刊本。
③ （清）赵于京纂修《（康熙）临潼县志》，清康熙四十年刻本。

起了小雨，二人披着蓑笠去水边垂钓。水中鱼儿奋力跳起，但也只能拍打着浮萍和水藻。这种场景，引发了诗人的感慨：世情突然间就发生了巨大的变化，我们也不能尽情享受垂钓之乐了。他告诫鱼儿慎出入，实际也是一种自警，独善其身，洁身自好。最后两句用典，杜甫有《又送》诗，写送辛员外一直送至绵州，仍不忍分离，诗有“直到绵州始分首”句，而王弘撰“君不见，绵州江上还停杯，干戈兵革杜老哀”正是借历史故实，述心中悲戚。王弘撰身处明清易鼎之际，战乱频仍，社会动荡不安，他虽然僻居山村，但未尝一日忘怀国事，心系苍生，表达出诗人忧国忧民的情怀。

华岳五千仞，削成而四方。蛟龙游洞壑，松桧被层冈。掌上仙人影，盆中玉女妆。时时胜风概，班马不能扬。君今何为者？冠盖野相望。道除水衣迹，坐隔古桂香。玄猿知远遁，白鹤惊高翔。深林塞清响，幽涧咽断梁。忽闻歌遗调，砰磕日皇皇。谁谓名山德，反留闾里殃。吾思王侍御，一杖白云乡。左右两童子，酒瓢与诗囊。野服叩琳宇，胡麻共饭将。青天重搔首，兴到自天狂。吟已谢朓句，兰亭更几行。攀崖踞虎豹，水木启清光。徘徊竟旬日，鸟兽各徜徉。叹息斯人邈，高风遂与亡。（《游山叹示俗吏兼忆王子房侍御》）

按：王子房初名应骏，字子房，莱州掖县（今山东莱州市）人。明崇祯间，以兄中丞公应豸死于蓟，日哭长安道，求直其冤，语无忌，坐是褫诸生服，遂改名汉。[①] 崇祯十年（1637）进士，除高平知县，调河内。十五年三月，以减俸行取入都，上命以试御史监军。监左镇，保督湖川郧兵，与督臣侯恂南援汴。因功擢都察院右佥都御史，巡抚河南。崇祯十六年（1643）正月十九日，率兵入永城招抚叛兵，二十日，死于战乱。赠兵部尚书。[②] 据诗题“王子房侍御”与“叹息斯人邈，高风遂与亡”句，知王弘撰作此诗时，王汉已逝。

王弘撰此诗歌颂了王汉率真自然、飘然洒脱、超尘脱俗的风度。诗题

① （清）萧家芝：《王中丞子房先生传》，（清）顾汧修，张沐纂《（康熙）河南通志》卷四一“艺文七”，清康熙三十四年刻本。

② （明）邹漪：《启祯野乘一集》卷九“王巡抚传”，明崇祯十七年柳围草堂刻清康熙五年重修本。

明确指出“示俗吏”，意在将俗吏所为与王汉进行对比，以此反衬王汉的高洁品质。“谁谓名山德，反留闾里殃”，诗人的这一反问，揭示出俗吏的过多作为，使百姓苦不堪言。他因为道路上的青苔隔断了桂花的香气，就下令百姓清除青苔，连玄猿也吓得躲远，白鹤惊得高飞……而已经仙逝的王汉，一任自然，连鸟兽都能安闲自在地行走。俗吏与之对比，简直差若天壤。

> 可园迹在古冯翊，忆昔主人何奇特。自称花隐常恻恻，山林朝市亦叵测。看花欲隐隐何得，桃源有路人不识。罗虬《九锡》空为德，生憎世间多狂贼，经纶俨在百花国，吁嗟花隐终默默。少微星落彩云黑，二十四番春风亟。酌酒花前气欲塞，夜深如闻花叹息。仰看白日落西极，欲往留之无羽翼。（《花隐歌为可园主人白含光作》）

按：白含光名耀彩，字含光，号花隐，白焕彩之兄，陕西大荔人。[①] 著有《花隐集》一卷，李颙为之序。[②] 王弘撰诗中赞美了白耀彩隐逸高蹈、翛然物外的高洁志趣。他以花为隐，犹如刘伶隐于酒、陶渊明隐于菊，只是动荡社会的一种生存手段。他仍然心怀国事，可惜明廷已如大厦将倾，难挽颓势，一介布衣又能怎么办呢？只能空留叹息。

6. 感叹光阴流逝

如《白日歌》：

> 寒暑序，阴阳侵，百虫迎暮叶秋吟。昭昭之节上帝临，吁嗟逝矣戒尔心。

一年四季，寒来暑往，有条不紊，阴阳变化，百虫迎来了岁暮，万叶也在吟唱寒秋。高洁的操守有赖上天的鉴临，因而要时刻提醒自己，保持操节。

> 昔与金波何处别，忽复相逢似梦中。屈指流光二十载，孤云片月

---

① （民国）陈少岩修，张树柷纂《（民国）续修大荔县旧志足征录存稿》卷三，民国二十五年铅印本。

② （清）周铭旂修，李志复纂《（光绪）大荔县续志》卷八“艺文志”，清光绪十一年刻本。

各西东。最忆春风乐少年，娇莺乳燕紫茵前。落花队里征歌扇，新柳陌头移舞筵。消歇韶华慷慨多，欲醉不醉影婆娑。昨日红颜今白发，波兮波兮奈尔何。（《金波词》）

金波此人无考。时光流逝，不觉间，诗人已与金波分别二十年。想当年，少年意气，歌舞酒筵；而如今，韶华逝去，二人都已白了头发。时光易老，然亦无可如何。

7. 借物以言志抒情

如《悲白马》《白鸟叹》《困龙行》等。这些咏物诗是借对事物的描写刻画以吟咏诗人之情，诗中所咏之“物”，往往是诗人自况，诗人借物以言志抒情。如：

悲白马，寒烟不磨嗥九野，泪洒苍梧咽江涛。日瘦光摇仡硲问，云中啸逐柴市侣，膈臆群凶摧大厦。土花碧，燕山下。（《悲白马》）

此诗基调悲慨苍凉，寓意深远，诗人借白马这一物象，寄寓国破家亡之悲。诗中所言“柴市”为南宋民族英雄文天祥就义处；“群凶摧大厦”指李自成农民军及清军铁骑对明王朝的倾覆，最后崇祯皇帝自缢煤山，葬于北京昌平区燕山山麓的鹿马山上。诗题“悲白马”，实为诗人借以抒发心中对故国覆亡的悲愤哀伤。

长离翔南溟，白鸟伏寒池。所不惜毛羽，云霄亦已岐。天地虽云阔，昏鸦尔何为？鸦飞哑哑噪满林，白鸟无声有苦心。（《白鸟叹》）

凤凰飞向南方大海，白鸟停留在寒池边，不是不愿飞翔，而是天地已经更换。满林子都是乌鸦聒噪的叫声，只有白鸟静默无声，因为它有满腹的悲哀和苦痛。诗人以白鸟自喻，在鼎革之际，坚守气节，不随波逐流。然故国倾覆、山河易姓的时局变幻，终究成为诗人心中抹不去的隐痛。

有物蜿蜒，潜于溪滨。樵夫骤斧之，中其胁，持以归。群视之，头角鳞爪，宛然龙也。王子闻之伤焉，作《困龙行》。

我闻四灵龙为一，上天下天朝天帝。震电霖雨惠民人，风感云从入无际。滈池有声声不闻，朝那湫渊谁与祭。噫吁嘻！龙乎胡为困泥沙，屈伸落莫徒睥睨。不知是龙复非龙，谁能见之不反袂。天黑日昏迷南北，赤野幽乡无长计。嗟尔樵夫手有斧，何不前山殪猛虎，东有狐狸西猰貐。（《困龙行》有序）

龙为四大神兽之一，为人间带来甘霖，惠及苍生。而今为何会困在泥沙中，以致被樵夫斫伤，落魄潦倒，人们见了都要为之流泪。樵夫啊，既然你手中有板斧，为什么不去山上杀死猛虎，还有那些狐狸和猰貐，却偏偏要来伤害龙这一祥瑞之物呢？字里行间流露出诗人对龙不幸命运的感伤，以及对樵夫滥伤灵物的无奈与恼怒。

8. 表现恋情

如《懊侬曲》：

欢住莲塘曲，侬家隔一川。无船空渡口，何处得欢莲。欢去不成眠，移床梧树底。风吹绣带结，梦里得梧子。

《懊侬曲》即《懊侬歌》，属于南朝《清商曲辞》中的《吴声歌曲》。“懊侬”即“懊恼”之意。“欢”指喜欢之人、爱人；“莲”，双关“怜”，爱怜；“梧子”，梧桐子，双关“吾子”。诗人此作，表现了爱情受到挫折的苦恼。

（二）艺术特色

明崇祯十七年三月十九日，朱由检自缢煤山，明朝覆亡。神州陆沉、家国倾覆的剧变，给王弘撰的内心造成了巨大的创伤。看着满人入主中原，一统华夏，明王朝光复的希望也日渐渺茫，故而他怀着对明朝的眷恋和悲愤毅然选择避世隐居，筑庐华下，清洁自守，以行动坚守着对故国的深情。明清易鼎这一历史剧变，对文人心灵和创作的影响是不言而喻的。就王弘撰来说，其文学创作的主题便有意向时事倾斜，着重表现易代之际百姓的苦难生活，描写动乱的社会现实，揭露吏治的黑暗，抒发内心的悲愤苦闷。综观其十八首乐府诗作，除《懊侬曲》为表现爱情的苦恼外，其他诗作均或多或少与时事相关，展现了鼎革之际的人生百态，颇具感染力，读之令人动容。王弘撰身虽隐，心却犹系黎民苍生，这大概是明遗民共有的价值体认。

王弘撰的乐府诗创作，一是沿用汉魏乐府旧题，一是袭用六朝乐府新题，还有一种是自创新题。他的乐府诗歌题材广泛，风格多样，大至战争，小至个人情感，都可以进入到他的诗作中。这十八首乐府诗中，以“歌”命名的有五首，“叹”三首，“行”二首，“怨”“曲”“辞”“词”各一首。明徐师曾《文体明辨序说》“乐府”有言：“放情长言，杂而无方者曰‘歌’；步骤驰骋，疏而不滞者曰‘行’；兼之曰‘歌行’；述事本末，先后有序，以抽其臆者曰‘引’；高下长短，委曲尽情，以道其微者曰‘曲’；吁嗟慨歌，悲忧深思，以呻其郁者曰‘吟’；因其立辞之意曰‘辞’……愤而不怒曰‘怨’；感而发言曰‘叹’。”[①] 这些不同的诗题，表达出诗人不同的情感。在形式体制上，诗句长短不一，三言、四言、五言、七言都有，其中以五言、七言为主，间杂以不同的句式。语言风格朴实自然，蕴含感情。在表达方式上，叙事与抒情言志相结合，感情真挚动人。

王弘撰的乐府诗创作一部分继承了汉乐府“感于哀乐，缘事而发”的现实主义精神，或描写动乱的社会现实给人民带来的苦难；或控诉吏治黑暗，讽刺朝廷贪虐，同情民生疾苦；或表现百姓日常生活情状；或表现个人的生活遭遇，风格含蓄曲折。另一部分咏物乐府诗，借所咏之物，来言志抒情。整体来看，他的乐府诗题材丰富多样，事无巨细，均可入诗。风格朴实率真，很有感染力，在明末清初的乐府诗创作中独具特色。

三 王弘撰乐府诗创作的诗歌史意义

《待菴稿》是王弘撰的诗歌别集，未曾刻印过，因而只有抄本，而且抄本仅见于西安碑林博物馆。此抄本的发现，不仅弥补了王弘撰诗集阙如的遗憾，而且对研究其诗学思想和诗歌成就大有裨益。《待菴稿》中收录的十八首乐府诗，涉及题材广泛，涵盖面广，是《北行日札》《西归日札》《待菴日札》中“间存之诗篇”所不具备的。王弘撰通过这些诗歌创作，展现了易代之际明遗民的生存状态和心路历程，为明遗民诗歌研究提供了材料支撑。

王辉斌先生指出，由于现实与历史的多方面原因，咏史怀古类乐府诗

① （明）徐师曾著，罗根泽校点《文体明辨序说》，人民文学出版社，1998，第104页。

成为清代诗人们的最爱。[①] 这难免造成清代乐府诗题材单一的弊端。而生活于明清之际的王弘撰的乐府诗创作，涉及题材内容丰富多样，内中不乏关注社会现实、反映民生疾苦的作品，与他的好友王士禛（清初文坛领袖，作有《咏史小乐府》三十首，全为五言四句绝句体）相比，王弘撰对清初乐府诗的题材有所拓宽，在体制形式上也多所变化，颇具创新。此外，王弘撰善于从杜甫诗歌中汲取营养，这也是其乐府诗创作的一大特色。

每一位诗人都是一个独特的存在，尤其是易代之际的诗人，他们遭受着国破家亡的剧痛，因而更易借诗歌来纾解内心的悲愤，故其诗歌风格和表现都有着不可取代的价值。王弘撰为“关中声气之领袖”，对其乐府诗进行研究，不仅有助于分析其诗歌创作倾向和文学成就，反映清初关中地区乐府诗创作实践，而且或多或少可以为清初乐府诗歌发展史提供资料佐证，因而具有一定的价值和意义。

① 王辉斌：《论清代的咏史乐府诗》，《南都学坛》2011 年第 1 期。

文献考订

《宋书·乐志》与《古今乐录》现存吴声西曲解说探析

谢秀卉

（台湾师范大学教务处共教国文组，台北，106209）

摘　要：《宋书·乐志》《古今乐录》保存一批吴声西曲解说，过去研究多只视为南朝乐府研究佐证，事实上，这批解说与当世新声曲调屡经制改之史实颇相呼应，乃从乐之“用”出发来界定新声。本文即在阐释南朝新声兴盛的乐史背景对乐书认识新声的影响：首先，二乐书现存吴声西曲解说虽资料有限，实已非同过往由乐教出发概视新声为“淫声”“溺音”等负评，而是以曲调本身内容实质的制改因革为述解焦点。其次，《宋书·乐志》作为史书乐志而能录解当世新声，对照汉世同类乐书，实非易事，所以如此，乃因当时雅俗乐旧制散佚，前代乐书多所沦亡，对雅俗乐事皆出于用乐考虑而搜罗纂辑，在此乐史背景下，《宋书·乐志》的编纂者采取类似沈约所云“乐事无小大，皆别纂录”的纂辑原则，乐事辑录范围因而扩及非雅乐，遂将吴声西曲收入其中，而与《古今乐录》共同留下这批有关南朝当世新声制改因革的音乐史料。

关键词：《宋书·乐志》《古今乐录》　吴声　西曲

作者简介：谢秀卉，台湾师范大学教务处共教国文组讲师，文学博士，研究方向为乐府学，主要成果有《汉魏东府歌诗口头性艺术研究》《〈乐府诗集〉与“汉乐府”的辑集整理》。

前　言

在中国文学史、乐府诗史、古典诗史的论述中，南朝乐府以吴声西曲最为代表，相关研究多围绕其“都邑新声”性质展开，或从政治、城市、商业、享乐等社会历史面探究兴盛之因[①]，或指出建业、江陵为重要流播地[②]，或注意其中有改编风谣与模仿风谣者[③]，或探究其艺术特征，如和送声、谐音双关语、男女唱答、套语运用[④]，或指其为南朝宫体诗产生渊源[⑤]，或云其有助齐梁后流畅诗风形成[⑥]，或探析其与南朝文人诗在创作上（诗句、主题）的相互影响[⑦]，相关研究虽有不同侧重，然多少皆注意到吴声西曲因流播南朝贵富圈而屡经制改的乐史事实。另外，由于述录当世新声的音乐文献稀少，沈约（441～513）《宋书·乐志》及释智匠《古今乐录》（以下简称《宋志》《乐录》）成为研究常引书目，但因资料有限，学人多只视为研究佐证，较少注意这批解说在述解新声上的特点，以及《宋志》作为史书乐志何以述解吴声西曲。有所关注者，或自政治层面着眼，以为沈约述解吴歌却批评西曲“淫哇不典正”[⑧]，背后乃有沈约藉抬吴歌贬西曲以争取文化话语权来巩固政治权势之考虑[⑨]，然而，《宋书》转经多手成书，有关《宋志》之编纂，未必即是沈约独力完成，另外，检视《宋志》，不仅可见其保有往昔乐书尊雅抑俗之论调，亦有贬抑当世新声之说，且“乐二”至“乐四”收集大量前代俗乐舞歌词，却未收录一首吴声或西曲歌词。因之，若要说沈约重吴歌而轻西曲，相关文献史料虽可钩连引申政治集团间的权势竞逐并置思考，但此说来自乐事本身的证据实属薄弱。又有认为此时吴声已进入宫廷，故获正史乐志收录[⑩]，但再深入推想，见于史料文献，前代宫廷不乏新声乐舞娱乐记录，何以未见当时乐书述解

---

① 萧涤非、萧海川辑补《汉魏六朝乐府文学史》，人民文学出版社，2011，第193～194页；廖蔚卿：《中古乐舞研究》，台北：里仁书局，2006，第283～306页。曹道衡：《南朝政局与“吴声歌”“西曲歌”的兴盛》，《社会科学战线》1988年第2期。

② 王运熙：《乐府诗述论（增补本）》，上海古籍出版社，2006，第27页。

③ 王运熙：《乐府诗述论（增补本）》，上海古籍出版社，2006，第472页。

④ 王运熙：《乐府诗述论（增补本）》，上海古籍出版社，2006，第102～117页；第118～168页。余冠英：《汉魏六朝诗论丛》，商务印书馆，2010，第42～49页。杨玉成：《乐府诗的套语》，《王梦鸥教授九秩寿庆论文集》，台北：政大中文系，1996，第229～301页。

⑤ 刘师培：《中国中古文学史》，人民文学出版社，1998，第90～91页。

⑥ 葛晓音：《八代诗史（修订本）》，中华书局，2007，第197页。

⑦ 张晓伟：《吴声西曲与南朝诗人相似诗句考论》，《乐府学》第十九辑，社会科学文献出版社，2019。

⑧ 《宋书》卷一九，台北：鼎文书局，1997，第552页。

⑨ 马萌：《〈宋书·乐志〉歌诗“援俗入雅”倾向及其原因》，《殷都学刊》2007年第02期。

⑩ 王志清：《晋宋乐府诗研究》，河北大学出版社，2007，第21页。

之？更确切地说，根据现存文献，《宋志》前的史书乐志与《乐录》前独撰乐书，有关雅俗乐的解说，常见推尊雅乐之论，若兼述雅俗，多视新声为雅乐负面对照，鲜少关注其内容实质。且吴声西曲所代表的新声俗乐在南朝亦受“流宕无涯，未知所极”[①]、“淫辞在曲，正响焉生”[②] 等负评，那么，《宋志》《乐录》为何纳入当世新声？述解吴声西曲的焦点又为何？对此诸疑问，相关研究多注意此时新声兴盛，而此种思路虽说相关，实际属于宽泛模糊的因果推论，未能由乐书本身来探讨此一问题。事实上，视现存《宋志》《乐录》前的史书乐志或独撰乐书之文献，对于新声，若非罕言，即属贬抑。而关注曲调本身之制改因革，过去乐书虽有之，但主要见于雅乐，罕见对新声做如是解说。两相对照，《宋志》《乐录》述解吴声西曲就显得特殊，因之，本文主要聚焦新声杂曲竞造的乐史背景对乐书纂辑的影响，讨论以下两个问题：其一，这批吴声西曲解说的述解焦点为何？其二，隶属于史书乐志的《宋书·乐志》为何会录解吴声西曲？以下由“乐曲制改因革：《宋志》《乐录》现存吴声西曲解说的述解焦点”、“杂纂以成乐书：《宋志》《乐录》前乐书成书的一种方法”、“乐事无小大，皆别纂录：《宋志》的资料纂辑原则”三方面依次展开探讨。

一　乐曲制改因革：《宋志》《乐录》现存吴声西曲解说的述解焦点

《宋志》尚存全文，而《乐录》仅存辑佚[③]，二者现存吴声西曲解说数量虽有限，但这批资料多与乐曲内容实质之制改因革相关，约可分为以下几项：乐曲制作者与制作缘由、乐曲命名缘由、乐曲间的衍生关系和送声使用、舞人数因革及具体曲目等。以下分项说明之。

① 《宋书》卷一九，台北：鼎文书局，1997，第553页。

② （南朝梁）刘勰著，周振甫注《文心雕龙注释》，台北：里仁书局，1984，第112页。

③ 可参见清人王谟《汉魏遗书钞》、马国翰《玉函山房辑佚书》、黄奭《汉学堂丛书》等辑本。据喻意志研究，王谟《汉魏遗书钞》所辑佚文最多，详见氏著《〈古今乐录〉考》，《中国音乐学》2008年第3期。另外，又可见吉联抗编《古乐书佚文辑注》，人民音乐出版社，1990。本文有关《古今乐录》引文，以王谟《汉魏遗书钞》之辑本为主，并参酌其余诸家所辑佚文。

（一）说明乐曲制作者或制作缘由

《宋志》述解吴声西曲之乐曲制作者或制作缘由，计有如下数条①：

《子夜哥》者，有女子名子夜，造此声。

《前溪哥》者，晋车骑将军沈充所制。

《团扇哥》者，晋中书令王珉与嫂婢有情，爱好甚笃，嫂捶挞婢过苦，婢素善哥，而珉好捉白团扇，故制此哥。

《长史变》者，司徒左长史王廞临败所制。

随王诞在襄阳，造《襄阳乐》；南平穆王为豫州，造《寿阳乐》；荆州刺史沈攸之又造《西乌飞哥曲》。

《乐录》则有：

《团扇郎歌》者，晋中书令王珉捉白团扇，与嫂婢谢芳姿有爱，情好甚笃，嫂捶挞婢过苦，王东亭闻而止之。芳姿素善歌，嫂令歌一曲，当赦之。应声歌曰："白团扇，辛苦五流连，是郎眼所见。"珉闻更问之："汝歌何遗?"芳姿即改云："白团扇，憔悴非昔容，羞与郎相见。"后人因而歌之。②

《桃叶哥》，晋王子敬之所作也。桃叶，子敬妾名，缘于笃爱，所以歌之。

《华山畿》……宋少帝时，南徐一士子从华山畿往云阳，见客舍有女子年十八九，悦之无因，遂感心疾……歌曰："华山畿，君既为侬死，独活为谁施？欢若见怜时，棺木为侬开！"

《估客乐》，齐武帝之所制也。帝布衣时，尝游樊邓，登祚以后，追忆往事而作歌。

《襄阳乐》，宋随王诞之所作也。诞始为襄阳郡，元嘉二十六年仍为雍州刺史，夜闻诸女歌谣，因而作之。

---

① 《宋书》卷十九，台北：鼎文书局，1997，第549~550页。后文中引用《宋志》之资料皆来自此书，不再逐条加注。

② （南朝陈）释智匠：《古今乐录》，收入（清）王谟辑《汉魏遗书钞》，京都：中文出版社，1981，第319页。后文中引用《古今乐录》之资料皆来自此书，不再逐条加注。

> 《三洲歌》者，商客数游巴陵三江口往还，因共作此歌。
>
> 《襄阳蹋铜蹄》者，梁武西下所制也。
>
> 《寿阳乐》，宋南平穆王为豫州所作也。
>
> 《西乌夜飞》，宋元徽五年，荆州刺史沈攸之所作也。攸之举兵发荆州，东下，未败之前，思归京师，所以歌。

此外，又有数则为解说乐曲命名之因：

> 《上声歌》者，此因上声促柱得名，或用一调，或用无调名。
>
> 《欢闻歌》者，晋穆帝升平初歌，毕辄呼“欢闻不?”以为送声，后因此为曲名。
>
> 《欢闻变歌》者，晋穆帝升平中，童子辈忽歌于道，曰：“阿子闻”，曲终辄云：“阿子汝闻不?”无几而穆帝崩。褚太后哭：“阿子汝闻不?”声既凄苦，因以名之。
>
> 《读曲歌》者，元嘉十七年袁后崩，百官不敢作声歌，或因酒燕止窃声读曲细吟而已，以此为名。

《宋志》与《乐录》不同于同代或后代诗歌集之处在于，对曲的关注更甚于辞。若说诗歌集、乐府诗集凸显吴声西曲的“诗”属性，而《宋志》《乐录》则更为关注曲所从出，侧重吴声西曲的“声”属性，因此更着重于曲调之起源、演变、因革的记述。这种对乐曲内容实质的关注，还包含述解曲调间的衍生关系、乐曲内部编制以及具体曲目等（详见下文），它们是一批以新声曲调为中心的解说。

（二）说明乐曲的衍生关系

第二类解说则是说明乐曲间衍生关系。吴声西曲之制作流播，有由徒歌转成器乐歌曲之例，亦有藉旧曲再制新曲之例。见于《宋志》《乐录》，说明乐曲衍生关系的解说有两类：一类是说明乐曲的谣歌渊源，一类则说明乐曲乃藉现成曲调生成。

1. 说明乐曲的谣歌渊源

《宋志》载《子夜哥》《凤将雏》《前溪哥》《团扇哥》《督护歌》《六变》《长史变》《读曲歌》诸曲，概曰：“始皆徒哥，既而被之弦管”，又载：

《阿子》及《欢闻哥》者，晋穆帝升平初，哥毕辄呼："阿子！汝闻不？"语在《五行志》。后人演其声，以为二曲。

《懊侬哥》者，晋隆安初，民间讹谣之曲。

《读曲哥》者，民间为彭城王义康所作也。

如《阿子》《欢闻》《督护歌》等谣歌即因"声凄苦"能动听感人，遂使"后人演其声，以为二曲"，或云"后人因其声，广其曲"。西曲部分曲调亦有谣歌渊源，如《乐录》载《三洲歌》云为商客"共作此歌"，是则，此曲可能先以谣歌流播商人间，《旧唐书·音乐志》即称"商人歌"①，再如《襄阳蹋铜蹄》，《乐录》仅云"梁武西下所制也"，但《隋书·音乐志》载梁武帝在雍镇时当地已流传童谣"襄阳白铜蹄，反缚扬州儿"，因此谣预示梁武义师之兴，梁武即位后，即"更造新声"，并"自为之词三曲"，又令"沈约为三曲"，史书云皆"被管弦"②，则《襄阳蹋铜蹄》亦据童谣再制。此外，尚有《杨叛儿》，《旧唐书·音乐志》作《杨伴》，云其"本童谣歌"，童谣有"杨婆儿"语，语讹遂成"杨伴儿"③，凡此诸曲皆有民间来源，属民间谣讴敷演而成之乐曲，部分解说即会指明乐曲的谣歌来源。

2. 说明新曲由现成曲调衍生

又有关于吴声西曲由现成曲调衍生的解说，《乐录》载：

清商西曲《襄阳乐》："朝发襄阳城，莫至大堤宿。大堤诸女儿，花艳惊郎目。"梁简文帝由是有《大堤曲》。《堤上行》又因《大堤曲》而作也。

可知，《大堤曲》由《襄阳乐》来，而《堤上行》亦有所本于《大堤曲》，三曲互有关联，同书又载："《莫愁乐》者，亦因《石城乐》而有此歌"，又云："《石城乐》和中复有'莫愁'声，因有此歌"，《旧唐书·音乐志》又载："《采桑》，因《三洲曲》而生此声也。"④ 再如《乐录》载梁天监十一年，武帝"改西曲制《江南》、《上云乐》十四曲"，此处虽云"改"，然因

① 《旧唐书》卷二九，台北：鼎文书局，1981，第 1067 页。
② 《隋书》卷一三，台北：鼎文书局，1980，第 305 页。
③ 《旧唐书》卷二九，台北：鼎文书局，1981，第 1066 页。
④ 《旧唐书》卷二九，台北：鼎文书局，1981，第 1067 页。

资料所限，未详取资西曲之程度，但已可见两者仍存有若干联系。[①] 又有《懊侬歌》，此曲乃从谣歌改制为乐曲，再由乐曲衍生新曲。《宋志》载：

《懊侬歌》者，晋隆安初，民间讹谣之曲。语在《五行志》。宋少帝更制新哥，太祖常谓之《中朝曲》。

《乐录》：

《懊侬歌》者，晋石崇绿珠所作唯"丝布涩难缝"一曲而已。后皆隆安初民间讹谣之曲，宋少帝更制新歌三十六曲。齐太祖常谓之《中朝曲》，梁天监十一年，武帝敕法云改为《相思曲》。

上述解说即在说明《懊侬歌》如何从"民间讹谣之曲"成为乐曲，传入宫廷，经宋少帝"更制新歌"而被称为"中朝曲"，后经梁武帝敕法云再"改"为"相思曲"。

（三）说明乐曲内部编制

又有述解乐曲内部编制，如《乐录》即有多则述解曲调和送声之例：

凡歌曲终，皆有送声。《子夜》以《持子》送曲，《凤将雏》以《泽雉》送曲。

《子夜变歌》前作《持子》送，后作《欢娱我》送。

《襄阳乐》者，……歌和中有"襄阳来夜乐"之语也。

《三洲歌》者，……歌和云："三江断江口，水从窈窕河傍流。欢将乐共来，长相思。"

《襄阳蹋铜蹄》者，……沈约又作其和云："襄阳白铜蹄，圣德应干来。"

《那呵滩》，……其和云："郎去何当还。"

---

① 崔炼农即指《江南弄》和声用韵（路、罗）与《三洲歌》"歌和"用韵（口、流、来、思）在当时可以合韵通押，又《方诸曲》和声用韵（上、思）亦属《三洲》韵，且，和声韵语末三字"长相思"亦与《三洲歌》和声结尾韵语相同。参见氏著《关于江南弄和声的位置——黄翔鹏"曲调考证"文献补正一例》，《中国音乐学（季刊）》2003 年第 3 期。

《杨叛儿》送声云："叛儿教侬不复相思。"

《西乌夜飞》，……和云："白日落西山，还去来。"送声云："折翅乌，飞何处，被弹归。"

此外，又有述解乐曲使用乐器及所配舞人数，《乐录》所收西曲三十四曲，主要分为倚歌与舞曲。注明为倚歌者，"悉用铃鼓，无弦有吹"，舞曲今存解说则多注明旧舞或于齐梁时代舞人数：

《石城乐》，旧舞十六人。

《乌夜啼》，旧舞十六人。

《莫愁乐》，亦云蛮乐，旧舞十六人，梁八人。

《估客乐》……齐舞十六人，梁八人。

《襄阳乐》……旧舞十六人，梁八人。

《三洲歌》……旧舞十六人，梁八人。

《襄阳蹋铜蹄》者，……天监初，舞十六人，后八人。

《采桑度》，旧舞十六人，梁八人。

《江陵乐》，旧舞十六人，梁八人。

《青骢白马》，旧舞十六人。

《共戏乐》，旧舞十六人，梁八人。

《安东平》，旧舞十六人，梁八人。

《那呵滩》，旧舞十六人，梁八人。

《孟珠》……旧舞十六人，梁八人。

《翳乐》……旧舞十六人，梁八人。

《寿阳乐》……旧舞十六人，梁八人。

此类解说颇具规律性，是有关舞人数的沿革记录，皆与乐舞内部编制有关。

（四）述解吴声、西曲具体曲目

又有述解吴声西曲具体曲目。《汉书·艺文志》"诗赋略·歌诗"下登录有"吴楚汝南歌诗"①，可知，汉世宫廷已有吴地乐曲流播，惜未留下歌

① 《汉书》卷三〇，中华书局，1962，第1754页。

词，只是概略指称，面貌模糊。《乐录》应是现存最早存录吴声西曲曲目者，主要见于两段辑佚文字：

吴声歌旧器有篪、箜篌、琵琶，今有笙、筝。其曲有《命啸》《吴声》《游曲》《半折》《六变》《八解》。《命啸》十解，存者有《乌噪林》《浮云驱》《雁归湖》《马让》，余皆不传。吴声十曲：一曰《子夜》，二曰《上柱》，三曰《凤将雏》，四曰《上声》，五曰《欢闻》，六曰《欢闻变》，七曰《前溪》，八曰《阿子》，九曰《丁督护》，十曰《团扇郎》，并梁所用曲。《凤将雏》以上三曲，古有歌，自汉至梁不改，今不传。《上声》以下七曲，内人包明月制舞《前溪》一曲，余并王金珠所制也。游曲六曲《子夜四时歌》、《警歌》、《变歌》，并十曲中间游曲也。《半折》、《六变》、《八解》，汉世以来有之。《八解》者，《古弹》、《上柱古弹》、《郑干》、《新蔡》、《大治》、《小治》、《当男》、《盛当》，梁太清中犹有得者，今不传。又有《七日夜》、《女歌》、《长史变》、《黄鹄》、《碧玉》、《桃叶》、《长乐佳》、《欢好》、《懊恼》、《读曲》，亦皆吴声歌曲也。

西曲歌有《石城乐》、《乌夜啼》、《莫愁乐》、《估客乐》、《襄阳乐》、《三洲》、《襄阳蹋铜蹄》、《采桑度》、《江陵乐》、《青阳度》、《青骢白马》、《共戏乐》、《安东平》、《女儿子》、《来罗》、《那呵滩》、《孟珠》、《翳乐》、《夜黄》、《夜度娘》、《长松标》、《双行缠》、《黄督》、《黄缨》、《平西乐》、《攀杨枝》、《寻阳乐》、《白附鸠》、《拔蒲》、《寿阳乐》、《作蚕丝》、《杨叛儿》、《西乌夜飞》、《月节折杨柳枝歌》三十四曲。《石城乐》、《乌夜啼》、《莫愁乐》、《估客乐》、《襄阳乐》、《三洲》、《襄阳蹋铜蹄》、《采桑度》、《江陵乐》、《青骢白马》、《共戏乐》、《安东平》、《那呵滩》、《孟珠》、《翳乐》、《寿阳乐》并舞曲。《青阳度》、《女儿子》、《来罗》、《夜黄》、《夜度娘》、《长松标》、《双行缠》、《黄督》、《黄缨》、《平西乐》、《攀杨枝》、《寻阳乐》、《白附鸠》、《拔蒲》、《作蚕丝》并倚歌。《孟珠》、《翳乐》亦倚歌。

这两段解说透露以下讯息：其一，有些吴声歌可追溯至汉世，如《子夜》《上柱》《凤将雏》《半折》《六变》《八解》等。其二，“吴声十曲”多数在梁前已流播或有可知名姓之制作者，而此处复云包明月或王金珠“制”，可知曲调业经多次制改。其三，据《乐录》所载，列属西曲诸曲调，自《石城乐》以迄《寿阳乐》等十六曲皆为舞曲，而《青阳度》至《作蚕丝》等十五曲则是用“铃鼓”及“吹”之倚歌。其中，《孟珠》《翳乐》则可兼做舞曲及倚歌，又《白附鸠》虽列为“西曲”，但《乐录》云其“本为拂舞歌”，知西曲曲调亦颇经制改。其四，吴声与西曲作为乐曲名，皆非仅指称某一单曲，而是各自作为曲调群之总称。在当时，两者亦有别，《南史》即载梁武帝宫廷女伎分为“吴声”“西曲”二部[①]，而《乐录》亦将“吴声歌”与“西曲歌”分开陈述，智匠云：“按西曲歌出于荆、郢、樊、邓之间，而其声节送和与吴歌亦异，故其方俗而谓之西曲。”智匠既云“方俗而谓之西曲”，可知，在时人认知中，对此二曲在地域、音乐结构、曲调群多少皆已有区判意识。值得注意的是，吴声西曲各自所领属的曲调群因屡经制改与广泛流播，已有更鲜明的曲调辨识度。这一点，从诗歌作品中出现的具体曲调名可见一斑：

人传欢负情，我自未常见。三更开门去，始知《子夜变》。（《子夜变歌》）[②]

歌谣数百种，《子夜》最可怜。（《大子夜歌》）[③]

初歌《子夜》曲，改调促鸣筝。四座暂寂静，听我歌《上声》。（《上声歌》）[④]

名歌非《下里》，含笑作《上声》。（梁金珠《上声歌》）[⑤]

促柱繁弦非《子夜》，歌声舞态异《前溪》。（庾信《乌夜啼》）[⑥]

《襄阳》是小地，《寿阳》非帝城。今日《中兴乐》，遥冶在上京。（鲍照《中兴歌》）[⑦]

歌声临画阁，舞袖出芳林。《石城》定若远，《前溪》应几深。

① 《南史》卷六〇，台北：鼎文书局：1981，第 1485 页。
② （宋）郭茂倩编《乐府诗集》，人民文学出版社，2010，第 965 页。
③ （宋）郭茂倩编《乐府诗集》，人民文学出版社，2010，第 964 页。
④ （宋）郭茂倩编《乐府诗集》，人民文学出版社，2010，第 965 页。
⑤ （宋）郭茂倩编《乐府诗集》，人民文学出版社，2010，第 966 页。
⑥ （宋）郭茂倩编《乐府诗集》，人民文学出版社，2010，第 1012 页。
⑦ （宋）郭茂倩编《乐府诗集》，人民文学出版社，2010，第 1720 页。

(庾肩吾《咏舞曲应令诗》)[①]

不见《石城乐》，惟闻《乌噪林》。新声逐弦转，应得动春心。(庾信《弄琴诗》)[②]

上举诸例正反映作歌（诗）者对具体曲目的认识，如《上声歌》二例，歌词即出现《上声》《子夜》《下里》三曲调名，又或藉词面含带双关词义，如《子夜变》既指曲名，亦有指涉恋情生变之意。再看庾信《乌夜啼》《弄琴诗》等亦区分《子夜》《前溪》《石城乐》《乌噪林》等诸曲调，这些由作诗者或作歌者拈出的曲调名，不仅表示诗歌作者熟悉乐曲，也显现这些曲调在当时俗乐用乐环境，已是以独立之曲目为人所识，而正是时人对曲调已有此种认识，也才能相应出现这批以曲调为中心的相关解说。

（五）围绕实存的曲调产生的真实性与虚构性解说

过去有研究指出这批解说所云某人制某曲之传闻实不足征信[③]，或以为此乃藉托名贵富、名士以加速乐曲传播[④]，亦即，认为这批乐曲的制作者或作曲缘由可能存在虚构假托的情况。对此，笔者认为，此应与这批解说乃以新声曲调为中心，主要针对新声曲调之起源、流播、发展提出说明解释有关。就现存资料视之，吴声西曲之制作者不乏有具体名姓的历史人物，如沈充（？~324）、王珉（351~388）、王廞（？~?）、梁武帝（464~549）等例，但亦有属传闻推测之作者，如《子夜歌》乃“女子名子夜，造此声”，此女仅言其名，未云其姓，只笼统云其造歌，遂以其名为曲名，又曲子之传唱亦带有神秘性，传闻云王轲之家、庾僧虔家“有鬼歌《子夜》”。此外，还有面貌模糊的群体作者，如《三洲歌》，《乐录》解说云为“商客”所“共作”，对歌谣制作者只是约略指出一创作群体。就“商客”一词视之，是以集体作者来指称一群匿名或无法实指为某人的歌谣传唱群体，这亦是一般民间谣讴经常显现的作者特征。此处的“共作”，多非指同一时

① 逯钦立辑校《先秦汉魏晋南北朝诗》，中华书局，1983，第2002页。

② 逯钦立辑校《先秦汉魏晋南北朝诗》，中华书局，1983，第2407页。

③ 如台静农即指因文人鄙薄民间作品，能记录已属难得，文人对歌本身的相关问题不会在意，因此，那些有关的歌谣传说实不足征信。见台静农《中国文学史》（上册），台大出版中心，2004，第277页。

④ 王志清：《晋宋乐府诗研究》，河北大学出版社，2007，第24页。

间、地点、场合下的共同创作，而指的是因转相流播不同时地而有多人参与编创。因之，它们在曲或词上经常存在不同程度的重复与差异，结果便使同一首歌在其所流播区域有不同版本流传。[①] 在当时，讴谣本就是引发新声制作之触媒，以《襄阳乐》为例，此曲乃刘诞“夜闻诸女歌谣，因而作之”，而《石城乐》亦因“（臧）质尝为竟陵郡，于城上眺瞩，见群少年歌谣通畅，因作此曲”[②]。解说将二人听歌谣视为乐曲所以创制之缘由，但此处便有两种可能性，臧、刘二人所作曲，一方面可能是始制新创，一方面亦可能有所本于某歌谣而制出新声。对此，可由《乐录》“吴声十曲”做进一步说明，此十曲原系汉讫晋宋以来流播诸曲调，如传为晋人沈充所制之《前溪》，此处云内人包明月“制舞”，曲舞自有别，云包明月所“制”，亦属合理，然而，其余诸曲多在梁前已流播，何以智匠概云为梁宫廷乐人王金珠所“制”？以吴声西曲的制作而言，从徒歌谣讴、配置器乐再至旧乐衍生新曲，中间本来经常发生再制、改编的情况。就歌词来看，挪用成词、套句与前代文人诗之例数量亦不少。[③] 吴声西曲之创制产出，凭借旧声旧词以制新曲新词，原即是重要乐曲生成途径。在此之中，新旧作品间往往具有连续性与关联性，彼此经常存在“因”中有“革”或说“革”中有“因”的亲缘关系。如《乐录》载梁天监十一年，武帝“改西曲而制《江南》、《上云乐》十四曲”，凡此诸曲虽云梁武所“制”，实际乃藉“改”西曲而得之。[④] 在曲调先于王金珠存在的情况下，此处云王金珠“制”，就应非指初始制作，而应是指对既成曲调的再制作。

---

① 属同一曲调编创而出的歌词，彼此间会有差异，但有时亦可见重复运用某些类似的字词语句，以《乐府诗集》所录《子夜歌》为例，其中有两首即以“夜长不得眠”做歌词起头。而在《子夜》系列的歌曲中，“自从别欢（君）（郎）来”“自从别欢（郎）后”等句，亦数见于《子夜歌》《子夜春歌》《子夜秋歌》中，此外，在《读曲歌》《攀杨枝》中亦可见前举诸曲所用之例。详见（宋）郭茂倩编《乐府诗集》，人民文学出版社，2010，第 949、953、956、988、1046 页。

② 《旧唐书》，卷二九，台北：鼎文书局，1981，第 1065 页。

③ 翁其斌分析吴声西曲有袭用前代文人诗、乐府古辞、既有成词以及套用类似句式之例，见氏著《〈吴歌〉〈西曲〉文人拟作考》，《上海师范大学学报》1996 年第 3 期。

④ 不仅吴声西曲，清商旧曲或其他曲目在流播历程中亦多有再制或改编的情况，如晋太康中季伦所作《明君》歌舞，“晋宋以来，《明君》止以弦隶少许为上舞而已”，至“梁天监中，斯宣达为乐府令，与诸乐工以清商两相间弦为《明君》上舞”；或在流播中再增加曲词，如梁鼓角横吹曲《地驱歌乐辞》，《乐府诗集》引《古今乐录》云：“‘侧侧力力’以下八句，是今歌有此曲”，可知此八句乃在“今歌”阶段始制之。见（宋）郭茂倩编《乐府诗集》，人民文学出版社，2010，第 654 页、第 564 页。

再以《宋志》《乐录》所录雅乐解说来做对比，述及乐曲制改，有关制改者、曲词制改、施用情境、作歌缘由的解说多为征实性记录。但吴声西曲与雅乐不同，流播时空更为广泛，由现存作品视之，叙述不离世俗情感，部分作歌缘由解说甚至带有浓厚虚构性，如《华山畿》记录南徐士子见客舍女子“悦之无因，遂感心疾而死”，丧车过华山，至女门，“牛不肯前，打拍不动”，女子遂作歌一曲，歌毕，“棺应声开，女透入棺，家人叩打，无如之何，乃合葬”①，情节离奇惊悚，超乎常情。《欢闻变歌》作歌本事载民间童儿唱“阿子汝闻不”隐约预示穆帝将崩②，类此作歌缘由皆指出曲调起源于特殊事件或超常情境，使曲调的诞生蒙上了一层神秘色彩。之所以会有此种添枝加叶的作歌本事，实因除曲调实存外，其他如乐曲制作者、制作缘由及施用场合多无法指实，因此，围绕曲调起源而产生的种种说明或解释，就可能在真实与虚构间游移浮动，再加以新声俗乐不似雅乐有施用严肃性与特殊性，本就可能随意加入有关人事物的轶闻传说来踵事增华以增添乐曲传奇性。因此，对于这类新声乐曲标明其为何人制或因何事制的解说，实不必太执着于其人其事是否属实。因为，新乐曲即使有所据于某一徒歌或旧曲而成，当这首曲子完成时，乐曲的再制者或改编者也就等同于制造出一首新曲子，虽此曲与徒歌或旧曲仍有曲调上的关联，但甫经制作产生，它就是与旧曲并存且可独立流播的新曲调。在著作权意识不明的时代，虽会有如《宋志》所录知名乐人像孙氏、宋识、陈左等为时所知，但在乐曲传播环境中，曲调本身才是重点，而“制”“作”“造”“改”等词汇之使用，重点便不在于制作者或作歌缘由是否属实，亦不尽然指作者初创始制之义，而在于，这些或属实或虚构的叙述为一首曲调的诞生提供了说明与解释。

二　杂纂以成乐书：《宋志》《乐录》前乐书的一种成书方法

前面探讨了南朝新声兴盛对二乐书所录吴声西曲解说的影响，接续要讨论的是乐史对乐书编纂的影响。《乐录》成于陈代，晚于《宋志》，且可

① （宋）郭茂倩编《乐府诗集》，人民文学出版社，2010，第982页。
② （宋）郭茂倩编《乐府诗集》，人民文学出版社，2010，第967页。

见因袭《宋志》之迹[①]，所录范围乃“起汉迄陈”之古今乐事，视其辑佚，兼录雅俗乐事，述解兼含乐义与应用。在解说非雅乐上，亦是有关曲调制改因革的相关信息，惜《乐录》今仅存辑佚且相关成书信息稀少。而《宋志》除早于《乐录》外，作为史书乐志而能录解当世新声，与此前同类乐书出以负评实大不相同，原因值得探究。笔者认为，要解释此一问题，除了要联系当世乐史外，还要注意到《宋志》与《史记》《汉书》之乐志，处于同一史书乐志序列上，内容之编成，皆有藉辑纂乐事以成书的部分。因之，本文是由乐书成书切入探究，以汉世同类乐书之成书为参照，注意汉世以来乐史与乐书纂辑之间的关联性，特别是乐史对乐事辑录范围的影响，而据此来推测《宋志》所以录解吴声西曲之因。以下，进一步分析说明。

汉代为古代乐书编撰的第一个重要时期，现今尚有目可考之乐书约有六十四种，但大都已亡佚。[②] 若以两汉乐书为据，检视《宋志》前史书乐志，计有：《史记·乐书》与《汉书·礼乐志》之乐志，此今日尚可见全文。而《乐录》今仅存辑佚，此前独撰乐书亦已无全本，能提供线索的即是乐书辑佚，据王谟（1731~1817）《汉魏遗书钞》《经翼第二册》目录，汉代相传在《乐录》前之独撰乐书，计有：

《乐经》汉阳成子长著
《乐元语》汉河间献王著
《琴清英》汉成都扬雄著
《琴操》汉陈留蔡邕著
《钟律书》汉沛郡刘歆著[③]

而马国翰《玉函山房辑佚书》“乐类”目录，计有：

《乐经》一卷

① 喻意志比对《乐录》与《宋志》所录乐曲解题，发现前者有数则解说相似于后者，推测《乐录》应有依据参照《宋志》。详见喻意志《〈古今乐录〉考》，《中国音乐学》2008 年第 3 期。

② 余作胜：《两汉乐书的文献学研究》，四川师范大学中国古代文学研究所，2012，第 189~192 页。

③ （清）王谟：《汉魏遗书钞》，目录第 6 页。

《乐记》一卷

《乐元语》一卷

《琴清英》一卷

《钟律书》一卷汉刘歆

《乐社大义》一卷梁武帝[①]

这批乐书，王谟所辑，皆明标作者。马国翰（1794~1857）所辑，除《钟律书》《乐社大义》外，其余皆未于目录具名。其中，署名为刘歆的《钟律书》，应是言乐律之书，视王谟辑佚，亦非属有关曲调制改因革之解说。事实上，这一批被视为汉世或题为汉人所编之乐书，不仅只有残文，其是否为汉人所作，亦非肯定，如《琴操》之作者虽归为蔡邕，然亦有以此书系东汉桓谭或晋代孔衍作[②]，再如扬雄作《琴清英》，虽可见清人辑佚[③]，但本传并未明言其撰有此书。虽有如上述之问题，但这批乐书所浮现的信息仍然有助于我们对《宋志》《乐录》的成书方法的了解。

（一）为绍复雅乐而编：乐书尊雅抑俗之因

据《汉书·艺文志》开篇所述，汉兴以来，大收篇籍，广开献书之路，建藏书之策，乃因面对以下诸项历史因缘：一是儒家经典诠释，非定于一言，流派纷歧，二是战国诸子争起，三是秦火焚书，天下典籍文章燔灭。[④] 这几点成为当时许多汉代知识分子共有的历史记忆，也说明此时广搜天下典籍乃为因应前此历史变局所致，而汉世的乐书纂辑亦置身于此历史情境中，所不同者在于，相较其他知识，音乐知识非属纯粹文字记录，理解不易，颜师古注“乐尤微眇，以音律为节”即曰：“其道精微，节在

① （清）马国翰辑《玉函山房辑佚书》（据山东图书馆藏清道光咸丰间历城马氏刻同治十年济南皇华馆书局补刻本），《山东文献集成》第1辑第47册，山东大学出版社，2006，第379页。

② 王小盾、余作胜：《从〈琴操〉版本论音乐古籍辑佚学》，《音乐研究》2011年第3期。

③ 马国翰云：“汉志载雄所序三十八篇，有《乐》四篇，此其一也。”（清）马国翰辑《玉函山房辑佚书》（据山东图书馆藏清道光咸丰间历城马氏刻同治十年济南皇华馆书局补刻本），《山东文献集成》第1辑第47册，山东大学出版社，2006，第385页。（清）严可均《全汉文》卷六三，《全上古三代秦汉三国六朝文》，中华书局，1991，第421~422页。

④ 《汉书》卷三〇，中华书局，1962，第1701页。

音律，不可具于书”，且又因周衰以来，“为郑卫所乱”又“无遗法”[①]，因之，纂辑乐书难度颇高，一则须依恃熟习此类知识的乐家臣工来执行，二则更与当时用乐氛围、乐事讲论及实际演习施用等存在连动关系，包含编纂目的、述解方式、乐事辑录范围经常会相应当世乐史因素而有调整变化。

这批被认为流传于汉世之乐书有几点值得注意：其一，《史记》《汉书》之乐书（志）及河间献王等所编《乐记》，多是在雅乐浸微、溺音沸腾的乐史思考下展开编纂，与当时绍复雅乐之吁求相关联，因之，搜录乐事资料以雅乐为主；其二，乐书组成实源于典籍文献言乐篇什、雅乐制改因革记录以及相关诏令奏议。有关当世雅乐恢复情况，据《汉书》《礼乐志》载，除“以雅乐声律，世世在大乐官”的乐家制氏外，又有叔孙通“因秦乐人制宗庙乐”[②]，由于文献叙述简略，雅乐如何“袭秦旧”已无法详知，可知的是，因袭旧制是汉初复雅的重要途径，高祖、孝文、孝武庙所奏《文始》《五行》舞即本诸周秦旧舞[③]；此外，又有自造新曲，如高祖四年作《武德舞》、唐山夫人制《房中祠乐》、孝文作《四时舞》以及李延年与司马相如等造诗赋、论律吕而作《十九章》之歌。[④] 可知，当时绍复雅乐乃是依傍旧声词与自造新声词兼而行之，是则，所绍复者，几乎难以避免当世新声之浸染。刘勰评《桂华》《赤雁》云其“丽而不经”“靡而非典”[⑤]，而这种批评雅乐为“不经”“非典”的论调，非唯刘勰有之，实际上亦为汉代雅乐推尊者所有，蕴含的正是对周雅乐的崇慕，也透露出汉代所恢复者实已不复纯粹。由是，在当时，除着手制改雅乐以供实际施用外，辑录往昔雅乐制改因革的相关文献资料亦十分重要。《汉书·艺文志》与《礼乐志》载河间献王编《乐记》，即为绍复雅乐而作，据《艺文志》“六艺略”的“乐”类小序，乐家制氏仅能“纪其铿锵鼓舞，而不能言其义”[⑥]，河间献王遂与诸儒“共采周官及诸子言乐事，以作《乐

① 《汉书》卷三〇，中华书局，1962，第1711~1712页。

② 《汉书》卷二二，中华书局，1962，第1043页。

③ 《汉书》卷二二，中华书局，1962，第1044页。

④ 《汉书》卷二二，中华书局，1962，第1044~1045页。

⑤ 前者为《安世房中歌》第十二章，而《赤雁》即郊祀歌之《象载瑜》。见（南朝梁）刘勰著，周振甫注《文心雕龙注释》，台北：里仁书局，1984，第111页。

⑥ 《汉书》卷三〇，中华书局，1962，第1712页。

记》”，又“献八佾之舞”[①]，《礼乐志》亦述其“以为治道非礼乐不成，因献所集雅乐”[②]，而云此举乃“修兴雅乐以助化”[③]。而这种以“兴雅”来“助化”的论调又屡见于后来各代绍复雅乐的场景中，特别是乐书纂辑及论议雅乐的语境。当时此事立意虽佳，然知音与附和者稀，“常御及郊庙皆非雅声”[④]，可知，“河间乐”虽因大儒公孙弘、董仲舒等“以为音中正雅，立之大乐。春秋乡射，作于学官”[⑤]，但实际情形却是“希阔不讲”[⑥]，颜师古注“讲”曰：“论习”[⑦]，可见，关于雅乐知识乃有讲论，“受河间乐”的王禹即“能说其义”[⑧]，而“六艺略”之“乐”类录《王禹记》二十四篇，序亦云王禹曾“数言其义”[⑨]，透露出关于雅乐舞的传习，除了实际操演施用外，又有属于口述及书写的知识传承，而成为朝臣论议雅乐制改因革的参考依据。

平心而论，雅乐典正崇高，然知者稀矣，艳曲新声，婉娈凄美，吸引观听，更具力量，好古如魏文侯，且“听古乐则欲寐”，“闻郑、卫”则“不知倦”[⑩]，一方面就人情尚俗听而论，俗乐终胜雅乐一筹；另一方面，关于雅乐的知识与技艺原系少数乐家、臣工所掌握，应用范围亦多限于皇室宫廷，一旦政权衰微，乐制、乐书及技术人员散佚，几成必然，而再逢新朝肇始，则又再兴复雅之事。这样的发展规律不断在历史上复现，据《三国志·魏书·杜夔传》所述，魏武帝即以杜夔“为军谋祭酒，参太乐事，因令创制雅乐”，统领“善咏雅乐”的邓静、尹商及“能歌宗庙郊祀之曲”的尹胡，和“晓知先代诸舞”的冯肃、服养等，藉“远考诸经，近采故事，教习讲肄”而“绍复先代古乐”[⑪]。可以看出，汉魏以来绍复雅乐之路数颇相类似，实际可分三方面：一是雅乐舞制改，一是雅乐舞文献辑理，一则是雅乐舞讲论、演习及施用。呼应此绍复雅乐背景撰成之乐书，

---

① 《汉书》卷三〇，中华书局，1962，第 1712 页。
② 《汉书》卷二二，中华书局，1962，第 1070 页。
③ 《汉书》卷二二，中华书局，1962，第 1071 页。
④ 《汉书》卷二二，中华书局，1962，第 1070 页。
⑤ 《汉书》卷二二，中华书局，1962，第 1071～1072 页。
⑥ 《汉书》卷二二，中华书局，1962，第 1072 页。
⑦ 《汉书》卷二二，中华书局，1962，第 1072 页
⑧ 《汉书》卷二二，中华书局，1962，第 1072 页
⑨ 《汉书》卷二二，中华书局，1962，第 1712 页。
⑩ 《汉书》卷二二，中华书局，1962，第 1042 页。
⑪ 《三国志》卷二九，台北：鼎文书局，1980，第 806 页。

推尊雅乐，贬抑新声，代表这类乐书的基本思维，如云“治道亏缺而郑音兴起”[①]，“桑间、濮上，郑、卫、宋、赵之声并出，内则致疾损寿，外则乱政伤民”[②]，是以“治道”与“教化”为判准，对声音形成价值判断，以“正”“雅”“德”来界定雅乐，而使新声居于“奸”“淫”“溺”一端。这种有关雅俗乐的界定乃在“声音之道与政通”[③] 的乐教诠释脉络产出，淡化对音乐朝向艺术性、审美性的发展可能。[④] 实际上，乐书内部贬抑新声之强烈，恰恰对应的是乐书以外俗乐流播风靡宫廷贵富圈之盛况。就此而言，在两者并存的用乐环境，盛衰之势互见，新声愈趋炽盛，雅乐之存系确实也就愈趋艰难。而尊雅抑俗，不仅见于汉世，亦成为其后各代面对雅俗乐的常用价值区判，以南朝来说，宋齐以来，雅乐续有恢复，梁初亦“乐缘齐旧”[⑤]，然而，当梁武帝诏集诸臣论议雅乐，仍云“雅郑混淆，钟石斯谬”[⑥]，可以看出，雅乐恒常处于寝废或说为新声浸染的不完美状态，已是汉以降雅乐卫护者或绍复者的常见论调。在这种理解下所显现的雅乐，不仅处于当世用乐环境之弱势，还多所残缺遗漏。因之，即使后来各代皆对雅乐有所损益因革，但当欲绍复雅乐之时，类似的声音便不断复现于雅乐施用及乐书纂辑的情境中，采取一种对抗、贬抑新声俗乐的姿态以卫守雅乐，从而也就使新声俗乐在乐书内部雅俗并置的解说中恒处负评之位置。在这种对照下，才能比较明显地看出处于史书乐志序列的《宋志》能收录吴声西曲，就新声而解说新声，述解曲调制改因革，相较此前同类乐书对新声认识实已有明显差异。且据汉世同类乐书成书看来，当世对雅俗乐的认识、应用需求亦会影响乐书纂辑，这些皆是下文据以推测《宋志》录解吴声西曲的背景。

---

① 〔日〕泷川龟太郎考证《史记会注考证》卷二四，台北：大安出版社，1998，第 417 页。

② 《汉书》卷二二，中华书局，1962，第 1042 页。

③ （汉）郑玄注，（唐）孔颖达正义《礼记正义》卷三七，台北：艺文印书馆，2001，第 663 页。

④ 此是另一发展路向，如钱志熙认为建安诗歌走向文人诗重抒情的路向，与建安诗歌和当时音乐歌舞联系紧密是相关的。建安诗人一方面能继承汉末以来以悲为美的审美倾向，又能从艺术角度去欣赏新声俗乐，是邺下诗风所以由质朴尚实转为华美流丽的重要原因。见钱志熙《论建安诗歌与音乐艺术的关系》，《原学》1996 年第 4 辑。

⑤ 《隋书》卷一三，台北：鼎文书局，1980，第 287 页。

⑥ 《隋书》卷一三，台北：鼎文书局，1980，第 288 页。

（二）采乐事，编乐书：以杂辑为成书之法

由上述的讨论可知，纂辑乐书不只是作为某时代或区域的音乐史录，更直接面向实际音乐施用。解说大抵不离音乐的理论与应用两端，有关于乐曲应用的解说，如与乐舞制改因革、故事旧制、诏令奏议、乐器、乐仪、乐工歌者有关之解说皆属之；谈论乐义者，多关涉音乐本质、功能与意义的论述阐释。《宋志》前史书乐志解说音乐不离此两端。而《乐录》前之独撰乐书，情况稍微复杂，相关乐书仅见辑本，且不似史书乐志有明确年代，作者亦有疑。关于这批乐书作于何时？作者为何人？多属后人推测，几乎皆属模糊认定。若就现存辑佚视之，言乐义者有之，如《乐元语》述东夷、南夷及西夷乐分持矛、羽、戟舞，各有“助时生”“助时养”“助时煞”之意涵①，亦有兼述解乐义与用乐的《乐社大义》，《隋书·经籍志》登录此书，计有十卷②，马国翰引《梁书》《乐志》云：“帝素善音律，遂自制四器，名之为通，以定雅乐，备载所定郊、禋、宗庙、三朝之乐、二舞、十三雅，各着沿革及取名之义”③，将此段说明与现存《乐社大义》辑佚互观，可见其述解音乐亦涉乐义论述与乐曲应用两端。

可以确认的是，这批乐书多藉纂辑不同文献来源的乐事编成。《汉书》《艺文志》载河间献王与诸儒“共采周官及诸子言乐事，以作《乐记》”④，今虽不得见此《乐记》，但“采周官及诸子言乐事”就为理解乐书成书提供线索。杂辑乐事文献，确实是汉以降乐书重要成书方法。《史记》《乐书》与《礼记》《乐记》有重复相似的段落⑤，而《礼记》《乐记》即是杂纂成书，孔颖达《礼记正义》题记注引郑氏《目录》云：“盖十一篇合为一篇，谓有乐本，有乐论，有乐施，有乐言……今虽合此，略

---

① （汉）刘德《乐元语》，收入（清）王谟《汉魏遗书钞》，京都：中文出版社，1981，第309页。

② 《隋书》卷三二，台北：鼎文书局，1980，第926页。

③ （梁）萧衍：《乐社大义》，收入（清）马国翰辑《玉函山房辑佚书》（据山东图书馆藏清道光咸丰间历城马氏刻同治十年济南皇华馆书局补刻本），《山东文献集成》第1辑第47册，山东大学出版社，2006，第387页。

④ 《汉书》卷三〇，中华书局，1962，第1712页。

⑤ 王梦鸥认为，二者虽有相似处，但乃根据不同时期与不同底本而成，并比较二者差异，指出：其一，“《乐书》补文较全于《礼记·乐记》”；其二，“《礼记·乐记》又较乱于《乐书》补文”；其三，“少许构辞用字，《乐书》亦较《乐记》为明顺，且近于西汉之笔法”。参见王梦鸥《礼记校证》卷十，台北：艺文印书馆，1976，第275~276页、第279页。

有分焉。”[①] 可知，郑氏直观文字亦由表述见其“略有分”。王梦鸥即指此篇“驳杂而来源暧昧”[②]，而说：

> 关于《乐记》材料来源，其中三分之一强，殆出于《荀子·乐论》。此外，并见于《吕氏春秋》、《淮南子》者亦复不少。倘更从其文“义”称量之，则其与《尚书大传》、《韩诗外传》、《毛诗·序》、《易·系辞传》、《礼·祭义篇》、《左传》、《庄子·外篇》，《孝经》，《论语》，以迄于纬书及刘歆《钟律书》，皆有关系。质言之，举凡流传于西汉之古籍以及西汉人之著述，皆为其取材所自。[③]

王氏归纳撰写方式为：“直录原文而不加改撰”“直录而略改数字”“删略而不加改撰”“改撰他书而成者”“引申他书绪说而至再至三者”等五种[④]，且并置材料来源、思想体系、构辞方式以视之，云此篇乃“杂辑秦汉诸子遗文”[⑤] 而成。可知，由于杂辑，乐事文献来源不一，述解方式亦不一，又可能对原始文献采取直录、改撰、删略、引申等不同写录方式，凡此皆说明此类杂纂而成之乐书以转述存录当世雅俗音乐观、用乐沿革及相关诏令奏议为主，有关个人独创音乐见解较少，述解不拘于固定书写或记录套路，乐书多以“记”“志”“录”为名，应即与此成书方法有所关联。

综观《史记》《乐书》，从开篇“太史公曰：余每读虞书……”以迄“丞相公孙弘曰：‘黯诽谤圣制，当族’”止一大段，既有太史公述乐教、乐义，又有依年代列举的汉世乐史，然在丞相公孙弘语末随后即接与《礼记》《乐记》相近似的句段。[⑥] 合视此三部分，亦显示所述乐事有多个文献来源，整体内容亦呈现“略有分”。《汉书》《礼乐志》之乐志亦有类似情

---

① （汉）郑玄注，（唐）孔颖达正义《礼记正义》卷三七，台北：艺文印书馆，2001，第662页。

② 王梦鸥：《礼记校证》卷一〇，台北：艺文印书馆，1976，第253页。

③ 王梦鸥：《礼记校证》卷一〇，台北：艺文印书馆，1976，第267页。

④ 王梦鸥：《礼记校证》卷一〇，台北：艺文印书馆，1976，第267~268页。

⑤ 王梦鸥：《礼记校证》卷十，台北：艺文印书馆，1976，第267页。

⑥ 泷川龟太郎即在公孙弘语下考证云：“以下后人取《礼记》、《乐记》、《韩非子》、《十过》等书妄增。”（汉）司马迁撰，〔日〕泷川龟太郎考证《史记会注考证》，卷二四，台北：大安出版社，1998，第419页。

形，显现的特点有三：其一，开篇即多所征引典籍文献言乐篇什，但表现为述解文字，并非直接誊录原典文字，主要是先约取原典文献言乐篇什主旨，以己意概括写出，再征引文献作证，如先述“王者未作乐之时，因先王之乐以教化百姓……”再引《易》曰：“先王以作乐崇德，殷荐之上帝，以配祖考”，类此之例数见于“王者未作乐之时”以迄“自此礼乐丧矣”的叙述文字中，在对原典文献概述后，接续即云：“故帝舜命夔……”“故《诗》曰……《书》曰”“故《书》序……”“故孔子适齐闻《招》……”“故秦穆遣戎而由余去……”等。[①] 其二，又有述解汉初绍复雅乐、雅乐制改历史沿革、雅乐衰俗乐盛等乐事，此部分较《史记》《乐书》所录汉代乐事篇幅更多，并对当世汉郊庙乐不合古制有所批评。[②] 而各段开头多约略点出时间，云“汉兴，乐家有制氏……”“是时，河间献王有雅材……”“至成帝时……”“是时，郑声尤甚……”等，就透露出这些乐事资料只略依年代编排而述录，可见，评述汉代乐史，乐志可说只是蜻蜓点水般地带出一些汉代音乐史实。其三，又有收录郊庙歌词，包含《郊祀歌》与《安世房中歌》。总视全文，此志乃兼有乐义、乐史及乐词三者，杂纂之迹亦明显，三者亦呈现“略有分”。对于《汉书》《礼乐志》多非班固之语，而系转引其他典籍文献或汉书其他本传文字，清人王鸣盛对此颇有批评，云其只“泛论义理”“全掇《乐记》之文”[③]，因此，“不得已只以空论了之”[④]。分析王氏所言，因睹此志有掇拾旧文与泛论，而云“足见此志总见汉实无所为礼乐，实无可志”[⑤]，此实对汉世乐书成书缺乏理解。检视《礼乐志》，即载“河间献王采礼乐古事，稍稍增辑”[⑥]，可见，不仅乐志，礼志亦然，“采礼乐古事”并“稍稍增辑”即是当时

① 自“王者未作乐之时”以迄“自此礼乐丧矣”一大段，颜师古注多解说其文献来源，如注《易》曰：“先王以作乐崇德……”，注云：“此豫卦象辞也……”；注“《诗》曰：钟鼓锽锽，磬管锵锵……”注云：“此周颂执竞之诗也。”其余诸例，见《汉书》卷二十二，中华书局，1962，第1038～1043页。

② 《汉书》卷二二，中华书局，1962，第1071页。

③ （清）王鸣盛：《十七史商榷》，陈文和主编《嘉定王鸣盛全集》第4册，中华书局，2010，第119页。

④ （清）王鸣盛：《十七史商榷》，陈文和主编《嘉定王鸣盛全集》第4册，中华书局，2010，第119页。

⑤ （清）王鸣盛：《十七史商榷》，陈文和主编《嘉定王鸣盛全集》第4册，中华书局，2010，第120页。

⑥ 《汉书》卷二二，中华书局，1962，第1035页。

礼志、乐志重要集结方法。而杂辑言乐篇什以编成乐书亦为后来的《宋志》所取法。

三　乐事无小大，皆别纂录：《宋志》的资料纂辑原则

《宋志》由“乐一”“乐二”“乐三”“乐四”构成，“乐二”以至“乐四”以存录歌歌词为主，涉及述解乐事之例甚少①，述解雅俗乐事的篇幅主要在“乐一”，此部分亦系纂辑典籍文献言乐篇什而成。“乐一”除雅乐外，还录解一批非雅乐，包含杂伎乐舞事、刘宋诸王给伎事、歌谣起源、古之徒歌者举例、舞曲、乐器解说（八音及其他）、魏晋著名歌者与乐工等，有关吴声西曲的解说即在此列。若将“乐一”非雅乐解说与“乐二”迄“乐四”所录非雅乐歌词相对照，可以发现，不少刘宋前已流播的俗乐舞曲皆为《宋志》收录。见于“乐一”，有鞞舞、杯盘舞、公莫舞、拂舞、白纻舞及西、伧、羌、胡诸杂舞，“乐三”则有汉魏相和曲、清商三调歌诗、大曲及楚调怨诗等，“乐四”包含拂舞歌、杯盘舞歌、巾舞歌、白纻舞歌。在“乐一”中，对这批非雅乐，或简述其制作沿革（《鞞舞》《杯盘舞》），或简述其相传起源（《公莫舞》），或检视其词或曲名（如《拂舞》《白纻舞》），或云未详所起（《鞞舞》），或引文献以证变革（如《杯盘舞》自用盘至用杯之转变），或引传闻以释乐曲（《公莫舞》），或云命名之由、各代铎舞曲因革（《铎舞》），或区辨曲调之别（《巾舞》），或说明和送声使用（《巾舞》），或述舞蹈在各代施用沿革，如“汉代已施于燕享”，至晋代则“并陈于元会”的《鞞舞》，又有“汉世唯有盘舞，而晋加之以杯”的《杯盘舞》。凡此解说所述乐事之文献来源为往昔用乐沿革、经史诸子、诏令奏议、乐事传闻及相关乐舞主题的诗赋、歌词等，对前代俗乐舞亦围绕曲调制改因革展开解说。但，做法仍有差异，述解前

① “乐二”“乐三”“乐四”亦有几条间杂于歌词间的解说，皆有关乐曲制改因革。如“乐二”开头即引蔡邕论叙汉乐一条，另外，或有出现于歌曲名下的小字注，如“乐二”录王粲《魏俞儿舞歌》下云：“魏国初建所用，后于太祖庙并作之”，谢庄《宋明堂歌》迎神歌诗下云：“依汉郊祀迎神，三言，四句一转韵”，而“乐三”亦有解说《但歌》演唱形态及《相和歌》制改因革事；“乐四”录宋鼓吹铙歌词，下注云：“乐人以音声相传，训诂不可复解”，详参《宋书》卷二十，台北：鼎文书局，1997，第569页、第571页；卷二一，第603页；卷二二，第660页。

代俗乐舞，多见援引前典旧籍，但述解吴声西曲，则多为直接述解，皆未云出于何典。

（一）沈约与《宋志》乐事资料纂辑

检视《宋志》所录吴声西曲解说，实际上只有区区数条文献，单独视之，不易见其特殊性，但若以此前《史记》《汉书》之乐志来对照，便可知，《宋志》处于史书乐志序列，能述解新声，且并非贬抑批判，而能聚焦乐曲本身之制改因革，实非易事。《宋志》“乐一”所录雅乐资料仍占多数，主要有关汉迄刘宋雅乐舞制改因革诸乐事，只约略依朝代先后条陈列出。“乐一”开篇有“《易》曰：先王作乐崇德……”迄“又为郑卫所乱”一段，此段乃转引节录《汉书·艺文志》“六艺略”之“乐”类小序，但有细微改动，《宋志》以为雅乐衰微之因，一因“周衰”而“凋缺”，二因“郑卫所乱”所致，此同小序，不过，原序云“魏文侯最为好古”，但《宋志》改为魏文侯“虽如古”而“犹昏睡于古乐”，此句即是将“淫声炽而雅乐废”之因，加入雅乐本身欠缺动听此一因素。最末一点，看似平常，且这种批评雅乐的论调早已见于史书乐志外其他文献①，但在此前史书乐志却不常见。这种面对雅乐态度上的细微变化，若不细察，很容易便会忽略，然而，当有过往经验作为对照时，便可以发现，前此同类乐书并置雅俗乐而论时，乃以乐之“教”为准，采取尊雅抑俗之立场，而“乐一”乃转以乐之“用”之认识视域从动听与否来解释雅衰俗盛之因。而更值得注意的是，在“乐一”中，这种看待雅乐的观点变化，并未再有其他资料表现类似观点，且“乐一”亦见批评西曲《襄阳》《寿阳》《西乌飞哥曲》等歌词“淫哇不典正”之语。这也就是说，“乐一”既有往昔尊雅抑俗的音乐观，亦有检讨雅乐自身内存的衰微之因的思考。虽能述解当世新声制改因革，但“乐二”至“乐四”却未收录一首吴声西曲歌词。可见，面对吴声西曲，《宋志》既关注其“用”，亦承袭过往基于乐教而来的负评，其所以对新声兼含“教”与“用”二种述解视域，实与“乐一”系杂纂乐事资料以构成其全文有关，这就使得贬抑当世新声与述解新声制改因革的文献并存一处，才出现内容或观点上有所矛盾或冲突的情况。

---

① 如梁代刘勰所云：“然俗听飞驰，职竞新异，雅咏温恭，必欠伸鱼睨；奇辞切至，则拊髀雀跃；诗声俱郑，自此阶矣。”见（南朝梁）刘勰著，周振甫注《文心雕龙注释》，台北：里仁书局，1984，第112页。

《宋志》“乐一”系杂纂乐事而成，那么，要接着问的是，乐事辑录范围何以会扩及吴声西曲？据《南史·沈约传》载：“（永明）五年春又被敕撰《宋书》，六年二月毕功，表上之。”[①] 对于《宋书》迅速成书，赵翼即道：“古来修史之速，未有若此者。”[②] 事实上，据沈约《自序》所云，何承天始撰《宋书》，当时何氏“草立纪传，止于武帝功臣，篇牍未广”[③]，志的部分，除《天文》《律历》为何氏所撰外，其余诸志“悉委奉朝请山谦之”[④]，其后，谦之亡故，又令苏宝生“续造诸传”，宝生被诛，再命徐爰踵成前作，“爰因何、苏所述，勒为一史，起自义熙之初，讫于大明之末”[⑤]，而沈约踵继前作基础，“谨更创立，制成新史，始自义熙肇号，终于升明三年”[⑥]。可知，《宋书》之成书，中间转经多手，最终成于沈约。当沈约献呈本纪列传七十卷时，又曰：“所撰诸志，须成续上。”[⑦] 由此推测沈约可能参与《宋志》最终撰述，但此前或有山谦之等人参与。现今虽难以确知沈约参与程度，但他曾对乐书撰集表达看法，《隋书·音乐志》载梁武帝天监元年，思弘古乐，诏访百僚，各陈所见，参与论议用乐者有沈约等七十八家，诏云：

> 声音之道与政通矣，所以移风易俗，明贵辨贱。而韶、护之称空传，咸、英之实靡托，魏晋以来，陵替滋甚。遂使雅郑混淆，钟石斯谬，天人缺九变之节，朝燕失四悬之仪。朕昧旦坐朝，思求厥旨，而旧事匪存，未获厘正，寤寐有怀，所为叹息。卿等学术通明，可陈其所见。[⑧]

此诏一则云魏晋以来，雅郑混淆，一则云乐曲、乐器、乐仪亦多阙佚讹误，因之，欲图恢复雅乐。值此之时，沈约奏答曰：

---

① 《南史》卷五七，台北：鼎文书局，1981，第1414页。
② （清）赵翼、曹光甫校点《廿二史劄记》卷九，上海古籍出版社，2011，第158页。
③ 《宋书》卷一〇〇，中华书局，1962，第2467页。
④ 《宋书》卷一〇〇，中华书局，1962，第2467页。
⑤ 《宋书》卷一〇〇，中华书局，1962，第2467页。
⑥ 《宋书》卷一〇〇，中华书局，1962，第2467页。
⑦ 《宋书》卷一〇〇，中华书局，1962，第2468页。
⑧ 《隋书》卷一三，台北：鼎文书局，1980，第287~288页。

> 窃以秦代灭学，《乐经》残亡。至于汉武帝时，河间献王与毛生等，共采《周官》及诸子言乐事者，以作《乐记》。其内史丞王定，传授常山王禹。刘向校书，得《乐记》二十三篇，与禹不同。向《别录》，有《乐歌诗》四篇、赵氏《雅琴》七篇、师氏《雅琴》八篇、龙氏《雅琴》百六篇，唯此而已。《晋中经簿》，无复乐书，《别录》所载，已复亡逸。案汉初典章灭绝，诸儒捃拾沟渠墙壁之间，得片简遗文，与礼事相关者，即编次以为礼，皆非圣人之言。《月令》取《吕氏春秋》，《中庸》《表记》《防记》《缁衣》皆取《子思子》，《乐记》取《公孙尼子》，《檀弓》残杂，又非方幅典诰之书也。礼既是行己经邦之切，故前儒不得不补缀以备事用。乐书事大而用缓，自非逢钦明之主，制作之君，不见详议。汉氏以来，主非钦明，乐既非人臣急事，故言者寡。陛下以至圣之德，应乐推之符，实宜作乐崇德，殷荐上帝。而乐书沦亡，寻案无所。宜选诸生，分令寻讨经史百家，凡乐事无小大，皆别纂录。乃委一旧学，撰为乐书，以起千载绝文，以定大梁之乐。使五英怀惭，六茎兴愧。[①]

这段资料可见出沈约对汉以迄梁的乐书史的观察，“窃以秦代灭学……与禹不同”一段乃参照《汉书·艺文志》“乐”类小序而来，而所列书目《乐歌诗》《雅琴》亦为“乐”类下所列书目。在沈约的认识中，汉以来，乐书流离散失，原因在于，相较于“礼”有“行己经邦之切”，遂能“补缀以备事用”，乐书则因“事大而用缓”，因此向来“不见详议”或“言者寡”。值得注意的是，沈约针对撰述乐书，认为：“宜选诸生，分令寻讨经史百家，凡乐事无小大，皆别纂录。乃委一旧学，撰为乐书，以起千载绝文，以定大梁之乐”，由此可知，沈约提出纂辑乐书的构想亦与梁代绍复雅乐有关。细审其言，“分令寻讨经史百家”是同于此前乐书文献纂辑方法，类似河间王等“采周官及诸子，以作《乐记》”事，而“乐事无小大，皆别纂录”正是沈约面对“乐书沦亡，寻案无所”的变通做法。此番言论乃为撰述梁代乐书而发，应发表于《宋志》撰成之后。但这种“乐事无小大，皆别纂录”的纂辑原则，可以推测亦是沈约等人纂辑《宋志》采取的做法。对照《宋志》“乐一”所录乐事，实颇相符合，有关雅乐舞

① 《隋书》卷一三，台北：鼎文书局，1980，第288页。

制改因革、王僧虔上表贬抑新声等属“乐事”之“大”者，篇幅占最多，而吴声西曲及其余前代俗乐舞等属“乐事”之“小”者亦得纳入其中，这应是《宋志》所以能述解吴声西曲的一个重要原因。

（二）出于雅俗乐用乐考虑而编纂《宋志》

承上述，沈约奏答语曾云：“乐书沦亡，寻案无所”，透露乐书原是后来者制改乐曲“寻”之、“案”之的参考对象。这一点，汉人已意识到，班固即认为河间献王绍复雅乐虽成效不彰，然“诗乐施于后嗣，犹得有所祖述”，又云所撰乐志对前代“遗制”“经纪”可有“法象而补备”“因缘而存着”之作用。可知，汉世雅乐用乐对于过往旧制故事乃兼有因革之继承，也说明此类乐书纂辑有其实用性，可作为实际制改乐曲之参照。虽说只是不同文献来源言乐篇什的搜录整理，但这批乐事资料也就构成后来乐曲制改者掌握用乐、乐义的可用背景知识。《宋志》是现存所见最早集中记录汉迄宋音乐沿革的史书乐志，其所以能集结跨越数代的雅俗乐事，合理推测，应有些今已亡佚或仅存辑佚的乐书可供参阅①，乐事文献即是乐书得以组成的基础。《宋志》录孝建二年荀万秋议郊庙宜设乐事，此番论乐有“竟陵王诞等五十一人并同荀万秋议”，再如《隋书·音乐志》载梁武帝诏访百僚，论议用乐，史书云：“是时对乐者七十八家，咸多引流略，浩荡其词。”② 凡此可知，雅乐制改本受各朝重视，而汉魏晋以来，论议雅乐用乐，朝士公卿虽各有所见，然其共通性在于，各家论议用乐，无论是口头论辩或诏议，皆多所征引典籍文献或援引前代用乐故事，以兹作为设乐理据。而向经典文献或往昔用乐故事寻求用乐依据，几乎已成汉以来的常见做法，这就从另一方面说明乐书纂辑确实与实际音乐施用深相关联。

据《宋志》所述，距离刘宋最近之晋，宫廷雅乐至少经荀勖、荀藩、庾亮、谢尚、杨蜀等人陆续修制，然因时世多乱，旧声遗制，或因修乐者薨，“事未能竟”，或因专事军旅，“无暇置及”，遂至乐器毁坏，或因乐人没而亡佚，以至晋迁江左，初立宗庙时，“于时以无雅乐及伶人，省太乐并鼓吹令”，至成帝时，“复置太乐官，鸠集遗逸，而尚未有金石”，太元

---

① 如齐人臧荣绪撰有《晋书》，卷二残文即有：“子夜歌者，女子名子夜，造此声。孝武太元中，琅琊王轲之家，有鬼歌子夜。……”一条，此条文字大略亦见于《宋志》“乐一”子夜哥条。参见（清）汤球《九家旧晋书辑本》，中华书局，1985，第16页。

② 《隋书》卷一三，台北：鼎文书局，1980，第288页。

中，因破苻坚，获乐工杨蜀，“四箱金石始备焉”。可以想见，当刘宋欲恢复雅乐时，首先必须面对的即是，西晋以来，雅乐伴随时政变化而复废交织之景况。因之，刘宋一朝绍复雅乐，相关臣工势必从事如汉魏乐师臣工“远考经籍”“近采故事”的乐事辑理。观察“乐一”，雅乐解说仍占据最大篇幅，此便与前此史书乐志相似。而对于吴声西曲得以收入“乐一”，有论者即认为此乃因沈约已意识到俗乐的“音乐地位”与“社会影响”，但又因无法突破传统乐教观，而产生“观念的矛盾与分裂”[①]。对此，笔者认为，这应该更像是并存于沈约及其他参与《宋志》的编纂者认知中的两种音乐观，是在当代用乐环境实行的变通做法。亦即，既可自乐教立场发出尊雅抑俗的言论，亦可从用乐立场聚焦关注新声乐曲之制改因革。进一步稽考南朝史料，据《宋书·百官志》：“太乐令一人，丞一人，掌凡诸乐事”[②]，《南齐书·百官志》亦云：“太乐令一人，丞一人”[③]，此处云“掌凡诸乐事”，有学者就认为，此时太乐已兼管雅俗乐事[④]，见于史料文献，亦可见太乐令郑义泰曾经“案孙兴公赋造天台山伎，作莓苔石桥道士扪翠屏之状”[⑤]，又有齐武帝作《估客乐》，“使太乐令刘瑶教习”[⑥] 事。另外，这批整理雅乐文献的帝王朝臣，兼擅新声俗乐者实有之，如梁武帝既撰《乐社大义》《乐论》等有关雅乐之书[⑦]，但亦创作多首当世新声，更据《西曲》改制《江南乐》[⑧]，又如沈约亦撰有多首西曲歌词[⑨]，他不仅加入新声制改行列，又主持《宋志》编纂，亦在梁武帝诏百僚论乐时提出具体建议。对这批执掌南朝音乐机构或编纂乐书的人来说，在那个俗乐歌舞娱

① 王志清：《晋宋乐府诗研究》，河北大学出版社，2007，第 21 页。

② 《宋书》卷三九，台北：鼎文书局，1997，第 1229 页。

③ 《南齐书》卷一六，台北：鼎文书局，1980，第 316 页。

④ 王运熙据相关文献推测，东晋偏安江左时，清商曲已由太乐兼掌，又据《宋书》《南齐书》之史料，推测宋齐两代清乐亦应由太乐管辖。见氏著《乐府诗述论（增补本）》，上海古籍出版社，2006，第 185 页。后续又有学者增补宋齐二代史料，进一步申明此说。见刘怀荣、宋亚莉著《魏晋南北朝乐府制度与歌诗研究》，商务印书馆，2010，第 14~17 页。

⑤ 《南齐书》卷一一，台北：鼎文书局，1980，第 195 页。

⑥ 《旧唐书》卷二九，台北：鼎文书局，1981，第 1066 页。

⑦ 廖蔚卿认为梁武帝所撰《乐论》《乐社大义》即在定郊庙享用乐时所作，见廖蔚卿《中古乐舞研究》，台北：里仁书局，2006，第 210 页。

⑧ 梁武帝有《襄阳蹋铜蹄》《杨叛儿》《江南弄》，见（宋）郭茂倩编《乐府诗集》，人民文学出版社，2010，第 1034~1035 页、第 1050 页、第 1057~1061 页。

⑨ 沈约有《襄阳蹋铜蹄》《江南弄》，（宋）郭茂倩编《乐府诗集》，人民文学出版社，2010，第 1035 页、第 1061 页。

乐蓬勃发展的时代，兼有两种面对吴声西曲的态度或立场，是可以理解之事。一方面可以继承汉代那种尊雅抑俗的音乐观；另一方面也由于此时重视音乐施用更甚于乐教宣播，遂使《宋志》能在尊雅抑俗之编纂思维外，对雅俗乐亦能转向关注曲调制改因革的实用解说路向上去。

结　语

揆诸汉世以来的新声流播史，新声兴盛之乐史背景不必然带来乐书述解新声之果，且视现存文献资料，《宋志》《乐录》前的乐书，若并置雅俗乐而论，多以尊雅抑俗为主，对待新声，若非罕言，即属贬抑。《宋志》而后，《南齐书》《旧唐书》之乐志亦可见述解俗乐舞制改因革之例。[①] 可见，在汉以迄隋唐的史书乐志序列，乐书能聚焦新声之内容实质而述解之，《宋志》实属先例。无论是二乐书以曲调制改因革为中心的解说，还是《宋志》以史书乐志而收录当世吴声西曲，皆是当世乐史因素影响及于乐书编纂所致。对照汉代，同样可见在绍复雅乐的乐史思考下形成的一批尊雅抑俗的乐书。可知，乐书最终如何认识雅乐或新声，会随各代乐史与各代乐书相结聚的历史因素而定，两者之间存在着一种在交互影响中推动某些既定观念在细微处发生调整变化的机动性运作机制。

汉代绍复雅乐乃以前代雅乐为凭恃，然周秦以降，雅乐颇有废缺，于是，退而求其次，藉集合掌握周秦雅乐相关知识与技艺的乐家或臣工，展开鸠集雅乐文献、因袭旧曲、创制新曲、讲论演习等音乐活动，以图恢复或接近理想中的雅乐。特别是汉人传述中所追慕尚契的周雅乐，就卫护雅乐者看来，汉雅乐即使非属周雅乐嫡系直传，亦当流露出等同或类似周雅乐的高贵典正，不容新声俗曲来混染之。因之，面对实际用乐环境雅衰俗盛之景况，为绍复雅乐而成之乐书，自然会捍卫雅乐并贬抑新声。而这种论述观点亦会延续至其后的史书乐志或其他类型的乐书中。然而，一较少受关注的课题是，此一尊雅抑俗论调的影响力有多大？究竟如何尊雅，又

---

① 《南齐书》《乐志》有兼述非雅乐之例，包含舞曲歌辞、角抵、象形、杂伎等诸乐事，其中舞曲歌辞之解说，如《明君辞》《铎舞歌辞》《齐世昌辞》等即涉及改词之说明。见《南齐书》卷一一，台北：鼎文书局，1980，第191~194页；又如《旧唐书·音乐二》列于清乐、四夷之乐、散乐下乐事解说，亦多有关曲调制改因革。见《旧唐书》卷二九，台北：鼎文书局，1981，第1062~1074页。

是怎样抑俗，在乐书中，这是一极具约束力的规定？还是可能仅流于形式上的宣传？会否这只是官方或雅乐卫守者的代表性观点，实则因应不同时空、情境运用而有不同程度的弹性调整？以汉代为例，《汉书》《礼乐志》载汉哀帝罢乐府，史官就认为因“不制雅乐有以相变”，遂使民间富豪吏民对新声俗乐仍“湛沔自若”[①]，但这条史料恰好说明，自汉以来，面对新声俗乐的处理态度，本即有“罢”之与“兴”之的两股支持力量存在，由于“罢”之的这股力量多来自官方，且能形诸文字，载之文献典籍，而又有后起乐志、乐书的转述传录，也就使这批捍卫雅乐的论调易见，且成为后来对新声俗乐的常见评判。然而，时至今日，只要阅读有关各代新声俗乐的研究，就可发现，乐书中尊雅抑俗的声音，虽在史书乐志、官方乐教语境宣播脉络中占据重要位置，但同时也面临各代俗乐蓬勃繁兴的发展盛况，这也就使在乐书内部强势而激切的尊雅抑俗之声势与其对新声俗乐所能形成的实质约束力或影响力存在不小差距。

以本文探讨的案例来看，官方的乐教观、当世雅俗乐发展态势、音乐官署管理雅俗乐情况以及乐书编纂目的都可能连带影响乐事辑录范围及乐书如何认识与界义新声。这也就是说，各代各类乐书看待新声，端看组合其间的历史条件为何而决定。总而言之，本文着重阐释乐史背景对乐书认识新声的影响：首先，二乐书现存吴声西曲解说整体数量虽不多，但这批有限史料却显示出以曲调本身制改因革为述解焦点，已非同过往由乐之“教”出发概视新声为“淫声”“溺音”等负评，而是能对乐曲制作者与制作缘由、乐曲命名缘由、乐曲间的衍生关系、和送声使用、舞人数因革及具体曲目等加以解释，成为一批由乐之“用”出发的新声解说。其次，《宋书·乐志》作为史书乐志而能录解当世新声，对照汉世同类乐书，可知此实非易事，所以如此，乃因当时雅俗乐旧制散佚，前代乐书多所沦亡，对雅俗乐事皆出于用乐考虑而搜罗纂辑，在此乐史背景下，《宋书·乐志》遂采取类似沈约所云“乐事无小大，皆别纂录”[②] 的纂辑原则，所纂乐事遂扩及非雅乐，吴声西曲遂得收入其中，而与《古今乐录》共同留下这批有关南朝当世新声制改因革的音乐史料。

---

① 《汉书》卷二二，中华书局，1962，第 1074 页。

② 《隋书》卷三〇，中华书局，1973，第 288 页。

司空图《成均讽》所记六曲考辨*

邓小清　李德辉

（上海大学文学院，上海，200444；湖南科技大学人文学院，湖南湘潭，411201）

摘　要：司空图《成均讽》是一篇很特殊的唐代音乐文学文献，文章采用骈文体式，记列了二十种汉唐曲调名，其中有六曲意义隐晦，各有来历，需要考证辨析。《昭君曲》《淮南王》和唐前的乐府同名，但为唐代制作的新曲，属于异曲同名。《鸳鸯》《蛱蝶》两个歌舞曲更是唐代创制的新品种，而未沿袭旧名。《落日哀蝉曲》《无愁曲》虽然来自先唐，但是他书罕见，今人缺乏了解，予以考证，以便读者更好地利用此文提供的乐府文学资料。

关键词：司空图　《成均讽》　乐府

作者简介：邓小清，上海大学文学院博士生，研究方向为汉唐文学，主要成果有《唐人岭南诗的三个类别》《唐代青海军城的文学价值》等。李德辉，湖南科技大学中国古代文学与社会文化基地二级教授，文学博士，研究方向为汉唐两宋文学与文献整理，主要成果有《唐代交通与文学》《唐代文馆制度及其与政治和文学之关系》《全唐文作者小传正补》等。

司空图《成均讽》是一篇既重要又特殊的唐代音乐文学文献①，文章通过对偶句式，记载了二十种唐代歌舞曲名。只因采用骈偶文体，为对偶

* 本文为国家社科基金重大课题“中国古代文学制度研究”（项目批准号：17ZDA238）、湖南科技大学中国古代文学与社会文化研究基地（湘教通［2004］284号）项目阶段性成果。

① 陶敏先生提到其中两个或为曲名，见陶敏原著，李德辉编校《唐代文学与文献论考·乐府》，辽海出版社，2017，第63页。

句式所限制，部分曲名压缩改换字句，而未直提曲名，在语意上形成一种遮蔽，致使今人不知。文章当作于其广明元年前后在尚书省为礼部员外郎时，内容和其任职有关系。文中记曲名一段曰：

> 况乃高台骋望，团扇伤秋。少年狭路之期，落日哀蝉之感。行人赠恨，折杨柳以徘徊；陇水分流，度关山而幽咽。芳树袅相思之意，卷衣追旧宠之欢。乌啼则兴咏于迟迟，子夜则如怜于脉脉。汉殿之云娥一去，柘馆销魂；淮王之仙驭不归，小山留唱。鹍鸡辍晓，碣石申壮士之悲；宝锷雄鸣，独禄诉分夭之愤。鸳鸯缔思，蛱蝶缨情。襄阳之浓艳惊神，邺下之无愁忘返。江天浩丽，杳春思于龙舟；绮阁骄频，媲仙姿于玉树。莫不旁罗缀赏，分被讴谣。芳情尽寄于弦心，巧变逾新于濮上。[①]

提到十组互为关联的曲子，以表明当时国子学废阙，礼坏乐崩，士大夫沉醉享乐的生活状态。其中多数曲名习见常见，没有考辨的必要。另有三种稀见，三种表述不明，意义隐晦，有待考证，下面依次考述说明。

一 《落日哀蝉曲》

此曲见“少年狭路之期，落日哀蝉之感”。前句“少年狭路之期”是指乐府《长安有狭斜行》，是对此曲的曲折表达。对句“落日哀蝉”表面上看句意不明，似在描绘某种情境，其实是司空图对唐代杂乐歌曲《落日哀蝉曲》的诗意化提炼和概括。据查，汉武帝作有《落叶哀蝉曲》，为伤逝悼亡之词，伤哀永逝之曲，与征夫辛苦之词同调。事见《类说》卷四〇《稽神异苑·李夫人遗蘅芜香》条：“汉武思李夫人，卧延凉殿，梦夫人遗帝蘅芜之香。觉而衣冠异香，三月不歇。帝因制曲，名《遗芳梦》。又赋《落叶哀蝉曲》。”[②]《古文苑》卷八《歌曲》首列此曲，归入汉武帝名下。该条南宋章樵注指出，《落叶哀蝉曲》是汉武帝为李夫人作的悼亡曲。下文引《外戚传》云：李夫人年少早卒，帝思念不已，令方士齐人少翁夜致

---

① （清）董诰等：《全唐文》卷八〇八，上海古籍出版社，1990，第 3767 页。

② 王汝涛：《类说校注》卷四〇，福建人民出版社，1996，第 1197~1198 页。

其神，作诗，令乐府诸音家弦歌之。二书所本，为《王子年拾遗记》。《太平御览》卷七六九引《拾遗记》曰："汉武思李夫人之侍，不可复得。时始穿昆灵池，泛翔螭舟，帝自歌曲，使女伶歌之。时日已西倾，凉风激水，女伶歌甚遒，自赋《叶落哀蝉》之曲。"① 今此佚文编入《拾遗记》卷五《前汉上》，文有小异。《事类赋》卷一六所引该段，作出裴启《语林》，当系笔记史料辗转相因，晚出类书误标出处之故。司空图所本，或即此事。尽管对此曲的最初记载出自六朝小说，所记之事，似有传闻附会之嫌，但古典文献中此曲及歌辞，原文具在，而且早在汉代就有女伶歌唱，汉武帝且令乐府诸音家弦歌之，表明当时真有此曲。章樵将此诗辑入《古文苑》卷八，明梅鼎祚将其辑入《古乐苑》卷三二，冯惟讷将其辑入《古诗纪》卷一一，清沈德潜据以辑入《古诗源》卷二，作品和曲名的真实性毋庸置疑。而司空图在此处，也将此曲与写"少年狭路之期"的乐府《长安有狭斜行》对举，根据骈文对偶句式一般以同类事物对举见意的遣词造句规律，我们也可以推断，司空图此处所记的"落日哀蝉"为曲名。唐代的《落日哀蝉曲》当是唐前《落叶哀蝉曲》的变种，系根据这一故事传闻编制，而在曲调名称上易"叶"为"日"，以便和文章所描摹的京城乐舞的末世情调相吻合。对应于司空图文中所记，当指该曲所特有的那种近似于《有所思》《秋思》《君子有所思》等琴曲杂歌所展现的哀苦风调，是一种文学和音乐的末世气象，反映出晚唐文艺的悲凉气局和略显病态的美学观念。

二 《昭君曲》《淮南王》

此二曲分别见"汉殿之云娥一去，柘馆销魂；淮王之仙驭不归，小山留唱"。"汉殿""淮王"均为对唐代歌舞曲名的诗意化表达，分别指《王昭君》《淮南王》二舞曲。汉殿指昭君所居之汉宫，云娥一去指昭君出塞，柘馆销魂指后宫女子王昭君出塞远嫁。据《乐府诗集》卷二九，南朝刘宋相和歌辞·吟叹曲，有《王昭君》，后人避讳，改作《王明君》。又名《昭君曲》《明君曲》。《北史》卷九九《突厥传》载陈代大义公主书屏风

① （宋）李昉等：《太平御览》卷七六九，中华书局，1960，第3411页。

诗“唯有《昭君曲》，偏伤远嫁情”[①]，何逊《昭君怨》：“昔闻《别鹤弄》，已自轸离情。今来《昭君曲》，还悲秋草生。”[②] 均指此。《旧唐书·音乐志二》列为清商曲，解题曰：“《明君》，汉元帝时，匈奴单于入朝，诏王嫱配之，即昭君也。及将去，入辞，光彩射人，耸动左右，天子悔焉。汉人怜其远嫁，为作此歌。晋石崇妓绿珠善舞，以此曲教之，而自制新歌曰：‘我本汉家子，将适单于庭。昔为匣中玉，今为粪土英。’晋文王讳昭，故晋人谓之《明君》。此中朝旧曲，今为吴声，盖吴人传受讹变使然。”[③] 其所本则出《通典》卷一四五《杂歌曲》，解题曰：“《明君》，汉曲也。汉元帝时，匈奴单于入朝，诏以待诏王嫱配之，即昭君也。及将去，入辞，光彩射人，悚动左右，天子悔焉。汉人怜其远嫁，为作此歌。晋石崇妓绿珠善舞，以此曲教之，而制新歌。”[④] 卷一四六《清乐》云：“自长安以后，朝廷不重古曲，工伎转缺，能合于管弦者，唯《明君》……等八曲。旧乐章多或数百言。武太后时，《明君》尚能四十言，今所传二十六言，就之讹失，与吴音转远。刘贶以为宜取吴人，使之传习。开元中，有歌工李郎子，郎子北人，声调已失，云学于俞才生。才生，江都人也。自郎子亡后，《清乐》之歌阙焉。”[⑤] 郑樵《通志·乐略·正声序论》：“至唐，能合于管弦者，《明君》《杨叛儿》《骁壶》《春歌》《秋歌》《白雪》《堂堂》《春江花月夜》八曲而已，不几于亡乎。”[⑥] 知此曲下传至盛唐，尚有歌辞和乐章，能合乐歌唱，司空图所指，当即此。唐人传习者，当为声辞讹变的吴声歌曲，配以优美的舞蹈表演，往往能令文士迷醉。此种情景，正合“柘馆销魂”之意。又《唐会要》卷三三《诸乐》载，唐玄宗时太常梨园别教院所教法曲，亦有《王昭君乐》一章，此则属于另一体系。

“淮王”指以《淮南王》为名的歌舞曲。乐府《淮南王篇》又名《淮南王曲》《淮南王辞》，《晋书·乐志下》载为晋拂舞歌诗，吴地所出，吴舞，用二十八人，其歌则非吴地之辞。淮王作为人名，指淮南王刘安服食

---

① （唐）李延寿：《北史》卷九九，中华书局，1974，第 3296 页。

② 李伯齐：《何逊集校注》卷三，中华书局，2010，第 310 页。

③ （后晋）刘昫等：《旧唐书》卷二九，中华书局，1975，第 1063 页。

④ （唐）杜佑：《通典》卷一四五，中华书局，1988，第 3701 页。

⑤ （唐）杜佑：《通典》卷一四六，中华书局，1988，第 3717~3718 页。

⑥ （宋）郑樵：《通志二十略》，中华书局，1995，第 888 页。

求仙，遍礼方士，遂与八公相携俱去。“仙驭不归”指其有意学仙，跟随方士仙去。“小山留唱”指由于淮南王刘安离家远行，莫知所往，其家臣淮南小山思念不已，遂作《淮南王篇》。《南齐书·乐志》列为舞曲。解题云：“《淮南王辞》……右一曲，《晋淮南王舞歌》，六解，前是第一，后是第五。”[①]《通志·乐略》列为拂舞歌五曲之一。《文苑英华》卷一九二梁戴嵩《煌煌京洛行》：“舞见淮南法，歌闻齐后声。”[②] 卷七五唐李瓘《乐九成赋》：“唐在六叶，将修封禅……将与昭阳比盛，倾宫相望。仍复斥郑卫，捐倡优。靡曼无取，淫哇不留。淮南兮激楚，荆歌兮赵舞。长袖更进，新声自许。娇彩云之徘徊，拂锦茵而容与。”[③] 两处引文中的淮南均为舞曲名，前者在梁代，后者在盛唐。但盛唐时，此曲既然是在“靡曼无取，淫哇不留”的前提下进行表演的，那就表明已非靡曼之艳舞，而是庙堂之雅乐。李瓘，高宗第四子许王素节幼子，高宗至玄宗间人，天宝六载卒。其赋摹写开元十三年即玄宗将东封之前的庙堂乐舞情形，是对当时所见舞容的形象化描绘，舞曲名也来自开元十三年前后的都城长安的实际生活，并非凭空虚拟。结合司空图此文所述，知此舞曲从齐梁一直下传到中晚唐，常用于宫廷歌舞表演，故而这里指的不是乐府诗题《淮南王篇》，而是晚唐时仍在流行的名为《淮南王》的舞曲，名称相同但性质不同。

三 《鸳鸯》《蛱蝶》

此二曲分别见“鸳鸯缔思，蛱蝶缨情”。“蛱蝶缨情”指唐代流行舞曲《蛱蝶》。《初学记》卷三〇载有古乐府歌词《蛱蝶行》：“蝶游蝶遨戏东园，奈何卒逢三月养子燕，接我苜蓿间。”[④] 仅为赋物之词，无关比兴，更非歌舞名。至于作为舞曲之《蛱蝶》，则似与古乐府无关，而与宴会舞蹈有涉。杜甫《白丝行》：“春天衣著为君舞，蛱蝶飞来黄鹂语。”宋黄鹤曰：“此因言舞而言。蛱蝶飞者，以况舞之轻。而黄鹂语，以况歌之好矣。”[⑤]

---

① （梁）萧子显：《南齐书》卷一一，中华书局，1972，第193页。
② （宋）李昉等：《文苑英华》卷一九二，中华书局，1966，第943页。
③ （宋）李昉等：《文苑英华》卷七五，中华书局，1966，第338~339页。
④ （唐）徐坚等：《初学记》卷三〇，中华书局，1962，第750页。
⑤ （宋）黄鹤：《补注杜诗》卷一，《文渊阁四库全书本》，上海古籍出版社，1987。

明言其为描写舞蹈之句，蛱蝶、黄莺，皆比况舞蹈情态之词。赵次公曰："蛱蝶以况舞之轻，黄鹂以况歌之好矣。"[①]《杜诗详注》卷二仇兆鳌注："蝶趁舞容，鹂应歌声。"[②] 可见这里的蛱蝶一语双关，乃舞蹈或舞曲名，为盛唐所旧有。杜甫此诗作于天宝十一载以后，此时京城一带即流行此曲，用于宴会乐舞表演。杜甫时寄居京城，得见此曲，因而作诗以纪。方干《赠美人四首》其一："直缘多艺用心劳，心路玲珑格调高。舞袖低徊真蛱蝶，朱唇深浅假樱桃。粉胸半掩疑晴雪，醉眼斜回小样刀。才会雨云须别去，语惭不及琵琶槽。"[③] 蛱蝶在诗中亦为双关，既指舞曲之名称，也指舞妓之姿态，可见其为晚唐仍在流行的艳舞舞曲。

又，李商隐有《蝇䗂鸡麝鸾凤等成篇》，首联云："韩䗂（蝶）翻罗幕，曹蝇拂绮窗。"[④] 韩䗂分明是韩凭蛱蝶的省文。其《青陵台》曰："青陵台畔日光斜，万古贞魂倚暮霞。莫讶韩凭为蛱蝶，等闲飞上别枝花。"[⑤] 记载唐汴州封丘县青陵台故事，说韩凭变为蛱蝶。两处所记，均当为唐代民间传说。则晚唐时之蛱蝶，似与《搜神记》所记韩凭传说有关。《搜神记》卷一一载有韩凭故事，末尾就谈到，晋代南方民间传说，鸳鸯鸟即是韩凭夫妇的精魂所化，睢阳一带还保留了这方面的民间歌谣。据此，则司空图所言之蛱蝶，亦不能排除是对这一故事传闻的舞蹈表演之可能。

和"蛱蝶缨情"对举的"鸳鸯缔思"，根据骈偶文体对举成文，事类相同者必连类而及的遣词造句规律，必然也和晚唐歌舞有关，为晚唐的舞曲名。《乐府诗集》卷六三"杂曲歌辞·齐瑟行"解题引《歌录》曰："《名都》《美女》《白马》，并《齐瑟行》也。曹植《名都篇》曰：'名都多妖女。'《美女篇》曰：'美女妖且闲。'《白马篇》曰：'白马饰金羁，'皆以首句名篇。犹《艳歌罗敷行》有《日出东南隅篇》，《豫章行》有《鸳鸯篇》。"[⑥] 指出《鸳鸯篇》乃《豫章行》之别名。但这里的《鸳鸯篇》乃先唐旧有的乐府诗题的别名，和司空图文中所说不是一事，当别有来历。这也表明《鸳鸯》和《鸳鸯篇》并非一事，《乐府诗集》并未收录题为《鸳鸯》的曲子，也没有正名为《鸳鸯篇》的乐府诗。又，《文苑英

---

① （宋）郭知达：《九家集注杜诗》卷一，《文渊阁四库全书本》，上海古籍出版社，1987。

② （清）仇兆鳌：《杜诗详注》卷二，中华书局，1979，第145页。

③ （清）彭定求等编《全唐诗》卷六五一，中华书局，1960，第7478页。

④ 刘学锴、余恕诚：《李商隐诗歌集解》，中华书局，1988，第1800页。

⑤ 刘学锴、余恕诚：《李商隐诗歌集解》，中华书局，1988，第1041页。

⑥ （宋）郭茂倩：《乐府诗集》卷六三，中华书局，1979，第911页。

华》卷七一二徐陵《玉台新咏集序》："陪游驳娑，骋纤腰于结风；长乐鸳鸯，奏新声于度曲。"[①] 卷七一梁简文帝《筝赋》："鸳鸯七十二，乱舞未成行。"[②] 卷七九卢肇《鹳鹆舞赋》："愿狎鸳鸯之侣，因为鹳鹆之舞。"[③] 均以鸳鸯比喻舞蹈，据此，则鸳鸯或为宫廷宴会舞曲名，创自梁陈，而下传至晚唐。

上文言及，和"鸳鸯"对举的"蛱蝶"一词，与韩凭的传说有关。据此，则鸳鸯一词作为同类事物，与这一传说亦颇有关联。晋宋隋唐，韩凭的故事广为流传。唐宣宗朝李德裕南迁时，就曾作有长篇七言歌行《鸳鸯篇》歌咏其事，而融入岭南民间传说，直接以"鸳鸯"命篇。此前，陈子昂已有拟乐府《鸳鸯篇》。晚唐刘恂《岭表录异》卷下也载有韩朋鸟，云此鸟乃凫鹥之类，每双飞，泛溪浦。水禽中鸂鶒、鸳鸯、䴔䴖，岭北皆有之，唯韩朋鸟未之见。下引干宝《搜神记》宋康王夺韩朋妻的故事，以说明二者之关联。段公路《北户录》卷三更详载韩凭故事，条末且曰："又有鸳鸯，雌雄各一，恒在树上，宋王哀之，因号其木曰相思树。"条末晚唐崔龟图注，残文也有"□□鸳鸯，同心异体""不是鸳鸯舞媚毛，此是韩朋报冤刀"[④] 的句子。正文连同注释，三次提到鸳鸯，可见鸳鸯在这个凄美的故事传闻中，是作为爱情鸟存在的，具有象征性。故而当时有歌咏韩凭故事，而以"鸳鸯"为题的乐府，也是有可能的。而且，如果和这一晋唐爱情故事传闻联系起来理解，也更切合司空图原文所述的"鸳鸯缔思""蛱蝶缨情"的爱情主题和乐曲风格。晋唐以来的乐府诗及歌舞曲，本有融合民间传说的传统，更具有这方面的天然优势。晚唐乐工编排歌舞时，将韩凭故事融入其中，用于表演，是顺理成章的事情。

四 《无愁曲》

此见"邺下之无愁忘返"，指《无愁曲》，北齐乐曲，北地风格，当时用于合乐歌唱，为典型的淫靡享乐之音。全称《无愁果有愁曲》，见《乐府诗集》卷七五杂曲歌辞李商隐《无愁果有愁曲》解题："李商隐曰：

① （宋）李昉等：《文苑英华》卷七一二，中华书局，1966，第3675页。
② （宋）李昉等：《文苑英华》卷七一，中华书局，1966，第319页。
③ （宋）李昉等：《文苑英华》卷七九，中华书局，1966，第362页。
④ （唐）段公路：《北户录》卷三，《文渊阁四库全书本》，上海古籍出版社，1987。

《无愁果有愁曲》，北齐歌也。”[①]《太平御览》卷一三一引《北齐书》：“帝素昏乱……好自弹琵琶，而唱《无愁曲》。每处深宫，羞见朝士。”[②]《隋书·音乐志》：“后主亦自能度曲，亲执乐器，悦玩无倦，倚弦而歌。别采新声，为《无愁曲》，音韵窈窕，极于哀思，使胡儿阉宦之辈，齐唱和之，曲终乐阕，莫不殒涕。虽行幸道路，或时马上奏之，乐往哀来，竟以亡国。”[③]《太平御览》卷五六八引《乐志》（原文如此）：“陈后主尤重乐声，遣宫女于清乐中，造《黄鹤留》《玉树后庭花》《金钗两臂垂》，歌词绮艳，极于轻薄。又造《无愁曲》，音韵窈窕，极于哀思。”[④]此处所记为南朝江南金陵所造《无愁曲》，非“邺下无愁”，乃另一同名曲调。北齐末的《无愁曲》产生于邺下，为帝王高纬的自度曲，系参考西域音乐写成，悲感性强，“音韵窈窕，极于哀思”，各有歌辞相配，胡儿阉宦可以齐声唱和，非传统的乐府诗。而《乐府诗集》卷七五也引到李商隐的《无愁果有愁曲》，解题载明为“北齐歌”，系以北齐乐曲《无愁曲》为底本改写。《全唐诗》卷二六《无愁果有愁曲》题下注：“李商隐《无愁曲》，北齐歌也。天宝十三载，改《无愁》为《长欢》。”[⑤]其文献依据是《唐会要》卷三三《诸乐》：“天宝十三载七月十日，太乐署供奉曲名，及改诸乐名……林钟羽……《无愁》改为《长欢》。”[⑥]《玉海》卷一〇六补叙曰：“以新曲名立石，刊于太常寺，颁示中外。”[⑦]《册府元龟》卷五六九《掌礼部·作乐》且曰：“时司空杨国忠、左相陈希烈奏：中使辅璆琳至，奉宣进止，令臣将新曲名一本，立石刊于太常寺者。今既传之乐府，勒在贞珉，仍望宣付所司，颁示中外。敕旨：所请依。”[⑧]直到盛唐仍沿袭创自北齐的这一曲调，只是改换调名而已。到李商隐生活的文、武宗朝，娱乐场合仍然流传此曲，而齐末到周隋编成的北齐文馆诗歌唱和总集《文林馆诗府》，在晚唐民间还颇有传本，此二者均为李商隐所知见，他从中看到了齐末淫声艳曲和诗歌创作的关系，所以能够写出这样有内涵、有故事的作品。他的

---

① （宋）郭茂倩：《乐府诗集》卷七五，中华书局，1979，第1065页。

② （宋）李昉等：《太平御览》卷一三一，中华书局，1960，第637页。

③ （唐）魏徵等：《隋书》卷一四，中华书局，1973，第331页。

④ （宋）李昉等：《太平御览》卷五六八，中华书局，1960，第2566页。

⑤ （清）彭定求等编《全唐诗》卷二六，中华书局，1960，第365页。

⑥ （宋）王溥：《唐会要》卷三三，中华书局，1955，第615~617页。

⑦ （宋）王应麟：《玉海》卷一〇六，广陵书社，2007，第1946页。

⑧ （宋）王钦若等：《册府元龟》卷五六九，中华书局，1960，第6844页。

事例表明，北齐艳诗的背后，确有淫声暗中相助。当时的情形是二者相配，结合伴生。部分西域乐曲在北齐当配有淫艳诗篇，写妇女姿色和声情享乐，成为艳曲。部分乐曲并无歌辞相配，但有淫艳声情，还有声色表演，同样是淫逸的。

结　语

上举诸曲从称引看，分为三种情况。

一类是虽然曲名常见，但是并未直提其名，而受骈文文体特征的限制，采用了某种文学化的表达方式，改换字词，做了曲折表达，致使今人难以察觉，如“少年狭路之期，落日哀蝉之感”“汉殿之云娥一去，柘馆销魂；淮王之仙驭不归，小山留唱”，皆檃栝曲调名称和本事。

一类是曲名稀见，本事不明，需要考证，如“鸳鸯缔思，蛱蝶缨情”。

一类是唐前和唐代都有，共用一名，而为性质不同的曲调，如《王昭君》《淮南王》二舞曲，尽管唐前就有此名，但晚唐娱乐场合用于表演的，和东晋南朝的旧曲，性质类别显然不同，不能混为一谈，必须辨析明白。

从性质看，所记多为晚唐仍在行用的歌舞曲，用于娱乐场合的歌舞表演。尽管部分曲调因为使用骈偶句式，致使意义晦涩，但骈文文体特征反过来又为我们提供了侧面证据。根据骈文对偶原则，骈偶句中，凡句式相同、位置相对的词语，皆属同类，不仅词性相关，类别也相同。如果其中一个是歌舞曲名，那另一个必属歌舞曲名。我们据此也可推断出上述句中包含的曲调，都是两两相对、对举成文的歌舞曲调名。这弥补了由于史料缺乏而带来的证据不足。就考证方法言，在外部记载证据不足的情况下，改为从文意中去搜寻线索，找到内证，同样是很有说服力的。

又，此段引文的前后文，也有多处提到相似的意思，可以佐证司空图所引为晚唐曲调名。前文云：“大朴久雕，迷风益扇。浮音薄思，雅曲沉英。要平靡漫之娱，竞嫋娗娟之奏。”后文云：“芳情尽寄于弦心，巧变逾新于濮上……复有南邻宴衎，北里追随。绣轴争奔，兰堂洞敞。斗轻盈而入玩，逞夷冶以乘春。名编协律之籍，妙轶总章之观。元云起唱，绛树分行。法婴之暂赏人间，净婉之曾夸掌上……酒唯洽礼，遽无纵于流连；乐则缘情，但取优于名教。”[1] 都是从政教角度，对晚唐乐舞富于巧变，风格淫靡，士大夫追求刺激，贪图享乐的描绘和指斥，几乎每句都和当时的流行乐舞和享乐风气有关，表明句句都是专就乐舞立论，而不是在转言他事。

① （清）董诰等：《全唐文》卷八〇八，上海古籍出版社，1990，第 3767 页。

汉唐乐府学典籍存佚简表

——以十四种目录学著作为中心

杨慧丽

（广州大学，广州，邮编 510006）

在乐府学研究中，“文献研究基础性作用不容置疑，不能全面占有文献，不能准确把握知识，不弄清真实情况，后续工作无从谈起”[①]。虽然目前不能对已经亡佚的乐府学典籍进行完全的复原，但根据各种残存的史料，对这些典籍的基本情况进行最大限度的勾勒，尽可能介绍每一本典籍的作者生平事迹、学术源流、成书及散佚时间、是否有人重辑、辑佚的版本情况、内容主旨以及蕴含的乐府学价值，无疑仍然具有积极而且重要的意义。而弄清这些乐府学文献留存情况，即曾有哪些文献，何时散佚，是否重辑，现存哪些，存于何处等，则是这一工作的前期准备。

乐府主要兴盛于汉唐。对于乐府学研究来说，汉唐间的乐府学典籍具有基础性的意义。将汉唐乐府学典籍的情况尽可能了解清楚，是进行乐府学研究的重要保障。而对汉唐间乐府学典籍的著录情况，以宋代以前的目录学著作最为原始、可信。据此，笔者依据《汉书·艺文志》（简称《汉志》，下同）、《隋书·经籍志》（《隋志》）、《旧唐书·经籍志》（《旧唐志》）、《日本国见在书目》（《日本目》）、《新唐书·艺文志》（《新唐志》）、《崇文总目》、《宋国史艺文志》、《郡斋读书志》（《郡志》）、《中兴馆阁书目》、《遂初堂书目》（《遂目》）、《直斋书录解题》、《秘书省续编到四库阙书目》（《秘目》）、《四库阙书目》、《宋史·艺文志》（《宋志》）十四种目录书进行统计，目前可知的汉唐乐府学典籍有 199 种，另有不能确定属唐还是唐后的乐府典籍 62 种。将这些典籍在各种目录学专书

---

① 吴相洲：《乐府学概论》，人民文学出版社，2015，第 23 页。

中的著录情况制成简表，不仅有助于从横向上更直观地看到历史上曾存在过的乐府学文献以及乐府的盛衰情况，而且可以从纵向上根据目录书的成书及收书时间粗略判断某一本乐府学文献的大概成书及亡佚时间，具有一定的学术价值。

十四种目录学专书的成书时间大致反映出乐府学典籍被首次著录及其后亡佚过程的整体情况：《汉书·艺文志》所据的《七略》成书在汉哀帝年间（公元前6年~公元前1年）[①]，不计班固后所“入”的个别书，其他收录的书最晚成书时间即是公元前1年。《隋书·经籍志》所据的《五代史志》于唐高宗显庆元年（656）书成，则《隋志》最晚成书于此年。《隋志》正文著录的书为编纂时朝廷所藏之书。据学者考证，小注“梁有……”是根据阮孝绪《七录》所补[②]，而《七录》成书于梁武帝大同二年即公元536年。[③]《旧唐书·经籍志》据毋煚《古今书录》编成，所收之书断自唐开元时（713~741）。《新唐书·艺文志》，据学者考证，书中所言“著录”的部分依《古今书录》编成，而“不著录”部分，主要是欧阳修依据唐代史传增订，故此部分并不是宋初朝廷的实际藏书。[④]《日本国见在书目》成书于889~897年。《崇文总目》成书于1041年。《宋国史艺文志》收书至1126年。[⑤]《郡斋读书志》初成书于1151年，终成书于1180~1187年间。[⑥]《中兴馆阁书目》成书于1178年。[⑦]《遂初堂书目》，最晚成书于1193年，有部分经过后人增补。[⑧]《直斋书录解题》最晚成书于陈振孙卒年，约为1262年。《秘书省续编到四库阙书目》和《四库阙书目》，据学者考证，《秘目》约编撰于宋徽宗政和年间（1111~1117），宋高宗绍兴

---

① 《汉书》，中华书局，1962，第1967页。

② 张固也：《古典目录学研究》，华中师范大学出版社，2014，第84页。

③ 张固也：《古典目录学研究》，华中师范大学出版社，2014，第53页。

④ 详见张固也《论〈新唐书·艺文志〉的史料来源》，《吉林大学社会科学学报》1998年第2期。又见武秀成：《〈新唐书·艺文志〉“著录”探源》，莫砺锋编《周勋初先生八十寿辰纪念文集》，中华书局，2008，第259页。

⑤ 说详见马常录《宋朝四部〈国史艺文志〉考论》，山东大学硕士学位论文，2012年。宋有四部《国史艺文志》，为《三朝国史艺文志》（太祖太宗真宗）、《两朝国史艺文志》（仁宗英宗）、《四朝国史艺文志》（神宗哲宗徽宗钦宗）和《中兴国史艺文志》（高宗孝宗光宗宁宗），皆亡佚。本简表依据民国年间赵士炜《宋国史艺文志辑本》统计，该辑本包含前三本《国史艺文志》，则收书至钦宗靖康元年，即公元1126年。

⑥ （宋）晁公武著，孙猛校《郡斋读书志校证》，上海古籍出版社，1990，第1页。

⑦ 李静：《〈中兴馆阁书目〉成书与流传考》，《山东图书馆学刊》2011年第5期。

⑧ 魏晓帅：《尤袤卒年与〈遂初堂书目〉成书小考》，《古籍整理研究学刊》2017年第2期。

（1131~1162）中期改定，宋孝宗（1163~1189）以后出现多种增补本，今简表中所据《秘目》叶德辉辑本和《四库阙书目》徐松辑本即是其中的两种。[①]《宋史·艺文志》，虽成书于元，但乃是据宋四种《国史艺文志》删去重复后，又添加宋宁宗以后没有著录的书而成[②]，则收书下限是南宋末年，即公元1279年。需要补充的是，因《文献通考·经籍考》和《通志二十略·艺文略》所著录之书大多是参考他书而成，著录之时并不能确定书的存佚状态，因此该简表未将这两本书纳入其中。

表1所据十四种目录书大体采用世所通用的版本：《汉书》，中华书局1962年点校本。《隋书》，中华书局1973年点校本。《旧唐书》，中华书局1975年点校本。《新唐书》，中华书局1975年点校本。《日本国见在书目》，贵州人民出版社2002年《古逸丛书》影抄本。《崇文总目》，清《四库全书》本，需要说明的是，这里选用四库本而弃钱东垣辑释本的原因：据学者研究，四库本更符合天一阁抄本《崇文总目》的原貌[③]，故四库本较钱辑本更有利于考察书的时代先后。赵士炜辑《宋国史艺文志辑本》，清华大学出版社2013年《二十五史艺文经籍志考补萃编》本。《郡斋读书志》，上海古籍出版社1990年孙猛校证本。赵士炜辑《中兴馆阁书目辑考》，国立北平图书室中华图书室协会1933年《古逸书录丛辑》本。《遂初堂书目》，中华书局1985年《丛书集成初编》本。《直斋书录解题》，上海古籍出版社2015年徐小蛮、顾美华点校本。叶德辉辑《宋秘书省续编到四库阙书目》，清光绪癸卯叶氏观古堂刻本。徐松辑《四库阙书目》，清东武刘氏味经书屋抄本。《宋史》，中华书局1985年点校本。

表1的纵向为各目录书书名，为简明起见，除第一页表格标出目录书书名，其后表格皆以序号代替。横向则为汉唐间的乐府学典籍，因关于汉唐的乐府学典籍存世不多，本表的乐府学典籍取宽泛的概念，但凡与礼乐、乐府歌诗有关，则尽量收录，以窥历史一斑，略知汉唐礼乐文学变迁。在统计该简表过程中，有时同一部书在不同的目录书中归类并不相同，这或许有助于考察乐府观念的变迁。简表中大多数典籍在目录书中都属“乐类”（《日本目》称“乐家”），如有例外，则在该本典籍后以括号

---

① 张固也：《古典目录学研究》，华中师范大学出版社，2014，第166页。

② 马常录：《宋朝四部〈国史艺文志〉考论》，山东大学硕士学位论文，2012年。

③ 张固也：《古典目录学研究》，华中师范大学出版社，2014，第147页。

加粗体形式标记。如第154本典籍《教坊记》，其在五（《新唐志》）、八（《郡志》）和十四（《宋志》）中都属“乐类”，但在六（《崇文总目》）和十（《遂目》）中却属“小说类”，故特以括号加粗体字的形式在其后标记“（子部·小说类）”。斜体字则是尚不能确定究竟是属唐或是唐后的著作，还需要再继续探究成书时间。简表中的内容，除去特别标注的，其他皆是所据目录书版本中的原文，为尽量保持原貌，原文中只有书名没有作者的典籍，本表亦不补充。

以表格的形式表现汉唐乐府学典籍在目录学专书中的著录情况，可以很直观地了解到该书的大体出现时代、流传及存佚情况。如第39本典籍《古今乐录》，其最早被记载是在二（《隋志》）中，其后在三（《旧唐志》）、四（《日本目》）、五（《新唐志》）、九（《中兴馆阁书目》）、十（《遂初堂书目》）、十二（《秘目》）、十四（《宋志》）中都有记载，这就可以肯定南宋时期《古今乐录》仍在流传。再如第121本典籍《歌录》，据表1可知，其最早被记载在二（《隋志》）中，其后在三（《旧唐志》）、五（《新唐志》）中都有记载，但是到了六（《崇文总目》）后不再出现，则可大概推断《歌录》最晚成书于隋，盖于唐末宋初时亡佚。诸如此例，可非常直观地呈现出了某一种书的源头、流传及存佚情况，以便读者观览。

以下即为简表。

表1　十四种目录学专书及所含乐府典籍

		1
一	《汉志》	《乐记》二十三篇
二	《隋志》	《礼记》二十卷，汉九江太守戴圣撰，郑玄注（经部·礼类）
三	《旧唐志》	《小戴礼记》二十卷，戴圣撰，郑玄注（经部·礼类）
四	《日本目》	《礼记》二十卷，汉九江太守戴圣撰，郑玄注（礼家）
五	《新唐志》	郑玄注《小戴圣礼记》二十卷（经部·礼类）
六	《崇文总目》	《礼记》二十卷（经部·礼类）
七	《宋国史艺文志》	
八	《郡志》	《礼记》二十卷。右汉戴圣纂，郑康成注。圣，即所谓小戴者也。此书乃孔子殁后七十子之徒所共录。《中庸》孔伋作，《缁衣》公孙尼子作，《王制》汉文帝时博士作，河间献王集而上之。刘向校定二百五十篇。大戴既删八十五篇，小戴又删四十六篇。马融传其学，又附《月令》《明堂位》《乐记》，合四十九篇（经部·礼类）

续表

		1
九	《中兴馆阁书目》	《礼记》二十卷。原释：《礼记》之作，出自孔氏，但正礼残阙，无复能明。故范武子不识殽烝，赵鞅及鲁君谓仪为礼。至孔子没，七十子之徒共撰所闻以为记，或录旧礼之义，或录变礼所由，或兼记体复，或杂序得失，《中庸》孔伋所作，《缁衣》公孙尼子所撰，《月令》吕不韦所修，《王制》汉文帝时博士所录，刘向校定得二百余篇，梁国戴德删为八十五篇，号大戴礼，戴圣又删四十九篇，是为小戴礼，授汉马融、卢植，考诸家同异，附戴圣篇章，去其繁重及其缺略而行于世，郑康成注其书，唐孔颖达为正义（经部·礼类）
十	《遂目》	《礼记正义》（经部·礼类）
十一	《直斋书录解题》	《礼记》二十卷，即所谓小戴礼也。凡四十九篇，汉儒辑录前记，固非一家之言，大抵驳而不纯。独《大学》《中庸》为孔氏之正传，然初非专为《礼》作也。唐魏徵尝以小戴礼综汇不伦，更作《类礼》二十篇，盖有以也（经部·礼类）
十二	《秘目》	蜀本石经《礼记》二十卷（经部·礼类）
十三	《四库阙书目》	
十四	《宋志》	《礼记》二十卷，戴圣纂（经部·礼类）

	2	3	4	5	6	7	8	9	10	11
一	《王禹记》二十四篇	《雅歌诗》四篇	《雅琴赵氏》七篇	《雅琴师氏》八篇	《雅琴龙氏》九十九篇	《高祖歌诗》二篇（诗赋略·歌诗类）	《泰一杂甘泉寿宫歌诗》十四篇（诗赋略·歌诗类）	《宗庙歌诗》五篇（诗赋略·歌诗类）	《汉兴以来兵所诛灭歌诗》十四篇（诗赋略·歌诗类）	《出行巡狩及游歌诗》十篇（诗赋略·歌诗类）
二至十四	各本目录书中皆无									

	12	13	14	15	16	17	18	19	20	21
一	《临江王及愁思节士歌诗》四篇（诗赋略·歌诗类）	《李夫人及幸贵人歌诗》三篇（诗赋略·歌诗类）	《诏赐中山靖王子哙及孺子妾冰未央材人歌诗》四	《吴楚汝南歌诗》十五篇（诗赋略·歌诗类）	《燕代讴雁门云中陇西歌诗》九篇（诗赋略·歌诗类）	《邯郸河间歌诗》四篇（诗赋略·歌诗类）	《齐郑歌诗》四篇（诗赋略·歌诗类）	《淮南歌诗》四篇	《左冯翊秦歌诗》三篇（诗赋略·歌诗类）	《京兆尹秦》歌诗五篇（诗赋略·歌诗类）

续表

	12	13	14	15	16	17	18	19	20	21
一			篇（诗赋略·歌诗类）							
二至十四	各本目录书中皆无									

	22	23	24	25	26	27	28	29	30	31
一	《河东蒲反》歌诗一篇（诗赋略·歌诗类）	《黄门倡车忠等歌诗》十五篇（诗赋略·歌诗类）	《杂各有主名歌诗》十篇（诗赋略·歌诗类）	《杂歌诗》九篇（诗赋略·歌诗类	《雒阳歌诗》四篇（诗赋略·歌诗类）	《河南周歌诗》七篇（诗赋略·歌诗类）	《河南周歌声曲折》七篇（诗赋略·歌诗类）	《周谣歌诗》七十五篇（诗赋略·歌诗类）	《周谣歌诗声曲折》七十五篇（诗赋略·歌诗类）	《诸神歌诗》三篇（诗赋略·歌诗类）
二至十四	各本目录书中皆无									

	32	33	34	35	36	37	38
一	《送迎灵颂歌诗》三篇（诗赋略·歌诗类）	《周歌诗》二篇（诗赋略·歌诗类）	《南郡歌诗》五篇（诗赋略·歌诗类）				
二				《乐社大义》十卷，梁武帝撰	《乐论》三卷，梁武帝撰	梁有《乐义》十一卷，武帝集朝臣撰，亡	《乐论》一卷，卫尉少卿萧吉撰
三				《乐社大义》十卷，梁武帝撰	《乐论》三卷，梁武帝撰		
四							
五				梁武帝《乐社大义》十卷	（梁武帝）又《乐论》三卷		
六至十四	各本目录书中皆无						

续表

	39	40	41	42	43
一					
二	《古今乐录》十二卷，陈沙门智匠撰	《乐书》七卷后魏丞相士曹行参军信都芳撰	《乐杂书》三卷	《乐元》一卷，魏僧撰	《管弦记》十卷，凌秀撰
三	《古今乐录》十三卷，释智匠撰	《乐书》九卷，信都芳注			《管弦记》十二卷，留进录，凌秀注
四	《古今乐录》十三卷，陈沙门智匠撰				
五	释智匠《古今乐录》十三卷	信都芳删注《乐书》九卷			留进《管弦记》十二卷 凌秀《管弦志》十卷
六至八	各本目录书中皆无				
九	《古今乐录》十三卷，原释：陈光大二年僧智匠撰，起汉迄陈。按隋止十二卷				
十	《古今乐录》				
十一					
十二	僧智匠撰《古今乐录》十三卷，辉按《宋志》同				
十三					
十四	陈僧智匠《古今乐录》十三卷				

	44	45	46	47	48	49
一						
二	《乐要》一卷，何妥撰	《乐部》一卷	《春官乐部》五卷	梁有《宋元嘉正声伎录》一卷，张解撰，亡	《乐府声调》六卷岐州刺史、沛国公郑译撰 《乐府声调》三卷，郑译撰	《乐经》四卷

续表

	44	45	46	47	48	49
三					《乐府声调》六卷，郑译撰	
四						
五					（郑译）又《乐府声调》六卷	
六至十四	各本目录书中皆无					

	50	51	52	53	54
一					
二	《琴操》三卷，晋广陵相孔衍撰	《琴操钞》二卷	《琴操钞》一卷	《琴谱》四卷戴氏撰	《琴经》一卷
三	《琴操》三卷，孔衍撰				
四	《琴操》三卷，晋广陵相孔衍撰				《琴经》一卷，蔡伯谐撰
五	孔衍《琴操》二卷				
六	《琴操》三卷，晋广陵相孔衍撰，述诗曲之所从，总五十九章				
七至八	各本目录书中皆无				
九	《琴操引》三卷，原释：晋广陵守孔衍撰，以琴声调中《周诗》五篇、古操、引曲共五十五篇，述所以命题之意。按《隋志》《旧唐志》《崇文目》并无“引”字，卷同。《新唐志》《书录解题》一卷，《解题》不著撰人，云今《周诗》篇同，操、引才二十一篇，似非全书也。《崇文目》谓总五十九章				《琴经》一卷，原释：诸葛亮撰，述制琴之始及七弦之音、十三徽所象之意。按《宋志》不著录，《书录解题》云托名诸葛亮，浅俚之甚

续表

	50	51	52	53	54
十					《琴经》
十一	《琴操》一卷，不著名氏。《中兴书目》云：晋广陵守孔衍以琴调《周诗》五篇、古操、引共五十篇，述所以命题之意。今《周诗》篇同，而操、引财二十一篇，似非全书也				《琴经》一卷，托名诸葛亮，浅俚之甚
十二	《琴操引》三卷，辉按《旧唐志》《宋志》：《琴操》三卷，孔衍撰。陈《录》入子部音乐类，云一卷				诸葛亮《琴经》一卷，辉按陈《录》入子部音乐类，云托名诸葛亮，浅俚之甚
十三	孔衍《琴操引》三卷				
十四	孔衍《琴操引》三卷				

	55	56	57	58	59	60	61	62	63	64	65
一											
二	《琴说》一卷	《琴历头簿》一卷	《新杂漆调弦谱》一卷	《乐谱》四卷	《乐谱集》二十卷萧吉撰	《乐略》四卷	《乐律义》四卷，沈重撰 《钟律义》一卷	《乐簿》十卷	《齐朝曲簿》一卷	《大隋总曲簿》一卷	《推七音》二卷（并尺法）
三					《乐谱集解》二十卷，萧吉撰	《乐略》四卷，元殷撰	《钟律》五卷，沈重撰				《推七音》一卷
四											
五					萧吉《乐谱集解》二十卷	元殷《乐略》四卷	沈重《钟律》五卷				《推七音》一卷

续表

	55	56	57	58	59	60	61	62	63	64	65
六至十四	各本目录书中皆无										

	66	67	68	69	70	71	72	73	74	75	76	77
一												
二	《乐论事》一卷	《乐事》一卷	《正声伎杂等曲簿》一卷	《太常寺曲名》一卷	《太常寺曲簿》十一卷	《歌曲名》五卷	《历代乐名》一卷	《钟磬志》二卷公孙崇撰	《乐悬》一卷何晏等撰议	《乐悬图》一卷	《钟律纬辩宗见》一卷	《当管七声》二卷魏僧撰
三								《钟磬志》二卷，公孙崇撰				
四												
五								公孙崇《钟磬志》二卷				
六至十四	各本目录书中皆无											

	78	79	80	81	82	83	84
一							
二	《黄钟律》一卷	梁有《钟律纬》六卷，梁武帝撰，亡					
三			《乐志》十卷，苏夔撰	《乐经》三十卷，季玄楚撰	《乐书要录》十卷，大圣天后撰	《声律指归》一卷，元殷撰	《乐元起》二卷，桓谭撰

续表

	78	79	80	81	82	83	84
四					《乐书要录》十卷		
五			苏夔《乐府志》十卷	李玄楚《乐经》三十卷	武后《乐书要录》十卷	（元殷）又《声律指归》一卷	桓谭《乐元起》二卷
六至八	各本目录书中皆无						
九		《钟律纬》一卷，原释：《古今乐录》载《钟律纬》云梁武帝辨钟律制度及释疑共五篇，《隋志》：梁有六卷。今止存一卷,余缺					
十至十三	各本目录书中皆无						
十四		梁武帝《钟律纬》一卷					

	85	86	87	88	89	90
一至二	各本目录书中皆无					
三	《琴操》二卷，桓谭撰	《琴谱》四卷刘氏、周氏等撰	《琴谱》二十一卷，陈怀撰	《琴叙谱》九卷,赵耶律撰	《琴集历头拍簿》一卷	《外国伎曲》三卷
四						
五	（桓谭）又《琴操》二卷	刘氏、周氏《琴谱》四卷	陈怀《琴谱》二十一卷	赵邪利《琴叙谱》九卷	《琴集历头拍簿》一卷	《外国伎曲》三卷

续表

	85	86	87	88	89	90
六		《琴谱》四卷，阙，不著撰人名氏，凡四大曲，一曰《别鹤林》，其三皆失其名而谱存，今留以待知琴者				
七		刘氏、周氏《琴谱》四卷	陈怀《琴谱》二十一卷		《琴集历头拍薄》一卷，按《玉海》云《志》唐以前有云云，《志》当即《国史志》也，而《宋志》无之	
八至十四	各本目录书中皆无					

	91	92	93	94	95	96	97	98	99	100	101	102
一至二	各本目录书中皆无											
三	《外国伎曲名》一卷	《论乐事》二卷	《历代曲名》一卷	《十二律谱义》一卷	《鼓吹乐章》一卷	《古今乐记》八卷，李守真撰						
四							《乐纂》一卷	《雅乐录》一卷	《乐歌》五卷	《歌调》五卷	《乐图》四卷	《琴法》一卷，越赵耶黎撰

续表

	91	92	93	94	95	96	97	98	99	100	101	102
五	(《外国伎曲》)又一卷	《论乐事》二卷	《历代曲名》一卷	《十二律谱义》一卷	《鼓吹乐章》一卷	李守真《古今乐记》八卷						
六至十四	各本目录书中皆无											

	103	104	105	106	107	108	109	110
一至三	各本目录书中皆无							
四	《琴录》一卷		《琴德谱》五卷	《琴用手法》一卷	《杂琴谱》百廿卷	《弹琴用手法》一卷	《雅琴录》一卷	《院（阮）咸图》一卷
五								
六			《琴德谱》一卷，阙，唐因寺僧道英撰述吴蜀异音及辨析指法，道英与赵邪利同时，盖从邪利所授					
七			道英《琴德谱》一卷，按《崇文总目》：唐因明寺僧，述吴蜀异音及辨析指法，道英与					

续表

	103	104	105	106	107	108	109	110
七			赵邪利同时，盖从邪利所授					
八至九	各本目录书中皆无							
十		《琴录》（子部·杂艺类）						
十一至十三	各本目录书中皆无							
十四			僧道英《琴德谱》一卷					

	111	112	113	114	115	116	117	118	119	120
一										
二								《古乐府》八卷（集部·总集类）	《乐府歌辞钞》一卷（集部·总集类）	《古歌录钞》二卷（集部·总集类）
三										
四	《弹琴手势法》一卷	《琵琶谱》十一卷		《横笛》十八卷	《尺八图》一卷	《律吕施宫图》一卷	《十二律相生图》一卷			
五至十一	各本目录书中皆无									
十二			贺怀智撰《琵琶谱》一卷，阙							
十三至十四	各本目录书中皆无									

续表

	121	122	123	124	125	126	127	128	129
一									
二	《歌录》十卷（集部·总集类）	《晋歌章》八卷。梁十卷（集部·总集类）	《吴声歌辞曲》一卷。梁二卷（集部·总集类）	又有《乐府歌诗》二十卷，秦伯文撰（集部·总集类）	《乐府歌诗》十二卷（集部·总集类）	《乐府三校歌诗》十卷（集部·总集类）	《乐府歌辞》九卷（集部·总集类）	《太乐歌诗》八卷（集部·总集类）	《歌辞》四卷，张永记（集部·总集类）
三	《歌录集》八卷（集部·总集类）			《乐府歌诗》十卷（集部·总集类）	《乐府歌诗》十卷（集部·总集类）		《乐府歌词》十卷（集部·总集类）		
四									
五	《歌录集》八卷（集部·总集类）			《乐府歌诗》十卷	翟子《乐府歌诗》十卷				
六至十四	各本目录书中皆无								
	130	131	132	133	134	135	136	137	138
一									
二	《魏燕乐歌辞》七卷(集部·总集类)	《晋歌诗》十八卷（荀勖）（集部·总集类）	《晋燕乐歌辞》十卷，荀勖撰（集部·总集类）	《宋太始祭高禖》歌辞十一卷(集部·总集类)	《齐三调雅辞》五卷(集部·总集类)	《古今九代歌诗》七卷，张湛撰（集部·总集类）	《三调相和歌辞》五卷（集部·总集类）	《三调诗吟录》六卷（集部·总集类）	《奏鞞铎舞曲》二卷（集部·总集类）
三							《三调相和歌词》三卷（集部·总集类）		

续表

	130	131	132	133	134	135	136	137	138
四									
五							（翟子）又《三调相和歌辞》五卷		
六至十四	各本目录书中皆无								

	139	140	141	142	143	144	145
一							
二	《管弦录》一卷（集部·总集类）	《伎录》一卷（集部·总集类）	《太乐备问钟铎律奏舞歌》四卷，郝生撰（集部·总集类）	鼓吹、清商、乐府、燕乐、高禖、鞞、铎等歌辞舞录，凡十部（集部·总集类）	《陈郊庙歌辞》三卷并录。徐陵撰（集部·总集类）	《乐府新歌》十卷，秦王记室崔子发撰（集部·总集类）	《乐府新歌》二卷，秦王司马殷僧首撰（集部·总集类）
三至十四	各本目录书中皆无						

	146	147	148	149	150	151
一						
二	《玉台新咏》十卷，徐陵撰（集部·总集类）					
三	《玉台新咏》十卷，徐陵撰（集部·总集类）	《汉吴晋鼓吹曲》四卷（集部·总集类）	《太乐杂歌词》三卷，荀勖撰（集部·总集类）	《太乐歌词》二卷（集部·总集类）	《新撰录乐府集》十一卷，谢灵运撰（集部·总集类）	
四	《玉台新咏》，徐陵撰（总集家）					

续表

	146	147	148	149	150	151
五	（徐陵）又《玉台新咏》十卷（集部·总集类）	《汉吴晋鼓吹曲》四卷	荀勖《太乐杂歌辞》三卷	（荀勖）又《太乐歌辞》二卷	谢灵运《新录乐府集》十一卷	郑译《乐府歌辞》八卷
六至七	各本目录书中皆无					
八	《玉台新咏》十卷。右陈徐陵纂。唐李康成云："昔陵在梁世，父子俱事东朝，特见优遇。时承华好文，雅尚宫体，故采西汉以来词人所著乐府艳诗，以备讽览。"					
九						
十	《玉台新咏》并《后集》（集部·总集类）					
十一	《玉台新咏》十卷（集部·总集类）					
十二至十三	各本目录书中皆无					
十四	徐陵《玉台新咏》十卷。（集部·总集类）。					

	152	153	154
一至四	各本目录书中皆无		
五	刘贶《太乐令壁记》三卷	徐景安《历代乐仪》三十卷	崔令钦《教坊记》一卷

续表

	152	153	154
六	《太乐令壁记》三卷，唐叶律郎刘贶撰，分《乐元》《正乐》《四夷乐》合三篇	《历代乐仪》三十卷，唐叶律郎徐景安撰，总序律吕，起周汉，迄于唐，著唐乐章差为详悉	《教坊记》一卷（子部·小说类）
七			
八			《教坊记》一卷，右唐崔令钦撰。开元中，教坊特盛，令钦记之。率鄙俗事，非有益于正乐也
九	《大乐令壁记》三卷。原释：上卷"乐元"：歌一诗二舞三扑四律吕五，中卷"正乐"：雅乐六立部伎七坐部伎八清乐九西凉乐十，下卷"四夷乐"：东夷十一南蛮十二西戎十三北狄十四散乐十五乐量十六陈仪十七兴废十八。按《唐志》刘贶撰，《唐志》大作太	《新纂乐书》（三十卷），原释：唐协律郎徐景安撰，共三十篇，一名《历代乐仪》，自一至十述声律器谱，十一至三十述祀乐之仪。按《唐志》《崇文目》《通考》并作《历代乐仪》。今亡，《玉海》载其篇目	
十	《大乐令壁记》	《历代乐仪》	《教坊记》（子部·小说家类）
十一至十三	各本目录书中皆无		
十四	刘贶《大乐令壁记》	《历代乐仪》三十卷 徐景安《新纂乐书》三十卷	崔令钦《教坊记》一卷
	155	156	157
一至四	各本目录书中皆无		
五	张文收《新乐书》十二卷	吴兢《乐府古题要解》一卷	郗昂《乐府古今题解》三卷一作王昌龄
六		《乐府古题真解》一卷，谨按《文献通考》：《古乐府》《乐府古题要解》共十二卷，《崇文总目》：唐吴兢撰，释古乐曲所以名篇之意	《乐府古今解题》三卷，唐郗昂撰或云王昌龄撰，未详孰是。旧云《古今乐府解题》，又云古题所载曲名与吴兢所撰《乐府解题》颇异，复有唐李百药辞，今定为《乐府古今解题》

续表

	155	156	157
七			
八		《古乐府》十卷并《乐府古题要解》二卷，右唐吴兢纂。杂采汉、魏以来古乐府辞，凡十卷。又于传记洎诸家文集中采乐府所起本义，以释解古题云	
九		吴兢《乐府古题要解》二卷 按《唐志》一卷	郗昂《乐府古今题解》一卷，原释：凡释二十八题。按《唐志》三卷注云一作王昌龄，《宋志》有王昌龄《续乐府古题解》一卷，而无此
		《古乐府》十卷《乐府解题》一卷。按《书录解题》云：《馆阁书目》又自有吴兢《题解》及别出《古乐府》十卷、《解题》一卷。未可考也。《宋志》作《乐府题解》	
十		《乐府古题要解》 《古乐府》（集部·总集类）	
十一至十三	各本目录书中皆无		
十四		吴兢《乐府古题要解》二卷 《古乐府》十卷	
	158		159
一至四	各本目录书中皆无		
五	段安节《乐府杂录》一卷，文昌孙		玄宗《金风乐》一卷
六	《乐府杂录》一卷，唐段安节撰。其事芜驳不伦		《金风乐》一卷，阙，唐玄宗撰，盖琴曲名
七			

续表

	158		159
八	《乐府杂录》一卷，右唐段安节撰。记唐开国以来雅、郑之乐并其事始。古之为国者，先治身，故以礼乐之用为本；后世为国者，先治人，故以礼、乐之用为末。 先王欲明明德于天下，深推其本，必先修身，而修身之要在乎正心诚意。故礼以制其外，乐以养其内，使内之不贞之心无自而萌，外之不义之事无由而蹈。一身既修，而天下治矣，是以礼、乐之用，不可须臾离也。后世则不然，设法造令，务以整治天下，自适其暴戾恣睢之心，谓躬行率人为迂阔不可用。若海内平定，好名之主然后取礼之威仪、乐之节奏，以文饰其治而已。则其所谓礼、乐者，实何益于治乱成败之数？故曰后世为国者，先治人，以礼、乐之用为末。虽然，礼文在外，为易见，历代犹不能废；至于乐之用在内，微密要眇，非常情所能知。故自汉以来，指乐为虚器，杂以郑、卫、夷狄之音，虽或用于一时，旋即放失，无复存者，况其书哉！今裒集数种，姑以补书目之阙焉尔		
九	《乐府杂录》一卷，原释：杂记雅乐、杂乐、朝乐之制。按《唐志》段安节撰，《宋志》作二卷		元宗《金风乐弄》一卷，原释：载琴音第一第二第三拍宫调指法，又明皇朝黄钟羽调一首，附卷后
十	《乐府杂录》		
十一	《乐府杂录》一卷，唐国子司业段安节撰		
十二至十三	各本目录书中皆无		
十四	（段安节）又《乐府杂录》二卷		唐玄宗《金风乐弄》一卷
	160	161	162
一至四	各本目录书中皆无		
五	窦琎《正声乐调》一卷	萧祐《无射商九调谱》一卷	赵惟暕《琴书》三卷
六		《无射商九调谱》一卷，阙，唐萧怗撰，因胡笳推无射商自创为九调	《琴书》三卷，唐翰林待诏赵惟暕撰。略述琴制，叙古诸典及善琴人姓名
七		萧佑《无射商九调谱》一卷，按《宋志》同，注云："佑，一作祐。"	

续表

	160	161	162
八			
九			《琴书》三卷，原释：唐翰林待诏赵惟暕述制琴、律吕、上古琴名、弦法共十二篇。按诸书并作赵惟暕，惟《宋志》暕作简，《秘书省阙书目》有惟楝《琴书》《琴心》各三卷
十			
十一			《琴书》三卷，唐待诏赵惟暕撰。称前进士滁州全椒尉
十二			赵惟栋撰《琴经》三卷，辉按《新唐志》《崇文总目》作赵惟暕《琴书》三卷，陈《录》入子部音乐类，同《宋志》，作赵惟简《琴书》
十三			赵惟暕《琴书》三卷，阙。赵惟简《琴书》三卷，按《宋史艺文志》有惟简无暕，《文献通考》引惟暕无惟暕，《崇文总目》《书录解题》简乃暕之讹，此亦重出
十四		萧佑（一作"祐"）《无射商九调谱》一卷	赵惟简《琴书》三卷
	163	164	165
一至四	各本目录书中皆无		
五	陈拙《大唐正声新址琴谱》十卷	吕渭《广陵止息谱》一卷	李良辅《广陵止息谱》一卷
六	《大唐正声新扯琴谱》一卷，阙，唐暕拙纂。集琴家之说，不专声谱	《广陵止息谱》一卷，唐吕渭撰。晋中散大夫嵇康作琴调《广陵散》，说者以魏氏散亡，自广陵始，	《广陵止息谱》一卷，阙。谨按《永乐大典》云：李良辅《广陵止息谱》一卷，《崇文总目》阙

续表

	163	164	165
六		晋虽暴兴，终止息于此，康避魏晋之祸，托之于鬼神。 河东司户参军李良辅云：“袁孝尼窃听而写其声，后绝其传，良辅传之于洛阳僧思古，传于长安张老遂著此谱，总三十三拍。”至渭又增为三十六拍	
七至九	各本目录书中皆无		
十		《止息谱》	
十一			
十二	《唐琴谱》十卷，辉按《崇文目》有《大唐正声新拉琴谱》十卷，云唐陈拙撰，又有《琴谱》十三卷，云唐陈康士撰。《宋志》有太宗《九弦琴谱》二十卷，陈拙《琴谱》九卷	吕渭撰《广陵止息谱》一卷，阙。辉按《新唐志》《崇文目》同《宋志》，作吕谓注，一作滨，《遂初目》无卷数	
十三		吕渭《广陵止息谱》一卷	
十四		吕渭，一作滨，《广陵止息谱》一卷	

	166	167	168	169
一至四	各本目录书中皆无			
五	李约《东杓引谱》一卷，勉子，兵部员外郎	齐嵩《琴雅略》一卷	王大力《琴声律图》一卷	《琴谱》一卷
六	《东杓引谱》一卷，阙，唐叶律郎李约撰。约患琴家无角声，乃造《东杓引》七拍有麟声、绎声，以备五音	《琴雅略》一卷，阙，唐殿中侍郎齐嵩撰，概言创制音器之略	《琴声律图》一卷，阙，唐恭陵署令王大方承诏撰，国琴制度以六十律旋宫之法次其上，前序历引诸家律吕相生之术	

续表

	166	167	168	169
七			王大力《琴声律图》一卷，按《馆阁书目》《宋志》均作王大方《琴声韵图》一卷	
八				
九			《琴声韵图》一卷，原释：王大方述琴调、操名琴样指法，琴序与瞻序颇同。按《唐志》《崇文目》并作王大力《琴声律图》一卷，《崇文目》云唐恭陵署令王大力承诏撰，此作方，误也	
十至十三	各本目录书中皆无			
十四	李约《琴曲东杓谱序》一卷	齐嵩《琴雅略》一卷	王大方《琴声韵图》一卷	
	170	171	172	173
一至四	各本目录书中皆无			
五	陈康士《琴谱》十三卷，字安道，僖宗时人		（陈康士）又《琴调》四卷	《离骚谱》一卷
六	《琴谱》十三卷，阙，唐陈康士撰，按康士作琴曲一百章，谱十三卷，宫调二十章，商调十章，角调五章，征调七章，琴调五章，黄钟十章，离忧七章，沉湘七章，侧蜀七章，缨角七章，玉女五章，其谱散亡，今书旧目有琴调六卷，琴谱一卷，	《琴谱序》一卷，陈康士等撰，康士字安道，以善琴知名，尝撰琴曲百篇，谱十三卷，进士姜阮、皮日休皆为序，以述其能，《康士谱》，今别行	《琴调》四卷，阙，陈康士撰。《楚调》五章，《黄钟调》二十章，《侧蜀》《瑟调》皆一章	《离骚谱》一卷，阙，陈康士撰，依离骚以此声

续表

	170	171	172	173
六	残缺无首尾，所裁乃《楚》《角》《宫》《黄钟》《侧蜀》《琴调》数篇，余皆亡			
七至十一	各本目录书中皆无			
十二			《琴调》一十七卷，辉按《宋志》两见，《崇文目》作四卷，又《琴调谱》一卷	
十三				
十四			陈康士《琴调》三卷又《琴调》十七卷 《琴调》十七卷	《离骚谱》一卷

	174
一至四	各本目录书中皆无
五	赵邪利《琴手势谱》一卷
六	《琴手势谱》一卷，唐道士赵邪利撰，记古琴指法，为左右手图二十一种
七至八	各本目录书中皆无
九	《琴手势谱》一卷，原释：唐赵邪利（撰），赵师子邪利，善琴，贞观初独步上京，载调弦用指制之法，及音律二十四时五图。按《通考》《宋志》《崇文目》并作邦利，《通考》势作世，误，《书录解题》云赵邪利，与此同 《弹琴古手法》一卷，原释：（赵邪利撰），论指法四百余言。按《书录解题》作《指诀》一卷，唐道士赵邪利撰，一名《弹琴古手法》，《宋志》与此并作《右手法》，今据《解题》校改
十	
十一	《指诀》一卷，唐道士赵邪利撰。一名《弹琴古手法》
十二	赵邦利《琴指诀》一卷，辉按《晁志》云唐道士赵邪利撰，一名《弹琴古手法》，《宋志》作《弹琴古手法》，云赵邦利撰，又有《弹琴手势谱》一卷，《崇文目》作《琴手势谱》，云唐道士赵邦利撰，记古琴指法，为左右手图二十一种云云，疑一书异名
十三	赵邪利《琴指抉》一卷，按《宋史艺文志》赵邦利《弹琴手势谱》一卷，又《弹琴古手法》一卷，《文献通考》惟载《弹琴手势谱》，引《书录解题》云一名《弹琴古手法》，是二书实一书，又名《琴指诀》也。赵邪利，唐道士，见《崇文总目》作邦利者，以形近致讹
十四	赵邦利《弹琴手势谱》一卷又《弹琴右手法》一卷

续表

	175	176	177	178
一至四	各本目录书中皆无			
五	南卓《羯鼓录》一卷	刘餗《乐府古题解》一卷（集部·总集类）		
六	《羯鼓录》一卷，唐南卓撰。羯鼓，夷乐，与都昙答鼓皆列于九部，至唐开元中始盛行于世，卓所纪多开元、天宝时曲云			《乐府解题》一卷，不著撰人名氏，与吴兢所撰《乐府古题》颇同，以《江南曲》为首，其后所解差异
七				
八	《羯鼓录》一卷，右唐南卓撰。羯鼓本夷乐，列于九部，明皇始好之，故开元、天宝中盛行。卓所述多当时之曲			
九	南卓《羯鼓录》一卷，原释：会昌中撰，述鼓曲故事，多开元、天宝时曲			《古乐府》十卷《乐府解题》一卷。按《书录解题》云：《馆阁书目》又自有吴兢《题解》及别出《古乐府》十卷、《解题》一卷。未可考也。《宋志》作《乐府题解》
十				《乐府解题》
十一	《羯鼓录》一卷，唐婺州刺史南卓撰			
十二至十三	各本目录书中皆无			
十四			《乐府古题》一卷	《乐府题解》一卷

续表

	179	180	181
一至五	各本目录书中皆无		
六	《声律要诀》十卷，唐田琦撰。推本律吕及制管定音之法，文虽近俗而于礼乐尤诣焉	《乐苑》五卷，不著撰人名氏，叙乐律声器凡二十篇	《琴谱三均手诀》一卷，宋谢庄撰，叙唐虞至宋世善琴者姓名及古典名，言琴通三均，谓黄钟、中吕、无射
七			谢庄《琴谱三均手诀》一卷，原释：疑假托。按《崇文目》同，《通考》不著卷数。《馆阁书目》《宋志》有《琴论》一卷，而无此。《书目》云："叙尧至宋善琴者姓名、古曲名、琴通三均之制。"疑即一书
八	《声律要诀》十卷，右唐上党郡司马天畴撰。畴序谓：一切乐器，以律吕之声，皆须本月真响。若但执累黍之文，则律吕阴阳不复谐矣。故据经史，参校短长为此书云		
九	《声律要诀》十卷，原释：唐田琦撰，上党郡司马，参校律吕制管定音之法，凡十篇，琦序谓乐器依律吕之声，皆须本月真响，若但执累黍之文，则律吕阴阳不复谐矣，故据经史参校短长为此书云		《琴论》一卷，原释：宋谢庄（撰），叙尧至宋凡九代善琴者姓名及古曲名、琴通三均之制。按《崇文目》《国史志》作《琴谱三均手诀》一卷
十		《乐苑》	
十一至十三	各本目录书中皆无		
十四	田琦《声律要诀》十卷	《乐苑》五卷	谢庄《琴论》一卷

	182	183	184	185	186	187
一至五	各本目录书中皆无					

续表

	182	183	184	185	186	187
六		《琴调谱》一卷	《沈氏琴书》一卷，阙，沈氏撰，不著名，首载嵇中散《四弄》，题赵师法撰，次有《悲风》、《三峡流泉》《渌水》《昭君》《下舞》《间弦》并《胡笳四弄》，题盛通师撰，盖诸家曲谱，沈氏集之	《张淡正琴谱》一卷，茅仙逸人张淡正撰，不详何代人，解琴指法	《琴杂说》一卷，不著撰人名氏，盖琴家杂集器图声诀之略	《琴调》三卷，阙，不著撰人名氏，无射商、角诸谱，皆亡其曲名
七			《沈氏琴书》一卷，按《崇文总目》云："不著名。盖诸家曲谱，沈氏集之。"	《张淡正琴谱》一卷，按《宋志》同。《崇文目》云："不详何代人，解琴指法。"		
八至九	各本目录书中皆无					
十	《三均手法》					
十一至十三	各本目录书中皆无					
十四		《琴调谱》一卷	《沈氏琴书》一卷，失名	《张淡正琴谱》一卷		

	188	189	190	191	192
一至五	各本目录书中皆无				
六	《琴略》一卷，阙，不著撰人名氏，《序》有七例，颇抄六代善琴者各为门类，又载拍法及杂曲名	《琴式图》二卷，阙，不著撰人名氏，以琴制度为图，杂载赵邪利《指诀》，又有白云先生《三诀》	《三乐谱》一卷不著撰人名氏载商调三乐记	《琴谱纂要》五卷，不著撰人名氏，图琴制度及载古曲谱曲名	《琴书正声》九卷，阙，不著撰人名氏，集《游春》《绿水》《幽居》《坐愁思》《秋思》《楚明光》《易水》《凤归林》

续表

	188	189	190	191	192
六					《接舆》《白云》凡十四谱
七	《琴略》一卷，按《崇文目》云："不著撰人名氏。《序》有七例，颇钞历代善琴者，名为门类，又载拍法及杂曲名。"	《琴式图》一卷，按《宋志》《崇文目》同。《崇文目》云："不著撰人名氏，以琴制度为图，杂载赵邪利指诀。"《通考》引《总目》作二卷		《琴谱纂要》五卷，按《崇文目》云："不著撰人名氏，图琴制度及载古曲谱曲名。"	
八至十三	各本目录书中皆无				
十四	《琴略》一卷	《琴式图》一卷	《三乐谱》一卷	《琴谱纂要》五卷	《琴书正声》十卷
	193	194	195	196	197
一至五	各本目录书中皆无				
六	《琴谱调》五卷不著撰人名氏，杂录琴谱大小数曲，其前一大曲亡其名，旧本或云《李翱用指法》，与诸琴法无异，而云翱者，岂其所传欤？	《阮咸调弄》二卷，阙，不著撰人名氏	《阮咸金羽调》一卷	《降圣引谱》一卷，阙，不著撰人名氏，《降圣引》一篇，谱一首，不详何代之曲	《阮咸谱》二十卷，阙
七	《琴谱调》三卷，原释；李翱用指法。按《宋志》作八卷。《崇文目》不著撰人，云："旧本或题李翱用指法。"				
八至十一	各本目录书中皆无				
十二					《阮咸谱》四卷，辉按《崇文目》二十卷，无撰人，《宋志》一卷云喻修枢撰

续表

	193	194	195	196	197
十三					
十四	《琴谱调》八卷，李翱用指法				喻修枢《阮咸谱》一卷

	198	199	200
一至五	各本目录书中皆无		
六	《阮咸曲谱》一卷，不著撰人名氏，有宫、商、角、徵、无射商、金羽、碧玉、凄凉、黄钟调凡十篇总二十卷		
七		李勉《琴说》一卷。原释：勉传善鼓琴，有响泉韵磬，张茂枢有《响泉记》。按《宋志》同，《唐志》不载	《骠国乐颂》一卷，按《唐》《宋志》乐类并不载，《秘书省阙书目》有《骠国乐颂》一卷。《唐会要》："骠国在云南西，与天竺国相近，故乐曲多演释氏词云。每为曲齐唱，有类中国柘支舞。"《唐书乐志》"贞元十七年，骠国王雍羌遣弟悉利移域主舒难陀献其图乐"云云
八			
九		《琴书》一卷，原释：唐工部尚书李勉撰，凡琴声指法、操名、琴操悉载之。按《宋志》《书录解题》并作《琴说》	
十			
十一		《琴说》一卷，唐工部尚书李勉撰	
十二	《阮谱》一卷，阙。辉按《宋志》同，《崇文目》作《阮咸曲谱》	李勉撰《琴说》一卷，辉按《宋志》同，陈《录》入子部音乐类	《飘风乐颂》一卷
十三		李勉《琴说》一卷	
十四		李勉《琴说》一卷	

续表

	201	202	203	204	205	206
一至六	各本目录书中皆无					
七	《笛律》一卷，按《宋志》不载					
八						
九			《琴籍》九卷，原释：唐陈拙撰，载琴家论议操名及古帝王名士善琴者，第四卷今阙。按《唐志》有陈拙《大唐正声新址琴谱》十卷，或即此书，《四库阙书目》作十卷			
十至十一	各本目录书中皆无					
十二		张说、王泾撰《唐郊祀乐章谱》二卷，阙	陈拙撰《琴籍》十卷，辉按《宋志》九卷	《琴集》三卷，阙	荣启期撰《三乐图》一卷，阙	《雅乐均声格》一卷，阙
十三			陈拙《琴籍》十卷，按《宋史艺文志》作九卷			
十四			陈拙《琴籍》九卷			

续表

	207	208	209	210	211
一至七	各本目录书中皆无				
八		《胡笳十八拍》一卷，右唐刘商撰。汉蔡邕女琰为胡骑所掠，因胡人吹芦叶以为歌，遂翻为琴曲，其辞古淡。商因拟之以叙琰事，盛行一时。商，彭城人，擢进士第，历台省为郎。好道术，隐义兴胡父渚，世传其仙去（集部·别集类）			
九					沈建《乐府广题》二卷，原释：上卷述二言至十一言诗句，下卷释乐章命题之意
十					《乐府广题》
十一					
十二	《正声五弄谱》一卷，阙	刘商集《胡笳词》一卷	《明堂教习音律一卷》，阙	《乐府犹龙》一卷，阙	《乐府广题》一卷，辉按《宋志》，二卷，云沈建撰，《遂初目》无卷数
十三					《乐府广题》一卷，按《宋史艺文志》作沈建《乐府广题》二卷
十四					沈建《乐府广题》二卷

续表

	212	213	214	215	216	217	218
一至十	各本目录书中皆无						
十一				《琴说》一卷，唐待诏薛易简撰。衡州耒阳尉			
十二	《历代歌词》六卷，辉按《宋志》同	《教坊正数曲》二卷，阙	薛易简《琴诀》一卷，辉按《宋志》作《琴谱》		赵惟栋《琴心》三卷，辉按前有赵惟栋《琴经》三卷，疑即一书	蔡文姬《胡笳调》一卷，辉按《宋志》有蔡琰《胡笳十八拍》四卷	
十三			薛易简《琴诀》一卷，按《宋史艺文志》作				
十四	《历代歌词》六卷		薛易简《琴谱》一卷				蔡琰《胡笳十八拍》四卷

	219	220	221	222	223	224	225	226	227	228
一至十	各本目录书中皆无									
十一						《制琴法》一卷，不知何人撰				
十二	《觱栗格》三卷，阙	《歌舞式》一卷，阙	《琴指》一卷，阙	《进琴式》一卷，阙	《劈阮指法》一卷	《斲琴法》一卷	《琴传》七卷	《隐韶集》一卷	《琴谱》一十卷，辉按《宋志》同	《琴阮二弄谱》一卷
十三至十四	各本目录书中皆无									

续表

	229	230	231	232	233	234	235
一至七	各本目录书中皆无						
八						《琵琶故事》一卷，右未详何人所纂	《五音会元图》一卷，右未知何人所撰。谓乐各有谱，但取筚栗谱为图，以七音十二律，使俗易晓
九	《琴声律图》一卷，原释：麹瞻撰，图前代琴样十二家，各以所应律吕十二时附图下					《琵琶录》一卷，原释：唐段安节撰。按《书录解题》作《琵琶故事》，晁氏《读书志》与《解题》同，惟不知撰人	
十						《琵琶录》	
十一						《琵琶故事》一卷，段安节撰	
十二	《琴声律》一卷，辉按《宋志》二卷，云麹瞻撰	《乐传》二卷，阙	《琴谱商调》一卷	《钟书》六卷	《乐演卦》一卷，阙		
十三							
十四	麹瞻《琴声律》二卷又《琴图》一卷					段安节《琵琶录》一卷	

续表

	236	237	238	239
一至四	各本目录书中皆无			
五	李康《玉台后集》十卷（集部·总集类）			
六至七	各本目录书中皆无			
八	《玉台后集》十卷，右唐李康成采梁萧子范迄唐张赴二百九人所著乐府歌诗六百七十首，以续陵编。序谓“名登前集者，今并不录，惟庾信、徐陵仕周、陈，既为异代，理不可遗”云			
九		《律吕图》一卷，原释：不知作者，述律吕阴阳相生及分寸之法	《胡笳十八拍》四卷，原释：汉蔡琰撰，琰幽愤成此曲入琴，中唐刘商、皇朝王安石李元白各以集句效琰体，共四家	《古手势》一卷。按此条《宋志》未录，《玉海》引附于唐人琴书后，今从之
十	《玉台新咏》并《后集》（集部·总集类）			
十一	《玉台后集》十卷，唐李康成集（集部·总集类）		《四家胡笳词》，蔡琰、刘商、王安石、李元白也。（集部·总集类）	
十二至十三	各本目录书中皆无			
十四	李康《玉台后集》十卷（集部·总集类）	《律吕图》一卷		

续表

	240	241	242	243	244	245	246	247	248	249
一至九	各本目录书中皆无									
十	《续乐府解题》									
十一至十三	各本目录书中皆无									
十四	王昌龄《续乐府古解题》一卷	《琴谱》六卷	《琴谱记》一卷	《楚调五章》一卷	《琴调广陵散谱》一卷	《琴笺知音操》一卷	独孤寔《九调谱》一卷	《蜀雅乐仪》三十卷	滕康叔《韶武遗音》一卷	李昌文《阮咸弄谱》一卷

	250	251	252	253	254	255	256	257	258
一至十三	各本目录书中皆无								
十四	赵德先《乐说》三卷	（赵德先）又《乐书》三十卷	《大乐署》三卷	《唐宗庙用乐仪》一卷	唐肃明皇后庙用乐仪》一卷	陆鸿渐《教坊录》一卷	僧辨正《琴正声九弄》九卷	《昭微古今琴样》一卷	仿蔡琰胡笳十八拍》，并不知作者

	259	260	261
一至十	各本目录书中皆无		
十一	《琴三诀》一卷，称天台白云先生	《琴曲词》一卷，不知作者。凡十一曲。辞皆鄙俚	《大胡笳十九拍》一卷，题陇西董庭兰撰，连刘商辞。又云祝家声、沈家谱，不可晓也。案：《文献通考》又有《小胡笳子十九拍》一卷，引《崇文总目》云：琴曲有大、小胡笳，大胡笳十八拍，沈辽集，世名沈家声；小胡笳又有契声一拍，共十九拍，谓之祝家声。此题曰《大胡笳十九拍》，疑有误
十二至十四	各本目录书中皆无		

说明：左列汉语数字为十四种目录书；横格内阿拉伯数字为目录书中所含乐府学典籍种类。

据表1可知，除去尚不能确定属唐还是唐后的文献62部，汉唐目前可知的乐府学典籍共计有199种，现知仅《乐记》（本二十三篇，存十三篇）、徐陵《玉台新咏》、武后《乐书要录》（本十卷，存三卷）、吴兢《乐府古题要解》、李康成《玉台后集》、崔令钦《教坊记》、段安节《乐府杂录》、南卓《羯鼓录》等少数留存至今，而其他两百多种书，除了少部分有前人整理研究，大多数都已湮没无闻。故搜集乐府学文献并加以叙录说明，以便学人使用，是一项必要而紧迫的工作。

后 记

此简表为先师吴相洲教授所承担的贵州省社科基金项目“乐府学文献叙录及汇编”的中期成果。

2020年9月22日，先生给了我一份这个项目的论证活页，交代我给项目中的十三类乐府学文献逐本写下叙录，介绍每一部典籍的文献实际留存情况、研究情况及乐府学价值。先生说这是一项重要工作，希望我能重视起来，抓紧时间。“抓紧时间”四个字，我当时只当是一位老师对学生的最平常最平常的叮嘱。

之后两个多月的时间，我才完成了乐书类和乐志类的十三篇叙录。我不是一个很聪明的学生，其间多次叨扰先生后我才明白我要写什么，该怎样写，所以进度非常慢。2020年12月7日，学校发了毕业论文开题通知。先生说要把工作重点转移一下，我已经完成的都是很常见的见存书叙录，现在开始转移到所列类别中的那些亡佚的书上，集中在汉唐这一阶段。先生要求我自己选择三到四类，毕业论文也就介绍这些亡佚的典籍，即刻就去翻目录书，先普查，“抓紧时间”。

因为我自己并不清楚，同时也很好奇目录书中到底有多少汉唐乐府学文献，而且既然以后的叙录中要牵涉到每一本书的成书及亡佚时间，所以不如做一个简表，先整理需要用到的目录书以及这些目录书的成书时间，再在简表中列出每一本目录书里的乐府学典籍，这样不但一目了然，也可为以后的工作提供些许便利。

后来学校推迟了毕业论文的开题时间，我又接着写了五本见存乐志类书籍的叙录，主要精力都放在了这个简表上。2021年1月22日，学校已放寒假，这天是最后一天离校的日子，23日就要封校。但是这份简表我只做了一半。我告知了先生我的工作情况，跟他说我今天要离校，“老师，下学期见!”先生当时答应说：“好!”

“人点灯，不放在斗底下，是放在灯台上，就照亮一家的人”。先生，就是那位点灯人，草木皆幸，衣被其光。

新书评价

中国古代乐论体系的文献建构*

——评王小盾审订、洛秦主编《中国历代乐论》

付林鹏

（华中师范大学文学院，湖北武汉，430079）

摘　要：2019年，由王小盾审订、洛秦主编的《中国历代乐论》由漓江出版社和上海音乐出版社联合出版。作为迄今为止规模最为宏大、体系最为严密的一部乐论文献整理著作，该书在选材上定位精准，在文献整理上确立了标准范式，并以此为基础实现了历代乐论学理体系的文献建构，具有很高的学术价值。

关键词：中国历代乐论　文献整理　乐论体系

作者简介：付林鹏，华中师范大学文学院教授，湖北文学理论与批评研究中心研究员，文学博士。研究方向为中国音乐文献，主要成果有《两周乐官的文化职能与文学活动》等。

中国古代优秀传统文化的外在形态，主要呈现为礼乐文化。可以说，礼乐文化在古代的国家治理及社会秩序整合中，具有非常重要的地位和作用。《汉书·礼乐志》就载："六经之道同归，而礼乐之用为急。"① 在礼乐实践的具体操作过程中，古人还形成了大量关于礼乐阐释文本和文献。而这其中，存在于各类典籍中的乐论文本，又是构建中国音乐文学及音乐文献学学术体系和话语体系的重要思想资源，尤其需要系统地整理和研究。不过，文献整理是学术研究的基础，学术研究的本质就是要处理资料。② 因此，对中国历代的乐论进行编选和整理，不但是音乐文献学自身

---

* 本文为国家社科基金项目"《乐经》衍生文献的整理与研究"（21BZW080）阶段性成果。

① 《汉书》卷二二，中华书局，1962，第1027页。

② 王小盾、金溪：《论中国音乐史料的编纂》，《音乐研究》2019年第6期。

的需求，更是音乐文学史研究的前提。尽管已有很多学者通过文献资料选编的方式，做了很多的工作①，但受制于各种条件，一直没有出现集大成式的成果。值得欣喜的是，2019 年，王小盾先生审订、洛秦先生主编的《中国历代乐论》（以下简称《乐论》），由漓江出版社和上海音乐出版社联合出版，该书全 8 卷 9 册，是迄今为止规模较为宏大、体系较为严密、学术价值较高的一部乐论文献整理之作。

一 乐论选材范围的精准定位

孔子曾言："名不正则言不顺。"② 本书名为"中国历代乐论"，以"中国"言其区域，以"历代"言其时间，以"乐论"言其性质。而这三个关键词，看似平淡无奇，其实蕴含着编者对本书辑录文献范围的定位，体现出编者的深思熟虑，是我们把握全书框架体系和思想主旨的关键。

首先，"中国"定位了本书所辑录文献的区域范围，即产生于中国而非域外的乐论文献。但在古代语境下，"中国"不仅是一个地域的概念，更涉及文化认同的问题，如本书《秦汉卷》辑录有扬雄的《法言》一书，其《问道篇》载："或问：'八荒之礼，礼也，乐也，孰是？'曰：'殷之以中国。'或曰：'孰为中国？'曰：'五政之所加，七赋之所养，中于天地者，为中国。'"（《秦汉卷》第 194 页）正因为"中国"具备了文化的内涵，才能超越血缘的局限，使夷狄可以进入中国的范围，所谓"诸侯用夷礼，则夷之；进于中国，则中国之"③。在古人的观念中，夷夏是可以相互转换的，其标准就在于是否接受中国的礼乐文化。

《乐论》一书对"中国"的使用，虽未必有这样的概念自觉，但在具体乐论文本的编选过程中，却在一定程度上体现出这样的意识。与其他音乐文献史料汇编不同，《乐论》一书尽管秉持了以中原音乐史料为主体的

① 如由吴钊等编《中国古代乐论选辑》（人民音乐出版社，2011）、修海林编《中国古代音乐史料集》（世界图书出版西安公司，2000）、蔡仲德注译《中国音乐美学史资料注译：增订版》（人民音乐出版社，2007）、杨赛主编《中国历代乐论选》（华东师范大学出版社，2018）等。

② （宋）邢昺：《论语注疏》，（清）阮元校刻《十三经注疏》，中华书局，1980，第 2506 页。

③ （唐）韩愈著，马其昶校注，马茂元整理《韩昌黎文集校注》卷一，上海古籍出版社，1986，第 17 页。

编选原则，但也特别注意对夷夏音乐文化交流史料的收录。这表现在：其一，专门收录了受中国雅乐影响的少数民族音乐史料，如在整体编排上，《乐论》一书专门增设了少数民族政权部分，如《宋辽金卷》收录了由王福利先生编选的《辽金乐论》部分，这在同类文选中是少有的创制；另外，《元代卷》还收录了如耶律楚材、耶律铸父子等少数民族作者的乐论文章，等等。其二，编选思想上，在某些具体的朝代，编者也意识到夷夏之辨对于乐论形成的影响，如在《隋唐五代卷》的导言中，编者在总结中唐乐论概况时，就以"'四夷交侵'与'华夷之辨'"为主题，认为中唐乐论有很多是以此为中心撰述的，主要有两类：一是德宗中兴时期边地献乐文献，如唐次的《骠国乐颂》等。二是白居易、元稹等人以华夷之辨为主题，反思"安史之乱"的新乐府诗，如白居易写有《胡旋女》《骠国乐》《西凉伎》等。这些文献不仅是考察历代音乐文化交流的重要文献，也是考察唐代夷夏关系的关键史料。

其次，"历代"定位了本书所辑录文献的时间限度。本书虽然是按年代分卷，但并没有采用常见的古代概念。这是因为相较于其他同类著作，本书涵盖的范围更长，起于上古，止于新中国成立，包括了先秦卷、汉代卷、魏晋南北朝卷、隋唐五代卷、宋辽金卷、元明卷、清代卷、近代卷(上下)。本书除了对历史上重要朝代的乐论进行了系统整理外，还收录了被其他著作所忽略的历史时期所产生的乐论著述，如五代时期。一般以为，五代是乱世，战乱频仍，礼乐制度被破坏，各个政权也是朝兴夕替，根本无暇制礼作乐，故很难产生重要的乐论著述，像欧阳修就认为"五代礼乐文章"不足取。[①] 而《隋唐五代卷》却未囿于故见，搜罗了本时期产生的重要乐论 21 家 30 篇。五代乐论上承唐代，下启宋代，对于宋初的礼乐建制其实是有很重要的指导意义的。更具开创性的是，本书还专门设置了近代卷，对中国近代时期（1840~1949）产生的乐论进行了编选和整理，计百余位作者的乐论 204 篇。编者认为，近代乐论产生于西乐东渐与中乐西渐既相交集而又相冲突的时代大潮中，乐论的写作者们所要解答的是关系到中国音乐向何处去的难题，具体包括古今音乐之变、中西音乐之分与合、雅俗音乐之别、左右之争等具体问题，这是继张静蔚《中国近代音乐

① 欧阳修：《新五代史》卷五八，中华书局，1974，第 669 页。

史料汇编：1840~1919》[1] 之后，对近代乐论的大规模整理。可以说，《五代卷》及《近代卷》等的设置，不但大为开拓了《乐论》辑录文献的时代范围，还补充了中国音乐史研究的薄弱环节，具有非常重要的文献价值和学术意义。

最后，就“乐论”而言，是本书最为重要的关键词，定位了本书辑录文献的选材性质，即关于“乐”的具有理论意义的文献。在王小盾先生为本书撰写的总序中，就对“乐论”概念进行了详细的分析。简而言之，根据古今学者对“乐”的不同认知，“乐”有广狭二义。如果按照当下对“乐”这一音乐学术话语的理解，广义的“乐”是音乐的简称，故从这一层面来说，“乐论”是“古今中国人所表达的对音乐的基本认识，也就是对于音乐的议论、分析与阐释”（《先秦卷》“总序”，第2页）。但在《礼记·乐记》所奠定的古代音乐体系中，“乐”与“声”“音”又是不同层级的概念，三者在伦理上是有所区别的，狭义的“乐”指的是配合乐器或仪式的音乐，亦即通于伦理的君子之乐。故本书对“乐论”一名的使用，是对两者有所兼顾的，即在兼录关于古代音乐的各种历史资料的同时，更关注的是以礼乐为中心的音乐理论文献。

而在文献的具体形态上，“乐论”又有专称和泛称的区别。专称的“乐论”是古代文体的一种，自先秦以降，历代都有直接以“乐论”命名的文字，如先秦荀子的《乐论》、魏晋阮籍的《乐论》、北宋苏洵的《乐论》、明代沈一贯的《乐论》等。另外，还有不直接以“乐论”为名，但却属于“乐”论专文，如《吕氏春秋》有《大乐》《侈乐》《古乐》诸篇、《礼记》有《乐记》、嵇康有《声无哀乐论》、欧阳修有《论乐说》等，本质上也属于“乐论”文字。而泛称之“乐论”又可称“论乐”[2]，凡各文献中所涉及的礼乐之论说，均可囊括在内，其文献载体包括正史、政书、诏令、诗文集及笔记小说等，但在具体内容上也是辑录礼乐为中心的论述为主。故本书所使用的“乐论”一词，从一开始就明确了选文的内涵与外延，体现出编者深刻的理论思考。

故《中国历代乐论》一书所收录的乐论文献，在地域上以产生于历史中国及受中国文化影响的王朝或政权为主，在时间上包括了古代和近代，

---

① 张静蔚编《中国近代音乐史料汇编：1840~1919》，人民音乐出版社，1998。

② 关于“论乐”，如吉联抗有《两汉论乐文字辑译》，人民音乐出版社，1980。

在内容上则以正统的论“乐”文字为主。

二 乐论文献整理的标准范式

作为一部大型的音乐史料汇编，《乐论》属于其中的选编类型，其主要功能在于依据音乐史的顺序介绍最具有代表性和学术价值的文献资料，还原文本所记载事实的真实性和准确性，以服务于教学和学术研究。[①] 而为了达到这一目标，《乐论》主要是通过建立标准的工作体例来实现的，故各卷在借鉴文献学方法的基础上，编定了统一的工作体例，形成了导言、目录、题解及文选四种文体，由此确立了乐论文献整理的标准范式。

其一，“导言”是对各卷整体情况的说明性文字，为读者了解各卷的编选宗旨、时代背景、史料情况及音乐理论等提供了便利，具有很高的学术价值。不过，本书共分八卷，因为所辑录史料的不同及编者学术经历的差异，也让各卷导言形成了不同的特色。如《先秦卷》导言重点讨论了先秦音乐文献的分布及其分期与概况，并对先秦音乐理论的特点进行了简要总结，内容较为全面。《汉代卷》导言则如一篇学术论文，一方面认为汉代大部分乐论都是以“务为治者”的政治目的为背景的；另一方面又指出汉代音乐实践其实更倾向于向“郑卫新声”发展，与主流音乐评论存在着很大的矛盾性，学术价值很高。《魏晋南北朝卷》导言则重视对乐论产生背景的介绍，并以具体乐论文本为基础，对重要作者的乐论著作和思想转变情况进行了讨论，属于知人论世。《隋唐五代卷》导言则按时间分段，分为隋代乐论、初唐乐论、盛唐乐论、中唐乐论、五代乐论五部分，每部分提炼一个主题，如盛唐乐论以“大唐乐、开元乐令合俗乐调问题”为题，总结本时段的音乐理论和文献形态，逻辑线索清晰；《宋辽金卷》由宋代乐论和辽金乐论两部分组成，宋代部分的导言从文体角度入手，对“乐论”概念进行了详细阐述，并以此为基础进行了多维度的观察，高屋建瓴；辽金部分则重点讨论了两朝乐论番汉皆具的特点，简明扼要。《元明卷》也由元代乐论和明代乐论两部分组成，元代部分主要讨论了民族大融合背景下其音乐理论“雅俗兼具”的格局；明代则重点关注俗乐理论的滋生和发展，各具特色。《清代卷》导言则对清代乐论史料的基本情况及

① 王小盾、金溪：《论中国音乐史料的编纂》，《音乐研究》2019 年第 6 期。

整理现状、主要内涵和主要特点进行了梳理，重点关注清代学者对于礼乐的研究性著作，具有总结性意义。《近代卷》还在“导言”外增加了“凡例”部分，专门对近代乐论的选材范围、资料来源和编纂体例做了交代，“导言”则重点介绍中西冲突背景下，学界对于中国音乐走向的论争，直面问题。

本书各卷的导言部分，通过不同的角度和方式，对中国历代乐论的整体面貌和基本格局进行了描摹。当然，本书各卷导言形式各异，内容也各有偏重，故从全书整体安排的角度来看，似乎并不统一，但这恰恰体现了各卷编者不同的知识构成、学术素养和编纂视角，具有很强的专业性和针对性。

其二，“目录”是对各卷具体辑录内容的清单呈现，不但有着“辨章学术，考镜源流”① 的功能，更是直接了解本书的门径。《乐论》一书卷帙浩繁，内容庞杂，如何进行目录编制，是需要编者们付出很多心血的。像各卷目录大致都是按照时间来编排，因此要判定具体乐论产生时间的早晚，都是需要编者来完成大致的编年工作的，如《宋辽金卷》就将能够判定年代的乐论一一做了系年。

关于《乐论》的编目方式，据本书的总序指出，各卷编目视史料的具体情况，或以书立目，或以文章立目，近代卷则以作者立目（《先秦卷》“总序”，第 11 页），基本概括了该书各卷目录的编制体例。但值得补充的是，古代各卷在编目时，尽量做到以书为主而以文为辅。统计全书目录，各卷都是尽量以书为单位来进行编目的，举凡所辑录乐论原书尚存的，都是以书立目，如《先秦卷》最为典型，没有以文立目的情况存在。以书立目便于读者查阅原书，提供原始出处。之后各卷则兼而有之，少数以单篇文章立目的，多为作者原书不存，编者选自于后代文献整理或辑录于类书中的文章，如《魏晋南北朝卷》以文立目的，很多都采自于严可均所编的《全上古三代秦汉三国六朝文》；又如《宋辽金卷》收录有王冕《代高丽王谢赐燕乐表》一文，该文收入《玉海》卷二〇三，编者是据曾枣庄、刘琳主编《全宋文》采录而来。而对于那些文集不存，却有多篇乐论保存在史书或类书中的作者，编者或将多篇乐论整合命名，或以作者的代表性乐论文章来编目，像《隋唐五代卷》就采用了前一种方式，该卷收录有隋文

① （清）章学诚著，叶瑛校注《文史通义校注》，中华书局，1985，第 945 页。

帝、郑译等人的多篇乐论文章，就整合为“隋文帝议乐”“郑译议乐”等。《宋辽金卷》则主要采取了后一种方式，该卷收录有范镇的乐论文章 31 篇，最后以“《论房庶律尺法疏》等”总括其名。可以说，这些特殊情况的处理方式，既体现出编者的独具匠心，也为读者了解某一家的乐论思想提供了丰富的文本材料。

其三，“题解”是关于每一内容单元（书、篇）的解释，重点介绍作者生平、本书（篇）的文体特点、选文出处和通行版本（《先秦卷》“总序”，第 11 页）。这其中，编者的最大贡献在于对选文出处和通行版本的介绍上。就选文出处而言，各卷在尽量找出选文的原始出处外，还会补充其在更多典籍中的收录信息。如《唐代卷》收录了唐太宗的《定乐敕》，其题解云：

> 贞观十四年（640）定乐敕文，见《通典》卷一四七、《唐会要》卷三二、《旧唐书》卷二八《音乐志》、《册府元龟》卷五六九、《文苑英华》卷七六一和《全唐文》卷九。《通典》卷一四七作“贞观十四年六月”，《唐会要》卷三二作“贞观十四年六月一日”。今据《唐会要》采录。（《隋唐五代卷》，第 77 页）

通过上述介绍，一方面可以呈现编者通过对比校勘选出最优版本的过程；另一方面还可以让读者了解这篇乐论在不同典籍中的收录情况，以备校勘。就版本介绍而言，对于以书为单位进行呈现的乐论，编者会在题解中详细介绍该书的通行版本和当下流行的校注成果，并从中选出最佳版本作为文献依据，如《先秦卷》对《吕氏春秋》中的乐论进行了辑录，就介绍了《吕氏春秋》通行版本如明李瀚刻本等 6 种，校注成果如陈奇猷《吕氏春秋校释》等 9 种，最后认为陈奇猷增订补正的《吕氏春秋新校释》一书学术价值较高，是现在较好的版本。故本卷辑录文本就以陈书为基础，在一定程度上确保了文本的权威性。

除此之外，各卷还会根据选文特点，提纲挈领地交代乐论的产生背景及作者的音乐理论主张等，深化了古代乐论体系的思想内涵。

其四，“文选”是本书的主体，包括选录的乐论文本，并设有校勘记和注释等附件，这是《乐论》学术价值的最主要体现。从文献整理的角度来说，本书对选录的乐论文本，都详细交代了选文出处和版本，便于使用者核校原文，直接用于学术研究。一般而言，凡有较好整理本的，会以整理本为底本，像《先秦卷》所选各书，基本上都使用了通行的整理版本，而且还详细标识了所选乐论在相关版本中的页码，方便使用者直接查阅原书中的相关内容，而《宋辽金卷》《元明卷》等所收录的乐论文本，很多都是借鉴了今人整理的《全宋文》《全元文》等文献整理总集。充分利用现有整理文献，固然便于编者能够尽量多地将相关乐论文本进行收录，做到资料上的竭泽而渔，但与此同时，也会导致现有整理文献的某些错误和缺陷会被直接承继。故为了避免这一缺陷，本书虽然直接使用整理本为底本，并不意味着完全迷信整理本，仍会以其原底本作校，如《元明卷》收有耶律楚材的《苗彦实琴谱序》一文，其所采文字是以《全元文》为底本，但却以《四部丛刊》本和文渊阁《四库全书》本为校本，这其中《四库丛刊》本是据无锡孙氏小绿天藏影元写本影印，时代最早，价值最高，故而本卷所出校勘记，就订正了《全元文》中的不少错误。可以说，在以“文选”为主体的著作中，本书的编者主动借鉴文献学的方法，是十分难能可贵的。

《乐论》一书所作注释，据总序指出，主要是针对同音乐相关的词语及可能影响阅读的词语。在具体注释过程中，本书特别注重对相关学术材料的汇集和挖掘，也即总序所说的注意汇集古证，具体体现在：凡是有古注的，各卷尽量使用古注，对考释精辟的古注则重点征引，如《先秦卷》所录，多出于经书和子书之中，基本都有古人作注，故本卷更多是使用古注进行注释，像所引《诗经》中的乐论，则毛传、郑玄笺及孔颖达正义都会征引，不惮繁复；而古注较少或者不存的，编者一方面会参以今人所作注释；另一方面则旁征博引，从古籍中查找相关术语，进而形成知识链接，便于阅读者征引和使用。除此之外，各卷因为体例的不统一，某些注释还承担着校勘记的功能，对于古籍传承过程中所形成的通假、异体、错讹等字词进行了解释和说明。可以说，这些工作保证了《乐论》一书辑录文本的知识性和准确性，具有重要的学术价值。

总体而言，《乐论》一书确立了文献整理的标准范式，从导言的高屋建瓴，到目录的考镜源流；从题解的版本选择，到文选的文本辨析，其目的更多是为了学术研究而服务，故全书体例严谨、选文精当、注释详赡，既符合文献整理的规范，又具有很高的学术价值。

三　乐论学理体系的文献重建

在本书的总序中，提到了李方元先生的一种说法："西方重视'音'，重视物质，重视形态，因而注意从田野建立音乐学；中国重视'乐'，重视人，重视音乐制度和音乐观念的传承，因而注意利用文献建立音乐学。"（《先秦卷》"总序"，第9页）可以说，这深刻地把握住了中西方音乐观的本质区别。但可惜的是，在当下的音乐学教学和研究中，中国系统是有所欠缺的。而本书的一大贡献，就是对中国系统的重建，即主要通过乐论文献的整理，来建构中国音乐的理论体系。而通观《乐论》一书对中国乐论文献的梳理，主要是围绕以下几个方面来构建中国古代乐论的学理体系的。

（一）制礼作乐与历代乐论的形成背景

在朝代更迭之际，制礼作乐往往是历代宣示王朝正统和彰显帝王功德的重要方式，如《礼记·乐记》就载："王者功成作乐，治定制礼。"① 因此，在历代建国之初，都将制礼作乐作为一项政治文化工程来建设。而围绕这一工程，各代形成了大量与之相关的乐论文本。如在先秦乐论中，多有对六代之乐的描述，六代之乐既是上古三代乐论的核心体系，又是后代乐论文献所追摹的雅乐典范；在汉代乐论中，对制礼作乐的描述，主要体现在汉初子书的理论构建中，如陆贾《新语》、贾谊《新书》、董仲舒《春秋繁露》等，都有对乐治思想的具体讨论，从学理上对制礼作乐进行了充分的关注。而魏晋南北朝时期，因魏明帝制礼作乐，远道运取长安大钟来建洛阳王宫，由此引发了一场论争，形成了一批乐论文献，像阮籍的《乐论》、刘劭著《乐论》十四篇、夏侯玄作《辨乐论》等。而到了隋唐之后，皇帝也成为"制礼作乐"类文献的重要作者，他们往往通过诏令的方式，指导当时的礼乐改制，如隋文帝有《施用雅乐诏》、隋炀帝有《上言更定清庙歌辞》、唐太宗有《颁行唐礼及郊庙新乐诏》、宋真宗有《十四祭用乐诏》等。在皇帝的主导下，群臣们更是上疏积极回应，如隋代牛弘

① （唐）孔颖达：《礼记正义》，（清）阮元校刻《十三经注疏》，中华书局，1980，第1530页。

《奏请修缉雅乐》、唐颜师古《定宗庙乐议》、宋和岘《请正郊庙乐奏》等文。故各卷大量辑录与制礼作乐相关的文献，一方面是因为古代中国的记录"是以国家意志、王朝权力和主流意识形态为中心的"（《先秦卷》"总序"，第9页）；另一方面是因为中国历代乐论的展开，是围绕着礼乐的政治功能来建构的。

（二）礼乐关系与历代乐论的核心话题

宋代的郑樵总结礼乐的关系为："礼乐相须为用，礼非乐不行，乐非礼不举。"（《宋辽金卷》，第596页）说明在国家的仪式中，礼和乐是一体之两面，相须为用的。而如果只偏重于一端，会导致仪式的不完整，所谓"达于礼而不达于乐，谓之素；达于乐而不达于礼，谓之偏"[①]。故古人"乐"之概念的形成，本就是以"礼乐"作为前提和限定的。正是基于此，本书总序就指出"古代中国人是以礼乐世界为中心，建构起关于音乐的认识的"（《先秦卷》"总序"，第2页）。而本书各卷对乐论文献的辑录，很大程度上都是以礼乐关系为中心的，这包括：（1）从标题上看，各卷辑录了许多以"礼乐"或"礼乐论"为题的文章，如历代史书中有的设有《礼乐志》，班固《白虎通》、王通《中说》、周敦颐《通书》等书中均设有《礼乐》篇，而宋代士人特别喜欢以《礼乐论》为题撰写文章，如张方平、王安石、侯溥、华镇、叶适等人都有。甚至清代的皇帝康熙，也专门撰写有《礼乐论》的文章。这些文章是专门讨论礼乐关系的，其所论，或礼乐殊判，或礼乐一体，系统梳理了礼乐的功能作用及历史演进。（2）从内容上看，各卷乐论即便不以"礼乐"为名，但其所主要讨论的，基本也是礼乐关系。如《左传》等先秦史籍中，就记载了很多贵族君子的乐论话语，其内容多涉及礼乐关系，如晋大夫郤缺曾提出"无礼不乐"的观点，郑国的子产也讨论过礼乐关系。儒家乐论中，《荀子》对礼乐关系的讨论最为充分。而《乐记》一文，不但专设《乐礼》篇，重点探讨礼乐关系，在其他各篇中，也不乏阐述礼乐关系的文字，等等。故从这一意义上说，只有把握住历代关于礼乐关系的讨论，才能真正深入中国古代乐论的内在学理。

---

① （唐）孔颖达：《礼记正义》，（清）阮元校刻《十三经注疏》，中华书局，1980，第1614页。

（三）雅俗之变与历代乐论的生成线索

“雅”与“俗”是中国音乐美学思想史上的一对审美范畴，体现出了主流文化与大众文化之间审美意识的对抗与疏离，两者之间是相辅相成的关系，既相互对立，又相互统一，在一定条件下还能够相互转化。[①] 不可否认，《乐论》一书所关注的，主要是以“礼乐”或“雅乐”为中心的“音乐”世界。但对于“俗乐”的世界，本书也未完全忽视。如在先秦时期的乐论文献中，俗乐更多是作为雅乐的比照存在的，即便到了春秋战国时期，随着新乐的不断繁荣，俗乐仍然是被批评的对象。及至秦汉时期，尽管音乐评论仍是以“礼乐”为主体和基准，但音乐实践的主流却呈现为郑卫新声，故秦汉乐论也开始重视俗乐，表现在：音乐的乐论功能开始受到普遍关注、注重悲声的艺术感染力，并围绕乐器、歌者、听者展开了多方面的音乐评论等。魏晋南北朝时期，随着儒学衰微，礼乐遭到了前所未有的破坏，以致新声竞起。其对当时乐论的影响在于：一是出现了大量呼吁修复雅乐的乐论文本，如晋傅玄的《傅子·礼乐》，南朝齐王僧虔也曾上书呼吁修复雅乐等；二是出现了大量对新乐进行记录的文本，如《晋书》《宋书》《南齐书》《魏书》等都有专门的“志”对当时的音乐资料进行记录整理。隋唐时期，结束了近三百年的分裂局面，统治者试图以“礼乐”来重建社会秩序，如隋文帝杨坚主持的“开皇乐议”，就是希望通过恢复作为“华夏正声”的雅乐，唐太宗也有相同主张，也下诏修定《大唐雅乐》。但与此同时，俗乐至隋唐时也达到顶峰，还出现了很多关于俗乐理论的著作，对唐代俗乐二十八调等理论进行了总结。宋代以后，虽然主流乐论仍以雅乐为正声，但随着市民阶层的形成和音乐的世俗化，俗乐开始得到重视。如元代的仪式用乐，就采取了雅俗兼用的方式；明初百废待兴，其所创雅乐，也是集旧朝、道教音乐及民间音乐于一身，故《明史·乐志》称其“殿中韶乐，其词出于教坊俳优，多乖雅道”[②]。正是在这一趋势下，俗乐理论得到了深度滋生，有关戏剧、戏曲创作及歌唱的理论著作大量出现。而理论家们也开始重新审视俗乐的功能和地位，如明末清初的学者王夫之就指出：“俗乐之淫，以类相感，犹足以生人靡荡之心；其近

---

① 李天道：《中国古代音乐美学之“雅俗观”及其文化生成》，《青海民族大学学报》2012年第4期。

② 《明史》卷六一，中华书局，1974，第1507页。

雅者，亦足动志士幽人之歌泣。”（《清代卷》，第39页）其后，江永、李光地等人也有相关的主张，对俗乐理论进行了新的反思。不过，这些乐论对于俗乐的关注，主要还是立足于乐用和教化的角度，属于“具有社会学意义的多样的声音世界，是因为人们的礼乐关注——从中心到周边的辐射——才进入记录者的视野的”（《先秦卷》“总序”，第3页）。

（四）乐政教化与历代乐论的价值取向

在古代中国，音乐从来就不是一种单纯的审美艺术，而是一种政教的艺术，即试图通过礼乐制作及教化功能，来达到社会政治和伦理道德秩序的和谐。因此，在以儒家思想为主导的历代乐论中，如何发挥音乐的政治教化功能，也成为其最主要的价值目标。早在西周时期，就已经确立了“乐与政通”的乐政体系，即以雅乐体系为基础，通过乐与礼的整合补充，乐教与乐治的相辅相成，由此而形成的一种政治体制、伦理规范和社会生活方式。[①] 可以说，先秦乐论的形成，基本上都是围绕乐政体系展开的，如《左传》《国语》等史籍中就记载了很多出于专业职官和卿大夫群体的乐论话语，这些乐论话语基本上都是基于西周的乐政体系进行理论反思和学理总结。进入战国之后，先秦诸子则以周代乐政为基础，进行了不同角度的理论探索。这其中，儒家全面继承了西周以来的乐政体系和乐论知识，并从学理上进行了思想深化和理论建构，从而形成了很多体系完备、逻辑严密的乐论文本，如《周礼·大司乐》《荀子·乐论》《吕氏春秋》论乐诸篇等，而《乐记》作为儒家乐论的集大成之作，从各个方面对“乐”进行了阐释，但重点讨论的仍是音乐与政治、伦理之间的关系。汉代以后，罢黜百家，儒家处于独尊的地位。自此以后，儒家的乐政教化理论也成为历代乐论所遵循的核心思想，故不管是各朝各代的制礼作乐，还是乐论文本的撰写，基本上都是从“乐”的政治教化作用入手，以期实现理想的社会治理效果，所谓“六艺之中，乐为最崇，固以乐教为教民之本哉”[②]。

当然，《乐论》一书并非完美无缺，也存在一些缺点，如在选材上并不充分，像《先秦卷》所辑录的乐论都是出自传世文献，而新出简帛文献如郭店简、上博简及清华简等，也有大量乐论文本的存在，编者却并未收

① 付林鹏：《周代乐政的确立及价值内涵》，《中国社会科学报》2021年1月5日第8版。，

② 刘师培：《清儒得失论——刘师培论学杂稿》，中国人民大学出版社，2004，第189页。

入，殊为遗憾。又如因成书于众人之手的缘故，各卷在编纂体例上也并不统一，像各卷出于严谨，往往都设置了校勘记，但有的校勘记直接体现在注释中，而《隋唐五代卷》《元明清卷》等则以脚注的形式单独出校勘记；而在注释上，各卷也有繁有简，按照总序的说法，注释讲究汇集相关的古书资料，应是以求繁为主，但限于篇幅，隋唐五代之后各卷所出注释却很少，不便参考。但瑕不掩瑜，《乐论》一书仍是迄今较为重要的乐论文献选本，对于中国古代音乐史、文学史甚至思想史的研究，均大有裨益。

《乐府学》稿约

《乐府学》由广州大学人文学院和国家一级学会“乐府学会”共同主办，是乐府学会会刊，专门刊发有关乐府学的研究文章。本刊诚邀海内外学人赐稿，尤其欢迎体量大、质量高的乐府学专题文章。

本刊于 2015 年 6 月 2 日正式开通网上投稿系统。作者可登录中国知网《乐府学》投稿，也可以将文章直接发送到 yuefuxue@ 126. com 邮箱。本刊采用匿名审稿制度，不收审稿费。文章一经采用，即赠样书、稿酬。

注意事项：

1. 请于文末附作者学术简介和联系方式。
2. 文章具体格式请参照本书最新一辑。
3. 请附文章题目的英文翻译。
4. 来稿两个月未收到本刊编辑部回复，即可自行处理。
5. 电子投稿即可，来稿请寄：yuefuxue@ 126. com 或登录集刊网络编辑管理系统（http：//iedol. ssap. com. cn）投稿。

   联系电话：010-68901621　010-68901622

   联系人：张煜

图书在版编目(CIP)数据

乐府学. 第二十四辑 / 赵敏俐主编. -- 北京 : 社会科学文献出版社, 2022.1

ISBN 978-7-5201-9714-4

Ⅰ. ①乐… Ⅱ. ①赵… Ⅲ. ①乐府诗-诗歌研究-中国-古代 Ⅳ. ①I207.226

中国版本图书馆 CIP 数据核字(2022)第 024715 号

乐府学(第二十四辑)

主　　编 / 赵敏俐

出 版 人 / 王利民
组稿编辑 / 宋月华
责任编辑 / 吴　超　周志宽
责任印制 / 王京美

出　　版 / 社会科学文献出版社 · 人文分社(010)59367215
地址: 北京市北三环中路甲 29 号院华龙大厦　邮编: 100029
网址: www. ssap. com. cn
发　　行 / 社会科学文献出版社 (010) 59367028
印　　装 / 天津千鹤文化传播有限公司

规　　格 / 开 本: 787mm × 1092mm　1/16
印 张: 24. 75　字 数: 408 千字
版　　次 / 2022 年 1 月第 1 版　2022 年 1 月第 1 次印刷
书　　号 / ISBN 978-7-5201-9714-4
定　　价 / 128. 00 元

读者服务电话: 4008918866